岳麓書社

读名著　选岳麓

文心雕龙

郭晋稀 导读 注译

岳麓书社·长沙

前　言

刘勰的生平、时代和著述

　　刘勰，字彦和，祖籍东莞莒县（今属山东）人。因为永嘉之乱，山东莒县沦陷，晋明帝时又立南东莞，镇京口。刘勰的祖先在永嘉之乱的时候南迁，侨居京口。《梁书·刘勰传》里说："祖灵真，宋司空秀之弟也。父尚，越骑校尉。"刘灵真、刘尚虽然已不可考，可是刘秀之在《宋书》里有传。传中说："刘穆之从兄子也。"刘穆之在《宋书》里也有传，是汉齐悼惠王肥的后代。刘穆之一支在京口可能有一定地位。随着时代的推移，各支的消长，刘灵真一支渐次式微。《刘勰传》里说"勰早孤"，又说"家贫不婚娶"，则刘勰在当时的落寞可以概见。在《文心雕龙》里，一定程度上反映出刘勰对其所处社会地位之低下的感慨。《史传》篇说：

　　至于纪编同时，时同多诡，虽定、哀微辞，而世情利害。勋荣之家，虽庸夫而尽饰；迍败之士，虽令德而常埋。吹煦霜露，寒暑笔端，此又同时之枉，可为叹息者也。

《程器》篇也说：

　　盖人禀五材，修短殊用，自非上哲，难以求备。然将相以位隆特达，文士以职卑多诮，此江河所以腾涌，涓流所以寸折者也。

《文心雕龙》本来是"论文叙笔""剖情析采"的，但是遇到历史上论述不公平，常常发生感慨，情注墨中，这些并不是偶然的，而是与作者身世分不开的。

刘勰的生平已经不可确考，但推断基本上是接近的。大抵生于南朝宋明帝泰始三年，即公元467年。南齐东昏侯永元元年，即公元499年前后，开始写《文心雕龙》，这时已经三十多岁了，所以《序志》篇云"齿在逾立"，"于是搦笔和墨，乃始论文"。至迟在和帝中兴二年，即公元502年成书（此用刘毓崧说）。

刘勰的卒年，从来疑不能定。范文澜《文心雕龙注》以为：

彦和自宋泰始初生，至普通元、二年卒，计得五十六七岁。

陆侃如和牟世金的《文心雕龙译注》、周振甫的《文心雕龙注释》，和范氏之说是一致的。李庆甲写了一篇《刘勰卒年考》，依据《续藏经》中《隆兴佛教编年通论》等书的记载，"昭明太子薨"，"刘勰表求出家"，"未期而卒"。昭明太子卒于中大通三年，即公元531年，刘勰死于昭明之后，未期，即公元532年左右。虽然南宋的这些和尚做"佛教编年"系年有错乱，但他们依据刘勰和萧统的关系，一致认为刘勰在萧统死后表求出家，然后未期而卒，是合情合理的。杨明照作《梁书刘勰传笺注》又依据《续藏经》的材料加以推论，以为刘勰死于大同四年（538）或五年（539）（详见《文心雕龙校注拾遗》）。

《文心雕龙》成书以后，刘勰谒见了沈约，深为沈约器重，因此天监元年（即中兴二年，公元502年），起家奉朝请。公元504年（即天监三年）做了中军临川王记室。从公元505年（即天监四年），到公元

511年（即天监十年）止，做车骑仓曹参军，出任太末县令。从公元511年起到公元518年（即天监十七年）止，做南康王记室，公元519年（即天监十八年），兼东宫通事舍人，兼步兵校尉。在舍人任内得与昭明太子萧统接近，极为太子敬重。公元531年（即中大通三年），萧统去世，刘勰便离开宦海，回定林寺与沙门慧震撰经，不到一年，结束了他的一生。

这里还应该提到一个问题，即刘勰的生平与佛家的关系问题。《梁书》本传说勰"早孤，笃志好学，家贫不婚娶"，然后才是"依沙门僧祐，与之居处，积十余年"，大致是"天监初，起家奉朝请"，才离开僧祐的。如果说刘勰是二十岁中（公元487年左右）往依僧祐，离开时已经三十四岁左右了。在这十四年中，他自然研究了佛家经论，受到了佛家思想影响，所以本传里说："遂博通经论，因区别部类，录而序之。今定林寺经藏，勰所定也。"但是他之所以依僧祐，并不是出家做沙门弟子，可能是"家贫不婚娶"，而定林寺藏经既多，其他藏书也很富足，起居饮食可能也方便的缘故。他于是在这里读书，既读四部之书，也读四部之外的经论。他也在这里著述，既为经论区别部类，录而序之，也论文叙笔，剖情析采，写出了历史上的伟著《文心雕龙》。他博通经论，所以用佛理来部类藏经、序录藏经，在行文布彩上可以借鉴四部，在部类和序录藏经固无须借用孔孟也。他也广读四部，所以用宗经征圣来品评历代，在行文剖析上可以借鉴经论增强精密，发挥文理、弥纶经义也毋庸借用佛法。所以《文心雕龙》一书并不存在怎样处理儒与佛的关系问题，更不存在以佛统儒，佛儒合一的问题。《文心雕龙》完成于南齐末年，梁武佞佛，还远在其后。刘勰起家奉朝请，是在梁武帝天监初年，他在宦海中浮沉近三十年，一直到中大通三年萧统去世，才"启求出家"，才"燔鬓发以自誓"，才"改名慧地"。宦海的浮沉，使他看清了"南柯"的梦幻；萧统的死去，让他既失去了仕途的依靠，也参透了人生的空虚。他在写《文心雕龙》的时候，不过是在和尚庙里读书的书生；直到中大通三年，一步步醒来，一步步参透，于是脱去官服，穿上袈裟，做了和尚，所谓"于寺变服，改名慧地"。于此，我们更可以知道他写成《文心雕龙》后，为什么要负书去干谒沈约，绝不是为了宣传佛旨，而是为了使寺院的书生成为官场的食客。

我们既论述了刘勰的生平，便想进一步谈谈他的时代。但这个时代并不局限于他写《文心雕龙》的时代，而想谈谈一个更大的时代，即整个魏晋到刘宋南齐的时代。这段时间有几个特点：

一是晋代以来，《周易》《老》《庄》之学最为盛行，也是佛经翻译东来的时代，故《隋书·经籍志》专载佛经一类。西晋玄风，主要的还是《老》《庄》；东晋清谈才渐入佛理。支遁、法深、道安、惠远，都是当时有名的缁徒。《文心雕龙·明诗》云："江左篇制，溺乎玄风。"《时序》云："自中朝贵玄，江左称盛，因谈余气，流成文体。是以世极迍邅，而辞意夷泰，诗必柱下之旨归，赋乃漆园之义疏。"虽然刘宋、南齐文风大有变革，但思想界受佛家影响就更大了。刘勰所与居处的僧祐，既是佛经的收藏家，又是《弘明集》的编辑者。《弘明集》中所收的文章，有刘宋作家宗炳、何承天、颜延之、罗含、孙盛、郑道子、谢镇之、朱昭之、朱广之、释慧通、释僧愍、何尚之、李淼、释道高、释法明、范泰、释慧义等人，南齐作家明僧绍、张融、周颙、萧子良、孔稚珪、释僧严、刘君白、释道盛等人，梁代作家刘勰本人和释僧顺、释玄光、武帝、萧琛、曹思文、范缜、释法云等人，以及后秦诸人之作。这样的一种学术思想风气，对文学的直接影响，当然就是玄言文学，成了刘勰批评的对象。当然也应该承认，它同时推广了人们的眼界，田园山水文学的出现，也使人在繁华纷扰的世界之外，看到了千峰竞秀、万壑争流的美景，而在自然美景中所渗透的"此中有真意"，也包含有玄言与佛学的哲理感受。

二是文学的地位，在宋、齐时代提高了。在魏、晋时代，虽然文学大盛，但文学未尝别立一科。到宋文帝时，才在儒学、玄学、史学之外，另立文学馆。明帝立总明观，分别儒、道、文、史、阴阳五部，文学独立为一部。史籍中有《文苑传》，虽然始于《后汉书》，却也是刘宋范晔所著。在《隋书·经籍志》史部中，虽晋荀勖有《杂撰文章家集叙》十卷、挚虞有《文章志》四卷，但后来更多了。宋傅亮有《续文章志》二卷，宋明帝有《晋江左文章志》三卷，齐、梁沈约有《宋世文章志》。齐王俭撰《七志》中有《文翰志》，梁阮孝绪撰《七录》，以为"顷世文词，总谓之集，变翰为集，于名尤显，故序《文集录》为内篇第四"。由于文学地位的提高，因而大家注意文学的特点，文学的形式，这对于文学的发展，文学理论的研究，无疑起到了推动作用。《文心雕龙》就是在这样一种形势下问世的。刘勰在《序志》里说得很清楚："敷赞圣旨，莫若注经，而马、郑诸儒，弘之已精，就有深解，未足立家。"这是从反面说的，然后转到正面来："唯文章之用，实经典枝条，五礼资之以成文，六典因之以致用，君臣所以炳焕，军国所以昭明，详其本源，莫非经典。"这样强调文学的价值，当然是有局限的，但是，总算想到文学的重要性了。《序志》里也谈了他之所以作《文心雕龙》，是在大量文论出现的情况之下，来总结成书的，他认为："魏《典》密而不周，陈《书》辩而无当，应《论》华而疏略，陆《赋》巧而碎乱，《流别》精而少功，《翰林》博而寡要。又君山、公幹之徒，吉甫、士龙之辈，泛论文意，往往间出，并未能振叶以寻根，观澜而索源，不述先哲之诰，无益后生之虑。"确实，刘勰的《文心雕龙》可谓是在许多文论的基础之上"振叶寻根""观澜索源"的著作了。

三是宋、齐以来，文笔区分，更为明显。虽然文笔并提，汉代已经出现，如王充《论衡·超奇》："文笔不足类也。"但文笔之名盛行，却是刘宋以来的事。《南史·颜延之传》:"帝尝问以诸子才能。延之曰:'竣得臣笔,测得臣文,㚟得臣义。'"刘勰《文心雕龙·总术》云:"今之常言,有文有笔,以为无韵者笔也,有韵者文也。"因为文笔区分,是齐、梁时代的常言,所以昭明《文选》中的选文,便以诗赋为主。他不选经书,虽然说是"孝敬之准式,人伦之师友,岂可重以芟夷,加之剪截",这不过是表面文章罢了。至于不选诸子,就说:"盖以立意为宗,不以能文为本。"不选说客之辞,就说:"虽传之简牍,而事异篇章。"不选史传,就说:"方之篇翰,亦已不同。"这并不是萧统个人的创造,而是宋、齐以来,文学的概念,社会上已经很清楚,文笔之分,也成为当时的通论了。

四是由于文笔的区分,文学的专门化,如果只从形式上强调文学的特点,而忽视创作的内容,必然产生形式主义、唯美主义的倾向。宋齐文学的这种倾向是很明显的。裴子野《雕虫论》云:

> 自是(指宋)闾阎年少,贵游总角,罔不摈落六艺,吟咏情性。学者以博依为急务,谓章句为专鲁。淫文破典,斐尔为功。无被于管弦,非止乎礼义。深心主卉木,远致极风云。其兴浮,其志弱。巧而不要,隐而不深。讨其宗途,亦有宋之遗风也。

萧子显《南齐书·文学传·论赞》云:

> 今之文章,作者虽众,总而为论,略有三体。一则启心闲绎,托辞华旷,虽存巧绮,终致迂回。宜登公宴,本非准的。而疏慢阐缓,膏肓之病,典正可采,酷不入情。此体之源,出灵运而成也。次则缉事比类,非对不发,博物可嘉,职成拘制。或全借古语,用申今情,崎岖牵引,直为偶说,唯睹事例,顿失精采。此

则傅咸《五经》，应璩《指事》，虽不全似，可以类从。次则发唱惊挺，操调险急，雕藻淫艳，倾炫心魂，亦犹五色之有红紫，八音之有郑卫，斯鲍照之遗烈也。

刘勰对当时的创作倾向，也是很不满的，文章所至，笔墨鞭挞，时见于篇。如《序志》云：

去圣久远，文体解散，辞人爱奇，言贵浮诡，饰羽尚画，文绣鞶帨，离本弥甚，将遂讹滥。

《定势》批评当时文辞讹滥，是相当深刻的：

自近代辞人，率好诡巧，原其为体，讹势所变，厌黩旧式，故穿凿取新。察其讹意，似难而实无他术也，反正而已。故文反正为乏，辞反正为奇。效奇之法，必颠倒文句，上字而抑下，中辞而出外，回互不常，则新色耳。……然密会者以意新得巧，苟异者以失体成怪。旧练之才，则执正以驭奇；新学之锐，则逐奇而失正；势流不反，则文体遂弊。

刘勰的时代，是与他创作《文心雕龙》密切联系的。《文心雕龙》以外，刘勰的其他著作则是与佛经翻译相关的。据《梁书》本传说："文集行于世。"可是这部文集，连《隋志》都未著录，可见那时早已亡佚了。

《梁书》本传里还提道："然勰为文长于佛理，京师寺塔及名僧碑志，必请勰制文。"现在我们可以看到的，《弘明集》中收有他的《灭惑论》一篇，孔延之《会稽掇英总集》中收有他的《剡县石城寺弥勒石像碑铭》一篇，其余的就不得而知了。

但是，刘勰依僧祐十四年左右，在定林寺食宿衣物所需，或者也有赖于僧祐。他除了帮助僧祐部类藏经、录而序之以外，《高僧传》所记僧祐的著作，现在还有流传的，其中未必没有刘勰代笔。因为刘勰这时是一个俗家子弟，僧祐同意，其他佛门弟子无杂言，可能就是这些缘故。前人和杨明照君在《梁书》本传笺注的推测，是持之有故，言之成理的。

还有，据《梁书》和《南史》本传，应该有《定林寺经藏序录》一篇，据梁释慧皎《高僧传》，其中的《释僧柔传》《释僧祐传》《释超辩传》都说到刘勰曾替他们作墓碑，由于高山为谷，深谷为林，这些墓碑都看不到了。将来是否有的还会出土，则很难说了。

刘勰其他文集及作品的湮灭是可惜的，但《文心雕龙》一书与世长存，却是不幸中的大幸。

《文心雕龙》的卷数、篇次和体例

关于《文心雕龙》的卷数和篇次问题，我专为此写过论文，我的《文心雕龙注译》也有详细论述，可以参阅。在这里只把有关结论性的意见加以简略说明，就不再详细论证了。

现在《文心雕龙》流行的本子，基本上是一致的：分为十卷，每卷五篇，每篇标名次第："原道第一，……序志第五十。"这个分别卷次是很早的，《隋书·经籍志》就明白载着《文心雕龙》十卷。《隋书》是唐初修定的，《梁书》和《南史》也是唐初修定的，然而《梁书》《南史》刘勰本传里都只称《文心雕龙》五十篇，不分十卷。可见《文心雕龙》是否分为十卷，即使唐初人的看法，已经有分歧了。

据《文心雕龙·序志》刘勰自己说"上篇以上，纲领明矣"，"下篇以下，毛目显矣"。则《文心雕龙》只分上下两篇，或者上下两卷，是刘勰自己说的，现在把它分为十卷，则是唐初到现在的人加上去的。

为什么从《隋书·经籍志》一直到现在大多数人（不是全部，《四库全书总目》就纠正了十卷的看法）都把它分成十卷呢？因为《序志》里说：

> 《文心》之作也，本乎道，师乎圣，体乎经，酌乎纬，变乎《骚》。

是以开卷五篇，笼罩全书，为一体系。又说：

> 崇替于《时序》，褒贬于《才略》，怊怅于《知音》，耿介于《程器》，长怀《序志》，以驭群篇。

是以五篇殿末，结束全书，为一体系。因此读者以为作者是以五篇为一卷，全书五十篇，所以分为十卷。而且在篇名之末，加上次第。这样分卷的人，只读了《序志》，没有细读全书，不知道中间四十篇并不能五篇分卷，因此全书分作十卷，是没有根据的。

而且《序志》以《时序》《才略》《知音》《程器》《序志》为最后五篇，现在通行的各本却以《物色》插在《时序》和《才略》之间，很明显是错了，首先由范文澜指出来了。我们细读《序志》发现从《神思》到《物色》，篇次还有错误。原来的《文心雕龙》本来没有1—50的篇次，后来加上每篇的篇次，倒把人搞得更加糊涂。我校改了篇次，在《文心雕龙十八篇译注》里就简略提到了。1982年所写的《文心雕龙注译》，前言既申述了我的意见，而且将全书的篇次也重新调换了。台湾有的《文心雕龙》学者也部分采纳了我的观点，当然大陆有的同志并不同意范文澜等和我的意见。我并没有改变我的看法，现在出版这本书，在前言和《序志》注释里简略申述自己的意见，全书的篇次则一仍其校改之序。

前人著书，往往把自序摆在篇末，用来概括全书，申述著书要旨。《史记·太史公自序》《汉书·叙传》《淮南子·要略》都是如此安排的。而且在自序里指出了篇次，每篇著述的旨意。刘勰博通经论，虽然没有在其文中敷述佛法，他却遵用了经论中的因明，逻辑性极强地组织了全书，安排了篇次。《序志》中说：

> 盖《文心》之作也，本乎道，师乎圣，体乎经，酌乎纬，变乎《骚》，文之枢纽，亦云极矣。若乃论文叙笔，则囿别区分，原始以表时，释名以章义，选文以定篇，敷理以举统，上篇以上，纲领明矣。

我们按照刘勰的这个说法，来阅读《文心雕龙》的前二十五篇，如振衣挈领，就有条不紊。现将上篇排目如下，加以说明：

《原道》　本乎道。

《征圣》　师乎圣。

《宗经》　体乎经。

《正纬》　酌乎纬。

《辨骚》　变乎《骚》。　　文之枢纽，亦云极矣。

《明诗》

《乐府》

《诠赋》

《颂赞》

《祝盟》

《铭箴》

《诔碑》

《哀吊》 以上八篇论文。

《杂文》

《谐讔》 以上两篇间乎文笔。

《史传》

《诸子》

《论说》

《诏策》

《檄移》

《封禅》

《章表》

《奏启》

《议对》

《书记》 以上十篇叙笔。

以上二十篇论文叙笔，囿别区分。

至于如何论文叙笔，作者有一定的体例，就是"原始以表时，释名以章义，选文以定篇，敷理以举统"，先以论文中的《诠赋》为例，加以说明：

自"邵公称'公卿献诗……'"起，至"斯又小制之区畛，奇巧之机要也"止，叙述赋的源革，就是刘勰说的"原始以表时"。"赋者，铺也，铺采摛文，体物写志也"，讨论"赋"这一体裁定名的含义，就是刘勰说的"释名以章义"。自"观夫荀结隐语"起，至"亦魏、晋之赋首也"止，就是指出赋的范文，便是"选文以定篇"。自"原夫登高之旨"以下到篇末，总论作赋的要求，便是"敷理以举统"。此处秦汉十家各选篇目，魏、晋各家未选篇目，只是泛论成就，行文变换也。

再以叙笔中之《论说》，摘其叙"说"为例，加以说明：

自"过悦必伪"起，至"莫能逆波而溯洄矣"止，便是"原始以表时"。"说者，悦也；兑为口舌，故言咨悦怿"，便是"释名以章义"。自"说贵抚会"起，至"所以历聘而罕遇也"止，便是"选文以定篇"。自"凡说之枢要"起，至篇末，便是"敷理以举统"。

论文叙笔凡二十篇，虽然不能截然每篇划为四段，这是行文不能不有变化，而且论述内容又各有长短的缘故，但总的来说，不外这四方面的内容，所以从论文叙笔的每一篇来说，其内容也是囿别区分的。至于我们这个注译本的段落划分，在照顾文章的内容之外，不能不考虑读者阅读的方便，加以适当调整，这是我们在这里应当说明的。

以上说的是《文心雕龙》上篇，即前二十五篇，下面应该说到下篇的二十五篇了。《序志》接着上文又说：

> 至于剖情析采，笼圈条贯，摛《神》《性》，图《风》《气》，苞《会》《通》，阅《声》《字》，崇替于《时序》，褒贬于《才略》，怊怅于《知音》，耿介于《程器》，长怀《序志》，以驭群篇，下篇以下，毛目显矣。

按照上篇的体例，从《神思》以下的二十篇，也应分作三类：先为剖情，次为剖情与析采兼含的篇次，又次为析采，最后殿以五篇。除《物色》一篇，范文澜等人指出误排之外，恐其他各篇亦有误排者。范氏在《神思》注中说：

> "情数诡杂，体变迁贸"，隐示下篇将论体性。《文心》各篇，前后相衔，必于前篇之末，预告后篇所将论者，特为发凡于此。

我认为范氏的这个论点，是很正确的。因此以为体例，校改下篇次第，安排如次：

《神思》

《体性》《序志》云"摘《神》《性》"，即《神思》《体性》也。

《风骨》

（旧于此下，安排《通变》，原本序云"图《风》《势》"，则应为《定势》。今按《定势》亦非，势为气字之讹，《风骨》以"风""气"并论，故此下当为《养气》。）

《养气》《序志》云"图《风》《气》"，即《风骨》《养气》也。

（《序志》云：苞《会》《通》，《会》《通》两篇，实为剖情，非析采也。）

《附会》

《通变》《序志》云"苞《会》《通》"，即《附会》《通变》也。

（《事类》是"据事类义"，属于文骨。《序志》没有提到，应该属于剖情。《风骨》兼论"风""骨"，以下两两相配。《通变》主风，《事类》主骨，则《通变》应该后接以《事类》。其余《定势》一篇殿末。）

《事类》

《定势》 以上八篇属于剖情。

《情采》

《熔裁》 以上两篇情采兼论，故插于中间。

《声律》

《练字》《序志》云"阅《声》《字》"，自以两篇为析采之首。

《章句》（今在《练字》之前，非也。细读两篇可知。）

《丽辞》

《比兴》

《夸饰》

《物色》（今次作四十六，非也。）
《隐秀》
《指瑕》
《总术》 以上十篇属于析采。论未备者，请参阅《序志》注。
《时序》《序志》云："崇替于《时序》。"
《才略》《序志》云："褒贬于《才略》。"
《知音》《序志》云："怊怅于《知音》。"
《程器》《序志》云："耿介于《程器》。"
《序志》"长怀《序志》，以驭群篇。"

当然，以上安排的篇次，只是个人研究的结果，并不是定论，只是提供参考。同时，我们也应该承认：作者著书是先通盘考虑，成书之后，又检阅全书，然后作序的。全书是个整体，是一部不能割裂的巨制。序是一篇好序，真正是"长怀《序志》，以驭群篇"。

《文心雕龙》中所提的一些主要理论问题

近年来研究《文心雕龙》的专著和论文极多。关于刘勰的世界观，有认为是唯物的，也有认为是唯心的，更有认为是心物二元论的，甚至有人把他的世界观和文学观分开，认为前者是唯心的而后者则是唯物的，纷纭繁杂，各执一端。如果不解决这个根本问题，其他问题终将难以探索。

一、从刘勰的世界观看他的美学、经学、文学观，反转来从他的美学、经学、文学观看他的世界观

《序志》说："本乎道，师乎圣，体乎经，酌乎纬，变乎《骚》，文之枢纽,亦云极矣。"道指的是宇宙本体,而且认为宇宙是美的。圣、经、纬三者是结合一起的,经是圣人的著述,纬是伪托,是违经的,骚是文学。把道(兼含美)、经学、文学,都作为文之枢纽,那就是把世界观、美学观、经学观、文学观都作为文之枢纽了。

甲、《文心雕龙》以为美是客观世界的属性,是神的创造

《原道》是《文心雕龙》的第一篇。它认为天地万物都有文采,客观世界的一切都是美的,整个宇宙是一个美的构成体;这种美并非后来才有,它与天地并生,是世界的属性,是客观事物的本来面目,美存在于客观世界之中。《原道》为了阐述这个观点,列举了大量论证。首先以整个客观世界的安排和结构为依据,说明"文"与"天地并生",美一直存在于客观世界之中:

文之为德也大矣,与天地并生者何哉?夫玄黄色杂,方圆体分,日月叠璧,以垂丽天之象;山川焕绮,以铺理地之形,此盖道之文也。

道在《文心雕龙》中有两种含义。一是宇宙本体,因为古人认为宇宙的构成是有规律的、有条理的,引申为第二种意义,即道理。"天地"在《文心雕龙》里即宇宙本体的具体化;宇宙首先是个浑然的"太极",后来剖判为二,就成为上天和下地。天玄而地黄,天圆而地方,天上则"日月叠璧",地下则"山川焕绮",因此刘勰认为宇宙本体是有文采的,是美的。

更进一步,他认为宇宙有如一个美丽的花篮,装载的莫不是艺术的珍品,《原道》说:

旁及万品,动植皆文:龙凤以藻绘呈瑞,虎豹以炳蔚凝姿;

云霞雕色，有逾画工之妙；草木贲华，无待锦匠之奇。夫岂外饰，盖自然耳。至于林籁结响，调如竽瑟；泉石激韵，和若球锽。故形立则文生矣，声发则章成矣。

人也是宇宙的一员，"夫以无识之物，郁然有彩；有心之器，其无文欤"？所以他认为人更是美的化身，从外形到内心，无不合于美的原则。所以《原道》又说："惟人参之，性灵所钟，是谓三才。为五行之秀，实天地之心。"人既然是"天地之心"，自然与天地合德。既然天地本来是美的，人的出现，必然把这个美带到了社会。所以人类社会的美，也是天地的属性，并不是凭空捏造的，从外附加的。《原道》明白无误地说："心生而言立，言立而文明，自然之道也。"又说："人文之元，肇自太极。"太极指"天地之始""宇宙之初"。"元"在这里是"本源""根源"的意思。所以作品中认为人文之美的本源扎根于宇宙之中。

刘勰揭示美是宇宙的属性以后，并没有停止对问题的探索，还在追求构成宇宙之美的根由，提出了"道心"和"神理"。《原道》说：

若乃《河图》孕乎八卦，《洛书》韫乎九畴，玉版金镂之实，丹文绿牒之华，谁其尸之？亦神理而已。

玄圣创典，素王述训，莫不原道心以敷章，研神理而设教。

道心惟微，神理设教。

所以通过《文心雕龙》可以看出，刘勰认为道，即宇宙本体这个东西，是"形而上"的，不是"形而下"的，不是"无识之物"，而是"有心之器"，而且不是一般的有心之形，而是总天地万物的有心之器。道心是十分微妙的，是天地万物之美的创造者。这个道心又叫作神理。天地万物之所以有美的属性，是这个神理主使的。所以说："谁其尸之？亦神理而已。"

如果认为包罗万象的宇宙是物质构成的，客观的美只是物质的属性，当然可以把它说成是唯物论的观点。如果认为宇宙不是无知之物，而是有心之器，宇宙本体之美是神的主使，神所创造，则其归根结底，应是唯心论的观点。所以刘勰不是唯物论者而是唯心论者。他不把道心和神理当作主观的主宰，而是当作客观存在的主宰，所以刘勰不是一般的主观唯心论者，而是客观唯心论者。《文心雕龙》的美学观，是刘勰世界观重要的组成部分。美虽是宇宙万物的属性，其所以有此属性，却是道心和神理赋予宇宙万物的。

乙、《文心雕龙》认为人与造物同心，六经与天地合德

刘勰主张征圣宗经，无疑是受了传统儒家思想的影响，而且把这种影响融化在他的思想体系中，提高到认识论的高度。他从其世界观出发，认为"征圣""宗经"，是有其美学观依据的。因为圣人的思想，既与造物者的道心一致，又和神理相通。圣人所著的经书，文章形式既合于天地万物的自然之美，内容也发扬了道心神理创造美的用心，所以圣人既能与神、道合德，圣文自然是反映了天地万物之美的伟大经书。

刘勰既认为圣人能与神、道合德，所以《征圣》说："夫鉴周日月，妙极几神；文成规矩，思合符契。"换句话说，就是圣人与大道同心，与神明同德。

道心和神理既创造了万物，同时又赋予它们以美的属性，而道与神的这种功能，又只有圣人才能理解，所以对于圣人所写的经书，《宗经》说："经也者，恒久之至道，不刊之鸿教也。故象天地，效鬼神，参物序，制人纪，洞性灵之奥区，极文章之骨髓者也。"换句话说，就是六经与天地合德，与造物同心。

《原道》说，人"为五行之秀，实天地之心，心生而言立，言立而文明，自然之道也"。但这个人，是指的整个人类，不是指的圣人。一切作家所写的诗文，也不是六经，所以一切作者都要"征圣""宗经"，只有"征圣""宗经"，才能向着道心与神理迈进。

由于刘勰认为文学艺术之美本源于道心与神理，所以以《原道》为第一篇，又说"本乎道"（《序志》）。由于这个道心和神理只有圣人才完全明白，后人必须向圣人学习，所以将《征圣》列为第二篇，又说"师乎圣"（《序志》）。更由于只有圣人的经书才发扬了道心和神理，所以将《宗经》列为第三篇，因为"文能宗经，体有六义"（《宗经》），又说"体乎经"（《序志》）。

原道、征圣、宗经，是三桩事，刘勰认为三者熔为一炉，三位本来是一体，不可分割。"道沿圣以垂文，圣因文而明道"。没有道，就无所谓圣人与经书；有了道而没有圣人，道就永远是个混沌，是个谜；有了道，又有了圣人，如果圣人不依据道心和神理，著为经书，则后人没有探索道的桥梁，神之奥秘，道之本质，美的根源，就不能揭示出来，不能为后人所理解。所以刘勰作《原道》《征圣》《宗经》是把文学作为哲学范畴内的认识论看待的；他还要在纬候中去伪存真；又告诉人《离骚》也包藏经义，同时他又认为屈原"虽非明哲，可谓妙才"，然而究竟不是圣人，所以说"变乎《骚》"；然后他总结说，以此五者为"文之枢纽，亦云极矣"（《序志》）。

丙、《文心雕龙》认为人"为五行之秀"，文章亦"天地之心"

《征圣》主张"论文必征于圣，窥圣必宗于经"，所以刘勰的论文，必与宗经相结合，他的文学观与经学观实则水乳交融。他以为人与天地并立，是三才之一，"为五行之秀，实天地之心"，而圣人则为群伦之首，经书则为著作之宗。

刘勰之所以说，人"为五行之秀，实天地之心"，因为在他看来，人是天地的化形，宇宙的缩影，《序志》云："夫肖貌天地，禀性五行，拟耳目于日月,方声气乎风雷,其超出万物,亦已灵矣。"所谓五行,就是《洪范》所说的"水、火、木、金、土",以五行配合人的五脏,则为心、肝、脾、肺、肾;五脏发而为五性,则为仁、义、礼、智、信。在他看来,作为宇宙本体的躯壳,即天地万物,是美的。作为宇宙的灵魂,即道心和神理,也是美的。人是"肖貌天地,禀性五行",所以人的形体是美的,人的五性也是善的。

因为"人文之元,肇自太极","心生而言立,言立而文明","言之文也,天地之心哉",所以文章也就远则效法天地,近则取譬人身。《附会》云:"必以情志为神明,事义为骨鲠,辞采为肌肤,宫商为声气。"正是把文章四体拟作人之一身。《情采》又云:"故立文之道,其理有三:一曰形文,五色是也;二曰声文,五音是也;三曰情文,五性是也。五色杂而成黼黻,五音比而成韶夏,五性发而成辞章,神理之数也。"这里所说的文章成立的三个道理,照刘勰看来,从远的根源说,正是宇宙的属性之美;从近的根源说,正是人体之美。《原道》说"云霞雕色","草木贲华",由于"形立则文生矣",是宇宙万物本有形体之美;又说"林籁结响","泉石激韵",由于"声发则章成矣",是宇宙万物本有声音之美。道心和神理,所以造成宇宙的形体和声音之美,则是由于它本含五行,本有五性,是宇宙之德、天地之心自有情性之美也。所以说文章成立的道理,是以宇宙本来之美为根源,用刘勰的话说,就是"人文之元,肇自太极"。

《原道》以为宇宙表现出来的美,不是后来加上去的,是宇宙自身的属性,它说:"夫岂外饰,盖自然耳。"由于文章远法宇宙,近效人身,所以文章之美也应来自宇宙之美和人身之美。所以《情采》说:"夫铅黛所以饰容,而盼倩生于淑姿;文采所以饰言,而辩丽本于情性。……此立文之本源也。"这里就很明白而清楚地说明了刘勰的意见,他认为人的淑姿和性情是文章之美的本源。在《文心雕龙》中,许多地方用极形象的语言，谈文学的形式和内容，我们常常把它当作比喻。以为那是把人体比成文体，把人的容貌比成文学形式，把人的感情比成文学内容。其实这是错误或不准确地理解了刘勰论文的实质，是由于我们把刘勰的文学观和美学观、世界观割裂开来、孤立起来了，同时对《文心雕龙》中下列的一些重要的辞句没有仔细认真推敲：

> 人文之元，肇自太极。
> 心生而言立，言立而文明，自然之道也。
> 夫岂外饰，盖自然耳。
> 故立文之道，其理有三……神理之数也。
> 感物吟志，莫非自然。
> 盼倩生于淑姿……而辩丽本于情性。……此立文之本源也。

这些都是强调说明美的自然性，神理之数，指出文学的本原。

《文心雕龙》谈文学的构思，谈文学创作的过程，总是强调心与物的关系，我们都认为刘勰在一定程度上理解到形象思维的特点。当然从创作观点说扬弃其世界观中的神秘性，吸取其合理的精华，是应该承认刘勰的历史功绩的。但是如果不揭开他世界观的奥秘，便是将他不恰当地拔高。

刘勰从其世界观出发，认为客观世界是美的，所以他强调写自然世界，因为自然的物色是美的，所以他有《物色》专篇。因为他强调作家主观是世界神理的缩影，所以他主张"才为盟主"，"吐纳英华，莫非情性"，强调"为情造文"，反对"为文造情"。因为他认为主客观都是美的，因而他主张"体物写志""感物共情"。因为他认为主客观完全一致的只有圣人和圣人的六经，所以他的评文和审美，也只有圣人和六经是唯一的标准。

所以，应该是由于刘勰的世界观，产生其美学观，又由其美学观产生其经学观和文学观。刘勰的文学观渗透了客观唯心主义。有的学者指出《文心雕龙》的自然观和文学观之神秘性，是看到了问题的实质。有的学者把刘勰的世界观和文学观分开，认为他是二元论者，他们似乎没有看到刘勰的美学观和经学观是沟通其世界观与文学观的桥梁，没有认清其文学观同样受到世界观的制约。至于说刘勰是唯物论者，则不免离开了《文心雕龙》的实质。

二、刘勰虽然是客观唯心主义者，却合理地回答了文学与现实、内容与形式的关系两个问题

一个真正的唯心主义者，是不承认客观存在的；而一个客观唯心主义者，却是承认客观存在的，不过这个客观不是漠然无知之物，而是一个有心之器。因为他承认客观存在，所以合理地回答了文学与现实、内容与形式的关系问题。这比如一个有贡献的科学家，虽然他是个有神论者，却不妨碍他在科学上做出应有的成绩。当然社会科学家与自然科学家还有某些不同之处，还必须扬弃其唯心的成分。

刘勰从承认存在的客观性出发，在《明诗》里说："人禀七情，应物斯感，感物吟志，莫非自然。"在《诠赋》里说："原夫登高之旨，盖睹物兴情。"在《物色》里说："物色之动，心亦摇焉。"又说："物色相召，人谁获安！"都提出了客观的物为创作对象，认为文学是反映客观事物的。他又不主张自然主义地摹写外物，人是有主观能动性的，所以感物写形，是带有主观爱憎的。因为"情以物迁，辞以情发"（《物色》)，所以进一步说："情以物兴，故义必明雅；物以情睹，故词必巧丽。"只有这样写成的文章，才能"文虽杂而有实，色虽糅而有仪"（以上引《诠赋》），是文质彬彬的作品。创作的对象固然是客观风物，但不止于客观风物，还有现实生活。刘勰并没有忽视这一点，

在《时序》里说"时运交移,质文代变""歌谣文理,与世推移""文变染乎世情,兴废系乎时序"。用今天的话说,就是文学一定要反映时代现实。

由于刘勰认为文学是现实的反映,而且强调作家的情志在反映现实方面的作用,作品的语言则是表达现实和情志的手段,"情以物迁,辞以情发"。所以他又提出了文学观中另一个根本性的问题,即作品的内容与作品形式的关系。而且认为内容是决定形式的。作品反映的现实和作家对现实的爱憎便是诗文的全部内容,既然这些东西是作品的物质基础和精神基础,反映这些和表达这些的语言,自然就居于次要的地位了。《体性》里说:"夫情动而言形,理发而文见,盖沿隐以至显,因内而符外者也。"便明确指出情理与形文的关系,是沿隐至显,因内而符外的关系。

《情采》一篇,是专篇讨论情采关系的,它很形象地说:

> 夫铅黛所以饰容,而盼倩生于淑姿;文采所以饰言,而辩丽本于情性。故情者文之经,辞者理之纬,经正而后纬成,情定而后辞畅,此立文之本源也。
>
> 夫桃李不言而成蹊,有实存也;男子树兰而不芳,无其情也。夫以草木之微,依情待实,况乎文章,述志为本,言与志反,文岂足征。

不单是指出了思想内容是作品的基础,情理为诗文之经,辞采为诗文之纬;而且指出了"情定而后辞畅","言与志反,文岂足征",内容的好坏是决定形式美丑的。

在内容决定形式的前提之下,刘勰并未忘记形式对内容的积极作用,而且要求内容与形式的统一。所以《征圣》以为"政化贵文""事绩贵文""修身贵文",只有"志足而言文,情信而辞巧,乃含章之玉牒,秉文之金科矣"。《神思》也说:"拙辞或孕于巧义,庸事或萌于新意;视布于麻,虽云未贵;杼轴献功,焕然乃珍。"《风骨》更云:"若风骨乏采,则鸷集翰林;采乏风骨,则雉窜文囿;唯藻耀而高翔,固文笔之鸣凤也。"

形式对内容是可以起积极作用的,但形式之所以起积极作用,是由于形式服从内容的缘故。刘勰又从这一角度加深了对"内容决定形式"这一前提的阐述,并且从根本上说明了一系列创作技巧问题。《定势》云:"莫不因情立体,即体成势也。"认为诗文的语调辞气,也就是诗文的语势,是作品的感情和感情所形成的风格所决定的。《熔裁》也以为"草创鸿笔,先标三准",然后才是"舒华布实,献替节文",那就是说,"櫽括情理"是决定"矫揉文采"的,"熔"是决定"裁"的。

由于他认为文学是现实的反映,文学的内容决定文学的形式,因而较为正确地理解了真实和夸张的关系。

他以为文学的内容既然决定文学的形式,而内容又是通过作家的感情对现实的反映,所以思想内容首先应该真实,不应向壁虚造。《情采》云:

> 后之作者采滥忽真,远弃《风》《雅》,近师辞赋,故体情之制日疏,逐文之篇愈盛。故有志深轩冕,而泛咏皋壤,心缠几务,而虚述人外,真宰弗存,翩其反矣。夫桃李不言而成蹊,有实存也;男子树兰而不芳,无其情也。夫以草木之微,依情待实,况乎文章,述志为本,言与志反,文岂足征。

反对"采滥忽真""虚述人外",反对"真宰弗存""言与志反",正是要求思想感情的真实。

真实与夸张既是对立的，又是相辅相成的，如果夸饰服从真实的话，夸饰就可以更突出生动地反映真实。所以刘勰并不反对夸饰，只要夸饰是为了真实，是完全容许的，而且是必须的。故《夸饰》说"神道难摹，精言不能追其极；形器易写，壮辞可得喻其真"，认为只有"夸饰"的"壮辞"，才可"喻其真"。又认为《诗》《书》中虽然"意深褒赞""义成矫饰"，不应该"以文害辞""以辞害意"。从夸张中突出真实自然是好的，至于夸饰而至于失实，那就要反对了。《夸饰》又说"饰穷其要，则心声锋起；夸过其理，则名实两乖"，所以一定要"夸而有节，饰而不诬"。

创作流派虽然不少，作品的风格虽然多样，但历代的创作不外两种倾向：一种是以反映现实为基础，从内容决定形式出发，有了真实的感情，然后创作而成的作品；另一种则相反，违反创作反映现实生活的原则，内容空洞，只是为了炫耀华辞丽藻，来进行构造。《情采》云：

> 昔《诗》人什篇，为情而造文；辞人赋颂，为文而造情。何以明其然？盖《风》《雅》之兴，志思蓄愤，而吟咏情性，以讽其上，此为情而造文也。诸子之徒，心非郁陶，苟驰夸饰，鬻声钓世，此为文而造情也。

由于倾向的不同，创作出来的东西，也必两样，所谓"为情者要约而写真，为文者淫丽而烦滥"。

刘勰对两种不同倾向的看法，主张"为情造文"，反对"为文造情"，他在论述各种体裁的体要时，是以此为标准的。《诠赋》以为赋要"义必明雅""词必巧丽"，"丽词雅义，符采相胜"，反对"逐末之俦，蔑弃其本"，"繁华损枝，膏腴害骨"。《哀吊》以为"隐心而结文则事惬，观文而属心则体奢。奢体为辞，则虽丽不哀，必使情往会悲，文来引泣，乃其贵耳"。《论说》以为"论如析薪，贵能破理。斤利者，越理而横断；辞辨者，反义而取通；览文虽巧，而检迹知妄。唯君子能通天下之志，安可以曲论哉"。《章表》以为表要"雅义以扇其风，清文以驰其丽"。但是表有两种倾向："恳恻者辞为心使，浮侈者情为文屈。"观此数事，对刘勰的主张便了如指掌了。

刘勰以他的这种理论思想为基础，反对两汉以来到刘宋南齐的形式主义倾向的战斗力是很强的。《夸饰》云："自宋玉、景差，夸饰始盛。相如《子虚》，诡滥愈甚。"《物色》云："长卿之徒，诡势瑰声，模山范水，字必鱼贯；所谓《诗》人丽则而约言，辞人丽淫而繁句也。"当然逐末之俦，就更要繁花损枝，膏腴害骨了。在《序志》中更感叹于"去圣久远，文体解散，辞人爱奇，言贵浮诡，饰羽尚画，文绣鞶帨，离本弥甚，将遂讹滥"。宋齐的作品，便发展为讹而新，当然是刘勰所深恶痛绝的。

三、刘勰从文学反映现实、内容决定形式出发，建立了整套剖情析采的理论

彦和之所以可贵，《文心雕龙》之所以不朽，不单是回答了文学与现实、内容与形式两个根本性的问题，而且在此基础上，系统地提出了剖情析采的理论。即作品的情志、事义、辞采和宫商。

他把作品比作一个完整的人体，《附会》云："夫才童学文，宜正体制，必以情志为神明，事义为骨鲠，辞采为肌肤，宫商为声气。"他认为文体包括情志、事义、辞藻、宫商四事，犹人体之包括神明、骨鲠、肌肤、声气四个部分。《文心雕龙》中常常单用体字，或连用体制、体要、体势、体性、体义、骨体，而文章论文叙笔，则有赋体、诗体、诏体、论体，把读者搞得目迷五色，眼花缭乱，其实都本源于此，他是把诗文比作人体。

《文心雕龙》中又时称六义、六观、三准，六与三虽然数目不同，其实都和上述四事相关联，不加诠释，更令感到骨突。《宗经》云：

> 故文能宗经，体有六义：一则情深而不诡，二则风清而不杂，三则事信而不诞，四则义贞而不回，五则体约而不芜，六则文丽而不淫。

其实，一与二说的是情志，三与四说的是事义，是很明显的。五谓辞采，六谓宫商，也可以类推知道。《知音》云："是以将阅文情，先标六观：一观位体，二观置辞，三观通变，四观奇正，五观事义，六观宫商。"位体指情志，置辞指辞采，自不待言。事义与宫商更与《附会》所说完全相同。通变则兼指情志、事义两者的继承与变易，奇正则兼指辞采、宫商的雅正与奇诡。《熔裁》又云："是以草创鸿笔，先标三准：履端于始，则设情以位体；举正于中，则酌事以取类；归余于终，则撮辞以举要。然后舒华布实，献替节文，绳墨以外，美材既斫，故能首尾圆合，条贯统序。"设情位体，指安排情志而言，《知音》"六观"之"位体"，所以正与此相同。酌事以取类，指集中事与义而言，又所谓树骨，即文章骨鲠。撮辞以举要，指初步地用文字表达纲要，"舒华布实，献替节文"，则是进一步地采择辞采，协调宫商。各篇行文虽然不同，都不外讨论情志、事义、辞采、宫商四事。四事中情志与事义属于剖情，辞采与宫商属于析采。下文分别就四事加以论述：

先谈情志。情志，就是作品的思想情感；主要情志，就是作品的中心思想。中心思想是创作中最重要的一环，比之于人体，像是人体的神明一样。人的情志体现在作品里，产生一种情态，刘勰把它叫作风。风其实就是作家的感情反映在作品里所呈现的一种倾向、激情，也可以说是风情。作品之所以能感染人、教育人，就是作家的感情能感染人、教育人，作家的主观能力所起的推动作用。所以《风骨》云"斯乃化感之本原，志气之符契也"，又说"意气骏爽，则文风生焉"，更说"深乎风者，述情必显"。

作家的情志怎样才能很好地体现在作品中呢？刘勰提出了"含风"的问题。因为风是作家的情志在作品中的体现，所以"情理设位""櫽括情理"就可以"含风"。《熔裁》一篇中的熔意，就是专论含风的手段。《熔裁》中论熔意，标举三准，以"设情以位体"为第一准；《知音》论衡文，以"位体"为第一观。就是主张行文即需以櫽括情理为第一，衡文也是以安排情志为最先，换句话说，无论行文和衡文都是以含风为最重要的。

因为作家的感情有个性，所以产生了作品的个性，也就是说，作品櫽括的情理不同，就产生了作品的风格。《体性》就是专论诗文个性的，也就是专谈作品风格的。它说："夫情动而言形，理发而文见，盖沿隐以至显，因内而符外者也。"指出了文章的情理是基础。情理发而为文，为什么产生不同的风格呢？《体性》进一步说道："然才有庸俊，气有刚柔，学有浅深，习有雅郑，并情性所铄，陶染所凝，是以笔区云谲，文苑波诡者矣。"才与气属于性情，是人的天赋；学与习属于陶染，是后天所养成的。两方面结合成为个性，个性渗入作品，成为风格。也就是说，因为个性有庸俊、刚柔、浅深、雅郑之分，所以造成了"笔区云谲，文苑波诡"——即诗文的不同风格。

刘勰把风格分为八体：典雅、远奥、精约、显附、繁缛、壮丽、新奇、轻靡。八体是对立的四组：典雅与新奇为一组，远奥与显附为一组，繁缛与精约为一组，壮丽与轻靡为一组。对立的四组，正是才之庸俊、气之刚柔、学之浅深、习之雅郑四者对立所形成的。所以他说："雅与奇反"，是由于"体式雅郑，鲜有反其习"；"奥与显殊"，是由于"事义浅深，未闻乖其学"；"繁与约舛"，是由于"辞理庸俊，莫能翻其才";"壮与轻乖",是由于"风趣刚柔,宁或改其气";总而言之,"吐纳英华,莫非情性"。虽然才性与天赋相关,但作家的情志并不是固定不变的,所以又提出了"八体屡迁,功以学成","习亦凝真,功沿渐靡"。他还是一定程度注意了后天的重要性。

其次谈事义。事义就是今天所说的题材。主要题材,就是作品中的主要事义。因为主要事义构成作品的骨干,所以刘勰把它叫作骨。《附会》云:"事义为骨鲠。"如果说,情志是作品的精神基础,事义便是作品的物质基础;如果说,作品的中心思想是文章的神明,主要题材便是作品的骨鲠。两者配合,便构成了刘勰的风骨论。

作品的中心思想既然重要,中心题材也是重要的;以中心思想为基础的风既然重要,由中心题材构成的骨自然也是重要的。《风骨》云:"沉吟铺辞,莫先于骨。故辞之待骨,如体之树骸。"又说:"若瘠义肥辞,繁杂失统,则无骨之征也。"这里所说的辞,不是说的文藻,而是说的所有语言,是把事义表达出来的手段。

文骨是作品的物质基础,如人身的骨鲠一样重要,所以创作必须树骨,或者说炼骨。刘勰认为安章宅句、附辞会义和据事类义,都是树骨的重要手段。他从各个方面阐述树骨,构成有系统的文骨论。《章句》虽然是论安章宅句的,却说:

> 原始要终,体必鳞次。启行之辞,逆萌中篇之意;绝笔之言,追媵前句之旨。故能外文绮交,内义脉注,跗萼相衔,首尾一体。

章句本来是语言,语言所表达的事义首尾相衔,就为文章的骨鲠,所以这里所说的便是树骨。《附会》一篇,专论附辞会义,就是用语言来集中事义,照今天的话说,就是提炼主题,突出中心题材,也就是树骨。其中有云:

> 凡大体文章，类多枝派，整派者依源，理枝者循干，是以附辞会义，务总纲领，驱万涂于同归，贞百虑于一致，使众理虽繁，而无倒置之乖，群言虽多，而无棼丝之乱；扶阳而出条，顺阴而藏迹，首尾周密，表里一体，此附会之术也。

这里所说的"整派依源""理枝循干""万涂同归""百虑一致"，都是为突出主要题材、中心事义，正是树骨的重要手段。《事类》一篇，专谈"据事类义，援古证今"，照今天的话说，就是发挥中心题材。其中有云：

> 昔文王繇《易》，剖判爻位，《既济》九三，远引高宗之伐；《明夷》六五，近书箕子之贞：斯略举人事，以征义者也。至若胤征羲和，陈《政典》之训；盘庚诰民，叙迟任之言：此全引成辞，以明理者也。

这里说的"举人事以征义""引成辞以明理"，正是发挥中心题材，自然也就是突出文骨。

三谈辞采。辞采就是文辞的色彩和藻饰，它属于诗文形式，是作品的肌肤。刘勰认为内容决定形式，情是决定采的。专著《情采》一篇，作为系统的辞采论。他认为虽然情是决定采的，但情和采又互相为用。它说：

> 夫水性虚而沦漪结，木体实而花萼振，文附质也。虎豹无文，则鞟同犬羊；犀兕有皮，而色资丹漆，质待文也。

他认为文采的构成，有三个因素。又云：

> 故立文之道，其理有三：一曰形文，五色是也；二曰声文，五音是也；三曰情文，五性是也。五色杂而成黼黻，五音比而成韶夏，五性发而成辞章。

黼黻是礼服，韶夏是音乐，不是作品。但是作品不是没有五色的，《物色》一篇，就是专论风物的色彩与作品色彩之间的关系的。它认为"物色之动，心亦摇焉"，"物色相召，人谁获安"！这就是说，由于客观物色反映在作家的思想里，然后表现在作品里，反映物色的五彩，就不能不用五色的文字。作者认为五色之字可以使用，但不宜青黄迭出：

> 至如《雅》咏棠华，"或黄或白"；《骚》述秋兰，绿叶紫茎。凡摛表五色，贵在时见，若青黄屡出，则繁而不珍。

作品中也不是没有五音的，《声律》一篇，就是专论五音的。

情文是文采中最重要者，它是五性的外在体现。作者主张为情造文，反对为文造情。他以为"《诗》人篇什"是"为情造文"；"辞人赋颂"是"为文造情"。"为情造文"，则"要约而写真"；"为文造情"，则"淫丽而烦滥"。后代形式主义就是"为文造情"而出现的。所以《情采》在上述之后，痛切指出：

> 而后之作者采滥忽真，远弃《风》《雅》，近师辞赋，故体情之制日疏，逐文之篇愈盛。

因为"为文造情"就是先有形式，再灌入内容，它是违反"内容决定形式"这个前提的。所以刘勰根据这个道理，进一步反对当时的形式主义。《物色》云：

> 自近代以来，文贵形似，窥情风景之上，钻貌草木之中。

这就是"为文造情"。如果"为情而造文"，则应该：

> 吟咏所发，志惟深远；体物为妙，功在密附。故巧言切状，如印之印泥，不加雕削，而曲写毫芥。故能瞻言而见貌，即字而知时也。

《序志》云：

> 去圣久远，文体解散，辞人爱奇，言贵浮诡，饰羽尚画，文绣鞶帨，离本弥甚，将遂讹滥。

讹与滥是略有分别的：滥是文采过甚，是形式主义特点之一；讹是违背语言规律，不合语调辞气，是形式主义特点之二。将在下面引述。

刘勰在谈情志中，提出了含风的问题，在谈事义中，提出了树骨的问题，同样在谈辞采时，提出修辞的问题。辞以字为基础，"斯乃言语之体貌，而文章之宅宇也"（《练字》）。所以修辞首先在练字，《练字》云：

> 是以缀字属篇，必须练择：一避诡异，二省联边，三权重出，四调单复。

练字之后，便是铸辞，《丽辞》一篇，是专谈铸辞的。刘勰认为"夫心生文辞，运裁百虑，高下相须，自然成对"，所以铸辞以对偶最为重要。《丽辞》云：

> 故丽辞之体，凡有四对：言对为易，事对为难，反对为优，正对为劣。

然后才是位句安章，总成一篇。

　　字和辞是篇章的基础，若要整篇作品有文采，单有练字和丽辞是不够的。刘勰在练字和丽辞的基础上，又提出了有关手法的问题，即比兴和夸饰。刘勰认为"比者，附也；兴者，起也"，"起情故兴体以立，附理故比例以生"。但是两汉以来，"辞人夸毗，讽刺道丧，故兴义销亡"。《比兴》一篇只是较详细地论述了比："夫比之为义，取类不常：或喻于声，或方于貌，或拟于心，或譬于事。"在两汉辞赋中，有"比声之类""比貌之类"，有"以物比理""以心比声""以辩比响""以物比容"，比的方法，不一而足。

　　关于夸饰，前面已经提到，不再重复。

　　无论练字、丽辞、章句、比兴、夸饰，都是从积极方面来谈修辞的。从消极方面说，就应该指出瑕疵，裁剪芜秽。所以《熔裁》和《指瑕》两篇，也是从修辞说的。当然，熔是熔意，裁是裁辞，两者之中，裁辞才是重点谈修辞的，所以说："剪截浮辞谓之裁。"篇中以极形象的比喻谈剪裁的重要性说：

> 夫美锦制衣，修短有度，虽玩其采，不倍领袖，巧犹难繁，况在乎拙。而《文赋》以为"榛楛勿剪""庸音足曲"，其识非不鉴，乃情苦芟繁也。

《指瑕》中指出了陈思《诔武帝》及《明帝颂》中比事失当，崔瑗《诔李公》拟人不伦，左思《七讽》中说孝反道，潘岳"悲内兄""伤弱子"用辞违礼，从修辞的角度说明了虽历代名家的创作也不是没有疵瑕的。还指出了"晋末篇章，依希其旨"，"近代辞人，率多猜忌"，则从修辞的角度，指责了时代风气的恶习。刘勰不厌其烦地从各个方面探讨了修辞，提出了较有系统的修辞学。

最后谈宫商。刘勰论宫商，并没有局限于狭隘的声律概念之中，他认为声律宫商必然体现于语言，《声律》云：

> 故言语者，文章管籥，神明枢机，吐纳律吕，调和唇吻而已。古之教歌，先揆以法，使疾呼中宫，徐呼中徵。夫徵羽响高，宫商声下；抗喉矫舌之差，攒唇激齿之异，廉肉相准，皎然可分。

声律不独有关乐歌，而且体现在语言中，所以宫商问题，也就是语调辞气问题。因而《文心雕龙》从语调辞气，提出了体势论。体即文体笔体，势即姿态，体势即文体的姿态。《定势》专论姿态构成的原因。姿态虽然属于辞采，构成的原因则在文情，所以《定势》列入剖情而不归于析采。《定势》云：

> 势者，乘利而为制也。如机发矢直，涧曲湍回，自然之趣也。圆者规体，其势也自转；方者矩形，其势也自安：文章体势，如斯而已。

又云：

> 是以模经为式者，自入典雅之懿；效《骚》命篇者，必归艳逸之华；综意浅切者，类乏酝藉；䜣辞辨约者，率乖繁缛（以上

四事，谓风格之构成）。譬激水不漪，槁木无阴，自然之势也（此谓体势，即姿态来源于风格）。

体势是作家的感情、作品的风格所决定的，但它必须通过语调辞气表现出来，所以体势也就是语调辞气所表现的姿态。语调辞气必然要表现于字句声律中，因此《声律》《练字》《章句》等篇，都把语调辞气当作重要问题，加以探讨。《声律》云：

> 凡声有飞沉，响有双叠，双声隔字而每舛，叠韵离句而必睽；沉则响发而断，飞则声扬不还；必辘轳交往，逆鳞相比，迕其际会，则往蹇来连，其为疾病，亦文家之吃也。夫吃文为患，生于好诡，逐新趣异，故唇吻纠纷；将欲解结，务在刚断。左碍而寻右，末滞而讨前，则声转于吻，玲玲如振玉；辞靡于耳，累累如贯珠矣。

《章句》云：

> 夫裁文匠笔，篇有小大；丽章合句，调有缓急；随变适会，莫见定准。句司数字，待相接以为用；章总一义，须意穷而成体。其控引情理，送迎际会，譬舞容回环，而有缀兆之位；歌声靡曼，而有抗坠之节也。

《练字》云：

> 心既托声于言，言亦寄形于字，讽诵则绩在宫商，临文则能归字形矣。

又云：

> 字靡易流，文阻难运。

《文心雕龙》便通过语调辞气、语言规律，有系统地提出了体势论，又运用体势论进一步反对当时的形式主义。

刘勰反对形式主义，一方面反对两汉以来辞赋家的"为文而造情""丽淫而繁句"，这在前面已经提到了。另一方面则反对晋、宋以来的"讹而新"。造成"讹而新"的原因，也是"为文而造情"，不过它比"丽淫而繁句"更走远了一步。它不是"因情立体，即体成势"，而是"取势效奇"，所以违反了语言规律，破坏了语言形式。《定势》云：

> 自近代辞人，率好诡巧，原其为体，讹势所变，厌黩旧式，故穿凿取新。察其讹意，似难而实无他术也，反正而已。……效奇之法，必颠倒文句，上字而抑下，中辞而出外，回互不常，则新色耳。……然密会者以意新得巧，苟异者以失体成怪。旧练之才，则执正以驭奇；新学之锐，则逐奇而失正；势流不反，则文体遂弊。

指出了文体之坏，是"讹势所变"；形式之奇，是"失体成怪"。《指瑕》云：

> 晋末篇章，依希其旨，始有赏际致奇之言，终有抚叩酬酢之语，每单举一字，指以为情。夫赏训锡赉，岂关心解？抚训执握，何预情理？……悬领似如可辩，课文了不成义，斯实情讹之所变，

> 文浇之致弊。而宋来才英，未之或改，旧染成俗，非一朝也。近代辞人，率多猜忌，至乃比语求蚩，反音取瑕，虽不屑于古，而有择于今焉。

反对"依希其旨"，"了不成义"，"比语求蚩，反音取瑕"。

通过上面的论述，刘勰提出的剖情析采的整套理论，是很清楚的。他是以文体比之于人体，人体有神明、骨鲠、肌肤、声气，而文体则有情志、事义、辞采、宫商。人以神明为主的，文就以情志为先，为了处理好作品的情志，进一步提出了位体与含风的问题，建立了风格论。人体不能没有骨鲠，文体必须有事义，为了安排好作品中的事义，进一步提出了树骨的问题，主张附辞会义和据事类义，建立文骨论，照我们的说法就是题材论。人体仪表之美在于肌肤，文体形式之美在于辞采，为了修饰好作品的仪表，进一步提出了修辞的问题，建立了辞藻论，即我们说的修辞学。人体不能没有声气，所以文体也必须有宫商，为了作品的语调辞气之美，进一步提出了调协声律，建立了体势论。刘勰便运用这套理论，来剖情析采，来衡量文学，来针砭时弊。

刘勰是个客观唯心主义者，他承认客观存在，对几千年来存在的文学艺术，进行过精湛的研究，所以对文学理论有巨大的贡献。但他毕竟是个唯心主义者，他把宇宙本体看成了有心之器，又要把宇宙、人类、文学沟通起来，于是认为人是宇宙的缩影，文学是人学的具体反映，于是把宇宙、人体、文体的形体和精神之美，结合论述，其结合是经过刘勰精炼筛选，所以有不少恰当的东西，是著作的精华。当然，这种比拟总是神秘的，甚至是不恰当的，他的理论核心有些是不科学的，我们在刘勰的世界观、美学观、经学观、文学观中已经详细论述，就不再说了。

四、刘勰从时代的推进和变化，提出了文学的继承和发展问题

刘勰在他的文学观和剖情析采之理论基础上，进一步提出了继承与发展的问题。他认为文学在历史推进的过程中有不变的一面，叫作通，有日新月异的一面，叫作变。通与变是对立的统一，是辩证的结合。这个通与变的规律，用今天的话说，就是继承与发展的问题，也可以说就是传统与革新的问题。

究竟哪些是应该变的，哪些是不应该变的呢？《通变》云：

> 夫设文之体有常，变文之数无方，何以明其然耶？凡诗、赋、书、记，名理相因，此有常之体也；文辞气力，通变则久，此无方之数也。

便指出了不变是"设文之体"，也就是诗、赋、书、记等的体制；而日新月异的是"无方之数"，也就是"文辞气力"的浓淡。其所以变与不变的原因，他是用历史推进演化的观点，从继承与发展的统一来看的。所以《通变》又云："名理有常，体必资于故实；通变无方，数必酌于新声。"

刘勰探讨通与变的关系，一方面是立足于他的文学观之上的，另一方面是立足于剖情析采的理论之上的。《通变》探讨不变和变，便是以剖情析采的理论为基础；《时序》探讨继承和发展，便是以文学观为基础的。

《通变》中论述不变时说"夫设文之体有常"，"设文之体"即以人体比文体，指的情志、事义、辞采、宫商四体。所谓有常：一是说，任何诗文，都不能离开四体，排除四体，就不能成为诗文，所以文章

必须有体，这是不能变的，这就叫作有常。二是说的四体的标准是不变的。什么标准呢？那就是《宗经》中所说的，情志的标准是"情深而不诡"，"风清而不杂"；事义的标准是"事信而不诞"，"义贞而不回"；辞采的标准是"体约而不芜"；宫商的标准是"文丽而不淫"。为什么四者的标准不变呢？因为这四个标准分别言之，就是"体有六义"，六义的产生则在于"文能宗经"。《文心雕龙》以宗经为第一要义，认为"经也者，恒久之至道，不刊之鸿教"。《通变》还说："矫讹翻浅，还宗经诰。"两者的道理，正是一致的。因为"宗经"的前提既不能变，所以由"宗经"而产生的六义就不应该变，四体既以六义为标准，所以四体的标准就不应该变。当然，这是不合理的，这是刘勰的世界观和经学观的局限。

文章要有四体，无论诗、赋、书、记，都是要有四体的；虽然诗、赋、书、记名理相因，不同的体裁对四体要求不能一致，但这种要求是必要的，刘勰就给各种体裁提出了体要，或者说体制，也有说大体的。《诠赋》云：

> 原夫登高之旨，盖睹物兴情。情以物兴，故义必明雅；物以情睹，故词必巧丽。丽词雅义，符采相胜，如组织之品朱紫，画绘之著玄黄，文虽杂而有实，色虽糅而有仪，此立赋之大体也。

赋的这种体要是不变的。《书记》云：

> 详诸书体，本在尽言，所以散郁陶，托风采，故宜涤荡以任气，优柔以怿怀，文明从容，亦心声之献酬也。
>
> 原笺记之为式，既上窥乎表，亦下睨乎书，使敬而不慑，简而无傲，清美以会其才，炳蔚以文其响，盖笺记之分也。

书、记的这种体要是不变的。只是《明诗》一篇,没有明确地提出体要,只是说:

> 故铺观列代,而情变之数可鉴,撮举同异,而纲领之要可明矣。

当然诗也是有"纲领之要"的,因为"撮举同异",明白可知,所以没有加以概括。因为诗、赋、书、记四者的体要都是不变的,所以《通变》云:"凡诗、赋、书、记,名理相因,此有常之体也。"

作品一定要具备四体,这是有常的;诗、赋、书、记,名理相因,体要是不变的。那么什么是变化的呢?《通变》云:

> 黄歌"断竹",质之至也;唐歌"载蜡",则广于黄世;虞歌《卿云》,则文于唐时;夏歌"雕墙",缛于虞代;商、周篇什,丽于夏年。

文采辞藻,却是踵事增华,所以《通变》又云:"文辞气力,通变则久,此无方之数也。"

文采辞藻,既然踵事增华,是要革新的,是否情志事义就不变呢?情志事义,更是要变的。因为之所以踵事增华,就是情志事义的变化所决定的。《时序》便从文学反映现实的角度,阐述了文学的情志事义之变化。它以为唐虞文章乃"心乐"而"声泰";屈、宋文章的"昈烨之奇意","出乎纵横之诡俗";东汉作家之"稍改前辙,华实所附,斟酌经辞",在于"历政讲聚""渐靡儒风";建安文学所以"雅好慷慨","良由世积乱离,风衰俗怨,并志深而笔长,故梗概而多气也"。这里很鲜明地说明情志事义的变化,是由于时代现实的变化,所以作家也"情以物迁"了。所以《时序》云:"故知歌谣文理,与世推移,风动于上,而波震于下者也。"又云:"故知文变染乎世情,兴废系乎时序,原始以要终,虽百世可知也。"诗文因为是叙志述时的,所以作家的情志必须随着时代而变化。但是倒转来说,诗文必须序志述时,这一原则却是不变的。所以《通变》云:"至于序志述时,其揆一也。"所以通与变是对立的统一。

由于情志事义的变化,作品内容的变化,自然要引起作品形式的革新,所以《通变》云:"黄、唐淳而质,虞、夏质而辨,商、周丽而雅,楚、汉侈而艳,魏、晋浅而绮,宋初讹而新。"而《时序》则总结内容与形式两方面的变化说:"时运交移,质文代变,古今情理,如可言乎!"

情志事义之所以变化,是由于时运交移,客观现实产生了变化。但是,前代的遗风余韵,对今世仍有影响,所以发展革新必定是在前代的基础上产生的,今天的诗文之中一定留有昨天作品的余影,这便是文学继承与发展的本身联系。这一点,刘勰也看到了。《时序》认为屈原、宋玉的辞赋:"晔烨之奇意,出乎纵横之诡俗也。"又云:"爰自汉室,迄至成、哀,虽世渐百龄,辞人九变,而大抵所归,祖述《楚辞》,灵均余影,于是乎在。"《通变》更系统地说:"楚之骚文,矩式周人;汉之赋颂,影写楚世;魏之篇制,顾慕汉风;晋之辞章,瞻望魏采。"虽然由此得出"弥近弥淡"的结论未必正确,但他从通与变的道理,总结性地提出继承与发展革新应该是"望今制奇,参古定法",却也难能可贵。

五、刘勰在剖情析采的四体论和文学的继承与发展的基础上,又建立了文学批评的观点

《文心雕龙》五十篇,可以说都是评文的。《原道》《征圣》《宗经》

《正纬》《辨骚》五篇可以说是评文的标准；论文叙笔二十篇，可以说是对各体的具体评论；剖情析采二十篇，可以说是各种评文的方法。但《知音》一篇，才明确地提出了文学批评的观点。它说：

> 是以将阅文情，先标六观：一观位体，二观置辞，三观通变，四观奇正，五观事义，六观宫商，斯术既形，则优劣见矣。

这里是总括"剖情析采"的方法，用以对具体作品的评论。"位体"即"设情以位体"，《附会》所谓"以情志为神明"也。"事义"即《附会》所谓以"事义为骨鲠"也。"置辞"即《附会》所说的以"辞采为肌肤"也。"宫商"即《附会》所说的以"宫商为声气"也。至于"三观通变，四观奇正"，即《通变》"设文之体有常，变文之数无方""望今制奇，参古定法"也；照我们的说法，就是考察具体作品的继承与发展革新也。

刘勰在全书中不厌其烦地提到这六桩事，因为这六桩事，是文学的中心问题。作家创作和评论家评论都离不开它。作家主要是从创作的角度，如何把六事贯彻到自己的作品中去；评论家则是从评论的角度，考察作家贯彻六事的是与非、优与劣。

因为本篇是专谈评文的，评论家有自己的爱憎，如果评论家的爱憎和作家相同，自然是作家的知音，但也可能产生评论家的"嗜痂"之好，对作品拔高。如果评论家和作家的爱憎不同，更可能产生颠倒黑白之论。刘勰针对评论家可能产生的问题，提出了他的看法：一是要防备"贱同而思古"；二是要防备向声背实，"日进前而不御，遥闻声而相思"（这两条刘勰合而为一了）；三是要防备"文人相轻"因而产生"崇己抑人"的错误；四是要防备爱憎不同。《知音》云：

> 夫篇章杂沓，质文交加，知多偏好，人莫圆该。慷慨者逆声

而击节，酝藉者见密而高蹈，浮慧者观绮而跃心，爱奇者闻诡而惊听。会己则嗟讽，异我则沮弃，各执一隅之解，欲拟万端之变，所谓"东向而望，不见西墙"也。凡操千曲而后晓声，观千剑而后识器，……酌沧波以喻畎浍，无私于轻重，不偏于憎爱，然后能平理若衡，照辞如镜矣。

刘勰自己的评量作品散见于《明诗》以下各篇，但他是评量某一体裁、某一朝代或某一个作品的某一方面。比如说，或者观察文章的位体，撮举它的风情；或者观察文章的置辞，撮举它的辞藻；或者观察文章的事义，撮举它的题材；或者观察它的宫商，撮举它的语气。如果总括《文心雕龙》，研究他衡文的标尺，可知刘勰的用心是以六观为标准的。

虽然《明诗》以下各篇，对某一体裁、某一朝代或某一个作品的某一方面的评价，是一鳞半爪；但《辨骚》一篇，对《离骚》一文作了较为全面的图解，是示范性的评价。它说："观其骨鲠所树，肌肤所附，虽取熔经意，亦自铸玮辞。"骨鲠、肌肤、经意、玮辞，正是指的位体、置辞、事义和宫商；取熔和自铸，正是指的通变和奇正。他以六观为标准来评价《离骚》，所以得出这样的结论。

六观是从六个方面的创作手段来考察作品，这种观察的尺度和标准又是什么呢？那就是他所说的："本乎道，师乎圣，体乎经，酌乎纬，变乎《骚》。"五者之中，又以征圣、宗经为主，最后当然要归结于原道。《宗经》云：

故文能宗经，体有六义：一则情深而不诡，二则风清而不杂，三则事信而不诞，四则义贞而不回，五则体约而不芜，六则文丽而不淫。

六义即四体,在前面已经说明了。《征圣》云:

> 或简言以达旨,或博文以该情,或明理以立体,或隐义以藏用。

也就是说:情理、事义、文辞、语气,四者都应当以圣人的文章为标准。六观的标准既定了,怎样入手呢?《知音》云:

> 夫缀文者情动而辞发,观文者披文以入情,沿波讨源,虽幽必显。

刘勰认为作家是先有内容而后创造形式,批评家相反,应该是从作品的形式深入作品的内容。作家是以安排六事构成作品的,批评家则从六观考察构成作品的六事是否处理恰当,并进行评价。

例　言

一、本书原文，以黄叔琳本为底本。凡校改校增之字，于字外作〔　〕为标志，然后在（　）内说明原作某增某，简略说明依据。依据只指出最早版本或最先校定者姓名。如有补充说明，则另在注释中申述。

二、"前言"或"注"中引用原文，以校改后为准，不再全用黄本。

三、注释征引经传典籍或他人注释，加以删节，力求简略，不加详说。其征引原文，一般不再加注释，少数疑难字句，则偶加说明。

四、注音详前略后，凡前文已注音者，后文不再重出。注音只注《文心雕龙》原文，不注引用经传。注音或不完备，请读者谅宥。

五、本书各篇自有层次段落可分，然各家注释本并不完全一致。因为认识有不同，标准亦复各异。本书分段既依据原文层次段落，也照顾到这是个译注本，为了读者在看译文时对照原文与注释的方便，把原文太长的段落适当地分短，这样的情况也是存在的。

六、译文力求忠实原文和句式。但是极个别的地方为了行文明畅，增入了短句和词组，在增加之处加括号（　）。原文的"赞曰"以下部分，本来是叶韵的，过去译本包括我的译本，都改为散文。现在这个译本都改用了韵文。以韵文译韵文是困难的，适当地在句中增入了词组，请读者谅宥。

七、本书是在我的注译本的基础之上，参阅了现今流行的许多注本或注译本，改正了自己的错误写成的。当然，认识总是有局限的，加之属稿仓促，旧有的错误未必能全部改正，新增的错误更所难免，希望读者直言指出，匡其不逮，无限感谢。

目 录

原道 001

征圣 010

宗经 018

正纬 029

辨骚 036

明诗 046

乐府 058

诠赋 068

颂赞 078

祝盟 087

铭箴 097

诔碑 106

哀吊 115

杂文 124

谐讔 134

史传 144

诸子 159

论说	173
诏策	188
檄移	200
封禅	209
章表	217
奏启	226
议对	236
书记	248
神思	265
体性	275
风骨	283
养气	291
附会	298
通变	306
事类	315
定势	325
情采	334
熔裁	342
声律	349
练字	359
章句	369
丽辞	377

比兴	385
夸饰	394
物色	401
隐秀	410
指瑕	414
总术	423
时序	431
才略	452
知音	470
程器	479
序志	489

原　道

[导读]

"原"是本原的意思,"道"在本篇主要指的是宇宙本体。刘勰对于宇宙本体的看法,属于客观唯心主义的范畴,所以说:"原道心以敷章,研神理而设教。"但是,扬弃其宇宙观中客观唯心主义成分,他对于文学理论上一些问题的看法,是以承认客观存在为前提的。

本篇中所说的"文",从字面上看,讲的是纹理、文采,实质上涉及美的范畴。刘勰认为美有"自然美"与"人为美":天地日月山川以及万物皆有文采,这是"自然美";人心有感于物,发为诗文,便是"人为美"。至于两者的关系,则认为"人为美"本于"自然美",所以说孔夫子的文章,在于"写天地之辉光",来"晓生民之耳目"。《原道》是以探讨美的本原为中心思想的,既然认为"人为美"本于"自然美",必然要归结到美本于宇宙本体,所以说"本乎道"(《序志》),篇名叫作《原道》。

把美分为"人为美"和"自然美",又认为"人为美"本于"自然美",剔除其唯心的糟粕来看,这是对的。全书以此为立足点,引申起来,认为文学应反映现实;文学的发展与时代相推移;作品的内容决定作品的形式;文学可以而且应该在真实的基础上进行夸张。提出了许多有益的论点,在文学批评史上作出了很大的贡献。

[原文]

文之为德也大矣,与天地并生者何哉?[1]夫玄黄色杂,[2]方圆体分,[3]日月

[译文]

文章的作用真大呀,说它与天地同时出现又是什么道理呢?因为天玄地黄各有不同的颜色,天圆地方各

叠璧,以垂丽天之象;⁴山川焕绮,以铺理地之形,⁵此盖道之文也⁶。仰观吐曜,俯察含章,⁷高卑定位,故两仪既生矣。⁸惟人参之,性灵所钟,是谓三才。⁹为五行之秀,¹⁰实天地之心,心生而言立,言立而文明,¹¹自然之道也。〔旁〕(原作傍,今校改)及万品,动植皆文:龙凤以藻绘呈瑞,虎豹以炳蔚凝姿;¹²云霞雕色,有逾画工之妙;¹³草木贲华,无待锦匠之奇。¹⁴夫岂外饰,盖自然耳。至于林籁结响,调如竽瑟(今《御览》引作竹琴,明抄本、宋本《御览》作竽琴);¹⁵泉石激韵,和若球锽。¹⁶故形立则〔文生〕(原作章成,今校改)矣,声发则〔章成〕(原作文生,今校改)矣。¹⁷夫以无识之物,郁然有彩;有心之器,其无文欤?¹⁸

成不同的形体,太阳月亮有如重叠的璧玉,悬照于太空,显示出宏伟的景象;青山绿水焕发出旖旎的光辉,分布于大地,装饰成秀丽的形体,这就是宇宙本身的文采啊。仰望太空,光芒曜射;俯视大地,文采纷披;高低的位置既然确立,天地便形成了。人以第三者出现于天地之间,那是天地的灵气凝聚而生成的,所以天地人叫作三才。人是五行的英秀,天地的心脏,人出现后便有语言,语言发展便成文章,这是自然的道理。推及其他一切,动物植物都有文采:龙凤由于鳞羽灿烂,所以成为祥瑞;虎豹因为毛色鲜明,所以显出雄姿;云霞雕琢出颜色,超过了画工的妙笔;草木装饰出花朵,无须织女操作而自然神奇。这难道是人工的打扮,其实是出于天然之美。至于山林孔窍所构成的声响,协调有如吹竽鼓瑟;泉石相激发出的音韵,和谐颇似击磬敲钟;所以形体产生便有文采,声音发出就成节奏。无知的木石尚有浓艳的色彩,有着心灵的人类难道反而没有文华?

注释

1 德：德性。为行文流利，译为作用。与天地并生：与天地同时出现。
2 《易·坤》："夫玄黄者，天地之杂也，天玄而地黄。"杂：错杂，五色相合。
3 古人谓天圆而地方，见《大戴礼记·曾子天圆》。
4 璧形圆，故以比日月，出《尚书·顾命》释文引马融说。丽：附着。此处指悬挂的意思。
5 焕绮（qǐ）：焕发文采。理地：谓山川分布于大地。理，条理。
6 道：指上文天、地、日、月、山、川而言，宇宙本体。道之文：宇宙本体的文采，自然美。
7 吐曜（yào)：照耀之意。天有日月，所以用"吐曜"指天。曜，光耀。含章：地有文采，所以用"含章"指地，出《易·坤》。
8 《易·系辞》："天尊地卑，乾坤定矣。"又："《易》有太极，是生两仪。"两仪，即天地。
9 参：既有三意，也有参入义。钟：聚也。三才：天地人，见《易·系辞》。
10 五行：指水、火、木、金、土，古人以为天地万物为五者所构成。语出《礼记·礼运》。
11 心：承上文指人而言。明：形容词当动词用。
12 旁：《说文》："旁，溥也。"旁及：犹今言普及，遍及。炳蔚（wèi）：鲜明郁茂之意。语出《易·革·象辞》。
13 雕色：雕琢出景色。逾（yú）：逾越。
14 贲（bì）：装饰。贲华：装饰出华彩。"雕"与"贲"相对成文,语见《说苑·反质》。
15 籁（lài）：从孔窍发出的声音。结响：构成声响。《庄子·齐物论》有天籁、地籁、人籁。竽瑟（yú sè）：乐器。
16 《说文》："球，玉磬也。""锽（huáng），钟声也。"此处以锽为钟。
17 本文各本作"形立则章成"，"声发则文生"。今按：形体有文采，声音有节奏，《说文》亦云："乐竟为一章，从音从十。十，数之终也。"所以将本文改作"形立则文生"，"声发则章成"。《赞颂》"镂彩摛文，声理有烂"，唐写本正作"镂影摛声，文理有烂"。是今本亦有以声文两字互倒之证。虽《情采》篇亦有形文、声文、情文之说，因彼三者并称为文，故声亦称文，然不言形体有章。

18 无识之物：指上文泉石、林籁。有心之器：指有聪明才智之人。

人文之元，肇自太极，[1]幽赞神明，[2]《易》象惟先。庖牺画其始，仲尼翼其终。[3]而乾坤两位，独制《文言》，言之文也，天地之心哉[4]！若乃《河图》孕乎八卦，《洛书》韫乎九畴，[5]玉版金镂之实（宋本《御览》作宝），丹文绿牒之华，[6]谁其尸之？亦神理而已。[7]自鸟迹代绳，文字始炳，[8]炎皞遗事，纪在《三坟》，而年世渺邈，声采靡追。[9]唐、虞文章，则焕乎〔为〕（原作始，今依冯本及宋本《御览》校改）盛。[10]元首载歌，既发吟咏之志；[11]益稷（宋本《御览》作稷益）陈〔谟〕（原作谋，杨改，宋本《御览》正作谟），亦垂敷奏之风。[12]夏后氏兴，〔峻业〕

人类的创作，开始于上古，深入阐明神道，《易经》的卦象为最早。庖牺画八卦是《易》的创始，孔子作十翼是《易》的完成。《易经》中只有乾坤两卦有《文言》，语言而有文采，人类真不愧是天地的心灵！至于《河图》中就孕育了庖牺所画的"八卦"，《洛书》里便蕴藏了大禹所作的"九畴"，而且它们是玉版上刻金字，竹简上画红图，这些是谁主持的呢？不过是神明的自然之理罢了。自从发明文字代替结绳记事以来，文字的功能特别显著，神农、庖牺的遗闻逸事，都记录在《三坟》中，因为年代久远，这些文章已经看不到了。唐、虞时代的作品，光彩焕发，盛极一时。虞舜所作的"元首起哉"，固然是用吟咏来抒发情志；益、稷陈述谋划的

（原作业峻，今校改）鸿绩，九序惟（宋本《御览》作咏）歌，勋德弥缛。[13] 逮及商、周，文胜其质，《雅》《颂》所被[14]，英华日新。文王患忧（宋本《御览》作忧患），繇辞炳曜，符采复隐，精义坚深。[15] 重以公旦多〔才〕（原作材，今依宋本《御览》改），振（原作缛，朱改。宋本《御览》正作振）其徽烈，〔制〕（原作剬，今依《御览》改写）《诗》缉《颂》，斧藻群言。[16] 至〔若〕（原无若，今依冯本及宋本《御览》增）夫子继圣，独秀前哲，熔钧六经，必金声而玉振；[17] 雕琢〔性情〕（原作情性，今依《御览》及谭献校改），组织辞令，木铎起（宋本《御览》作启）而千里应[18]，席珍流而万世响[19]，写天地之辉光，晓生民之耳目矣。

文章，也开创了铺陈意见的风气。夏禹兴起，是有丰功伟绩的，各项政事都有条不紊值得歌颂，其他的功业勋德繁多，更屈指难数。到了商、周两代，作品更有文采，谱入弦歌的《雅》《颂》，真是光华日新。文王在囚困中所作的爻辞和卦辞，光彩照人，文情含蓄，词意深长。加之周公旦多才多艺，更光大了文王的事业，制作出《诗》《颂》，修订成《礼》《乐》。孔子继承历代圣人，又比前人更为杰出，他删订而成的六经，真如金声玉振集古今大成，还刻画出人们的情感性灵，组织为有文采的辞令，他好比传布教令集合群众的木铎，敲击起来，虽千里外的人们都应声而至；又好比席上的山珍海味，其味无穷，万代以后的学者都受其影响；他的著作真能描绘出天地的辉光，使天下的老百姓都起聩而发蒙。

注释

1 元：初。肇（zhào）：始。太极：天地之初，此处犹言远古。
2 幽赞神明：语出《易·说卦》。赞，明也。引申有阐扬之意。赞或作讃，古今字,《说文》无讚,书中赞讚互出,今一律改作赞。神明:明亦神也,《庄子·天下》:"神何由降,明何由出。"故以神明连文。

3 《易·系辞》:庖牺氏"始作八卦"。翼:指十翼,即上下《象》、上下《彖》、上下《系辞》、《文言》、《说卦》、《序卦》、《杂卦》。十翼相传为孔子所作,十翼出而《易经》完成,所以说:"仲尼翼其终。"

4 《易》六十四卦,唯乾、坤两卦有《文言》。乾为天,坤为地。《易·复》:"复其见天地之心乎?"所以本文说:"天地之心哉。"

5 《尚书中候·握河纪》:"河龙图出,洛龟书成,赤文像字,以授轩辕。"孕:育也。韫(yùn):藏也。九畴(chóu):畴,章也;大法九章。见《尚书·洪范》。

6 两句承上指《河图》《洛书》而言,大意是:"玉版上刻金字,绿简上画红图。"牒:竹简。华实对文,《征圣》"固衔华而佩实者也",亦以华实对文。宋本《御览》作"玉版金镂之宝",不必据改。

7 尸:主持。之:指上文两句所说的事。语出《诗·采蘋》。神理:神明自然之理。

8 《易·系辞》:"上古结绳而治。"《说文解字叙》:"黄帝之史苍颉(jié)见鸟兽蹄迒之迹,……初造书契。"

9 炎:神农氏。皞(hào):伏羲氏。《左传》昭公十二年:楚左史倚相"能读《三坟》《五典》《八索》《九丘》"。注:"皆古书名。"《三坟》:伏羲、神农、黄帝之书。渺邈(miǎo):犹言渺茫,谓久远。靡追:莫追。

10 始盛:冯本及《御览》作"为盛",是也。《征圣》"远称唐世,则焕乎为盛",可证。"元首载歌""益稷(jì)陈谟",虽在《夏书》,但乃虞舜时事,故云"唐、虞文章"。

11 《尚书·益稷》:"帝……乃歌曰:股肱喜哉!元首起哉!百工熙哉!"元首指舜。载:则也,犹今言于是。

12 益稷:伯益和后稷。谟:谋也。敷奏:铺陈也。

13 今按:峻、鸿皆训大,业、绩都作功讲,峻业与鸿绩相对成文。旧作业峻,疑互倒,今校改。九序惟歌:引自《大禹谟》"九叙惟歌"。九:承"九功"而言,序:秩序。

14 《诗》有《商颂》《鲁颂》《周颂》《大雅》《小雅》。《商颂》本商后宋人的诗,但世认为商诗;其余皆周诗。被:谱为乐章。

15 繇(zhòu)辞:卜卦之辞。左思《蜀都赋》"符采彪炳",注:"符采,玉之横文也。"符采复隐:谓文辞含蓄,如玉的横纹隐在玉中。

16 公旦:周公旦。振:扬。徽:美。烈:业。《豳风·七月》及《鸱鸮》,《周颂·时迈》,相传皆周公作。斧藻:修饰。《尚书大传》:"周公摄政六年,制礼作乐。"故云"斧藻群言"。

17 熔钧:犹言陶铸,指孔子删《诗》《书》,订《礼》《乐》。六经:《易》、《诗》《书》《礼》《乐》(或谓《乐》亡于秦,或谓《乐》本无经)《春秋》。《孟子·万章》:"孔子之谓集大成。集大成也者,金声而玉振之也。"振:收也。金声先大后小,以玉收声,则始终如一,故云"金声而玉振之"。

18 木铎(duó):铎,铃也;以木为舌,古代传布教令,敲木铎以集合群众。语出《论语·八佾》。

19 《礼记·儒行》:"儒有席上之珍以待聘。"

爰自风姓[1],暨于孔氏,玄圣创典,素王述训,[2]莫不原道心[3]以敷章,研神理而设教,取象乎河洛,问数乎蓍龟,[4]观天文以极变,察人文以成化;然后能经纬区宇,弥纶彝宪,[5]发挥(原作辉,宋本《御览》作挥)事业,彪炳

从庖牺氏起,到孔子止,无论远古圣王创造的典则,还是孔子追述前哲的遗训,都是推求宇宙之心来铺陈文章,研究神明之理而立为教义的。他们效法形象于《河图》《洛书》,求问气数于蓍草龟甲,观察天文来究极时变,考察人事来进行教化;然后才能经纬天下,制定常法,做出伟大的事业,留下辉煌的著述。可见构成宇宙的道是靠圣人的文章来阐扬

辞义。故知道沿圣以垂文,圣因文而明道,旁通而无滞,日用而不匮。[6]《易》曰:"鼓天下之动者存乎辞[7]。"辞之所以能鼓天下者,乃道之文也。

的,圣人也只有凭借文章来阐明构成宇宙之道,所以圣人的文章四通八达流行无碍,构成宇宙的大道虽日用月取而家给户足。《易经》里说:"鼓动天下的是爻辞。"爻辞之所以能鼓动天下,就在于它是阐述宇宙之道的文章啊。

注释

1 《礼记·月令》正义引《帝王世纪》:"太皞帝庖牺氏,风姓也。"

2 玄圣:指庖牺。素王:指孔子。《文心雕龙》一书,前后各篇互相衔接,常于前篇预示后篇所将论述,此两句预示后篇为《征圣》。

3 道心:道指宇宙本体,道心实质上即绝对观念,所以刘勰是客观唯心主义者。

4 河洛:指《河图》《洛书》。数:运数,气数。古人用数的奇偶来观察命运的吉凶。蓍(shī):草名。古人卜用龟,筮用蓍,视其象以定吉凶。

5 区宇:犹言天下。弥纶:弥缝补合。彝(yí)宪:常法。

6 旁:溥也。旁通:遍通。匮:乏。

7 引文见《易·系辞》。韩注:"辞,爻辞。"

赞曰[1]:道心惟微[2],神理设教。光采玄圣,炳耀仁孝。[3]龙图献体,龟书呈貌。[4]天文斯观,民胥以效[5]。

总而言之:宇宙之心是微妙的,圣人便依据这微妙的神理来施设政教。开拓这条光明大道的是庖牺,使政教辉煌的则是孔子的仁和孝。因为龙马负图出于黄河而神龟负书出于洛水,于是《河图》《洛书》就在人世间呈现了形体和面貌。世人看到了上天所给予的文书,所以天下的老百姓都互相仿效。

注释

1 《颂赞》:"赞者,明也,助也。"《论说》:"赞者明意。"篇末用赞,所以总结全篇,说明本篇大意。所以"赞曰"相当于今言"总而言之"。
2 《尚书·大禹谟》:"人心惟危,道心惟微。"微:微妙。
3 光采、炳耀:形容词当动词用。
4 《竹书纪年》:"帝祭于洛水。"沈约附注:"龙图出河,龟书出洛,赤文篆字,以授轩辕。"体、貌:指图书的本体面貌。
5 《诗·角弓》:"民胥效矣。"胥(xū):相也。

征 圣

导读

"征"就是验证,"圣"就是圣人。刘勰认为"论文必征于圣",所以用《征圣》名篇。

本篇认为政化、事绩、修身莫不贵文,从圣人之言是可以验证的。因而强调"志足而言文,情信而辞巧"。又认为作文之道不外繁、略、显、隐四端,六经之文正是四者的楷模。六经为圣人所作,所以行文的方法"征之周、孔,则文有师矣"。更认为文章要注意正言和体要,照今天的话说,语言要准确,体裁要恰当,这是针对当时追奇逐异、采滥忽真的现象而说的。所以作者认为:"体要与微辞偕通,正言共精义并用,圣人之文章,亦可见也。"

作者强调文章的作用,指出为文要注意繁、略、显、隐四端,认为文章的语言要准确、体裁要恰当,都是有益的论点。只有在创作道路中有艰苦实践的作家和理论家才可能总结出来。

但是作者把自己提出的论点都标榜为是从圣人的著作中总结出来的,而且只有从圣人的著作中才能总结出来,这就暴露了作者的局限。不是说六经中没有精华,没有艺术借鉴的价值,但以为是行文的玉牒、立言的金科,就不免过分了。

原文

夫作者曰圣,述者曰明,[1]陶铸性情,功在上哲,[2]夫子文章,可得

译文

制礼作乐的人叫作"圣",阐述礼乐的人叫作"明",用礼乐来陶冶人的性情,应该归功于制礼作乐的圣人,孔子

而闻,³则圣人之情,见乎(原有"文"字,依唐写本删)辞矣。⁴先王〔声教〕(原作圣化,依唐写本改),布在方册;⁵夫子风采(唐写本作文章),溢于格言。⁶是以远称唐世,则焕乎为盛;⁷近褒周代,则郁哉可从。⁸此政化贵文之征也。郑伯入陈,以〔立〕(原作文,依唐写本改)辞为功;⁹宋置折俎,以多文举礼。¹⁰此事〔绩〕(原作蹟,依唐写本改)贵文之征也。¹¹褒美子产,则云"言以足志,文以足言";¹²泛论君子,则云"情欲信,辞欲巧"。¹³此修身贵文之征也。然则志足而言文,情信而辞巧,乃含章之玉牒,秉文之金科矣。¹⁴

制礼作乐,今天我们还看到他的著述,那么圣人的感情,也通过文辞而流传后代。古代帝王的政令教化,都写在简册上;孔夫子的流风余韵,还洋溢在他的《论语》中。孔子称述远古唐尧的典章,就说那时的文章光彩焕发,盛极一时;颂扬近代姬周的政令,便说此时的文辞郁茂,可资借鉴。这就是政令教化贵有文采的证据。郑国攻打陈国,孔子认为郑子产善于答辩,驳斥了晋人的责难,立下功勋;宋人设置"折俎",宴请赵文子,孔子认为赵文子长于辞令,表现了礼貌。这就是建功立业贵有文采的证据。孔子褒扬子产,说他"不仅用语言完美地表达了情意,而且用文采很好地润色了语言";同时又泛论到有才德的人,"感情应该诚恳,措辞必须巧妙"。这就是修身做人贵有文采的证据。那么内容充实而语言华丽,情感诚恳而措辞巧妙,便是写作的玉律,行文的金科了。

注释

1 语出《礼记·乐记》。作者:指制礼作乐之人。述者:指阐述礼乐之人。
2 上哲:圣人。刘勰以为礼乐可以陶冶情性,圣人制礼作乐,所以说"陶铸性情,功在上哲"。

3 《论语·公冶长》:"子贡曰:夫子之文章,可得而闻也。"

4 语见《易·系辞》,亦无"文"字,与唐写本同。

5 《练字》篇亦作"先王声教",与唐写本同。方册:方,版也。册,同策。

6 溢:满出也。《家语·五仪篇》:"口不吐训格之言。"注:"格,法也。"今按:《论语》一书,记孔子言行。此所云"格言",疑即指《论语》也。

7 《论语·泰伯》:"大哉尧之为君也,……焕乎其有文章。"

8 《论语·八佾》:"周监于二代,郁郁乎文哉。"郁郁:茂盛貌。

9 事见《左传》襄公廿五年。

10 事见《左传》襄公廿七年。正义曰:"此文甚略,本意难知。"今按:本文以举礼与折俎对文,则谓折俎之礼得以推行,赖于赵文子言多文采也。折俎(zǔ):当时宴会,对待诸侯,肉用整体,谓之"体荐";对待卿相,分割用肉,谓之"折俎"。折:分割之意。

11 绩:功也。上文皆谓以文辞立事功。故依唐写本改蹟为绩。

12 《左传》襄公廿五年:"仲尼曰:志有之,言以足志,文以足言。……"注:"足,成也。"

13 语见《礼记·表记》。

14 含章、秉文:指行文而言。玉牒(dié)、金科:犹今言金科玉律,不可更改的法令。

夫鉴周(冈本作同)日月,妙极〔幾〕(原作机,今依范校)神;[1]文成规矩,思合符契;[2]或简言以达旨,或博文以该情,或明理以立体,或隐义以藏用。[3]故《春秋》一字以褒贬[4],"丧

圣人的眼睛比日月还明察,圣人的心思能参透神机;所以他们的文章可为楷模,他们的思维合于符契。有的用简略的语言来表达要旨,有的用详细的文辞来尽述情志,有的采用说理来树立文骨,有的虽隐晦其辞却别具作用。比如《春秋》每个字都寓有

服"举轻以包重[5],此简言以达旨也。《邠诗》联章以积句[6],《儒行》缛说以繁辞[7],此博文以该情也。书契〔决断〕(原作断决,今依唐写本改)以象夬[8],文章昭〔晢〕(原作晰,今校改)以〔效〕(原作象,依唐写本改)离[9],此明理以立体也。四象精义以曲隐[10],五例微辞以婉晦[11],此隐义以藏用也。故知繁略殊〔制〕(原作形,依唐写本改),隐显异术,[12]抑引随时,变通〔适会〕(原作会适,依唐写本改),[13]征之周、孔,则文有师矣。

褒贬,丧服礼用轻礼来兼谈重礼,这就是用简略的语言来表达主要的意旨。《豳风·七月》连续八章每章写了十一句,《儒行》以繁多的文辞详尽地申述了各类儒者,这就是以广博的文辞来详论情志。书契要决断万机所以取卦象于夬,文章要昭彰明白所以取卦象于离,这就是通过说理来树立文骨。《易经》的四象意义精深而隐约,《春秋》的五例文辞微妙而曲晦,这就是隐约其词而别具作用。所以我们知道文章的体制有繁有略,行文的办法有显有晦,或压缩或加长是随着时间条件而不同,或显豁或隐晦是按照具体情况而变化,考察周公、孔子的著作,作文就有师范了。

注释

1 周:密也。冈本作同,周同在古韵上是阴阳对转。幾(jī):微妙。《易·系辞》以幾、神对文。

2 规矩:方圆之准则,故译为准则。符:用金、玉、铜、竹、木做成,分为两半,各执一半以相取信。契(qì):文契,今言合同。

3 或:犹今言"有的"。该:备也,犹今言包括一切。体:在这里指文骨,即文章事义。立体:树骨,参阅前言。藏用:两字出于《易·系辞》,《易》正义:"谓潜藏功用,不使物知。"

4 范宁《春秋穀梁传集解序》:"一字之褒,宠逾华衮之赠;片言之贬,辱过市朝之挞。"

5　居丧之礼，关系远近不同，丧服礼仪也不同。《仪礼》《礼记》中记载其仪节，为了行文简约，常常举轻丧来包括重丧。如《礼记·曾子问》"缌不祭"，《檀弓》"小功不税"是也。

6　《豳（bīn）风·七月》，诗凡八章，每章十一句，在《诗》中是较长的，在《风》中则是最长的一篇。

7　《礼记·儒行》中，孔子所举儒者凡十五，加上圣人之儒，为十六儒，故云"缛（rù）说以繁辞"。

8　谓文字产生，书契（即文书）出现，决断万事，就比结绳记事更清楚了。《易·系辞》下韩注："夬，决也。书契所以决断万事也。"本文正用韩注，断决二字误倒，故依唐写本改。

9　晢、晣（zhé）同字，与晰（xī）音义不同。昭晢：双声连词，明亮之意。效：仿效。变字与上文象相对仗，故依唐写本校改。《易·离·象》："离，丽也。"《说卦》"离为日为火为电"，皆文明之象。

10　《易·系辞》："《易》有四象。"正义引庄氏以为四象即实象、假象、义象、用象。

11　五例：杜预《春秋左氏传序》："一曰微而显……二曰志而晦……三曰婉而成章……四曰尽而不污……五曰惩恶而劝善。"

12　制：文章体制。术：行文方法。

13　抑引：抑是压缩，引是引申。承上文繁简而言。适会：《章句》："裁文匠笔，篇有小大；丽章合句，调有缓急；随变适会，莫见定准。"此谓安章宅句要"随变适会"。《练字》："《诗》《骚》适会，而近世忌同。"此谓练字要"随变适会"。《养气》："至于文也，则申写郁滞，故宜从容率情，优柔适会。"此谓行文之法要"适会"。此三处皆用适会连文，不作会适，故知此文误倒。《通变》："凭情以会通，负气以适变。"此谓通古今之变要"适会"。《物色》："因方以借巧，即势以会奇，善于适要，则虽旧弥新矣。"此谓摛写五色，要"随变适会"。此两处适会拆文对举，不连文，义亦相同。《易·系辞》:"唯变所适。"韩注:"变动贵于适时,趣舍存乎会也。"刘勰用韩注。适会:恰当其际会。

是以(原有子政二字,依唐写本删)论文必征于圣,〔窥圣〕(原作稚圭劝学,依唐写本改)必宗于经。[1]《易》称"辨物正言,断辞则备"。[2]《书》云"辞尚体要,弗惟好异"[3]。故知正言所以立〔辨〕(原作辩,依唐写本改),体要所以成辞。[4]辞成无好异之尤,〔辨〕(原作辩,依唐写本改)立有断辞之〔美〕(原作义,依唐写本改)。[5]虽精义曲隐,无伤其正言;微辞婉晦,不害其体要。体要与微辞偕通,正言共精义并用,[6]圣人之文章,亦可见也。颜阖以为仲尼"饰羽而画,〔从〕(原作徒,依《庄子》改)事华辞"。[7]虽欲訾[8]圣,弗可得已。然则圣文之雅丽,固衔华而佩实者也[9]。天道难闻,

所以论述文章必须以圣人为依据,了解圣人就要以六经为宗旨。《易经》以为"用正确的语言辨别事物,判断的结论才能完全恰当"。《尚书》里说"文辞要中肯合适,不可追求新奇"。由此可知,只有正确的语言才能达到辨别是非的目的,只有能体现事物的要害才能构成美好的辞章。这样写成的文章才没有追新逐奇的毛病,这样来辨别事理就有判断是非恰当的好处。虽说意义精深不免曲折含蓄,但无损于仍为正确的语言;微妙的文辞往往委婉隐晦,也不失为中肯合适的体裁。体裁中肯合适而又文辞微妙,两者并行不悖;语言正确而又含义精深,两者相辅为功,也只有在圣人文章中才能见到。颜阖认为孔仲尼修饰羽仪,从事华丽的言辞,虽然想毁谤圣人,却是徒劳的。这样看来,圣人的文章高雅华丽,那是既有高度的艺术性而又有深刻的内容啊。孔子论述天道的话是不容易听到的,有的人还要钻研;孔夫

犹或钻仰；[10]文章可见，胡宁[11]勿思。若征圣立言，则文其庶矣[12]。

子的文章是大家目睹的，为什么不仔细推敲呢！假若依据圣人的著述来立说，那么他的文章也就写得差不多了。

注释

1 宗经即宗圣人之经，故征圣宗经，一事两说也。本篇虽言征圣，不妨兼及宗经。本书各篇互相衔接，此称"窥圣必宗于经"，亦以预示下篇将论宗经也。

2 语出《易·系辞》，韩注："开释爻卦，使各当其名也。理类辨明，故曰断辞也。"

3 语出《尚书·毕命》。伪《孔传》："辞以体实为要，故贵尚之。若异于先王，君子所不好。"体要：体现要点。

4 两句总括《周易》《尚书》引文，伸论正言、体要。

5 尤：差误。美与尤反正对文，作义者误。《礼记·少仪》"言语之美"，连用五美字，郑注认为皆仪之误字。因为美与义的繁体形近易讹。

6 此处申述体要与微辞，正言与精义，并不矛盾，而是相得益彰。

7 引文见《庄子·列御寇》。成玄英疏："修饰羽仪，丧其真性也。"羽：羽仪。颜阖（hé），战国时代鲁人。

8 訾（zǐ）：毁。

9 衔华：有文采。佩实：有内容。

10 天道难闻：语出《论语·公冶长》。钻仰：语出《论语·子罕》。

11 胡宁：何乃，今言为什么。

12 其庶：出《论语·先进》。庶：庶几，差不多。

赞曰：妙极生知，睿哲惟宰。[1]精

总而言之：圣人是伟大的天才，以高度的智慧作主宰。探深妙之理发而为诗文，运

理为文,秀气成采。[2]鉴悬日月,辞富山海。[3]百龄影徂,千载心在。[4]

英秀之气结而成文采。他们的见识比日月还明亮,文辞丰富胜过了高山大海。人生百岁没有不死的,圣人的思想因著作而流传千载。

注释

1 生知:生而知之,语出《论语·季氏》。睿(ruì)哲:见《尚书·洪范》,智慧明达。宰:主宰。
2 精理:指诗文内容。采:指诗文形式,文采。
3 鉴:识也,指内容。辞:属于学,指文藻。
4 徂:往也。两句意近《诸子》:"标心于万古之上,而送怀于千载之下,金石靡矣,声其销乎!"

宗 经

[导读]

　　作者在《征圣》里说："论文必征于圣，窥圣必宗于经。"征圣与宗经是一事的两面，所以承《征圣》之后，提出了《宗经》。

　　全篇分为三段：第一段总赞五经，提出了"义既埏乎性情，辞亦匠于文理"。认为五经的内容可以起到教育人的作用，五经的文辞合于行文的规律。第二段承上段"辞亦匠于文理"，论述五经文体。指出五经行文有隐显详略的不同，创造了各种的述事手法。第三段强调行文必须宗经。作者认为后代文体都出于五经，文章六义都备于五经，所以为文必须宗经，违经就会产生流弊。

　　本篇第三段，又可以说对全书有纲领的性质。因为作者认为后代文体都出于五经，所以本书上半部从《明诗》到《书记》等二十篇分论文体，应以宗经为依据。因为文章六义都备于五经，所以下半部从《神思》到《总术》包括《物色》二十篇（今本篇次错乱，详《前言》）分论六义，亦需以六经为依据。

　　五经是我国历史上最早的文献，从继承关系说，对后代的文化有很大的影响；它又是语言成熟最早的著作，与后代的文学自然也有血缘关系。但如果把它当成金科玉律，当作行动的准则，当然是有害的。如果忘记它是最早的历史文献，而不去研究它在语言文学上的桥梁作用，也是错误的。

　　文学作品的体裁，自然有继承和发展。从继承方面来看，后代文学的体裁不能与五经无关，《颜氏家训》和《文心雕龙》都以为"原于五经"是有道理的。从发展方面看，后代文学的体裁又与时代的推进、作家的创造分不开。刘勰认为五经"穷高以树表,极远以启疆",有一定的道理;说后代的作品"百家腾跃,终入环内",便不合事实了。

本篇提出的文章六义,其中第一、二两点,就是《附会》所说的"以情志为神明";第三、四两点,就是《附会》所说的以"事义为骨鲠";第五点就是《附会》所说的以"辞采为肌肤";第六点就是《附会》所说的以"宫商为声气"。六义所指的四事,毫无疑问是创作中必须探讨的问题。本书的下半部对四个问题做了系统的论述,有它不可磨灭的贡献。虽然辞采宫商属于文学的形式,可以借鉴古人,但是情志事义是作品的内容,如果必须宗经,就要适当地批判了。

齐、梁的形式主义必须反对,在古代社会里,用五经作招牌来反对形式主义,有一定的号召力。五经是语言艺术成熟最早的著作,自然没有形式主义的倾向,可以借鉴。然而形式主义的产生,主要是作家脱离了生活,并不由于"鲜克宗经"。用宗经来矫正时弊,最多可以矫正文辞的侈丽,并不能使作品言之有物。

原文

三极[1]彝训,其书〔曰〕(原作言,依唐写本改)经。经也者,恒久之至道,不刊[2]之鸿教也。故象天地,效鬼神,参物序,制人纪,洞性灵之奥区[3],极文章之骨髓者也。皇世《三坟》,帝代《五典》,重以《八索》,申以《九丘》,岁历绵暧,条流纷

译文

论述天地人的常法,这种书叫作经。经的意思,就是永恒的真理,不可磨灭的伟大教训。所以五经是取法天地,效法鬼神,考察物理,从而制定人类的纪纲,真正透视到灵魂的深处,挖掘出了创作诀窍的书籍。三皇时有《三坟》,五帝时有《五典》,还有阐述八卦的《八索》,记载九州的《九丘》,因为经历的年代太长久,所以这些书条

糅。[4]自夫子删述,而大宝〔启〕(原作咸,依宋本《御览》改)耀。[5]于是《易》张十翼[6],《书》标七观[7],《诗》列四始[8],《礼》正五经[9],《春秋》五例[10],义既〔梃〕(原作极,依宋本《御览》改)乎性情,辞亦匠于文理,[11]故能开学养正,昭明有融。[12]然而道心惟微,圣谟卓绝,[13]墙宇重峻,吐(吐上原有而,依唐写本删)纳〔者〕(原作自,依宋本《御览》改)深。[14]譬万钧之洪钟,无铮铮之细响矣[15]。

理繁杂错乱极了。自从孔子加以删节整理之后,这些宝贵的古籍才大放光彩。于是发扬《周易》的有"十翼",说明《尚书》的有"七观",列举出《诗经》中的"四始",强调出《礼经》中的"五礼",指示出《春秋》中的"五例",五经的内容可以陶冶人的情性,它的文辞又合于创作的规律,所以可以启发学者修养道德,真正是光照人寰长放异彩的典籍。因为宇宙之心是微妙的,圣人的谟谟是卓绝的,好比重门叠户几丈高的宫墙,他的谈吐和涵养自然高深。他的五经譬如亿万斤重的大钟,发出来的声音绝不是铮铮的细响。

注释

1 三极:语出《易·系辞》,韩注:"三材也。"

2 刊:《广雅·释诂三》"削也",引申有磨灭之意。

3 奥区:深不易窥的地方。

4《尚书序》:"伏牺、神农、黄帝之书,谓之《三坟》,言大道也。少昊、颛顼、高辛、唐、虞之书,谓之《五典》,言常道也。……八卦之说,谓之八索,……九州之志,谓之九丘。"重、申:这里是加的意思。绵暧(ài):幽远的意思。纷糅(róu):杂乱之意。

5《尚书序》以为孔子定《礼》《乐》,删《诗》,修《春秋》,断自唐、虞,为《书》百篇,本文即用《尚书序》之说。大宝启耀:古籍精华大放光彩的意思。

6 十翼：见《原道》注。

7 七观：《尚书大传》："孔子曰：……六《誓》可以观义，五《诰》可以观仁，《甫刑》可以观诫，《洪范》可以观度，《禹贡》可以观事，《皋陶谟》可以观治，《尧典》可以观美。"

8 始：王道兴衰之始。《毛诗序》以《风》《小雅》《大雅》《颂》为四始。《史记·孔子世家》则认为，《关雎》之乱，以为《风》始，《鹿鸣》为《小雅》始，《文王》为《大雅》始，《清庙》为《颂》始，即《诗》之四体的第一篇。

9 《礼记·祭统》："礼有五经。"郑注以为吉、凶、宾、军、嘉等五礼。

10 《春秋》五例：见《征圣》注。

11 埏（shān）：犹言陶冶。《老子》"埏埴以为器"，埏埏通用，原作极，非是。埏与下句匠为对文。

12 《易·蒙·彖》："蒙以养正。"开学养正：谓启发学者，养育正道。《诗·既醉》"昭明有融"，《传》："融，长也。"《左传》"明而未融"，杜注："融，朗也。"宜用杜注。

13 道心惟微：注见《原道》。卓绝：高不可攀。

14 此处赞扬孔子，用《论语·子张》子贡称颂孔丘语意。者：原作自，因者字脱去上半，故误作自。吐纳：吐谓谈吐，纳谓涵养。

15 铮铮：金声也。《后汉书·刘盆子传》："光武谓徐宣、樊崇等曰：卿所谓铁中铮铮，佣中佼佼者也。"

夫《易》惟谈天，入神致用。[1]故《系》称"旨远辞文，言中事隐"[2]，韦编三绝，固哲人之骊渊也。[3]《书》实记言，而〔诂训〕（原作训诂，依唐写本改）茫昧，通

《易经》在于谈论天道，却阐述得精妙入神而且有益实用。所以《系辞》里说："它意旨深远，文采华美，措辞恰当，事理艰深。"孔子读《易》，装订简册的皮条断绝了三次，因为它是圣人探究奥理的宝库啊。《尚书》记述先古

乎《尔雅》,则文意晓然。[4]故子夏叹《书》,"昭昭若日月之〔代〕(原无,依唐写本增)明,离离如星辰之〔错〕(原无,依唐写本增)行",言昭灼也。[5]《诗》主言志[6],诂训同《书》,摛风裁兴,藻辞谲喻,〔优〕(原作温,今校改)柔〔庄〕(原作在,范引顾作庄,依改)诵,(原有故,依《御览》删)最附深衷矣。[7]《礼》以立体,据事〔制〕(原作剬,依唐写本改)范,章条纤曲,执而后显,[8]采掇片言[9],莫非宝也。《春秋》辨理,一字见义,[10]五石六鹢,以详〔备〕(原作略,依《御览》改)成文,[11]雉门两观,以先后显旨,[12]婉(原上有其,依《御览》删)章志晦,谅以邃矣。[13]《尚书》则览文如诡,而寻理即畅,《春秋》则观辞立晓,而访义方隐。[14]此圣〔文〕(原作人,依唐写本改)之殊致,表里之异体者也。[15]

帝王的言论,文字艰深,如果懂得《尔雅》,它的意旨也就清楚了。子夏赞叹着道:"《尚书》明白得像轮流照耀的太阳和月亮,清晰得像交错运行的星辰。"就是说它本来明白易懂。《诗经》主要抒发情感,文字解释与《尚书》相似,依靠《尔雅》,前人创作,运用比兴,文辞华丽而喻言曲折,只有来回咏味,才能沁人肺腑。《礼》是用来树立纪纲的,它依据事实制定典章,所以条款细密,通过实践才能明白,拾掇它的片言只字来考察,都十分珍贵。《春秋》是辨别事理的,每个字都包含着用意,譬如"五石、六鹢"两句,是用详尽的办法来组成文句的;"雉门两观"一事,是用词组排列先后来显示意义的。它委婉成章,曲折达意,真是写得深刻。《尚书》的文章看起来很古奥,寻求它的道理却很清楚;《春秋》的字面看起来立即明白,探讨它的含义又感觉艰深。这就说明圣人的文章丰富多彩,形式和内容是对立的统一啊。由于圣人的文章根深蒂固,枝壮叶茂,因而文辞简约而意旨丰富,事例浅近而比喻深长,所以五经虽然古老,留给后人的味道

至根柢槃深,枝叶峻茂,[16]辞约而旨丰,事近而喻远,是以往者虽旧,余味日新,后进追取而非晚,前修久(原作文,依唐写本改)用而未先,[17]可谓太山遍雨,河润千里者也。[18]

反而一天比一天新鲜,后代的文人赶上去学习并不为迟,古代的学者长期运用也不算早,它的作用,可以这样说,正像泰山上的云,天下都受到了它的雨露恩情,好比黄河中的水,几千里都得到它的灌溉和润泽。

注释

1 《史记·孟荀列传》:"谈天衍。"集解引刘向《别录》曰:"书言天事,故曰谈天。"《易·系辞下》:"精义入神,以致用也。"

2 《系辞》:"其旨远,其辞文,其言曲而中,其事肆而隐。"此文缩用《系辞》。中(zhòng),恰当。肆,犹言显。

3 《史记·孔子世家》:读《易》,"韦编三绝"。韦编:古人装订简册用皮条。绝:断也。骊(lí)渊:骊谓骊龙,骊渊谓骊所处的深渊。事见《庄子·列御寇》。

4 《汉书·艺文志》:"左史记言……言为《尚书》。"又:"《书》者,……古文读应《尔雅》,故解古今语而可知也。"诂训:原作训诂;下文亦作诂训,故依唐写本改。

5 引文见《尚书大传》。离离:同历历,清楚貌。昭灼(zhuó):明亮。

6 《尚书·舜典》:"《诗》言志。"

7 《诗》分风、雅、颂,故以"风"言诗,《诗》有兴、比、赋,故用"兴"代言写作。谲(jué)喻:婉曲比喻。今按:"摛(chī)风"两句,从《诗》人作诗而言。"优柔"原作"温柔",恐非。"庄诵"原作"在诵",亦非,今依顾校。附:犹今言"合于"。深衷:犹今言"内心"。今按:"优柔"两句,就读《诗》者说。《礼记·经解》:"温柔敦厚,《诗》教也。"

此指《诗》的作用而言,不能以"温柔"二字状诵《诗》也。优柔连文,书中累见,疑传抄者以"诗教"温柔误入本文。庄诵:端庄诵读,庄、在形近声近致讹,故用顾说。

8 《汉书·艺文志》:"礼以明体。"立体:与明体意近,犹言"树立纪纲"。《礼记·中庸》:"礼仪三百,威仪三千。"故云"章条纤曲"。《论语·述而》:"《诗》《书》执《礼》。"执:执行。

9 《诗·芣苢》"薄言采之","薄言掇(duō)之",故以"采掇"连文,采取之意。

10 《法言·寡见》:"说理者莫辩乎《春秋》。"参考《征圣》注。

11 详见《公羊传》僖公十六年:"陨(yǔn)石于宋五","六鹢(yì)退飞过宋都"。详备:《传》释之以为《经》述之最详备。本文备作略,形近致讹。"详备"平列词,"先后"反义词,两者对文,似非而实是,故依《御览》校改。

12 《公羊传》定公二年:"雉(zhì)门及两观(guàn)灾。"公羊释先雉门后两观之故。

13 婉章:五例中的"婉而成章"。志晦:五例中的"志而晦"。邃(suì):深也。

14 诡(guǐ):奇异难知。访:寻问之意。

15 圣文:承上《尚书》《春秋》而言,故当作文,不宜作人。殊致:不同的情趣。

16 根柢(dǐ):同义连文。槃(pán):大也。峻:高也。

17 往者:指五经。后进:言后人。前修:前代学人。文久两字形近,文字误,故依唐写本改。

18 两句出《公羊传》僖公三十一年,喻言五经作用。

故论、说、辞、序,则《易》统其首;[1]诏、策、章、奏,则《书》发其源;[2]赋、颂、歌、赞,则《诗》立其本;[3]铭、诔、箴、祝,则《礼》总其端;[4]纪、传、〔盟〕(原作铭,依唐写本改)、檄,则《春秋》为根;[5]并穷高以树表,极远以启疆,所以百家腾跃,终入环内者也。[6]若禀经以制式,酌《雅》以富言,是〔即〕(原作仰,依唐写本改)山而铸铜,煮海而为盐也。[7]故文能宗经,体有六义:[8]一则情深而不诡,二则风清而不杂,[9]三则事信而不诞,四则义〔贞〕(原作直,依唐写本改)而不回,[10]五则体约而不芜,[11]六则文丽而不淫[12]。杨(杨雄应作杨,从木,俗从扌,今一律改写)子比雕玉以作器,谓五经之含文也。[13]夫文以行立,行以文传,四教所先,符采相济,[14]〔劢〕(原作励,唐写本作迈,参改)德树声[15],莫

所以论、说、辞、序等文体从《周易》开始,诏、策、章、奏等文体从《尚书》发源,赋、颂、歌、赞等文体以《诗经》为本源,铭、诔、箴、祝等文体由《礼经》开端,纪、传、盟、檄等文体以《春秋》为根源。五经为后人树立了极高的表率,开创了广阔的道路,所以历代的作家虽然驰骋争先,结果却跳不出五经的圈子。如果上考五经来确定文章的体式,依据《尔雅》的训诂来丰富创作的语言,那真是靠近矿山来铸铜,舀海水来煮盐了。所以创作用经书为典范,写出来的文章就有六个好处:一是用意深远而不至于怪僻,二是情志纯正而不至于糅杂,三是论事可信而不至于荒诞,四是说理中正而不至于歪邪,五是文辞洁净而不至于芜秽,六是声律铿锵而不至于淫哇,杨雄把五经中文章比作用美玉雕成的器皿,说它的本质是带文采的。文章一定反映出作家的德行,作家的德行又依靠文章来流传,孔子四教以文为第一,说明文章与道德血肉相连,要建立德业树立声名,都知道要以圣人为师表,但是著书立说,很

不师圣,而建言修辞[16],鲜克宗经。是以楚艳汉侈,流弊不还,正末归本,不其懿欤![17]

少有人以经书为楷模。所以《楚辞》太艳丽而汉赋太浮夸,从此而后弊病更多,矫正后代的流弊使之宗经,岂不好吗?

注释

1 《易》十翼有《彖》《象》《系辞》,有《说卦》,有《序卦》,所以刘勰认为"论、说、辞、序,则《易》统其首"。《文心雕龙》有《论说》,并无专篇论辞、序,而以辞、序包括于《论说》之中。《论说》云:"议者宜言,说者说语,传者转师,注者主解,赞者明意,评者平理,序者次事,引者胤辞:八名区分,一揆宗论。"后两体即辞序也。

2 《诏策》云"其在三代,事兼诰誓",是"诏、策"源于"诰、誓"。《尚书》中有五诰六誓,所以"诰誓"源于《尚书》。《议对》云"尧咨四岳……舜畴六人";《奏启》云"唐虞之臣,敷奏以言",所以"奏、议"也是《书》发其源。

3 《诠赋》云《诗》有六义,其二曰赋";《乐府》云"乐辞曰诗,咏声曰歌",《颂赞》云"四始之至,《颂》居其首",又以为赞者,"大抵所归,其颂家之细条乎"。所以说"赋、颂、歌、赞,则《诗》立其本"。

4 "铭、诔(lěi)、箴(zhēn)、祝",都属礼文,所以说"《礼》总其端"。《文心雕龙》有《祝盟》《铭箴》《诔碑》等篇。

5 铭当作盟,上文已有"铭、诔、箴、祝",不应于此重出,铭与盟音近,故误盟作铭。《史传》云"言经则《尚书》,事经则《春秋》",故纪传以《春秋》为根。《祝盟》所举曹沫、毛遂等人之盟,皆载史传;《檄(xí)移》所举刘献公、管仲等人之诘责,皆见《左传》,且谓"即今之檄文";张仪、隗嚣、陈琳之檄文,亦无不见于史传,所以说"纪、传、盟、檄,则《春秋》为根"。

6 树表：树立表率。启疆：开拓领域。百家：不单指先秦诸子，兼包后代各家而言。环内：范围之内。

7 式：谓文体，即论、说、辞、序等文体形式。《雅》：指《尔雅》。参阅郭璞《尔雅序》。《汉书·货殖传》："即铁山鼓铸。"师古曰：即，就也。原作仰，形近而误。

8 刘勰以人体比文体。《附会》云："夫才童学文，宜正体制，必以情志为神明，事义为骨鲠，辞采为肌肤，宫商为声气。"下文"六义"，即引文之情志、事义、辞采、宫商。六义：指情、风、事、义、体、文六者的特征。

9 风即激情，详《风骨》注。此两句谈风情即《附会》之"以情志为神明"。

10 义贞原作义直，贞直形近致讹。贞：正也。回：邪也。贞回相对成文。此两句谈事义，即《附会》之以"事义为骨鲠"。

11 从上文比例推之，知"体约而不芜"，应指辞采而言，即《附会》之以"辞采为肌肤"也。《定势》云："是以模经为式者，自入典雅之懿。"故此云"文能宗经"，"则体约而不芜"。

12 从上文比例推之，知"文丽而不淫"，应指声律而言，即《附会》之以"宫商为声气"也。《情采》以五音为声文，故声律亦可谓之文。丽：于此应指声律铿锵。淫：应指音节之淫哇。

13 杨雄之比，见《法言·寡见》。

14 《论语·述而》："子以四教：文、行、忠、信。"符采：见《原道》注。

15 劢（mài）：勉也。原作励，形近致误。《尚书·大禹谟》"皋陶劢种德"，故云劢德。《左传》文公六年"树之风声"，故云树声。

16 《易·乾·文言》："修辞立其诚。"

17 楚：指《楚辞》。汉：指汉赋。末：指当时文风。本：指五经文风。

赞曰:三极彝〔训〕(原作道,依铃本改),〔道〕(原作训,依铃本改)深稽[1]古。致化〔惟〕(原作归,依唐写本改)一,分教斯五。[2]性灵熔匠[3],文章奥府。渊哉铄[4]乎,群言之祖。

总而言之:经书阐述的是天地人的常理,非常微妙,因而了解经书需要考古。达到教化的目的只有宗经一条道路,经书的名目分开来说有五。它可以陶冶人的性情,又是赖以写好文章的宝库。既内容微妙,又文采辉煌,真是一切著作的宗师和老祖。

注释

1 稽:考察。

2 惟:原作归。惟与斯相对为文,义长;依唐写本改。一:指宗经。五:指五经。

3 性灵熔匠:熔匠性灵,陶冶性灵也。

4 铄(shuò):美也。

正　纬

[导读]

"纬"是谶纬,作者反对谶纬,所以用《正纬》名篇。宋武帝禁止谶纬,梁武帝又再次推崇。本篇不单是有益后代,而且是针对时弊的。

本篇指出纬为伪作,举出理由四条,自然是义正词严。又相信"通儒讨核":认为符命灾异,起于哀、平,出于术士假托,不关孔氏。这些议论,在当时来说,都是难能可贵的。

但是刘勰的正纬,却与他征圣宗经的意图分不开。他是要撕去经书上术士们所增加的灵异的外衣,揭掉孔子脸上被后人蒙被的神怪面纱,还孔子和五经以本来面目,然后对孔子进行歌颂,对五经加以推崇。还孔氏与五经以本来面目,实事求是加以评价是必要的,但如果还其本来面目只是为了歌颂与推崇,则不足取了。

[原文]

夫神道阐幽,天命微显,[1]马龙出而大《易》兴[2],神龟见而《洪范》耀[3],故《系辞》称"河出图,洛出书,圣人则之",斯之谓也。[4]但世夐文隐,好生矫〔托〕(原作诞,依唐写本改),真虽存矣,伪亦凭焉。[5]

[译文]

因为神道要阐明幽暗,天意要揭开微妙,所以龙马负《河图》而出,伟大的《易经》就从此兴起了;神龟背《洛书》而出,《洪范》中的九畴便从此揭示了。《易·系辞》里说"黄河里出图,洛水里出书,圣人仿照它画八卦作《洪范》",就是指的这桩事。但是年代久远,图书上文字也不清楚,人们便喜爱借此造谣假托,其中虽然保留了真材料,假东西也随着产生了。

注释

1 语出《易·系辞》。阐：明也。
2 语出《尚书中候·握河纪》。参阅《原道》注。
3 见《原道》注。
4 《系辞》所说，即上文之意。
5 夐（xiòng）：久远。矫托：假托、诈托。

夫六经彪炳，而纬候稠叠；[1]《孝》《论》昭〔晳〕（原作皙、作哲，皆非），而钩谶葳蕤。[2] 按（唐写本作酌）经验纬，其伪有四：盖纬之成经，其犹织综[3]，丝麻不杂，布帛乃成；今经正纬奇，倍〔摛〕（原作撝，依唐写本改）千里[4]，其伪一矣。经显，圣（唐写本作世）训也；纬隐，神教也。圣（唐写本作世）训宜广，神教宜约，而今（唐写本无今）纬多于经，神理更繁，其伪二矣。有命自天，乃称符谶，[5] 而八十一篇，皆托于孔子，[6] 则是尧造绿图，昌制丹书，其伪三矣。[7] 商、周以前，图箓（唐写本作绿图）

六经的意义很显著，"纬候"的内容很繁杂；《孝经》《论语》的意义很明白，"钩谶"的内容很凌乱。依据经书来考察纬书，纬书出于伪造，有四条理由：纬书是配合经书的，好像织机织布有经纬一样，要丝麻不相混杂，才能织成布帛，现在经书雅正纬书怪异，十分对立，无法配合，这是纬书出于假托的第一条理由。如果说经书很显豁，由于它是圣人的训诲；纬书很隐晦，由于它是神人的教导。那么圣人的训诲应该详细，神人的教导应该简约，然而现在纬比经多，神人说的道理更繁杂，这是纬书出于假托的第二条理由。上天指示吉祥预告未来，所以名为符谶，现在纬书八十一篇，都说是孔子的著述，又说帝尧自造了绿图，文王自制了丹书，这是纬书出于假托的第三条理由。在商周之前，图书和符箓常常出现；到春

频见[8],春秋之末,群经方备;先纬后经,体乖织综,其伪四矣。[9]〔义〕(原作伪,今校改)既倍摘,则〔伪〕(原作义,今校改)异自明,经足训矣,纬何豫焉。[10]

秋末年,各种经书才完备,两者的关系并不和织布的经纬相同,这是纬书出于假托的第四条理由。纬和经的含义既然乖牾,那么纬书出于假托自然就明白了,经书是足为典范的,纬书有什么相干呢?

注释

1 直则为经,横则为纬,既有经书,故有纬书,造纬以配经也。《尚书》有《尚书纬》之外,更有《尚书中候》,故以纬候并称。稠叠:此处指繁多,与彪炳相对成文。稠,密也、多也。叠,重也。

2 《孝》《论》:《孝经》《论语》。《孝经纬》中有《钩命诀》,《论语》不称纬,有谶(chèn)八卷。葳蕤(wēi ruí):乱貌。

3 织综:指织机。

4 孙诒让《札迻》:"倍摘即倍擿,字并与适通。《方言》云:'适,牾也。'郭注云:'相触迕也。'倍适犹言背迕也。"

5 《诗·大明》:"有命自天,命此文王。"

6 《隋书·经籍志·纬类序》以为纬书出于前汉,合为八十一篇。

7 《尚书中候·握河纪》称尧得绿图,赤文绿地。又《我应》说文王得丹书。昌:文王姬昌。

8 箓(lù):犹言符箓。图箓:总指图谶,河图、洛书、绿图、丹书等。

9 谓五经在春秋末年始完备。

10 谓经纬之义既相背迕,则谶纬之为伪作就明白了。"义""伪"两字互倒,今校改。

原(唐写本无)夫图箓(唐写本作绿图)之见,乃昊天休命,事以瑞圣,义非配经。[1]故"河不出图",夫子有叹,如或可造,无劳喟然。[2]昔康王河图,陈于东序[3],故知前世(唐写本作圣)符命,历代宝传,仲尼所撰,序录而已。[4]于是伎数之士,附以诡术,或说阴阳,或序灾异,若鸟鸣似语,[5]虫叶成字[6]。篇条滋蔓,必假(唐写本作征)孔氏,通儒讨核,谓〔伪〕(原脱,依唐写本增)起哀、平,[7]东序秘宝,朱紫乱矣。[8]至于(唐写本无于)光武之世,笃信斯术,[9]风化所靡,学者比肩,沛献集纬以通经[10],曹褒〔选〕(原作撰,依唐写本改)谶以定礼[11],乖道谬典,亦已甚[12]矣。是以桓谭疾其虚伪[13],尹敏戏其浮〔假〕(原作瑕,依唐写本改)[14],张衡发其僻谬[15],荀悦明其诡

考究图书和符箓的出现,是上天给予人们的宠爱,事关圣人出现的祥瑞,其内容并不与经书相配合。所以孔子叹息"黄河不再出现图书",如果图箓可以造作,孔子就不用喟然悲伤了。《顾命》记述康王继位,把河图陈列在厅堂的东墙,可见前人对于上帝授予的图箓,累代作为宝物相传,孔子编《尚书》,只是把记述河图的《顾命》依次编录罢了。那些搞图谶的术士,用诡诈的方法加以附托,有的用来说阴阳,有的用来谈灾异,像《左传》中记载的鸟叫起来如说话,《汉书》里说的虫食的树叶呈字形。篇章条文越传越多,大多假托孔子,博通的学者讨论考察,说是弄虚作假起于汉哀帝和平帝,把这些和康王东墙的河图混淆一起,不免以假乱真了。汉光武的时候,很虔诚地相信这一套,在当时风气的感化下,搞术数的人成群结队,刘辅搜集了纬书来说五经,曹褒掺杂符谶来制定礼制,违背事理扰乱旧章,到了极点。所以桓谭痛恨谶纬之学的弄虚作假,尹敏便针对它的虚假来开玩笑,张衡揭发了它的乖僻谬误,荀悦指出了

〔托〕(原作诞,依唐写本改)[16] | 它的诡诈和假托,四位学者博学谙练,
四贤博练[17],论之精矣。 | 评论谶纬可算精当极了。

注释

1 见:同现,出现。休命:美命。
2 《论语·子罕》:"子曰:凤鸟不至,河不出图,吾已矣夫!" 嗢:叹声。
3 东序:东墙。《尚书·顾命》说"河图在东序"。《顾命》和《康王之诰》本为一篇,后人分为两篇。
4 撰:编次。序录:按次序选录。相传《尚书》为孔子编定,《顾命》就在其中。
5 以上之事,见《左传》襄公三十年。董仲舒以阴阳灾异附会,则见《汉书·五行志》。
6 事见《汉书·五行志》,以为昭帝时事。
7 通儒:指张衡而言。《后汉书·张衡传》张衡上疏:"则知图谶成于哀、平之际也。"《尚书·洪范》正义:"通人讨核,谓伪起哀、平",与唐写本同,故增"伪"字。
8 东序秘宝:《顾命》所谓"河图在东序"。"朱紫"一句:出自《论语·阳货》。
9 《后汉书·方术传序》中说,光武信谶,于是术士争相附会,加以穿凿。
10 《后汉书·沛献王辅传》,说沛献王辅集图谶,作《五经论》,时人名之为"沛王通论"。
11 《后汉书·曹褒传》:"褒既受命,乃次序礼事,依准旧典,杂以五经谶记之文,……以为百五十篇。"选字繁体与撰字相近,《后汉书·曹褒传》有"撰次"云云,故误选为撰。
12 已甚:过甚,太甚。
13 《后汉书·桓谭传》载,谭不信谶,以为"增益图书,矫称谶记,以欺惑贪邪,诖误人主"。又云:"臣不读谶。"
14 《后汉书·尹敏传》以为图谶"非圣人所作",又自作谶曰"君无口,

为汉辅",以为嘲戏。

15《后汉书·张衡传》载,张衡上疏以为刘向、刘歆"阅定九流,亦无谶录",成帝、哀帝之后始有之,肯定其成于哀、平以后。

16 荀悦《申鉴·俗嫌》谓"八十一篇,非仲尼之作"。

17 博练:博学谙练。

若乃羲、农、轩、皞之源¹,山渎、钟律之要²,白鱼、赤乌(唐写本作雀)之符³,黄〔银〕(原作金,依唐写本改)、紫玉之瑞⁴,事丰奇伟,辞富膏腴,无益经典,而有助文章。⁵是以后(唐写本作古)来辞人,〔捃〕(原作采,依唐写本改)撷英华⁶。平子恐其迷学,奏令禁绝;⁷仲豫惜其杂真,未许煨燔;⁸前代配经,故详论焉。

至于伏羲、神农、轩辕、少皞等人开创事业的神话,山岳、河海、音乐、律算等事的重要记载,《史记》所记述的"白鱼赤乌"的符验,《礼记·斗威仪》所载录的"黄银紫玉"的神瑞,事件极为奇异,语言又多润泽,虽然无益于经典,却有助于文章。所以后来的文学家,对于这些东西也吸取其精华。张平子恐怕它迷误学者,奏请下令禁绝;荀仲豫则爱惜其中掺杂了好的资料,反对把它烧毁;我因为前人把它配合经书,所以详加论述。

注释

1 伏羲、神农、轩辕、少皞,相传皆有符瑞。伏羲时,河出图,已见《原道》注。神农时,天雨粟,神农耕而种之,见《周书》。轩辕氏采首山铜,铸鼎荆山下,鼎成,龙垂胡须下迎黄帝,见《史记·封禅书》。"少皞挚之立也,凤鸟适至",见《左传》昭公十七年。

2 山渎(dú):如《遁甲开山图》。钟律:如《钟律灾应》是也。

3《史记·周本纪》:"武王渡河,中流,白鱼跃入王舟中。武王俯取以祭。

既渡，有火自上复于下，至于王屋，流为乌，其色赤，其声魄云。"
4 《礼记·斗威仪》："君乘金而王，其政象平，黄银见，紫玉见于深山。"故依唐写本改。
5 《文心雕龙》有《情采》《夸饰》，而谶纬"事丰奇伟，辞富膏腴"，故"有助文章"。
6 捃摭（jùn zhí）：原作采摭，杨明照以《事类》"捃摭经史""捃摭须核"例之，应作捃摭，故改。
7 张衡，字平子，上疏有"宜收藏图谶，一禁绝之"。
8 《后汉书·荀淑传》，荀悦，字仲豫，著《申鉴》，其《俗嫌》曰："或曰：'燔（fán）诸？'曰：'仲尼之作则否，有取焉则可，曷其燔！'"

赞曰：荣河温洛[1]，是孕图纬。神宝藏用，理隐文贵，[2]世历二汉，朱紫腾沸。[3]芟夷谲诡，〔采〕（原作糅，依唐写本改）其雕蔚。[4]

总而言之：冒出光彩的黄河和一度温暖的洛水，它们孕育了图箓和谶纬。神异的《河图》《洛书》总是具有作用的，道理虽然不易理解，文采却鲜明可贵。由于两汉把谶纬配经书，于是鱼目混珠而真假腾沸。应该把那些怪诞欺诈的糟粕加以芟除，吸取其有助于写作的词汇。

注释

1 《尚书中候·握河纪》："荣光出河。"所以说"荣河"。《周易乾凿度》："洛水先温。"所以说"温洛"。
2 两句大意是：图箓的作用，理不易知；但读其书，辞有可贵。
3 刘申叔《谶纬论》："以经淆纬，始于西京；以纬俪经，基于东汉。"西京，即西汉；俪，配也。所以两汉以来真假混杂，朱紫不分。
4 采：原作糅，依唐写本改。杨明照云："采其雕蔚，即篇末'捃摭英华'之意。"

辨　骚

导读

汉人刘安、刘询、杨雄、班固、王逸对于屈原的创作都有过论述,但见解并不一致。《辨骚》是对前人的论述所做的总结性的分析。骚就是《离骚》,屈原的作品以《离骚》为代表,《辨骚》就是辨析屈原创作的成就与局限。

本篇对屈原作品的内容做了详细的论述,对屈原作品的艺术创造做了极大的肯定。这篇对屈原作品概括性的分析和评价,是历史上评价屈原作品的重要论文。但是由于作者站在"宗经""征圣"的立场分析《离骚》的内容,以为有四方面合于《风》《雅》,有四方面异于经传,既不科学,也不允当。由于对内容分析的偏差,影响了对屈原创作的理解。屈原最大的艺术创造在其浪漫主义的创作方法,夸张比喻的特点,本文的论述都带有片面性。

但是作者指出,"自铸玮辞","气往轹古,辞来切今",是屈原创造性的贡献;又指出,"其衣被词人,非一代也",是屈原在文学发展史上的巨大影响和丰功伟绩;还指出,"凭轼以倚《雅》《颂》,悬辔以驭楚篇,酌奇而不失其贞,玩华而不坠其实,则顾盼可以驱辞力,咳唾可以穷文致",是学习屈原创作的道路。这些都是比较中肯而且有益的论点,值得我们注意。

原文

自《风》《雅》寝声,莫或抽绪,奇文郁起,

译文

自从《风》《雅》之声停息以来,没有继承三百篇而创作的诗章了,战国末期突

其《离骚》哉。[1]固已轩翥《诗》人之后,奋飞辞家之前,岂去圣之未远,而楚人之多才乎![2]昔汉武爱《骚》,而淮南作传,[3]以为"《国风》好色而不淫,[4]《小雅》怨诽而不乱,若《离骚》者,可谓兼之。蝉蜕秽浊之中,浮游尘埃之外,皭然涅而不缁,虽与日月争光可也"。[5]班固以为:"露才扬己,忿怼沉江。[6]羿浇二姚,与左氏不合;[7]昆仑悬圃,非经义所载。[8]然其文辞丽雅,为词赋之宗。虽非明哲,可谓妙才。"[9]王逸以为:"《诗》人提耳,[10]屈原婉顺,《离骚》之文,依经立义。驷虬乘〔鹥〕(原作翳,依铃本校),则时乘六龙;[11]昆仑流沙,则《禹贡》敷土;[12]名儒辞赋,莫不拟其仪

起而奇伟的作品,那就是《离骚》吧!它高翔于三百篇作者以后,奋飞于汉代辞赋家之前,或者是由于距离孔子的时代不远,楚国人又多才多艺啊!过去汉武帝喜爱《离骚》,让淮南王刘安替它作了传,认为"《国风》中虽然情歌多,但没有淫秽的篇章;《小雅》中虽然讽刺的作品不少,并没有叛逆的字句。像《离骚》这样的作品,可以说是兼有《风》《雅》的优点了。好比蝉一样,虽然在污水中脱壳,却翱翔于混浊的尘埃以外,作者光明磊落,用染料也染不黑,说他可以与太阳月亮争辉,也是可以的"。班固认为:"屈原夸耀才华,标榜自己,愤恨不满,投江自杀。作品中写羿、浇、二姚等人,既与《左传》不合;写昆仑、悬圃等地,又是经传中所未记载。但是《离骚》的文采辞藻华丽雅洁,是辞赋中的楷模。屈原虽不是明哲保身的圣人,却是才华出众的作家。"王逸认为:"《诗经》作者主张扯着人的耳朵进行教诲,屈原却顺着人的情感委婉教导,虽然措辞不同,但《离骚》的内容是依据经书来写的。《离骚》里说,驾着虬龙、骑着凤凰,就和《易经》中说的'骑着六龙'一样;《离骚》里说,登昆仑、过流沙,不和《禹

表,所谓金相玉质,百世无匹者也。[13]"及汉宣嗟叹,以为"皆合经〔传〕(原作术,依唐写本改)";[14]杨雄讽味,亦言"体同《诗·雅》"。[15]四家举以方经,而孟坚谓不合传,褒贬任声,抑扬过实,可谓鉴而弗精,玩而未核者也。[16]

贡》分治九州中说的昆仑和流沙相同吗?后代著名学者所写的辞赋,无不把《离骚》当作楷模,它具有金玉的品质,百代以来没有与之匹敌的作品。"汉宣帝叹赏它,认为"完全符合经传的意义";杨子云吟诵它,认为"事义与《雅》相合"。淮南王等四家把《离骚》比作经书,班孟坚一人却说它不合《左传》,这样褒奖贬责都太随便,抬高压低也不符实际,可以说是鉴别而不精审,玩味而没有核实啊。

注释

1 寝:止息,停顿。寝声即《孟子·离娄》"王者之迹息而《诗》亡"之义。莫或:没有。《易·益》:"莫益之,或击之。"《经传释词》:"莫,无也;或,有也。"抽绪:继承之意。郁起:茂盛突起。

2 轩翥(zhù):高飞之意。《诗》人:指三百篇作者。辞家:指汉代赋作家。圣:指孔子。《左传》襄公廿六年:"虽楚有才,晋实用之。"故曰楚人多才。

3 《汉书·淮南王传》:"使为《离骚传》。"《汉书·孝武纪》"上使安作《离骚赋》",赋字实误,王念孙据此改《淮南王传》中"传"字作傅,是不当的。下文所引,即离骚传文,见《史记·屈原列传》。

4 好色而不淫:爱其色而不过度之意。

5 蝉蜕(tuì):蝉脱皮。皦(jiào):白净貌。涅(niè):矾石,染皂色的颜料。缁(zī):黑色。涅、缁或作泥、滓,借字也。

6 班固,字孟坚,《后汉书》有传,引文撮取其《离骚序》。屈原身世,见《史记》本传。

7 《离骚序》以为羿、浇、少康、有娀佚女,"皆各所识,有所增损",

所以说"与左氏不合"。浇：通焘（ào）。

8《离骚序》："多称昆仑（疑脱悬圃二字）冥婚宓妃虚无之语，皆非法度之政、经义所载。"

9《诗·烝民》："既明且哲，以保其身。"屈原沉江，所以不是明哲。

10 王逸，字叔师，作《楚辞章句》。以下本篇引文，据《楚辞章句序》，撮取其大意，并非原文。《诗·抑》："匪面命之，言提其耳。"意思是说：不单是当面指责，而且扯着耳朵教训。

11 驷虬乘鹥：《离骚》中辞语。虬（qiú）：传说中龙之一种。鹥（yī）：凤凰的别名。

12《尚书·禹贡》"禹敷土"，谓禹分治九州。《禹贡》中也提到昆仑和流沙。

13《诗·棫朴》："金玉其相。"相，质也。故此云"金相玉质"，以相质对文，以两字义同之故。

14《汉书·王褒传》有宣帝论及辞赋，与本篇所引不符，疑别有据。

15 杨雄所言，出处不详。体：指体骨，指《离骚》的事义。

16 方：比方。玩：此处作玩味讲。

将核其论，必征言[1]焉。故其陈尧、舜之耿介，称〔禹、汤〕（原作汤、武，依唐写本改）之祗敬，典、诰之体也；[2] 讥桀、纣之猖披，伤羿、浇之颠陨，规讽之旨也；[3] 虬龙以喻君子，云霓以譬谗邪，比兴之义也；[4] 每一顾而掩涕，叹君门之九重，忠怨之辞也。[5] 观兹四事，同于〔《书》《诗》〕（原作

要考核他们评论的是非，必须以作品中屈原自己说的为验证。作品中陈述尧、舜的光明正大，称赞禹、汤的兢兢业业，这就是采用典诰中的事义；讥刺桀、纣的放荡，痛心羿、浇的覆灭，这就是规劝讽谏的用心；用虬龙来比好人，用邪气来喻坏蛋，这就是《诗经》中比兴的旨意；想到楚国就流泪，感叹王宫门户重叠高不可攀，这就是出于忠诚而

《风》《雅》,依范改)者也。[6]至于托云龙,说迂怪,[7]〔假〕(原脱,唐写本作驾,参改)丰隆求宓妃,〔凭〕(原脱,依唐写本增)鸩鸟媒娀女,诡异之辞也;[8]康回倾地,夷羿彃(唐写本作毙)日,[9]木夫九首,土伯三目,谲怪之谈也;[10]依彭咸之遗则,从子胥以自适,狷狭之志也;[11]士女杂坐,乱而不分,[12]指以为乐,娱酒不废,沉湎日夜,举以为欢,荒淫之意也。[13]摘(唐写本作指)此四事,异乎经典者也。故论其典诰则如彼,语其夸诞则如此,固知《楚辞》者,体〔宪〕(原作慢,依唐写本改)于三代,而风〔杂〕(原作雅,依唐写本改)于战国,乃《雅》《颂》之博徒,而词赋之英杰也。[14]观其骨鲠所树,肌肤所附,虽取熔经意,亦自铸〔玮〕(原作伟,唐写本作纬,今改)辞。[15]故《骚经》《九章》,朗丽以哀志;《九歌》《九辩》,〔靡妙〕(原

怨恨的语言。看看这四桩事,都是与《尚书》和《诗经》的精神相符合的。至于作品中假托"驾八龙"和"载云旗",述说些迂阔荒诞之事,委托丰隆向宓妃求婚,凭借鸩鸟向有娀氏说媒,都是一些诡怪奇异的话;又说共工康回触倒了撑天柱,射手后羿射落了九个太阳,拔树力士有九个头,土地之神生三只眼,也都是欺假荒诞的谈论;又说愿意学彭咸投水的老办法,跟随伍子尸首浮江也自在,那只是气量狭小的表现;把男女杂坐互相调笑当快乐,把酣酒宴会昼夜不止当欢娱,也都是些过度淫荡的想法。这里摘述的四桩事就和经典不合了。说《楚辞》合于典诰,有前面引的四桩事,说它夸大荒诞又有后边举的四桩事,因此可知《楚辞》这部书,它的内容既效法了三代的典诰,它的倾向又掺杂着战国策士的感情,在《雅》《颂》中虽然只是浪荡之子,在辞、赋中却是杰出之才了。所以它所采用的主要题材,驱使的文藻辞采,既融化了经典的旨意,又创造了自己的风格。《离

作绮靡,依唐写本改)以伤情;[16]《远游》《天问》,瑰诡而〔慧〕(原作惠,依唐写本改)巧;[17]《招魂》〔《大招》〕(原作《招隐》,依唐写本改),耀艳而〔采〕(原作深,依唐写本改)华;[18]《卜居》标放言之致;《渔父》寄独往之才[19]:故能气往轹古,辞来切今,[20]惊采绝艳,难与并能矣。

骚》和《九章》,辞藻明丽而意志悲凉;《九歌》和《九辩》,文思美妙而情绪凄清;《远游》和《天问》,虽用意怪诞却运思灵巧;《招魂》和《大招》,既色彩鲜明又文辞光艳;《卜居》写出了遗世独立的志趣;《渔父》寄托了避地隐居的想法:真是盛气所向压倒前人,发为辞章独开新路,文采惊人,艳丽绝世,其他人的作品很难并驾齐驱。

注释

1 征言:证之以屈原作品词句也。

2 《离骚》中有"彼尧、舜之耿介兮""汤、禹俨而祗敬兮"。耿介:光明。祗(zhī):敬也。体指体骨,即文章事义,详《宗经》。《尚书》中有《尧典》《舜典》《大禹谟》《汤诰》,即陈述尧、舜、禹、汤之事义也。

3 猖披:指行为不检点。颠陨(yǔn):指灭亡。《离骚》中有"何桀、纣之猖披兮"和羿、浇颠覆灭亡之事。

4 《离骚序》"虬龙鸾凤以托君子,飘风云霓以为小人",故云。云霓(ní):邪恶之气。

5 《离骚》有"长叹息以掩涕兮"。《九辩》有"君之门以九重"。九重:言君门多层也。

6 范文澜云:"《诗》无典诰之体,彦和云'观兹四事,同于《风》《雅》',似宜云'同于《书》《诗》'。"

7 托:假托。迂怪:迂远怪诞。事见《离骚》,兹不详引。

8 《离骚》中有"吾令丰隆乘云兮,求宓妃之所在""望瑶台之偃蹇兮,见有娀之佚女,吾令鸩为媒兮,鸩告予以不好"。丰隆,雷神。宓(fú)妃,神女。有娀(sōng),古氏族名。佚女,美女。鸩(zhèn),羽毛有毒的一种鸟。假、凭两字原脱。假,唐写本作驾,假之声误,参改;凭,依唐写本改。

9 《天问》:"康回凭怒,地何故东南倾?"康回:《淮南·天文》及《原道》中之共工氏。倾:倾斜。又:"羿焉彃日。"《淮南·本经》载,尧之时,十日并出,乃使羿上射十日。《左传》襄公四年"夷羿收之",注:"夷,氏。"今按:夷,从大从弓,人带弓之义。夷羿:疑即射手羿。彃(bì):射也。

10 《招魂》:"一夫九首,拔木九千些。"又:"土伯九约,其角觺觺些……参目虎首,其身若牛些。"本文刘勰作"木夫",《招魂》作"一夫",皆可通。木夫:拔木的人。土伯:主土地之神。

11 彭咸:殷大夫,自投水死。《离骚》:"愿依彭咸之遗则。"子胥:伍员,谏吴王夫差,夫差赐子胥剑,令自杀。狷(juàn)狭:褊窄。

12 "士女"两句,见《招魂》。士:男也。

13 《招魂》:"娱酒不废,沉日夜些。"废:止的意思。举与指相对成文,都是指出的意思。

14 体与风相对成文,体指体骨,即事义。宪:效法。风:激情。杂:掺杂。体宪于三代:上文之"同于《书》《诗》",下文之"取熔经意"。风杂于战国:上文之"异乎经典",下文之"自铸玮辞"也。

15 骨鲠:指事义。肌肤:指辞采。故《附会》云:"事义为骨鲠,辞采为肌肤。"玮:奇也。

16 王逸有《离骚经序》,累称《离骚经》,故称《骚经》。靡妙:原作绮靡。今改正者,上文有"朗丽以哀志",朗丽来母双声,下文有"瑰诡而慧巧",瑰(guī)诡见母双声,又有"耀艳而采华",耀艳喻母双声,靡妙明母双声,故依唐写本作靡妙。

17 慧,智慧;惠,恩惠。故改作慧。

18《招隐》，淮南小山作；《大招》，屈原作。故依唐写本改。采华：采误作罙，又误作深，故依唐写本改为采。

19 陈祺寿云："《论语·微子篇》：'隐居放言。'《集解》引包曰：'放，置也。不复言世务。'案《卜居》有云：'吁嗟默默，谁知吾之廉贞。'故彦和以放言美之。"李详云："《渔父》寄独往之才，亦言'渔父鼓枻而去'，独往不返也。"

20 轹（lì）：碾也。"气往轹古，辞来切今"两句大意是：意气所向压倒古人，发为辞藻独开新路。

自《九怀》以下，遽蹑其迹，[1]而屈、宋逸步，莫之能追。[2]故其叙情怨，则郁伊而易感；[3]述离居，则怆怏[4]而难怀；论山水，则循声而得貌；[5]言节候，则披文而见时。[6]是以枚、贾追风以入丽，马、扬沿波而得奇，其衣被词人，非一代也。[7]故才高者〔范〕（原作苑，唐写本作范，今改）其鸿裁[8]，中巧者猎其艳辞[9]，吟讽者衔[10]其山川，童蒙者拾其香草[11]。若能凭轼以倚《雅》《颂》，悬辔以驭楚篇，[12]酌奇而不失其〔贞〕（原作真，依唐写本改）[13]，	《九怀》以下各篇，虽然紧紧追踪《离骚》《九辩》等作品，但还是赶不上屈原、宋玉奔走绝尘的步伐。屈、宋抒写哀怨的情怀，则呜咽而容易动人；叙述对祖国的思念，则苍凉而不忍卒读；描画山水，则依声循律可以见其形状；谈论节气，则披文览字可以看到时令。枚乘、贾谊追随他们的趋向做到了华丽，司马相如、杨雄沿袭他们的道路取得了奇伟，屈、宋影响辞赋家，并不止一代呀。所以才华高的人效法他们的宏伟局面，心灵精巧的人猎取他们的艳丽辞藻，吟咏讽诵的人爱好他们的模山范水，初学写作的人拾掇他们的花草字眼。因此可知，创作必须要以学习《雅》《颂》为准则，行文要有控制地效法《楚骚》，斟酌采用它的奇诞而能保持雅正，

玩华而不坠其实,则顾盼可以驱辞力,咳唾可以穷文致,[14] 亦不复乞灵于长卿,假宠于子渊矣。[15]

玩味体会它的华辞而不忘记它的实意,那么一顾一盼可以驱遣文辞气力,一咳一唾可以穷极文情委曲,无须向长卿乞灵感,向子渊求宠爱了。

注释

1 《楚辞》篇次,今本已非原来面目。晁公武《郡斋读书志》载《楚辞释文》其次第是:《离骚》《九辩》《九歌》《天问》《九章》《远游》《卜居》《渔父》《招隐士》《招魂》《九怀》《九谏》《九叹》《哀时命》《惜誓》《大招》《九思》。据此次第,以《大招》与《招隐士》相对调,则《九怀》以下无屈、宋作品,刘勰所见《楚辞》篇目次第大抵与《楚辞释文》相同。遽:急也。躧:蹈也,追随意。其:指屈原、宋玉。

2 逸步:奔走绝尘的步伐。之:指屈、宋。

3 其:指屈、宋所作。郁伊:犹今言呜咽,心情不舒畅。

4 怆怏(chuàng yàng):悲凉貌。

5 如《九歌》《九章》写山水,而写水者尤多。

6 如宋玉《九辩》悲秋。

7 枚:枚乘;贾:贾谊;马:司马相如;杨:杨雄。皆西汉著名赋作家。

8 范:模范,学习。唐写本作苑,范本校作捥,疑皆非是。菀或作范,范与苑形近。

9 中巧:心巧。猎:取也。

10 衔:含的借字。《说文》:"含,嗛也。"爱好之意。

11 童蒙者:指初学的人。

12 由前段总结出学习为文的方法:应以经传为根本,效法楚骚之为文。轼:车前横木。辔(pèi):缰绳。驭(yù):驾驭。

13 贞:正也,与奇对文,犹下句以华、实对文。

14 辞力：文辞气力。《通变》："文辞气力，通变则久。"咳唾：通言"咳唾成珠玉"，出自《庄子·秋水》。文致：文情委曲。
15 乞灵：二字出于《左传》哀公廿四年，求教之意。长卿：司马相如的字。假宠：二字出于《左传》昭公四年，求宠爱之意。子渊：王褒的字。

赞曰：不有屈原，岂见《离骚》？惊才风逸，壮〔采〕(原作志，依唐写本改)〔云〕(原作烟，今依洪本一作校改)高。[1] 山川无极，情理实劳。[2] 金相玉式，艳溢(唐写本作逸)缁(原作锱，今改)毫。[3]

总而言之：如果没有屈原，哪里来的《离骚》？他惊人的才华如风驰电掣，壮丽的文采高入云霄。他所写的山川无边无际，所寄托的情理更广阔而迢遥。楚骚真是如金如玉的好文章，它的艳丽文采至今还在笔下纸上蹦跳。

注释

1 采：杨明照云：《诠赋篇》"时逢壮采"，亦以"壮采"连文。
2 劳当借作辽。《诗·渐渐之石》："山川悠远，维其劳矣。"孔疏申释郑笺，以劳训辽。本文两句，实从《诗》来，也当借作辽。
3《诗·棫朴》："金玉其相。"《左传》昭公十二年：祈昭之诗曰："式如金，式如玉。"故此云："金相玉式。"缁原作锱，今改。缁：帛黑色也。此处单指帛，实指纸。缁毫：纸笔。毫，笔也。

明　诗

[导读]

　　《明诗》主要是明辨诗的意义,更论述了诗的发展情况。刘勰认为诗是诗人抒写自己情志的,所以他引用《舜典》中"诗言志"来解释诗义时说道:"义已明矣。"他既认为诗是抒写情志的,又认为抒写的情志必须是歌颂美好,讽谏错误,使人的性情归于端正。所以他说诗要"持人情性",又说"三百之蔽,义归无邪"。

　　刘勰用他的诗义衡量历代的作品,认为:一种是合乎诗义的,即用诗来"顺美匡恶";一种是不合诗义的,即用诗来谈玄论道,嘲风弄月。用这种标准来衡量历代诗歌,那些以讽谏为主的作品确实是思想性较强的作品,如三百篇中的"变风""变雅";那些不合乎诗义的作品,确实有许多内容空洞的东西,如"诗杂仙心""溺乎玄风",以及南齐的许多作品。通过他的评论,既把从上古到南齐的诗歌做了轮廓性的评价,也将这一时代诗歌的发展做了梗概性的论述,对研究诗史来说,这是一篇有参考价值的论文。

　　但他的论诗标准是以《宗经》《征圣》为依据的,他所称述的话是出自《舜典》和《孝经》的。这种标准有极大的局限性,就拿"顺美匡恶"来说,匡恶就不可能彻底,而且恶也有阶级尺度,他赞成《小雅》怨诽而不乱"就很明显了。所谓顺美,大多数是赞扬统治者的功德,当然,如果在历史上真有建树,即使是统治者也应该歌颂,但事实上阿谀奉承的多,从来是古今一例。同时,所谓不合诗义的作品,也要分别看待,比如他所说的"庄、老告退,而山水方滋"的作品,就不应一笔否定,陶、谢的作品,多数是应该肯定的。

原文

大舜云"诗言志,歌永言",圣谟所析,义已明矣。[1] 是以"在心为志,发言为诗"[2],舒文载实,其在兹乎?[3] 诗者,持也,持人情性;[4] 三百之蔽,义归无邪,[5] 持之为训,有符焉尔。[6]

译文

伟大的舜说:"诗是抒写情志的,歌是长声地吟唱情志的。"《尚书·舜典》中的分析,已经把诗的意义讲明白了。所以说:"思想还在内心的叫作志,用语言表达出来后叫作诗。"因此,用华丽的语言文字来表达内心的志,那就在于诗吧。诗的意思,又是"持",它是用来制约人的思想情感的;孔子把三百篇的内容总括起来说:"没有淫邪的念头。"持的解释,是与没有邪念相符合的。

注释

1 引文见《尚书·舜典》,圣谟,即指《尚书·舜典》。
2 两句见《毛诗序》。
3 舒:布也。实:指志而言。兹:代词,指诗而言。
4 《诗纬含神雾》:"诗者,持也。"诗与志与持,三字古同音。用志与持解释诗,叫作声训。
5 《论语·为政》:"《诗》三百,一言以蔽之,曰:思无邪。"蔽:断也。即判断、评价的意思。
6 焉尔:于此。两句意谓:以持解诗,符合"思无邪"之义。

人禀七情,应物斯感,感物吟志,莫非自然。[1] 昔葛天(原有氏,唐写本无天氏二字,今删氏)乐辞(原有云,依唐写本删),《玄鸟》在曲,[2]

人们都禀赋着七情,接应外物必然有感触,感触而歌唱自己的反应,都是自然的道理。古代葛天氏有乐辞,《玄鸟》为当时的八曲之一,黄帝时有《云门》乐,照理不会单有乐声

黄帝《云门》,理不空弦(原作绮,依唐写本改),³至尧有《大章》(章原作唐,依唐写本改)之歌⁴,舜造《南风》之诗⁵,观其二文,辞达⁶而已。及大禹成功,九〔叙〕(原作序,依顾改)惟歌;⁷太康败德,五子咸〔讽〕(原作怨,依唐写本改);⁸顺美匡恶,其来久矣。⁹自商暨周,《雅》《颂》圆备,四始彪柄,六义环深。¹⁰子夏〔鉴〕(原作监,依唐写本改)"绚素"之章,子贡悟"琢磨"之句,故商、赐二子,可与言《诗》。¹¹自王泽〔弥〕(原作殄,依唐写本改)竭,风人辍采;春秋观志,讽诵旧章,酬酢以为宾荣,吐纳而成身文。¹²逮楚国讽怨,则《离骚》为刺;秦皇灭典,亦造《仙诗》。¹³

而无乐辞。到了唐尧时有《大章歌》,虞舜时写了《南风诗》,看来这两首诗,只是文辞通达罢了。伟大的禹,各项政务都井井有条,是值得歌咏的;夏太康败坏了祖宗的基业,五兄弟便加以讽刺;用诗颂扬美德,匡救错误,是从古以来就有的事了。自殷商到周代,《雅》《颂》之体都已完备,"四始"的意义彰明较著,"六义"之说周密精深。子夏能用"素以为绚兮"作借鉴,子贡对"如琢如磨"有领会,所以孔子认为卜商和端木赐两人,可以商讨《诗》了。自从周朝国运衰微,恩泽极其淡薄以后,采风的人便停止搜集民歌了;春秋时代要了解人们的志趣,只有听别人朗诵三百篇中旧章,(在宴会上)主人用旧诗来应酬是对贵宾的尊敬,客人能诵旧诗来报答也成为使者的光彩。此后楚国人进行讽谏,就有屈原写下的《离骚》;秦始皇虽然焚烧《诗》《书》,博士们也创作了《仙真人诗》。

注释

1 《礼记·礼运》:"喜、怒、哀、惧、爱、恶、欲,七者弗学而能。"禀:

犹言天赋。《广雅·释言》:"应,受也。"七情本能,天之所赋。受物斯感,也是出于天性。所以刘勰云"莫非自然",项项都非造作,一切出于自然。

2 《吕氏春秋·古乐》:"投足以歌八阕。"《玄鸟》为第二阕篇名。

3 《云门》:黄帝乐名。《诗谱序·正义》:"黄帝有《云门》之乐。"以理推之,不当有弦无乐,所以说"理不空弦"。

4 《礼记·乐记》"大章,章之也"注:"尧乐名也。"已不传。

5 《礼记·乐记》:"昔者舜作五弦之琴,以歌《南风》。"今传《南风歌》。

6 辞达:文辞通达。《论语·卫灵公》:"辞达而已矣。"

7 见《原道》注。

8 《史记·夏本纪》:"帝太康失国,昆弟五人,须(等待)于洛汭,作《五子之歌》。"

9 《孝经》:"将顺其美,匡救其恶。"又见《诗谱序》。

10 四始:见《宗经》注。六义:《毛诗序》:"故诗有六义焉:一曰风,二曰赋,三曰比,四曰兴,五曰雅,六曰颂。"环:周也。

11 子夏:姓卜名商。绚(xuàn):染色的丝绸。素:未染的白色丝绸。《论语·八佾》:"子夏问曰:'……素以为绚兮,何谓也?'子曰:'绘事后素。'曰:'礼后乎?'子曰:'起予者商也!始可与言《诗》已矣。'"子贡:姓端木,名赐。《论语·学而》:"子贡曰:'贫而无谄,富而无骄,何如?'子曰:'可也。未若贫而乐道,富而好礼者也。'子贡曰:'《诗》云:如切如磋,如琢如磨。其斯之谓与?'子曰:'赐也,始可与言《诗》已矣,告诸往而知来者。'"

12 弥(mí):益,今言"更"的意思。竭:尽。辍(chuò):停止。《汉书·艺文志》:"古有采诗之官。"酬酢(zuò):"应对"的意思。荣:荣耀。宾荣:见《左传》襄公廿七年。吐纳:谈吐,指诵诗。身文:见其有修养。《左传》僖公廿四年:"言,身之文也。"

13 秦皇灭典:指秦始皇焚书,见《史记·秦始皇本纪》三十四年。《仙诗》:《仙真人诗》,见《史记·秦始皇本纪》三十六年。今不传。

汉初四言，韦孟首唱，匡谏之义，继轨周人。[1]孝武爱文，柏梁列韵，[2]严、马之徒，属辞无方。[3]至成帝品录，三百余篇，朝章国采，亦云周备，而辞人遗翰，莫见五言，[4]所以李陵、班婕妤见疑于〔前〕（原作后，依《御览》及顾校）代也。[5]按《召南·行露》，始肇半章；[6]孺子沧浪，亦有全曲；[7]暇豫优歌，远见春秋；[8]邪径童谣，近在成世；[9]阅时取征[10]，则五言久矣。又古诗佳丽，或称枚叔，[11]其《孤竹》一篇，则傅毅之词，[12]比〔类〕（原作采，依一作改）而推[13]，两汉之作乎！观其结体散文，直而不野，婉转附物，怊怅切情，实五言之冠冕也。[14]至于张衡《怨篇》，清典可味；《仙诗》《缓歌》，雅有新声。[15]

汉代初年的四言诗，是由韦孟首先创作的，诗中匡谏错误，继承了三百篇的传统。汉武帝爱好文学，召集臣下在柏梁台联句，严忌、司马相如等人的诗，遣词造句不合七言的程式。汉成帝时，整理当时收藏的诗作，共有三百余篇，其中有录自朝廷的乐章和采自诸侯各国的歌诗，可以说是十分完备的了，但是诗人留下来的作品，并没有五言诗，所以李陵、班婕妤的作品，被前人怀疑。考察《召南·行露》，开创了半首诗是五字成句，孺子《沧浪歌》，已经全篇都是五言；优施的《暇豫歌》，早已出现在春秋年代；童谣中《邪径谣》，产生则近在成帝时候；拿这些诗的时代来考察，那么五言诗的出现已经很久了。古诗十九首是五言好诗，有几首被认为是枚叔写的，其中《孤竹》一篇，却是傅毅的手笔，由此类推，其他的古诗也是两汉的作品吧！这些作品看起来使事用辞自然而有文采，虽然质直而不鄙俚，细致地刻画事物，寄兴感人，实在是五言诗中的代表作品。至于张衡的《怨篇》，清淡典雅耐人寻味，《仙诗》和《缓歌》，更创造了新的旋律。

注释

1 《汉书·韦贤传》，韦孟为楚元王傅，元王孙戊，荒淫不遵道，孟作诗讽谏。轨：迹也。周人：指《诗经》。

2 《古文苑》卷八《柏梁诗》："武帝元封三年，作柏梁台，诏群臣二千石，有能为七言诗，乃得上坐。"联列双声，列韵即联韵。

3 严：严忌，诗已不传。马：司马相如，有《琴歌》，后人伪作。属辞无方：不合七言程式，故联句中无严、马。

4 《汉书·艺文志》载，成帝时，"诏光禄大夫刘向，校经传诸子诗赋"；"凡歌诗二十八家，三百一十四篇"。其中有朝廷乐章，有采自诸侯各国歌诗，故云"朝章国采"。

5 李陵：李广之孙，武帝时陷匈奴，今传《与苏武诗》。班婕（jié）妤：成帝时宫人，今传《怨歌行》。

6 《诗·行露》有"谁谓雀无角"与"谁谓鼠无牙"两章，皆前两句五字成句，后两句四字成句。

7 《孟子·离娄》，孺子歌："沧浪之水清兮，可以濯我缨。沧浪之水浊兮，可以濯我足。"除去诗中两兮字，全首五言。

8 《国语·晋语二》有优施歌："暇豫之吾吾，不如鸟乌。人皆集于菀，已独集于枯。"

9 《汉书·五行志》，成帝时童谣："邪径败良田，谗口乱善人。桂树华不实，黄雀巢其颠。昔为人所羡，今为人所怜。"

10 征：验证。

11 古诗佳丽：即十九首。枚叔：枚乘，字叔，西汉初年作家。《玉台新咏》以十九首中"西北有高楼"等九首为枚乘作，但未必可信。

12 十九首中"冉冉孤生竹"一首，相传傅毅作，毅字武仲，东汉初人，见《后汉书·文苑传》。

13 比类而推：谓以上类之也。

14 结：结构。体：谓文骨，即事义，主要题材。结体：谓安排事义，措置题材。散文：犹言"敷文"，谓布饰文采也。婉转附物：指其描摹风物而言。怊怅（chāo chàng）切情：指其寄兴抒情而言。冠冕（miǎn）：帽子，这里引申为代表的意思。

15《太平御览》九百八十三引有张衡《怨诗》《仙诗》。《怨诗》四言八句，恐非《怨篇》。《缓歌》未详，乐府古辞中《前缓声歌》，或者即《缓歌》。

暨建安之初，五言腾〔跃〕（原作踊，依唐写本改），文帝、陈思，纵辔以骋节；王、徐、应、刘，望路而争驱；[1]并怜风月，狎池苑，述恩荣，叙酣宴，慷慨以任气，磊落以使才；〔述〕（原作造，今校）怀[2]指事，不求纤密之巧，驱辞逐貌，唯取昭〔晳〕（原作晰，今改）之能，此其所同也。〔及〕（原作乃，依唐写本改）正始明道，诗杂仙心，何晏之徒，率多浮浅。[3]唯嵇志清峻，阮旨遥深，故能标焉。[4]若乃应璩《百一(唐写本作壹)》，独立不惧，辞谲义贞，亦魏之遗直也。[5]

到了建安初年，五言诗更蓬勃盛行，魏文帝和陈思王两兄弟，像放开缰绳的马，有节奏地奔驰；王粲、徐幹、应玚、刘桢，也如赶路程似的向前迈进；都赏玩着清风明月，嬉戏于荷池花苑，陈述恩泽荣耀，记叙酣饮宴会，慷慨激昂地随着意气发挥，豪爽磊落地驱使才华抒写；倾吐内心来发泄牢骚，不要求写得细密精巧，驱遣辞藻来描摹事物，只希望表达得鲜明显豁，这是大家的长处。到了正始时代，大家阐扬玄理，诗中掺杂着老庄思想，像何晏那些人，大多数浮泛肤浅。只有嵇康的诗志趣清亮激烈，阮籍的诗意志遥远深沉，所以在当时的作家中最为杰出。至于应璩的《百一》，因为作者独立不倚无所畏惧，所以诗的措辞虽诡诞而用意却端庄，也可算得由魏入晋的正直作家了。

注释

1 建安：汉献帝年号。本书例用腾跃，故改踊为跃。文帝：曹丕，字子桓。陈思：曹植，字子建，封陈思王。王：王粲，字仲宣。徐：徐幹，字伟长。应：应玚，字德琏。刘：刘桢，字公幹。

2 述怀：原作造怀，疑形近而误。

3 正始：魏齐王曹芳年号。明道：开始盛行玄学，阐扬老、庄之学。仙心：指道家之旨。何晏：字平叔，见《魏志·曹真传》。

4 嵇：嵇康，字叔夜，《晋书》有传。《诗品》，嵇康"托谕清远"，又"过为峻切"，故本篇云"嵇志清峻"。阮：阮籍，字嗣宗，《晋书》有传。《诗品》阮籍"言在耳目之内，情寄八荒之表"，故本篇云"阮旨遥深"。标：突出意。《才略》："皆文名之标者也。"两标字意同。

5 应璩（qú）：字休琏，见《魏志·王粲传》。谲（jué）：诡也。贞：正也。璩从魏入晋，故曰遗直。

晋世群才，稍入轻绮，张、〔左、潘〕（原作潘、左，依唐写本改）、陆，比肩诗衢，[1]采缛于正始，力柔于建安，或析文以为妙，或流靡以自妍，此其大略也。[2] 江左篇制，溺乎玄风，嗤笑徇务之志，崇盛〔忘〕（原作亡，依唐写本改）机之谈，袁、孙已下，虽各有雕采，而辞趣一揆，莫〔能〕（原作与，依唐写本改）

西晋的许多作家，诗风渐次走向了轻巧和华丽，三张、一左、两潘、二陆，并肩在诗坛上驰骋，诗的文采比正始年代要繁缛些，诗的气力比建安时期柔弱了，有的作品拆散辞句而自以为巧妙，有的诗篇流荡华美而自以为秀丽，这就是当时创作的大略情况。东晋的作品，沉溺在玄谈的风气中，讥笑人们被世务束缚了志趣，推崇大家忘怀一切去清谈；袁宏、孙绰以下的作家，虽然作品都有些文采，内容却一样，没有哪个人足为雄长，所以郭景纯的《游仙诗》，便

争雄,³所以景纯《仙篇》,挺拔而为俊矣。⁴宋初文咏,体有因革,庄、老告退,而山水方滋。⁵俪采百字之偶,争价一句之奇,情必极貌以写物,辞必穷力而追新,此近世之所竞也。⁶

突出地成为一时的杰作了。刘宋初年的诗文,内容有了一定变革,谈《庄》说《老》退出了文坛,模山范水盛行于诗界。排比辞藻,运用连篇累牍的对仗,逞才钓誉,寻求一个句子的奇巧,情感务求逼真地刻画事物,文辞定要尽量地追求新奇,这就是近代创作的趋向。

注释

1 《诗品序》:"晋太康中,三张、二陆、两潘、一左。"三张,张载、张协、张亢。二陆,陆机、陆云。两潘,潘岳、潘尼。一左,左思。比肩:并列之意。诗衢(qú):诗人行列之意。

2 缛(rù):繁盛。力:文辞气力。析文:分析文采,雕琢文辞。流靡:美色流动。自妍:自以为美。

3 江左:指东晋。东晋偏安,立都南京。溺:沉溺。玄风:玄学风气。东晋学人,专爱《周易》《庄》《老》之学。嗤(chī)笑:讥讽也。徇(xùn)务:关心世务。崇盛:极为推崇。忘机:忘掉机心。《宋书·谢灵运传》:"有晋中兴,玄风独盛,为学穷于柱下,博物止乎七篇。"本书《时序》《晋纪·总论》对于东晋学风,皆有论述。袁:袁宏,字彦伯,《晋书》有传。孙:孙绰,字兴公,《晋书》有传。著名的玄言诗人。雕采:雕琢的文采。辞趣一揆(kuí):文辞意趣一致。莫能争雄:不能与人争雄长。

4 景纯:郭璞之字,《晋书》有传,代表作有《游仙诗》。挺拔:特出,突出。俊:英俊。

5 因革:继承与改革。山水方滋:山水诗便盛行起来,如颜延之、谢灵运是也。

6 俪(lì)采:文辞对仗也。极貌:极力描画。穷力:竭尽气力。

故铺观列代,而情变之数可〔鉴〕(原作监,依唐写本改),撮举同异,而纲领之要可明矣。[1] 若夫四言正体,则雅润为本;五言流调,则清丽居宗;[2]华实异用,唯才所安。[3] 故平子得其雅[4],叔夜含其润[5],茂先凝其清[6],景阳振其丽[7],兼善则子建、仲宣,偏美则太冲、公幹。[8] 然诗有恒裁,思无定位,随性适分,鲜能〔圆通〕(原作通圆,依唐写本改)。[9] 若妙识所难,其易也将至;忽〔以〕(原作之,依唐写本改)为易,其难也方来。[10]

所以全面地来看各个朝代,文情变化的大略便可察见;扼要地提出各个朝代文情的异同,诗歌发展的梗概便可以知道了。像那四字成句的正统体制,应该以典雅温润为本;五字成句的流行格调,应该以清新华丽为先;当然,华丽和典雅的不同,并不决定于诗的体裁,而是决定于作家的才情性格。所以张平子的诗长于典雅,嵇叔夜的诗颇为温润,张茂先的诗构思清新,张景阳的诗铸辞华丽。各种特点兼具的要算曹子建、王仲宣,擅长一格的便是左太冲、刘公幹。但是诗有一定的体裁,思考却没有固定的限制,作家只能随着自己的才情和个性来写诗,很少有一个作家能够兼长各种风格。假若一个作家领会到写诗的困难,那反而会经过艰苦的途程走向轻快的境地;如果忽视创作的艰难,把写诗当作轻而易举,那么创作的困难就会愈来愈多了。

注释

1 铺观列代:谓全面观察各个朝代。情变之数:文情变化发展的情况。可鉴:可以明白。撮举:撮要举出。同异:相同与不同。
2 四言正体:谓四字为句的正统诗体。五言流调:谓五言诗为当时的流行格调。

3 华：指上文说的"清丽"。实：指上文说的"雅润"。华实异用，唯才所安：清丽与雅润之不同，不决定于诗之体裁，决定于作家之才情。
4 平子：张衡之字。上文云："张衡《怨篇》清典可味。"典即典雅，故云"平子得其雅"。
5 叔夜：嵇康之字。《诗品》，嵇康"托谕清远"，本篇上段云"嵇志清峻"，即本文"含其润"。
6 茂先：张华，字茂先，其诗《诗品》以为华丽妍冶，本文"清"指其清新妍丽言之。
7 景阳：张协，字景阳。丽：谓其"词彩葱蒨，音韵铿锵"。
8 子建：曹植之字。《诗品》谓植诗"情兼雅怨，体被文质"，故为"兼善"。仲宣：王粲之字。《诗品》以仲宣为子建之辅，故当兼善。太冲：左思之字。公幹：刘桢之字。《诗品》以为左思"其源出于公幹"，大抵都是"真骨凌霜，高风跨俗"。故云"偏美"。
9 分：指个性言之。圆通：各体皆备。
10 晋文公与郭偃谈治国，郭偃对曰："君以为易，其难也将至矣；君以为难，其易也将至矣。"见《国语·晋语四》。

至于三六杂言，则出自篇什；[1] 离合之发，则〔萌〕（原作明，依唐写本改）于图谶；[2] 回文所兴，则道原为始；[3] 联句共韵，则柏梁余制。巨细或殊，情理同致，总归诗囿[4]，故不繁云。

至于三个字、六个字，以及字数多少不齐的诗，都来源于《诗经》；拼拆字体的离合体，是从图谶萌芽的；回环可诵的回文诗，从道原创始；各写一句或两句联合成诗的，是柏梁体以后才有的。这些诗虽然大小长短不同，写作的情理却一样，都总汇在诗的园地之中，所以不详加阐述了。

【注释】
1 三六杂言：指三字诗、六字诗，及长短句兼存的诗。篇什：《诗经》。
2 离合：指拆字合字之诗。《古文苑》有孔融《离合作郡姓名字诗》。图谶中如以"卯金刀"射"劉"字是也。
3 回文：可以回环念的诗。道原：不详。
4 诗囿：诗的园地。

赞曰：民生而志，咏歌所含。[1]兴发皇世，风流二南。[2]神理共契，[3]政序相参。英华弥缛，[4]万代永耽。

总而言之：人从娘胎里生下来就有思想情感，因而诗歌的根子就在这里包含。它发源于三皇的时代，标志着歌唱风气盛行的是《周南》和《召南》。诗歌既与神理相契合，又与政教的盛衰相会参。名章秀句一天比一天繁盛，历代写诗的人废寝忘食也心甘。

【注释】
1 谓人生下来就有意志，诗是写志的，所以人有了志，就等于有了诗。
2 皇世：三皇之世。二南：《周南》《召南》。
3 神理：客观存在的规律。契：符合。
4 英华：指诗歌。弥缛：文采更茂。

乐 府

导读

"乐"是音乐,"府"是衙门,乐府就是采集歌曲被之管弦的衙门。汉武帝时,开始设立乐府。后来把配乐的乐辞也称为"乐府",因而"乐府"就成为韵文的一种体裁。

刘勰强调音乐的教育作用,认为关系到国家的兴亡,又以为"诗为乐心,声为乐体",乐心决定乐体,所以"淫辞在曲,正响焉生"。这些论点应该批判继承。但是他赞扬古乐,断自秦燔《乐经》。这里有两层意见:一是复古,一是宗经。作者所贬低的今乐,即汉、魏、晋的乐歌,诚然有些并不是好的音乐,他之所以贬低《武德》《四时》,在于"中和之响,阒其不还",之所以贬低《桂华》《赤雁》,在于"丽而不经","靡而非典"。换句话说,是由于这些乐章不合《韶》《夏》,或称"不经""非典"。至于"魏之三祖"的乐章,有的还算思想性较好的作品,之所以贬之为"志不出于慆荡,辞不离于哀思","实《韶》《夏》之郑曲也"。一句话,就是作者主张复古宗经,从庙堂的需要来谈音乐而已。

原文

乐府者,"声依永,律和声"也。[1] 钧天九奏,既其上帝;[2] 葛天八阕,爰乃皇时。[3] 自《咸》《英》以降,[4] 亦无得而论

译文

所谓乐府,就是"用五声来配合歌咏,用十二律来调节五声"。赵简子在天上所听到选奏的《万舞》,那便是上帝的神曲,葛天氏时代所歌唱的"八阕",就是三皇时代的乐章。从黄帝的《咸池》、

矣。至于涂山歌〔乎〕（原作於,今改）候人,始为南音;[5]有娀谣乎飞燕,始为北声;[6]夏甲叹于东阳,东音以发;[7]殷整思于西河,西音以兴。[8]〔心〕（原作音,依唐写本改）声推移,亦不一概矣。[9]匹夫庶妇,讴吟土风,诗官采言,乐〔胥〕（原作盲,依唐写本改）被律,志感丝簧（原作篁,依唐写本改）,气变金石。[10]是以师旷觇风于盛衰,季札鉴微于兴废,精之至也。[11]

帝喾的《五英》以来的许多音乐,都无法论述了。后来涂山氏歌唱了"候人",于是南乐开始了;有娀氏吟咏了"飞燕",于是北乐发端了;夏孔甲在东阳叹息而作"破斧",是东方乐歌的出现;殷河亶整在西河思念故土,是西方乐歌的产生。可见乐歌的发展演变,并不一致。各地的男女,各自歌唱各地民谣,采诗的官员便搜集这些歌谣,掌乐衙门的官吏便将它们谱入音律,人们的志趣就通过管弦表现出来,群众的情感就通过钟磬反映出来。所以师旷从晋楚的风谣看出了晋楚的盛衰,季札从各国的诗篇洞察到各国的兴废,这是由于他们两人精通声律到了极点啊。

注释

1 引文见《尚书·舜典》,永同咏,当名词用。声是宫、商、角、徵（zhǐ）、羽五声。律是黄钟、大簇（cù）、姑洗、蕤（ruí）宾、夷则、无射（yì）、林钟、南吕、应钟、大吕、夹钟、中吕十二律。
2 《史记·赵世家》记赵简子梦往上帝住所,听到"九奏《万舞》"。钧天：天之中央。九奏：累累演奏。
3 葛天八阕（què）：已见前。爰：语词。皇时：三皇之时。
4 《咸》：黄帝时所作乐,有《咸池》。《英》：帝喾时所作乐,有《五英》。见《汉书·礼乐志》。
5 事见《吕氏春秋·音初》。"禹行动,见涂山之女,禹未之遇而巡省南土,涂山氏之女乃令其妾候禹于涂山之阳,女乃作歌,歌曰:'候人兮猗。'"为南音之始。

6《吕氏春秋·音初》:帝令燕往视有娀氏女,"二女爱而争搏之",燕北飞不返,二女作歌:"燕燕往飞。"为北音之始。

7《吕氏春秋·音初》:夏后氏孔甲迷入民室,主人方乳,孔甲取其子归。"子长成人,幕动坼橑,斧斫斩其足"。孔甲"乃作为《破斧之歌》,实始为东音"。

8《吕氏春秋·音初》:"殷整甲徙宅西河,犹思故处,实始作为西音。"

9《法言·神问》:"言,心声也。"

10 讴吟土风:歌唱本地风俗。《汉书·艺文志》:"古有采诗之官。"《礼记·王制》"小胥大胥",乐官属也。

11 觇(chān):伺、察。《左传》襄公十八年:"晋人闻有楚师。师旷曰:'不害。吾骤歌北风,又歌南风,南风不竞,多死声,楚必无功。'"又廿九年,记季札观乐,知各国盛衰。

夫乐本心术,故响浃肌髓,先王慎焉,务塞淫滥。[1]敷训胄子,必歌九德,[2]故能情感七始,化动八风。[3]自雅声浸微,溺音腾沸,[4]秦燔《乐经》,汉初绍复,[5]制氏纪其铿锵,叔孙定其容〔典〕(原作与,依唐写本改),[6]于是《武德》兴乎高祖,《四时》广于孝文,[7]虽摹《韶》《夏》,而颇袭秦旧,中和之响,阒其不

音乐是发自内心的情感,所以它能渗透人们的肌肤和骨髓,前代帝王制乐很慎重,一定要杜塞淫辞和滥调。为了教育贵族子弟,总是歌颂九种功德,所以能感四时而动三才,能变化四面八方的风俗习惯。自从雅正的乐声衰微以后,淫滥的音律就勃兴起来,秦皇焚烧了《乐经》,汉代初年才加以恢复,乐师制氏只能记下古乐的节奏,叔孙通才制定仪容和法度,于是《武德舞》在高祖时出现了,文帝年间《四时舞》推广起来,虽然是模仿古乐《韶》

还。⁸ 暨武帝崇〔祀〕（原作礼，依唐写本改），始立乐府。⁹ 总赵代之音，撮齐楚之气，¹⁰ 延年以曼声协律，朱、马以骚体制歌，¹¹《桂华》杂曲，丽而不经；¹²《赤雁》群篇，靡而非典；¹³ 河间荐雅而罕御，故汲黯致讥于《天马》也。¹⁴ 至宣帝雅（原有颂，依唐写本删）诗，〔颇〕（原脱，依唐写本增）效《鹿鸣》，¹⁵ 迨（原作迩，依唐写本改）及元、成，稍广淫乐，正音乖俗，其难〔行〕（今补）也如此。¹⁶ 暨后〔汉〕（原脱，依唐写本增）郊庙，惟〔新〕（原作杂，依唐写本改）雅章，辞虽典文，而律非夔旷。¹⁷

《夏》，实质上还是因袭秦代的旧音，和平中正之声一去不返了。汉武帝为了大搞祭祀，才设立了管理音乐的衙门，于是搜罗了赵、代等北方的歌声，搜集了齐、楚等地的风谣；李延年用美妙的嗓音来调配乐律，朱买臣、司马相如用骚体来制订乐章，但是《桂华》等乐曲，虽华丽却不合于经典；《赤雁》等篇章，虽精美却不够典雅；河间献王奏上了雅乐，当时又很少采用，所以汲黯对《天马歌》提出了批评。汉宣帝曾经把当时的典雅诗篇仿效《鹿鸣》来歌唱。到了元帝和成帝，又推广淫滥的音乐，典雅之声得不到大家的欢迎，不易于推行到了如此地步。后汉祭祀天地宗庙，力求采用庄严的乐章，文辞虽然很典雅，但并不合于古代的音律。

注释

1 心术：这里指情性，故《汉书·礼乐志》云："夫乐本性情，浃肌肤而藏骨髓。"浃（jiá）：周遍。

2 胄（zhòu）子：意即贵族子弟。《尚书·舜典》："教胄子。"九德：说甚多。《汉书·礼乐志》："皆学歌九德也。"师古曰："水、火、金、木、土、谷，谓之六府；正德、利用、厚生，谓之三事；六府三事，谓之九功，九功之德，皆可歌也，故言九德。"刘勰用《汉书·礼乐志》，故采颜注。

3 《汉书》注引孟康曰："七始：天地四时人之始。"《史记·律书》："不周风居西北……广莫风居北方……条风居东北……明庶风居东方……清明风居东南……景风居南方……凉风居西南……阊阖风居西方。"即八方之风，为八风。

4 溺：淫溺。溺声即溺音，见《礼记·乐记》。

5 燔（fán）：焚烧。绍复：继承恢复。

6 制氏：汉初乐师。铿锵（kēng qiāng）：指乐之音响。叔孙：叔孙通，由秦入汉的儒生。容典：礼容法则。参阅《汉书·礼乐志》。

7 汉高祖四年作《武德舞》，孝文作《四时舞》。见《汉书·礼乐志》。

8 《韶》：舜乐。《夏》：禹乐。阒（qù）：寂静的意思。

9 祀原作礼，形近致误。《史记·孝武本纪》《汉书·郊祀志》皆言武帝"尤敬鬼神之祀"。

10 《汉书·艺文志》："自孝武立乐府而采歌谣，于是有代、赵之讴，秦、楚之风。"

11 《汉书·佞幸传》，李延年为新变声。朱、马：朱买臣、司马相如。

12 《汉书·礼乐志》载《安世房中歌》十七章，中有《桂华》。杂曲：指内容不一致。皆祀神之曲，故云"丽而不经"。不经：不合经典也。

13 《汉书·礼乐志》载《郊祀歌》十九章，有《象载瑜》，即《赤雁歌》。靡而非典：美而不合经典。

14 《汉书·礼乐志》："河间献王有雅材，……因献所集雅乐。……（天子）不常御。"御：进用。《史记·乐书》载武帝得大宛马，作《天马歌》，汲黯讥刺之。

15 《汉书·王褒传》："宣帝时，……使褒作《中和乐职宣布诗》，选好事者，令依《鹿鸣》之声，习而歌之。"《鹿鸣》为雅诗，故删原颂字。

16 《元帝纪》"自度曲，被歌声"，故不以为雅声。

17 夔（kuí）：舜时乐官。旷：师旷。

至于魏之三祖，气爽才丽，宰割辞调，音靡节平，[1]观其"北上"众引，"秋风"列篇，或述酣宴，或伤羁戍，志不出于〔慆〕（原作淫，依唐写本改）荡，辞不离于哀思，虽三调之正声，实《韶》《夏》之郑曲也。[2]逮于晋世，则傅玄晓音，创定雅歌，以咏祖宗；[3]张华新篇，亦充庭万。[4]然杜夔调律，音奏舒雅；[5]荀勖改悬，声节哀急，故阮咸讥其离〔磬〕（原作声，依唐写本改），后人验其铜尺，[6]和乐精妙，固表里而相资[7]矣。

魏武帝祖孙三人，虽然意气爽朗文才华丽，但他们分割古调作为新乐章，虽然音调美妙节奏和平，但诵读"北上太行山"那些歌行，"秋风萧瑟天气凉"那些篇章，有的是叙述饮酒宴会，有的是感伤出征守边，情感总不免放纵，语言总带着悲凉，虽然用的汉乐中三调正声，实质上是不合于《韶》《夏》的淫乐啊。到了晋代，傅玄是通晓音律的，制造了雅正的乐歌，用来颂扬祖宗，张华写下新的诗篇，也充当了"公庭万舞"之用。但是杜夔所调配的声律，宽平而雅正，荀勖所改制的乐器，却声调哀怨而急促；所以阮咸讥笑他乐器编排不适当，用古铜尺证明，荀勖改用的铜尺要短一些。和谐的音乐之所以精妙，必须以乐器与乐章互相配合呀。

注释

1 魏之三祖：太祖，武帝曹操；高祖，文帝曹丕；烈祖，明帝曹叡（ruì）。宰割辞调：分裂古调作新曲。音靡节平：指用古乐府旧调所作之诗，音调美而节奏平。

2 曹操之《苦寒行》第一句，"北上太行山"。曹丕之《燕歌行》第一句，"秋风萧瑟天气凉"，两诗即"或伤羁戍""辞不离于哀思"者也。若《于谯作》《孟津》《芙蓉池上作》则又曹丕"或述酣宴""志不出于慆荡"之代表作也。然三篇不入乐府，未知其所指。慆（tāo）荡：娱乐放荡。三调：

《平调》《清调》《瑟调》,汉世谓之三调,见《唐书·乐志》。《隋书·音乐志》,高祖以为清商三调,"华夏正声也"。郑曲:郑声,《论语·卫灵公》:"郑声淫。"

3 《晋书·傅玄传》:"字休奕,……解钟律。"又:"泰始二年,诏郊祀明堂,……使傅玄为之词云。"

4 《晋书·乐志》:"泰始五年……使太仆傅玄、中书监荀勖(xù)、黄门侍郎张华各造……举乐歌诗。"《诗·简兮》:"公庭万舞。"

5 《魏志·杜夔传》:"绍复先代古乐,皆自夔始也。"

6 荀勖:魏末晋初音律家。《晋书·律历志》记荀勖考证杜夔用尺,比古尺长四分多,因用古尺来调整乐器。散骑侍郎阮咸却以为荀勖声高,"必古今尺有长短所致也"。后来有人掘得古铜尺,铜尺果长于荀勖尺四分。改悬:悬为钟架,疑此处以偏代全,指乐器言之。改悬即改制乐器也。离磬:言悬磬之时,稀疏相离,见《礼记·明堂位》正义。

7 表里而相资:表在这里指乐体,即声律;里指乐心,即入乐歌诗。谓两者互相依赖。

故知诗为乐心,声为乐体。[1]乐体在声,瞽师务调其器;乐心在诗,君子宜正其文。[2]"好乐无荒",晋风所以称远(唐写本远作吴,刘永济以吴为美之误);[3]"伊其相谑",郑国所以云亡。[4]故知季札观辞,不直[5]听声而已。若夫艳歌婉娈,怨〔诗诀〕(原作志诀,依范校

因此可知,诗篇是音乐的心灵,声律是音乐的形体。音乐的形体既然是声律,所以乐师必须调理好乐器;音乐的心灵既然是诗篇,所以作家就应该写好他的乐章。《蟋蟀》篇说"爱好音乐而不荒淫",所以季札认为晋国的人民考虑深;《溱洧》篇说"男女互相调笑",所以季札认为郑国将要灭亡。他一定看到了各国的乐辞,不单是听到唱声罢了。像那些男女爱情诗缠绵悱

改)绝,[6]淫辞在曲,正响焉生!然俗听飞驰,职[7]竞新异,雅咏温恭,必欠伸鱼睨;[8]奇辞切至,则拊髀雀跃,[9]诗声俱郑,自此阶矣。[10]凡乐辞曰诗,咏(原作诗,依唐写本改)声曰歌,[11]声来被辞,辞繁难节;故陈思称"〔左〕(原作李,依唐写本改)延年闲于增损古辞",[12]多者则宜减之,明贵约也。观高祖之咏"大风",孝武之叹"来迟",歌童被声,莫敢不协。[13]子建、士衡,咸有佳篇,并无诏伶人,故事谢丝管,[14]俗称乖调,[15]盖未思也。至于〔轩、岐〕(原作斩、伎,依唐写本改)《鼓吹》,汉世《铙》《挽》,虽戎丧殊事,而(原多一并字,依唐写本删)总入乐府,[16]缪袭所〔制〕(原作致,依唐写本改),亦有可算焉。[17]昔子政品文,诗与歌别,故略〔序〕(原作具,依唐写本改)乐篇,以

恻,夫妻离异诗恩断义绝,把这样淫荡的作品谱成乐曲,怎能发出雅正的声音?但是社会上流行的习气,都追求乐曲新异,听了温和严肃的歌曲,便瞪着眼睛打呵欠;听了新奇动人的歌曲,便拍着大腿跳起来,歌辞和乐声都成桃色,便由此而更多了。乐辞叫作诗,长声咏唱叫作歌,要按照声律来谱歌词,所以歌词繁杂就不便于合乐;陈思王说"左延年擅长增删古代歌词",字数过多就应该删削,可知乐词宜于简约。但是汉高祖所唱的《大风歌》,汉武帝所作的《李夫人歌》,年轻的乐工制曲,谁敢说不合音律;曹子建、陆士衡都写了好乐章,因为没有让乐工制谱,所以不能用管弦演奏,一般人说那是不协声律,称之为"乖调",真是不假思索的信口雌黄。至于轩辕黄帝时岐伯所创制的《鼓吹曲》,汉代人所作的《铙歌》和《挽歌》,虽有军乐和丧乐的不同,都该列入乐府。缪袭写的《魏鼓吹曲》和《挽歌诗》,也应算作乐府的佳作吧。刘子政《七略》评品文章,把诗和歌分别开来,所以我把歌在《乐府》中加以叙述,(而诗篇则在《明诗》

标区界。[18] ｜｜ 中论说，)用以标明诗和歌的界限。

注释

1 《毛诗序》正义："诗是乐之心，乐为诗之声，故诗、乐同其功也。"
2 瞽师：乐师为盲人，故名乐师为瞽师。君子：在这里指诗人。
3 《诗·唐风·蟋蟀》"好乐无荒"，唐叔封晋，《唐风》即晋之风谣。《左传》襄公廿九年，季札见歌《唐》，曰："深思哉，其有陶唐氏之遗民乎？不然，何忧之远也。"
4 《郑风·溱洧（zhēn wěi）》："伊其相谑（xuè）。"《左传》襄公廿九年，季札见歌《郑》，曰："美哉，其细已甚，民弗堪也，是其先亡乎？"
5 直：特也。犹今言"只"。
6 艳歌：指爱情诗。婉娈：年少美好貌，《诗·甫田》"婉兮娈兮"，此处有缠绵悱恻意。怨诗：指离异诗。
7 职：主也。
8 王褒《洞箫赋》："迁延徙迤，鱼瞰鸡睨。"睨（nì）：视也。
9 《庄子·在宥》："鸿蒙方将拊髀雀跃而游。"髀（bì）：股也。
10 诗声：指诗章、声律，即乐心、乐体。郑：淫乐。阶：进、至之意。
11 《汉书·艺文志》："诵其言，谓之诗；咏其声，谓之歌。"
12 左延年：建安时人。见《魏志·杜夔传》。闲：熟习。增损：增加或省减。"陈思"语无考。
13 汉高祖《大风歌》："大风起兮云飞扬，威加海内兮归故乡，安得猛士兮守四方。"武帝《李夫人歌》："是邪？非邪？立而望之，偏何姗姗其来迟。"
14 曹植乐府少数入管弦，陆机乐府无入管弦者，以其"无诏伶人"也。伶（líng）人：乐工。
15 乖调：不合乐律。
16 轩、岐：轩辕、岐（qí）伯。《鼓吹》：军乐。《铙》：汉有《铙（náo）歌》，今存十八首。《挽》：指《薤（xiè）露》《蒿（hāo）里》，丧乐，亦呼《挽歌》。

17 缪（miào）袭：三国魏人，字熙伯，见《文章志》，作《魏鼓吹曲》及《挽歌诗》。
18 子政：刘向，字子政，《汉书》附入《楚元王传》。作《七略》，诗入《六艺略》，歌入《诗赋略》，以示区别。

赞曰：八音摛文，树辞为体。[1] 讴吟坰野，金石云陛。[2]《韶》响难追，郑声易启[3]。岂惟观乐，于焉识礼。[4]

总而言之：乐府用八类乐器来演奏五音，用好的辞藻来写成乐章。虽是歌唱于郊野之外的民谣，却都能谱乐入器献于朝堂。像《韶》《夏》那样的雅乐很难追攀，像郑国那样的淫乐却容易播扬。季札在鲁国不单是参观了各国的音乐，而且说明他还懂得礼乐关系到国家的兴亡。

注释

1 八音：金、石、土、革、丝、木、匏、竹做成的乐器。《情采》："二曰声文，五音是也。"本句摛（chī）文之文，即指五声：宫、商、角、徵、羽。体：乐体。
2《诗·駉》"在坰（jiōng）之野"，毛传："林外曰坰。"陛（bì）：帝王宫殿的台阶。
3 启：开也，引申有出现、发生等义。
4 观乐：指季札观乐。焉：这里是指示代词，此也，即今言这里。

诠　赋

[导读]

"诠"是诠证、诠释的意思。本篇解释赋的命名,阐释赋的源流,论说赋的体要,所以叫作《诠赋》。

全篇分为四段:第一段解释赋义,即《序志》所说"释名以章义";第二段承上论赋之源起,汉赋的兴盛,及赋有大、小的区别,即《序志》所说"原始以表时";第三段论重要赋作家的代表作品,即《序志》所说"选文以定篇";第四段论赋的体要,即《序志》所说"敷理以举统"。全书从《明诗》起,至《书记》止,大抵皆依《序志》作四方面论述,略加诠释于此,其他各篇,读者可以细心推求。

论述赋的体要时,作者提出了"睹物兴情",《明诗》也说"感物吟志",刘勰认为必先有物,而后有写物的赋,吟志的诗。诗赋是客观事物的反映,即文学是客观世界的反映。在这里,作者更提出了"情以物兴,故义必明雅;物以情睹,故词必巧丽"。这就涉及形象思维的特点,也涉及内容决定形式这一公式在艺术中的特点。一、抽象思维,首先也是客观事物引起的,但继续进行时,是从理推理。文学中的思维不等于抽象思维,它必须是"感物吟志""睹物兴情""情以物兴",强调情与志对物的作用。抽象思维中的物是纯客观的,不是情志在起作用,而是理在起作用。二、文学中的物进入作家头脑之后,渗透了主观的情,所以它是"物以情睹"。物与情志相交融,便成了物与情志的辩证关系,而为艺术文学中的形象思维。形象思维主要是情志在起作用,不同于抽象思维主要是推理在起作用。由于文学中的情是物引起的,物在作家的情志中就应有其形象的鲜明性,即"情以物兴,故义必明雅",这就是形象思维的特点。三、由于形象思维有其特点,表达形象思维的语言也就有特点。文学中的物,既是主观对客观的看法,主客观的统一体,作家便须也能用最适当的语言文辞表达出来,即"物以情睹,故词必巧丽"。情志是内容,语言文辞是形式,这便是文学中内容决定形式的特点了。这些问题,是作赋中的重要问题,也是文学领域中的重大问题,刘勰对此提出了自己的看法,自然是重大贡献。

作者从内容决定形式出发,指责"逐末之俦,蔑弃其本",反对他们"繁华损枝,膏腴害骨",认为这种作品是"无实风轨,莫益劝戒"。从反对齐梁文学的风气来说,也是有其进步意义的。

[原文]

《诗》有六义,其二曰赋。赋者,铺也,铺采摛文,体物写志也。[1]昔邵公称"公卿献诗,师箴〔瞍〕(原脱,依沈增)赋"。[2]《传》云:"登高能赋,可为大夫。"[3]《诗序》则同义,《传》说则异体,总其归涂,实相枝干。[4]〔故〕(原脱,依唐写本增)刘向(原有云,依唐写本删)明"不歌而颂",班固称"古诗之流也"。[5]至如郑庄之赋"大隧",士䓵之赋"狐裘",结言扢韵,词自己作,[6]虽合赋体,明而未融。[7]及灵均唱

[译文]

(《诗序》里说:)《诗》有六义,第二项叫赋。赋的意思,就是铺张排比,铺张辞藻排比文华,刻画事物的形象,抒写作家的情志。《国语》里邵公说:"公卿向君王献诗,少师向君王进箴,瞎乐师向君王诵诗。"《毛诗传》说:"登临高山而能诵诗的人,可以做大夫。"《诗序》把赋看作《诗》的六义之一,《国语》和《毛传》把诗和赋当成不同的体裁,但归根结底,诗是主干,赋是枝叶而已。所以刘向认为"赋是不配合音乐的朗诵",班固则说"赋是古诗的一条支流"。至于郑庄公朗诵的"大隧",晋士䓵朗诵的"狐裘",铸词很短,却是自己作的,虽然合于

《骚》,始广声貌。[8]然〔则〕(原脱,依唐写本增)赋也者,受命于《诗》人,〔而〕(原脱,依唐写本增)拓宇于《楚辞》〔者〕(原脱,依《御览》增)也。[9]于是荀况《礼》《智》,宋玉《风》《钓》,爰锡名号,与诗画境,[10]六义附庸[11],蔚成大国。〔述〕(原作遂,依许改)客主以首引,极声貌以穷文,[12]斯盖别诗之原始,命赋之厥初也。

赋的体制,却只是赋的萌芽,并不成熟。到了屈原创作《离骚》,才扩大了描写范围。所以赋这种作品,是三百篇作者命名的,到了《楚辞》才把它发展扩大起来。荀况的《礼赋》和《知赋》,宋玉的《风赋》和《钓赋》,才正式用了赋的名称,和诗分别开来,本来是六义中的附属项目,于是成为独立王国了。荀况赋是以问答体而开主客赋的先河,宋玉赋是极力摹声绘色尽量铺张文采的,这就是赋分别于诗的开头,赋命名为赋的起始。

注释

1 郑注《周礼·大师》云:"赋之言铺。"赋铺同音,以铺释赋,犹以志与持释诗,谓之声训。陆机《文赋》"赋体物而浏亮",体作动词用,犹今言描画。

2 《国语·周语上》邵公曰:"故天子听政,使公卿至于列士献诗,瞽献曲,史献书,师箴,瞍赋,蒙诵。"师:少师。箴:箴刺。瞍:目无眸子。

3 《诗·定之方中》传:"故建邦能命龟,田能施命,作器能铭,使能造命,升高能赋,师旅能誓,山川能说,丧纪能诔,祭祀能语。君子能此九者,可谓有德音,可以为大夫。"

4 《诗序》则同义:以赋与比兴同为六义也。《传》说则异体:《国语》以诗、曲、书、箴、赋、诵各自为体;《毛传》以赋等九者各自为体。涂:同途。

5 《汉书·艺文志》"不歌而颂谓之赋",颂为诵之借字。《艺文志》据《七略》作，故刘勰以为刘向语。班固《两都赋序》："赋者古诗之流也。"

6 《左传》隐公元年："公入而赋：'大隧之中，其乐也融融。'"公：郑庄公。《左传》僖公五年：士蒍（wěi）退而赋曰："狐裘龙茸（méng róng），一国三公，吾谁適（dí）从？"结言揔韵：揔同短，两赋句子很短，篇幅亦短，故云。

7 《左传》昭公五年："明而未融，其当旦乎！"融：朗也。此处借言"赋未成熟"。

8 灵均：屈原字，《离骚》："名余曰正则兮，字余曰灵均。"《辨骚》："论山水，则循声而得貌。"此文的"声貌"两字，正用《辨骚》。

9 命：名也。拓：颜延年《宋郊祀歌》："宅中拓宇。"推广境界的意思。

10 《荀子·赋篇》中分《礼》《知》《云》《蚕》《箴》五赋。宋玉有《风赋》见《文选》，又有《讽赋》《钓赋》见《古文苑》。爰：于是。锡：赐。画：分画。

11 附庸：《礼记·王制》："附于诸侯曰附庸。"

12 述客主以首引：指荀卿赋，赋用对答体，后人仿之为"主客赋"。极声貌以穷文：极力摹声绘色，尽量铺张文采。

秦世不文，颇有杂赋。[1]汉初词人，顺流而作，陆贾扣其端，贾谊振其绪，枚、马〔播〕（原作同，依唐写本改）其风，王、杨骋其势，[2]皋、朔已下，品物毕图。[3]繁积于宣时，校阅于成世，进御之赋，千有余首，讨其源流，信兴

秦代不注重文学，只有一些杂赋。汉初的辞赋家，便继此而出现了。陆贾是开头，贾谊发展了传统，枚乘、司马相如扩大了风气，王褒、杨雄推动了形势，枚皋、东方朔以来，把一切事物都加以描摹，写而为赋。到宣帝时积压了很多的赋，成帝时加以整理校阅，呈送上阅的赋，有一千多篇，探讨赋的起源和发展，可以说它是兴起于楚国、盛行于汉代

楚而盛汉矣。[4]〔若〕(原脱,依唐写本增)夫京殿苑猎,述行叙(原作序,依唐写本改)志,并体国经野,义尚光大,既履端于唱(原作倡,依唐写本改)序,亦归余于总乱。[5]序以建言,首引情本;[6]乱以理篇,〔写送文势〕(原作迭致文契,依唐写本改)。[7]按《那》之卒章,闵马称乱,故知殷人辑《颂》,楚人理赋,斯并鸿裁之寰域,雅文之枢辖也。[8]至于草区禽族,庶品杂类,则触兴致情,因变适会,[9]拟诸形容,则言务纤密;象其物宜,则理贵侧附;[10]斯又小制之区畛,奇巧之机要也。[11]

了。那些刻画京都、宫殿、苑囿、田猎的赋,叙述行役和抒写幽情的赋,那是有关治理国家经营四方之作,内容一定要广阔宏大,常常开始用序言作倡导,结尾还用乱辞作收束。序言既然是用来引起全文的,所以要说明作赋的本旨,乱辞既然是总结通篇的,所以要鼓足文章的后劲。考察《商颂·那》的结尾,闵马父称它为"乱",由此可知殷人用"乱"来完成《颂》,楚人用"乱"来收束赋;序和乱既是大赋领域内的一部分,也是典雅作品的关键环节啊。至于刻画一草一木、一鸟一兽,以及抒写其他一事一物,那是触景生情,因情作赋,所以模拟形象就应该用精雕细琢的语言,陈述形象本来所有的性格,就应该通过寓托比附来表达。这就是写作小赋和大赋在创作方法上的不同,创作新奇精巧作品的主要诀窍。

注释

1 《汉书·艺文志》:"秦时杂赋九篇。"

2 陆贾:《史记》《汉书》皆有传。《汉书·艺文志》:"陆贾赋三篇。"失传。贾谊:《史记》《汉书》皆有传。《汉书·艺文志》:"贾谊赋七篇。"今存《吊屈原赋》《鹏鸟赋》等篇。枚:枚乘,《汉书》有传。《汉书·艺文志》:"枚乘赋九篇。"今存《七发》《梁王菟园赋》等篇。马:司马相如,《汉书》

有传。《汉书·艺文志》:"司马相如赋二十九篇。"今存《子虚上林赋》《哀秦二世赋》《大人赋》等篇。王:王褒,《汉书》有传。《汉书·艺文志》:"王褒赋十六篇。"今存《洞箫赋》《九怀》等篇。杨:杨雄,《汉书》有传。《艺文志》:"杨雄赋十二篇。"今存《甘泉赋》《河东赋》《长杨赋》等篇。

3 皋:枚皋,传附《汉书·枚乘传》。《汉书·艺文志》:"枚皋赋百二十篇。"今失不传。据《汉书》言其赋内容甚广。朔:东方朔,《汉书》有传,记其赋数篇。

4 班固《两都赋序》:孝成之世,论而录之,(赋凡)千有余篇。

5 履端:指写赋之开端。唱序:言赋以序为始。归余:指赋之总结。总乱:赋以"乱辞"为总结。

6 首引情本:言以序开端者,先言写赋之情意。

7 乱以理篇:乱,理也。故赋末以"乱辞"整理通篇。写送文势:犹言鼓足文章的后劲。

8 《国语·鲁语下》:"闵马父曰:'昔正考父校商之名颂十二篇于周太师,以《那》为首,其辑之乱曰:……'"辑:成也。斯:指序与乱。鸿裁:大篇诗赋。枢辖(xiá):关键,要害。

9 草区禽族:草木区域、禽兽族类。庶品:众多品种。适会:情兴与事物相会合。

10 《易·系辞上》:"拟诸其形容,象其物宜。"侧附:从旁比附寄托。

11 小制:短赋。机要:与上文枢辖义近,要点、诀窍的意思。

观夫荀结隐语,事〔义〕(原作数,依《御览》校改)自〔瑰〕(原作环,今校改);[1]宋发〔夸〕(原作巧,依唐写本改)谈,实始淫丽。[2]枚乘《菟园》,举要以会新;[3]相如《上林》,繁类

看看(各家的赋):荀况的赋是用谜语组成的,题材和用意自然奇伟;宋玉的赋夸饰其辞,开创了华丽的风气;枚乘的《菟园赋》,铸辞简练而用意新奇;司马相如的《上林赋》,用事丰足而构辞艳丽;贾谊的《鹏鸟

以成艳;[4]贾谊《鵩鸟》,致辨于情理;[5]子渊《洞箫》,穷变于声貌;[6]孟坚《两都》,明绚以雅赡;[7]张衡《二京》,〔挺〕(原作迅,今改)〔拔〕(原作发,依唐写本改)以宏富;[8]子云《甘泉》,构深玮之风;[9]延寿《灵光》,含飞动之势。[10]凡此十家,并辞赋之英杰也。及仲宣靡密,发端必遒;[11]伟长博通,时逢壮采;[12]太冲、安仁,策勋于鸿规;[13]士衡、子安,〔底〕(原作底,今改)绩于流制;[14]景纯绮巧,缛理有余;[15]彦伯梗概,情韵不匮;[16]亦魏、晋之赋首也。

赋》,辨别情理最为分明;王褒的《洞箫赋》,摹声绘形,曲尽变化;班固的《两都赋》,意旨鲜明而辞藻雅富;张衡的《二京赋》,笔力挺拔而内容宏阔;杨雄的《甘泉赋》,创造了奇伟深沉的风格;王延寿《灵光殿赋》,体现了檐牙飞动之势。以上十位作家,是辞赋家中的英雄豪杰。王粲文思精密,赋的开头都极遒劲;徐干学识广博,有些赋表现得文采壮丽;左思和潘岳,在创作大赋上立下了功勋;陆机和成公绥,在赋中分流品画做出了成绩;郭璞的赋漂亮精巧,义理丰富;袁宏为人光明耿介,他的赋也情韵深长。这些人算得上魏、晋的代表作家了。

注释

1 荀:荀况。结:联结、组织。隐语:今言谜语。瑰:奇伟。

2 宋:宋玉。《夸饰》:"自宋玉、景差,夸饰始盛。"

3 《菟(tù)园赋》今已残缺,然文辞简练,语意新奇,还是可以看出。

4 《史记》本传,言"上林广大,山谷水泉万物,及子虚言楚云梦所有甚众,侈靡过其实",故云"繁类以成艳"。

5 《鵩(fú)鸟赋》通篇大意,借齐物死生祸福之理,排遣其远谪之情,故云"致辨于情理"。

6 子渊:王褒之字。赋写洞箫,度曲之时,音随曲异,以"巨""妙""武""仁"

分写，其结句云："连延骆驿，变无穷兮。"故云穷变于声貌。

7 孟坚：班固之字。明绚：指辞采灿烂。雅赡：指内容雅正富足。

8 张衡《西京赋》盛举荒靡，讽意甚切，故曰挺拔。《东京赋》铺排典制，辞义渊深，故称宏富。

9 子云：杨雄之字。《甘泉赋》前叙宫室，后写郊祀典礼，铸辞用字，渊深奇伟，故曰"构深玮之风"。

10 延寿：王延寿，字文考。赋写灵光殿，极写营造之精，读之鸟革翚舞之状，檐牙雕琢之形，如在目前，故曰"含飞动之势"。

11 仲宣：王粲之字。《诗品》称谢朓"善自发诗端"。发端：诗文之起始也。遒（qiú）：强劲意。

12 伟长：徐干之字。《典论·论文》说他的《玄猿》《漏卮》等赋极佳，其他未能称是，故云"时逢壮采"。

13 太冲：左思之字，有《三都赋》。安仁：潘岳之字，有《籍田赋》。勋：功也。

14 士衡：陆机之字，其赋如《文赋》，论诗文的各体制，各个创作方面，最为佳制。子安：成公绥（suí）之字，《晋书·文苑》有传。其赋有《啸赋》，称啸能发出各种声音，表达各种情感，具有各种风格。厎（zhǐ）绩：做出成绩。厎，致也。流制：分流别类描摹事物的赋。如《文赋》与《啸赋》。

15 景纯：郭璞之字。绮（qǐ）巧：华美精巧。缛（rù）理：两字与绮巧对文，谓其谈理亦多也。

16 彦伯：袁宏之字。梗概：耿介也。《晋书·文苑》本传"性强正亮直"，即耿介也。匮（kuì）：乏也。

原夫登高之旨，盖睹物兴情。[1] 情以物兴，故义必明雅；物以情〔睹〕（原作观，依唐写

探讨"登高能赋"的用意所在，就在于看到外事外物可以引起内心情感的缘故。因为情感是具体实物引起的，所以情感带着鲜明的形象性；既然对外物

本改），故词必巧丽。[2]丽词雅义，符采相胜，如组织之品朱紫，画绘之著玄黄，文虽〔杂〕（原作新，依唐写本改）而有〔实〕（原作质，今依《御览》改），色虽糅而有〔仪〕（原作本，唐写本作义，参改），此立赋之大体也。[3]然逐末之俦，蔑弃其本，虽读千赋，愈惑体要[4]，遂使繁华损枝，膏腴害骨，无〔实〕（原作贵，依唐写本改）风轨，莫益劝戒。[5]此杨子所以追悔于雕虫，贻诮于雾縠者也。[6]

是带着情感观察的，必然能用精巧华丽的辞藻加以表达。用精巧的辞藻和雅正的思想，两相结合十分恰当，好像织锦配线均匀，好像绘画着色鲜明，不单是文采辉煌而且有深刻的内容，虽然是五颜六色相糅杂却组成统一的形式，这就是作赋的主要要求啊。那些只知道追求辞藻的人，轻视"睹物兴情"的基本条件，虽然读了很多赋，可是越读越糊涂，一点也不知道作赋的基本要求，这样写出来的赋，就如花朵太繁把枝条都压折了，脂肪太多把骨头都累断了，既对造成好的风习无帮助，也对讽谏对象没有好处。这就是杨子追悔自己作赋是雕虫小技，被别人讥诮为危害女红纺织薄绸的工匠之缘故。

注释

1 登高：承上文"登高能赋，可以为大夫"而言。

2 义指内容，词属形式，四句言情与物、内容与形式的关系，极为重要。说已见前。

3 符指内容而言。符：玉之横文，在玉之中，故以指内容。采指外形之美。胜：堪也。相胜：相互称也。实承上文符言；仪承上文采言。仪：表也。体：兼指体性、体骨、体式、体势四者而言，即指作品之各项条件。大体：主要条件，主要要求。

4 体要：对体性、体骨、体式、体势四者之要求。

5 《战国策·秦策》:"木实华者披其枝。"胄:事义,主要题材。
6 语出《法言·吾子》。杨雄以为赋是"童子雕虫篆刻"。又云:"或曰:雾縠(hú)之组丽。曰:女工之蠹矣。"雾縠:轻薄如雾的纱绸。

赞曰:赋自《诗》出,分〔枝〕(原作歧,今校改)异派(唐写本作异流分派)[1]。写物图貌,蔚似雕画[2]。抑滞必扬,言〔穷〕(原作庸,唐写本作旷,今校改)无隘。[3] 风归丽则,辞剪〔荑〕(原作美,依唐写本改)稗。[4]

总而言之:赋是从《诗》之六义中分出来的,这条分枝又有大赋、小赋以及各家各派。它刻画事物描摹形貌,五颜六色好似雕刻绘画。既能发泄内心的郁抑,又能尽情地写出穷愁而毫无滞碍。赋的风格须是富丽堂皇有典有则,并且要芟除佳苗中的莠稗。

注释

1 分枝:言赋从《诗》出,是《诗》的分枝。异派:谓赋既分大小,又有各种流派。
2 蔚(wèi):文采盛貌。雕画:雕刻和绘画。
3 抑滞:抑郁与滞碍。穷:困也。隘:狭隘。
4 《法言·吾子》:"诗人之赋丽以则,辞人之赋丽以淫。"莠稗(tí bài):五谷中杂草。

颂 赞

导读

颂、赞是古代两种文体,本篇兼论两体,故篇名《颂赞》。

颂与赞,都是歌颂功德的文体。我们并不一律反对歌颂功德,如果真是历史上的伟人,歌颂者并不是屈膝于强权而谄媚,那还是必要的。但从本文所举的历史篇目来看,多数人并不值得歌颂。本篇又推原经传中的赞颂,引为楷模,离不了宗经与征圣。

为了研究古代的文体,了解颂赞的源流本末和体要,本篇又未尝没有参考价值。但论述颂体时,作者把颂、诵、赋三者混而为一,是不恰当的。《说文》:"颂,貌也。""诵,讽也。"两者迥然不同。郑玄注《礼》与笺《诗》,都以"美盛德之形容"为颂,并不以刺过之诗为颂。因为诵训讽诵,可以兼包讽刺与颂扬,《诗》中"家父作诵"是讽刺,"吉甫作诵"是颂扬。赋与诵都是不被之弦管的韵文,颂在三百篇中则被之音乐,也有分别。

"原田""裒韡"是诵而非颂,今本《文心雕龙》字虽作诵,唐写本却作颂,可知刘勰诵、颂不分。刘勰既以诵为颂,而又说"褒贬杂居,固末代之讹体",这个矛盾,是他自己造成的。

原文

四始之至,《颂》居其极。[1] 颂者,容也,所以美盛德而述形容也。[2] 昔帝喾之世,咸〔黑〕(原作墨,依唐写本

译文

四始是《诗》中之最,《颂》又是四始之最。颂的意思就是形容,那是用来歌颂人们的伟大德业,陈述其形容相貌啊。从前帝喾的时

改)为颂,以歌《九〔招〕(原作韶,依唐写本改)》。³自《商〔颂〕(原脱,依唐写本增)》以下,文理允备。⁴夫化偃一国谓之"风",风正四方谓之"雅",〔雅容告神〕(原作容告神明,依唐写本改)谓之"颂"。⁵风、雅序人,〔故〕(依唐写本增)事兼变正;颂主告神,〔故〕(依唐写本增)义必纯美。⁶鲁(国字依唐写本删)以公旦次编,商(人字依唐写本删)以前王追录,斯乃宗庙之正歌,非〔飨讌〕(原作谶飨,依唐写本改)之常咏也。⁷《时迈》一篇,周公所制,哲人之颂,规式存焉。⁸夫民各有心,勿壅惟口。⁹晋舆之称"原田",鲁民之刺"裘鞸",直言不〔讳〕(原作咏,今改),短辞以讽,丘明子〔顺〕(原作高,依黄注改),并〔谓〕(原作谍,依刘永济改)为〔颂〕(原作诵,依唐写本改),斯则野〔颂〕(同前校)之变体,浸被乎人

代,咸黑作过颂,那就是歌唱《九招》。从《诗·商颂》出现以后,颂的文体才完备。凡是能教化流被一国的叫作"风",风化能端正四方的叫作"雅",以肃雅的仪容告祭神明的叫作"颂"。风和雅在于叙人事,因人事有不同而风和雅有正和变的区别;颂以奉告神明为主,所以它的内容一定要是赞扬。鲁国由于周公的功德可以郊祭天地,于是编次成《鲁颂》,商是前代的帝王,所以后人把商的祭祀之诗也追编为《商颂》,这些都是宗庙里用的正统乐章,并不是宴会上常用的歌唱。《时迈》这首诗,是周公所作,伟大人物颂歌的格式,就保留下来了。每个人都有自己的心,堵塞不住的是他们的嘴。晋国许多人说"田地里长满了草"(用来讥诮晋文公与楚作战),鲁国老百姓嘲笑着道"穿着麛皮做的朝服"(用来调侃孔子),都是直率地唱出来无所忌讳,用短促的篇章进行讽刺,左丘明和孔子顺都把它叫作"颂",这是郊野的颂,是颂的变体。颂便渐渐地用到普通的人事

事矣。[10]及三闾《橘颂》,〔辞〕(原作情,依唐写本改)采芬芳,比类〔属兴〕(原作寓意,依《御览》改),又覃及细物矣。[11]

上来了。到了屈原,作了一篇《橘颂》,辞藻文采都有一股清香,这样地连类起兴,颂又广延到描绘草木等微细的东西上来了。

注释

1 《毛诗序》以四始为《诗》之至,此处以四始为《诗》之最,《颂》又为四始之最。

2 颂本是容的本字,《说文》:"颂,貌也。"《诗序》:"颂者,美盛德之形容。"

3 事见《吕氏春秋·古乐》。

4 《商颂》本宋人之作,非殷商时作。刘氏以为商人作,故云。

5 此文本于《诗序》。偃(yǎn):僵仆也,引申为偃被、流被,进而为影响的意思。

6 谓风有正风、变风;雅有正雅、变雅。

7 鲁以周公之故,而有《鲁颂》。商以前代为王,故有《商颂》,说见郑玄《周颂谱》《商颂谱》。皆用于宗庙祭祀,不用于一般宴会。

8 《国语》称周公之颂曰"载戢干戈",故知《时迈》为周公所作。

9 《国语·周语》:"防民之口,甚于防川,……胡可壅(yōng)也。"壅:杜塞。

10 《左传》僖公廿八年:"晋侯听舆人之诵曰:原田每每,舍其旧而新是谋。"《孔丛子·陈士义》:"子顺曰:先君初相鲁,鲁人谤诵曰:'麛(mí)裘而韠,投之无戾。韠之麛裘,投之无邮。'"《吕览》韠作鞸。

11 屈原为三闾(lú)大夫,所作《九章》中有《橘颂》。属兴:连物起兴之意。覃(tán):延也。

至于秦政刻文,爰颂

到了秦始皇嬴政的刻石,用来歌

其德，[1]汉之惠、景，亦有述容；[2]沿世并作，相继于时矣。若夫子云之表充国[3]，孟坚之序戴侯[4]，武仲之美显宗[5]，史岑之述熹后[6]，或拟《清庙》，或范《駉》《那》，[7]虽浅深不同，详略各异，其褒德显容，典章一也。至于班、傅之《北征》《西〔征〕》（原作巡，依唐写本改）》，变为序、引，岂不褒〔通〕（原作过，依唐写本改）而谬体哉。[8]马融之《广成》《上林》，〔颂〕（原作雅，今校）而似赋，何〔美〕（原作弄，依刘永济改）文而失质乎！[9]又崔瑗《文学》，蔡邕《樊渠》，并致美于序，而简约乎篇。[10]挚虞品藻，颇为精核，至云"杂以风、雅"，而不〔辨〕（原作变，依唐写本改）旨趣，徒张虚论，有似黄白之伪说矣。[11]及魏、晋〔杂〕（原作辨，依唐写本改）颂[12]，鲜有出辙，陈思

颂自己的功德；汉代的孝惠和孝景，也写了陈述形容的颂；相沿而下都有创作，颂就不断地见于各个朝代了。说到扬子云的表扬赵充国，班孟坚的歌颂窦戴侯，傅武仲的称美汉显宗，史孝山的陈述汉熹后，有的模拟《周颂·清庙》，有的仿效《鲁颂·駉》和《商颂·那》，虽然这些颂的内容浅深不相同，文章详略有分别，但都是褒美功德显示形容，足以为颂的典范，却是一致的。至于班固的《北征颂》、傅毅的《西征颂》，把颂写成了序、引，岂不是把颂和序、引混而为一，成为一种荒谬的体制吗？马融的《广成颂》和《上林颂》本来是颂，却像是赋，为什么表扬功德的颂，失去了颂的实质呢？还有崔瑗的《南阳文学颂》，蔡邕的《京兆樊惠渠颂》，都在序里作了大段的赞扬，但颂的本文却很简略。挚虞评论文章，是很精到的，说他们是"在颂中杂入了风、雅"，却不去辨别这种做法恰当不恰当，徒然说些废话，真有点像古人的"黄白论"啊。到了魏、晋时期的各种颂体，很少有越出颂的轨范的。曹植所作的颂，以

所缀,以《皇子》为标;[13] 陆机积篇,惟《功臣》最显[14]。其褒贬杂居,固末代之讹体也[15]。

《皇太子生颂》为代表;陆机的许多颂中,算《汉高祖功臣颂》最著名。那些把褒贬混淆起来的颂,自然是后代错误的颂体啊。

注释

1 秦政:秦王嬴政。刻文:即刻石。除《峄山刻石》之外,其余皆见《史记·秦始皇本纪》。
2 汉孝惠有《安世乐》,孝景有《昭德》,见《汉书·礼乐志》。述容:指颂而言。
3 《汉书·赵充国传》:"上(成帝)思将帅之臣,追美充国,乃召黄门郎杨雄,即充国图画而颂之。"
4 班固有《安丰戴侯颂》,戴侯即窦融(见《太平御览》五八八引《文章流别论》云云),颂已失传。
5 《后汉书·傅毅传》:傅毅,字仲武,"依《清庙》作《显宗颂》十篇奏之",今失传。
6 史岑:字孝山,其《和熹邓后颂》,今失传。
7 《周颂》有《清庙》,《鲁颂》有《駉(jiōng)》,《商颂》有《那(nuó)》,皆见《诗》。
8 《古文苑》有班固《车骑将军窦北征颂》。傅毅《西征颂》,存残文四句。《北征颂》长段叙事,最后始有三军称曰:"壐(wěi)壐将军,克广德心。光光神武,弘昭德音。超兮首天潜,眇兮与神参。"故本篇云:"变为序引,岂不以褒通而谬体哉。"言序引与颂,可以同是褒,但序引与颂不同一体。
9 《后汉书·马融传》称马融上《广成颂》与《东巡颂》。然《文章流别论》谓马融有《广成》《上林》。《艺文类聚》引《典论》亦称马融撰《上林颂》。是马融本有《上林颂》,今佚。《文章流别论》:"若马融《广成》《上林》

之属,纯为今赋之体,而谓之颂,失之远矣。"颂而似赋:雅当是颂字之讹,正指《广成》《上林》,用《文章流别论》为说。

10 崔瑗(yuàn):字子玉。《文学》:《南阳文学颂》,见《全后汉文》。蔡邕:字伯喈(jiē)。《樊渠》:《京兆樊惠渠颂》,见于其本集。

11 《文章流别论》:"杨雄《赵充国颂》,颂而似雅;傅毅《显宗颂》,文与《周颂》相似,而杂以《风》《雅》之意。"《吕览·别类》:"相剑者曰:'白所以为坚也,黄所以为牣也。黄白杂,则坚且牣,良剑也。'难者曰:'白所以为不牣也,黄所以为不坚也。黄白杂,则不坚且不牣也……焉得为利剑?'"上面的引文,双方的前提都不准确,结论自然也不可靠,所以叫作"伪说"。

12 杂颂:指各种各样的颂文。

13 《皇子》:《艺文类聚》四十五,有《皇太子生颂》。标:今言代表的意思。

14 《功臣》:《汉高祖功臣颂》,见《文选》。

15 其:犹今言那些,不指曹、陆,指两人以后褒贬掺杂的作颂之人。颂就应该颂扬,不应该褒中有贬,两相掺杂,就叫作"讹体"。

原夫颂惟典雅,辞必清铄,敷写似赋,而不入华侈之区;[1]敬慎如铭,而异乎规戒之域;[2]揄扬[3]以发藻,汪洋以树义,〔虽纤巧曲〕(原作唯纤曲巧,依唐写本改)致,与(唐写本作兴)情而变,其大体所〔宏〕(原作底,依唐写本改),[4]如斯而已。

推考颂的内容,最需要典雅,辞藻务必浏亮;虽然它也铺张描画,有点像赋,却不应走向华丽夸张的道路;虽然它恭谨慎重有点像铭,却没有规劝告诫的味道;它要从一片颂扬声中显示出文采,在汪洋大度中表达出意旨;虽然作颂的细微末节,随着作家的感情而变化,但它的基本要求,只是这些罢了。

注释

1 论颂与赋的区别。
2 论颂与铭的区别。
3 揄（yú）扬：称许、赞扬的意思。
4 与情而变：随着感情变化。宏：发扬的意思。

赞者，明也，助也。[1]昔虞舜之祀，乐正重赞，[2]盖唱发之辞也。及益赞于禹，伊陟赞于巫咸，并扬言以明事，嗟叹以助辞也。[3]故汉置鸿胪[4]，以唱〔言〕（原作拜，依顾校）为赞，即古之遗语也。至相如属笔，始赞荆轲。[5]及迁《史》固《书》，托赞褒贬[6]。约文以总录[7]，颂体〔而〕（原作以，依《御览》改）论辞〔也〕（原无也，依唐写本增）。又纪传后评，亦同其名，[8]而仲治《流别》，谬称为述，失之远矣。[9]及景纯注《雅》，动植必

赞的意思，就是明，就是助。过去夏代祭祀虞舜，乐官很重视赞，赞是呼唱时的发声词。到了后来，益在对答大禹时称赞，伊陟向巫咸说话时称赞，都是大声疾言来说明事情，在嗟叹的语气中用作语助词呀。所以汉代设置了鸿胪这个官，把他的喊唱叫作"赞"，它是古代相传下来的语词啊。司马相如写文章才开始用赞来论述荆轲，司马迁的《史记》和班固的《汉书》在篇末用赞来进行褒贬，都是拿简略的语言来加以总结，基本上是颂的格式、论的语言。还有史传全书最后也用"赞"这个名称，《史记》的《太史公自序》《汉书》的《叙传》在说明全书的篇目时，以极短的韵语，概括篇目的内容（《后汉书》无自序，才把赞散入各篇篇末。《史记·自序》的赞，在介绍篇目时，自称"作"，《汉书》谦不称"作"而自言"述"）。挚虞的《文章流别论》把"《汉书》叙目"错误地说成《汉书述》，那真是失之千里了。到了郭景纯注释《尔雅》，在《尔雅图赞》中，尽管是动植物，也一例作

赞。[10]义兼美恶，亦犹颂之有变耳。

赞。赞的内容也兼含褒贬，这就好像颂一样，赞也有变体了。

注释

1 赞训"助"，见于《周礼》州长、充人、大行人等的注。赞训"明"，见于《易·说卦传》注。
2 乐正：掌乐之官。《尚书大传》有"乐正进赞曰"。重：重视的意思。
3 《尚书·大禹谟》有"益赞于禹曰"。又《咸义序》："伊陟赞于巫咸，作《咸义》四篇。"扬言：《尚书·益稷》孔传"大言而疾曰扬"。
4 鸿胪（lú）：官名。《汉书·百官公卿表》应劭注："郊庙行礼，赞九宾，鸿声胪传之也。"
5 《汉书·艺文志》言杂家有《荆轲论》五篇；班固自注："司马相如等论之。"
6 按《史记》每篇之后有"太史公曰"，《汉书》每篇之后有"赞曰"，多数是对人物进行褒贬，故云"托赞褒贬"。
7 按《史》《汉》每篇结尾，其文简略，总结全文。故云"约文以总录"也。
8 纪传后评：不是指各篇后的"太史公曰"和"赞曰"，而是指《史记·太史公自序》《汉书·叙传》介绍全书篇目时，所作的短篇韵语，介绍每篇的内容。《后汉书》无自序，始以"赞曰"散入每篇篇目，短篇有韵。
9 颜师古注《汉书·叙传》："……后之学者，不晓此为《汉书》叙目，见有述字，因谓此文追述《汉书》之事，乃呼为《汉书述》，失之远矣。挚虞尚有此惑，其余曷足怪乎？"
10 郭璞的《尔雅图赞》，今失，《全晋文》有辑佚。

然本其为义，事生奖叹，所以古来篇体，促而不广，必结言于四字之句，盘桓乎数韵之辞，约举以尽情，昭

但推考赞的本义，目的在于奖励和叹服，所以从古以来的赞体，短促而不长，常常联结四字成句，感慨地写几韵，概括地说透情感，使事理鲜明就收

灼以送文，此其体也。[1] 发源虽远，而致用盖寡，大抵所归，其颂家之细条[2]乎！

尾，这就是赞的体制。赞的来源很早，但用处不多，归结起来说，只是颂的一条细小的支流罢了。

注释

1 促：短促。广：广长。结言：联结文字。盘桓：徘徊，引申有来回之意。昭灼：鲜明，明亮。送文：收尾之意。
2 细条：细的枝条或流派。

赞曰：容体〔厎〕（原作底，今校改）颂[1]，勋业垂赞。镂〔影〕（原作彩，依唐写本改）摛〔声〕（原作文，依唐写本改），〔文〕（原作声，依唐写本改）理有烂。[2] 年迹（原作积，依唐写本改）愈远，音徽[3]如旦，降及品物，炫辞作玩。[4]

总而言之：陈述容貌用颂，表扬勋业用赞。真能刻画出人的形影，描绘出人的声音，赞颂的文采文理自然鲜明灿烂。虽然逝者的年岁越来越远，但他们的声名依然如朝旦。郭璞的《尔雅图赞》连动植物也作赞，真是有点近于戏玩。

注释

1 厎（zhǐ）：原作底，形近致误也。
2 此两句，唐写本义长，故改。镂（lòu）：雕刻。摛（chī）：发和布的意思。有烂：灿烂鲜明的意思。
3 徽：琴徽也，即系琴弦的绳，故音徽同义，此处即名声。
4 品物：众物，指动植物。两句指郭璞《尔雅图赞》。

祝 盟

>[导读]
>
>"祝"是祝神,"盟"是盟誓,本篇专论祝、盟时所用的两种文体,所以叫《祝盟》。
>
>神是在生产力不发达的社会里,人类对自然认识不足而产生的。在信神的社会里,出现"祝""盟"两种文体是可以理解的。
>
>神既然与生产力相联系,那么祝神之辞有的必然与生产相关。比如伊耆氏的《蜡辞》是远古时代的祝神之辞,既对当时社会来说有认识价值,也与诗歌的发生发展有关系。
>
>在历史上,神可以部分地统治人的思想,却不能完全控制人的行动,所以对神的信任出现了矛盾。在本篇里提出了"信不由衷,盟无益也""忠信可矣,无恃神焉"。这种声音虽然是微弱的,却是民主性的精华。

[原文]

天地定位,祀遍群神。六宗既禋[1],三望咸秩,甘雨和风,是生黍稷,兆民所仰,美报兴焉。[2] 牲盛惟馨,[3]本于明德,祝史[4]陈信,资乎文辞。昔伊耆始蜡,以祭八神。[5]其辞云:"土反其宅,水归

[译文]

自从天地剖判以来,祭祀神灵普遍极了。不单是祭祀了天地四时,而且依次祭祀了泰山河海,因而风调雨顺,五谷丰登,亿万人民的愿望,都美满地实现了。祭祀用的礼品自然要芳香,更重要的还有祭祀者的美德;大祝太史自然要诚恳,所凭借的还要有文采美好的祝辞。历史上神农氏开始蜡祭,用以祭祀

其壑,昆虫毋作,草木归其泽。"[6]则上皇祝文,爰在兹矣。[7]舜之祠田云:"荷此长耜,耕彼南亩,四海俱有。"[8]利民之志,颇形于言矣。至于商履,圣敬日跻,玄牡告天,以万方罪己,即郊禋之词也。[9]素车祷旱,以六事责躬,则雩禜之文也。[10]及周之大祝,掌六祝之辞,[11]是以"庶物咸生",陈于天地之郊;[12]"旁作穆穆",唱于迎日之拜;[13]"夙兴夜处",言于祔庙之祝;[14]"多福无疆",布于少牢之馈;[15]宜、社、类、祃,[16]莫不有文。所以寅虔于神祇,[17]严恭于宗庙也。春秋已下,黩祀谄祭,祝币史辞,[18]靡神不至。至于张老〔贺〕(原作成,依唐写本改)室,致〔美〕(原作善,依唐写本改)于"歌哭"之祷;[19]蒯聩临战,获〔祐〕(原

八种神灵。他的蜡辞说:"堤防不要被穿凿,水要让它畅流在涧壑,害虫不容许它肆虐,杂草杂树不能蔓延到田地而要生长在山泽。"上古帝王的祝文,不就是这些吗?虞舜祭祀田神是这样说的:"背负着翻土的长耜,耕种那阳面的田亩,使普天下的老百姓都富有。"期望有利于人民,很响亮地表白在语言中了。至于汤王履,聪明恭敬,天天上进,用赤黑色的公牛来祭天,把天下人民的罪过都算在自己的身上,这就是它祭祀的祝辞呀;又驾着白车白马求雨,在求雨的祷告中,拿六件事来责问自己,这就是他求雨的祈祷上天之文。到了周朝的"大祝",他掌管六种祈祷的祝文,在郊祀天地的祭辞中说"万物都得到繁育",在拜迎太阳的祭辞里唱道"四面八方都平平静静",在祔庙时的祝辞中说"要早起晚睡",在少牢馈食礼时的祝辞里祝愿"福禄无边无际",此外宜祭、社祭、类祭、祃祭,都是有祭辞的。这是为了对神明恭敬,对祖宗严肃啊。春秋以后,由于滥用祭祀谄媚鬼神,大祝的祝书和太史的祝辞,对各色各样的神灵都祈祷遍了。晋国张老祝贺赵文子新屋落成,说得真

作佑,依唐写本改)于"筋骨"之请;[20] 虽造次颠沛,[21] 必于祝矣。若夫《楚辞·招魂》,可谓祝辞之组〔丽者〕(丽原作绚,无者。依唐写本增改)也[22]。

漂亮,他说:"从此您在这里哭,在这里笑。"卫人蒯聩当要临阵出战的时候,请求祖宗保佑他,"不要断了筋,折了骨",可见在仓促之际,困难之中,就要祷告了。《楚辞》中的《招魂》,真不愧是祝辞中的华丽作品。

注释

1 禋(yīn):享祀之意。《尚书·舜典》:"禋于六宗。"马注:"天地四时也。"
2 《公羊》僖公三十一年:"三望者何?望,祭也。然则曷祭?祭泰山、河、海。"秩:秩序。兴:起也。
3 《书·君陈》"黍稷非馨",馨:香气。牺盛(chéng):祭品。牺,牺牲,羊牛之类;盛,粢盛,粱食一类。
4 祝史:祝、史皆官名,职相近,故常连用。
5 伊耆:伊耆氏,或谓神农,或谓尧。蜡(zhà):祭名。八神:《礼记·郊特牲》郑注:"先啬一、司啬二、农三、邮表畷四、猫虎五、坊六、水庸七、昆虫八。"
6 土反其宅:指堤坊不崩溃。"土"谓堤坊。水归其壑:指水不泛滥。昆虫毋作:指虫不为灾。毋,不也;作,起也。草木归其泽:指恶草不害嘉谷。泽,薮泽也。
7 上皇:神农伊耆氏。爰:于是。兹:此。
8 荷:负荷。耜(sì):农具。有:富有。
9 履:汤名。跻(jī):升也。《诗·长发》:"圣敬日跻。"玄牡(mǔ)告天,以万方罪己:这是概括《论语·尧曰》中一章言之。
10 此文前两句概括《尸子》及《荀子·大略》言之。六事责躬:《荀子·大略》:"政不节与?使民疾与?……宫室荣与?妇谒盛与?……

苞苴行与？谗夫兴与？""妇谒"指内宠干求。"苞苴"指贿赂。雩禜（yú yǒng）：祭名。

11 六祝：顺祝、年祝、吉祝、化祝、瑞祝、策祝。见《周礼·春官·大祝》。

12 《大戴礼·公冠》中有《祭天辞》《祭地辞》《迎日辞》。《祭天辞》中有："庶物群生，各得其所，靡今靡古。"

13 《迎日辞》中有："明光于上下，勤施于四方，旁作穆穆。"三句又见于《书·洛诰》，曾运乾先生以为"旁作"为"方明"之讹，"旁作穆穆"即"四门穆穆"。

14 《仪礼·士虞礼》："明日以其班祔，用嗣尸。曰：'孝子某孝显相，夙兴夜处。'"班，次也。祔：食于先祖。

15 《仪礼·少牢馈食礼》："（祝）以嘏于主人曰：'皇尸命工祝，承致多福无疆于女孝孙。'"

16 宜、社、类、祃（mà）：皆祭名。见《礼记·王制》。

17 寅虔：敬也。神祇（qí）：泛指诸神。

18 黩（dú）：滥也，亵也。币：帛也。祝币：此处指用帛书写祝辞。

19 《礼记·檀弓》记张老贺赵文子室成，有"歌于斯，哭于斯，聚国族于斯"。君子谓之善颂善祷。

20 《左传》哀公二年记蒯聩（kuǎi kuì）祷求先祖保佑时说："无绝筋，无折骨，无伤面，以集（成功）大事。"

21 造次：仓促之意。颠沛：困急之意。出《论语·里仁》。

22 招与祝音近，"招魂"犹言"祝魂"，故刘勰以《招魂》为"祝魂"。组丽：谓组织华丽也。《法言·吾子》有"雾縠组丽"。

〔逮〕（原脱，依唐写本增）汉之群祀，肃其〔百〕（原作旨，依唐写本改）礼,[1] 既总硕

汉代的一切祭祀，礼节都非常严肃。汉代帝王既综合了儒生学者的议论，还参考了方士的意见。他们

儒之〔议〕(原作仪,依范改),亦参方士之术。[2]所以秘祝移过,异于成汤之心;[3]侲子殴疫,同乎越巫之祝。[4]礼失之渐也。至如黄帝有《祝邪之文》,东方朔有《骂鬼之书》,于是后之谴咒,务于善骂。[5]唯陈思《诰咎》,裁以正义矣。[6]若乃礼之祭〔祝〕(原作祀,依唐写本改),事止告飨;[7]而中代祭文,兼赞言行,祭而兼赞,盖引伸〔之〕(原作而,依唐写本改)作也。又汉代山陵,哀策流文;[8]周丧盛姬,内史执策。[9]然则策本书〔赗〕(原作赠,依唐写本改),因哀而为文也。[10]是以义同于诔,而文实告神,诔首而哀末,颂体而祝〔义〕(原作仪,依刘永济改),太史所作之〔谥〕(原作讚,今校改),〔固〕(原作因,今校改)周之祝文也[11]。

暗地里把罪过转嫁给别人,完全和汤王责备自己的心肠不同;又派遣童男童女驱赶疫疠,就和越地巫师的祷告一样:于是祝辞就慢慢地违背了古礼。因为黄帝有《祝邪之文》,东方朔有《骂鬼之书》,所以后代祝文变成谴责和诅咒,一定要擅长谩骂。只有曹植的《诰咎文》,才用心正当合于道理。按照古礼,祭祀只是告神和享神,后来的祭文还称赞死者的言行,本来是祭祀却兼用赞扬,那是引申和发展了古礼的作品了。还有从汉代的陵墓里流布出来的一种文章叫作哀策;周穆王死了盛姬,内史也曾执笔把丧事的赠品写在简策上。这样看来,哀策本来是记载丧礼馈赠的,因为悲哀就写成文章了。所以哀策的内容和诔文相同,但它是用来告神的,开头可以像诔文一样陈述功德,末尾则应该表示哀伤,虽然是颂的格式却是祝辞的内容,汉代太史在封谥时的策文,本来就是周代祝辞一类的东西呀!

注释

1 《汉书·郊祀志》:"高帝诏曰:'吾甚重祠而敬祭。'"其后诸帝,祀神益多。

2 硕(shuò)儒:著名的学者。方士:从事各种方术,如占卜之学的人。汉武封禅,儒生与方士皆参议论。

3 《史记·封禅书》:"祝官有秘祝,即有灾祥,辄祝祠移过于下。……孝文帝……下诏曰:'今秘祝移过于下,朕甚不取,自今除之。'"成汤罪己,已见上文注。移过:把自身的罪过转移给别人。

4 侲(zhèn)子:童男童女。用童男童女殴逐疫疠,司马彪《续汉书·礼仪志》有记载,不具引。《汉书·郊祀志》谓"粤人俗鬼",于是汉武帝"乃命粤巫,立粤祝祠"。

5 张君房《云笈七签》卷一百《轩辕本纪》:"帝……于海滨得白泽神兽,能言,达于万物之情。因问天下鬼神之事,……白泽言之,帝令以图写之,以示天下,并作《祝邪之文》以祝之。"《古文苑》王延寿《梦赋序》:"遂得东方朔与臣作《骂鬼之书》。"

6 《艺文类聚》一百,曹植《诰咎文序》云:"聊假天帝之命,以诰咎祈福。"咎(jiù):罪过、灾祸。裁:通"才"。

7 飨(xiǎng):通"享"。

8 《后汉书·志·礼仪下》:"司徒太史令奉谥哀策。"注:"晋时有人嵩高山下得竹简一枚,上有两行科斗书之。……莫有知者。……(束)皙曰:'此明帝显节陵中策也。'检校果然。""哀策流文"指此而言。流文:流布于外的文辞。

9 《穆天子传》六:"天子西至于重璧之台。盛姬告病,天子哀之。……于是舣祀而哭,内史执策。"注:"策,所以书赠赗之事。内史,主策命者。"

10 赗(fèng):助丧之物。

11 谥(shì):原作讚,形近致误。太史所作谥,即《后汉书·志·礼仪下》"奉谥哀策"所作谥文。

凡群言发华，而降神务实，修辞立诚，在于无愧。[1]祈祷之式，必诚以敬，祭奠之楷，宜恭且哀，此其大较[2]也。班固之《祀〔涿〕（原作濛，依唐写本改）山》[3]，祈祷之诚敬也；潘岳之《祭庚妇》[4]，奠祭之恭哀也。举汇[5]而求，昭然可鉴矣。

其他各种文章都应该文采风发，降神的祝辞一定要切实，要措辞诚恳，要问心无愧。祈祷的文体，务必诚恳而恭敬，祭文的准则，只能严肃而悲哀，这就是祝辞的主要要求啊。班固的《祀涿山文》，是祈祷文中严肃而恭敬的作品；潘岳的《祭庚新妇文》，是祭奠文中严肃而悲哀的作品。以此作为范例，依类而求，如何作祝辞就可以明白清楚地知道了。

注释

1 群言：指祝辞以外的其他作品。降神：指降神之文，即祝辞也。《周易·文言》："修辞立其诚。"此处借《文言》中"修辞"二字，指写祝辞。
2 大较：大概、大略之意。
3 《全后汉文》有《涿邪山祝文》佚文，故知"濛"字误。
4 《艺文类聚》三十八，有《为诸妇祭庚新妇文》。
5 汇：类也。

盟者，明也。[1]骍〔牲〕（原作毛，依唐写本改）白马，珠盘玉敦，[2]陈辞乎方明之下，祝告于神明者也。[3]在昔三王，诅盟不及，时有要誓，结言而退。[4]周衰屡盟，〔弊及要劫〕（原

盟的意思，就是明。杀赤牛宰白马，手持珠盘玉敦，在神像之下陈述盟辞，把共同的盟约向神明祝告。在夏、商、周三王时代，不用歃血结盟，间或有誓约，把话说清楚就各自回去了。周代衰微以后常常结盟，弊病所至或者要挟或者劫持，开始于曹沫（劫持齐桓公），后来便是毛

作以及要契,依唐写本改),始之以曹沫,终之以毛遂。[5] 及秦昭盟夷,设黄龙之诅;[6] 汉祖建侯,定山河之誓。[7] 然义存则克终,道废则渝始,崇替在人,[8] 咒何预焉。若夫臧洪歃〔血〕(依刘永济校),气截云霓;[9] 刘琨铁誓,精贯霜霰;[10] 而无补于汉、晋,反为仇雠。[11] 故知信不由衷,盟无益也。[12]

遂(劫持楚考烈王)。到了秦昭襄王与夷人结盟,举出了"黄龙、清酒"为盟誓,汉高祖封建功臣,定立了"泰山、黄河"的誓约。如果情义还在则盟约还可以维持,如果道义坏了就会违背誓言,盟誓的存在与否完全在人,与发誓赌咒毫不相干。像臧洪与同时牧守歃血为盟,辞气干霄可以切断虹霓;刘琨与段匹磾写下铁誓,精诚贯日可以凝成霜雪,无补于汉朝与晋代,他们反而被袁绍、段匹磾看作仇人。由此可知,信义不出于内心,盟誓是没有用处的。

注释

1 《释名·释言语》:"盟,明也。告其事于神明也。"

2 骍旄(xīng máo):赤牛也。《汉书·王陵传》:"高皇帝刑白马而盟曰:非刘氏而王者,天下共击之。"《周礼·玉府》:"若合诸侯,则共珠盘玉敦。"敦(duì):盘类。诸侯结盟,珠盘盛牛耳,敦盛食。主盟者执牛耳为盟。

3 《仪礼·觐礼》郑注:"方明者,上下四方神明之象也。"

4 三王:夏、商、周三代之帝王。诅(zǔ):盟誓。要(yāo):约也。要誓:誓约也。结言:订盟约。

5 要(yāo):要挟。劫:劫持。《史记·刺客列传》:"齐桓公许与鲁会于柯而盟……曹沫执匕首劫齐桓公。"《史记·平原君列传》载毛遂按剑劫楚王。

6 《华阳国志》:"秦昭襄王与夷人刻石盟曰:秦犯夷,输黄龙一双;夷犯秦,输清酒一钟。"

7 《史记·功臣侯年表》："封爵之誓曰：'使河如带，泰山若厉（同砺），国以永宁，爰及苗裔。'"

8 渝（yú）：变更。崇替：兴废。

9 《魏志·臧洪传》记诸牧守大会酸枣，臧洪"辞气慷慨，涕泣横下"。歃血：用口含血。截：断也。

10 刘琨与段匹䃅（dī）盟，见《晋书》本传。霏霜：雪霜，言其洁白。

11 臧洪为袁绍所杀，刘琨为段匹䃅所害。

12 《左传》隐公三年："君子曰：'信不由中，质无益也。'"衷：内心。

夫盟之大体，必序危机，奖忠孝，共存亡，戮心力，祈幽灵以取鉴，指九天以为正[1]，感激以立诚，切至以敷辞，[2]此其所同也。然非辞之难，处辞为难。[3]后之君子，宜〔存〕（原作在，依唐写本改）殷鉴[4]，忠信可矣，无恃神焉。

盟约的主要特点：必须叙述有关危急的情况，奖励忠孝的品德，约定同生共死，要求合力同心，祈求神灵在暗中监视，指着高高在上无所不照的苍天做保证，把感发愤激的一片丹心，用恳切深挚的言辞表达出来，这就是盟誓的共同要求呵。盟誓并不是措辞困难，然而如何对待这些盟辞却真是不容易的。我们后代的君子呀，应该把历史作为借鉴，双方真正忠实讲求信任就可以了，不要单靠上天和神灵做保证吧。

注释

1 《离骚》："指九天以为正兮。"九天：中央与八方之天，言其广阔；九重之天，言其高远。正：与证同。

2 感激：感发愤激。切至：恳切深至。

3 上"辞"字：言"措辞"。处辞：指双方对待誓辞。

4 《诗·荡》:"殷鉴不远,在夏后之世。"

赞曰:毖祀钦明,祝史惟谈。[1] 立诚在肃,修辞必甘。[2] 季代弥饰,绚言朱蓝。[3] 神之来格[4],所贵无惭。

总而言之:注重祭祀在于恭敬,太祝太史要把写祝辞和盟辞的任务承担。表现诚恳在于严肃,修饰文辞则要美好和甘甜。近代的文章更讲求修饰,华丽的辞采充满了红红蓝蓝。其实神灵之所以来临并不是为了祝盟的华丽,而是因为参与祝盟的人问心无愧。

注释

1 毖(bì)祀:谨慎祭祀。《书·洛诰》:"予冲子夙夜毖祀。"钦明:恭敬。《尧典》:"钦明文思安安。"谈:指写祝辞盟辞而言。
2 肃:严肃。甘:美也。
3 季代:末世。弥:更也。绚言:华丽的言辞。朱蓝:色彩。
4 《诗·抑》:"神之格思。"格:至也。

铭　箴

导读

"铭"是刻于器物的铭辞,"箴"是箴诫过失的文体,本篇专论铭箴两种文体,所以叫《铭箴》。

铭兼含批评与颂扬,箴只是针砭过失,虽然古人的批评与针砭多数是为了巩固自己的权位和利益,但是对后人来说,这种批评和针砭是有价值的,对自己也有借鉴作用。

铭、箴这两种文体,在文学史上并不占重要地位,尤其箴是以针砭过失为主的,不可能认识深刻,写出好的作品。铭兼含批评与颂扬,少数作品在艺术上有一定的借鉴作用,如本篇所说的,班固的《勒燕然山铭》、张载的《剑阁铭》。

原文

昔〔轩辕〕(原作帝轩,今校改)刻舆几以弼违,[1]大禹勒笋虡而招谏;[2]成汤盘盂,著"日新"之规;[3]武王户席,题"必戒"之训;[4]周公慎言于金人;[5]仲尼革容于欹器;[6]〔列〕(原作则先,依唐写本改)圣鉴戒,其来久矣。故铭者,名

译文

过去轩辕氏把铭文刻在车、几上,来纠正自己的缺点;大禹把铭文刻在笋、虡上,邀请别人批评;汤王在他的盘、盂上,刻着"天天需自新"的规劝;武王在他的门、席上,写着"处处要警戒"的教训;周公在铜人的背上刻着铭文说"要慎重言语";孔子看到倾侧的酒具便改变了脸色;古代圣人注意借鉴和告诫,由来已久了。所以铭的意思,就是名。看到一种器物就得给它一个恰当的名称,给器物刻铭

也。观器必名焉，正名审用，贵乎〔慎〕（原作盛，依唐写本改）德。[7]盖臧武仲之论铭也曰："天子令德，诸侯计功，大夫称伐。"[8]夏铸九牧之金鼎，周勒肃慎之楛矢，令德之事也；[9]吕望铭功于昆吾，仲山镂绩于庸器，计功之义也；[10]魏颗纪勋于景钟，孔悝表勤于卫鼎，称伐之类也。[11]若乃飞廉有石椁之锡，灵公有〔夺〕（原作蒿，依宋本《御览》改）〔埋〕（原作里，今校改）之谥，铭发幽石，吁可怪矣！[12]赵灵勒迹于番吾，秦昭刻博于华山，[13]夸诞示后，吁可笑也。详观众例，铭义见矣。

既要考察它的用处，更要和人们的德业联系起来。臧武仲论述铭文时说："天子用铭来颂歌美德，诸侯用铭来计算功勋，大夫用铭来陈述战事。"夏禹把九州进呈的铜铁铸为金鼎，周武在肃慎国贡献的楛矢上刻着铭文，这就是天子用铭来颂扬美德的事例。吕望的功勋被铭刻在昆吾所铸的金版上，仲山甫的业绩被雕镂在卫国所赐的鼎上，这就是诸侯用铭来计算功勋的史实。晋景的钟上记述了魏颗的勋绩，卫庄的鼎上写下了孔悝的功劳，这就是用铭来陈述战争的例子。像霍泰山把石椁赠给飞廉，卫灵公掠夺别人的坟地，都是事先有铭文埋在土地里，事后发掘出来的，真可怪呀！赵灵王命令石匠在番吾山上刻铭道："主父到此一游。"秦昭王命令石匠在华山上刻铭道："昭王曾与天神在此赌博。"夸大地欺骗后人，真可笑呀！详细观察这些事例，铭的意义可知了。

注释

1 唐人留存《事始》引《文心雕龙》有"轩辕舆几"，故依以校改。蔡邕《铭论》称"黄帝有巾几之法"，"舆几"与"巾几"应为一事。弼（bì）：辅弼。违：过失。

2　笋虡（sǔn jù）：用以悬钟磬。事见《鬻子》。
3　《大学》："汤之盘铭曰：苟日新，日日新，又日新。"
4　《大戴礼·武王践阼》载武王十七铭。其中有《席四端铭》。其席前左端之铭曰"安乐必敬"，俞樾校"敬"作"苟"，非是。当作"戒"，与另三端之铭"悔""志""代"三字叶韵。本篇作"必戒"，正用铭文。
5　事见《说苑·敬慎》，孔子观于周太庙，有金人三缄其口，铭其背曰："我古之慎言人也。戒之哉！戒之哉！无多言，多言多败。"因此铭刻于周太庙金人之背，故云"周公慎言于金人"。
6　《荀子·宥坐》："孔子观于鲁桓公之庙，有欹器焉……注水焉……中而正，满而覆，虚而欹。孔子喟然而叹（淮南以此四字作"造然革容"）……"又见《淮南·道应》《说苑·敬慎》。
7　《礼记·祭统》："夫鼎有名，铭者，自名也。自名以称扬其先祖之美，而明著之后世者也。"
8　引文见《左传》襄公十九年。令德：美德。计功：计其功绩。称伐：颂扬征伐劳苦。
9　《左传》宣公三年："昔夏之方有德也，远方图物，贡金九牧，铸鼎象物，百物而为之备，使民知神奸。"九牧：九州之长。《国语·鲁语下》："昔武王克商，……肃慎氏贡楛（hù）矢石砮，……铭其栝曰：'肃慎氏之贡矢。'"楛矢：以楛为杆之矢。
10　蔡邕《铭论》："吕尚作周太师，而封于齐，其功铭于昆吾之冶。"昆吾：当时善冶铁的人。仲山：仲山甫，人名，见《诗·烝民》。《周礼》典庸器注："庸，功也。"郑司农云："庸器，有功者铸器铭其功。"《左传》襄公十九年曰："以所得于齐之兵，作林钟而铭鲁功焉。"此鼎至东汉犹存，见《后汉书·窦宪传》。
11　《国语·晋语》："昔克潞之役，秦来图败晋功，魏颗以其身却退秦师于辅氏，亲止杜回。其勋铭于景钟。"《礼记·祭统》："卫孔悝（kuī）之鼎铭曰：'乃考文叔，兴旧耆欲。作率庆士，躬恤卫国。其勤公家，夙夜不懈。'"

12《史记·秦本纪》:"蜚廉为纣（脱作）石（脱棺）北方,还无所报。为坛霍太山,而报得石棺。铭曰:'帝令处父,不与殷乱,赐尔石棺以华氏。'"蜚即飞。飞廉:纣之臣。处父:飞廉别号。《庄子·则阳》:"夫灵公也,死,卜葬于故墓,不吉;卜葬于沙丘而吉。掘之数仞,得石椁焉。洗而视之,有铭焉。曰:'不冯其子,灵公夺而里（释文作埋）之。'"

13《韩非子·外储说左上》:"赵主父令工施钩梯而缘播吾……而勒之曰:'主父常游于此。'"播番,古今音也。又:"秦昭王令工施钩梯而上华山,以松柏之心为博。……而勒之曰:'昭王尝与天神博于此矣。'"博:博弈也。

至于始皇勒岳,政暴而文泽,亦有疏通之美焉。[1]若〔乃〕（原无,依《御览》增）班固燕然之勒,张昶华阴之碣,序亦盛矣。[2]蔡邕铭思,独冠古今。桥公之钺,吐纳《典》《谟》;朱穆之鼎,全成碑文,溺所长也。[3]至于敬通杂器,准戄〔武〕（原作戒,依唐写本改）铭,而事非其物,繁略违中。[4]崔骃品物,赞多戒少;[5]李尤积篇,义俭辞碎。[6]蓍龟神物,而居博弈之〔下〕（原作中,依

至于秦始皇勒铭泰山,虽然他的政策很残暴但是铭文写得很润泽,并且文气条畅文辞通达可喜啊。像班固在燕然山所勒的铭,张昶在华山顶上所树的碣石,（不独铭文好,）序也不错咧。蔡邕创作的铭文,构思可算古今第一。可是替桥公的钺作铭,不免模仿《尧典》《大禹谟》;给朱穆的鼎作铭,就完全变成碑文,过多地陶醉于自己的长处了。至于冯衍的"杂器"铭,拿武王的铭文做准则,因为器物并不相同,所以详略极不恰当。崔骃的"品物"铭,赞扬太多,劝诫太少;李尤的铭文,内容贫乏,文辞破碎。蓍草龟壳是灵异的东西,李尤作铭把它摆在赌骰棋具诸铭之后,秤和斗斛是可

唐写本改);[7] 衡斛嘉量,而在臼杵之末,曾名品之未暇,何事理之能闲哉![8] 魏文九宝,器利辞钝。[9] 唯张载《剑阁》,其才清采,迅足骎骎,后发前至,勒铭岷汉,得其宜矣。[10]

贵的量具,李尤把它摆在捣米的杵臼以下,连物品分类都搞不清楚,又如何能辨别事理呢?魏文帝的"九宝"铭,刀剑虽然锐利,文笔却很拙钝。只有张载的《剑阁铭》,文才清亮而华丽,好像奔腾的骏马,虽然写在后代却超越了前人,把它刻在岷山汉水之间,真合适呀!

注释

1 秦始皇有《泰山刻石》。岳:泰山。在《颂赞》中以秦刻石作为颂,盖颂与铭相近,极难分辨也。

2 班固有《勒燕然山铭》,张昶(chǎng)有《西岳华山堂阙碑铭》。张昶字文舒,建安时人。

3 蔡邕有《黄钺(yuè)铭》,称桥公"始受旄钺钲鼓之任,捍御三垂"云云。又有《鼎铭》,所以颂朱穆也。朱穆与蔡邕同时而略早。

4 敬通:冯衍字敬通,有《刀阳》等铭数篇,见《全后汉文》。准矱(huò):模仿之意。武铭:见前。

5 崔骃:字亭伯,有《车左》等铭十余篇,见《全后汉文》。

6 李尤:字伯仁,有铭百数十篇,其存者见《全后汉文》。

7 李尤诸铭,大抵以次排列。两句意谓李尤诸铭蓍(shī)龟等铭列于博弈诸铭之后。

8 两句谓李尤以衡斛(hú)等铭列于臼杵等铭之后。

9 曹丕有《剑铭》,谓铸宝器九。剑三:一曰飞景,二曰流采,三曰华锋。刀三:一曰灵宝,二曰含章,三曰素质。匕首二:一曰清刚,二曰扬文。灵陌刀一:曰龙鳞。

10 张载有《剑阁铭》。骎骎:马行疾貌。岷汉:岷山汉水。岷山自与剑阁相连，汉水上源亦与剑阁相近，故兼及之。

箴者，〔针也，〕[1]（原无二字，参唐写本增）所以攻疾防患，喻针石也。斯文之兴，盛于三代。夏、商二箴，余句颇存。[2] 及周之辛甲，百官箴〔阙，唯《虞箴》〕（四字原脱，依唐写本增）一篇，体义备焉。[3] 迄至春秋，微而未绝。故魏绛讽君于后羿，楚子训民于在勤。[4] 战代以来，弃德务功，铭辞代兴，箴文〔萎〕（原作委，依唐写本改）绝。[5] 至杨雄稽古，始范《虞箴》，作卿尹州牧二十五篇，及崔、胡补缀，总称《百官》。[6] 指事配位，鞶鉴〔有〕（原作可，依唐写本改）征，[7] 信〔可〕（原作所，依唐写本改）谓追清风于前古，攀辛甲于后代者也。至于潘勖[8]《符节》，要而失浅；温峤[9]《〔侍〕（原作传，依唐写本改）臣》，博而患繁；王

箴的意思就是针砭，箴是用来克服错误预防祸患的，所以把箴比作针石啊。箴体出现以后，夏、商、周三代逐渐盛行。《夏箴》和《商箴》，残余的句子还保留下来一些。到了周太史辛甲，命令百官都写箴辞，针砭君臣的过失，当时所作的《虞箴》一篇，无论形式和内容都很完美。到了春秋时代，作箴的风气衰微但并没有断绝，所以魏绛（引用《虞箴》）讽刺晋悼公，把他比作后羿；楚庄王教训国人，（还写箴）说"民生在勤"。战国以来，抛弃道德重视战功，因此铭辞代替箴文而兴起，箴文就从此断绝了。到了杨雄查考古代，才模仿《虞箴》，作了卿、尹、州、牧等官箴二十五篇。后来崔骃、胡广又有补作，总称为《百官箴》。按照官职名位要求箴诫，作为百官的借鉴就有据有证。（杨雄等人）真可说是一心追随古代的清廉风气，生在后代而愿意向辛甲学习呀。至于潘勖的《符节箴》，虽然写得简要却失于浅薄；温峤的《侍臣箴》，虽然内容广博却失之太繁；王

济《国子》,引广〔而〕(原无,参唐写本增)事杂;[10]潘尼[11]《乘舆》,义正〔而〕(原无,依唐写本增)体芜。凡斯继作,鲜有克衷。[12]至于王朗《杂箴》,乃置巾履,得其戒慎,而失其所施。[13]观其约文举要,宪章〔武〕(原作戒,依唐写本改)铭,而"水火井灶",繁辞不已,志有偏也。[14]

济的《国子箴》,又引材太多而叙事杂乱;潘尼的《乘舆铭》,虽用意正直,体制却不免芜秽。所有这些后继的作品,很少是完全恰当的。至于王朗的《杂箴》,写进了头巾和鞋履,箴里要人对穿戴都戒惧谨慎是对的,但写这些事物是不恰当的。现在来看他的箴,写得简单扼要,是有意学习武王的箴辞,但是连"水、火、井、灶"都喋喋不休,思想还是有偏向啊。

注释

1 依各篇声训之例,故知此亦当增"针也"二字。
2 《夏箴》见《周书·文传解》,《商箴》见《吕氏春秋·应同》,皆非全文。
3 《左传》襄公四年记辛申"命百官,官箴王阙",《传》引《虞人之箴》。
4 魏绛所引《虞人之箴》中,有"在帝夷羿,冒于原兽,忘其国恤,而思其麀牡"。因当时晋侯好田猎,魏绛借此讽之。故本篇云:"魏绛(jiàng)讽君于后羿。"《左传》宣公十二年:"栾(luán)武子曰:'楚自克庸以来,其君无日不讨国人而训之,于民生之不易,祸至之无日,戒惧之不可以怠。……箴之曰:民生在勤,勤则不匮。'"故本篇云:"楚子训民于在勤。"
5 《离骚》:"虽萎绝其亦何伤兮。"萎绝,王注:"萎,病也;绝,落也。"于此犹言凋谢。
6 《汉书·杨雄传》:"雄之自序云:……箴莫善于《虞箴》,作《州箴》。"《后汉书·胡广传》:"初,杨雄依《虞箴》作十二州、二十五官箴,其九箴亡阙。后涿郡崔骃及子瑗,又临邑侯刘騊駼,增补十六篇,广复继作四篇，文甚典美。乃悉撰次首目，为之解释，名曰百官箴，凡四十八篇。"
7《左传》庄公廿一年："郑伯之享王也，王以后之鞶鉴予之。"鞶（pán）：带也。鉴：镜也。带上有镜故曰鞶鉴。
8 潘勗（xù）：字元茂，汉献帝时为尚书郎，有集二卷。《符节箴》已失。
9 温峤：《晋书》本传："及在东宫，深见宠遇，太子与为布衣之交，数陈规讽，又献《侍臣箴》，甚有宏益。"箴见《艺文类聚》十六。
10 王济：《晋书》有传，尝为国子祭酒，《国子箴》已佚。作"箴"之体要，本篇下文云："其取事也必核以辨，其摛文也必简而深。"今《国子箴》"引广而事杂"，故刘勰认为"鲜有克衷"也。
11 潘尼：《晋书》本传载其《乘舆箴》。
12 衷：善也，恰当也。
13 王朗：《魏志》有传，《艺文类聚》八十有《杂箴》残文。置：措置，引申也有废弃意，从本文"失其所施"看，置应作措置讲。
14《杂箴》残文有"家人有严君焉，井灶之谓也"。

夫箴诵于官，[1]铭题于器，名目虽异，而警戒实同。箴全御过，故文资确切；铭兼褒赞，故体贵弘润；其取事也必核以辨，其摛文也必简而深，此其大要也。[2]然矢言[3]之道盖阙，庸器之制久沦，所以箴铭〔寡〕（原作异，依唐写本改）用，罕施〔后〕（原作于，依唐

箴是对政府讽诵得失的，铭是题写在器物上用以正名的，两者的名目虽然有分别，但都是用作警诫则相同。箴完全是为了防范过失，所以文辞一定要确切；铭还兼包歌颂与赞扬，所以局度要宏大与润泽；但是取材都必须合理与扼要，修辞都必须简洁和入情，这就是写箴和作铭的主要要求啊。说直话的风气已经不盛行了，刻铭记功的制度早丢掉了，所以无须乎箴和铭，

写本改)代,惟秉文[4]君子,宜酌其远大焉。

自然后人很少创作它,希望主持文运的大人们从长考虑吧。

注释
1 诵:讽也。官:此处指政府。
2 陆机《文赋》:"铭博约而温润,箴顿挫而清壮。"李注:"博约,谓事博而文约也。"
3 矢言:直言也,即正直之言也。见《尚书·盘庚》孔传。
4 秉文:犹言司文、主文。

赞曰:铭实〔器表〕(原互倒,依唐写本改),箴惟德轨。[1]有佩于言,无鉴于水[2]。秉兹贞厉,敬〔乎言〕(原互倒,今参唐写本改)履。[3]义典则弘,[4]文约为美。

总而言之:铭用以表明事物的意义,箴用以规范人们的举止。应该以格言为准则,没有必要对着流水照自己。坚决地按照铭箴去做吧,要慎重一切言语和行履。箴铭的内容要合乎典则才可贵,箴铭的文辞要简约才算美。

注释
1 表:标也,明也。轨:范也。
2 《尚书·酒诰》:"人无于水监,当于民监。"《国语·吴语》:"王其盍亦鉴于人,无鉴于水。"
3 贞:正也。厉:勉也。贞厉用以指箴铭而言。言履:言行也。敬乎言履:敬乎言行也。
4 典:常也。义典:指箴铭的内容要合乎常道。

诔　碑

导读

　　诔和碑两种文体，虽然已经不盛行了，但在历史上，有过一些好的作品，依旧可以给后人借鉴。

　　诔与哀、吊，古代是有分别的，发展到后代，就很难分辨了。诔本来是"累其德行，旌之不朽"，由于强调"荣始而哀终"，自然逐渐与哀、吊合流了。碑虽起自远古，却盛于东汉，碑虽不必记述个人，东汉却以个人为主。碑如果用以记载国家大典，歌颂历史伟人，今后还是需要的。如果出于对权势的阿谀奉承，不单是今后不需要，在历史上也不是好碑文。刘勰提出"属碑之体，资乎史才"，是有见地的。

　　在本篇里，指出作诔时，应该"论其人也，暧乎如可觌；述其哀也，凄焉如可伤"，又指出作碑时，应该"标序盛德，必见清风之华；昭纪鸿懿，必见峻伟之烈"。从创作的艺术性说，提出了形象性的要求；从理论指导实践上说，也是可为借鉴的。

原文

　　周世盛德，有铭诔之文。[1] 大夫之材，临丧能诔。[2] 诔者，累也，累其德行，旌之不朽也。[3] 夏、商已前，其词靡闻。周虽有诔，未被于士，[4] 又贱不诔贵，幼不诔长，〔其〕（依

译文

　　周代推崇德业，所以有铭文和诔文。当时认为大夫的才能，就在于参加丧事陈述死者的行迹作为诔文。诔的意思，就是累，累列死者的德行，使他的声名传之不朽。夏、商两朝以前，如何作诔的情况，已经不知道了。周代虽然有诔文，并不给一般的死者写诔辞。而且规

唐写本增)在万乘,则称天以诔之。⁵读诔定谥,其节文大矣。⁶自鲁庄战乘丘,始及于士。⁷逮尼父〔之〕(依唐写本增)卒,哀公作诔。观其"憖遗"之〔辞〕(原作切,依唐写本改),"呜呼"之叹,虽非睿作,古式存焉。⁸至柳妻之诔惠子,则辞哀而韵长矣。⁹

定卑贱的人不能替贵人作诔,晚辈不能替长辈作诔,帝王死了便假借上天来累列他的德行。(累列天子德行的时候,)先读诔文,再定谥号,礼节隆重极了。自鲁庄公战于乘丘起,才开始给一般人作诔。孔夫子死后,鲁哀公替他作了诔,看一看诔文中"憖遗"这个词,听一听诔文中"呜呼"的叹息声,虽然不是最好的作品,古代诔文的格式却保留下来了。至于柳下惠的妻子对她的丈夫所作的诔文,真是言辞悲切韵味深长啊。

注释

1 《周礼》大宗伯大祝作六辞,其六曰诔(lěi)。郑司农注:"诔,谓积累生时德行,以锡之命,主为其辞也。"《后汉书·种暠传》:"爕(李固子)闻岱(暠子)卒,痛惜甚,乃上书求加礼于岱。曰:'……周礼盛德,有铭诔之文……'"

2 《诗·定之方中》的"传",已见《诠赋》注,正义曰:"丧纪能诔者,谓于丧纪之事,能累列其行,为文辞以作谥。"

3 《周礼》郑玄注:"诔者,累也。累列生时行迹,读之以作谥。"旌(jīng):表扬。

4 《周礼》大史"小丧赐谥",注:"小丧,卿大夫也。"小史:"卿大夫之丧,赐谥读诔。"是以周初卿大夫有谥诔,"未被于士"也。被:加的意思。

5 《礼记·曾子问》:"贱不诔贵,幼不诔长,礼也。唯天子称天以诔之。诸侯相诔,非礼也。"

6《春秋公羊》说,以为读诔制谥于南郊,若云受之于天然。节文:指礼节文法。

7《礼记·檀弓》:"鲁庄公及宋人战于乘丘,县贲父御……马惊败绩,……县贲父曰:'他日不败绩,而今败绩,是无勇也。'遂死之。……公曰:'非其罪也。'遂诔之。士之有诔,自此始也。"

8《左传》哀公十六年,孔丘卒,公诔之曰:"旻天不吊,不慭遗一老,俾屏余一人以在位,茕茕余在疚,呜呼哀哉,尼父,无自律。"慭(yìn):愿也。睿作:此处可以译作最好的作品。睿(ruì),哲也,明也。

9《列女传》二,柳下惠死,门人将诔之。妻曰:"将诔夫子之德邪?则二三子不如妾知之也。"

  暨乎汉世,承流而作。杨雄之诔元后,文实烦秽,沙麓撮(原有其,依唐写本删)要,而挚疑成篇,安有累德述尊,而阔略四句乎?¹杜笃之诔,有誉前代,吴诔虽工,而〔结〕(原作他,依《御览》改)篇颇疏,岂以见称光武而改盼千金哉!²傅毅所制,文体伦序,³〔苏顺〕(原作孝山,依唐写本改)、崔瑗,辨絜相参,观其序事如传,辞靡律调,固诔之才也。⁴潘岳构〔思〕(原作意,依唐写本改),专师孝山,巧于序悲,易

到了汉代,继承前人的传统作起诔来。杨雄的《元后诔》,文章实在烦冗,《元后传》中的"沙麓之灵"四句,只是撮要而已,挚虞把它当作整篇,难道累列德行颂扬皇后,只是简单的四句吗?杜笃的诔文,在前代最有名,《吴汉诔》虽然写得好,但结尾疏略,不能因为光武帝赞赏,就改变视听,把它当作价值千金!傅毅所作的诔文,很有伦理次序;苏顺和崔瑗所作的诔文辩论明白、语言简约兼而有之;看来他们叙述事实像传记,却又辞藻华美、音律谐和,真是作诔的人才呀。潘岳构思诔文,专门效法苏孝山,最善于抒写悲哀,写得新奇亲

入新切,所以隔代相望,能徽(原作徵,依唐写本改)厥声者也。[5] 至如崔骃诔赵,刘陶诔黄,并得宪章,工在简要。[6] 陈思叨名而体实繁缓,《文皇诔》末,〔百〕(原作旨,依唐写本改)言自陈,其乖甚矣。[7] 若夫殷臣咏(原作诔,依唐写本改)汤,追褒玄鸟之祚;[8] 周史歌文,上阐后稷之烈;[9] 诔述祖宗,盖《诗》人之则也。至于序述哀情,则触类而长。[10] 傅毅之诔北海云:"白日幽光,〔淮雨〕(原作氛雾,依顾校)杳冥。"始序致感,遂为后式。[11] 景而效者,弥取于工矣。[12]

切,所以两人隔代遥望,潘岳真能发扬前人、流声后代啊。至于崔骃的诔赵文,刘陶的诔黄文,都学到前人的法度,写得简约扼要。陈思王的诔文很负盛名,实际上文辞冗长松懈,《文帝诔》的结尾,长段地陈述自己,完全违背了体例。像殷商的臣下咏叹成汤,追述"玄鸟生商"的世祚;周代史官歌颂文王,上溯后稷的功业;可见详细地陈述祖先,本是《诗》人的准则。至于诔文叙述哀情,也可以连类而推长之。如傅毅的《北海王诔》,其中讲到北海王死后,白日的光辉为之幽暗,暴雨下得天昏地暗,开始在序文中抒写了哀情,后来就成为法式。仰慕傅毅而效法他的人,就更加工巧了。

注释

1 扬雄《元后诔》,全文颇长。《汉书·元后传》,仅撮如下四句:"太阴之精,沙麓之灵,作合于汉,配元生成。"沙麓:山名,在今河北大名东。挚:挚虞,字仲治,有《文章流别论》,其书已残缺,疑《元后传》之诔为全文,语或在逸文中。

2 《后汉书·文苑传》,杜笃以罪被收捕,会吴汉薨,"光武诏诸儒诔之。笃于狱中为诔,辞最高。帝美之,赐帛免刑"。吴诔:《吴汉诔》。结篇颇疏:指诔之篇末不工。改盼千金:谓不能因为光武美之,就改其视听,说诔值千金。

3 傅毅有《明帝诔》《北海王诔》，见《艺文类聚》。伦序：条理次序。

4 苏顺：字孝山，《后汉书·文苑传》有传。崔瑗：字子玉，《后汉书》有传。二人皆有《和帝诔》，见《艺文类聚》。辨絜：辨谓说理扼要，絜谓措辞简洁。辞靡律调（tiáo）：文辞华美音律调和。

5 《才略》："潘岳敏给，辞旨和畅，钟美于《西征》，贾余于哀诔。"徽：引申发扬之意。

6 崔驷、刘陶：《后汉书》皆有传。诔赵、诔黄：今已不传。宪章：犹言法度。

7 《文帝诔》千余字，自"咨远臣之渺渺兮"以下，均自陈之辞。乖：违也，指违背诔文体制。

8 《诗·玄鸟》："天命玄鸟，降而生商，宅殷土芒芒。"

9 《诗·生民序》："生民，尊祖也。后稷生于姜嫄，文武之功，起于后稷，故推以配天焉。"

10 《易·系辞上》："触类而长之。"谓连类而推长之。

11 《练字》"傅毅制诔，已用'淮雨'"，故依校改。《尚书大传》郑注："淮雨，暴雨之名也。"

12 景：景仰。工：工巧。

详夫诔之为制，盖选言〔以〕（原无，依《御览》增）录行，传体而颂文，荣始而哀终。[1]论其人也，暧乎如可觌；[2]〔述〕（原作道，依唐写本改）其哀也，凄焉如可伤。[3]此其旨也。

详细推考诔文的体制，本来是择要记载死者的嘉言和美行，用传记的体裁和颂扬的文辞，歌颂死者生前的荣耀而悲痛其死后的哀情。诔在写死者生前的时候，要使读者仿佛看见死者当年的形影；在写死者临终的情况时，要使读者一同感到凄惨和悲伤：这就是作诔的主要意旨啊。

[注释]

1 传体:传记体裁。颂文:颂的文辞。荣始:生前荣耀,故古人读诔定谥。哀终:死后悲哀。
2 嗳(ài):仿佛,隐约。觌(dí):见也。两句言生前嘉言美行,所以荣始。
3 言两句所以写哲人云亡,极可悲伤。

碑者,埤[1]也。上古帝〔王〕(原作皇,依唐写本改),纪号封禅,树石埤岳,故曰碑也。[2]周穆纪迹于弇山之石,亦古碑之意也。[3]又宗庙有碑,树之两楹,事止丽牲,未勒勋绩。[4]而庸器渐缺,故后代用碑,以石代金,同乎不朽。自庙徂坟,犹封墓也。[5]自后汉以来,碑碣云起,才锋所断,莫高蔡邕。[6]观杨赐之碑,骨鲠训典,陈、郭二文,词无择言。[7]周、〔胡〕(原作乎,依唐写本改)众碑,莫非〔精〕(原作清,依《御览》改)允。[8]其叙事也该而要,其缀采也雅而泽,清词转而不穷,巧义出而卓立。

碑的意思,就是埤补增益。上古的帝王,为了记述名号,举行封禅的典礼,立石碑于泰山之上,所以叫作碑。周穆王为了记述自己的行迹在弇山上刻石,也是古代树碑的意思。还有,宗庙也立碑,就立在宗庙的两楹之间,它的作用仅仅在于拴牲口,并不用它镂刻功业和勋绩。记功勒铭于盘盂钟鼎的办法渐渐不用了,所以后代用碑,用石碑代替铜器,同样可以传之不朽。起初碑是立在宗庙里,后来才立在坟墓上,坟上立碑犹如坟上加土一样啊。自后汉开始,方碑圆碣云涌而起,从才气喷发来说,没有比蔡邕的碑文更高更好的了。观察他的《杨赐碑》,用训诰典谟作题材骨干;《陈太丘碑》和《郭有道碑》,每字每句都很精工。替周魈、胡广诸人作的碑文,也没有不洁净平允的。他的碑文,叙述事实既周详又扼要,措置文辞则典雅而润泽,浏亮的音调层出不穷,精巧

察其为才,自然而至。孔融所创,有慕伯喈。张、陈两文,辨给足采,亦其亚也。[9] 及孙绰为文,志在〔于碑〕(原作碑诔,依唐写本改),温、王、郗、庾,辞多枝杂,[10] 桓彝一篇,最为辨裁。[11]

的用意特立突出。看来他的才能并非人力所为,实在出自天性。孔融的创作,是佩服伯喈而模仿他所作的,他写的张、陈两篇碑文,才情敏捷,文采华茂,只是略次于蔡邕罢了。孙绰作文章,专攻碑文,他写的温峤、王导、郗鉴、庾亮等人的碑文,语言琐碎芜杂,只有一篇《桓彝碑》,明辨而有断制。

注释

1 埤（pí）：增益,加多。

2 《管子·封禅》：管仲曰："古者封泰山、禅梁父者七十二家,而夷吾所记者十有二焉。"《史记·封禅书》正义："泰山上筑土为坛以祭天,报天之功,故曰封。此泰山下小山上除地报地之功,故曰禅。言禅者,神之也。"

3 《穆天子传》："天子遂驱升于弇（yān）山,乃纪名迹于弇山之石,而树之槐,眉曰西王母之山。"

4 楹（yíng）：柱也。丽：犹系也。《仪礼·聘礼》注："宫必有碑,所以识日景,引阴阳也。凡碑引物者,宗庙则丽牲焉。"

5 聚土曰封。

6 碣（jié）：特立之石也。方者谓之碑,圆者谓之碣。所断：犹言所往、所向。

7 蔡邕有《杨赐碑》《陈太丘碑》《郭有道碑》,今皆存。《孝经》："口无择言,身无择行。"择是殬的借字,败也。骨鲠：文章中贯彻全文的事义。

8 周、胡众碑：《周䁘碑》《胡广碑》。

9 孔融《张俭碑》今残缺,见《全后汉文》。陈碑亡失,故不可考。辨给：

辩给,言辞敏捷的意思。

10 孙绰:字兴公,《晋书》有传。本传云:"温、王、〔郗(xī)〕(原作鹈,依唐写本改)、庾诸公之薨,必须绰为文,然后刊石焉。"《王导碑》《郗鉴碑》《庾亮碑》,残碑今存。温:应指温峤。

11 桓彝(yí):字茂伦,《晋书》有传。孙绰《桓彝碑》,今亡失。辨裁:明辨有断制。

夫属碑之体,资乎史才。[1] 其序则传,其文则铭。[2] 标序盛德,必见清风之华;昭纪鸿懿,必见峻伟之烈:此碑之制也。[3] 夫碑实铭器,铭实碑文,因器立名,事〔先〕(原作光,依唐写本改)于诔。[4] 是以勒〔器〕(原作石,依唐写本改)赞勋者,入铭之域;树碑述〔亡〕(原作己,依唐写本改)者,同诔之区焉。[5]

创作碑文,需要有史学家的才能。它的前段叙事就是死者的传记,末后的韵文就是称述功德的铭辞。表述死者高伟的德行,一定要使读者看到死者的清风亮节;赞扬死者不凡的功业,一定要使读者看到死者的丰功伟业:这就是写碑文的准则。石碑本来相当于刻铭的彝器,铭文就相当于碑上的碑文,因为刻在石碑上所以叫碑,树碑的史实还出现于作诔之前。所以凡是镌刻在器物上称赞功勋的,都应该列入铭的范围;立石碑记述死者行迹的,则当摆在诔的区域啊。

注释

1 属:连缀,引申为写作之意。资:凭借、依赖的意思。史家作纪传,文人述碑志,皆须有鉴别人才的能力。
2 碑有序文,即人物传记也。序之末尾韵文,即为死者作铭文也。
3 标:表出也。昭:明也。懿:美好。峻伟:高大。烈:业也。引申为功业、勋业。

4 碑：指石碑。铭器：刻铭之器物。铭：指铭文而言。碑文铭文，义无不同，所不同者一勒于石，一镌于金而已。
5 碑铭之区别，碑以叙述死者，铭则称赞功勋。

赞曰：写〔远〕（原作实，依唐写本改）追虚，碑诔以立。[1] 铭德〔纂〕（原作慕，依唐写本改）行，〔光〕（原作文，依唐写本改）采允集。[2] 观风似面，[3] 听辞如泣。石墨镌华，[4] 颓影岂〔戢〕（原作忒，依唐写本改）。

总而言之：因为要记述前人和追悼死者，后人便把碑诔两类文体树立。铭刻死者的德业而纂述其形迹，行文应该是光彩云集。要使读者看到死者的容颜，听到死者的哭泣。用石碑把文章雕刻出来，死者的形影永不消磨而其德业为百代传习。

注释

1 诔与碑皆用于死者，故曰"写远追虚"。
2 纂（zuǎn）：记述。允：信也。
3 风：承上文"必见清风之华"而言。面：对面。
4 石墨：以墨书文，刻之于石，故曰"石墨"。镌（juān）：雕刻也。

哀 吊

导读

哀、吊两种文体,同类而又有分别。"哀"用之夭折和枉死,"吊"施于"令终定谥",但都以哀伤死亡为主,所以越到后代就越难分辨了。

本篇谈到写哀辞的要求时说:"原夫哀辞大体,情主于痛伤,而辞穷乎爱惜。幼未成德,故誉止于察惠;弱不胜务,故悼惜加乎容色。隐心而结文则事惬,观文而属心则体奢。奢体为辞,则虽丽不哀,必使情往会悲,文来引泣,乃其贵耳。"不但指出了哀辞的要求,而且涉及内容和形式的关系。作者从内容决定形式出发,认为"隐心而结文则事惬","必使情往会悲,文来引泣,乃其贵耳"。相反,"观文而属心则体奢","奢体为辞,则虽丽不哀"。在当时难能可贵,在今天也是可以借鉴的。

本文在谈到吊辞的要求时说:"吊虽古义,而华辞未造,华过韵缓,则化而为赋。固宜正义以绳理,昭德而塞违,剖析褒贬,哀而有正,则无夺伦矣。"在形式上反对"华过韵缓",在内容上主张"正义以绳理,昭德而塞违","哀而有正",都是可取的。当然,古今时代不同,各人的环境不同,对于"正义"与"昭德"的看法也不会一致。

原文

赋宪之谥,短折曰哀。[1]哀者,依也。悲实依心,故曰哀也。[2]以辞遣哀,盖〔下流〕(原作不泪,依唐写本改)之悼,故不在黄发,必施夭昏。[3]

译文

谥号是用以布法于天下的,谥法把短命夭折的人叫哀。哀的意思,就是痛心。悲伤得使人痛心,所以叫哀。用语言文字来抒发哀情,这是对晚辈人的悲悼,所以哀辞不用

昔三良殉秦，百夫莫赎，事均夭〔枉〕（原作横，依唐写本改），《黄鸟》赋哀，抑亦《诗》人之哀辞乎！⁴暨汉武封禅，而霍〔嬗〕（原作子侯，依唐写本改）暴亡，帝伤而作诗，亦哀辞之类矣。⁵〔降〕（原脱，依唐写本增）及后汉，汝阳王亡，崔瑗哀辞，始变前式，⁶然"履突鬼门"，怪而不辞；"驾龙乘云"，仙而不哀；又卒章五言，颇似歌谣，亦仿佛乎汉武也。⁷至于苏〔顺〕（原作慎，依唐写本改）、张升，并述哀文，虽发其〔文〕（原作情，今校）华，而未极〔其〕（依唐写本增）心实。⁸建安哀辞，惟伟长差善，《行女》一篇，时有恻怛。⁹及潘岳继作，实〔钟〕（原作踵，依唐写本改）其美。¹⁰观其虑〔赡〕（原作善，依唐写本改）辞变，情洞悲苦，叙事如传，结言摹《诗》，促节四言，鲜有缓句，¹¹故能义直而文婉，体旧而趣新，

于老年，一定用于夭折的小儿。历史上的奄息、仲行、鍼虎三个好人殉葬秦穆公，事情等于夭折枉死，所以秦人作《黄鸟》表达哀思，这就是《诗》人的哀辞吧。汉武帝到泰山封禅，跟从的霍嬗暴病而死，武帝很伤心，作了一篇《哀霍嬗诗》，也是哀辞一类的作品。下及后汉的时候，汝阳王死了，崔瑗写了《哀汝阳王辞》，才改变了以前的格式，但是他说什么"突进了鬼门关"，真有点荒诞不通；又说是"驾龙乘云"，真有些像神仙登天并不令人悲哀；还有结尾一章，五字成句，很有点像歌谣，或许是模仿汉武帝的《哀霍嬗诗》吧。苏顺、张升，都写过哀辞，虽然文辞华丽，但没有表达出内心的真实。建安时代的哀辞，徐幹写得比较好，他的那篇《行女哀辞》，流露了哀痛的心情，潘岳相继而起，实在集中了哀辞的优点。看起来他真是构思好措辞新，感情深沉而悲痛，叙事亲切像纪传，铸字学《诗经》，短促只有四字，节奏激越，句无松懈，所以文情一贯而文辞委婉，体式虽和前人一样，意趣却比前人新奇，他的

《金鹿》《泽兰》,莫之或继也[12]。 ▌《金鹿哀辞》和《泽兰哀辞》,后来作者是没有人赶得上的。

注释

1 《困学纪闻》引《逸周书·谥法解》有"既赋宪""乃制作谥"。朱亮甫《周书集训》:"赋,布","布法于天下"。《逸周书·谥法解》:"蚤孤短折曰哀,恭仁短折曰哀。"

2 《说文》:"悠,痛声也。"依为悠的假借字。哀依二字古音相同,哀悠二字义也相近。

3 《指瑕》"施之下流",指年辈卑下的人。《尔雅·释诂》:"黄发,老寿也。"《左传》昭公十九年:"寡君之二三臣札瘥夭昏。"注:"大死曰札,小疫曰瘥,短折曰夭,未名曰昏。"

4 《左传》文公六年:"秦伯任好卒,以子车之三子奄息、仲行、鍼(qián)虎为殉,皆秦之良也,国人哀之,为之赋《黄鸟》。"《黄鸟》中有"如可赎兮,人百其身"。故此处云"百夫莫赎"。

5 《汉书·卫青霍去病传》:"去病薨子嬗(shàn)嗣,嬗字子侯,上爱之,幸其壮而将之为奉车都尉,从封泰山而薨。"武帝《哀霍嬗诗》,已亡失。

6 汝阳王:不可考。崔瑗《哀汝阳王辞》,亦已亡失。

7 "履突鬼门""驾龙乘云",应为哀辞原文。

8 苏顺:前已有注。张升:字彦真,《后汉书·文苑传》亦有传。今二人哀辞皆不传。

9 伟长:徐幹字伟长。黄叔琳注:"《文章流别论》:建安中,文帝与临淄侯各失稚子,命徐幹、刘桢等为哀辞。是伟长亦有《行女篇》也。"今伟长所作已佚。曹植所作,今存。行女:曹植殇女。恻(cè)怛(dá):悲忧之意。

10 钟:聚的意思。又集中之意,引申有擅长义。

11 赡（shàn）：富足。洞：深入。结言：构辞。缓句：松懈之句。
12 金鹿：潘岳殇子名。岳有《金鹿哀辞》，又有《为任子咸妻作孤女泽兰哀辞》见《全晋文》。

　　原夫哀辞大体，情主于痛伤，而辞穷乎爱惜。幼未成德，故誉〔言〕（参《御览》增）止于察惠；弱不胜务，故悼〔惜〕（依《御览》增）加乎〔容〕（原作肤，依《御览》改）色。¹ 隐心而结文则事惬，观文而属心则体奢。² 奢体为辞，则虽丽不哀，必使情往会悲，文来引泣，乃其贵耳。³

　　推考哀辞的主要要求，用心以哀伤死者为主，措辞以痛惜亡者为好。但是死者年幼并没有形成德业，所以吊念的话，可以只写他的明察聪慧；死者弱小并未曾担任职务，所以悲痛的话，可以只谈他的形容相貌。出于沉痛的心情来措辞，自然措辞惬意；为了追求辞藻来抒情，那就会文体奢华。拿奢华的文体来写哀辞，辞虽华丽但并不哀痛，一定要使哀情之所至，自然使读者悲哀，一定要使文辞之所向，自然引起读者哭泣，那才真正可贵啊。

[注释]

1 成德：德行成立。察惠：明察聪慧，惠是慧的假借字。胜务：担任事务。
2 隐：与慇通用，痛也。属：连缀也。《情采》："昔《诗》人什篇，为情而造文；辞人赋颂，为文而造情。""隐心而结文"，即"为情而造文"也。"观文而属心"，即"为文而造情"也。惬（qiè）：满意。
3 情往会悲：情与读者悲合。文来引泣：为情而造之文，此文必能引起读者涕泣。

吊者，至也。[1]《诗》云"神之吊矣"，言神至也。[2]君子令终定谥，[3]事极理哀，故宾之慰主，〔亦〕（原无，依《御览》增）以至到为言也。压溺乖道，所以不吊矣。[4]又宋水郑火，行人奉辞，国灾民亡，故同吊也。[5]及晋筑虒台，齐袭燕城，史赵、苏秦，翻贺为吊，虐民构敌，亦亡之道。[6]凡斯之例，吊之所设也。或骄贵而殒身，或狷介而乖道，或有志而无时，或美才而兼累，追而慰之，并名为吊。[7]自贾谊浮湘，发愤吊屈，体〔周〕（原作同，依唐写本改）而事核，辞清而理哀，盖首出之作也。[8]及相如之吊二世，全为赋体；[9]桓谭以为其言恻怆，读者叹息。[10]及〔卒〕（原作平，依唐写本改）章要切，断而能悲也。[11]杨雄吊屈，思积功寡，意深

吊的意思，就是"到"。《诗经》里说"神之吊矣"，就是说："神来到了。"大人们寿终正寝，追加谥号，（虽是好事，）但死亡总是可悲痛的，故宾客来慰问主人，也用"至到为吊"这个词了。只有被压死或淹死，是死得不应该的，所以不相吊唁。宋遭水灾，郑遭火焚，各国派遣使节慰问，因为是国家遭灾，人民流亡，所以这种慰问，和吊唁是相同的。晋国筑虒台，齐宣王侵袭燕国，史赵和苏秦认为这并不可贺而是可吊的，因为筑虒台是暴虐人民，袭燕是树立仇敌，都是自取灭亡之道。所有这些事例，都是应该吊唁的。有的人因为位高骄傲而亡国，有的人因为狭隘独特而背离世道，有的人怀抱大志而遭遇不佳，有的人极负才华而为才所累，后人作文追念怜惜他们，都叫作吊。贾谊谪贬长沙经过湘江，为了发泄牢骚作赋追悼屈原，结构极周密而叙事极扼要，辞藻极清新而情理极悲哀，真是杰出的作品啊。后来司马相如的吊秦二世文，完全是赋的体裁；桓谭认为相如的文情凄怆感人，使读者为之叹息。因为文章到了末尾，很切要领，很有断制，（调促情

"〔反《骚》〕"（原作文略，依唐写本改），故辞韵沉膇。[12]班彪、蔡邕，并敏于致〔诘〕（原作语，依唐本改），然影附贾氏，难为并驱耳。[13]胡、阮之吊夷、齐，褒而无〔间〕（原作闻，依唐写本改）；[14]仲宣所制，讥呵实工。[15]然则胡、阮嘉其清，王子伤其隘，各〔其〕（依宋本《御览》增）志也。[16]祢衡之吊平子，缛丽而轻清；[17]陆机之吊魏武，序巧而文繁。[18]降斯以下，未有可称者矣。

急，）令人悲伤。杨雄哀悼屈原，费力很大而收获甚小，因为他是针对《离骚》提出反诘来悼念屈原，所以音调低沉而文辞臃肿。班彪和蔡邕也有吊屈原文，都善于提出诘问，然而形影不离模仿贾谊，很难和贾谊并驾齐驱。胡广和阮瑀追悼伯夷、叔齐，只是颂扬没有批评；王粲作的《吊夷齐文》，讽刺指责实在巧妙。因为胡广、阮瑀仰慕伯夷、叔齐的清高，王粲则悲伤伯夷、叔齐的狭隘，各有各的意图呀。祢衡的《吊张衡文》，语言华丽而寄意清新；陆机的《吊魏武帝文》，序言工巧而吊辞繁缛。从此以后，再没有值得谈论的吊辞了。

注释

1 《尔雅·释诂》："吊，至也。"
2 见《诗·天保》。释文："吊，都历反。"则《诗》中吊读 dì。
3 令：善也，美也。令终：谓尽其天年而死也。
4 《礼记·檀弓》："死而不吊者三：畏、厌、溺。"畏，谓人以非罪攻击自己，不能加以说明，至于死者。厌，同压。行止于危险之地，被压死者。溺，不乘舟船，过水溺死者。
5 《左传》庄公十一年："宋大水，公使吊焉。曰：'天作淫雨，害于粢盛，若之何不吊！'"又，昭公十八年："宋、卫、陈、郑皆火，……（郑）使行人告于诸侯，宋、卫皆如是。陈不救火，许不吊灾，君子是以知陈、许之先亡也。"

6 《左传》昭公八年:"游吉相(陪同)郑伯以如(往)晋,亦贺虒祁(台名)也。史赵见子太叔曰:'甚哉,其相蒙(欺)也。可吊也,而又贺之。'"《燕策》:燕易王初立,齐宣王因燕丧,攻之,取十城。苏秦为燕说齐王,再拜而贺,因仰而吊。虐民:指晋筑虒祁台。构敌:指齐伐燕。

7 以上数句,所以起下文。骄贵殒(yǔn)身,指秦二世。狷(juàn)介乖道,指伯夷、叔齐、屈原。有志无时,指张衡。美才兼累,指魏武。

8 贾谊《吊屈原文》序云:"及渡湘水,为赋以吊屈原。"《诸子》"吕氏鉴远而体周",周:密也。此处"体周",原作"体同",周、同两字,古音对转,可以相假,按照《文心雕龙》通例,不如作周字。

9 《史记·司马相如传》:"常从上至长杨(宫)猎,……还过宜春宫(二世葬宜春苑),相如奏赋,以哀二世行失也。"

10 桓谭评论,不可详考。恻怆(chuàng):悲伤。

11 卒章:指赋"持身不谨兮"以下一段。要切:切要,切合要害也。断而能悲:应指赋言,谓赋吊二世,语有断制而切要,能使人悲。

12 《汉书·杨雄传》:"乃作书,往往摭《离骚》文而反之。自湣山投诸江流,以吊屈原,名曰《反离骚》。"意深反《骚》:杨雄之赋,反诘《离骚》,并非立意反《骚》,所以吊屈也,故云其意深反《骚》也。沉膇(zhuì):《左传》成公六年:"于是乎有沉溺重膇之疾。"注:"沉溺,湿疾;重膇,足肿。"

13 班彪有《悼〈离骚〉》,蔡邕有《吊屈原文》,残文见《艺文类聚》。诘:诘问。敏于致诘:谓善于加以诘问。

14 胡广有《吊夷齐文》,阮瑀有《吊伯夷文》,残文见《艺文类聚》。《论语·泰伯》:"禹,吾无间然矣。"间:间厕之意,引申有"议论"或"批评"之意。

15 王粲有《吊夷齐文》,见《艺文类聚》,不全。讥呵(hē)实工:讥刺呵斥实在精巧。《吊夷齐文》中有"知养老之可归,忘除暴之为念,絜己躬以骋志,衍圣哲之大伦",故云"讥呵实工"。

16 嘉其清:指美伯夷、叔齐之清高。伤其隘(ài):指悲伯夷、叔齐之狭隘。
17 祢衡有《吊张衡文》,见《御览》五九六。
18 《吊魏武帝文并序》见《文选》。

夫吊虽古义,而华辞〔末〕(原作未,依郝懿行改)造[1],华过韵缓,则化而为赋。固宜正义以绳理,昭德而塞违,〔剖〕(原作割,依唐写本改)析褒贬,哀而有正,则无夺伦[2]矣。

虽然说吊辞的意义很古老了,但是文辞华丽的风气盛行以后的吊辞,不免文采过于华丽,音律过于松懈,吊辞就变成了赋。写吊辞应该以正义作为说理的准绳,阐明美德而防止失误,正确地剖析是非来进行褒贬,既要写得悲哀又要合乎真理和正义,这样才是没有错误的好作品了。

注释

1 末造:《仪礼·士冠礼》:"公侯之有冠礼也,夏之末造也。"郑注:"造,作也。自夏初以上,诸侯虽父死子继,年未满五十者,亦服士服,行士礼,五十乃命也。至其衰末,上下相乱,篡杀所由生,故作公侯冠礼,以正君臣也。"郑玄注解,最为清楚。后来注"末造"者,以为末世、衰世、末年、末代,都是错误的。末,就是末世、末代。造是动词,世、代是名词,两者不能混淆。末造指的末代所造作,末造不能训作末世、末代也。此处"华辞末造",讲的是"华辞盛行以后所写作的吊文"。《杂文》"暇豫之末造也",说的是杂文三种是暇豫之余所创作的作品。
2 夺伦:《书·舜典》"八音克谐,无相伦夺",孔安国《传》:"伦,理也。八音能谐,理(条理)不错夺。"

赞曰:辞〔之〕所〔哀〕(原作辞定所衷,依唐写本改)在

总而言之:哀辞所悲恸的,是那些年幼而夭折的人。才长出嫩苗还没有

彼弱弄[1]。苗而不秀[2],自古斯恸。虽有通才,迷方〔失〕(原作告,依唐写本改)控[3]。千载可伤,寓言以送。[4]

吐穗扬花就凋零了,从古以来都感到酸辛。更有的人才高望重,因为迷失方向而沉沦。这也是千秋万代的遗恨,于是后人寄托文辞而哀吊其轻身。

注释

1 弱弄:弱是幼小,弄是戏弄。《左传》僖公九年:"夷吾弱不好弄。"
2 苗而不秀:比喻幼年夭折。《论语·子罕》:"苗而不秀者有矣夫。"秀,言吐穗扬花。
3 通才:指伯夷、叔齐、屈原、魏武等人,不指作家中通才。迷方失控:指文中所言"狷介乖道""美才兼累"的古人,不是指作家写的"华过韵缓,化而为赋"的作品,范注似误。
4 寓:寄托。送:犹言追悼。

杂　文

导读

在本书的《总术》中，把文体里叶韵的叫作文，不叶韵的叫作笔。从《明诗》到《哀吊》，在于论述有韵各体的文；从《史传》到《书记》，在于论述无韵各体的笔。中间夹入《杂文》《谐讔》两篇，谐讔之事多载于史传，故以之为《史传》篇前引，谐与讔又部分叶韵，不宜径入于笔，故次于文笔之间。

本篇主要论述了"对问""七发""连珠"三种文体；并兼述了典、诰、誓、问、览、略、篇、章、曲、吟、操、弄、引、讽、谣、咏，总括韵文中未曾论及的各体，是论文的补遗，它兼及的文体很多很杂，所以篇名叫《杂文》。

对问、七发、连珠三种文体，在历史上作品并不多，影响却不小。昭明太子《文选》也列入这三体，可见当时人对它们的重视。本篇在"选文定篇"中，简略介绍了各体发展概况，推举了一些名篇，值得我们注意。

原文

智术之子，博雅之人，藻溢于辞，辨（原作辞，依唐写本改）盈乎气，苑囿文情，故日新殊致。[1] 宋玉含才，颇亦负俗，始造《对问》，以申其志，放怀寥廓，气实使〔文〕（原作之，依唐写本改）。[2] 及枚

译文

那些聪明而又有专长的人，才学广博见识高雅的人，言辞极有文采，辨析充满才气，所以在创作领域中，天天都有新的特殊式样的作品出现。宋玉充满才情，但也受世人指责，首先创作了《对楚王问》，来发泄他的志趣，放怀于寥廓的天地之间，真是逸气纵横。枚乘摹声绘色，最早写了《七发》，丰富的

乘摘艳,首制《七发》,腴辞³云构,夸丽风骇。盖七窍所发,发乎嗜欲,始邪末正,所以戒膏粱之子也。⁴杨雄覃思文〔阁〕(原作阔,依《御览》《玉海》改),业深综述,碎文琐语,肇为《连珠》,其辞虽小而明润矣。⁵凡此三者,文章之枝派,暇豫之末造也。⁶

辞藻如云霞变幻,夸饰的文采像狂风怒吼。因为七窍所引起的疾病,总是由于嗜好,所以文章中先谈声色之好,然后教以正确的养生道理,是这样地来劝诫高门大第的楚太子啊。杨雄住在天禄阁,沉默地钻研问题,他造诣极深,善于综合事理,更利用零碎的文辞和琐细的言语,最先创作了《连珠》,《连珠》虽然短小,却珠明而玉润。以上三种作品,都是文章中的支流,是人们在闲暇和欢乐之余的创作呀。

注释

1 苑囿(yòu):禽兽草本聚集之地,用以比喻创作领域,文情丰茂。致:情态、意致。殊致:不同情态,特殊式样。
2 宋玉有《对楚王问》。负俗:遭俗人讥笑。《对楚王问》中有楚王问曰:"先生其有遗行与?何士民众庶不誉之甚也。"故本篇云"颇亦负俗"。文中又有宋玉对曰:"故鸟有凤而鱼有鲲。凤凰上击九千里,绝云霓,负苍天,足乱浮云,翱翔乎杳冥之上;夫蕃篱之鷃,岂能与之料天地之高哉!鲲鱼朝发昆仑之墟,暴鬐于碣石,暮宿于孟诸;夫尺泽之鲵,岂能与之量江海之大哉!故非独鸟有凤而鱼有鲲也,士亦有之。"故本篇云"放怀寥廓"。
3 腴(yú)辞:谓丰美的文辞。
4 七窍(qiào):耳、目、口、鼻七孔。《庄子·应帝王》:"人皆有七窍,以视、听、食、息。"《七发》始论声色游逸之事,后论要言妙道,故云"始邪末正"。

5 覃（tán）思：深思。《后汉书·文苑传·侯瑾传》"覃思著述"，注："覃，静也。"《汉书·杨雄传赞》："雄校书天禄阁。"

6《晋语》："优施曰：'我教兹暇豫事君。'"注："暇，闲也；豫，乐也。"末造：注已前见。

自《对问》以后，东方朔效而广之，名为《客难》，托古慰志，疏而有辨。[1] 杨雄《解嘲》，杂以谐〔调〕（原作谑，依唐写本改），回环自释，颇亦为工。[2] 班固《宾戏》，含懿采之华；[3] 崔骃《达旨》，吐典言之〔式〕（原作裁，依唐写本改）；[4] 张衡《应间》，密而兼雅；[5] 崔寔《答〔原作客，依范改〕讥》，整而微质；[6] 蔡邕《释诲》，体奥而文炳；[7] 〔郭璞〕（原作景纯，依唐写本改）《客傲》，情见而采蔚；[8] 虽迭相祖述，然属篇之高者也。至于陈思《〔辩〕（原作客，依范校）问》，辞高而理疏，[9] 庾敳《客咨》，意荣而文悴。[10] 斯类甚众，无所取裁矣。[11] 原兹文之设，乃发愤以表志。身挫凭乎道胜，时

自从宋玉写了《对楚王问》以后，东方朔便进行仿效而且推广了它，作了一篇文章叫作《答客难》，依托古今时代不同来安慰自己，条达通畅而说理明白。杨雄写的《解嘲》，通过别人对他的诙谐和嘲笑，然后自己反复加以解释，文章作得相当工巧。班固写了《答宾戏》，是一枝艳丽的鲜花；崔骃写了《达旨》，开创了言辞典雅的模式；张衡的《应间》，绵密而雅正；崔寔的《答讥》，在工整中带质朴；蔡邕的《释诲》，内容深奥而文采彪炳；郭璞的《客傲》，情感显豁而华彩茂盛；虽然他们彼此相继承，却都是写文章的高手啊！至于陈思王的《辩问》，文辞虽高而说理不精密；庾子嵩的《客咨》，内容虽美而言辞憔悴。这样的作品很多，就不需再加评论了。推考这种文章形式的出现，都是作者为了发泄内心不平，用来申述自己的志趣。如果作者遭受了挫折也能克制自己，虽然时运

屯寄于情泰,[12] 莫不渊岳其心,麟凤其采,此立体(原作本,依唐写本改)之大要也。[13]

不济仍旧安之若素,既有渊渟岳峙般的襟怀,又有麟角凤毛似的文采,这就达到了创作"答问"的主要要求了。

注释

1 东方朔《答客难》,见《汉书》本传。托古慰志:托用古今时代不同,自行开解。疏:谓条理通畅。辨:谓说理明白。

2 杨雄《解嘲》,见《汉书》本传。调:嘲也。文中用时世不同、处境各异相对比,所以说"回环自释"。

3 班固《答宾戏》,见《汉书·叙传》。着眼在守正道,不求名利,以答宾戏。

4 崔骃《达旨》,见《后汉书》本传。

5 张衡《应间》,见《后汉书》本传。间,非也。应间:答非诽者之辞。

6 《答讥》见《全后汉文》。《后汉书》本传:"所著碑、论、箴、铭、答、七言、祠文、表记、书凡十五篇。"答就是指《答讥》。

7 蔡邕《释诲》,见《后汉书》本传。

8 郭璞《客傲》,见《后汉书》本传。

9 陈思王曹植的《辩问》,已散失。《文选·张景阳杂诗》注,引陈思《辩问》。《文心雕龙》此处之《客问》,疑即《辩问》也。

10 庾敳:《晋书》有传,字子嵩。《客咨》今佚。

11 取裁:犹言予夺。

12 《史记·礼书》:"自子夏,门人之高弟也。犹云:出见纷华盛丽而说(悦),入闻夫子之道而乐,二者心战,未能自决。"所云"入闻夫子之道而乐",即所谓"道胜"也。

13 渊岳其心:渊渟岳峙,像渊深山高。

自《七发》以下,作者继踵。观枚氏首唱,信独拔而伟丽矣。[1]及傅毅《七激》,会清要之工;[2]崔骃《七依》,入博雅之巧;[3]张衡《七辩》,结采绵靡;[4]崔瑗《七〔苏〕(原作厉,依范校)》,植义纯正;[5]陈思《七启》,取美于宏壮;[6]仲宣《七释》,致辨于事理;[7]自桓麟《七说》以下,[8]左思《七讽》以上,[9]枝附影从,十有余家。[10]或文丽而义睽,或理粹而辞驳。[11]观其大抵所归,莫不高谈宫馆,壮语畋猎。[12]穷瑰奇之服馔,极蛊媚之声色。[13]甘意摇骨〔髓〕(原作体,依唐写本改),艳辞动魂识,虽始之以淫侈,而终之以居正。[14]然讽一劝百,势不自反,子云所谓〔犹〕(原作先,依《汉书·司马相如传》改)骋郑、卫之声,曲终而奏雅者也。[15]唯《七苏(原

自从《七发》以后,写"七"体的作家接连不断。现在看一看枚乘最早写的这篇文章,真是超群出众奇特艳丽极了。后来傅毅作的《七激》,达到了清新扼要的境地;崔骃作的《七依》,创造了宏博典雅的技巧;张衡的《七辩》构辞绵密华丽;崔瑗的《七苏》用意纯粹正大;陈思王写的《七启》好就好在恢宏壮阔;王仲宣写的《七释》妙就妙在说理明白;从桓麟作的《七说》以下,到左思作的《七讽》以上,如枝附主干,影随物形,作"七"体的还有十多家。有的文采虽然华丽却意义乖违,有的道理虽纯正却语言杂乱。观察这些作家的主要倾向,没有不高谈宫殿馆阁、阔论游逸田猎的。尽量地写出珍贵奇异的服装饮食,夸张地刻画些使人迷惑的声乐女色。甜蜜的意思使人的骨头都发软,艳丽的言辞使人的心魂也动摇,虽然文意的开始是如此地过分奢淫,结尾还是谈一点做人的正道。但是教人以正道的极少,劝人以逸乐的甚多,其结果必然使人流连忘返。正如杨子云所说的:本来是鼓吹郑、卫的淫声,到了结尾却奏点雅乐来装潢门面啊。只有《七苏》论

作厉,依范改)》叙贤,归以儒道,虽文非拔群,而意实卓尔矣。[16]

述的是贤人君子,归结的是儒家大道,虽然它的形式很平常,内容却非常杰出呀。

注释

1 伟:同玮,珍奇也。

2《七激》见《艺文类聚》。全文不像《七发》那样辞藻富丽,所以说"会清要之功"。

3《七依》残缺,见《全后汉文》。

4《七辩》残缺,见《全后汉文》。

5 范注据本传改作《七苏》。

6《七启》见《文选》。

7《七释》残缺,《全后汉文》有辑佚。

8 桓麟附见《后汉书·桓荣传》,字元凤。《七说》残文见《全后汉文》辑佚。

9《指瑕》:"左思《七讽》,说孝而不从,反道若斯,余不足观矣。"今佚。

10 枝附影从:枝附主干,影从物形。

11 暌(kuí):乖违。粹:精粹。驳:杂乱。

12 大抵:大都,大概。

13 瑰奇:珍贵奇异。蛊(gǔ)媚:迷惑。

14 即"始邪末正"之意。

15《汉书·司马相如传赞》:"相如虽多虚辞滥说,然要其归,引之于节俭,此亦《诗》之风谏何异。杨雄以为靡丽之赋,劝百而风一,犹骋郑、卫之声,曲终而奏雅,不已戏乎?"刘勰认为"七"体诸篇,颇如杨雄所说。

16 谓《七苏》文辞不能出众,用意却很高。

自《连珠》以下，拟者间出。[1]杜笃、贾逵之曹，[2]刘珍、潘勖之辈，[3]欲穿明珠，多贯鱼目。[4]可谓寿陵匍匐，非复邯郸之步；[5]里丑捧心，不关西〔子〕（原作施，依《御览》改）之〔颦〕（原作嚬，依《御览》改）矣。[6]唯士衡运思，理新文敏，而裁章置句，广于旧篇。[7]岂慕朱仲四寸之珰乎！[8]夫文小易周，思闲可赡。[9]足使义明而词净，事圆而音泽，磊磊[10]自转，可称珠耳。

自从杨雄创始《连珠》以后，模拟的人时或有之。杜笃、贾逵那些人，刘珍、潘勖等作家本来想把晶莹明润如珠的字句穿成一串，结果把些鱼眼珠连贯起来了。这真像燕国那个寿陵人用手爬回家，并没有在赵都邯郸学会走路一样；又和历史上那个丑女子捧心相同，一点也不像美女西施的皱眉啊。只有陆士衡构思《演连珠》，意义清新而文辞畅达，并且他在剪裁章次、安排辞句等方面，都扩大了杨雄的《连珠》。这岂羡慕仙人朱仲的四寸大珠！凡是创作短小的文章，构思就容易精密；心里安闲的时候，考虑问题就可以周详。只有写出来的意义鲜明而语言洁净，事理圆通而声音温润，每个字都能流转自如，这才够得上叫作"连珠"啊。

注释

1 《连珠》指杨雄所作。间出：间或出现，偶然出现。

2 《后汉书·文苑传·杜笃传》："字季雅"，"所著赋、诔……及杂文凡十八篇"。未及《连珠》，或者在杂文中，今佚。《后汉书·贾逵（kuí）传》："字景伯。"所著书中有《连珠》，然今佚。

3 《后汉书·文苑传·刘珍传》："字秋孙。"所著书中有《连珠》，然今佚。潘勖见《魏志·卫觊（yǐ）传》及注引《文章志》，字元茂。《连珠》见《艺文类聚》。

4 贯、串一字,穿也。《韩诗外传》:"鱼目似珠。"
5 《庄子·秋水》:"且子独不闻寿陵余子之学行于邯郸与?未得国能,又失其故行矣,直匍匐而归耳。"匍匐:爬行。
6 《庄子·天运》:"故西施病心而矉其里,其里之丑人见而美之,归亦捧心而矉其里。"
7 陆机《演连珠》五十首,见《文选》。
8 《列仙传》:"朱仲者,会稽人也。常于会稽市上贩珠……鲁元公主复私以七百金从仲求珠。仲献四寸珠,送置于阙即去。"
9 周:密也。闲:暇也。赡:足。
10 磊磊:圆转之貌。

详夫汉来杂文,名号多品。或典、诰、誓、问,[1] 或览、略、篇、章,[2] 或曲、操、弄、引,[3] 或吟、讽、谣、咏,[4] 总括其名,并归杂文之区;甄别其义,各入讨论之域;[5] 类聚有贯,[6] 故不曲述。	详细考察汉代以来的杂文,名称多种多样。有典、诰、誓、问;有览、略、篇、章;又有曲、操、弄、引;又有吟、讽、谣、咏。这些体裁可以总括起来给它们一个名称,叫作杂文。要研究这些体裁的意义,各有各的讨论范围,因为它们与其他体裁也相互联系,所以在这里就不拐弯抹角论述了。

注释

1 汉代以前已有典,如《尧典》《舜典》。汉人杨雄在《剧秦美新》中谈过要命人作《帝典》,《后汉书·文苑列传》载,李尤著述中有《哀典》。汉前有《大诰》《康诰》等。汉冯衍有《德诰》,张衡有《东巡诰》。誓在汉前有《汤誓》《牧誓》,汉有蔡邕《艰誓》。问即策问之类。汉文帝有《策贤良文学诏》,武帝有《策贤良制》。

2《吕氏春秋》有《八览》,刘歆有《七略》。篇在汉前有《史籀编》《仓颉篇》,汉司马相如有《凡将篇》。章是否即章表之章,或《楚辞·九章》或史游《急就章》之类,仅供参考。

3《文体通释》:曲出师旷《阳春白雪曲》,汉有琴、笛、铙、挽等曲。操有许由《箕山操》、伯奇《履霜操》、孔子《猗兰》《龟山》《将归》三操。弄:《文选》注:"小曲也。"见王褒、马融等人赋注,可知汉人有"弄"。引:《文体通释》:"源出楚樊姬《烈女引》。"此后作之甚多。

4 吟:《白头吟》,相传为卓文君作。讽:旧以韦孟《讽谏诗》为例,但很难说就是"讽"体。谣:《古谣谚》所载极多。咏:旧以夏侯湛《离亲咏》、谢安《洛生咏》为例。总之,刘勰想在此概括本书未及专篇论述之韵文各体而已,古人命篇,偶然名体,以上十六名未必皆成一体;命篇名体者,也不必止于十六也。

5 总论十六体,可以归入杂文,也可按其意义,另入他体讨论。

6 类聚有贯:谓以类相聚,互相连贯也。

赞曰:伟矣前修,学坚〔才〕(原作多,依唐写本改)饱。[1] 负文余力,飞靡弄巧。[2] 枝辞攒映,嘒若参昴。[3] 慕〔颦〕(原作嚬,依前改)之〔徒〕(原作心,依唐写本改),〔心〕(原作于,依唐写本改)焉只搅。[4]

总而言之:前代杰出的作者,学问坚实而才力丰饱。他们运用著述的剩余的精力,飞舞文墨玩弄技巧。创作出小巧而明亮的杂文,正像星星中光辉灿烂的参和昴。至于那些丑人却想学美女西施皱眉,只是自寻烦恼。

注释

1 前修:前贤,前代作者。《离骚》:"謇吾法夫前修兮。"

2 负文余力:承上文"暇豫之末造",所以此处说"负文余力"。

3 枝辞攒映：承上文"其辞虽小而明润矣"，所以此处说"枝辞攒映"。嘒（huì）：明亮貌。参（shēn）昴（mǎo）：两星名。
4 心焉只搅（jiǎo）:《诗·何人斯》:"只搅我心。"

谐 䜏

（原作谐隐，依唐写本改）

导读

　　谐是诙谐之辞，䜏是隐匿之言，谐辞和隐言是两种文体。本文旨在论述谐辞和隐言，故用《谐䜏》名篇。䜏是本字，隐是借字，故依唐写本用本字。

　　作者以政治和道德为标准衡量谐䜏的好坏，认为有的谐辞"谲辞饰说，抑止昏暴"，有的䜏语"大者兴治济身，其次弼违晓惑"，那是应该肯定的。反对那些"诋嫚媟弄"，被人"见视如倡"；反对那些人身攻击的诙谐，认为"有亏德音"；也反对那些徒然"博举品物"的谜语，认为"虽有小巧，用乖远大"。

　　刘师培《中国中古文学史讲义·宋齐梁陈文学概略》里说：

　　　　四曰：谐隐之文，斯时益甚也。谐隐之文，亦起源古昔。宋代袁淑，所作益繁。惟宋、齐以降，作者益为轻薄，其风盖昌于刘宋之初。嗣则下铄、丘巨源、卞彬之徒，所作诗文，并多讥刺。梁则世风益薄，士多嘲讽之文，而文体亦因之愈卑矣。

　　可见刘勰作《谐䜏》，不仅是略备文体的一格，而且是"有的放矢"，为了针砭时弊的。

　　本篇在第一段里所举"睅目"之讴，"侏儒"之歌，出自《左传》，而"蚕蟹"鄙谚，"狸首"淫哇，又载于礼典。作者既是以宗经征圣来论述谐䜏的，也是以宗经征圣来反对六朝风气的。

原文

芮良夫之诗云"自有肺肠，俾民卒狂"。[1]夫心险如山，口壅若川，怨怒之情不一，欢谑之言无方。[2]昔华元弃甲，城者发"睅目"之讴；[3]臧纥丧师，国人造"侏儒"之歌，[4]并嗤戏形貌，内怨为〔诽〕（原作俳,依范校）也。[5]又"蚕蟹"鄙谚，[6]"狸首"淫哇，[7]苟可箴戒，载于礼典，故知谐辞隐言，亦无弃矣。

译文

芮良夫的诗说："自己别具一副心肠，害得老百姓都发狂。"人们的心肠比高山还要险阻，老百姓嘴巴比大江还难堵塞，因为人们的感情怨怒无常，所以老百姓嬉笑嘲讽的办法也就各色各样了。过去宋国的华元因为吃了败仗，当他回宋去巡看筑城时，筑城的人便唱"睅其目"这首歌指责他；鲁国的臧纥因为丧失了军队，鲁国人便作"侏儒"这首诗讥笑他。都嗤笑了失败者的相貌，因为人们内心埋怨，所以表现出无情的讽刺啊。还有，像"蚕则绩而蟹有匡"那样鄙俗的民谣，"狸首之斑然"那样淫艳的歌唱，只要可以进行针砭和劝诫，便记载到《礼记》中了。所以我们可以知道，对于谐辞和谵语，圣人是并不抛弃的。

注释

1 《诗·桑柔》序："芮伯刺厉王也。"《左传》文公元年引《桑柔》，以为芮良夫之诗。自：指厉王。俾：使也。卒：尽也。
2 《庄子·列御寇》："孔子曰：凡人心险于山川，难于知天。"《国语·周语》："防民之口，甚于防川。川壅而溃，伤人必多。……若壅其口，其与能几何？"
3 《左传》宣公二年，郑伐宋，"宋师败绩，囚华元，……华元逃归。……宋城，华元为植，巡功。城者讴曰：'睅其目，皤（大腹貌）其腹，弃甲而复。于思（sāi）于思，弃甲复来。'"睅：出目貌。

4 《左传》襄公四年：臧纥（hé）救鄫（zēng），侵邾，败于狐骀。国人诵之曰："臧之狐裘，败我于狐骀。我君小子，侏儒是使。侏儒侏儒，使我败于邾。"侏儒：短小貌。

5 范文澜云："俳当作诽。放言曰谤，微言曰诽。内怨，即腹诽也。"

6 《礼记·檀弓》："成人有其兄死，而不为衰（cuī）者，闻子皋将为成宰，遂为衰。成人曰：'蚕则绩而蟹有匡，范（蜂也）则冠而蝉有緌（ruí），兄则死而子皋为之衰。'"

7 《礼记·檀弓》："孔子之故人曰原壤，其母死，夫子助之沐椁，原壤登木曰：'……狸（lí）首之斑然，执女手之卷然。'"

谐之言皆也。辞浅会[1]俗，皆悦笑也。昔齐威酣乐，而淳于说"甘酒"；[2]楚襄宴集，而宋玉赋《好色》；[3]意在微讽，有足观者。及优旃之讽漆城，优孟之谏葬马，[4]并谲辞饰说，抑止昏暴。是以子长编史，列传《滑稽》，以其辞虽倾回，意归义正也。[5]但本体不雅，其流易弊。[6]于是东方、枚皋，餔糟啜醨，无所匡正，而诋嫚媟弄，故其自称为赋，乃亦俳也。[7]见视如倡，亦有悔矣。至魏

谐的意义就是皆。因为谐辞浅显适合群众的口味，大家都喜爱它而且被它引得发笑。过去齐威王爱饮酒作乐，淳于髡便大谈饮酒；楚襄爱宴会后宫，宋玉便写了《登徒子好色赋》。他们的用意在于巧妙地进行讥讽，所以是可取的。还有优旃讽刺秦二世油漆城墙，优孟谏诫楚庄王以大夫礼葬马，都是运用诡怪的言辞和粉饰过的语言，阻止了昏庸暴虐的举动。所以司马子长著《史记》，把他们收到《滑稽列传》里，因为他们的话虽然像开玩笑，用意却非常正直呀。但是谐辞的本身总是不典雅的，发展下来就容易产生弊病。东方朔、枚皋那些人，只是拾了别人的残渣剩酒，(平常的诙谐，)对君主的错误并无所纠正，只是嫚

〔人〕（原作文，今校改）因俳说以著《笑书》。[8] 薛综凭宴会而发嘲调，虽抃〔笑〕（依杨明照补）〔帷〕（原作推，今依范改）席，而无益时用矣。[9] 然而懿文之士，未免枉辔[10]；潘岳《丑妇》之属[11]，束皙《卖饼》之类[12]，尤而效之，盖以百数[13]。魏、晋滑稽，盛相驱扇，遂乃应场之鼻，方于盗削卵；[14] 张华之形，比乎握舂杵。[15] 曾是莠言，有亏德音，岂非溺者之妄笑，胥靡之狂歌欤！[16]

侮别人供主子狎亵，（他们所写的东西）虽然自认为是赋，其实是杂耍。被别人当作倡伎一样，他们也有些后悔吧。到了曹魏时代的邯郸淳，把那些逗人玩笑的话编成《笑书》，薛综在接待外宾的宴会上，即席说些俏皮话，虽然引起了席上的掌声，对于时事却并没有益处。但是一些文人学士，总不免爱好谐辞，像潘岳《丑妇赋》那些东西，束皙《卖饼赋》这类作品，明知其不对却互相仿效，这样的创作数以百计。魏、晋的这种幽默滑稽，一时成为风气互相影响，甚至把应场的鼻子比方为被小偷削了一半的蛋，把张华的头说成是拿着捣蒜的杵。本来是丑话，损害了自己的德行，（却反以为得意，）真是淹在水里还痴笑，受了刑还放声高歌啊！

注释

1 会：合也。

2 《史记·滑稽列传》："齐威王之时，喜隐，好为淫乐长夜之饮，沉湎不治。"淳（chún）于髡（kūn）微言以讽之，然后告之以正日："酒极则乱，乐极则悲，万事尽然，言不可极，极之而衰。"

3 宴集：当指会合近臣燕饮后宫而言，不然，与宋玉好色无关。《好色赋》见《文选》。

4 《史记·滑稽列传》："优旃（zhān）者，秦倡侏儒也。……二世立，又欲漆其城。优旃曰：'善，主上虽无言，臣固将请之。漆城虽于百姓愁费，然佳哉。漆城荡荡,寇来不能上。即欲就之,易为漆耳,顾难为荫室。'于是二世笑之,以其故止。"又:"优孟者,故楚之乐人也。……楚庄王之时,有所爱马。……马病肥死,……欲以棺椁(guǒ)大夫礼葬之。……优孟曰:'……薄,请以人君礼葬之'……'臣请以雕玉为棺,文梓为椁,梗枫豫章为题凑,发甲卒为穿圹,老弱负土,齐赵陪位于前,韩魏翼卫其后。庙食太牢,奉以万户之邑,诸侯闻之,皆知大王贱人而贵马也。'"

5 子长:司马迁,字子长。倾回:犹今言歪邪。

6 谐辞以幽默诙谐为本体,故曰"本体不雅"。

7《楚辞·渔父》:"何不餔其糟而啜(chuò)其醨(lí)。"醨:薄酒。《汉书·东方朔传》:"上令倡监榜郭舍人。舍人不胜痛,呼謈。朔笑之曰:'咄,口无毛,声謷謷,尻益高。'舍人恚曰:'朔擅诋欺天子从官,当弃市。'上问朔:'何故诋之?'对曰:'臣非敢诋之,乃与为隐耳。'上曰:'隐云何?'朔曰:'夫口无毛者,狗窦也;声謷謷者,鸟哺鷇也;尻益高者,鹤俯啄也。'"余不尽录。《汉书·枚乘传》:"皋不通经术,诙笑类俳倡,为赋颂好嫚戏,以故得媟黩贵幸,……又言为赋,乃俳,见视如倡,自悔类倡也。"诋(dǐ):诽也。嫚(màn):轻视。媟(xiè):狎侮。俳(pái):戏也。

8 魏文帝《笑书》,前人无著录。人,原作文,原注"元作大",疑皆"人"字之误。邯郸淳,魏人,有《笑书》。

9《三国志·吴书·薛综传》:"西使张奉于权前,列尚书阚泽姓名以嘲泽,泽不能答。综下行酒,因劝酒曰:'蜀者何也?有犬为独,无犬为蜀。横目〔勾〕(原作苟,依裴注改)身,虫入其腹。'奉曰:'不当复列君吴邪?'综应声曰:'无口为天,有口为吴,君临万邦,天子之都。'于是众坐喜笑。"抃(biàn)推席:校作"抃笑帷席",即"众坐喜笑"。抃,娱乐之意。

10 枉辔:犹言枉驾。

11 潘岳的《丑妇赋》,今未见。

12 《续古文苑》有束皙《卖饼赋》。《晋书·束皙传》："字广微","尝为《劝农》及《饼》诸赋,文颇鄙俗,时人薄之"。
13 《左传》僖公廿四年："尤而效之,罪又甚焉。"尤同訧,今言过错。
14 滑稽:旧以盛酒器释之,流出不断。今以为双声连辞,《庄子·齐物论》"滑疑之耀",滑疑即滑稽,小智慧之意。应场(yáng)事未闻。盗削卵:被小偷削去一半的蛋,讥其鼻大也。
15《世说新语·排调》注引《张敏集》载《头责子羽文》,说"范阳张华","头如巾斋杵"。谓头上着巾,形如斋杵也。握春杵:大意是像拿着捣米的杵。
16《诗·正月》:"蒌言自口。"蒌(yǒu):丑也。《吕氏春秋·大乐》:"溺者非不笑也,罪人非不歌也。"溺者:淹入水中的人。胥靡:犯罪的人。

讔者,隐也;遁辞以隐意,谲譬以指事也。[1]昔还社求拯于楚师,喻眢井而称麦曲;[2]叔仪乞粮于鲁人,歌佩玉而呼庚癸;[3]伍举刺荆王以大鸟,[4]齐客讥薛公以海鱼;[5]庄姬托辞于龙尾,[6]臧文谬书于羊裘;[7]隐语之用,被于《记(原作纪,依范校)》《传》。[8]大者兴治济身,其次弼违晓惑。盖意生于权谲,而事出于机急,与夫谐辞,可相表里者也。汉世《隐书》十有八篇,

讔的意思,就是隐;就是避免正面的言辞来隐藏某种意义,用巧妙比喻来影射某种事物。以前还无社向申叔展求救,便是用"麦曲"和"眢井"作隐语;申叔仪向公孙有山借粮,他们便唱"佩玉"、喊"庚癸"来影射;伍举曾经拿"大鸟"来讽刺楚庄王,齐人曾经用"海鱼"来讥笑靖郭君;楚庄姬假托"龙无尾"要楚襄王注意后嗣;臧文仲诡称"组羊裘"要鲁国遣兵备战。运用隐语,在《史记》和《左传》等书中都记载了的。隐语的作用从大的方面说,可以振兴国家使自己名声显达;从次要的方面说,可以纠正过失使人知道错误。虽然用隐语是出于权宜巧诈,由于迫切需要,它

歆、固编文,录之〔赋〕(原作歌,依李详改)末。⁹昔楚庄、齐威,性好隐语。至东方曼倩,尤巧辞述。¹⁰但谬辞诋戏,无益规补。自魏代以来,颇非俳优,而君子嘲隐,化为谜语。¹¹谜也者,回互其辞,使昏迷也。或体〔貌〕(原作目,今改)文字,或图象品物,¹²纤巧以弄思,浅察以衒辞,义欲婉而正,辞欲隐而显。荀卿《蚕赋》,已兆其体。¹³至魏文、陈思,约而密之;高贵乡公¹⁴,博举品物,虽有小巧,用乖远大。夫观古之为隐,理周要务,岂为童稚之戏谑,搏髀而抃笑哉!

和谐辞是一种相辅相成的创作。西汉有十八篇《隐书》,刘歆和班固编书目,把它摆在赋的末尾。过去楚庄王、齐威王生性爱好隐语,到了东方曼倩,更是擅长隐语,但是,只是用来挖苦和嬉戏别人,没有规劝别人的作用。从魏代以来,有点看不起倡伎和弄臣,于是士大夫把用作嘲笑的隐语,演化为谜语。所谓谜语,就是转换变化其文辞,使人昏迷不易理解的作品。有的描摹字形,有的刻画物体,以细小的聪明来卖弄才情,用浅薄的见识来炫耀文采。但谜语的用意必须委婉而雅正,铸辞必须含蓄而准确。荀卿的《蚕赋》,早已是谜语的萌芽了。魏文帝和陈思王的谜语,写得精练而细致;高贵乡公写了各种事物的谜语,虽有小聪明,却不知治国大体。考察古人之所以造隐语,总是关系到重大的事务,难道是供孩子们嬉戏,逗人拍着大腿鼓着掌开心吗?

注释

1 《孟子·公孙丑》:"遁辞知其所逃。"遁:逃也。遁辞:逃离正面的话。谲(jué)譬以指事:转弯抹角来指明事实。

2 还(xuán)社:还无社,萧大夫。还无社认识楚大夫申叔展,向叔展求救。双方都用的是隐语。事见《左传》宣公十二年,文长不录。智(yuān)井:枯井。麦曲(qū):制酒之物,可以御湿。申叔展问还无社有没有御湿的麦曲,意思是叫他躲在泥水中。还无社回答没有,打算躲在枯井里。后来申叔展救出了还无社。

3 叔仪:申叔仪,吴国大夫。事见《左传》哀公十三年,文长不录。申叔仪向鲁大夫公孙有山借粮,双方也都是用的隐语。叔仪唱了一首歌,第一句说的是"佩玉繠(ruǐ)兮",意思是缺粮缺水。庚在西方,主谷;癸在北方,主水。公孙有山说:"我登首山喊:'庚癸吗?'你说:'是的。'我会给你粮和水。"

4 荆:楚国。《史记·楚世家》:"庄王即位,三年不出号令,日夜为乐。……伍举曰:'愿有进隐。'曰:'有鸟至于阜,三年不蜚(同飞)不鸣,是何鸟也?'庄王曰:'三年不蜚,蜚将冲天;三年不鸣,鸣将惊人。举退矣,吾知之矣。'"

5《战国策·齐策》:靖郭君将城薛,齐客谏曰:"君不闻大鱼乎?网不能止,钩不能牵,荡而失水,则蝼蚁得意焉。今夫齐,亦君之水也。君长有齐阴,奚以薛为?失齐,虽隆(高也)薛之城到于天,犹之无益也。"靖郭君:薛公。

6《列女传·辩通》:(楚)庄姬(jī)见楚顷襄王曰:"大鱼失水,有龙无尾,墙欲内崩,而王不视。"王问之。对曰:"大鱼失水者,王离国五百里也;……有龙无尾者,年既四十,无太子也。……墙欲内崩而王不视者,祸乱且成而王不改也。"

7 事见于《列女传》的《仁智篇》。臧文仲,鲁大夫,文长不录。大意是:臧文仲使于齐,齐拘之而兴兵,欲袭鲁。文仲为书隐语告鲁,其中有"食猎犬,组羊裘"两句,言鲁须"飨战斗之士,而缮甲兵",准备战争。

8《记》:指《史记》。《传》:指《左传》。

9《汉书·艺文志》杂赋十二家,《隐书》在杂赋末尾。歆(xīn)、固编文:指刘歆、班固编写《七略》和《汉书·艺文志》。

10《汉书·东方朔传》:朔字曼倩(qiàn),"指意放荡,颇复诙谐,辞数万言";又《叙传》:"东方赡辞,诙谐倡优。"故云"尤巧辞述"。

11 谜语一词，或始于魏；谜语之作，则早已有之。

12 体貌两字，原作体目。案下文说"图象品物"，体貌正与图象相对仗。本书以体与貌相对而言的极多，此不具引。体貌文字：今天的"射字谜语"。图象品物：今天的"射物谜语"，下文说的"荀卿《蚕赋》"，就是射物谜语。

13 《蚕赋》：荀子《赋篇》之一。兆：坼也，引申有开的意思。

14 高贵乡公：曹髦（máo），《魏志》有传。

然文辞之有谐讔，譬九流之有小说。盖稗官所采，以广视听。[1] 若效而不已，则髡、〔朔之〕（原作衵而，依纪校改）入室，旃、孟之石交乎。[2]

文学作品中有谐辞和隐语，就如《艺文志》的十家九流中有小说家一样。它们都是政府低职官吏所采集，用来扩大帝王的视听。假若仿效谐辞隐语而不流于嘲戏过分的话，那也就成为淳于髡、东方朔的高徒，优旃、优孟的知心朋友了。

注释

[1] 《汉书·艺文志》："诸子十家，其可观者，九家而已。"又："小说家者流，盖出于稗官，街谈巷语，道听涂说者之所造也。"师古曰："稗官，小官。"

[2] 已：甚也，过分之意。《礼记·檀弓》："无乃已重乎！"《孟子·离娄》："仲尼不为已甚者。"此已字与"已重""已甚"之已同义。过分也。髡：淳于髡。朔：东方朔。旃：优旃。孟：优孟。《论语·先进》："由也升堂矣，未入于室也。"石交：金石之交，好朋友。《史记·苏秦列传》："此所谓弃仇雠而得石交者也。"

赞曰：古之嘲〔讔〕（原作隐，今改），振危释惫[1]。虽有丝麻，无弃菅蒯[2]。会义适时，[3]颇益讽诫。空戏滑稽，德音大坏[4]。

总而言之：古代人的谐辞和隐语，在于用来解救危急和开脱滞碍。虽然有了纺织布帛的丝麻，却不应抛弃掉搓绳做草鞋的菅和蒯。谐和讔如果用得合理和及时，那将有益于讽刺和劝诫。如果只是用来开玩笑，那就要使它的名声大坏。

注释

1 嘲：本义是嘲笑，这里指谐辞。《滑稽列传序》："谈言微中，亦可以解纷。"解纷，即振危释惫。惫（bèi）：困乏。
2 菅蒯（jiān kuǎi）：皆草名。菅，茅属，宜为绳索。蒯：菅属，可以为屦。《左传》成公九年："诗曰：虽有丝麻，无弃菅蒯。虽有姬姜，无弃蕉萃。凡百君子，莫不代匮。"
3 会义：合义。适时：恰当其时。
4《诗·狼跋》："德音不瑕。"

史　传

[导读]

　　四部之书：经、史、子、集。萧统《文选序》中明确提出不选经书、子书和史书，那么文学作品自然以集部为主了。但是，其界限难以截然划分，经书中的《诗》当然是文学，史部中收录的许多作家的作品，也是文学。经、史、子的作者，事实上他们的创作能力很强，一身而二任者并不少。而且经、史、子本身的文学性很强，文学价值很高，并不能排除在文学之外。刘勰把经书作为评文的标准，把史传和诸子列为文体的一种也是有道理的。

　　刘勰虽然把史籍当作文学的一种体裁，却没有把它重点从文学角度研究，而主要是把它从史学角度衡量，他评史的眼光，并没有超越正统史学家的窠臼，征圣宗经的观点，表现得很突出，主张"立义选言，宜依经以树则；劝戒与夺，必附圣以居宗：然后诠评昭整，苛滥不作矣"。唐人刘知幾的《史通》，某些观点，也滥觞于本文，然而《史通》论述的面之广，探讨问题之深，却是本篇无法企及的。

　　当然，本篇在谈到史学家"追述远代"的时候，说"俗皆爱奇，莫顾理实。传闻而欲伟其事，录远而欲详其迹，于是弃同即异，穿凿旁说，旧史所无，我书则博，此讹滥之本源，而述远之巨蠹也"，在谈到史学家"纪编同时"的时候，说"勋荣之家，虽庸夫而尽饰；迍败之士，虽令德而常埋。吹煦霜露，寒暑笔端，此又同时之枉，可为叹息者也"，指出了某些史学家的诬妄，还是中肯的。

[原文]

开辟草昧，岁纪绵邈，居今识古，其载籍乎！[1]轩辕之世，史有仓颉，[2]主文之职，其来久矣。《曲礼》曰："史载笔（原有左右二字，依铃本删）。"[3]史者，使也。执笔左右，使之记也。古者左史记事(者)、右史记言(者，上两者字，参宋本《御览》删)，言经则《尚书》，事经则《春秋》。[4]唐、虞流于《典》《谟》，〔夏、商〕（原作商、夏，今校改）被于《诰》《誓》。[5]洎周命维新，姬公定法，[6]䌷三正以班历，贯四时以联事，[7]诸侯建邦，各有国史，彰善瘅恶，树之风声。[8]自平王微弱，政不及《雅》，宪章散紊，彝伦攸斁。[9]夫子闵王道之缺，伤斯文之坠，静居以叹凤，临衢而泣麟，[10]于是就太师以正《雅》

[译文]

自从草昧无知的时代被开辟以来，年代已经很久了，居处今天要知道古代，只好凭借史传吧。黄帝轩辕氏的时代，就有史官仓颉，用史官主持记录政事的职务，这个事实已经很早了。《礼记·曲礼》就说过："史官携带笔墨记录政事。"史的意思，就是使，使史官拿着笔站在朝廷的两旁，替帝王记事呀。古代的时候，左史记述帝王的行动，右史记述帝王的语言。记述语言的经书就是《尚书》，记述行动的经书就是《春秋》。唐尧、虞舜的史事流传在《尚书》的《典》《谟》中，夏禹、商汤的史事流传在《尚书》的《诰》《誓》里。到了周代，革新了天命，周公为了创造史法，于是查考"三正"颁布历法，通过"四季"记载史事；各国诸侯，也有国史，用来表扬好人批评坏人，树立教化。自从平王以后，国家衰弱，政事不能载入《雅》诗，（所以有了《王风》，）因为典章制度已经紊乱，常理大法已经败坏。孔夫子怜惜王道的残缺，悲伤礼教的坠落，坐在家里便叹息"凤"德的衰微，走向街头便哭泣"麟"道的穷困，于是与鲁国的乐官改订《雅》《颂》，凭借鲁国的史记著

《颂》，因鲁史以修《春秋》，举得失以表黜陟，征存亡以标劝戒；[11]褒见一字，贵逾轩冕；贬在片言，诛深斧钺。[12]然睿旨（原有存亡二字，依《御览》删）幽隐，经文婉约，丘明同时，实得微言，乃原始要终，创为传体。[13]传者，转也。转受经旨，以授于后，实圣文之羽翮，记籍之冠冕也。及至纵横之世，史职犹存。[14]秦并〔六〕（原作七，今改）王，而战国有策。[15]盖录而弗叙，故即简而为名也。[16]

作《春秋》，指出朝政的得失来显示批评和表扬，通过国家存亡来标示劝勉和告诫；他的表扬只是一两个字，却比升官还可贵些；他的批评也仅有个别字，却比杀头还可怕些。但是圣人的意旨太深远微妙，不易明白；经书的内容太委婉简约，很难了解；只有左丘明是孔夫子的同时人，懂得《春秋》的微言大义，于是依据它的开始到结束，作了传记。传的意思，就是"转"。把经书的旨意转述出来，传授给后代，《左传》实在是圣人经典的羽翼，史传的代表作品啊。到了合纵连横的战国时代，史官的职务还保存着。因而秦并六国以前，各国都有简策。因为它只是记录史实，没有按照年代次序安排，所以就用简策这个名称叫作《战国策》。

注释

1 绵邈（miǎo）：长远、久远的意思。载籍：书籍，这里指史传。
2 语出《说文解字叙》："黄帝之史苍颉。"
3 《礼记·曲礼上》注："谓从于会同（诸侯相见叫会同），各持其职，以待事也。笔谓书具之属。"
4 语见《汉书·艺文志》，只是"言"和"事"两字互换。言经则《尚书》：记言语的是《尚书》。事经则《春秋》：记行动的是《春秋》。《尚书》和《春秋》都是经书。
5 唐、虞流于《典》《谟》：《典》指《尧典》《舜典》，《谟》指《大禹谟》

《皋陶谟》。夏、商被于《诰》《誓》：夏书有《甘誓》，商书有《汤誓》《仲虺之诰》《汤诰》。

6　姬公定法：姬公即周公。定法谓定《春秋》义法。

7　紬（chōu）：即紬绩。《史记·历书》索隐："紬绩者，以言造历算运者，犹若女工缉而织之也。"三正：周正、殷正、夏正。《左传》隐公元年正义："周以建子为正，则周之二月三月，皆是前世之正月也。故于春每月书王。王二月者，言是我王之二月，乃殷之正月也。王三月者，言是我王之三月，乃夏之正月也。"贯四时以联事：谓《春秋》以春夏秋冬四时纪事也。杜预《春秋左氏传序》："记事者，以事系日，以日系月，以月系时，以时系年，所以纪远近，别同异也。故史之所记，必表年以首事；年有四时，故错举以为所记之名也。"

8　杜预《春秋左氏传序》："周礼有史官，掌邦国四方之事，达四方之志，诸侯亦各有国史。……孟子曰：楚谓之《梼杌》，晋谓之《乘》，而鲁谓之《春秋》，其实一也。"《尚书·毕命》："彰善瘅（dàn）恶，树之风声。"孔安国传："明其为善，病其为恶，立其善风，扬其善声。"风声：引申为教化之意。

9　谓平王以后的诗，不再收入《雅》诗，列入《王风》。郑玄《王城谱》云："于是王室之尊，与诸侯无异，故诗不能复《雅》，故贬之谓之王国之变《风》。"《尚书·洪范》："彝伦攸斁。"彝：常也。伦：理也。斁（dù）：败坏。全句谓"常理（大法）败坏"。

10　《论语·子罕》："子曰：'凤鸟不至，河不出图，吾已矣夫。'"《孔丛子·记问》："叔孙氏之车卒曰子鉏商，樵于野而获兽焉，众莫之识，以为不祥，弃之五父之衢。"孔子遂泣曰："予之于人，犹麟之于兽也，麟出而死，吾道穷矣。"又见《公羊传》哀公十四年。

11　《史记·孔子世家》："孔子语鲁太师：乐其可知也。""吾自卫反鲁，然后乐正，《雅》《颂》各得其所。"又："乃因史记，作《春秋》。""至于为《春秋》，笔则笔，削则削，子夏之徒，不能赞一辞。"黜陟（chù zhì）：升降。

12 范宁《春秋穀梁传集解序》:"一字之褒,宠逾华衮(gǔn)之赠;片言之贬,辱过市朝之挞(tà)。"逾:超过。轩冕(miǎn):有地位的人所乘的车、所戴的帽。斧钺(yuè):两种兵器。

13 杜预《春秋左氏传序》:"左丘明受经于仲尼,以为经者不刊之书也。……身为国史,躬览载籍,必广记而备言之。其文缓,其旨远,将令学者原始要终,寻其枝叶,究其所穷。"原始要终:从开始到末尾。

14 杜预《左传后序》:"《纪年篇》……惟特记晋国,……晋国灭,独记魏事,下至魏哀王之二十年。盖魏国之史记也。"魏为战国七雄之一,还有它的史记,故本文云"纵横之世,史职犹存"。

15 秦所并者六国,秦不计算在内,故改七为六。战国有策,策即简策,也足以说明战国时代"史职犹存"。

16 叙:按时叙录。弗叙:当时并不按时叙录,刘向校录,也只是依据各国原简,大略以时次,所以说《战国策》即"简而为名也"。

汉灭嬴、项,武功积年;陆贾稽古,作《楚汉春秋》。[1] 爰及(原有太,依《御览》删)史谈,世惟执简;子长继志,甄序帝绩。[2] 比尧称典,则位杂中贤;法孔题经,则文非元圣;故取式《吕览》,通号曰纪。[3] 纪纲之号,亦宏称也。故本纪以述皇王,〔世家〕(原作列传,依范改)以总侯伯,〔列传

汉高祖灭亡秦、楚,连年累月地打仗,陆贾稽考这段历史,写了《楚汉春秋》。到了太史司马谈,他家是世世代代主持史职的;司马迁继承了他的遗志,研究考察了历代帝王的功绩。他认为记述帝王像《尚书》称尧那样叫作"典"吧,有些帝王实在平凡;把书的名称效法孔子称为《春秋》吧,又认为自己的文章赶不上孔圣人。因此他效法《吕览》,把记述帝王的篇章叫作"纪",纪纲这个名号,也是一种宏伟的称号呀。于是他用"本纪"来记历代帝王,用"世家"来总括各国侯伯,用"列传"来记录卿相大夫,

以录卿士,〕（六字依范增）八书以铺政体,十表以谱年爵,虽殊古式,而得事序焉。⁴ 尔其实录无隐之旨,博雅弘辩之才,爱奇反经之尤,条例踳落之失,叔皮论之详矣。⁵ 及班固述汉,因循前业,观〔史〕（原作司马,依《御览》改）迁之辞,思实过半。⁶ 其十志该富,赞序弘丽,儒雅彬彬,信有遗味。⁷ 至于宗经矩圣之典,端绪丰赡之功,遗亲攘美之罪,征贿鬻笔之愆,公理辨之究矣。⁸ 观夫左氏缀事,附经间出,于文为约,而氏族难明。及史迁各传,人始区详而易览,述者宗焉。及孝惠委机,吕氏摄政,〔迁固〕（原作班史,今改）立纪,违经失实。⁹ 何则？庖牺以来,未闻女帝者

用"八书"来谱写政治典章,用"十表"来谱出年代、官爵,虽不同于古史的体例,却合于事实有条不紊啊。至于这部书,照实记录无所隐讳的意图,博大雅正论辩宏伟的才能,爱好奇特违背经书的错误,条目紊乱凡例乖迕的缺点,班彪论述得很详细了。班固记述汉代历史,凭借了前人的成绩,看一看《史记》,汉代的历史就知道一大半了。但是《汉书》的十志兼包并蓄,"赞序"宏伟瑰丽,真是雍容儒雅、文质彬彬,读起来真是意味深长。然而作者写这部书,推崇经书以圣人为典范的长处,条举目张包含丰富的成就,埋没父亲攘夺父亲功劳的罪恶,接受贿赂出卖某些篇章的错过,仲长统考究得十分仔细了。《左传》的记事,是依附《春秋》把史实贯彻其中写出来的,在文辞上就很简要,因此人物氏族很难区分清楚。司马迁把历史人物各自立传,分开详细记载,读起来就很容易明白,所以写史的人都推崇《史记》。孝惠帝继位,权在吕氏,当他委弃政务而死后,吕后摄政,司马迁和班固因此写了《吕后纪》,那是违背经书不合事实的。为什么呢？自庖牺氏到现在,没有听说过女人做皇帝啊。汉朝偶然遇到这样的事件,并不能作为后代的榜样。母

也。汉运所值，难为后法。牝鸡无晨，武王首誓；[10]妇无与国，齐桓著盟；[11]宣后乱秦，吕氏危汉，岂唯政事难假，亦名号宜慎矣。[12]张衡司史，而惑同迁、固，元帝王后，欲为立纪，谬亦甚矣。[13]寻子弘虽伪，要当孝惠之嗣；孺子诚微，实继平帝之体：二子可纪，何有于二后哉。[14]

鸡是不容许报晓的，周武王首先在《牧誓》里说到了；女人是不得干预国家政事的，齐桓公在盟约中也明白地写到了；宣太后扰乱了秦国，吕太后危害了汉朝，不但继承王位的事情不能让给她们，即使名称也要谨慎啊。张衡主持史官职务，和司马迁、班固一样糊涂，对于汉元帝的王皇后，也想替她立一篇纪，错误到了极点。推考子弘虽然不是惠帝的太子，总还是他的血亲；孺子婴虽然死时还小，却实实在在继承了平帝的位置：子弘和孺子婴是可以立纪的，为什么要替吕后、王后立纪呀！

注释

1 嬴（yíng）：秦君主的姓。嬴、项：秦、楚。《汉书·艺文志》：《楚汉春秋》九篇。自注："陆贾所记。"

2 谈：司马谈。子长：司马迁。甄（zhēn）：甄别。绩：功也。

3 位杂中贤：言后世帝王不能人人皆圣。文非元圣：言其著《史记》不能上比孔子作《春秋》。《吕览》有十二纪。

4 《史记》凡本纪十二，世家三十，列传七十，书八，表十，凡百三十篇。

5 踳（chuǎn或chǔn）落：乖迕错杂的意思。叔皮：班彪字。《后汉书·班彪传》有《史记论》，可参阅，不具录。

6 班固《汉书》，述太初以前多本《史记》，太初以后又本其父班彪《后传》数十篇。即本文所谓"因循前业"也。

7 《汉书》有十志：《律历》《礼乐》《刑法》《食货》《郊祀》《天文》《五行》《地理》《沟洫》《艺文》。范晔也推许十志，刘知幾则赞扬"赞序"，

8 端绪：谓条理。攘（rǎng）：夺取。遗亲攘美：谓袭用班彪《后传》。征：求取。贿：财贿。鬻（yù）：卖也。刘知幾《史通·曲笔》："班固受金而始书。"公理：仲长统字公理，著文辨《汉书》得失，今已亡佚。

9 委：弃也。委机：不理政事。《史记》有《吕后纪》，以惠帝附之。《汉书》既有《惠帝纪》，又有《高后纪》。

10 《尚书·牧誓》："王曰：'古人有言曰"牝鸡无晨"，牝鸡之晨，惟家之索。'"

11 《穀梁传》僖公九年："诸侯盟于葵丘，……曰：'……毋以妾为妻，毋使妇人与国事。'"

12 《史记·匈奴列传》："秦昭王时，义渠戎王与宣太后乱，有二子。"又《吕后本纪》："听诸吕，擅废帝更立，又比杀三赵王，灭梁、赵、燕，以王诸吕。"

13 《后汉书·张衡传》："（衡）及为侍中，上疏请得专事东观，收检遗文，毕力补缀。又条上……宜为《元后本纪》。"本篇云"元帝王后"者，元帝初元元年，立王政君为皇后也。

14 《史记·吕后本纪》：孝惠皇后无子，"佯为有身，取后宫美人子名之……以为太子（即弘也）"。是弘虽非孝惠皇后子，然为孝惠美人之子。《汉书·王莽传》："平帝崩，……立宣帝玄孙婴为皇太子，号曰孺子。"刘勰认为当为子弘和孺子立本纪，不当为吕后、元后立纪。

至于后汉纪传，发源《东观》[1]。袁、张所制，偏驳不伦；[2] 薛、谢之作，疏谬少信；[3] 若司马彪之详实，华峤之准当，则其冠也。[4] 及魏代三雄，纪	至于写后汉的纪传，最早有《东观汉记》。袁山松和张莹所撰的书，偏颇繁杂不伦不类；薛莹和谢承、谢沈的著述，疏略谬误不是信史；像司马彪的《续汉书》写得详实，华峤的《后汉书》写得准当，在这些著作中是最好的。到了魏代，

传互出。《阳秋》《魏略》之属，《江表》《吴录》之类，或激抗难征，或疏阔寡要。[5] 唯陈寿《三志》，文质辨洽，荀、张比之于迁、固，非妄誉也。[6] 至于晋代之书，〔系〕（原作繁，依铃本改）乎著作。[7] 陆机肇始而未备，王韶续末而不终。[8] 干宝述《纪》，以审正得序；孙盛《阳秋》，以约举为能。[9] 按《春秋》经传，举例发凡；自《史》《汉》以下，莫有准的。[10] 至邓〔粲〕（原作璨，依《御览》改）《晋纪》，始立条例，又摆落汉、魏，宪章殷、周；虽湘川曲学，亦有心《典》《谟》；及安国立例，乃邓氏之规焉。[11]

曹、刘、孙是三个英雄人物，写三国和三雄的记传相互出现。《晋阳秋》和《魏略》这些著作，《江表传》和《吴录》这类的书，有的激昂慷慨难于相信，有的空疏迂阔不得要领。只有陈寿的《三国志》，文辞质朴而论事恰当，荀勖和张华把他比作司马迁和班固，并不是过分的夸奖呀。至于晋代的史书，都关系到著作郎，是由他们写的。陆机最早开始写《晋纪》但没有完成，王韶之接续写《晋纪》也未曾结束。干宝著述《晋纪》，由于立论正直，所以井然有序；孙盛写《晋阳秋》，由于简约扼要，所以被称为能手。按《春秋经》和《左氏传》，是依据《礼经》起例发凡的，从《史记》《汉书》以下，就没有准则了。到了邓粲写《晋纪》，又开创条例，而且摆脱汉、魏著作俗套，效法殷、周古籍。虽然邓粲的学说是迂曲的，却有心模仿《尚书》的《典》《谟》，后来孙盛所创立的条例，就是用邓氏的条例为规范啊。

注释

1　《东观》：《东观汉记》，刘珍等所撰。
2　袁：指袁山松，撰《后汉书》。张：指张莹，撰《后汉南记》。皆东晋人，两书皆残缺。

3 薛：指薛莹，撰《后汉纪》；谢：指谢承，撰《后汉书》。皆三国吴人，两书皆不全。晋有谢沈亦著《后汉书》。
4 司马彪著《续汉书》，华峤著《后汉书》，皆晋人，书皆不全。
5 三雄：指魏、蜀、吴。孙盛撰《晋阳秋》，鱼豢撰《魏略》，虞溥撰《江表传》，张勃撰《吴录》，诸书皆不存，颇散见于《三国志》注中。
6 陈寿撰《三国志》。《晋书》本传："时人称其善叙事，有良史之才，……张华深善之。"《华阳国志·后贤志·陈寿传》："中书监荀勖、令张华深爱之，以班固、史迁不足方也。"
7 著作：官名，晋代以为史官。详《晋书·职官志》。
8 陆机撰《晋纪》，仅成《三祖纪》，说见《史通》。王韶之撰《晋纪》，仅成《隆安纪》，说见《宋书》本传，及《南史·萧韶传》。
9 干宝撰《晋纪》，《晋书》本传："其书简略，直而能婉，咸称良史。"孙盛字安国，撰《晋阳秋》。《晋书》本传："词直而理正，咸称良史。"
10 《左传》有五十凡例。隐公七年杜预注云："此言凡例，乃周公所制《礼经》也。"
11 《晋书·邓粲传》："长沙人……乃著《元明纪》十篇。"摆落：摆脱之意。湘川：邓粲，粲长沙人，故称湘川。安国：孙盛之字。《才略》："孙盛准的所拟，志乎典训。"故本篇云"安国立例，乃邓氏之规焉"。

原夫载籍之作也，必贯乎百氏，被之千载，表征盛衰，殷鉴兴废，使一代之制，共日月而长存，王霸之迹，并天地而久大。[1]是以在汉之初，史职为盛，

推考史籍对历史事实的记述，应该贯彻百家之说，让它们流传千载，可以体现出国家盛衰的原因，把前代的兴亡作为后代的借鉴，使一个朝代的制度，和太阳月亮一样永存，使王道霸道的遗迹，像高天厚地一样长久。所以在汉代的初年，史官的职务非常重要，各郡各诸侯的文书、会

郡国文计,先集太史之府,欲其详悉于体国〔也〕(依《玉海》增)。[2]必阅石室,启金匮,抽裂帛,检残竹,欲其博练于稽古也。[3]是〔以〕(依范增)立义选言,宜依经以树则;劝戒与夺,必附圣以居宗:然后诠评昭整,苛滥不作矣。[4]然纪传为式,编年缀事,文非泛论,按实而书,岁远则同异难密,事积则起讫易疏,斯固总会之为难也。[5]或有同归一事,而数人分功,两记则失于复重,偏举则病于不周,此又铨配之未易也。[6]故张衡摘史班之舛滥,傅玄讥《后汉》之尤烦,皆此类也。[7]

计簿籍,先要呈太史衙门,就是要史官详细了解国家的事务呀。史官一定要观览石室的藏书,开看金匮的文件,抽读破旧的图书,检阅残存的简册,就是要史官广博熟练地考察古代呀。所以史官著书的宗旨和立言的标准,应该以经书为榜样;赞同哪些反对哪些,应该以圣人作宗师:这样才能使评论一致,使苛细和浮泛的作风不致产生。但是纪传这种形式是分别人物、年月来记载史事的,因此它不能在某一人某一年里广泛地论述一个问题,而是要按照人物年代来编写史实,年代太长远了就前后矛盾难于一致,事件太繁杂了对起因和后果就容易疏忽,这就是用纪传体综合史实的困难。有的本来同是一桩事,许多人参与了而且都有功劳,各人的传记中都记载吧,那就要犯重复的毛病;只记述到一个人的传里吧,那就有不完备的缺点:这又是纪传体在衡量配搭上不容易的事情。所以张衡摘录了司马迁、班固的一些矛盾和错误,傅玄讥笑《后汉书》太繁杂和重复,就是这类问题呀。

注释

[1] 串贯本一字,通也,引申为有联系的意思。百氏:百家。被:引申

有影响、流传诸意。表征：指事实的表明，足为验证之意。《诗·荡》："殷鉴不远，在夏后之世。"此处指前代盛衰，足为后代借鉴。王霸：王道和霸道。

2 《史记·自序》集解引如淳曰："《汉仪注》：太史公，武帝置，位在丞相上。天下计书，先上太史公，副上丞相，序事如古《春秋》。迁死后，宣帝以其官为令，行太史公文书而已。"

3 启：开也。石室、金匮（guì）：国家藏书之处。《史记·自序》："迁为太史令，紬（抽引也）史记石室金匮之书。"帛、竹：古代以帛、竹书写，故竹帛即书册。裂帛、残竹：古代残缺文献。

4 依经以树则：以六经为准则，即宗经。附圣以居宗：以圣人作宗师，即征圣。诠评：评论、评释。昭整：明白一致。苛滥：苛指苛细，滥谓浮泛。

5 下论纪传编年的局限，可以参阅《张衡传》注、《史通·烦省》。岁远则同异难密：指所记的事时间太长，容易前后矛盾。事积则起讫易疏：指所记的事头绪太多，不免起讫有遗漏。

6 此句仍论纪传体的局限，大意谓：一桩事许多人参加，如果参与人的传记里都记述，必然太重复；仅在某一人的传记里书写，必然不完备。铨配：衡量分配。

7 张衡摘举《史记》《汉书》的舛滥，参阅《后汉书·张衡传》及注。傅玄讥《后汉书》尤烦，已不可考。

若夫追述远代，代远多伪，公羊高云"传闻异辞"；[1]荀况称"〔详近略远〕"（原作录远略近，依刘永济改）；盖文疑则

如果要追述远代的历史，由于年代远了事实常常有许多虚假，所以公羊高说"传说各不相同"；荀况则提出"应该略古详今"；因为事实可疑不妨缺而不写，史书之所以可贵在于可靠呀！但是

阙，贵信史也。然俗皆爱奇，莫顾〔理实²〕（原作实理，依《御览》改）。传闻而欲伟³其事，录远而欲详其迹，于是弃同即异，穿凿旁说，旧史所无，我书则〔博〕（原作传，依《御览》改），此讹滥之本源，而述远之巨蠹也。至于〔纪〕（原作记，依《御览》改）编同时，时同多诡，虽定、哀微辞，而世情利害。⁴勋荣之家，虽庸夫而尽饰；迍败之士，虽令德而常〔埋〕（原作嗤埋欲，今参《御览》改）。吹〔煦霜〕（原作霜煦，今改）露，寒暑笔端，此又同时之枉，可为叹息者也。⁵故述远则诬矫如彼，记近则回邪如此，析理居正，唯素〔心〕⁶（原作臣，今改）乎。若乃尊贤隐讳，固尼父之圣旨，盖纤瑕

世俗人情都爱好奇谈怪论，不肯把史事如实地整理出来。本来只是传说却想把它夸大成真事；本来只是追述却想写它的详细经过；于是丢开大家公认的事实采用那些传闻异辞，加以穿凿附会，本来旧的史籍中所没有的，只有我的书中写得很详细，这是史书产生错误、荒谬的来源，是写古代史的极大危害啊。还有编写同时代人物的传记，因为在同一个时代里所以要说些假话，孔子记述定公、哀公也不免有些隐晦的言辞，因为世态人情总是关心自己的利害。如果一个人出于显赫的门阀，虽然很平凡，写起纪传来，也尽量把他夸饰；如果是一个不得意而失败的人物，虽然有美好的德行，著史书时反而把他埋没。在文字中显示了爱憎，在笔墨下表露了炎凉，这便是编写传记对同时人的歪曲，真令人叹息。追述古事既有那样的荒谬，记叙近人又有这样的虚假，做到不偏不倚按理直书，只有秉持公心的作家吧。至于尊重贤人隐讳他的缺点，这是孔夫子的意旨，因为小毛病不能当作宝玉的瑕疵。对于坏人做的坏事加以惩罚，这是好史学家的正直行为，比如农民看到杂

不能玷瑾瑜也。[7] 奸慝惩戒，实良史之直笔，农夫见莠，其必锄也。[8] 若斯之科，亦万代一准焉。[9] 至于寻繁领杂之术，务信弃奇之要，明白头讫之序，品酌事例之条，晓其大纲，则众理可贯。[10] 然史之为任，乃弥纶一代，负海内之责，而〔赢〕（原作羸，今改）是非之尤。秉笔荷担，莫此之劳。[11] 迁、固通矣，而历诋后世[12]，若任情失正，文其殆哉。

草，一定会芟除。像这样的原则，应该是史学家千秋万代的一个准则。至于在繁杂的史实中找出要领的办法，保留可靠的史实，抛弃奇谈怪论的重要性，搞好纪传从头到尾的次序，品评人物是非和斟酌史实去留的条例，史学家只有懂得处理这些重大问题，才能把自己的著作千头万绪组织得完善。史家的任务，要弥合网罗一个朝代的史实，寄托了全国上下的希望，担当了分辨是非的责任。拿着笔写文章的负担，没有比史家更辛苦的了。司马迁、班固是理解这些道理的，尚且受到后人的指责，假若随心所欲失去公正的立场，写出来的著作就危险呀！

注释

1 公羊高：《公羊传》的作者，战国齐人。《公羊传》隐公元年："公子益师卒。何以不日？远也。所见异辞，所闻异辞，所传闻异辞。"
2 理实：与爱奇对文。理：董理。《书记》："翰林之士，思理实焉。"
3 伟：奇也，大也。
4 诡：谲诈。《公羊传》定公元年："定、哀多微辞。"注："孔子畏时君，上以讳尊隆恩，下以辟世容身，慎之至也。"
5 煦（xù）：吹也。吹煦霜露与寒暑笔端对文。
6 素心：《养气》："圣贤之素心。"本心、公心。
7 《公羊传》闵公元年："《春秋》为尊者讳，为亲者讳，为贤者讳。"纤瑕：

小毛病。瑾瑜：美玉。

8 慝（tè）：奸邪。

9 科：科条。一准：一个准则。

10 寻繁领杂：披览繁杂得其要领。头讫：开头和结尾。品酌事例：考虑衡量得失条例。

11 弥纶：解释前已见。赢：负担。

12 历诋后世：谓遭后世指责。

赞曰：史肇轩黄，体备周、孔。世历斯编，善恶皆总。[1] 腾褒裁贬，万古魂动。[2] 辞宗丘明，直归南、董。[3]

总而言之：设立史官开始于轩辕，史书体例完备于周公和孔子。历代编写的史书与传记，兼录善人和恶人的行止。它传播对善人的褒扬和对恶人的贬责，千秋万代使读者景仰或不齿。文辞最好的当推左丘明，直言不讳的却算南史和董狐。

注释

1《南齐书·鱼复侯子响传》："积代用之为美，历史不以云非。"积代与历史对举，皆动名结构，今言历史，即从此开始。世历：犹今言历史。

2 腾褒：腾，《说文》："传也。"《离骚》"腾众车使径待"，腾众车即传令众车也。《远游》"腾告鸾鸟迎宓妃"，腾告即传告也。《玉篇》："腾，传也。"腾、䞇通假。

3 南：南史氏，春秋时良史，事见《左传》襄公廿五年。董：董狐，春秋时良史，事见《左传》宣公二年："孔子曰：'董狐，古之良史也。书法不隐。'"

诸　子

[导读]

　　萧统《文选序》说:"老、庄之作,管、孟之流,盖以立意为宗,不以能文为本,今之所撰,又以略诸。"刘勰的文学概念比萧统的广泛,他衡文的尺度,既以六经为标准,探索文学的渊源,又本源先秦;所以文笔分流,而都纳入本书。在杂文以前,属于有韵之文;史传以下,属于无韵之笔。萧统不选史传、不录诸子,而刘勰却分别论述于笔类之前。

　　本篇旧分三段,今以为可分六段:第一段追溯诸子的源起;第二段论述诸子的思想内容;第三段论述诸子的艺术成就;第四段说明两汉诸作纳入诸子的理由;第五段阐述先秦与两汉诸子之演变;第六段以唱叹作结。如此划分,较旧分多出三段,层次比旧分更分明。

　　刘勰高度肯定了诸子在文学上的成就,在思想上的杰出,认为是"越世高谈,自开户牖",赞叹他们:"标心于万古之上,而送怀于千载之下,金石靡矣,声其销乎!"他把散文中的诸子和韵文中的《离骚》,作为高于百代,几乎与六经鼎立的作品,在以儒家思想为正宗的封建社会里,确实难能可贵。

　　但是,不容讳言,和他衡量《离骚》一样,始终是宗经和征圣的。所以论述诸子以为"述道言治,枝条五经,其纯粹者入矩,踳驳者出规",这里不单涉及思想,而且涉及艺术,刘勰能辩证地看待语言艺术的夸张,却不能完全正确地对待幻想和虚构,把诸子中的神话、传说和寓言纳入"踳驳"之类,这和《辨骚》中摘录四事以为"异乎经典",是相同的。虽然他对诸子中的神话、传说,似乎又有些原谅,他说:"《归藏》之经,大明迂怪,……况诸子乎!"但是这种原谅,却是站在宗经的立场,至于诸子中的思想主张,如果违背了五经,他是极力反对的。他说:"至如商韩六虱、五蠹,弃孝废仁,辗药之祸,非虚至也。"

刘勰在文艺理论上的业绩是巨大的,但由于他宗经征圣,也就产生了局限,这两方面都是不能否认的。

[原文]

诸子者,〔述〕(原作入,依《玉海》改)道[1]见志之书。太上立德,其次立言。[2]百姓之群居,苦纷杂而莫显;君子之处世,疾名德之不章。[3]唯英才特达,则炳曜垂文,腾[4]其姓氏,悬诸日月焉。昔风〔后〕(原脱,依曹补)、力牧、伊尹,咸其流也。[5]〔然〕(原脱,今增补)篇述者,盖上古遗语,而战〔代〕(原作伐,依《札逸》改)所记者也。[6]至鬻熊知道,而文王咨询,余文遗事,录为《鬻子》。[7]子目肇始,莫先于兹。[8]及伯阳识礼,而仲尼访问,爰序《道德》,

[译文]

诸子这类书,是作者阐述大道发表自己主张的书。本来最好是砥砺道德流传后代,其次才是著书立说。一般士庶人聚居在一起,为一生默默无闻感到苦闷;君子生在世上,对于声名道德不显著感到伤心。所以杰出有才华的人,就写下光辉的著作,播扬自己的姓名,让它像太阳月亮一样悬照太空。历史上的风后、力牧和伊尹,就是这样一批人。但是风后等人的书,只是上古流传下来的传说,战国时代加以记载的书。到了鬻熊,他明了大道理,于是文王向他请教,后人把他残存下来的文章和事迹,整理起来成为《鬻子》。诸子名目的出现,没有比这更早的了。到了李伯阳,懂得古礼,而孔仲尼走去访问他,于是李聃叙写了《道德经》,是百家之冠。本来鬻熊是文王的朋友,李聃则是孔子的老师,圣人和贤人同一时

以冠百氏。⁹然则鬻惟文友，李实孔师，圣贤并世，而经子异流矣。¹⁰

代，后人把圣人的著作叫经，贤人的著作叫子，于是经书和子书就成为两类不同的著作了。

注释

1 述道：原作入道，今按下文云"述道言治""孟、荀所述"，则此处亦宜作述，故依《玉海》校改。
2 《左传》襄公廿四年："大上有立德，其次有立功，其次有立言。"
3 百姓：指一般士庶人而言。并非后代所指老百姓。《论语·卫灵公》："子曰：君子疾没世而名不称焉。"
4 腾：升、腾达。
5 《汉书·艺文志》载，阴阳家有《风后》十三篇，《力牧》十五篇。道家有《力牧》二十二篇，《伊尹》五十一篇。小说家有《伊尹》二十七篇。风后、力牧，皆黄帝时人；伊尹，汤相。班固自注以为书皆依托。
6 战代：原作战伐。孙诒让《札迻》云："战伐元本作战代。冯本活字本并同。案元本是也。《铭箴》《养气》《才略》三篇并有战代之文。"今依孙校。
7 《汉书·艺文志》载，道家有《鬻子》二十二篇，班固自注云："名熊，为周师，自文王以下问焉。周封为楚祖。"鬻（yù），戈六反，音育。小说家又有《鬻子》十九篇，自注云："后世所加。"
8 子目：原作子自。范云："当作子目，谓子之名目也。"今依校改。
9 《史记·老庄申韩列传》："老子者，……姓李氏名耳，字伯阳，谥曰聃。……孔子适周，将问礼于老子。……于是老子乃著书上下篇。言道德之意，五千余言，而去。"按老子其人、其书，皆有争论，此不具载。
10 刘勰以为文王、孔子为圣人，故其书称经；鬻熊、李耳为贤人，故其书称子。

逮及七国力政,俊乂蜂起。[1]孟轲膺儒以磬折,[2]庄周述道以翱翔,[3]墨翟执俭确之教,[4]尹文课名实之符,[5]野老治国于地利,[6]驺子养政于天文,[7]申、商刀锯以制理,[8]鬼谷唇吻以策勋,[9]尸佼兼总于杂术,[10]青史曲缀以街谈。[11]承流而枝附者,不可胜算,并飞辩以驰术,餍禄而余荣矣。[12]暨于暴秦烈火,势炎昆冈,而烟燎之毒,不及诸子。[13]逮汉成留思,子政雠校,于是《七略》芬菲,九流鳞萃,杀青所编,百有八十余家矣。[14]迄至魏晋,作者间出,谰言兼存,璅语必录,类聚而求,而充箱〔折〕(原作照,今校改)轸矣。[15]然繁辞虽积,而本体易总,述道言治,枝条五经,[16]其纯粹者入矩,踳驳[17]者出

到了战国七雄用武力相征伐,聪明才智之士蜂拥而起。孟轲鞠躬尽瘁地信奉儒学,庄周逍遥自在地谈论道术,墨翟主张以艰苦俭朴为教义,尹文稽考名实是否相符,野老从探讨地利来治理国家,驺衍从观察天文来搞好政事,申不害、商鞅借刀锯之威来制定刑法,鬼谷先生靠口舌之劳来建立功勋,尸佼的书把各派学说都兼包并蓄,青史子对街谈巷说都详细记录。跟着他们而随声附和的人,就不可计数了,他们高谈阔论来宣扬自己的学说,都饱享爵禄而声名煊赫一时。后来暴虐的秦皇放了一场大火,几乎烧到昆仑山顶,但是烟烧火燎的毒害,并没有延及诸子。到了汉成帝,留意书籍,命令刘子政校雠整理,于是七类书籍百花齐放,各派学说百家争鸣,校订以后,编成目录,共有一百八十多家。到了魏、晋,著书的人不断出现,把前人的遗行逸事也保存下来,把古人的片言只字也收集到一起,如果把它都分门别类搜集起来,搬运时就要充满车厢压断车轴了。子书虽然极多,但是内容却不难综合,不外乎谈论道术探讨政事,只是五经的枝条罢了,其中好的是合乎圣人准则的,其中乖

规。《礼记·月令》，取乎《吕氏》之纪;[18]《三年问丧》，写乎《荀子》之书：此纯粹之类也。若乃汤之问棘，云蚊睫有雷霆之声;[19]〔戴晋〕（原作惠施，今改）对梁王，云蜗角有伏尸之战;[20]《列子》有移山跨海之谈,[21]《淮南》有倾天折地之说。[22]此踳驳之类也。是以世疾诸〔子〕（原脱，依范补),〔鸿洞〕（原作混同，依范改）虚诞。[23]按《归藏》之经，大明迂怪，乃称羿〔毙〕（原作弊，今改）十日，嫦娥奔月，殷《易》如兹，况诸子乎![24]至如商韩六虱、五蠹，弃孝废仁，䥷药之祸，非虚至也。[25]公孙之白马、孤犊，辞巧理拙，魏牟比之〔井蛙〕（原作鸹鸟，依黄叔琳校），非妄贬也。[26]昔东平求诸子、《史记》，而汉朝不与，盖以《史记》多兵谋，而诸子杂诡术

舛驳杂的不免超出了五经的范围。《礼记》中的《月令》，就是采自《吕氏春秋》的十二纪;《礼记》中的《三年问》，同时见于《荀子》的《礼论》中：这就是比较纯粹的好书。比如殷汤问夏革，说什么蚊子眼睫毛上，焦螟的声音，像雷霆霹雳一样；戴晋人告诉梁惠王，说什么蜗牛角上，蛮触相争，死了几万人；《列子》里又有"愚公移山""巨人跨海"的寓言；《淮南子》里也有"天柱倾斜""地维折断"的传说：这就是比较乖舛驳杂的东西。所以世人痛恨诸子，说它太虚妄了。考察《归藏》这部经书，也大谈怪诞的事，说后羿射下了十个太阳，嫦娥偷药投奔月宫，殷代《易经》尚且这样记载，何况诸子呢！至于商鞅和韩非，提出了"六虱"和"五蠹"，抛弃孝道废置仁爱，一个被车裂，一个被毒死，并不是无缘无故的。公孙龙说白马不是马、孤犊没有娘，问题提得妙，道理行不通，魏牟把他比作井里的青蛙，并不是随便指责他。从前东平王向汉宣帝要诸子和《史记》，但是汉王朝不给他，就是因为《史记》很多地方谈兵法计谋，而诸子中夹杂着诡诈之术的缘故。但是知识广博的人，应该提

也。[27]然洽闻之士,宜撮纲要,览华而食实,弃邪而采正,极睇参差[28],亦学家之壮观也。

取其中的有益部分,欣赏它的文藻而吸取其精华,抛弃其邪说而采撷其正论,来详细观察对比其长短,诸子之书,在学海中,实在是波澜壮阔够人欣赏啊。

注释

1 逮(dài):及也,至也。七国:秦、楚、燕、齐、韩、赵、魏七国。力政:即力征。《国语·吴语》:"将不长弟以力征一二兄弟之国。"注:"言晋不帅长幼之节,而征伐同姓兄弟之国。"《汉书·五行志》:"诸侯力政。"注:"政亦征也,言专以武力相征讨。"又《游侠传序》:"力政争强。"注:"力政者,弃背礼义,专任威力也。"俊乂(yì):才德过人的人。蜂起:亦作锋起。《史记·项羽本纪》:"楚蜂起之将。"如淳曰:"蜂起,犹言蜂舞也。众蜂飞起,交横若舞,言其众也。"

2 孟轲(kē):《史记》有传。膺(yīng):服膺。磬(qìng)折:《礼记·曲礼下》:"立则磬折垂佩。"正义:"臣则身宜倭折如磬之背。故云磬折也。"

3 庄周:《史记》有传。翱(áo)翔:逍遥也。《庄子》第一篇即《逍遥游》。司马彪云:"言逍遥无为者,能游大道也。"

4 墨翟(dí):《史记》附《孟荀列传》。《庄子·天下》论墨学云:"其生也勤,其死也薄,其道大觳。"觳,即确也。确:犹今言艰苦。《墨子》有《节用》《节葬》《非乐》等篇。故云"执俭确之教"。

5 《汉书·艺文志》载,名家有《尹文子》一篇。班固自注:"说齐宣王,先公孙龙。"《尹文子·大道》云:"有形者必有名,有名者未必有形。形而不名,未必失其方圆黑白之实,名而不可不寻名以检其差。故亦有名以检形,形以定名,名以定事,事以检名。"故云"课名实之符"。

6 《汉书·艺文志》载,农家有《野老》十七篇,班固自注:"六国时在齐、楚间。"

7 事见《史记·孟荀列传》。集解引刘向《别录》云:"驺衍之所言,五德终始，天地广大。书言天事，故曰谈天。"养政：与上治国相对成文，即为政也。

8　申：申不害，《史记》有传："申子之学，本于黄、老，而主刑名。著书二篇，号曰《申子》。"《史记·商君列传》"鞅（yāng）少好刑名之学"，主张变法，其法，"不告奸者腰斩"，"为私斗者各以轻重被刑"。太子犯法，"刑其傅公子虔，黥其师公孙贾"。故云"刀锯以制理"。理：吏也，法也。

9　《史记·苏秦列传》："东事师于齐，而习之于鬼谷先生。"集解："《风俗通义》曰：鬼谷先生，六国时纵横家。"

10　《汉书·艺文志》载，杂家有《尸子》二十篇。班固自注云："名佼（jiǎo），鲁人，秦相商君师之。鞅死，佼逃入蜀。"以其杂家，故云"兼总于杂术"。

11　《汉书·艺文志》："小说家者流，盖出于稗官，街谈巷语，道听涂说者之所造也。……闾里小知之所及，亦使缀而不忘。"小说家有《青史子》五十七篇。故云"曲缀以街谈"。

12　班固《答宾戏》："其余猋飞景附，霅煜其间者，盖不可胜载。"

13　秦始皇焚书，注已前见。《尚书·征胤》："火炎昆冈，玉石俱焚。"《论衡·书解》："秦虽无道，不燔诸子。"

14　《汉书·艺文志序》："至成帝时，以书颇散亡，使谒者陈农求遗书于天下，诏光禄大夫刘向，校经传诸子诗赋……每一书已，向辄条其篇目，撮其指意，录而奏之。会向卒，哀帝复使向子侍中奉车都尉歆，卒父业。歆于是总群书而奏其《七略》。"《汉书·艺文志》则"删其要以备篇籍"，"凡诸子百八十九家，四千三百二十四篇。诸子十家，其可观者九家而已"。《太平御览》六百六引《风俗通》云："刘向《别录》：杀青者，直治竹作简书之耳。新竹有汁，善朽蠹。凡作简者，皆于火上炙干之。陈楚间谓之汗，汗者，去其汁也。吴越曰杀，杀亦治也。"

15　谰（lán）言：遗逸之言。璅（suǒ）语：琐碎之语。折轸：范云："照轸疑当作被轸。释僧祐《出三藏记集杂录序》曰：书序之繁，充车而被轸矣。"今按照与被形声皆不相近，无由致误。疑当作折，折照双声。

16 枝条五经：为五经枝条也。

17 蹉驳：乖舛错杂。

18 《礼记·月令》正义引郑目录："本《吕氏春秋》十二月纪之首章也。"

19 棘（jí）：与革古同音。即夏革。《列子·汤问》："殷汤问于夏革曰：夏革曰：……江浦之间生么虫，其名曰焦螟。群飞而集于蚊睫，弗相触也；栖宿去来，蚊弗觉也。离朱子羽方昼拭眦，扬眉而望之，弗见其形。𪁩俞师旷方夜擿耳，俯首而听之，弗闻其声。唯黄帝与容成子居空峒之上，同斋三月，心死形废，徐以神视，块然见之，若嵩山之阿；徐以气听，砰然闻之，若雷霆之声。"

20 《庄子·则阳》："魏莹（惠王）与田侯牟约。田侯牟背之。魏莹怒。……（犀首）请受甲二十万为君攻之。……惠子闻之，而见戴晋人。戴晋人曰：'有所谓蜗者，君知之乎？'曰：'然。'（曰：）'有国于蜗之左角者，曰触氏；有国于蜗之右角者，曰蛮氏；时相与争地而战，伏尸万数，逐北旬有五日而后反。'"据此，则戴晋人对梁惠王也。以彼文上文曾及惠施，故误以戴晋人为惠施也。今据改。

21 《列子》"愚公移山"见《汤问》，不具引。又，夏革曰："渤海之东，不知几亿万里，有大壑焉：实惟无底之谷，……名曰归墟。……其中有五山焉：一曰岱舆，二曰员峤，三曰方壶，四曰瀛州，五曰蓬莱。而龙伯之国有大人，举足不盈数步，而暨五山之所。"世谓跨海。

22 《淮南子·天文训》："昔者共工与颛顼（zhuān xū）争为帝，怒而触不周之山，天柱折，地维绝。"

23 《汉书·杨雄传》："雄见诸子各以其知舛驰，大氐诋訾圣人，即（犹或也）为怪迂析辩诡辞，以挠世事，虽小辩，终破大道而或（同惑）众，使溺于所闻而不自知其非也。"又王凤亦云"（诸子）或明鬼神，信物怪"。详注27。

24 《周礼》太卜掌三《易》之法，二曰《归藏》。郑注：殷曰《归藏》。《全上古三代文》中《归藏》辑佚："昔者羿善射，弹十日，果毙之。""昔常娥以西王母不死之药服之,遂奔月为月精。"按"毙""弊"字皆"殚"之借字,今改。

25　六虱:见《商君书·去强》:曰岁、曰食、曰美、曰好、曰志、曰行。五蠹:见《韩非子·五蠹》:谓学者、言谈者、带剑者、患御者、商工之民。弃孝废仁,不必在五蠹六虱之中。《史记·商君列传》:"秦惠王车裂商君以徇。"《史记·韩非列传》:"李斯使人遗非药,使自杀。"轘(huàn):车裂。《史记·商君列传》:太史公曰:"商君卒受恶名,……有以也夫。"《史记·韩非列传》:太史公曰:"韩子……其极惨礉少恩。"是司马迁以为商韩之受祸,盖亦有由,故此文云"非虚至也"。

26　《列子·仲尼》:龙诳魏王曰:"……白马非马,孤驹未尝有母。"今《公孙龙子》有《白马篇》。《庄子·秋水》:魏牟语公孙龙:"是非坎井之蛙与?"黄叔琳云:"公子牟有坎井之蛙谓东海之鳖之喻,是鹖鸟当作井蛙矣。"依改。

27　《汉书·宣元六王传》:"(东平思王)后年来朝,上疏求诸子及《太史公书》。上以问大将军王凤。对曰:……诸子书或反经术、非圣人,或明鬼神,信物怪。《太史公书》有战国纵横权谲之谋,汉兴之初,谋臣奇策,天官灾异,地形厄塞,皆不宜在诸侯王,不可予。"

28　极睇参差:犹言分辨长短。

研夫孟、荀所述,理懿[1]而辞雅;管、晏属篇,事核而言练;[2]列御寇之书,气伟[3]而采奇;邹子之说,心奢而辞壮;[4]墨翟、随巢,意显而语质;[5]尸佼、尉缭,术通而文钝;[6]鹖冠绵绵,亟发深

研究下面这些人的著作:孟轲、荀卿的论述,道理渊深而文辞典雅;管仲、晏婴所缀的篇章,事义扼要而语言精练;列御寇的书,气势瑰伟而文采奇丽;邹衍的论说,思想广阔而铸辞宏壮;墨翟和随巢的书,意义鲜明而语言朴质;尸佼和尉缭的书,道

言;[7]鬼谷眇眇,每环奥义;[8]情辨以泽,文子擅其能;[9]辞约而精,尹文得其要;[10]慎到析密理之巧;[11]韩非著博喻之富;[12]吕氏鉴远而体周;[13]淮南〔采泛〕(原倒,依杨校)而文丽。[14]斯则得百氏之华采,而〔总〕(依刘永济增)辞气(原衍文字,依范删)之大略也。[15]

术旁通而文章迟重;鹖冠子用意深长,所以议论深刻;鬼谷子说理微妙,所以文情深奥;情理明晰而文辞润泽,是文子擅长的技能;文辞简约而用意精深,是尹文作文的要诀;慎到分析事理最精巧;韩非使用寓言最丰富;吕不韦看得远著书最周密,淮南王取材广文辞极华丽。这些人的书真是百家中的精华,也就是我对他们文辞气力的概论。

注释

1 懿:渊深也。《诗》:"女执懿筐。"毛传:"懿筐,深筐也。"

2 刘向奏云:"凡管子书,务富国安民,道约言要,可以晓合经义。"

3 伟:同玮,珍奇。

4 《史记·孟荀列传》:驺衍"其语闳大不经","王公大人初见其术,惧然顾化,其后不能行之"。

5 《韩非子·外储说左上》:"楚王谓田鸠曰:'墨子者,显学也,其身体则可,其言多而不辩,何也?'曰:'……今世之谈也,皆道辩说文辞之言,人主览其文而忘〔其〕(原作有,今改)用。墨子之说……若辩其辞,则恐人怀其文忘其用,直以文害用也。……故其言多不辩。'"

6 《汉书·艺文志》注:随巢,墨翟弟子。今传《随巢子》一卷(辑佚)。《尸子》《尉缭(liáo)子》,今所传皆后人辑佚。

7 贾谊《鹏鸟赋》,多用《鹖(hé)冠子》。《诠赋》谓《鹏鸟赋》"致辨于情理",正与此文"亟发深言"相应。

8 柳宗元《辨鬼谷子》:"《鬼谷子》后出,而险盭峭薄,……晚乃益出七术，怪谬异甚，不可考校，其言益奇，而道益狭。"

9 《汉书·艺文志》有《文子》九篇，属道家。班固自注："老子弟子，与孔子同时。"

10 见前。

11 《庄子·天下》："慎到弃知去己，而缘不得已，泠汰于物，以为道理。曰：'知不知，将薄知而后邻伤之者也。'謑髁无任，而笑天下之尚贤也；纵脱无行，而非天下之大圣。椎拍輐断，与物宛转，舍是与非，苟可以免。不师知虑，不知前后，魏然而已矣。推而后行，曳而后往，若飘风之还，若羽之旋，若磨石之隧。全而无非，动静无过，未尝有罪。是何故？夫无知之物，无建己之患，无用知之累，动静不离于理，是以终身无誉。故曰：'至于若无知之物而已，无用贤圣，夫块不失道。'豪杰相与笑之曰：'慎到之道，非生人之行，而至死人之理，适得怪焉。'"

12 《韩非子》内外储说、《说林》，多集"寓言"。

13 高诱《吕氏春秋序》："为十二纪、八览、六论，合十余万言，备天地万物古今之事，名为《吕氏春秋》。"

14 体周与采泛相对成文，原作泛采，当乙正。

15 《汉书·淮南王传》："辩博善为文辞。"高诱《淮南子叙目》："其义也著，其文也富，物事之类，无所不载。"

若夫陆贾《新语》[1]，贾谊《新书》[2]，杨雄《法言》[3]，刘向《说苑》[4]，王符《潜夫》[5]，崔寔《政论》[6]，仲长《昌言》[7]，杜夷《幽求》[8]，〔或〕（原作咸，依一作改）叙经典，或明政术，虽标论名，归乎诸	像陆贾的《新语》，贾谊的《新书》，杨雄的《法言》，刘向的《说苑》，王符的《潜夫论》，崔寔的《政论》，仲长统的《昌言》，杜夷的《幽求子》，有的叙述经典，有的谈论政事，虽然标名叫论，都应归于诸子。这是什么缘故？广泛阐明万事的叫子，专

子。[9]何者？博明万事为子，适辨一理为论。[10]彼皆蔓延杂说，故入诸子之流。

门辨明一个事理的叫论。这些书都涉及各种问题，所以应该纳入诸子之中。

注释

1 新，原作典，此处据孙校本改。孙诒让《札迻》："案典当作新。《新语》十二篇，今书具存。《史记》贾本传及正义引《七录》并同，皆不云《典语》。"是也。《史记·陆贾传》：高祖"乃谓陆生曰：'试为我著秦所以失天下，吾所以得之者何？及古成败之国。'陆生乃粗述存亡之征，凡著十二篇。每奏一篇，高帝未尝不称善，左右呼万岁。号其书曰《新语》"。

2 《汉书·艺文志》儒家"贾谊五十八篇"。

3 《汉书·杨雄传》："雄见诸子各以其知舛驰，……虽小辩，终破大道而或众，……故人时有问雄者，常用法应之。撰以为十三卷，象《论语》，号曰《法言》。"

4 刘向：《汉书》有传。《艺文志》：儒家"刘向所序六十七篇"。班固自注："《新序》《说苑》《世说》《列女传》《颂图》也。"

5 《后汉书·王符传》："志意蕴愤，乃隐居著书三十余篇，以讥当时得失，不欲章显其名，故号曰《潜夫论》。"

6 《后汉书·崔骃传》：崔寔乃崔骃孙，崔瑗子。"寔字子真，一名台，字元始。……明于政体，吏才有余，论当世便事数十条，名曰《政论》。指切时要，言辩而确，当世称之。"

7 《后汉书·仲长统传》："字公理，……每论说古今及时俗行事，恒发愤叹息。因著论名曰《昌言》。凡三十四篇，十余万言。"

8 《晋书·儒林·杜夷传》："字行齐，……夷所著《幽求子》二十篇，行于世。"

9 《潜夫论》《政论》明标论名，除《幽求子》外，皆不以子为名。

10 适：专主。博与适相对成文。适与职双声，故义亦相近。职：主也。

《论语·里仁》:"无适也。"朱注:"适,专主也。"

夫自六国以前,去圣未远,故能越世高谈,自开户牖。[1] 两汉以后,体势浸弱,虽明乎坦途,而类多依采,此远近之渐变也。[2]

在六国以前,作家距离孔子的时代不远,所以能够超越时代的拘束,高谈阔论,自成一家。两汉以来的著作,文章的气势渐次衰弱了,作者虽然知道各抒己见是创作的平坦道路,但是大都依傍前人,这就是六国以前和六国以后文体渐次演变的缘故呀。

注释

[1] 圣:指孔丘。先秦诸子,大抵皆孔丘前后人,而墨、孟、荀、庄、韩、公孙龙、惠施等大家,则略后于孔丘。故曰"去圣未远"。《庄子·天下》:"天下之治方术者多矣。皆以其有,为不可加矣。……天下之人,各为其所欲焉,以自为方。"所谓"越世高谈,自开户牖"也。
[2]《庄子·秋水》:"明乎坦途,故生而不说,死而不祸。"此文"坦途",是承上文"越世高谈"说的,非指儒家也。类:大抵也。

嗟夫!身与时舛,志共道申,[1] 标心于万古之上,而送怀于千载之下,金石靡[2]矣,声其销乎!

唉!六国以前作者,在当时虽然不得意,作者的思想主张却写下来了,他们著书立说立足于千古以前,目空一切,毫无挂碍,他们想到的是千古以后,金石是会磨灭的,(生命是要死亡的,)他们的声名难道会消逝吗?

【注释】

1 舛（chuǎn）：乖违。司马迁《报任少卿书》："盖文王拘而演《周易》；仲尼厄而作《春秋》；屈原放逐，乃赋《离骚》；左丘失明，厥有《国语》；孙子膑脚，《兵法》修列；不韦迁蜀，世传《吕览》；韩非囚秦，《说难》《孤愤》；《诗》三百篇，大底圣贤发愤之所为作也。此人皆意有郁结，不得通其道，故述往事，思来者。"

2 靡：糜之借字。《楚辞·九叹》："名靡散而不彰。"注："靡散，犹消灭也。"《汉书·景十三王传》："今欲靡烂望卿。"注："靡，碎也。"皆以靡作糜也。

赞曰：〔丈〕（原作大，依铃本改）夫处世，怀宝挺秀。[1]辩雕万物，智周宇宙。[2]立德[3]何隐？含道必授。条流殊〔术〕（原作述，今改），若有区囿。[4]

总而言之：大丈夫处在世界上，有了才华就显得英秀。诸子的议论可以雕塑万物，他们的想象可以包罗宇宙。砥砺品德有谁知道呢？著书立说可以万代传授。各派各走各的道路，好像各有领域各分园圃。

【注释】

1 《论语·阳货》："怀其宝而迷其邦，可谓仁乎？"

2 《庄子·天道》："辩虽雕万物，不自说也。"《情采》"辩雕万物"，辩原作辨，两字虽通用，疑本当作辩，今校改。

3 立德注见前。

4 李雁晴云："述同术，途也。"今按术述虽通用，疑本当作术，今改。

论　说

导读

论、说两种文体，在今天依旧是广泛运用的。本篇说明了论和说的含义、各种不同论说体，同时将历代论说的名作，作了概括性的评价。这对于我们了解从古代到南齐论说文的轮廓是有帮助的。

更可贵的是，本篇说明写论说文的要求是十分深刻的。它说：论说文要能深刻地辨正是非，论点没有漏洞，所谓"辨正然否"，所谓"心与理合，弥缝莫见其隙；辞共心密，敌人不知所乘"；反对那种强词夺理，形式好而内容坏的议论文，所谓越理横断、反义取通、检迹知妄的作品。本篇所谈说明文，主要是游说之辞。它认为游说之辞要对现实有益处而意义正直，可以把事情说成功，对自己无危害，所谓"时利而义贞；进有契于成务，退无阻于荣身"；它认为除了对付敌人可以采用谲诈以外，对待自己人必须是忠实可信的，反对无条件的"炜晔以谲诳"。刘勰所提的这些要求，虽然有时代的局限性，但在今天仍然有现实意义。

原文

圣哲彝训曰经，述经叙理曰论。[1]论者，伦也。伦理无爽[2]，则圣意不坠。昔仲尼微言，门人追记，故〔抑〕（原作仰，依宋《御览》改）其经目，称为

译文

圣人的常训叫作经，阐述经义述说道理的叫作论。论的意思就是伦。论文有条有理，才不会把圣人的意思搞错。过去孔夫子对答门人弟子的精辟言论，因为是门人弟子追记的，所以不叫作经，而称它为《论语》。把书题名为论，应该

《论语》;盖群论立名,始于兹矣。[3]自《论语》已前,经无论字[4]。《六韬》二论,后人追题乎![5]详观论体,条流多品:陈政,则与议说合契;释经,则与传注参体;辨史,则与赞评齐行;诠文,则与〔序〕(原作叙,今改)引共纪。[6]故议者宜言,说者说语,传者转师,注者主解,赞者明意,评者平理,序者次事,引者胤辞:八名区分,一揆宗论。[7]论也者,弥纶[8]群言,而研精一理者也。

是由此开始的。在《论语》以前,经书中没有用论作为书名或篇名的。《六韬》中的两篇论,大概是后人加上的名称吧。详细考察论这一体裁,派别名称多种多样:有陈说政事的论文,就和议、说一样;有解释经典的论文,就和传、注相同;有辨别史事的论文,就和赞、评类似;有解说题意的论文,就和序、引一致。议是说应该说的话,说是说让人悦服的话,传是把师授的话转告后人,注是以解释文义为主,赞是综合说明旨义,评是把道理说得平允,序是把事理说得有秩序,引是引发全文的缀辞:八种名目虽然不同,但都是从论派生的。所以论这一文体,是要弥纶补合各个方面,精密地说明一个道理啊。

注释

1 彝训:常教也。下文谓论有八种:盖传注序引为述经,议说赞评为叙理。更详后注。

2 《释名·释典艺》:"论,伦也,有伦理也。"论与伦同从仑声,故意亦相通。以仑、伦训论为声训。伦:次序,条理。爽:差失也。

3 《汉书·艺文志》:"《论语》者,孔子应答弟子时人,及弟子相与言,而接闻于夫子之语也。当时弟子各有所记,夫子既卒,门人相与辑而论纂,故谓之《论语》。"

4 经无论字:谓经书无以论为名者,非谓经中无论字也。

5 《后汉书·何进传》注引"太公《六韬》篇,第一《霸典文论》,第二《文师武论》"。

6 《说文》:"论,议也。"《广雅·释诂二》:"说,论也。"故论议说,义本同也。兼详下注及《议对》。契:符契。详《书记》。传:如诗有毛传。注:《礼》有郑注。参:犹言合也。《汉书》有赞,《后汉书》有论,《三国志》有评,赞论评,一也。《颂赞》云:"及迁《史》固《书》,托赞褒贬。约文以总录,颂体而论辞也。又纪传后评,亦同其名。"是赞评亦与论同也。诠:释也。《淮南子》有《诠言训》。注:"诠,就也。就万物之指,以言其征,事之所谓,道之所依也。"序:原作叙。下文云"序者次事",则此当作序,始与下文一致,今改,如《书序》《诗序》《序卦》。引:下文云"引者胤辞",盖即《易·系辞》之类。

7 议:谊。谊:从言,宜声。故云"议者宜言"。说:与悦通用,有喜悦义。"说者说语"谓使人怡悦之语。传转同从专声;"传者转师"谓传为转相师授。注与主同从主声,"注者主解",谓注以解释为主。《颂赞》云:"赞者,明也。"又云:"并扬言以明事。"故此处云"赞者明意"。评从平声,"平理"谓使事理平允。"次事"谓使事理有次序。"引者胤辞",胤与系通,谓引为概括全篇的系辞。

8 弥纶:弥纶补合。

是以庄周齐物,以论为名;[1]不韦《春秋》,六论昭列;[2]至石渠论艺,[3]白虎讲(原讲前有通字,依铃本删)聚,[4]述圣通经,论家之正体也。[5]及班彪《王命》,[6]严尤《三将》,[7]敷述昭情[8],

所以庄周要齐万物,所作《齐物论》便以论作为篇名;吕不韦作的《春秋》,其中六篇很鲜明地采用了论名;至于石渠阁讨论六艺,白虎观会讲五经,阐述圣人的情志,发挥经书的旨意,这样的文章才是论文的典范。到班彪的《王命论》,严尤的《三将军

善入史体。魏之初霸,术兼名法,傅嘏、王粲,校练名理。[9] 迄至正始,务欲守文;[10] 何晏之徒,始盛玄论;[11] 于是聃、周当路,与尼父争涂矣。[12] 详观兰石之《才性》,[13] 仲宣之《去〔伐〕(原作代,依宋本、明抄本《御览》改)》,[14] 叔夜之《辨声》,[15] 太初之《本〔无〕(原作玄,依本传注引《魏氏春秋》改)》,[16] 辅嗣之《两例》,[17] 平叔之《二论》,并师心独见,锋颖精密,盖〔论〕(原作人伦,依《御览》《玉海》改)之英也。[18] 至如李康《运命》,同《论衡》而过之;[19] 陆机《辨亡》,效《过秦》而不及:然亦其美矣。次及宋岱、郭象,锐思于几神之区;[20] 夷甫裴頠,交辨于有无之域。[21] 并独步当时,流声后代。然滞有者,全系于形用;贵无者,专守于寂寥:徒锐偏解,莫诣正理。动极神源,

论》,把应当阐述的感情阐述得清楚,是论史的好作品。魏武帝才称霸的时候,采用名法两家主张,傅嘏和王粲等人,是懂得而且熟练于名法之学的。到了齐王芳正始年代,齐王芳不爱武事,好为文学,所以何晏等人盛谈佛老玄理,于是老聃、庄周之学成了学术主流,要和孔夫子争夺席位了。仔细阅读傅兰石的《才性论》,王仲宣的《去伐论》,嵇叔夜的《声无哀乐论》,夏侯玄的《本无论》,王辅嗣的《易略例》上下,何平叔的《道论》和《德论》,都有自己的独立见解,既锋芒毕露又条理精密,真是论文中的精华。像李康的《运命论》,内容和《论衡》中一部分相近,文采却更为华丽;陆机《辨亡论》模仿贾谊的《过秦论》,但并不如原作:然而都算是好作品吧。其次宋岱和郭象,深入地考虑到了玄理的微妙之处。王衍和裴頠,互相辩论着有和无的范畴。他们在当时都卓然成家,而且声誉都流传到了后代。但是拘泥于有的人,只知道形器的作用;强调无的人,死守着虚无的境地:都是抓住一偏之见,不能正确地认识道

其般若之绝境乎！²²逮江左群谈，惟玄是务；虽有日新，而多抽前绪矣。²³至如张衡《讥世》，〔颇〕（原作韵，今依杨校）似俳说；孔融《孝廉》，但谈嘲戏；曹植《辨道》，体同书抄。才不持论，宁如其已。²⁴

理。要深入理论的源头，那才算达到了智慧的最高境界。到了东晋以后的清谈，只是爱好玄学，虽然也有些新见解，但大多数只是引申前人之说罢了。像张衡的《讥世论》，有点像打诨；孔融的《孝廉论》，只是开玩笑；曹植的《辨道论》，文章同于抄书。既然能力不擅长写论，那就不如不写。

注释

1 《庄子》有《齐物论》。
2 《吕氏春秋》有《开春论》《慎行论》《贵直论》《不苟论》《似顺论》《士容论》。
3 汉宣帝甘露三年，诏诸儒讲五经同异于石渠阁。见《汉书》中《宣帝纪》《瑕丘江公传》《刘向传》《韦玄成传》。《三辅故事》："石渠阁在未央殿北，藏秘书之所。"艺谓六艺，即《易》《书》《诗》《礼》《春秋》及《乐》也。
4 《后汉书·章帝纪》："（建初四年）十一月……下太常，将大夫、博士、议郎、郎官及诸生、诸儒，会白虎观，讲议五经同异……如孝宣甘露石渠故事，作《白虎议奏》。"
5 刘氏以石渠白虎讲经为论家正体，此其宗经征圣之旨也。
6 班彪：《后汉书》有传。所作《王命论》，见《汉书·叙传》及《文选》。
7 《汉书·王莽传下》："（严）尤素有智略，非莽攻伐四夷，数谏不从，著古名将乐毅、白起不用之意，及言兵事，凡三篇，奏以风谏莽。"《三将军论》今佚，《全前汉文》有辑佚。
8 昭情：将郁而未发之情阐述明白。
9 《三国志·魏书·武帝纪》：评曰："太祖揽申、商之法术，该韩、白之奇策。"所以说"魏之初霸,术兼名法"。又《三国志·魏书·傅嘏传》:傅嘏,字兰石,"常论才性同异,钟会集而论之",有《难刘劭考课法论》。注引《傅子》曰:"嘏既达治好正,而有清理识要,好论才性,原本精微,鲜能及之。"又《三国志·魏书·王粲传》:"时旧仪废弛,兴造制度,粲恒典之。"又:"著诗赋论议垂六十篇。"论皆残缺。《艺文类聚》五十二有《儒吏论》,可知其与傅嘏皆"校练名理"者也。

10 正始:齐王芳年号。魏之三祖,盛有文采。齐王芳等亦爱文辞,高贵乡公尤为好问尚辞,故本篇云"务欲守文"。《汉书·外戚传》:"自古受命帝王,及继体守文之君,非独内德茂也,盖亦有外戚之助焉。"颜师古注:"守文,言遵成法不用武功也。"

11 《晋书·范宁传》:范宁《罪王何论》:"或曰:黄唐缅邈,至道沦翳,濠濮辍咏,风流靡托,……平叔神怀超绝,辅嗣妙思通微,振千载之颓纲,落周孔之尘网,……以为罪过桀纣,何哉!答曰:……王何蔑弃典文,不遵礼度,游辞浮说,波荡后生,饰华言以翳实,骋繁文以惑世,缙绅之徒,翻然改辙,洙泗之风,缅焉将坠;遂令仁义幽沦,儒雅蒙尘,礼坏乐崩,中原倾覆,古之所谓言伪而辩,行僻而坚者,其斯人之徒欤?"

12 聃(dān)、周:老聃与庄周。尼父:《礼记·檀弓》:鲁哀公诔孔丘曰:"呜呼哀哉尼父!"

13 详注9。《才性论》今佚。

14 《札逸》十二:"代当作伐。"《隋书·经籍志》:儒家梁有《去伐论》三卷,王粲撰,即此。去伐:言去矜伐。

15 嵇(jī)康字叔夜,《晋书》有传。著《声无哀乐论》,今存。

16 《三国志·魏书·夏侯玄传》:"玄字太初。"注引《魏氏春秋》曰:"玄尝著《乐毅》《张良》及《本无》《肉刑论》,辞旨通远,咸传于世。"《本无论》今佚。

17 《三国志·魏书·钟会传》:"弼好论儒道,辞才逸辩,注《易》及《老子》。"注:"弼字辅嗣。"李治《敬斋古今黈》:"王弼既注《易》又作略例上下两篇。"本篇所举两例即略例上下两篇也。

18《三国志·魏书·曹真传》:"晏……少以才秀知名,好老、庄言,作《道德论》,及诸文赋著述,凡数十篇。"注:"晏字平叔。"《世说新语·文学》:"何平叔注《老子》始成,诣王辅嗣,见王注精奇,……因以所注为道、德二论。"师心:《庄子·齐物论》:"夫随其成心而师之。"关尹子:"善心者,师心不师圣。"

19《运命论》见《文选》。李善注引《集林》曰:"李康,字萧远。……魏明帝异其文,遂起家为寻阳长。"范文澜云:《运命论》"视《论衡》《逢遇》《累害》以下十余篇,义虽一致,文则不如萧远远矣"。

20陆机《辨亡论》见《文选》,文拟贾谊《过秦论》。范文澜云:"《隋书·经籍志》,易家有晋荆州刺史宋岱《周易论》一卷。《晋书·郭舒传》有荆州刺史宗岱,疑即宋岱之误。"《晋书·郭象传》:"郭象字子玄,少有才理,好《老》《庄》,能清言。……先是注《庄子》者数十家,莫能究其旨统。向秀于旧注外,而为解义,妙演奇致,大畅玄风。惟《秋水》《至乐》二篇未竟,而秀卒。……象为人行薄,以秀义不传于世,遂窃以为己注。乃自注《秋水》《至乐》二篇,又易《马蹄》一篇,其余众篇,或点定文句而已。"《征圣》:"妙极几神。"

21《晋书·王衍传》:"衍字夷甫……魏正始中,何晏、王弼等祖述《老》《庄》,立论以为天地万物皆以无为为本,……衍甚重之。唯裴頠以为非,著论以讥之。"又《晋书·裴頠传》:"頠字逸民,……深患时俗放荡,不尊儒术,……乃著《崇有之论》。……王衍之徒,攻难交至,并莫能屈。"

22神源:犹言理源。《世说新语·文学》:"丞相乃叹曰:向来语,乃竟未知理源所归。"梵言般若,即此言智慧也。

23《世说新语·文学》:"王丞相过江左,止道《声无哀乐》《养生》《言尽意》三理而已。然宛转关生,无所不入。"由此注之,是"江左群谈","多抽前绪"也。

24《讥世论》《孝廉论》二文已佚,《辨道论》见《续古文苑》。

原夫论之为体,所以辨正然否,穷于有数,追于无形,钻坚求通,钩深取极,乃百虑之筌蹄,万事之权衡也。[1] 故其义贵圆通,辞忌枝碎,必使心与理合,弥缝莫见其隙;辞共心密,敌人不知所乘:斯其要也。是以论如析薪,贵能破[2]理。斤利者,越理而横断[3];辞辨者,反义而取通[4];览文虽巧,而检迹〔知〕(原作如,依顾校)妄。唯君子能通天下之志,安可以曲论哉。[5]

推考论文这种体裁,在于辨明是非,具体的要说透,抽象的要写深,艰难的要钻通,深藏的要钩出,论文是包涵各种思想的网罗,评量一切事物的权衡。所以论证要周密透彻,措辞不能枝节琐碎,主观的想法要和客观的事理相吻合,要弥缝精密让对方找不出漏洞;语言像心思那样细致,使反驳者没法钻空子:这就是写论文的要点呀。所以议论像劈木头一样,重要的在于按照道理加以剖析,锋利的斧子,可以不照纹理把木头砍断;会说话的人,可以违背道理把事情说通;文章看起来虽然写得很巧妙,但拿事实来检验便知道是错了。正派人应该把天下人的感情说出来,怎么可以歪曲事实进行狡辩呢!

注释

1 《庄子·外物》:"筌者所以在鱼,得鱼而忘筌;蹄者所以在兔,得兔而忘蹄。"《庄子·胠箧》:"为之权衡以称之,则并与权衡而窃之。"
2 破:分剖。
3 越理而横断:割断理路。
4 反义而取通:违理取通。
5 徐幹《中论·核辩》:"夫辩者,求服人心也,非屈人口也。故辩之为言别也,为其善分别事类而明处之也。非谓言辞切给而以陵盖人也。"彼文与此可以互相发明。

若夫注释为词,解散论体,〔离〕(原作杂,今改)文[1]虽异,总会是同;若秦延君之注"尧典",十余万字;[2]朱〔公文〕(原作普,今改)之解《尚书》,〔四〕(原作三,今依范改)十万言。[3]所以通人恶烦,羞学章句。[4]若毛公之训《诗》,安国之传《书》,郑君之释《礼》,王弼之解《易》,要约明畅,可为式矣。[5]

至于注释行文的办法,是打散整体,分别把解释注在经文之下,虽然与论文完整成篇不同,但把各条注释综合起来看,却与论文没有什么分别了。像秦延君注释"尧典"这两字,用了十多万字;朱公文讲解《尚书》这部书,用了四十万言。所以渊博的学者讨厌这种烦琐的注释,看不起章句之学。像毛公替《诗》做训诂,孔安国为《尚书》作传,郑康成注《礼》,王辅嗣解释《周易》,简单扼要而明白畅达,才可以作为后人的法式。

注释

1 离文:原作杂文,义不可通。谓注释断续出现于正文之下,故为离文。离、杂形近致讹。《声律》"叠韵离句而必睽",离句原作杂句,《文镜秘府论》引《声律》作离句,亦是离、杂两字形近易讹之证。

2 秦恭字延君,见《汉书·儒林传》。《汉书·艺文志》颜师古注引桓谭《新论》云:"秦近(延之讹)君说《尧典》篇目,两字之说,至十余万言。但说'曰若稽古'三万言。"

3 朱普字公文,亦见《汉书·儒林传》,《后汉书·桓郁传》:"初,(桓)荣受朱普学章句四十万言,浮辞繁长,多过其实。"故范校此文三当作四,今改。又按朱公文原作朱普,上文既称秦延君,则今处应作朱公文,不唯字数相当,亦不应一称名一称字也,今改。

4 《汉书·杨雄传》:"少而好学,不为章句,训诂通而已。"《后汉书·班固传》:"不为章句,举大义而已。"即本文所谓"通人"也。

5 各家注皆存。唯孔安国《尚书传》今流行者为伪作。

说者，悦也；兑为口舌，故言资悦怿；[1]过悦必伪，故舜惊谗说。[2]说之善者，伊尹以论味隆殷；[3]太公以辨钓兴周；[4]及烛武行而纾郑[5]；端木出而存鲁：[6]亦其美也。暨战国争雄，辨士云涌，纵横参谋，长短角势，[7]转丸骋其巧辞，飞钳伏其精术。[8]一人之辨，重于九鼎之宝；三寸之舌，强于百万之师。[9]六印磊落以佩，五都隐赈而封。[10]至汉定秦、楚，辨士弭节。[11]郦君既毙于齐镬，蒯子几入乎汉鼎。[12]虽复陆贾籍甚，张释傅会，杜钦文辨，娄护唇舌，颉颃万乘之阶，〔诋戏〕（原作抵嚍，今改）公卿之席，[13]

说的意思，就是悦。《易·说卦》以为"兑是口舌"，用口舌说话，需要使人悦服；但是，过分使人高兴的话一定是虚伪的，所以虞舜怕谗言惑众。历代擅长说辞的人，像伊尹用烹调法论述治理天下而使殷汤兴隆；吕尚拿钓鱼术说明争取天下而使周朝崛起；以及烛之武出使秦国而解了郑国；端木赐出使齐国而保存了鲁国：都是擅长说辞的人呀。到了战国，七国互争雄长，游说之士风起云涌，提出了合纵连横的主张，比较形势的长短，他们言辞敏捷如弹丸走盘，他们策略精明像飞钳制人。一场说辞，比九座宝鼎还贵重；三寸舌头，比百万大军还厉害。所以苏秦错落地佩上了六国相印，张仪接受了物产丰盛的五个封邑。汉高祖平定秦、楚后，游说之风不如从前了，说士游客也按节不多出使了。郦食其因为说齐王，被烹死在油锅中；蒯通说汉王，也几乎煮死在大鼎里。虽然还有像陆贾仍以辨说被大家称美，张释之擅长附会时事，杜钦文辞敏捷，娄护口齿伶俐，都浮沉于帝王的左右，嬉笑游戏于公

并顺风以托势,莫能逆波而溯洄矣。[14] | 卿之间,不过都是顺着风向讲些凑兴的话,再没有逆抗旨意议论的人了。

注释

1 《说文》:"说,说释也。从言、兑。"说释即悦怿。《易·说卦》:"说言乎兑。""兑为口舌。"象:"兑,说也。"
2 《尚书·虞书·舜典》:"帝曰:'龙,朕堲(疾也)谗说殄行,震惊朕师。'"
3 《史记·殷本纪》:"伊尹,名阿衡。阿衡欲干汤而无由,乃为有莘氏媵臣,负鼎俎,以滋味说汤,至于王道。"《孟子》称"伊尹以割烹要汤",《吕氏春秋·本味》更详言之。
4 《史记·齐太公世家》:"吕尚盖尝穷困,年老矣,以渔钓奸周西伯。"西伯出猎,"果遇太公于渭之阳,与语大说,曰:'……吾太公望子久矣。'故号之曰太公望"。太公辨钓见《六韬·文韬·文师》。
5 《左传》僖公三十年,"晋侯秦伯围郑,以其无礼于晋且贰于楚也"。郑使烛之武见秦师,"秦伯说,……使杞子、逢孙、杨孙戍之,乃还"。
6 《史记·仲尼弟子列传》:"端木赐,卫人,字子贡。……(田常)故移其兵,欲以伐鲁,孔子闻之,谓门弟子曰:'夫鲁,坟墓所处,父母之国,国危如此,二三子何为莫出?'……子贡请行,孔子许之。……故子贡一出,存鲁,乱齐,破吴,强晋而霸越。子贡一使,使势相破,十年之中,五国各有变。"
7 长短:纵横也。《史记·六国年表》:"而纵横长短之说起。"《淮南子·要略》:"故纵横修短之说生焉。""修短"即"长短",避刘长讳也。刘向《战国策序》:"中书本号或曰《国事》,或曰《短长》,或曰《事语》,或曰《长书》,或曰《修书》,臣向以为战国时游士辅所用之国,为之策谋,宜为《战国策》。"《汉书·张汤传》:"边通学长短。"注:"趣彼为短,归此为长。"
8 《鬼谷子》有《转丸》《飞钳》,今《转丸》佚。此处"转丸"借以言辩辞之流利,"飞钳"借以言策略之厉害。

9 《史记·平原君传》:"毛(遂)先生一至楚而使赵重于九鼎大吕(国家宝器),毛先生以三寸之舌,强于百万之师。"

10 《史记·苏秦列传》:"使我有雒阳负郭田二顷,吾岂能佩六国相印乎?"《后汉书·蔡邕传》:"连衡者六印磊落。"磊落:错落,多貌。《史记·张仪列传》:"秦惠王封仪五邑。"隐赈:殷赈也。《尔雅·释言》:"赈,富也。"郭注:"谓隐赈富有。"《西京赋》:"乡邑殷赈。"

11 《离骚》:"吾令羲和弭节兮,望崦嵫而勿迫。"注:"弭,按也。按节,徐步也。"

12 《史记·郦生陆贾列传》:"淮阴侯闻郦生伏轼下齐七十余城,乃夜度兵平原袭齐,齐王田广闻汉兵至,以为郦生卖己,……遂烹郦生。"镬(huò):烹煮之器。《史记·淮阴侯列传》:"高祖捕蒯(kuǎi)通,欲烹之。通曰:'秦失其鹿,天下共逐之,欲为陛下所为者甚众。顾力不能耳。又可尽烹之耶?'乃释通不烹。"

13 《汉书·陆贾列传》:"陆生游汉廷公卿间,名声籍甚。"《史记·张释之冯唐列传》:"释之既朝毕,因前言便宜事。文帝曰:'卑之毋甚高论。令今可施行也。'"颜师古注:"令其议论依附时事也。"《汉书·杜业传》:"钦浮沉当世,好谋而成。以建始之初,深陈女戒,终如其言。庶几乎《关雎》之见微,非夫浮华博习之徒所能规也。"故云"文辨"。《汉书·游侠传》:"楼护字君卿。……长安号曰:'谷子云笔札,楼君卿唇舌。'"《诗》:"燕燕于飞,颉(xié)之颃(háng)之。"毛传:"飞而上曰颉,飞而下曰颃。"颉颃即上下浮沉之意。诋戏:原作抵噓。范云:"按《谐讔》篇'谬辞诋戏',谓嘲戏取说(悦)也,此'抵噓'即'诋戏'之字误。"今据改。

14 《荀子·劝学》:"顺风而呼,声非加疾也,而闻者彰。"《诗·蒹葭》:"溯洄从之。"传:"逆流而上曰溯洄。"

夫说贵抚会,弛张相随,不专缓颊,亦在刀笔。[1]范雎之言〔疑〕(原无,今增)事,李斯之止逐客,[2]并〔顺〕(原作烦,依铃本校)情入机,动言中务,虽批逆鳞,而功成计合,此上书之善说也。[3]至于邹阳之说吴、梁,喻巧而理至,故虽危而无咎矣。[4]敬通之说鲍、邓,事缓而文繁,所以历聘而罕〔遇〕(原作过,今改)也。[5]

游说要掌握时机,看准对象,或擒或纵,游说不单是当着面陈述,也有书面表达的。范雎所讲述的是疑难危险的事,李斯所陈说的是反对驱逐客卿,都能够顺着对方的心情投合对方的需要,每一句话字字中肯,虽然触犯了对方的面子,但是事情成功了,计策实现了。这就是上书中善于辩说的例子。至于邹阳上书谏说吴王和梁王,也算比喻巧妙而说理周到,所以事情虽然危险而结果没有受害。冯衍说鲍永和邓禹,并不切时务而又语言冗长,所以屡次出使聘问而很少受人欢迎啊!

[注释]

1 抚会:犹言掌握其适当时机。《礼记·杂记》:"张而不弛,文武不能也;弛而不张,文武不为也;一张一弛,文武之道也。""说贵抚会,弛张相随"谓辩说宜掌握恰当时机,随其需要而措辞也。《汉书·高帝纪》:"汉王如荥阳,谓郦食其曰:'缓颊往说魏王豹。'"注:"缓颊,徐言引譬喻也。"《汉书·萧何传》师古注:"刀所以削书也。古者用简牒,故吏皆以刀笔自随也。""不专缓颊",结束上文,指苏秦、张仪等人而言;"亦在刀笔",起下文,指范雎、李斯等人言之。

2 范雎(jū):有本作范雎,钱大昕《通鉴注辨正》:"考梁武祠画像作范且,且与雎同字,宜从且,不从目。"疑事:旧脱疑字,今校增。《史记·范雎列传》有《上秦昭王书》。书云:"岂敢以疑事尝试于王乎。"尔后说昭王废太后逐穰侯,则所谓"疑事"也。本文"疑事"正用彼文。言疑事、止逐客相对成文。《史记·李斯列传》:"秦王拜斯为客卿。会韩人郑国来间秦,以作注溉渠,已而觉。秦宗室大臣皆言秦王曰:'诸侯人来事秦者,大抵为其主游间于秦耳。请一切逐客。'李斯议亦在逐中。"

3 顺:原作烦。铃本曰:"烦字可疑。案烦当作顺,《檄移篇》顺误作烦,可以互证。又《封禅篇》'文理顺序',顺元误作烦,是亦一证矣。"《韩非子·说难》:"夫龙之为虫也柔,可狎而骑也;然其喉下有逆鳞径尺,若人有婴之者,则必杀人。人主亦有逆鳞,说者能无婴人主之逆鳞则几矣。"

4 《汉书·邹阳传》:"吴王以太子事,怨望,称疾不朝,阴有邪谋。阳奏书谏,为其事尚隐,恶指斥言,故先引秦为谕,因道胡、越、齐、赵、淮南之难,然后乃致其意。"又:"(羊)胜等疾阳,恶之孝王。孝王怒,下阳吏,将杀之。阳客游,以谗见禽,恐死而负累,乃从狱中上书……"

5 聘:柳改作骋,非。聘:问也。《风骨》"珪璋乃聘",聘误作骋,此文不误。更详彼注。《后汉书·冯衍传》:"字敬通。……更始二年,遣尚书仆射鲍永行大将军事,安集北方。衍因以计说永曰:衍闻明君不恶切悫之言,……"注:"《东观记》:衍更始时,为偏将军,与鲍永相善。更始既败,固守不以时下。建武初,为扬化大将军掾,辟邓禹府,数奏记于禹,陈政言事。自'明君'以下,皆是谏邓禹之词,非劝鲍永之说,不知何据,有此乖违。"今按:书缺有间,不可确考。依刘氏此文,则说鲍说邓皆有之也。冯衍晚不得志,自废于家,故云"历聘而罕遇"。

凡说之枢要,必使时利而义贞;进有契于成务,退无阻于荣身。[1]自非谲敌,则唯忠与信,披肝胆以献主,飞文敏以济辞,

说的主要关键,一定要在有利的时机,而且说的内容要正当。对方接受了,能够把事情办好;对方拒绝了,自己也不至于身败而名裂。除非为了欺骗敌人,否则一切说辞都要忠实和可靠。所以说辞要披肝沥胆把内心掏出来献给君王,以极华丽的

此说之本也。[2]而陆氏直称"说炜晔以谲诳",何哉[3]！

文采来提高说辞的效果,这就是它的根本要求。但是陆机《文赋》认为:"说辞要文采辉煌而内容诡诈。"那又怎么讲呢！

注释

1 时利:说的时机有利。义贞:说的内容不回邪。契:合于。
2 谲敌:欺诈敌人。唯忠与信:立辞之本。飞文敏以济辞:说辞贵文采。
3 说炜晔(yè)以谲诳:违说辞之本。

赞曰:理形于言,叙理成论。词深人天,致远方寸[1]。阴阳莫〔贷〕(原作贰,今改),鬼神靡遁。[2]说尔飞钳,呼吸沮劝。[3]

总而言之:道理是要通过语言表达出来的,把语言表达出来的道理加以整理就成为论。论文应该广阔地包罗天人,应该深入地打中人心。说辞则需使神秘的阴阳没法隐藏,使奇异的鬼神无处逃遁。"飞钳之术"真令人佩服,顷刻之间可以令人沮丧又可以使人前进。

注释

1 方寸:指心。《蜀志·诸葛亮传》:"庶辞先主,而指其心曰:'本欲与将军共图王霸之业者,以此方寸之地也。今已失老母,方寸乱矣。无益于事,请从此别。'"
2 贷:原作贰,形近致讹。贷(dài),宽免。遁(dùn):逃也。
3 说:同悦。沮:丧也,止也。劝:勉也,奖进之意。

诏　策

> [导读]
>
> 本篇专论诏、策,兼及戒、敕,故以《诏策》名篇。
>
> 诏策是帝王下达的文件。随着帝制的取消,也就不需要诏策了。但是无论什么社会制度,只要有上下级存在,下达的文件总是需要的,因而不能说诏策对后代完全没有借鉴作用。
>
> 本篇结合诏策的内容,从文学上提出了一些要求:"故授官选贤,则义炳重离之辉;优文封策,则气含风雨之润;敕戒恒诰,则笔吐星汉之华;治戎燮伐,则声有洊雷之威;眚灾肆赦,则文有春露之滋;明罚敕法,则辞有秋霜之烈:此诏策之大略也。"这种从作品的内容谈艺术上的要求,对我们进行创作有一定的启示。

[原文]

皇帝驭宇,其言也神。¹渊嘿〔负〕(原作黼,依《御览》改)扆,而响盈四表,〔其〕(原脱,依《御览》增)唯诏策乎!²昔轩辕、唐、虞,同称为命,命之为义,制性之本也。³其在三代⁴,事兼诰誓,誓以〔诫〕(原作训,依《御览》改)戎,⁵诰以敷政,⁶命喻自天,故授

[译文]

皇帝驾驭天下,他的语言真神妙。他静默地倚靠着屏风,声音却传遍了四方,这是诏策的作用吧!古代轩辕氏和唐尧、虞舜,都把诏策叫作命。命的原意,指的是控制人性的根本因素。到了夏、商、周,才把命的内容兼包诰、誓。誓是用来警诫军队的,诰是用来施布政教的,命则比喻这是上天给予的,所以用命来授官赐爵。《易经》的《姤》卦(上是乾是天,下是巽是风,所

官锡胤。[7]《易》之《姤》象,"后以施命诰四方",诰命动民,若天下之有风矣。[8]降及七国[9],并称曰令。令者,使也。[10]秦并天下,改命曰制。[11]汉初定仪(原有则,衍字),则有四品:一曰策书,二曰制书,三曰诏书,四曰戒敕。[12]敕戒州部[13],诏诰百官,制施赦命,策封王侯。策者,简也。制者,裁也。诏者,告也。敕者,正也。[14]《诗》云"畏此简书";《易》称"君子以制数度";《礼》称"明神之诏";《书》称"敕天之命":并本经典,以立名目。[15]远诏近命,[16]习秦制也。《记》称"丝纶",所以应接群后。[17]虞重"纳言",周贵"喉舌"。[18]故两汉诏诰,职在尚书。[19]王言之大,动入史策,其出如綍,不反若汗。[20]是

(以)象辞里说"帝王以施布命令来诰示四方",用诰示命令动员群众,正像天上刮下来的风一样。到了战国七雄时代,把诰、誓都叫作令。令的意思就是使。秦朝统一天下,把命改叫制。汉朝初年,制定礼仪,便把命分成四种:第一种叫策书,第二种叫制书,第三种叫诏书,第四种叫戒敕。敕书是用来警诫各州各部的,诏书是用来诰谕百官的,制书是用来发赦令的,策书是用来封土赐爵的。策的意思,就是简。制的意思,就是裁。诏的意思,就是告。敕的意思,就是正。《诗·出车》里说:"畏此简书。"《易·节·象辞》里说:"君子以制数度。"《周礼·司盟》里有:"明神之诏。"《尚书·益稷》里说:"敕天之命。"简、制、诏、敕,都是根据经典来命名的。远方的写在简册上通告,近处的就当面教诲,这就是继承了秦代的制度。《礼记·缁衣》里说"帝王的话即使像丝一样细,说出来之后影响比纶还大",所以帝王会见诸侯国君应当十分注意。虞舜很重视纳言这个职务,周代很珍重喉舌之官。两汉制定诏、诰,职责掌握在尚书手里。帝王的言辞特别重要,常常

以淮南有英才,武帝使相如视草;[21]陇右多文士,光武加意于书辞:[22]岂直取美当时,亦敬慎来叶矣。[23]观文、景以前,诏体浮〔杂〕(原作新,依《御览》改);[24]武帝崇儒,选言弘奥。[25]策封三王,文同训典,劝戒渊雅,垂范后代;[26]及制诏严助,即云"厌承明庐",盖宠才之恩也。[27]孝宣玺书,〔偿博进〕(原作赐太守,依纪改)陈遂,亦故旧之厚也。[28]逮光武拨乱,留意斯文,而造次喜怒,时或偏滥。[29]诏赐邓禹,称司徒为尧;敕责侯霸,称黄钺一下;[30]若斯之类,实乖宪章。暨明、〔章〕(原作帝,依宋本《御览》改)崇学,雅诏间出。[31]〔和、安〕(原作安、和,依宋本《御览》改)政弛,礼阁鲜才,每为诏敕,假手外请。[32]建安之末,文

由史官记载下来,如果帝王说的话是纶那样粗,影响就像綍那样大。而且像流出的汗一样,是收不回的。所以淮南王有杰出的才能,汉武帝给他"诏诰"便要司马相如审查草稿。陇西隗嚣的部下有许多文学之士,汉光武和他往来的文件便很注意文辞。这难道只是让当时的人赞赏吗?采取这样慎重的态度,更是因为那些文章要流传后代啊。看一看汉文帝、景帝以前的诏诰,文章是很肤浅芜杂的;汉武帝推崇儒学,诏诰措辞就很弘美深奥。元狩六年册封齐、燕、广陵三王,文辞同于训诰典谟;劝勉告诫深刻典雅,传为后代的典范;当他下达"制书"宣告严助做会稽太守时,却说:"您既然厌烦在承明庐,(就请您出守故郡吧!)"这就是宠爱人才所显示出的恩泽啊。汉宣帝任陈遂为太原太守时,赐玺书说:"(这个官俸禄多,)用以偿还欠您的赌博钱吧!"也是由于老朋友交情很厚啊。到了光武,拨乱反正,更注意辞采,但是在仓促之际,或喜怒无常的时节,偶或产生偏差。赐给邓禹的诏书,说什么"司徒是尧";指责侯霸的敕书,说什么"金斧一下",像这

理代兴,潘勖《九锡》,典雅逸群;³³卫觊禅诰,符〔采〕(原作命,依《御览》改)炳耀,弗可加已。³⁴自魏、晋〔诏〕(原作诰,依《御览》改)策,职在中书,刘放、张华,〔并〕(原作互,依范改)管斯任,施〔令〕(原作命,依《御览》改)发号,洋洋盈耳。³⁵魏文(下有帝,今删)下诏,辞义多伟,至于"作威作福",其万虑之一〔蔽〕(原作弊,依范改)乎!³⁶晋〔世〕(原作氏,今改)中兴,唯明帝崇才,以温峤文清,故引入中书,³⁷自斯以后,体宪风流矣。³⁸

类的东西,实在违背了宪章。到了明、章两帝,崇尚儒学,时常发出典雅的诏诰,和帝和安帝政治弛废,掌管典礼的衙门,人才很少,每每写诏书和敕书,只好从外面请人。建安末年,有文采的作家累出不穷,潘勖《册魏公九锡文》,措辞典雅超越了当时;卫觊代替献帝写的禅位"诏书",内采外发彪炳鲜明,没有比这更好的了。自魏、晋以来,制定诏策,职权在于中书,刘放和张华都担当过这一任务,施布命令和发布号召,真是满耳铿锵。魏文帝所下的诏书,辞采意义都不平凡,至于给夏侯尚的诏书,说什么"作威作福",那是千虑一失吧!晋代中兴以后,只有晋明帝尊崇人才,因为温峤的文章清新,所以叫他做中书令,从此以后,中书体制有法度,崇才的风气就此流传下来了。

注释

1 驭:驾驭。宇:天下,中国。

2 渊嘿(mò):深默。《汉书·成帝纪·赞》:"临朝渊嘿,尊严若神。"负:背负,依靠。《尚书·尧典》:"光被四表。"疏:"圣德美名充满被溢于四方之外。"

3 范文澜以为"性疑当作姓"。谓"古人最重得姓",制姓,"犹言赐姓命姓",刘勰之命之本义,"由于制姓,至三代始事兼诰誓耳"。今按《中庸》"天命之谓性",刘勰实附会其说,似不必改。

4 三代：夏、商、周。

5 誓以诫戎：诫戎，警戒军旅之事，如《尚书》有《甘誓》《汤誓》《泰誓》《牧誓》《费誓》《秦誓》。

6 诰以敷政：敷政，施布政教，如《尚书》有《召诰》《洛诰》。

7 《春秋元命苞》："命者，天之命也。"故此云"命喻自天"。授官锡胤(yìn)：承上文言，即命以授官锡胤。命以命授官，《尚书》有《微子之命》《管仲之命》《毕命》《冏命》。胤：后代。锡胤：谓以所受之官传之后嗣也。汉誓所谓"国以永宁，爰及苗胤"亦即此意。

8 《易·姤卦·象辞》："天下有风，姤，后以施命诰四方。"姤卦 ☰，☰ 为天，☴ 为风，后，君也。天下有风，即乾下作巽之意。

9 七国：秦、楚、齐、燕、韩、赵、魏也。

10 《说文》："命，使也。"《汉书·东方朔传》："令者，命也。"故令，亦可训为使也。

11 《史记·始皇本纪》："丞相绾等议上尊号，王为泰皇，命为制，令为诏。"

12 《章表》："汉定礼仪，则有四品。"此处当与《章表》同。四曰戒敕：蔡邕《独断》作"四曰戒书"。盖"戒书"亦称"敕文"，故刘勰径称"戒敕"，所以就下文也。

13 部：地方区域名称。汉光武以后，分天下为十三部，部置刺史。

14 策：同册，故训简。《说文》："册：符命也……象其札一长一短，中有二编之形。"又："制，裁也。"又："诏，告也。"《小尔雅·广言》："敕，正也。"

15 《诗·出车》："畏此简书。"《易·节卦·象辞》："君子以制数度，议德行。"陈伯弢云："明君之诏，明君当是明神之误。《周礼·司盟》：'北面诏明神'是也。"《尚书·益稷》："敕天之命。"孔传："敕，正也，奉正天命以临民。"

16 远诏：谓远则书于简册以告之。近命：谓近则面谕之。

17 《礼记·缁衣》:"王言如丝,其出如纶;王言如纶,其出如綍(fú)。"纶、綍,绳索,故大于丝也。

18 《尚书·舜典》:"命龙作纳言。"《诗·烝民》:"出纳王命,王之喉舌。"

19 《后汉书·百官志》:"尚书令一人。"本注曰:"承秦所置。"又:"尚书六人,侍郎三十六人。"本注曰:"主作文书起草。"

20 《汉书·刘向传》:"《易》曰:'涣(huàn)汗其大号。'言号令如汗,汗出而不反者也。"

21 《汉书·淮南王传》:"时武帝方好艺文,以安属为诸父,辩博善为文辞,甚尊重之。每为报书及赐,常召司马相如等视草乃遣。"

22 《后汉书·隗嚣传》:"嚣宾客掾史,多文学生,每所上事,当世士大夫皆讽诵之。故帝有所辞答,尤加意焉。"隗嚣据陇西,故此称陇右。

23 《后汉书·周荣传》:"古者帝王有所号令,言必弘雅,辞必温丽,垂于后世,列于典经。"

24 《史记·儒林列传序》:"汉兴,……尚有干戈平定四海,亦未暇遑庠序之事也。孝惠吕后时,公卿皆武力有功之臣,……孝文帝本好刑名之言。及至孝景,不任儒者。"所以"文景以前,诏体浮杂"。

25 《史记·儒林列传序》:"今上(武帝)即位,……延文学儒者数百人,……公孙弘为学官,……自此以来,则公卿大夫士吏斌斌多文学之士矣。"故云"武帝崇儒,选言弘奥"。

26 《史记·三王世家》:元狩六年,四月乙巳,"立皇子闳为齐王,旦为燕王,胥为广陵王"。策文具见《三王世家》。太史公曰:"文词烂然,甚可观也。"《左传》文公六年:"告之训典。"注:"先王之书。"按即《尧典》《伊训》之类。

27 《汉书·严助传》:武帝赐书"制诏会稽太守,君厌承明之庐,劳侍从之事,怀故土,出为郡吏"。

28 玺(xǐ)书:玺,印。秦以后专指帝王的印。加印封口的信叫玺书。《汉书·游侠列传》:"遂字长子,宣帝微时,与有故,相随博弈,数负进

(《汉纪》作遂)。及宣帝即位,用遂,稍迁至太原太守。乃赐遂玺书曰:'制诏太原太守。官尊禄厚,可以偿博进(《汉纪》作负)矣。'……其见厚如此。"进即赆(jìn)之借字,指财货。《汉纪》中"数负遂",疑"遂为进"之讹;"偿博负",负亦赆之讹。两书本谓宣帝负于陈遂,及宣帝以遂为太守,故戏之曰"官尊禄厚,可以偿博进矣"。

29 造次:仓促。《论语·里仁》:"造次必于是。"偏滥(làn):部分地方过分。

30 《后汉书·邓禹传》:"敕禹曰:司徒(指禹),尧也;亡贼,桀也。"《后汉书·冯勤传》:玺书赐侯霸曰:"崇山幽都何可偶,黄钺(金斧)一下无处所。"

31 明帝永平二年有《幸辟雍行养老礼诏》,章帝四年有《使诸儒共正经义诏》《令选高材生受古学诏》。既可见"明、章崇学",又可见"雅诏间出"。

32 《后汉书·窦宪传》:"和帝即位,太后临朝,宪以侍中,内干机密,出宣诰命,其所施为,辄外令太傅邓彪奏。"安帝政在外戚邓氏,宜亦"假手外请"。

33 文理:指文章条理。《中庸》:"文理密察。"此处指文章之士。潘勖有《册魏公九锡文》。

34 《三国志·魏书·卫觊传》:"顷之,还汉朝,劝赞禅代之义,为文诰之诏。"是献帝诸禅诏,皆卫觊作。《原道》:"符采复隐。"左思《蜀都赋》:"符采彪炳"。注:"符采,玉之横文也。"

35 《晋书·职官志》:"魏武帝为魏王,置秘书令,典尚书奏事。文帝黄初初,改为中书,置监、令。以秘书左丞刘放为中书监右丞,孙资为中书令。"《三国志·魏书·刘放传》:"放善为书檄,三祖诏命有所招喻,多放所为。"又:"刘放文翰,孙资勤慎,并管喉舌。"《晋书·张华传》:"华在魏为中书郎。晋武帝时为度支尚书,当时诏诰,皆所草定。惠帝时,为中书监。"《论语·泰伯》:"师挚之始,关雎之乱,洋洋乎盈耳哉！"洋洋：充满貌。

36 《三国志·魏书·蒋济传》："(文帝)诏征南将军夏侯尚曰：'卿腹心重将，特当任使，恩施足死，惠爱可怀，作威作福，杀人活人。'"

37 世：原作氏。音近致讹。《艺文类聚》四十八《晋中兴书》曰："肃祖(明帝)以温峤为散骑常侍，侍讲。大宁初，手诏曰：'卿既以令望中允之怀，著于周旋，且文清而旨远，宜居深密，今欲以卿为中书令，朝论亦咸以为宜。'"

38 体宪：中书体制有法度。风流：崇才的风气流传下去了。

夫王言崇秘，大观在上，所以百辟其刑，万邦作孚。[1] 故授官选贤，则义炳重离之辉；[2] 优[3]文封策，则气含风雨之润；敕戒恒[4]诰，则笔吐星汉之华；治戎燮伐，[5] 则声有洊雷之威；[6] 眚灾肆赦，[7] 则文有春露之滋；明罚敕法，则辞有秋霜之烈：[8] 此诏策之大略也。

帝王的言辞十分高贵，是下面的榜样，所以诸侯以它为典型，万国用以为孚信。因而授官选贤的诏策，就应该旨意鲜明如日月行天；嘉奖鼓励的封策，就应该言辞温润如和风细雨；警敕诰戒的诏策，就应该明星灿烂如笔吐光华；治理军队共同对敌的诰策，就应该像暴雷轰动很有威声；宽免罪过怜恤灾害的诏策，就应该像春天的雨露极为滋润；阐明刑罚整饬法令的诏策，就应该像秋天的冰霜那样凛冽：这就是诏策这类文件的主要要求啊。

注释

1 崇秘：犹言高贵。《易·观·象辞》"大观在上"，《正义》："谓大为在下，所观唯在于上。"《诗·烈文》："百辟其刑之。"辟：君也。刑：同型，法也。《诗·文王》："万邦作孚。"孚：信也。

2 《易·离卦·象辞》："离，丽也。……重明以丽乎正。"重明：日、月。

3 优：优厚。

4 恒：常也。

5 《左传》成公十六年："今两国治戎。"《诗·大明》："燮伐大商。"燮（xiè）：协和，这里指会同作战。

6 洊（jiàn）：《易·震卦·象辞》："洊雷震。"《正义》："洊者，重也。因，仍也。雷相因仍，乃为威震也。"

7 《尚书·舜典》："眚灾肆赦。"王肃注："眚，过；灾，害；肆，缓；过而有害，当缓赦之。"

8 《易·噬嗑·象辞》："先王以明罚敕法。"烈：同冽，凛冽。

戒敕为文，实诏之切者，周穆"命郊父受敕宪"，此其事也。[1]魏武称作敕戒，"当指事而语，勿得依违"，晓治要矣。[2]及晋武敕戒，备告百官：敕都督以兵要，[3]戒州牧以董司，[4]警郡守以恤隐，[5]勒牙门以御卫，[6]有训典焉。

戒和敕，是诏书中最紧急重要的文件。周穆王命令郊父受戒敕和教令，那就是用的戒敕啊。魏武帝以为作敕戒"应该把问题明白指出加以告诫，不能模棱两可"，他真是懂得治理政事的要害啊。到了晋武帝，对各个衙门都敕戒遍了：告诫都督要懂得军事要道，教导各州长官要经常督责部下，训诲郡县要忧恤穷人，命令牙门官要做好警卫工作，这些"敕戒"，可以作为典型。

注释

1 《穆天子传》："丙寅，天子属官效器，乃命正公郊父受敕宪。"郭注："宪，教令也。"

2 魏武语今不可考。依违：两可，不肯定。

3 晋武《敕都督诏》，今已佚。

4 《责成二千石诏》见《晋书·武帝纪》;《省州牧诏》见《后汉书·郡国志》三"注补"引。董司:督责主管部门。
5 《晋书·食货志》有《敕戒郡国计吏》。恤隐:忧恤穷困。
6 《敕牙门诏》,今已佚。

戒者,慎也。禹称:"戒之用休。"[1]君父至尊,在三罔极。[2]汉高祖之《敕太子》,[3]东方朔之《戒子》,[4]亦顾命之作也。[5]及马援已下,各贻家戒。[6]班姬《女戒》,足称母师也。[7]教者,效也,言出而民效也。[8]契敷五教,故王侯称教。[9]昔郑弘之守南阳,条教为后所述,乃事绪明也。[10]孔融之守北海,文教丽而罕〔施〕(原无施字,依《御览》校增)于理,乃治体乖也。[11]若诸葛孔明之详约,[12]庾稚恭之明断,[13]并理得而辞中,[14]教之善也。自教以下,则又有命,诗云"有命〔自〕(原作在,依刘永济改)天",明

戒的意思,就是谨慎。大禹说:"要修养德行以防错误。"君和父是极尊贵的,君、父、师长三者的恩情是无穷无尽的。汉高祖的《手敕太子文》、东方朔的《戒子诗》,那也就是临终的遗嘱啊。到了马援以后,许多人留下了家戒。班昭的《女戒》,那真是教人做好母亲的好作品。教的意思,就是仿效,上面的人说出来的话,下面的老百姓就要照着办。《尚书·舜典》中有命契布施五教,所以王侯下达的文件叫作教。过去郑弘做南阳太守,他所制定的"条教"颇为后人称赞,是由于叙述事理头绪清楚呀。孔融做北海太守,他的"条教"写得华丽,但是施行起来很少有用处,因为他不懂得治理国家呀!像诸葛亮写的"条教"周密而扼要,庾稚恭拟的"条教"明白而清楚,都懂得治道而又措辞恰当,是很好的教令。除了教以外,另外还有命。《诗·大明》里说"有命自天",可

〔命〕（原无，依范校增）为重也。¹⁵《周礼》曰"师氏""诏王"，〔明诏〕（原无，依梅本增）为轻也。¹⁶今诏重而命轻者，古今之变也。

知命比诏还重要；《周礼·师氏》说"臣下以美德诏王"，可知诏比命为轻微。现在所以诏重要而命较为轻微，是由于古今时代不同所发生的变化呀！

注释

1 见《尚书·大禹谟》。休：美也。"戒之用休"，谓以美德为戒也。
2 《晋语一》："栾共子曰：'成闻之：民生于三，事之如一。父生之，师教之，君食之。非父不生，非食不长，非教不知，生之族也，故壹事之。'"《诗·蓼莪》："昊天罔极。"罔极：谓恩德无极。
3 汉高祖有《手敕太子文》，见《古文苑》。
4 东方朔有《戒子诗》，见《艺文类聚》二十三。
5 顾命：临终遗命。《尚书》有《顾命》。
6 《后汉书·马援传》有《诫兄子书》，尔后郑玄有《戒子书》，皆极有名。
7 《后汉书·列女传》有班昭传作《女戒》七篇，有助内训。
8 《说文》："教，上所施下所效也。"
9 《尚书·舜典》："契，……汝作司徒，敬敷五教，在宽。"五教：父子有亲，君臣有义，夫妇有别，长幼有序，朋友有信。《文选》三十六注引蔡邕《独断》曰："诸侯言曰教。"
10 《汉书·郑弘传》："弘为南阳太守，皆著治迹，条教法度，为后所述。"
11 《后汉书·郑玄传》中有孔融《告高密县立郑公乡教》。理：治也。《抱朴子·清鉴》："孔融、边让，文学邈俗，而并不达治务，所在败绩。"
12 《三国志·蜀书·诸葛亮传》："论者或怪亮文彩不艳，而过于丁宁周至，……然其声教遗言，皆经事综物，公诚之心，形于文墨，足以知其人之意理而有补于当世。"

13 《晋书·庾翼传》："字稚恭。……代庾亮镇武昌,戎政严明,经略深远。"
14 理得而辞中:谓治理既得当而文辞又适中也。
15 刘永济以为《诗·大明》"有命自天","有命在天"乃《书》纪纣辛语。
16 《周礼·师氏》:"以媺(美也)诏王。"

赞曰:皇王施令,寅严[1]宗诰。我有丝言,兆民〔允〕(原作尹,依刘永济改)好。[2]辉音峻举,鸿风远蹈。[3]腾义飞辞,涣其大号。[4]

总而言之:帝王所发布的号令,就是大家所拥护而敬畏的诏。即使帝王所说的是一句平常的话,亿万人民也都爱好。所以帝王的话响彻云霄,四方传播,都听从他的教导。因而帝王下诏颁令是势在必行的,比如流出的汗水,是不能收回的号召。

注释

1 寅严:敬肃。
2 我:指帝王。《后汉书·杨赐传》:"天齐乎人假我一日。"丝言:这里有慎重地发布诏令的意思。《礼记·缁衣》:"王言如丝,其出如纶。"允好(yǔn hào):信为百姓所爱好。
3 峻举:高举也。蹈(dǎo):踩。引申为至、到。
4 《易》曰:"涣汗其大号。"言号令如汗,汗出而不反者也。

檄　移

[导读]

　　檄、移两种文体，都是用来声讨罪恶的。两者的区别在于，檄是用于敌我矛盾，移则用于内部矛盾。所以说："逆党用檄，顺众资移。"

　　对于创作檄、移的要求，本篇总结为十个字："事昭而理辨，气盛而辞断。"前五字主要是就思想内容而言，后五字则是就艺术形式而说。固然简明地指出了历史上檄、移创作的特点，对今天创作同样性质的文件，也有一定的借鉴作用。

　　本篇在"选文以定篇"时，举出了一些在历史上有名的檄、移，大多是在思想性与艺术性上有成就的作品。

[原文]

　　震雷始于曜电，出师先乎威声。[1]故观电而惧雷壮[2]，听声而惧兵威。兵先乎声，其来已久。昔有虞始戒于国，夏后初誓于军，殷誓军门之外，周将交刃而誓之。[3]故知帝世戒兵，三王誓师，[4]宣训我众，未及敌人也。至周穆西征，祭公谋父称古"有威让

[译文]

　　打雷之前先有闪电，出兵之前首先要立威。所以看到了闪电，就怕雷声大；听到了威声，就怕军队猛。打仗以前要立威声，这是由来已久的事了。过去有虞氏出师，先告诫国人；夏后氏出师，先在军队里宣誓；殷商出师，在军门外面宣誓；周代出师，在将要兵刃相交时才宣誓。由此可知，帝舜只是告诫士兵，夏商周三王也只是训敕自己的部下，并不警告敌人。到了周穆王西征犬戎，祭公谋父说古代"出师有谴责敌人的教令，有告诫敌人的文

之令,有文告之辞",即檄之本源也。[5]及春秋征伐,自诸侯出,[6]惧敌弗服,故兵出须名,振此威风,暴[7]彼昏乱,刘献公之所谓"告之以文辞,董之以武师"者也。[8]齐桓征楚,诘苞茅之阙;[9]晋厉伐秦,责箕郜之焚。[10]管仲吕相,奉辞先路,[11]详其意义,即今之檄文。暨乎战国,始称为檄。檄者,皦也。宣露于外,皦然明白也。[12]张仪檄楚,书以尺二。[13]明白之文,或称露布。[14]露布者,盖露板不封,播诸视听也。夫兵以定乱,莫敢自专,[15]天子亲戎,则称恭行天罚;诸侯御师,则云肃将王诛。[16]故分阃推毂,奉辞伐罪,非唯致果为毅,亦且厉辞为武。[17]使声如冲风所

件",这才是檄文的来源啊。到了春秋时代,诸侯(不经过帝王准许)便擅自出兵,因为害怕敌人不屈服,必须要师出有名,所以用檄文来提高自己的威信,暴露敌人的罪恶,这就是刘献公所说的"先用檄文加以警诫,然后用军队进行镇压"呀。齐桓公征伐楚国,质问楚国不向周王进贡滤酒的苞茅;晋厉公征伐秦国,谴责秦国抢劫和焚烧了晋国箕、郜两个地方。管仲和吕相两人,奉齐桓公、晋厉公的命令,先运用说辞替自己的征伐开路,考察这种说辞的意义,就是檄文。到了战国时期,才开始有"檄"这个名称。"檄"的意思就是"皦"。把事实宣布出来,皎洁明白。张仪相秦,用檄文警诫楚国,写在一尺二寸的木板上。这种明白清楚的檄文,又叫作露布。露布的意思,便是不加封盖,让内容使别人知道啊。本来出兵打仗是为了安定祸乱,所以没有人敢擅自出兵,即使是皇帝出师,也得说这是"替天行道";至于诸侯出兵,更要说那是"为国锄奸"。古代将帅出师,帝王替他推车,把军国重任委托给他,所以将帅禀承命令讨伐罪人,不单是要果敢杀敌表现出坚毅,而且要对敌措辞严厉表现出威武。要使自己的威

击,气似欃枪所扫,[18] 奋其武怒,总其罪名,征其恶稔之时,显其贯盈之数,[19] 摇奸宄之胆,订信〔顺〕(原作慎,依《御览》改)之心,使百尺之冲,摧折于咫书;万雉之城,颠坠于一檄者也。[20] 观隗嚣之檄亡新,布其三逆,文不雕饰,而意切事明,陇右文士,得檄之体矣。[21] 陈琳之檄豫州,壮有骨鲠,惟奸阉携养,章〔密〕(原作实,依《御览》改)太甚,发丘摸金,诬过其虐,然抗辞书衅,皦然露骨矣。[22] 敢〔撄〕(原作指,依铃本改)曹公之锋,幸哉免袁党之戮也。[23] 钟会檄蜀,征验甚明;[24] 桓温檄胡,观衅尤切:并壮笔也。[25]

名所向如狂风吹落叶,气势所往如彗星扫长空,要奋发我方同仇敌忾的心情,要屡述敌人的罪恶,证实他已经到恶贯满盈的时候了,揭露他已经到罪不容诛的地步了,动摇敌方骨干分子的胆气,坚定其中一些人投诚的决心,使其强大的阵势被一篇短文搞垮,使其万仞的坚城被一篇檄文推倒。看一看隗嚣《移檄告郡国》,宣布了王莽的三条罪状,文章没有雕饰,内容扼要而叙事明白,说明陇右的作家,真是懂得写檄文的要求。陈琳《为袁绍檄豫州》,文章写得雄壮而且有实有据,虽然他骂曹操是奸诈宦官所抚养的杂种,揭露别人的阴私太过分了,又说曹操设置了发丘中郎将和摸金校尉,夸张曹军的暴虐也太甚了,但是用愤怒的语言来写曹操的罪恶,真是暴露彻底。他敢于干犯曹公的锋芒,没有被当作袁绍的党羽杀掉,也真是侥幸呀!钟会的《檄蜀将吏士民》陈说去就祸福,证据十分明白;桓温的《檄胡文》观察当时的矛盾更为确切:都是雄伟的散文。

注释

1 《左传》文公七年:赵盾曰:"先人有夺人之心,军之善谋也。"《左传》

昭公廿一年："《军志》有之：'先人有夺人之心。'"

2　壮：大也。

3　《司马法·天子之义》："有虞氏戒于国中，欲民体（察）其命也。夏后氏誓于军中，欲民先成其虑也。殷誓于军门之外，欲民先意以待事也。周将交刃而誓之，以致民志也。"

4　帝世：指有虞氏。三王：指夏、商、周。

5　《周语》上："穆王将征犬戎，祭（zhài）公谋父谏曰：'……有不贡则修名，有不王则修德，……让不贡，告不王，……有威让之命，有文告之辞……'"让：谴责也。

6　《论语·季氏》："天下无道，则礼乐征伐，自诸侯出。"

7　暴：暴露。

8　《左传》昭公十三年："晋侯将寻盟，齐人不可。晋侯使叔向告刘献公曰：'抑齐人不盟，若之何？'对曰：'……告之以文辞，董（督责）之以武师（军队）……'"

9　《左传》僖公四年："齐侯以诸侯之师伐楚。……楚子使与师言曰：'……不虞君之涉吾地也，何故？'管仲对曰：'……尔贡包茅不入，王祭不共，无以缩酒，寡人是征。'"诘（jié）：质问。

10　《左传》成公十三年："晋（厉）侯使吕相绝秦曰：'……入我河县，焚我箕郜……'"箕郜（gào）：晋地名。

11　《离骚》："来吾导乎先路。"奉辞先路，谓在讨伐之前，为之说辞也。

12　《文选序》五臣注："檄者，皦（jiǎo）也。喻彼令皦然明白。"

13　《史记·张仪列传》："张仪既相秦，为文檄告楚相。"索隐："王劭按：《春秋后语》云：'文（应作长）二尺檄。'许慎云：'檄，二尺书。'"《说文》"檄"，段玉裁注以为二尺当作尺二。

14　《后汉书·鲍昱传》注："檄，军书也，若今之露布也。"

15　《礼记·王制》："诸侯赐弓矢，然后征。"

16　《尚书·甘誓》："今予惟恭行天之罚。"《正义》曰："天子用兵，称恭行天罚；诸侯讨有罪，称肃将王诛。皆示有所禀承，不敢专也。"

17《史记·张释之冯唐列传》："臣闻上古王者之遣将也，跪而推毂（gǔ），曰：'阃（kǔn）以内者，寡人制之；阃以外者，将军制之。'"《左传》宣公二年："戎昭果毅以听之之谓礼。杀敌为果，致果为毅。"厉辞：斥责严厉之辞。

18《九歌·河伯》："冲风起兮横波。"注："冲，隧也。"《尔雅·释天》："彗星为欃枪（chán chēng）。"

19《左传》僖公八年："若总其罪人以临之，郑有辞矣。"指率郑的罪人来压郑，会给郑做反对的借口。稔（rěn）：熟也。《文选·任昉奏弹刘整》："恶积衅稔。"贯盈：指罪恶盈满。《尚书·泰誓》："商罪贯盈。"

20 奸宄（guǐ）：此处指敌方首恶或骨干。订：安定。信顺：指敌方准备投诚之人。《战国策·齐策》五："百尺之冲，折之衽席之上。"冲同轊，战车也。陷阵车也。雉：度名，长三丈，高一丈。

21《后汉书·隗嚣传》有《移檄告郡国》，数新莽三罪：逆天之罪，逆地之罪，逆人之罪。

22《文选》有陈琳《为袁绍檄豫州》。骨鲠：事义，指文章内容。《附会》："事义为骨鲠。"《檄豫州》指责曹操："父嵩乞匄（同丐）携养，因赃假位。""赘阉（yān）遗丑，本无懿（yì）德。""又特置发丘（坟墓）中郎将，摸金校尉，所过隳（huī）突，无骸不露。"章密：揭发秘密。衅（xìn）：罪恶。

23《三国志·魏书·王粲传》："陈琳字孔璋，避难冀州，袁绍使典文章。袁氏败，琳归太祖。太祖谓曰：'卿昔为本初移书，但可罪状孤而已。恶恶止其身，何乃上及父祖邪？'琳谢罪，太祖爱其才而不咎。"

24《三国志·魏书·钟会传》有《檄蜀将吏士民》，檄中言去就祸福，"征验甚明"。征：证也。

25《艺文类聚》五十八有桓温《檄胡文》,文中言"瞻望华夏,暂成楚越"，激发民族情感，故云"观衅尤切"。衅：隙也。

凡檄之大体，或述此休明，或叙彼苛虐，指天时，审人事，算强弱，角权势，标蓍龟于前验，悬鞶鉴于已然，[1]虽本国信，实参兵诈，谲诡以驰旨，炜晔以腾说，[2]凡此众条，莫或违之者也。故其植义扬辞，务在刚健，插羽以示迅，不可使辞缓；露板以宣众，不可使义隐；[3]必事昭而理辨，气盛而辞断，此其要也。若曲趣密巧，无所取〔裁〕[4]（原作才，铃本作材，今改）矣。又州郡征吏，亦称为檄，固明举之义也。[5]

草写檄文的主要要求：一方面说自己的仁慈，另一方面则说敌人的残暴。指明天意所归，陈述民心所向，计算谁强谁弱，比较双方形势，举出征兆作为敌方去就的考虑，引用史事证明成败的规律，虽然文章说我们的话是出于至诚的，然其实质却掺杂了兵家的权术，用谲诈的办法来宣扬自己，用夸张的手法来说服敌方，所有的檄文，没有不是如此的。所以构思檄文的内容和修饰它的文藻，一定要刚健有力，既然传达檄文常常插上羽毛，表示要迅速，自然措辞不可以和缓；既然传递檄文总是露出木板，把内容宣告群众，自然内容不应当含糊；一定要叙事清楚，说理明白，气势磅礴言辞果断，这是最重要的。假若力求详细周密，那倒不足取了。还有征召官吏的文件，也叫作檄，那么檄就变成推举的意思了。

注释

1 《一切经音义》十："檄书者，所以罪责当伐者也。又陈彼之恶，说此之德，晓慰百姓之书也。"蓍（shī）所以筮（shì），龟所以卜。《易·系辞》："探赜索隐，钩深致远，以定天下之吉凶，成天下之亹亹者，莫大乎蓍龟。"《左传》庄公廿一年："郑伯之享王也，王以后之鞶（pán）鉴予之。"注："鞶带而以鉴为饰也。""标蓍龟"两句，大意为：举出征兆，作为吉凶验证；引用史事，说明成败规律。

2 谲诡：欺诈。炜（wěi）晔（yè）：夸饰之意。
3 《汉书·高帝纪》："吾以羽檄征天下兵。"注："有急事，则加以鸟羽插之，示速疾也。"《封氏闻见记》："所以名露布者，谓不封检而宣布，欲四方速知。"
4 裁：原作才，作裁正字，才借字。故改。
5 郝懿行曰："《汉书·申屠嘉传》：'为檄召通，是则公府征吏，亦称为檄。'"

移者，易也。[1] 移风易俗，令往而民随者也。相如之《难蜀老》，文晓而喻博，有檄移之骨焉！[2] 及刘歆之《移太常》，辞刚而义辨，文移之首也。[3] 陆机之《移百官》，言约而事显，武移之要者也。[4] 故檄移为用，事兼文武。其在金革，则逆党用檄，顺〔众〕（原作命，依《御览》改）资移[5]。所以洗濯民心，坚同符契，意则小异，而体义大同，与檄参伍，故不重论也。[6]

移的意思，就是易。转移风气改变习俗，国家的命令一到，百姓就照命令行事，叫作移。司马相如的《难蜀父老》，文章明白而譬喻多方，具备了檄移所需要的事义。到了刘歆写的《移太常博士书》，语言刚健而意义明白，是以文笔相责难的最好移文。陆机的《移百官》，语言简要而述事显豁，是兼以武事相责难的扼要移文。所以檄移的作用，关系到文事和武事两个方面。用在武事方面，对敌人用檄，对内部用移。移在于使人民幡然悔改，与国家同心协力，它和檄的用意虽然小有区别，但是创作的要求大略相同，因为两者相互关联，所以就不反复论述了。

注释

1 《广雅·释诂三》："移，敷也。"《广雅·释诂四》："转也。"
2 《难蜀父老》见《汉书》本传。"骨"即"风骨"之"骨"，《附会》中又称"骨鲠"，指事义。

3 刘歆《移太常博士书》见《汉书》本传。文移：徒以文笔相责难，不与兵革相关者也。

4 陆机《移百官》，今佚，已不可考。武移：不唯文笔相责难，且以兵革相连者也。

5 资移：凭借移文。

6 坚同符契：指民心与国家相同，若合符契。体义：指创作要求而言。

赞曰：三驱弛〔网〕（原作刚，依纪改），九伐先〔诚〕（原作话，依刘永济改）。[1] 鬯鉴吉凶，蓍龟成败。[2]〔摧〕（原作惟，依黄校改）压鲸鲵，抵落蜂虿。[3] 移〔实〕（原作宝，依一作校改）易俗，草偃风迈[4]。

总而言之：驱赶禽兽尚且网开三面，进行"九伐"自当先行告诫。所以草创檄文要使奸党借鉴古人，要指征兆使敌方预卜成败。然后加以兵威歼彼首恶，振以师旅灭此癣疥。移文则只要罪人改途易辙，使他如风过草偃幡然悔悟。

注释

1 网：原作刚，依纪校改。范注："《吕氏春秋》异用篇：'汤解网，令去三面，舍一面。'与《易》比九五'三驱失前禽'之文偶合，故彦和兼用之。"今为译文行文方便，译作："驱赶禽兽尚且网开三面。"《周礼·大司马》："以九伐之法正邦国：冯弱犯寡则眚（削也）之；贼贤害民则伐之；暴内陵外则坛（惮之以威）之；野荒民散则削之；负固不服则侵之；贼杀其亲则正之；放弑其君则残之；犯令陵政则杜（塞也）之；外内乱，鸟兽行，则灭之。"先诚原作先话，刘永济云："话乃诚误。"《书·大禹谟》："三旬苗民逆命。"《传》曰："责舜不先有文诰之命，威让之辞，而便惮之以威，胁之以兵，所以生辞。"文诰，即诫也。篇首所谓"始戒""戒兵"，"戒"即"诫"也。

2 见第二段注1。

3 《左传》宣公十二年,杜注:"鲸鲵(ní),大鱼名,以喻不义之人,吞食小国。"抵:排也。《左传》僖公廿二年:"君其无谓邾小,蜂虿(chài)有毒,而况国乎!"

4 《论语·颜渊》:"草上之风必偃。"迈:过也。草偃风迈:风迈草偃之倒语,谓风过而草偃仆也。

封　禅

[导读]

封禅是祭祀天地的典礼,这种典礼,是谶纬家倡导的;封禅文则是文人迎合帝王的需要,歌颂这种典礼的文章。在封建社会里,这种典礼是一场骗局,这种作品自然也是这种骗局的妆饰。随着时代的发展,这种典礼和作品,也就自然消亡了。

[原文]

夫正位北辰,向明南面,所以运天枢,毓黎献者,何尝不经道纬德,以勒皇〔绩〕(原作蹟,今改)者哉。[1]《〔绿〕》(原作录,依嘉靖本改)图》曰"〔啴啴〕(原作潭潭,依刘永济校)啴啴(原作鳴鳴,今校改),棼棼雉雉,万物尽化",言至德所被也。[2]《丹书》曰"义胜欲则从,欲胜义则凶",〔言〕(原无,今增)戒慎之至也。[3]则戒慎以崇其德,至德以凝其化,七十有二君,所以封禅矣。[4]

[译文]

人主登基做皇帝,南面向阳而坐,他是治理国政、养育贤愚的人,难道不当以道德为经纬,把他的丰功伟绩刻写下来吗?《绿图》里说"丰丰盛盛,缤缤纷纷,群生万物,莫不感化",这就是说:由于帝王的伟大德业,造成了这样生动的局面啊。《丹书》上说"仁义战胜了私欲就吉祥,私欲战胜了仁义就危险",这就是说:帝王应该十分警戒和谨慎啊! 由于警戒和谨慎所以提高了德业,然后用伟大的德业凝成教化,古代七十二个帝王为了把功德告于神明,所以祭祀天地举行封禅大典。

注释

1　北辰：北极星。周秦时代以天帝星为极星，隋唐及宋以天枢星为极星，故用北辰以比帝王。《易·说卦》："离也者，明也。万物皆相见，南方之卦也。圣人南面而听天下，向明而治，盖取诸此也。"向明：犹今言向阳。天枢：星名。运天枢：比喻治理国事。毓：养育。黎：众也。献：贤也。《尚书·益稷》："万邦黎献。"皇绩：原作皇蹟，虽互通，恐形近致讹，故校改。

2　《正纬》"尧造《绿图》，昌制《丹书》"。啴啴：刘永济云："潭潭，当作啴啴，喜乐盛也。"《诗》："徒御啴啴。"哼哼：《诗·采芑》："啴啴焞焞。"传："啴啴，众也；焞焞，盛也。"《释文》："焞本又作啍。"棽棽雉雉：杂乱众多之貌。

3　《史记·周本纪正义》引《尚书帝命验》："季秋之月，甲子，赤爵衔丹书入于酆，止于昌户。其书云：'敬胜怠者吉，怠胜敬者灭，义胜欲者从，欲胜义者凶。'"言戒慎之至也：原脱言，上文云"言至德所被也"，此应与彼一例，今校增。

4　《管子·封禅》："古者封泰山、禅梁父者七十二家，而夷吾所记者十有二焉。"

| 昔黄帝神灵，克膺鸿瑞，勒功乔岳，铸鼎荆山。[1]大舜巡岳，显乎《虞典》。[2]成、康封禅，闻于《乐纬》。[3]及齐桓之霸，爰窥王迹，夷吾谲〔谏〕（依旧校），距以怪物。[4]固知玉牒金镂，[5]专在帝皇 | 过去黄帝轩辕氏是神异的人物，所以能举行封禅大典，把功绩刻在泰山上，采掘首山的铜在荆山上铸鼎。伟大的虞舜巡守四岳，被记载在《舜典》里。成王、康王封禅的事，是《乐纬》说的。到了齐桓公称霸，企图继承历代帝王举行封禅，管仲陈述了前人封禅的许多灵异事实，认为齐国没有祥瑞，因而阻止了桓公。 |

也。然则西鹣东鲽，南茅北黍，空谈非征，勋德而已。[6]是史迁八书，明述《封禅》者，固禋祀之殊礼，铭号之秘祝，祀天之壮观矣。[7]秦皇铭岱，文自李斯，法家辞气，体乏弘润，然疏而能壮，亦彼时之绝采也。[8]铺观两汉隆盛，孝武禅号于肃然，光武巡封于梁父，诵德铭勋，乃鸿笔耳。[9]观相如《封禅》，蔚为唱首，尔其表权舆，序皇王，炳玄符，镜鸿业，驱前古于当今之下，腾休明于列圣之上，歌之以祯瑞，赞之以介丘，绝笔兹文，固维新之作也。[10]及光武勒碑，则文自张纯，首胤《典》《谟》，末同祝辞，引《钩》《谶》，叙离乱，计武功，述文德，事核理举，华不足而实有余矣。[11]凡此二

可见"玉牒金镂"的封禅大典，只有帝王才够资格。然则西海贡比翼鸟，东海献比目鱼，江淮进灵茅，北里进神黍，管仲所以虚造了这些灵异并不是认为有了这些便可封禅，只是说桓公不够封禅的勋德罢了。司马迁《史记》中的八书，之所以阐述封禅，是因为封禅是祭祀中的特殊典礼，是铭刻功勋的神秘祈祷，是祀天的壮举啊。秦始皇刻石泰山，文章是李斯写的，出自法家的手笔，所以体制不够宏大，辞气不够温润，但是疏畅而雄壮，也是当时最好的创作。泛览两汉隆盛时期，孝武帝在肃然山祭了地，光武帝到梁父祀过天。当时歌颂德业刊述功勋的文章，真是宏伟的手笔。看一看司马相如的《封禅文》，辞采郁茂自然是首屈一指的作品，它说明封禅的起源，叙述历代封禅的事迹，夸耀汉武的符瑞，宣扬汉武的功德，把前人贬低到汉武之下，把汉武抬高到历代帝王之上，歌颂汉代的祥瑞，赞扬汉武封禅泰山，虽然是司马相如绝命时的遗文，也是他革新的创作啊。后来光武封禅的刻石，文章是张纯写的，前段模拟《尚书》的《典》《谟》，后段同于祝辞的形式，引用《钩》《谶》，叙述乱离，论

家,并岱宗实迹也。[12] 及杨雄《剧秦》,班固《典引》,[13] 事非镌石,而体因纪禅。观《剧秦》为文,影写长卿,诡言遁辞,故兼包神怪。[14] 然〔体制〕(原作骨掣,今校改)靡密,辞贯圆通,自称极思,无遗力矣。[15]《典引》所叙,雅有懿〔采〕(原作乎,依纪改),[16] 历鉴前作,能执厥中,其致义会文,斐然余巧。[17] 故称《封禅》丽而不典,《剧秦》典而不实,岂非追观易为明,循势易为力欤?[18] 至于邯郸《受命》,攀响前声,风末力寡,辑韵成颂,虽文理顺序,而不能奋飞。[19] 陈思《魏德》,假论客主,问答迁缓,且已千言,劳深绩寡,飙焰缺焉。[20]

列光武的武功,陈述光武的文德,叙事扼要,说理明白,文采虽然不足,内容却很突出啊。以上两家的文章,都是实实在在刻在泰山之上的。到了杨雄写《剧秦美新》班固创作《典引》,并不是为着刻石记功,文体却继承了《封禅文》。考察《剧秦美新》这篇文章,确实模仿司马长卿,但是措辞诡诈有意逃避要害,所以把当时的一些怪异符瑞也写进去了。然而体裁很周密,言辞很圆通,作者自己说竭尽了思虑,是全心全力的创作。《典引》叙事,极有文采,借鉴前代作品,取舍十分得当,它构思修辞,表现得极有技巧。所以班固说《封禅文》写得华丽而不够典雅,《剧秦美新》写得典雅而不够实在,岂不是从后代看前人就易于把问题看明白,从后代学前人就容易把文章学好吗?至于邯郸淳的《受命述》,追拟前代的创作,风情不够,气力不足,虽然调声协律来歌咏功业,只是文理顺当,并不能高举奋飞。陈思王的《魏德论》,假托“主客”进行论述,问答拖沓,并且超过了千字,功夫大收获小,是缺少光焰的作品。

注释

1 《史记·封禅书》:齐人公孙卿曰:"封禅七十二王,唯黄帝得上泰山封。"又"黄帝采首山铜,铸鼎于荆山下"云云。膺(yīng):当,受。

2 《尚书·舜典》:"岁二月,东巡守,至于岱宗,柴。"又有至南岳、西岳、北岳记载。

3 《后汉书·张纯传》奏引《乐动声仪》曰:"成、康之间,郊配封禅,皆可见也。"《乐纬》即《乐动声仪》。

4 《管子·封禅》:"齐桓公既霸,会诸侯于葵丘,而欲封禅。……于是管仲睹桓公不可穷以辞,因设之以事,曰:'古之封禅,鄗上之黍,北里之禾,所以为盛(粢盛);江、淮之间,一茅三脊,所以为藉也。东海致比目之鱼,西海致比翼之鸟,然后物有不召而自至者十有五焉。今凤凰麒麟不来,……而欲封禅,毋乃不可乎!'于是桓公乃止。"夷吾:管仲。

5 《后汉书·祭祀志》:"(封禅)用玉牒(dié)书藏方石,牒厚五寸。……有玉检,……检用金缕五,周以水银,和金以为泥。"金镂(lòu):金线。此与《原道》中所说玉版金镂之实者,不必同。

6 《尔雅·释地》:"东方有比目鱼焉,不比不行,其名谓之鲽。南方有比翼鸟焉,不比不飞,其名谓之鹣鹣。"余见注4。

7 《史记》八书:《礼书》《乐书》《律书》《历书》《天官书》《封禅书》《河渠书》《平准书》。铭号:指刻石记功。号本谓名号,此指功绩。

8 岱(dài):泰山。《史记·秦始皇本纪》有《泰山刻石》。《史记·李斯列传》:"更克(通刻)画,平斗斛(hú)度量,文章布之天下,以树秦之名。"故秦刻石出自李斯手笔。

9 《汉书·武帝纪》:元封元年夏四月癸卯,登封泰山。诏曰:"遂登封泰山,至于梁父,然后升禅肃然。"服虔曰:"肃然,山名也,在梁父。"《后汉书·光武纪》:"中元元年春二月辛卯,柴望岱宗,登封泰山。甲午,禅于梁父。"

10 司马相如《封禅文》见《史记》本传。尔：若乃。权舆：始也，萌芽。《封禅文》追溯封禅之肇始，所以说"表权舆"；又铺陈列代封禅之事，所以说"序皇王"。炳：明。镜：照也。《封禅文》中夸耀汉武时之符瑞和勋业，所以说"炳玄符，镜鸿业"。《封禅文》又云："盖周跃鱼陨杭（舟也），休之以燎，微夫斯之为符也，以登介丘，不亦恧乎！"介：大也。丘：山也。介丘：指泰山。绝笔：谓《封禅文》，乃相如死时遗书，事见本传。《诗·文王》："周虽旧邦，其命维新。"维：乃也。语助。

11 《后汉书·张纯传》："中元元年，帝乃东巡岱宗，以纯视御史大夫从。并上元封旧仪及《刻石文》。"《刻石文》见《后汉书·祭祀志》上。胤（yìn）：继嗣也，引申为继承。《刻石文》中引用《钩》《谶》六条，述及王莽僭号以后乱离情况、光武统一天下经过。

12 司马相如《封禅文》未尝刻石泰山，另有武帝《泰山刻石文》见《风俗通·正失篇》，刘勰误记。

13 杨雄《剧秦美新》、班固《典引》并见《文选》。

14 《剧秦美新》序云："往时司马相如作《封禅》一篇，以彰汉氏之休（美也）。臣……作《剧秦美新》一篇，虽未究万分之一，亦臣之极思也。"所以本文说："影写长卿，……自称极思，无遗力矣。"《剧秦美新》中，陈述秦政残酷，汉代虽有蠲除，但"帝典阙而不补，王纲弛而未张"，又谓莽新受命，"异物殊怪，存乎五威将帅，班乎天下者，四十有八章"。所以本文说："诡言遁辞，故兼包神怪。"

15 体制：原作骨掣，骨为体之坏文，掣为制之形误。其余参阅上条。

16 雅有懿乎，纪云"乎当作采"，《杂文》"含懿采之华"，《时序》"鸿风懿采"，并以"懿采"连文。采乎形近而误。

17 《尚书·大禹谟》："允执厥中。"能执厥中，谓《典引》能正确借鉴前人所作。

18 《典引》序云："相如封禅，靡而不典；杨雄美新，典而亡实。"

19 邯郸淳《受命述》见《艺文类聚》十。风末力寡：犹《通变》："风末气衰。"韩安国《匈奴和亲议》:"冲风之末,力不能漂鸿毛,非初不劲,末力衰也。"《诗·邶风·柏舟》:"静言思之,不能奋飞。"
20 曹植《魏德论》见《艺文类聚》十,残缺不全。绩:功也。

兹文为用,盖一代之典章也。构位之始,宜明大体,[1]树骨于训典之区,选言于宏富之路,[2]使意古而不晦于深,文今而不坠于浅。义吐光芒,辞成廉锷[3],则为伟矣。虽复道极数殚[4],终然相袭,而日新其〔采〕(原作来,形误)者,必超前辙焉。

这种文体的作用,关系着一个朝代的典章制度。开始构思的时候,就应该懂得创作的主要要求,必须用典谟训诰作内容,从各方面搜集辞藻,使它的内容很古雅,但不能因为用意深远而流于晦涩;使它的文辞合于今时,但不能因为语言通俗而陷于浅薄。内容露出光芒,文辞极有锋锷,那就是好作品了。虽然创作的道理有止境,写作的方法有穷尽,封禅文的内容总不免互相因袭,若在文采上能够日新月异,那就一定胜过前人有所成就了。

注释

1 "构位"之"位",指位体而言,《熔裁》云:"设情以位体。"《知音》云:"六观","一观位体"。构位之始,即谓为文之初也。《附会》:"夫才童学文,宜正体制。"此云大体之体即彼文体制之体也。大体即为文时对于情志、事义、辞采、宫商四者之要求也。
2 "树骨"之"骨",即事义也,《附会》云:"事义为骨鲠。""选言"之"言",即辞采也,《附会》云:"辞采为肌肤。"
3 廉锷:廉隅锋锷。
4 道极数殚:道指创作的道路。数,指写作的方法。

赞曰:封勒帝绩,对越天休。[1] 逖听高岳,声英克彪。[2] 树石九旻,泥金八幽。[3] 鸿〔笔〕(原作律,今依杨校)蟠采,如龙如虬。[4]

总而言之:封禅要刊刻帝王伟绩,让天子美德永垂青史。在泰山勒石可以传颂八方,天子的事业为千秋立极。石碑高耸在九霄中,玉牒深埋在黄泉里。宏伟的手笔在泰山上五彩盘桓,在半空中如龙飞舞。

注释

1 对越:宣扬。天休:天子美德。《尚书·说命》:"敢对扬天子之休命。"
2 逖(tì):远也。彪:彪炳。
3 九旻(mín):九天。八幽:八方幽深之地。言八,与九对文。
4 鸿笔:大手笔也。蟠:盘旋。虬(qiú):龙子之生有角者。

章　表

[导读]

　　章、表、奏、议，都是上行文件。章用于谢恩，表用于陈请，两者略有区分。在古代社会里，等级森严，上行下达的文体自然有严格的区分。随着时代的发展，等级的界限渐次消除，文体形式的差别也就没有必要了。

　　在漫长的古代社会里，浩瀚的章表中，留下了一些好的作品，对我们研究古代文学，还是有借鉴作用的。

　　本篇在谈到写作章、表时说："然恳恻者辞为心使，浮侈者情为文屈，必使繁约得正，华实相胜，唇吻不滞，则中律矣。"作者对内容和形式之关系的看法，总是强调内容，主张内容与形式的统一，应该是书中的精华。

[原文]

　　夫设官分职,高卑联事。[1]天子垂珠以听,诸侯鸣玉以朝。[2]敷奏以言,明试以功。[3]故尧咨四岳,舜命八元,固辞再让之请,俞往钦哉之授,并陈辞帝庭,匪假书翰。[4]然则敷奏以言,〔即〕（原作则,依《御览》改）章表之义也;明试以功,即授爵

[译文]

　　古代设立官府分别职守,地位高低虽然不同,却联合办事。天子戴着珠冕听政,诸侯佩着鸣玉朝拜。诸侯朝拜时向天子陈述意见,天子通过听政来考察诸侯。(《尚书》里有)帝尧叹美四岳,(《左传》中记载了)帝舜任命八元,四岳八元有"固辞""再让"的请求,尧舜有"俞""往""钦哉"的嘉勉,这些都是在朝廷里当面应酬,不是用笔墨书简相对答。然而诸侯向天子陈述意见,就是"章

之典也。[5]至太甲既立，伊尹〔作书以训〕（四字原作书诫，今改），思庸归亳，又作书以赞。[6]文翰献替[7]，事斯见矣。周监二代，文理弥盛，[8]再拜稽首，对扬休命，承文受册，敢当丕显，[9]虽言笔未分，而陈谢可见。[10]降及七国，未变古式，言事于主，皆称上书。[11]秦初定制，改书曰奏。[12]汉定礼仪，则有四品：一曰章，二曰奏，三曰表，四曰〔驳〕（原脱，今依《御览》增）议。[13]章以谢恩，奏以按劾，表以陈请，议以执异。章者，明也。[14]《诗》云"为章于天"，谓文明也；[15]其在文物，赤白曰章。[16]表者，标也。[17]《礼》有《表记》，谓德见于仪；其在器式，揆景曰表。[18]章表之目，盖取诸此也。[19]

表"的作用；天子考察诸侯的功绩，就相当于命官封爵的典礼。到了殷商，太甲即位，伊尹为了教导他，写了一篇《伊训》；太甲返邪归正，回到亳都，伊尹又作《太甲》三篇来赞扬他。用文辞表扬人或批评人，就这样产生了。周朝借鉴夏、商两代，文辞的花样就更多了，有时臣下作揖叩头，宣扬帝王的美德，有时因为接受委任，又说怎敢承当大命，虽然多数是语言对答不必是章表谢恩，但是陈述感谢的心情却明白可见。到了七国，没有改变古代的形式，公卿向君王陈述政事，都叫作上书。秦代初年订立制度，把书叫奏。汉朝制定礼仪，就把上书分为四类：一类叫章，二类叫奏，三类叫表，四类叫驳议。章是用来感谢恩情的，奏是用来按劾政事的，表是用来陈述请求的，议是用来辩驳不同意见的。章的意思，就是明。《诗·棫朴》里说"为章于天"，就是说文章明白可见呀；在绘画上，红白对照叫章。表的意思，就是标。《礼记》有篇《表记》，就是说道德表现于仪表；在仪器中，测量日影的叫表。章表这个名称，就是从这里来的。

注释

1 《周礼》冢宰："设官分职，以为民极。"又太宰职："以八法治官府，……三曰官联以会官治。"郑司农注："官联，谓国有大事，一官不能独共，则六官共举之。"联，读为连。古书连作联，联谓连事通职，相佐助也。
2 蔡邕《独断》以为汉明帝"定冕制，皆广七寸，长尺二寸，系白玉珠于其端，十二旒"。《礼记·玉藻》："古之君子必佩玉"，"朝则结佩。天子佩白玉而玄组绶，公侯佩山玄玉而朱组绶，大夫佩水苍玉而纯组绶"。
3 两句见《尚书·舜典》。
4 《尚书·尧典》："帝曰：咨，四岳。"咨：嗟也。四岳：四方诸侯之长，分主方岳之事。《左传》文公十八年："高辛氏有才子八人：伯奋、仲堪、叔献、季仲、伯虎、仲熊、叔豹、季狸。忠肃共懿，宣慈惠和。天下之民，谓之八元。……舜臣尧，……举八元，使布五教于四方。""固辞""再让"之事具见《尚书·尧典》《尚书·舜典》，"俞""旃""钦哉"诸语，亦见两《典》。俞：即今言"对呀"。钦：敬也。
5 即章表之义也：即原作则，作则与上句则字嫌重复，作即与下句语调一致，故依《御览》校改。
6 《尚书·伊训序》："成汤既没，太甲元年，伊尹作《伊训》《肆命》《徂后》。"作书以训：原作"书诫"，按下文云"又作书以赞"，依例此句应作"作书以训"，盖脱作以二字，又误训为诫也。又《尚书·太甲序》："太甲既立，不明，伊尹放诸桐（地名）。三年，复归于亳（bó）（地名），思庸（念常道）。伊尹作《太甲》三篇。"按上中两篇开始皆有"伊尹作书曰"。赞：称美，协佐。
7 献替：献可替否。
8 《论语·八佾》："周监于二代，郁郁乎文哉。"二代：夏与商。《中庸》："文理密察。"文理：文章义理。
9 《诗·江汉》："虎拜稽首，天子万年。""虎拜稽首，对扬王休。"《左传》僖公廿八年："王……策命晋侯为侯伯。……晋侯三辞，从命，曰'重耳敢再拜稽首，奉扬天子之丕显休命'。受策以出。"承文：承受教命。受册：受策。丕显：伟大而显赫。

10 言笔：言指口述，笔谓写为章表。

11 《颜氏家训·省事》："上书陈事，起自战国，逮于两汉，风流弥广。"

12 留存《事始》：《汉杂事》曰：'秦初定制，改书为奏。'"

13 蔡邕《独断》："凡群臣上书于天子者有四名：一曰章，二曰奏，三曰表，四曰驳议。"留存《事始》引《汉杂事》曰："汉定礼仪，则有四品：一曰章，二曰奏，三曰表，四曰驳议。"《议对》云："迄至有汉，始立驳议。"四曰驳议：原脱驳，参《御览》增。

14 章：与彰通。《广雅·释诂四》："彰，明也。"

15 见《诗·棫朴》。笺云："云汉之在天，其为文章，譬犹天子为法度于天下。"

16 《周礼·考工记》："赤与白谓之章。"

17 《管子·君臣上》："犹揭表而令之止也。"注："表，谓以木为标，有所告示也。"《荀子·儒效》"行有防表"，注："表，标也。"

18 《礼记·表记》正义引郑玄《目录》："名曰《表记》者，以其记君子之德，见于仪表。"《后汉书·律历志上》："以比日表。"注："表即晷（guǐ）景。"晷景即日影。

19 取诸此，"此"指"赤白曰章""揆景曰表"。

按《七略》《艺文》，谣咏必录；章表奏议，经国之枢机，然阙而不纂者，乃各有故事而在职司也。¹ 前汉表谢，遗篇寡存，及后汉察举，必试

考察《七略》和《艺文志》，对歌谣都有记载；章表奏议是治理国事的重要文献，却没有专分一类把它记载，其所以没有专分一类把它记载，是由于奏议的掌管各别而编纂者分工不同。前汉时期谢恩的表很少流传下来，到了后汉，考察部

章奏。[2]左雄奏议,台阁为式;[3]胡广章表,天下第一:并当时之杰笔也。观伯始谒陵之章,足见其典文之美焉。[4]昔晋文受册,三〔辞〕(原脱,依《御览》增)从命,是以汉末让表,以三为断。[5]曹公称为表不必三让,又勿得浮华。[6]所以魏初章表,指事造实,[7]求其靡丽,则未足(原有美,从宋本《御览》删)矣。至于文举之荐祢衡,气扬采飞,[8]孔明之辞后主,志尽文畅。[9]虽华实异旨,并表之英也。琳、瑀章表,有誉当时;[10]孔璋称健,则其标也。[11]陈思之表,独冠群才。观其体赡而律调,辞清而志显,应物〔制〕(原作掣,依《御览》改)巧,随变生趣,执辔有余,故能缓急应节矣。[12]逮晋初笔札,则张华为隽。

下和推荐贤良一定要考试章奏。左雄所写的奏议,尚书衙门把它当作榜样;胡广所作的章表,被称为天下第一:它们都是后汉时期杰出的手笔。看一看胡广拜谒陵墓的章表,便可以了解到他的作品真是典雅华丽写得好极了。过去晋文公接到委命,要辞谢三次以后才接受,所以汉朝末年的辞让章表,也止于三次。曹公说"上表不必辞让三次",又以为"表文不要浮华"。所以魏国初年的章表,总是据事直书,如果从要求它写得华丽的角度来说,自然不够啊。至于孔文举推荐祢衡,表文写得气凌厉文采飞扬;诸葛孔明拜辞后主,表文写得叮咛周至文辞畅达。虽然前者华丽而后者朴质,(互不相同,)但都是章表中杰出的作品。陈琳和阮瑀的章表,在当时也是有声名的;但孔璋写得很刚健,更为杰出啊。陈思王的表,在这许多作家中又是首屈一指。他的作品文藻郁茂而音律和谐,语言清亮而意义显豁,能够按物体不同而赋形,随境遇变化而生趣,比如骑马能应付自如地掌握缰绳,或快或慢都合节奏。到了晋代初年,张华的章表最杰出。他三次辞让封公,所上的章表情理周密而文

其三让公封,理周辞要,引义比事,必得其偶,世珍《鹪鹩》,莫顾章表。[13]及羊公之辞开府,有誉于前谈;庾公之让中书,信美于往载,[14]序志联类,有文雅焉。[15]刘琨劝进,张骏自序,文致耿介,并陈事之美表也。[16]

辞扼要,引用事义,排比事实,都两两对偶,世人都知道他的《鹪鹩赋》可贵,却不知道他的章表可爱。到了羊祜的《让开府表》,在前人的谈论中是极推崇的;庾亮的《让中书监表》,在过去的作品中确实是极好的,两篇作品叙事述情,联类而陈辞,文采是极其雅致的。刘琨劝元帝进位,张骏自诉衷情,光明磊落,甚有文华,都是陈说事理的好章表。

注释

1 刘歆《七略》中有《诗赋略》,班固删其要为《艺文志》,亦有《诗赋略》。谣咏皆在其中,所以说"谣咏必录"。《七略》《艺文志》中无"章表奏议"一类,所以说"阙而不纂"。然《六艺略》《诸子略》中分别录有"章表奏议",盖各以类次,所以说"各有故事而在职司也"。
2 《后汉书·顺帝本纪》:"阳嘉元年,初令郡国举孝廉,限年四十以上,诸生通章句,文吏能笺奏,乃得应选。""笺奏"即"章表奏议"也。
3 《后汉书·左雄传》:"自雄掌纳言,多所匡肃,每有章表奏议,台阁以为故事。"台阁:尚书衙门。
4 胡广字伯始,其"谒陵之章"亡佚。
5 《左传》僖公廿八年,周王策命晋文公为侯伯,三辞而后从命。《北堂书钞》引应劭《汉官仪》:"凡拜,……公三让然后乃受之。"
6 曹操语,无考。
7 指事造实:犹今言据事直陈。
8 《荐祢(mí)衡表》见《后汉书·孔融传》。
9 诸葛亮《出师表》见《三国志·蜀书》本传。

10 琳：陈琳。瑀：阮瑀。曹丕《典论·论文》："琳、瑀之章表书记，今之隽也。"

11 陈琳，字孔璋。标：犹今言代表。

12 应物制巧：随物赋形的意思。曹植章表之著者，如《求自试表》《求通亲亲表》。

13 《晋书·张华传》："著《鹪鹩赋》以自寄，阮籍见之，叹曰：'王佐之才也。'由是声名始著，……进封壮武郡公，华十余让，中诏敦譬，乃受。"《让公表》，今佚。

14 《晋书·羊祜传》：字叔子。加封车骑将军，开府仪同三司，祜上表固谢。《让开府表》见本传。

15 羊祜《让开府表》引李熹、鲁芝、李胤"未蒙此选"，谢让开府。庾亮《让中书监表》引"西京七族、东京六姓"，以婚姻进，皆致危败，作为借鉴，让中书监。所以说"序志联类"。

16 《晋书·刘琨传》：字越石。西都不守，元帝称制江左。琨乃令长史温峤劝进。《劝进表》载《元帝纪》。张骏：《晋书》有传。表文不可考。耿介：光明正大。

原夫章表之为用也，所以对扬王庭，昭明心曲。[1]既其身文，且亦国华。[2]章以造阙，风矩应明；表以致禁，骨采宜耀。[3]循名课实[4]，以〔文〕（原作章，依一作及《御览》改）为本者也。是以章式炳贲，[5]志在《典》《谟》；使

推求章表的作用，是用来对答朝廷的询问，宣扬帝王的德业，陈述内心委曲的。它既关系到个人的声名，也关系到国家的光彩。章是必须上达宫阙的，感化的情态应该鲜明；表是上呈禁庭的，所以使事造辞要有文采。从章表的命名考核它的实际，是以彰明较著为其根本要求。所以章的形式必须华采鲜明，它的内容则宜合于《典》《谟》；要

要而非略,明而不浅。表体多包,情伪屡迁,[6]必雅义以扇其风,清文以驰其丽。然恳恻者辞为心使,浮侈者情为文〔屈〕(原作使,依一作改),〔必使〕(原脱,依宋本《御览》增)繁约得正,华实相胜,[7]唇吻不滞,则中律矣。子贡云"心以制之""言以结之",盖一辞意也。[8]荀卿以为,〔劝〕(原作观,依王念孙改)人美辞,丽于黼黻文章,亦可以喻于斯乎![9]

写得扼要而不疏略,显豁而不浅薄。表的内容是多种多样的,情感是变化万千的,必须用高雅的情感鼓荡着鲜明的倾向,用流畅的语言表现出辞藻的华丽。但是诚恳动人的作品,文采为感情所驱使,浮华夸侈的作品,情志被文辞所掩盖,一定要使辞藻繁简得当,形式与内容相统一,朗诵时流利畅达,那就是完全合格的作品了。子贡说"内心的思想是主宰""文辞只是表达思想的",也就是说语言要和思想相协调。荀卿也认为,用美好的语言劝人,比穿着漂亮的礼服更动人些,这也可以拿来比喻章表的写作吧!

注释

1 《诗·小戎》:"乱我心曲。"笺:"心曲,心之委曲也。"
2 《左传》僖公廿四年:"介之推曰:言,身之文也。"《文选》:颜延年《赠王太常诗》:"舒文广国华。"注:《国语》季文子曰:吾闻以德荣为国华。"
3 阙:宫阙。禁:禁中,天子所居。"风矩"与"骨采"为对文。"风"指作品风情倾向,"骨"为作品事义,"采"指文采。
4 课实:责实、核实也。
5 炳:明也。赍:饰也。
6 表以陈情,所以说"表体多包,情伪屡迁"。
7 华实相胜:胜,任也。谓内容与形式相称,犹今言内容与形式统一也。
8 《左传》哀公十二年:"公会吴于橐皋,吴子使大宰嚭请寻盟,公不欲,使子贡对曰:'盟,所以周信也,故心以制之,玉帛以奉之,言以结之,明神以要之。'"此处节用其言。

9 《荀子·非相》:"观人以言,美于黼黻文章。"王念孙引《艺文类聚》人部十五,校观为劝。

赞曰:敷表绛阙,献替黼扆。[1]言必贞明[2],义则弘伟。肃恭节文,条理首尾。[3]君子秉文,辞令有斐。[4]

总而言之:敷写表文上达朝廷,是向帝王献可替否。语言要刚健明洁,意义要恢阔宏伟。行文要严格遵守格式,述事说理要有头有尾。士大夫执笔写文章,还应该辞藻华美。

注释

1 颜延之《赭白马赋》:"献状绛阙。"注引傅玄《北都赋》:"巍巍绛阙。"绛阙连文,犹丹阙连文。《尚书·顾命》:"设黼扆。"黼与斧通,扆与依通。《礼记·明堂位》注:"斧依,为斧文屏风于户牖之间。"
2 贞明:刚健明亮。
3 节文:节其文法。"肃恭"二字于此当动词用,犹下文"条理"二字,也当动词用。
4 《礼记·冠义》:"顺辞令。"有斐:斐斐然,文采郁茂之意。

奏　启

导读

敷陈政事,分为四类:章、表两类,已见前篇;奏、议两类,则分作《奏启》《议对》两篇。作者的用意,以为奏事之末,常称谨启,则启自是奏的支流;历代对策,本议政事,议对虽分,本质不异,所以把启纳入奏中,叫作《奏启》,把对归于议内,名为《议对》,分为两篇。

本篇谈到劾奏时主张"笔端振风,简上凝霜""不畏强御,气流墨中,无纵诡随,声动简外",反对"吹毛取瑕,次骨为戾""虽有次骨,无或肤浸"。虽然历代劾奏都是站在帝王立场的,但在一定程度上,也反映着民主性的精华,有可借鉴之处。

原文

昔唐虞之臣,敷奏以言;秦汉之辅,上书称奏。陈政事,献典仪,上急变,劾愆谬,总谓之奏。[1]奏者,进也。[2]言敷于下,情进于上也。秦始立奏,而法家少文。观王绾之奏勋德,辞质而义近;[3]李斯之奏骊山,事略而意〔诬〕(原作迄,依《御览》改)。[4]政无膏润,形于篇章矣。自

译文

过去唐尧、虞舜的臣下,直接用语言陈事;秦、汉的公卿把上书叫奏。陈述政事,进献典仪,上告急变,按劾过错,都叫作奏。奏的意思,就是进。把下面要说的话,讲给上面知道。秦始皇时代,开始有了奏,但是法家的奏,缺少文采。看看王绾陈述始皇勋德的奏,就知道法家的奏,语言朴质而内容浅近;李斯陈述骊山治陵的奏,也写得事情简约而用意有点夸大。政治上的刻薄,便体现到作品中了。自从汉代

汉以来,奏事或称上疏。[5]儒雅继踵,殊采可观。若夫贾谊之《务农》,[6]晁错之《兵事》,[7]匡衡之《定郊》,[8]王吉之《〔劝〕(原作观,依宋《御览》改)礼》,[9]温舒之《缓狱》,[10]谷永之《谏仙》:[11]理既切至,辞亦通畅,可谓识大体矣。后汉群贤,嘉言罔伏[12]。杨秉耿介于灾异,[13]陈蕃愤懑于尺一,[14]骨鲠得焉。张衡指摘于史职,[15]蔡邕铨列于朝仪,[16]博雅明焉。魏代名臣,文理迭兴。若高堂天文,[17]〔黄〕(原作王,依杨明照改)观教学,[18]王朗节省,[19]甄毅考课,[20]亦尽节而知治矣。晋世(原作氏,今改)多难,灾屯流移,[21]刘颂殷勤于时务,[22]温峤恳恻于费役,[23]并体国之忠规矣。夫奏之为笔,固以明允笃诚为本,辨析疏通为首。强志足以成务,博见足以

以来,奏事又叫上疏。这时温文儒雅的作者相继出现,许多奏疏很有文采,颇为可观。像贾谊的《务农疏》,晁错的《言兵事疏》,匡衡的《请定郊疏》,王吉的《劝礼疏》,路温舒的《宜尚德缓刑疏》,谷永的《谏仙疏》,说理既深切周备,语言也流利通畅,可以说是懂得上疏的主要要求了。后汉的那些贤臣,从来不隐瞒自己的观点。杨秉守正不阿,直陈灾异,陈蕃激切愤慨,议论诏书,所说的主要事实基本上都是对的。张衡指责历代史官,蔡邕列举当时朝仪,都做到了广博典雅。魏代有名的人物不少,懂得文章义理的人相继而起,像高堂隆谈天文,黄观论教学,王朗请节省,甄毅议考课,都能完整地举出条目,他们是知道治理政事的。晋朝是个多难的时代,国家灾祸流行,刘颂对于时务谈得十分切至,温峤对于当时的耗费劳役说得非常诚恳,可算是体恤国家出于忠诚的规劝了。奏这种文体,本来以明白公允诚恳为根本,以说理清楚通畅为首要,(并且应体现出作者)有坚强的毅力来完成工作,有广博的见识来穷究事理,

穷理,酌古御今,治繁总要,此其体也。

能斟酌古代来驾驭今天,能治理烦杂抓住要害,这就是写奏的要求啊。

注释

1 《汉书·车千秋传》:"上急变讼太子冤。"师古曰:"所告非常,故云急变也。"又《汉书·贾谊传》:"谊以为汉兴二十余年,天下和洽,宜当改正朔,易服色制度,定官名,兴礼乐。乃草具其仪法,色上黄,数用五,为官名,悉更奏之。"即此处所谓"献典仪"。

2 《说文》:"奏,进也。"

3 《史记·秦始皇本纪》:"今陛下兴义兵,诛残贼,平定天下,海内为郡县,法令由一统,自上古以来未尝有,五帝所不及。"

4 李斯《治骊山陵上书》:"臣所将隶徒七十二万人,治骊山者已深已极,凿之不入,烧之不然,叩之空空,如下天状。"即此所谓"事略而意诬"也。诬原作迮,盖诬以形近误为径,又误作迮,今依《御览》校改。

5 《汉书·苏武传》"数疏光过失"注:"谓条录之。"所以说"或称上疏"。

6 贾谊《务农疏》,见《汉书·食货志》上。

7 晁错《言兵事疏》,见《汉书》本传。

8 匡衡《请定郊疏》,见《汉书·郊祀志》下。

9 王吉《劝礼疏》,见《汉书》本传。

10 路温舒《宜尚德缓刑疏》,见《汉书》本传。

11 谷永《谏仙疏》,见《汉书·郊祀志》下。

12 罔伏:无所隐藏之意。

13 《后汉书·杨秉传》:桓帝时微行,私过幸河南尹梁胤舍,是日大风拔树,昼昏,秉因上疏谏曰:……

14 《后汉书·陈蕃传》:蕃乃上疏谏曰:"陛下宜采求失得,择从忠善,尺一选举,委尚书三公,使褒责诛赏,各有所归。"李善注:"尺一,谓板长尺一,以写诏书也。"

15 《后汉书·张衡传》:"及为侍中,上疏请得专事东观。"注引张衡表:"臣仰干史职,敢徼官守。"参看《史传》注。

16 《后汉书·蔡邕传》:"邕上封事曰:……谨条宜所施行七事,表左。"此处言"铨列于朝仪",或者指此。

17 《三国志·魏书·高堂隆传》:"有星孛于大辰,隆上疏曰:……"

18 《三国志·魏书·王观传》不载"教学"事。御览九〇六引《魏名臣奏》有黄观上疏,亦不言"教学"事,今依旧本作黄观,其"教学"事亦不得知。惟《高柔传》有上疏请"敦崇道教,以劝学者",又与黄观、王观无关也。

19 《三国志·魏书·王朗传》注引《魏名臣奏》,载王朗《节省奏》文。

20 《三国志·魏书·文昭甄皇后传》:"封兄子毅为列侯,毅数上书陈时政。"论考课事,不可确考。

21 世原作氏,声误,今改。灾屯流移:灾祸流行。

22 黄书琳注:"《晋书·刘颂传》:'除淮南相,颂在郡上疏言封国之制。宜如古典,及六州将士之役,凡数千言。'"

23 《晋书·温峤传》:"太子起西池楼观,颇为劳费。峤上疏以为朝廷草创,巨寇未灭,宜应俭以率下。"

若乃按劾之奏,所以明宪清国。昔周之太仆,绳愆纠谬;[1] 秦之御史,职主文法;[2] 汉置中丞,总司按劾;[3] 故位在鸷击,砥砺其气,必使笔端振风,简上凝霜者也。[4] 观孔光之奏董贤,则实其

至于考按、弹劾的奏文,那是用来申明法度肃清国政的。过去周朝的太仆,主持纠正错误;秦朝的御史,掌握典章刑法;汉朝设置中丞,总管考察弹劾;由于职责在于抨击坏人,所以他们要磨砺奏文的气势,使笔头上显示出威风,简册上表现出杀气。看一看孔光弹劾董贤,只是实事求是地陈述董贤的奸邪;路粹弹

奸回；[5]路粹之奏孔融，则诬其衅恶。[6]名儒之与险士，固殊心焉。[7]若夫傅咸劲直，而按辞坚深；[8]刘隗切正，而劾文阔略：[9]各其志也。后之弹事，迭相斟酌，虽新日用，而旧准弗差。[10]然函人欲全，矢人欲伤，术在纠恶，势必〔刚〕（原作深，今参《御览》改）峭。[11]《诗》刺谗人，"投畀豺虎"；[12]《礼》疾无礼，方之鹦猩；[13]墨翟非儒，目以羊彘；[14]孟轲讥墨，比诸禽兽。[15]《诗》《礼》儒墨，既其如兹，奏劾严文，孰云能免。是以〔近世〕（原作世人，今依宋本《御览》改）为文，竞于诋诃，吹毛取瑕，次骨为戾，复似善骂，多失折衷。[16]若能辟礼门以悬规，标义路以植矩，然后逾垣者折肱，捷径者灭趾，[17]何必〔朡〕（原作躁，今改）言

劾孔融，却歪曲情理增添孔融的罪恶。著名学者和邪恶的坏人，自然心肠是不同的。像傅咸那样刚强端直，考按的文辞写得坚实深沉；刘隗那样急切方正，弹劾的文辞写得疏阔简略：因为各有各的想法啊。后来的弹事，不停地斟酌改革，虽然是一天一天变为新形式，但不背离旧的准式。因为做铠甲的人总是为了使人安全，制造弓矢的人总是为了把人射伤，弹奏是为了纠正罪恶，势必要求写得深刻而严峻。《诗经》里面批判毁谤好人的谗人，说是要"把他们投给豺狼虎豹吃掉"；《礼记》中痛恨无礼的人，把他们比作鹦鹉和猩猩；墨翟攻击儒家，比之为公羊和大猪；孟轲讥讽墨家，指斥其为禽兽。《诗经》《礼记》、孟轲和墨翟尚且如此，弹奏之文深刻严峻，又怎能避免？所以一般人写这种文章，都是竞相指责，吹毛求疵，伤人入骨，好像按劾只求善于谩骂，因此文章措辞多数不能公允。假若开辟一扇讲礼节的大门，门上挂着应该遵守的公约，修筑一条公正的大路，路上竖立一块石碑，写明应该遵守的规则；凡是逾越公约的人就要折断他的手，凡是违犯规则陷入邪道的人就要砍掉他的

丑句,[18]诟病为切哉。是以立范运衡,[19]宜明体要。必使理有典刑,辞有风轨,总法家之〔裁〕(原作式,今依宋本《御览》),秉儒家之文,不畏强御,气流墨中,无纵诡随,声动简外,乃称绝席之雄,直方之举耳。[20]

脚,何必用一些臭字眼丑句子咒骂犯罪者,才算打中了要害呢!所以要树立写奏文的榜样,应该明白这种文体的要求。要使奏文的内容有标准,文辞的风情合格式,那就得综合法家裁制的精神,并采用儒家典雅的文笔,不畏惧强梁,刚劲之气体现在笔墨之中,不放纵诡诈,咸声流露在简册之外,那才算杰出的雄文,端直方正的按劾。

注释

1 《尚书·冏命序》:"穆王命伯冏为周太仆正。"《尚书·冏命》:"惟予一人无良,实赖左右前后有位之士,匡其不及,绳愆(qiān)纠缪。"

2 《汉书·百官公卿表》:"御史大夫,秦官,有两丞:⋯⋯一曰中丞,⋯⋯掌图籍秘书⋯⋯受公卿奏事,举劾按章。"

3 见上注2。

4 《后汉书·安帝纪》:"诏曰:'秋节既立,鸷鸟将用。'"注:"将欲纠其罪,同鹰鹯之鸷击。"《初学记》十二:引崔篆《御史箴》:"简上凝霜,笔端风起。"

5 《汉书·佞幸传·董贤传》:"莽复风大司徒光奏:贤质性巧佞,⋯⋯"回:邪也。

6 《后汉书·孔融传》:"曹操⋯⋯遂令丞相军谋祭酒路粹枉状奏融。曰:⋯⋯"诬:加也。衅(xìn)恶:罪恶。

7 名儒:指孔光,《汉书》本传:"字子夏,孔子十四世之孙也。"赞曰:"咸以儒宗,居宰相位,服儒衣冠,传先王语。其酝藉可也。然皆持禄保位,被阿谀之讥。"可知其人,固不足称,此处所论未允。险士:指路粹,字文蔚,汉末人。事见《三国志·魏书·王粲传》注。险:应作憸(xiān),

奸佞之人。

8《晋书·傅咸传》：字长虞。顾荣《与亲故书》曰："傅长虞为司隶，劲直忠果，劾按惊人。"

9《晋书·刘隗传》："隗（wēi）迁丞相司直，弹奏不畏强御。"

10《文选》有弹事类。虽新日用："虽"旧作"惟"，今校改。《礼记·表记》"唯天子受命于天"，注："唯当为虽。"《庄子·庚桑楚》"唯虫能虫"，释文："唯本作虽。"《荀子·性恶》"然则唯禹不知仁义法正"注"唯读为虽"，是以"唯"作"虽"之证。唯、惟通用，故虽误作惟矣。

11《孟子·公孙丑上》："矢人岂不仁于函人哉？矢人惟恐不伤人，函人惟恐伤人，……故术不可不慎也。"此文"术"字，亦用《孟子》。

12《诗·巷伯》："投畀豺虎。"《序》："寺人伤于谗，故作是诗。"

13《礼记·曲礼上》："鹦鹉能言，不离飞鸟；猩猩能言，不离禽兽；今人而无礼，虽能言，不亦禽兽之心乎！"

14《墨子·非儒下》："是若人气，鼸鼠藏而羝羊视，贲彘起。"

15《孟子·滕文公下》："杨氏为我，是无君也；墨氏兼爱，是无父也。无父无君，是禽兽也。"

16《汉书·杜周传》："周少言重迟而内深次骨。"注："其用法深刻至骨。"《史记·孔子世家赞》："言六艺者折中于夫子。"索隐引王叔师云："折中，正也。"

17《孟子·万章下》："夫义，路也；礼，门也。惟君子能由是路，出入是门也。"逾垣：指逾越礼法。捷径：指陷入邪径。

18 臊言：原作臊言，非也。臊，臭也。臊与丑对文，臊躁形近致讹。

19 运：转也。衡：秤杆。运衡：比喻行文。

20《诗·烝民》："不侮矜寡，不畏强御。"矜寡：鳏寡也。强御：强梁也。又《诗·民劳》："无纵诡随"，《传》："诡随，诡人之善，随人之恶。"《后汉书·王常传》："常为横野大将军，位次与诸将绝席。"绝席之雄：谓特出之雄，范校"绝"作"夺"，似不必。《易·坤·文言》："直其正也，方其义也。君子敬以直内，义以方外。"

启者，开也。[1]高宗云："启乃心，沃朕心。"[2]〔盖〕（原作取，依《御览》改）其义也。孝景讳启，故两汉无称。至魏国笺记，始云"启闻"，奏事之末，或云"谨启"。[3]自晋来盛启，用兼表奏。陈政言事，既奏之异条；让爵谢恩，亦表之别干。[4]必敛饬入规，促其音节，辨要轻清，文而不侈，亦启之大略也。[5]

启的意思，就是开。殷高宗说："揭开您内心的秘密，对我进行诱导。"启就是这个意义。汉景帝名启，因而忌讳用"启"，所以两汉没有称启的。到了魏国有笺记，开头便说"启闻"，奏事的末尾，有的说"谨启"。自晋代以来，盛行用启，它包含表、奏两种文体的作用。陈述国家政事，启与奏异名而同实；辞封爵谢恩遇，启也不过是表所派生的分支。一定要写得紧凑，把问题集中在一定范围之内，要短促不要太长了；必须明白扼要轻快清爽，既有文采又不太华丽：这就是对启的大略要求。

注释

1 《说文》："启，开也。"
2 《尚书·说命上》："启乃心，沃朕心。"沃：灌溉也。
3 留存《事始》：沈约书云："景帝名启，当时俱讳，自魏国笺记，末方云谨启。"
4 谓晋代之启，与表奏相同。
5 敛饬：收敛整饬。齐梁启事，多属短篇。《文选》有任昉《奉答敕示七夕诗启》《为卞彬谢修卞忠贞墓启》等篇，皆"敛饬入规，促其音节，辨要轻清，文而不侈"。

又表、奏确切,号为谠言。[1]党(原作谠,今改)者,偏也。[2]王道有偏,乖乎荡荡,[3]〔正直不〕(原作其,今校改)偏,故曰谠言也。[4]孝成称班伯之谠言,贵直也。自汉置八〔能〕(原作仪,依范改),密奏阴阳,皂囊封板,故曰封事。[5]晁错受《书》,还上便宜。[6]后代便宜,多附封事,慎机密也。夫王臣匪躬,必吐謇谔,事举人存,故无待泛说也。[7]

还有,表、奏陈述确切,称为谠言。党的意思,就是偏。王道如果偏党,就不是王道荡荡了。正直而不偏党,所以叫谠言。汉成帝赞扬班伯所说的话是谠言,就因为班伯的话正直可贵呀。从汉代起设置八能士,秘密陈述阴阳变化,用皂黑色绸袋装封奏板,所以又把表、奏叫封事。晁错跟伏生学习《尚书》,回到朝廷,上奏了"便于公宜于民"的事。至于后来所上"便宜",总是附在封事之内,因为事关机密必须谨慎呀。人臣应该公而忘私,说话正直,所以"人存则政举,人亡则政息",应该不随便说话啊。

注释

1 谠(dǎng)借作昌。谠言:美言也。《尚书·大禹谟》"禹拜昌言"。赵岐注《孟子》引作谠言。

2 党:原作谠,非。谠不训偏,训偏则为党,故改。

3 《书·洪范》:"无偏无党,王道荡荡。"

4 正直不偏:原作其偏,义不可通。"其"为"直"之形误,正不二字讹脱,今校改。

5 《汉书·叙传》记班伯为孝成帝述"淫乱之戒",孝成帝曰:"吾久不见班生,今日复闻谠言。"八能:原作八仪,今依范校。《后汉书·礼仪志》:"正德曰八能士,各言事。八能士各书板言事,……否则召太史令,各板书,封以皂囊,送西陛跪授尚书。"注引《乐叶图徵》:"八能之士,常以日冬至成天文,日夏至成地理,作阴乐以成天文,作阳乐以成地理。"
6《史记·晁错传》:"太常遣错受《尚书》伏生所,还因上便宜事。"便于公,宜于民,故谓之便宜。
7《易·蹇》六二:"王臣蹇蹇,匪躬之故。"蹇与謇通。謇謇,忠贞貌。《晋书·武帝纪》:"谠言謇谔,所望于左右也。"謇谔:直言貌。《中庸》:"文武之政,布在方策。其人存,则其政举;其人亡,则其政息。"无待泛说,承上文"必吐謇谔"而言。

赞曰:皂〔饰〕(原作饬,依活字本改)司直,肃清风禁。[1] 笔锐干将,墨含淳鸩。[2] 虽有次骨,无或肤浸。[3] 献政陈宜,事必胜任。

总而言之:穿着皂色服饰的司直,在于肃清风纪和教化。笔尖比干将还锋利,墨汁比鸩酒还可怕。对被按劾的人即使有入骨的仇恨,绝不要用谗言暗射。这样来条呈政事陈述机宜,那就一定胜任,不致声名狼藉。

【注释】

1 皂饰:原作皂饬,今依活字本改。皂:黑色,服饰也。司直:汉武帝置,掌佐丞相举不法,以后各朝多有之。风禁:犹言风宪、风纪法度也。
2 干将:宝剑名。淳:浓也。鸩(zhèn):毒酒。《困学纪闻》卷十九引夏文庄表云:"《诗》会余蚳之文,简凝含鸩之墨。余蚳,见《诗·贝锦》笺。"
3《论语·颜渊》:"浸润之谮,肤受之诉,不行焉,可谓明也已矣。"肤浸:谓谗言害人也。

议 对

> [导读]
>
> 议对谓议政与对策两种文体,议是作者主动敷陈政事,对是应诏对答政事,名目虽然不同,其实对策就是议政的别体,所以两体联成一篇。
>
> 议与对的内容,涉及古代社会的各个方面,是研究我国历史的重要文献。
>
> 刘勰在本篇里,本来在于论述如何写作议对,是从创作角度说的;但是涉及创作与生活的关系,内容与形式的关系,是值得重视的。本篇强调"郊祀必洞于礼,戎事宜练于兵,田谷先晓于农,断讼务精于律",相反,"若不达政体,而舞笔弄文,支离构辞,穿凿会巧,空骋其华,固为事实所摈;设得其理,亦为浮辞所埋矣"。也就是说,必须有丰富政治生活经验的官僚才能写议、对,政治生活经验不足的书生是不容置辞的。
>
> 生活与写作的关系,必然要涉及形式与内容的问题,而且上面的引述已经涉及了这个问题。刘勰进一步引用了一个很好的寓言:"昔秦女嫁晋,从文衣之媵,晋人贵媵而贱女;楚珠鬻郑,为薰桂之椟,郑人买椟而还珠。"并得出结论说:"若文浮于理,末胜其本,则秦女楚珠,复在于兹矣。"

[原文]

　　周爱咨谋,是谓为议。[1] 议之言宜,审事宜也。[2]《易》之《节》卦:"君子以制〔数度〕(原作度数,今改),议德

[译文]

　　咨问谋划于忠诚信任的人,这就叫作议。议的解释就是宜,考察事件是否做得适宜。《易》的《节》卦说:"君子应该以礼法为节制,来议论人

行。"³《周书》曰："议事以制，政乃弗迷。"⁴议贵节制，经典之体也。昔管仲称轩辕有明台之议，则其来远矣。⁵洪水之难，尧咨四岳；⁶〔百〕（原作宅，依《御览》改）揆之举，舜畴〔六〕（原作五，今依刘永济改）人；⁷三代所兴，询及刍荛；⁸《春秋》释宋，鲁〔僖预〕（原作桓务，依惠士奇改）议。⁹及赵灵胡服，而季父争论。¹⁰商鞅变法，而甘龙交〔辩〕（原作辨，依《御览》改）。¹¹虽宪章无算，而同异足观。¹²迄至有汉，始立驳议。¹³驳者，杂也。〔议杂〕（原作杂议，今改）不纯，故曰驳也。¹⁴自两汉文明，楷式昭备，蔼蔼多士，发言盈庭，¹⁵若贾谊之遍代诸生，可谓捷于议〔矣〕（原作也，今依宋本《御览》改）。¹⁶至如吾丘之驳挟弓，¹⁷安国之〔辩〕（原作辨，依宋本《御览》改）匈奴，¹⁸贾捐之之陈于〔珠厓〕（原作朱崖，依《汉书》

的德行。"《周书》的《周官》说："有节制地议论国事，政治就不会迷失方向。"议论要有节制，这是在经书上说过的啊。以前管仲说轩辕黄帝有明台之议，那么议很早就有了。因为洪水泛滥成灾，帝尧请教于四方诸侯之长；为了推行各种制度，帝舜询问了禹、垂等六人；夏、商、周兴盛的时候，向打柴的人征求意见；《春秋》中记述楚释宋襄，鲁僖公也参与了讨论。到后来赵武灵王要穿胡服，季父向他提出了异议。商鞅要改变秦法，甘龙（杜挚）就和他反复辩难；虽然季父、甘龙所谈的是典章制度，不能算作议对的议，然而相异之中也有相同，可资参考。到了汉朝，创始了驳议。驳的意思，就是杂。独持异议杂而不纯，所以叫驳。两汉时代文学辉煌，好作品极多，不少有才学的人，都参与了朝廷议论，像贾谊那样代替所有老先生发言，真可算是议论敏捷了。至于吾丘寿王反驳公孙弘不准人民挟带弓弩，韩安国斥责王恢不主张与匈奴和亲，贾捐之陈述不当发兵击珠厓，刘歆辩论不当毁武帝庙，虽然文章有

改),[19]刘歆之〔辩〕(原作辨,依《御览》改)于祖宗,[20]虽质文不同,得事要矣。若乃张敏之断轻侮,[21]郭躬之议擅诛,[22]程晓之驳校事,[23]司马芝之议货钱,[24]何曾蠲出女之科,[25]秦秀定贾充之谥,[26]事实允当,可谓达议体矣。汉世善驳,则应劭为首;[27]晋代能议,则傅咸为宗。[28]然仲瑗博古,而铨贯有叙;长虞识治,而属辞枝繁。[29]及陆机断议,亦有锋颖,而腴(原作诔,依《御览》改)辞弗剪,颇累文骨,亦〔有其〕(原作各有,依宋本《御览》改)美,风格存焉。[30]

的华丽有的朴质,但是内容都很扼要。像张敏断定当时的"轻侮法"是错的,郭躬认为秦彭"擅自杀人"是对的,程晓反驳"设校事",司马芝议当"铸五铢钱",何曾请求除去"株连嫁女"的条文,秦秀请定贾充的谥号为荒公,事实都写得公允恰当,可以说是议的体式了。汉朝善于辩驳的,应劭是第一人;晋代长于议论的人,傅咸算宗师。但是应仲瑗关于古代的知识很渊博,评论有条有理;傅长虞对于治道很有见识,行文有点繁杂。至于陆机议论《晋书》的"断限",也颇有锋芒,虽然没能把烦冗的辞藻加以芟除,对文章的主干颇有连累,却仍有它的优点,具备了独特的风格。

注释

1 《诗·皇皇者华》:"周爱咨谋。"传:"忠信为周。"笺:"爱,于也。"此句解释,从来诘诎。今以为即"咨谋于周",咨谋于忠信之人也。

2 段玉裁《说文解字注》:"议者,谊也。谊者,人所宜也。言得其宜之谓议。"

3 见《易·节·象辞》。疏:"数度,谓尊卑礼命之多少;德行,谓人才堪任之优劣;君子象节以制其礼数等差,皆使有度,议人之德行任用,皆使得宜。"察此文"制"字及下文《周书》"制"字,皆当作节制解释,故下文云"议贵节制"。

4 《尚书·周官》此文"弗"作"不",孔《传》:"凡制事必以古义议度终始,政乃不迷错。"

5 《管子·桓公问》:"黄帝立明台之议者,上观于贤也。"

6 《尚书·尧典》:"帝曰:咨,四岳。汤汤洪水方割,荡荡怀山襄陵,浩浩滔天,下民其咨,有能俾乂。"

7 《尚书·舜典》"使宅百揆,亮采惠畴",此文"宅揆",当依《御览》作"百揆",与上文"洪水"对文,"畴"即"畴咨",询问之义。《尚书·尧典》"畴咨若时登庸",畴,各家注皆训谁,然与咨连文则训问。《三国志·魏书·管宁传》:"畴咨群公,思求俊乂。"刘永济云:"按《舜典》,舜新命六人:禹、垂、益、伯夷、夔、龙也。"此作五人,疑误,今依校改。

8 《诗·板》:"询于刍荛。"刍荛:采薪者。

9 钱大昕《十驾斋养新录》十四引惠士奇云:"案文当云'鲁僖预议',《公羊传》僖廿一年:'释宋公。'《传》曰:'执未有言释之者,此其言释之何?公与为尔也。公与为尔奈何?公与议尔也。'预与与同,转写讹为务耳。"

10 《史记·赵世家》:武灵王欲胡服,谋之于公子成。"公子成再拜稽首曰:'……臣闻中国者,盖聪明徇智之所居也,万物财用之所聚也,贤圣之所教也,仁义之所施也,诗、书、礼、乐之所用也,异敏技能之所试也,远方之所观赴也,蛮夷之所义行也,今王舍此而袭远方之服,变古之教,易古之道,逆人之心,而佛学者,离中国,故臣愿王图之也。'"季父即公子成。

11 《史记·商君列传》:"鞅欲变法","甘龙曰:不然。圣人不易民而教,知者不变法而治。因民而教,不劳而成功;缘法而治者,吏习而民安之"。亦与杜挚反复辩论。

12 两句大意是:虽季父、甘龙所议者是国家典章制度,不能谓为议对之议,然有分别亦有相同,可资参考。

13 《章表》:"汉定礼仪,则有四品:一曰章,二曰奏,三曰表,四曰驳议。"

14 《说文》:"驳,马色不纯。"议杂不纯:谓论其杂而不纯。原作杂议,误倒,今校改。
15 《诗·卷阿》:"蔼蔼王多吉士。"《诗·小旻》:"发言盈庭,谁敢执其咎。"
16 《史记·贾谊列传》:"谊为博士,……每诏令议下,诸老先生不能言,贾生尽为之对,人人各如其意所欲出。诸生于是乃以为能。"诸生:诸老先生。
17 《汉书·吾丘寿王传》:丞相公孙弘奏言"民不得挟弓弩"。上下其议,寿王对曰云云。
18 《汉书·韩安国传》载韩安国主张与匈奴和亲,驳斥王恢反对和亲。
19 《汉书·贾捐之传》:文帝初元元年,上与有司议大发军讨珠厓,捐之建议以为不当击,上使王商诘之,捐之对曰云云。
20 事见《汉书·韦玄成传》。彭宣等以为"继祖宗以下,五庙而迭毁","孝武皇帝虽有功烈,亲尽宜毁"。刘歆等议曰:"……臣愚以为孝武皇帝功烈如彼,孝宣皇帝崇立之如此,不宜毁。"
21 《后汉书·张敏传》:"建中初,有人侮辱人父者,而其子杀之。肃宗贳其死刑而降宥之,自后因以为比。是时遂定其议以为轻侮法。张敏驳议曰:……"
22 《后汉书·郭躬传》载,秦彭从窦固出击匈奴,"彭在别屯,而辄以法斩人。固奏彭专擅,请诛之"。郭躬议以为"于法不合罪"。
23 《三国志·魏书·程昱传》:"分封少子延,及孙晓,列侯。"晓嘉平中,为黄门侍郎,时校事放横,晓上疏曰:……于是遂罢校事官。"
24 《晋书·食货志》:"黄初二年,魏文帝罢五铢钱,使百姓以谷帛为市。至明帝世,钱废谷用既久,人间巧伪渐多,……司马芝等举朝大议,以为用钱非徒丰国,亦所以省刑,今若更铸五铢钱,则国丰刑省,于事为便。"
25 《晋书·刑法志》:"及景帝辅政,是时魏法,犯大逆者,诛及已出之女。"(何)曾哀之,使主簿程咸上议曰:'……臣以为在室之女,从父母之诛；既醮之妇，从夫家之罚。宜改旧科，以为永制。'"是议文出自程咸手笔。

26 《晋书·秦秀传》："秀性忌谗佞，疾之如仇，素轻鄙贾充……及充薨，秀议曰：充舍宗族弗授，而以异姓为后，悖礼溺情，以乱大伦。……谥法：昏乱纪度曰荒，请谥荒公。"

27 《后汉书·应劭（shào）传》："凡为驳议三十篇。"

28 《翰林论》："驳不以华藻为先，世以傅长虞每奏驳事，为邦之司直矣。"

29 《后汉书》：应劭字仲远，注引谢承书曰："《应氏谱》并云字仲远。《续汉书·文士传》作仲援。《汉官仪》又作仲瑗，未知孰是。"长虞：傅咸字。

30 李充《翰林论》："陆机议《晋》断（《晋书》限断），亦各其美矣。"纪评曰"谀当作腴"，与《御览》同。

夫动先拟议，明用稽疑，所以敬慎群务，弛张治术。[1]故其大体所资，必枢纽经典；采故实于前代，观通变于当今；理不谬摇其枝，[2]字不妄舒其藻。又郊祀必洞于礼，戎事宜练于兵，田谷先晓于农，断讼务精于律。然后标以显义，约以正辞，文以辨洁为能，不以繁缛为巧；事以明核为美，不以环隐[3]为奇：此纲领之大要也。若不

凡是行动之先加以斟酌讨论，事前稽考疑难把问题调查清楚，这是为了恭敬谨慎地处理公务，松弛紧张适度地办好国事。所以写"议"的主要条件，要以经典为枢纽；要考察前代的历史事实，观察当今的情况变化；使说理时没有点滴漏洞，在用字上一个词都不轻心。还有，议郊祀一定要深刻了解礼仪，谈军事一定要十分熟悉用兵，谈粮食先要晓得农事，断诉讼必须精通法律。然后才能使议论很显豁，文辞很简要，文章以干净利落为美，不以繁文缛藻为妙；事义以明白扼要为好，不以曲折隐晦为奇：这就是写"议"的纲领性要求啊。假使不懂得治理

达政体,而舞笔弄文,支离构辞,穿凿会巧,空骋其华,固为事实所摈;设得其理,亦为浮(原作游,依《御览》改)辞所埋矣。昔秦女嫁晋,从文衣之媵,晋人贵媵而贱女;楚珠鬻郑,为薰桂之椟,郑人买椟而还珠。若文浮于理,末胜其本,则秦女楚珠,复在于兹矣。[4]

国家的大体,飞舞笔墨玩弄文藻,支离破碎地堆砌词句,穿凿附会地进行议论,徒然驰骋文华,必然为事实所不容许;即使说得合理,道理也被浮辞淹没了。过去秦伯把女孩嫁给晋公子,却让穿戴漂亮的丫头来陪嫁,结果晋人很重视丫头反而看不起秦女;楚国把珍珠卖给郑国,用很芳香的木匣子盛了,结果郑国人只买了木匣子却退还珍珠。假使写"议"时文藻超过了道理,枝节胜过了主题,那就是秦伯嫁女、楚国卖珠的现象,又出现于创作领域了。

注释

1 《周易·系辞上》:"拟之而后言,议之而后动,拟议以成其变化。"弛:《礼记·杂记》:"张而不弛,文武弗能也;弛而不张,文武弗为也;一张一弛,文武之道也。"

2 理不谬摇其枝:谓虽枝节,其理不谬也。

3 环:旋也。环隐:谓曲隐也。

4 《韩非子·外储说左上》:"昔秦伯嫁其女于晋公子,令晋为之饰装,从文衣之媵七十人。至晋,晋人爱其妾而贱公女。此可谓善嫁妾而未可谓善嫁女也。楚人有卖其珠于郑者,为木兰之柜,熏以桂椒,缀以珠玉,饰以玫瑰,辑以翡翠。郑人买其椟而还其珠。此可谓善卖椟矣,未可谓善鬻珠也。今世之谈也,皆道辩说文辞之言,人主览其文而忘[其](原作有,今改)用。墨子之说,传先王之道,论圣人之言,以宣告人,若辩其辞,则恐人怀其文忘其用,直以文害用也。此与楚人鬻珠、秦伯嫁女同类。"

又对策者,应诏而陈政也;射策者,探事而献说也。言中理准,譬射侯中的。[1]二名虽殊,即议之别体也。古〔者〕(原作之,今依铃本改)造士,选事考言。[2]汉文中年,始举贤良,晁错对策,蔚为举首。[3]及孝武益明,旁求俊乂,对策者以第一登庸,射策者以甲科入仕,斯固选贤要术也。[4]观晁氏之对,证验古今,辞裁以辨,事通而赡,超升高第,信有征矣。[5]仲舒之对,祖述《春秋》,本阴阳之化,究列代之变,烦而不慁者,事理明也。[6]公孙之对,简而未博,然总要以约文,事切而情举,所以太常居下,而天子擢上也。[7]杜钦之对,略而指事,辞以治宣,不为文作。[8]及后汉鲁丕,辞气质素,以儒雅中策,独入高第。[9]凡此五家,并前代之明范也。魏、晋已来,稍务文丽,以文纪实,所失已多;及其来选,又称疾不会,虽欲求文,弗可得也。[10]是以汉饮博士,而雉集乎堂;[11]晋策秀才,而麏兴于前:无他怪也,选失之异耳。[12]

治国的需要而发的,不是为了炫耀文采而作的。到了后汉的鲁丕,文辞极朴质,由于他是当时的名儒,对策又十分准确,所以把他列入上等。总共这五家的对策,都是前代所公认的典范。魏、晋以来,渐次地追求文辞华丽,用华丽的文辞来陈述实用的政见,自然缺点很多;此后应选的人,更是装病不肯参加对策,即使想求得一些空谈无实际的文章,也看不到了。所以汉成帝曾召集博士行饮酒礼,有许多野鸡飞到朝堂里来;晋成帝在乐贤堂策试秀才,有许多麏出现在堂前:这不是其他的怪异,只是选举失当所出现的怪异罢了。

注释

1 《汉书·萧望之传》:"望之以射策甲科为郎。"师古曰:"射策者,谓为难问疑义,书之于策,量其大小,署为甲乙之科,列而置之,不使彰显。有欲射者,随其所取得而释之,以知优劣。射之言投射也。对策者,显问以政事经义,令各对之,而观其文辞,定高下也。"

2 造士:《礼记·王制》:"司徒论选士之秀者,而升之学,曰俊士……升于乡者,不征于司徒,曰造士。"注:"不征,不给其繇役。造,成也。能习礼则为成士。"选事:谓选择有办事才能者。考言:谓考察其言行道德也。《周礼·地官》:乡大夫职曰:"三年则大比,考其德行道艺而兴贤者能者。"考其德行即考言,所以选择贤者;考其道艺即选事,所以择选能者。

3 《汉书·文帝纪》:"十五年九月,诏……举贤良能直言极谏者,上亲策之。"《汉书·晁错传》："诏有司举贤良文学士。""对策者百余人。唯错为高第。"

4 《汉书·武帝纪》："建元元年，冬十月，诏……举贤良方正直言极谏之士。"旁：溥也，广也。《尚书·说命下》："旁招俊乂。"登庸：升用也。《尚书·尧典》："畴咨若登庸。"甲科：《汉书·儒林传》："平帝时……岁课甲科四十人为郎中，乙科二十人为太子舍人，丙科四十人补文学掌故。"

5 晁错对策见《汉书》本传。对策中列举五帝、三王、五伯之臣，奏事结合时事对答诏问，所以说"证验古今，辞裁以辨，事通而赡"。

6 《汉书·董仲舒传》："武帝即位，举贤良文学之士，前后百数，而仲舒以贤良对策焉。"对策见本传，开始便云："臣谨案《春秋》之中，视前世已行之事，以观天人相与之际，甚可畏也。"所以说"祖述《春秋》，本阴阳之化，究列代之变，烦而不恩"。

7 《汉书·公孙弘传》："武帝初即位，招贤良文学士，是时弘年六十，以贤良征为博士。使匈奴，还报，不合意。上怒，以为不能。弘乃移病免归。元光五年，复征贤良文学。……国人固推弘，弘至太常，……时对者百余人，太常奏弘第居下，策奏，天子擢弘对为第一。"弘对策言"天人之道""吉凶之效""水旱"之由，"仁义礼知四者之宜"，"天命之符"，"人事之纪"，皆极简要，所以说"简而未博"，又说"总要以约文，事切而情举"。

8 《汉书·杜钦传》："其夏，上（成帝）尽召直言之士，诣白虎殿对策。"对策于成帝所策问未能详答，而篇末于成帝好女色之事指责甚切，所以说"略而指事，辞以治宣，不为文作"。

9 《后汉书·鲁恭传》："弟丕……兼通五经，以《鲁诗》《尚书》教授，为当世名儒。……建初元年，肃宗诏举贤良方正。大司农刘宽举丕。时对策者百有余人，唯丕在高第。"对策见袁宏《后汉纪》十六，文辞朴质简略，所以说"辞气质素"，以其为当世名儒，所以说"以儒雅中策"。

10 《晋书·孔愉传》附《孔坦传》："先是以兵乱之后，务存慰悦，远方秀孝,到不策试,普加除署。至是,帝(元帝)申明旧制,皆令试经,有不中科,刺史、太守免官。大兴三年,秀孝多不敢行,其有到者,并托疾。"

11《汉书·成帝纪》:"(鸿嘉)二年,行幸云阳。三月,博士行饮酒礼,有雉蜚集于庭,历阶升堂而雊。"《汉书·五行志》中亦记此事,当时言者以为成帝"继嗣不立""失行流闻"之戒。刘勰于此则以为选举不当之兆。

12《晋书·五行志中》"毛虫之孽":"成帝咸和六年正月丁巳,会州郡秀孝于乐贤堂,有麏见于前,获之。孙盛以为吉祥。夫秀孝,天下之彦士,乐贤堂,所以乐养贤也。自丧乱以后,风教陵夷,秀孝策试,乏四科之实,麏兴于前,或斯故乎!"麏即麕字,獐也。似鹿非鹿。《诗·鹿鸣》所以燕嘉宾,今麕而非鹿,故云:"无他怪也,选失之异耳。"

夫驳议偏辨,各执异见;对策揄扬,大明治道。[1]使事深于政术,理密于时务,酌三五[2]以熔世,而非迂缓之高谈;驳权变以拯俗,而非刻薄之伪论;风恢恢而能远,流洋洋而不溢,王庭之美对也。[3]难矣哉,士之为才也!或练治而寡文,或工文而疏治,对策所选,实属

驳议在于分辨是非,辨正双方不同的意见;对策则要引举事实,阐明治国的道理。假使引用的事实深合于政术,所说的道理密合于时务,能斟酌三皇五帝的史实来治理现实,而不是迂腐的高谈阔论;能驾驭时代的发展来挽救流俗,而不是刻薄无用的空谈;像和风那样温醇而能往远处吹拂,像流水那样润泽而无所泛滥,那真是王庭的漂亮对策啊。真难啊!士大夫要有这种才能!有的人熟练于治国之道却没有文才,有的人娴熟于写文章却不懂得治国的方法,通过对策所选举出来的人,实在是无所不会的通才,语言能够把思想充分地表

通才,志足文远,不其鲜欤!⁴ | 达出来,而文章又极有文采能够永远流传,这样的人不是很少吗!

注释

1 偏辨:谓偏于分辨。揄扬:《两都赋序》"雍容揄扬",注:"揄,引也;扬,举也。"
2 三五:三皇五帝。
3 恢恢:宽广貌。《老子》:"天网恢恢。"洋洋:水盛大貌。《诗·硕人》:"河水洋洋。"
4 《左传》襄公廿五年:"仲尼曰:'志有之,言以足志,文以足言。不言谁知其志?言之不文,行而不远。'"

赞曰:议惟畴政,名实相课。¹ 断理必〔刚〕(原作纲,依黄校),摘辞无懦。² 对策王庭,同时酌和。³ 治体高秉,雅谟远播。⁴ | 总而言之,"议"是畴画政事的,要循名责实而不能名实相左。说理既然应该坚定有力,选字铸词也不能软弱。所以王庭对策的时候,需要斟酌加以调和。只有高瞻远瞩地掌握治国方法,好的谋划才能通过议对长流远播。

注释

1 畴:畴画之意。
2 铃本云:"纲疑当作刚。"黄侃云:"此句与下句一意相足,云摘辞无懦,则此纲字为刚字之讹。《檄移》篇赞:三驱驰刚。彼文本作網,讹为纲,又讹为刚;此则刚反讹纲矣。"今依黄改。
3 酌和:斟酌调和之意。
4 秉:持也。谟:谋也。

书　记

[导读]

　　书记有广狭两义：一、凡是书于竹帛的都叫书；二、单指一种文体，就是往来的书札。《文心雕龙》从《辨骚》以下，到本篇为止，都是论文体的，所以书记的解释，应该取狭义。但是文体繁多，很难一一诠评，而且有些无关宏旨，也没有一一诠评的必要。文体又分为文笔两大类，所以刘勰于《杂文》《书记》两篇中有所附录。凡属于文笔之文，本书所未备论者，附见《杂文》；凡属于文笔之笔，本书所未备论者，都附见于《书记》。

　　本篇论书记，实取广义，所以兼包廿四品而言。至于选文定篇，则又采用狭义。其用意在于折中，要求盛水不漏，其行文说理则不免附会，存在缺点。黄侃、刘永济就著书之旨加以申述，不为无理，纪昀就事加以讥评，也未可厚非。

[原文]

　　大舜云"书用识哉"，所以记时事也。[1] 盖圣贤言辞，总为之《书》，《书》之为体，主言者也。[2] 杨雄曰："言，心声也；书，心画也。声画形，君子小人见矣。"[3] 故书者，舒也。[4] 舒布其言，陈之简牍，取象于

[译文]

　　伟大的舜说："用书来记载呀！"所以书是用来记录时事的。把古代圣贤的言辞总集起来，就成了《尚书》，《尚书》这部书，本来就是记载圣贤言辞的。杨雄说："语言，就是内心发出的声音；书写，就是对内心的描绘。所以通过人们的语言和书法，就可以知道这个人是君子还是小人了。"所以书的

《夬》，贵在明决而已。[5]三代政暇，文翰颇疏。春秋聘繁，书介弥盛：[6]绕朝赠士会以策，[7]子家与赵宣以书，[8]巫臣之〔责〕（原作遗，依宋本《御览》改）子反，[9]子产之谏范宣，[10]详观四书，辞若对面。又子〔叔〕（原作服，今依范改）敬叔进吊书于滕君，固知行人挈辞，多被翰墨矣。[11]及七国献书，诡丽辐辏；[12]汉来笔札，辞旨（原作气，宋本《御览》作音，今改）纷纭。[13]观史迁之《报任安》，[14]东方（原有朔，依《御览》删）之《〔谒〕》（原作难，依《御览》改）公孙》，[15]杨恽之《酬会宗》，[16]子云之《答刘歆》，[17]志气槃桓，各含殊采；并杼轴乎尺素，抑扬乎寸心。[18]逮后汉书记，则崔瑗尤善。[19]魏之元瑜，号称翩翩；[20]文举属章，半简必录；[21]休琏好〔书〕（原作事，今改），留意词翰；[22]抑

意思，就是舒展。人们把自己的语言舒展开来，记录在简册上，(《易经》说：)书是象征《夬》卦的，所以对书记的要求，只是写得明白果断罢了。夏、商、周三代的政事不多，所以书记很少。春秋时代往来访问增加，传递书信的使节就多了。秦大夫绕朝给晋士会写过信，郑子家给赵宣子写过信，巫臣用书信谴责过子反，子产用书信告谏过范宣子，细看这四封信，真像对面谈心一样。还有，子叔敬叔悼念滕君，也是用的书信，由此可知，使节出访的言辞，多数是事先写好了底稿。到了七国，往来书信，诡谲华丽，无所不有；汉代的简札，措辞用意，也各色各样。看一看司马迁《报任安书》，东方朔《谒公孙弘书》，杨恽《报孙会宗书》，杨雄《答刘歆书》，感情郁结，各有各的风采，都是经过苦心经营写在纸上，慷慨激昂从肺腑里流露出来的。到了后汉，以崔瑗的书记为最好。魏时的阮元瑜会写书札，号称文辞轻快；孔文举的文章即使残篇断简，魏文帝也把它抄写下来；应休琏也爱好书札，留心辞章：这些人算是第二流作家吧。嵇康的《绝交书》，真是意志高昂而文辞雄伟。赵至

其次也。嵇康《绝交》,实志高而文伟矣。[23]赵至《叙离》,乃少年之激切也。[24]至如陈遵占辞,百封各意;[25]祢衡代书,亲疏得宜。[26]斯又尺牍之偏才也。详诸书体,本在尽言,所以散郁陶,托风采,故宜涤荡(原作条畅,依《御览》改)以任气,优柔以怿怀,[27]文明从容,亦心声之献酬也。[28]

的《叙离书》,表现出了少年人的激切愤慨。像陈遵口授书辞让人抄录,拟出了几百封信,各有各的意义;祢衡代替黄祖写信,分别亲疏不同,都很得体。这又是写短札的特殊能手啊。细考书信这种文体,本来在于把要说的话说出来,因而倾吐出作者的内心郁结,表达出作者的感情,所以应该无所隐藏地写得淋漓尽致,无所拘束地说出各自的怀抱,文采辉煌而又从容不迫,那就真算掏出了内心把它贡献给朋友啊。

注释

1 识:记也。引文见《尚书·益稷》。
2 《汉书·艺文志》:"左史记言,右史记事。事为《春秋》,言为《尚书》。"参阅《史传》注。
3 引文见杨雄《法言·问神》。
4 《孝经援神契》:"书,如也,舒也,纪也。"
5 《易·系辞下》:"上古结绳而治,后世圣人易之以书契,百官以治,万民以察,盖取诸夬。"韩康伯注:"夬,决也。书契所以决断万事也。"
6 《左传》襄公八年:"亦不使一介行李。"书介:用左氏此文,指送书之使。
7 《左传》文公十三年:"(士会)乃行,绕朝赠之以策。曰:'子无谓秦无人,吾谋适不用也。'"服注:"绕朝以策书赠士会。"绕朝:秦大夫。刘勰用服注,以为曰下语即策书所言。
8 《左传》文公十七年:"晋侯蒐于黄父,……于是晋侯不见郑伯,以为贰于楚也。郑子家使执讯而与之书，以告赵宣子曰：……"

9 《左传》成公七年："巫臣自晋遗二子（子反、子重）书曰：尔以谗慝贪婪事君，而多杀不辜，余必使尔罢于奔命以死。"责原作遗，今依《御览》校改。作遗，自与《左传》相符，疑刘勰探书意，改遗为责，与下文谏范宣为对文。责与贵形近误作贵，后人遂依左氏改贵为遗耳。

10 《左传》襄公廿四年："范宣子为政，诸侯之币重，郑人病之。二月，郑伯如晋，子产寓书于子西以告宣子曰：……。宣子说，乃轻币。"

11 《礼记·檀弓下》："滕成公之丧，使子叔敬叔吊，进书，子服惠伯为介。"范依《左传》以为子服当作子叔，是也。《穀梁传》襄公十一年："行人者，挈国之辞也。"注："行人，是传国之辞命者。"

12 辐（fú）辏（còu）：聚积意。

13 辞旨：原作辞气，宋本《御览》作辞音，音乃旨字之形误。辞旨故云纷纭。纷纭：繁盛貌。

14 《汉书·司马迁传》有《报任安书》。

15 《全汉文》有东方朔《与公孙弘借车书》，则此文难应作谒。

16 《汉书·杨恽（yùn）传》有《报孙会宗书》，嫌报与上句重，故改作酬。

17 杨雄《方言》有《答刘歆书》。

18 槃桓：此处为结郁之意。陆机《文赋》："函绵邈于尺素，吐滂沛乎寸心。""虽杼轴于予怀，怵他人之我先。"

19 《后汉书·崔瑗（yuàn）传》：崔瑗，字子玉。"瑗高于文辞，尤善为书记、箴、铭。"

20 《三国志·魏书·王粲传》：魏文帝《与吴质书》："元瑜书记翩翩，致足乐也。"

21 《后汉书·孔融传》：魏文帝"深好融文辞……募天下有上融文章者，辄赏以金帛"。

22 好书：原作好事，今改。《三国志·魏书·王粲传》注引《文章叙录》"应璩（qú）字休琏，博学好属文，善为书记文"，好书即"好属文，善为书记文"也。

23 嵇康《与山巨源绝交书》见《文选》。

24 《晋书·文苑·赵至传》:"初至与嵇康兄子蕃友善,及将远适,乃与蕃书叙离,并陈其志。"书见本传。干宝以为吕安《与嵇康书》,《文选》则题作《与嵇茂齐书》,可参阅李善注。

25 《汉书·陈遵传》:"(遵)起为河南太守,既至官,当遣从吏西,召善书吏十人于前治私书,谢京师故人。遵冯几口占书吏,且省官事,书数百封,亲疏各有意。"

26 《后汉书·祢衡传》:"衡为黄祖作书记,轻重疏密,各得体宜。祖持其手曰:'处士,此正得祖意,如祖腹中之所欲言也。'"

27 本篇开首言"书之为体,主言者也",故此处言"详诸书体,本在尽言"。郁陶:感情郁结意。条畅:《御览》作涤荡,皆与跌宕同义,放纵也。双声连辞。任:放任也。正与跌宕相应。优柔:闲暇自得貌,叠韵连词。《御览》作优游,同。怿(yì):悦也。

28 《易·乾·文言》:"见龙在田,天下文明。"疏:"阳气在田,始生万物,故天下有文章而光明也。"两句大意,盖谓文采辉煌,辞气从容,乃情感存于中,语言现于外也。

若夫尊贵差序,则肃以节文。[1]战国以前,君臣同书。[2]秦汉立仪,始有表奏。[3]王公国内,亦称奏书,张敞奏书于胶后,其〔辞〕(原脱,依《御览》增)义美矣。[4]迄至后汉,稍有名品,公府奏记,而郡将奏笺。[5]记之

假若写信给尊长,那就应该礼貌严肃。战国以前,君臣之间都叫作书,秦汉制定礼仪,才有了表、奏,写给国内王公的信,叫作奏书,张敞谏胶东王太后的奏书,内容真好啊。到了后汉,书札名目渐次分级了,给公卿的叫奏记,给兼管军事的地方长官的叫奏笺。记的意思,就是志,把自己的意志陈述

言志,进已志也。[6]笺者,表也,表识其情也。[7]崔寔奏记于公府,则崇让之德音矣。[8]黄香奏笺于江夏,亦肃恭之遗式矣。[9]公幹笺记,丽而规益,子桓弗论,故世所共遗,若略名取实,则有美于为诗矣。[10]刘廙《谢恩》,喻切以至;陆机《自理》,情周而巧:笺之(原衍为,依《御览》删)善者也。[11]原笺记之为式,既上窥乎表,亦下睨乎书,使敬而不慑,简而无傲,[12]清美以会(原作惠,今改)其才,[13]〔炳〕(原作彪,今改)蔚以文其响,盖笺记之分也。[14]

出来。笺的意思就是表,把自己的感情表达出来。崔寔给公府梁冀的奏记,是提倡礼让的好作品。黄香给江夏太守的奏笺,算是严肃恭敬的榜样。刘公幹的笺记,文辞华丽而且劝人为善,曹子桓的《典论·论文》没有加以评品,所以社会上把它忘记了,假若不论名声专看实际,那么他的笺记比诗好得多了。刘廙的《谢恩疏》,比喻亲切极了;陆机的《自理表》,感情细致,工巧得很:是笺记中的好作品。追考笺记这种体式,既上与表相接近,也下与书相类似;要写得恭敬但无须恐慌,要写得简要但不能傲慢,表现出清新漂亮的艺术语言才能,文采郁茂而又音律和谐,这就是笺记与书表的区分。

注释

1 两句大意:盖谓如果地位悬殊,在下位者致书在上位者则宜肃恭而有礼节也。

2 如乐毅报燕王,燕王谢乐闲(乐毅子),同用书名,故曰"战国以前,君臣同书"。

3 《章表》:"秦初定制,改书曰奏。汉定礼仪,则有四品:一曰章,二曰奏,三曰表,四曰驳议。"兼详彼文注释。

4 《汉书·张敞传》:"天子征敞,拜胶东相……王太后数出游猎,敞奏书谏曰：……"

5 《后汉书·李固传》："固欲令（梁）商先正风化，退辞高满，乃奏记曰：……"故云"公府奏记"。下文云："黄香奏笺于江夏，亦肃恭之遗式矣。"按黄香江夏安陆人，故于太守有奏笺。郡将：郡守兼领武事。

6 《周礼》保章氏注："志，古文识。识，记也。"

7 《说文》："笺，表识书也。"

8 《后汉书·崔寔传》："所著碑、论、箴、铭、答、七言、祠文、表、记、书，凡十五篇。"公府：指梁冀，寔尝为其司马，奏记今佚。

9 《后汉书·黄香传》："黄香，字文强，江夏安陆人也。……年十二，太守刘护闻而召之，署门下孝子，甚见爱敬。"或因此而有奏笺，今佚。"所著赋、笺、奏、书、令，凡五篇。"

10 曹丕字子桓，所著《典论·论文》未及刘桢书记。

11 刘廙（yì）《谢恩疏》见《三国志·魏书》本传。陆机《自理表》，黄注以为即《谢平原内史表》，范注以为即残存之《与吴王表》，未知孰是。

12 《尚书·舜典》："刚而无虐，简而无傲。"

13 会其才：会原作惠，义不可解，疑会之声误。

14 炳蔚：原作彪蔚。《原道》："虎豹以炳蔚凝姿。"疑此亦作炳蔚，兼详彼注。笺记：指笺记与书表。

夫书记广大，衣被〔众〕（原作事，依刘永济改）体，笔札杂名，古今多品。是以总领黎庶，则有谱、籍、簿、录；医历星筮，则有方、术、占、〔式〕（原作试，依顾改）；申宪述

书记的意义包涵是很广阔的，可以包括很多文体，笔记札记各种名称，从古到今有许多品类。用来提纲挈领记载百家姓氏的，便有谱、籍、簿、录；用来记载医药、历数、星象、卜筮的，便有方、术、占、式；用来申明宪法说述兵事的，便有律、令、法、制；用来在朝廷市肆作为证验

兵,则有律、令、法、制;朝市征信,则有符、契、券、疏;百官询事,则有关、刺、解、牒;万民达志,则有状、列、辞、谚:并述理于心,著言于翰,虽艺文之末品,而政事之先务也。

故谓谱者,普也。注序世统,事资《周普》,郑氏谱《诗》,盖取乎此。[1]

籍者,借也。岁借民力,条之于版,春秋司籍,即其事也。[2]

簿者,圃也。草木区别,文书类聚,张汤、李广,为吏所簿,别情伪也。[3]

录者,领也。古史《世本》,编以简策,领其名数,故曰录也。[4]

方者,隅也。医药攻病,各有所主,专精一隅,故药术称方。[5]

术者,路也。[6]算历

凭据的,便有符、契、券、疏;用来作为各种衙门询问事务的,便有关、刺、解、牒;用来作为群众表达志趣的,便有状、列、辞、谚:都是把心里的话说出来,写在纸张上,虽然在文学领域内不是重要的文体,但在治理政事方面却是迫切需要的。

所谓谱的意思,就是普。想写清楚"世系",就需要《周普》这种书,郑玄替《诗经》作谱,就是学习《周普》的。

籍的意思,就是借。国家征调老百姓参加劳役,一定要逐条记在简册上,春秋时代有管理簿籍的官,那就是记述征调老百姓参加劳役的。

簿的意思,就是圃。栽培花草要区分园圃,官府文书也要分门类;汉代的张汤和李广,被法吏所审讯,就是核对簿书,考察其罪状的真假。

录的意思,就是领。古代史书中有一部书叫《世本》,那是用简册把世系编排起来,一人之下率领许多人名,所以这种文件叫作"录"。

方的意思,就是隅。用药治病,都有针对性,不能一味药百病都医,只能治疗一个方面,所以用药的方法叫"方"。

术的意思,就是路。运算极大的数

极数,见路乃明,《九章》积微,故以为术,[7]《淮南万毕》,[8]皆其类也。

字发现规律就好办了。《九章算术》就是用小数字掌握大数目的,所以叫"算术"。《淮南万毕》等著作,都是这一类书。

注释

1 《说文》无谱字,古只作普。《梁书·刘杳传》:"王僧孺被敕撰谱,访杳血脉所因。杳云:'桓谭《新论》云:太史三世表,旁行邪上,并效《周谱》,以此而推,当起周代。'"

2 赵岐《孟子·滕文公上》注:"藉者,借也。犹人相借力助之也。"《左传》昭公十五年:"孙伯黡司晋之典籍,以为大政,故曰籍氏。"故此处云"春秋司籍"。

3 簿训圃,以声训也。《汉书·张汤传》:"使使八辈簿责汤。"《汉书·李广传》:"急责广之幕府上簿。"师古曰:"簿,谓文状也。"

4 《后汉书·和帝纪》注:"录,谓总领之也。"《汉书·艺文志》春秋家有《世本》十五卷。

5 《太玄·周》:"周无隅。"注:"方也。"

6 术:《说文》:"邑中道也。"

7 《九章算术》,原书已佚。清人从《永乐大典》录出。

8 梁阮孝绪《七录》有《淮南万毕经》一卷。

占者,觇也。[1]星辰飞伏,伺候乃见。〔登〕(原作精,旧校云:疑作登。依改)观书云,故曰占也。[2]

式者,则也。[3]阴阳盈虚,五行消息,变虽不常,而

占的意思,就是觇望。星辰的出没,要窥望观察才能看到。鲁僖公就曾经到观台上窥望云物,所以凡是觇望星辰云物的书都叫"占"。

式的意思,就是"(规)则"。阴阳二气的盈亏,金木水火土的生

稽之有则也。[4]

律者,中也。[5]黄钟调起,五音以正;法律驭民,八刑克平。以律为名,取中正也。[6]

令者,命也。[7]出命申禁,有若自天。管仲下〔令〕(原作命,依一作改)如流水,使民从也。[8]

法者,象也。兵谋无方,而奇正有象,故曰法也。[9]

制者,裁也。上行于下,如匠之制器也。[10]

灭,虽然变化无常,但考察起来还是有规则的。

律的意思,就是中。用黄钟作准则,五音就合适了;用法律来驾驭百姓,八刑就公允了。用"律"作为文体名称,就是采取中正公平的意思。

令的意思,就是命。皇帝发号施令申明禁约,要像从天而下一样。管仲认为下达命令好像流水一样,能够使人民顺从。

法的意思,就是象。用兵的策略没有定式,但兵家的变化是有所效法的,所以叫兵法。

注释

1 占:借作觇。《说文》:"觇,窥也。"《左传》成公十七年:"公使觇之,信。"注:"觇,伺也。"
2《左传》僖公五年:"春王正月,辛亥,朔,日南至。公既视朔,遂登观台,以望而书,礼也。凡分至启闭,必书云物,为备故也。"登观:登观台也。原作精观,非。今依《左传》校改。
3《老子》:"为天下式。"注:"式,犹则之也。"
4《汉书·艺文志》:五行家有《羡门式》二十卷。
5《说文》:"律,均布也。"引申有中义。
6《汉书·律历志》:"五声之本,生于黄钟之律。"八刑:《周礼·大司徒》:"一曰不孝之刑,二曰不睦之刑,三曰不姻之刑,四曰不弟之刑,五曰不任之刑，六曰不恤之刑，七曰造言之刑，八曰乱民之刑。"

7 《汉书·东方朔传》："令者，命也。"《贾子·等齐篇》："天子之言曰令，令甲令乙是也。"参下注10。

8 《管子·牧民·士经》："下令如流水之原者，令顺民心也。"

9 高诱《吕氏春秋·仲春纪·情欲》注："法，象也。"《汉书·艺文志·兵书略》序云："权谋者，以正守固，以奇用兵。"兵权谋多家，如《孙子兵法》。

10 《说文》："制，裁也。"《史记·封禅书索隐》引刘向《别录》："文帝所造书，有《本制》《兵制》《服制》篇。"按，《诏策》云："降及七国，并称曰令。令者，使也。秦并天下，改命曰制。"彼文制令，乃诏策之异名，本篇制令，应有区别。

符者，孚也。征召防伪，事资中孚。[1]三代玉瑞，汉世金竹，末代从省，〔代〕（原作易，依宋本《御览》改）以书翰矣。[2]

契者，结也。[3]上古纯质，结绳执契，今羌胡征数，负贩记缗，其遗风欤。[4]

券者，束也。[5]明白约束，以备情伪，字形半分，故周称判书。[6]古有铁券，以坚信誓。王褒《僮约》，则券之〔谐〕（原作楷，依《御览》

制的意思，就是裁。上级的典章推行于下级，像木工制造器物一样，木料一定要由木工制裁啊。

符的意思，就是孚。征聘人或召请人要防止作假，事情一定要信实可靠。夏、商、周用玉石做符，汉代用铜竹作符，后代从简，就改用纸张作符了。

契的意思，就是结。上古人情朴质，结绳记事，现在羌人胡人征税，行商小贩记数，还保留了古代风俗。

券的意思，就是束。明白加以约束，用来防止作假，一券分为两半，所以周朝叫作判书。古代有用铁刻字涂丹作券的，表明信誓坚牢，王褒

改)也。⁷

疏者，布也。布置物类，撮题〔其〕(原作近，今改)意，故小券短书，号为疏也。⁸

的《责髯奴文》，则是契券中的诙谐创作啊。

疏的意思，就是布。布列安排各种事物，撮要写出它的意思，所以短小券书，名称叫作疏。

注释

1 《说文》："符，信也。""孚，一曰信也。"故曰"符者，孚也"。
2 《史记·孝文纪》："初与郡国守相为铜虎符、竹使符。"《集解》引张晏曰："符以代古之珪璋，从简易也。"故云"三代玉瑞，汉世金竹"。
3 《释名·释书契》："契，刻也。刻识其数也。"
4 《汉书·武帝纪》：元狩四年，"初算缗钱"。注："李斐曰：缗，丝也，以贯钱也。一贯千钱，出算二十也。"负贩：指行商小贩言之。负贩记缗：宋《御览》贩字同，不误；鲍刻《御览》贩作版。无记缗二字，亦通。
5 《释名·释书契》："券，绻也。相约束缱绻以为限也。"券绻声训，本文云："券者，束也。"则取义训而已。
6 《周礼·秋官·朝士》："凡有责（同债）者，有判书以治则听。"故云"周称判书"。
7 《汉书·高祖纪下》"丹书铁契"，谓以铁刻之，以丹涂刻中。王褒《髯奴》即《僮约》(见《续古文苑》)，李善《东京赋》注，正作《责髯奴文》，内容诙谐，故云："券之谐也。"谐原作楷，形近致讹。
8 《楚辞·湘夫人》："疏石兰兮为芳。"注："疏，布陈也。"

关者,闭也。[1] 出入由门,关闭当审;庶务在政,通塞应详。韩非云"孙亶回圣相也,而关于州部",盖谓此也。[2]

刺者,达也。《诗》人讽刺,《周礼》三刺,事叙相达,若针之通结矣。[3]

解者,释也。解释结滞,征事以对也。[4]

牒者,叶也(原衍短简编牒,依宋本《御览》删),如叶在枝,温舒截蒲,即其事也。[5]〔短简为牒〕(原脱,依宋本《御览》增),议政未定,故短牒咨谋。牒之尤密,谓之为签。签者,纤密者也。[6]

状者,貌也。体貌本原,取其事实。先贤表谥,并有行状,状之大者也。[7]

列者,陈也。陈列事情,昭然可见也。[8]

辞者,舌端之文,通己于人。子产有辞,诸侯

关的意思,就是闭。出进要通过门,关门闭户要仔细;掌握大权在于政府,通过关卡要规定明白。韩非说:"公孙亶回是个好宰相,却被地方官关禁起来。"这就是说的通过关卡规定不明白。

刺的意思,就是达。《诗》人写诗有讽刺,《周礼》有三刺之法,叙事都很流畅,就像用针刺通滞结处一样,无不通达。

解的意思,就是释。就是解释疑难,举出证据进行对答。

牒的意思,就是叶。把短的竹简编起来,让它像树叶长在树枝上一样。路温舒割取蒲叶,就是用来做简牒啊。短简叫牒,讨论政事如果犹豫不决,就写成短牒准备询问。比牒写得更密的叫签。签的意思,就是纤小细密的牒。

状的意思,就是状貌。摆出事实,体现出本来面貌。替先贤作谥,事先都有行状,行状是状中最重要的。

列的意思,就是陈列。把事实完全陈列出来,让人看得清清楚楚。

辞这种文体,就如舌吐莲花,把意思告诉别人。子产善于修辞,因而诸侯

所赖,不可已也。[9] ‖ 共相依赖,可见修辞是很重要的。

注释

1 《方言》十二:"关,闭也。"
2 《韩非子·问田》:"徐渠问田鸠曰:'……阳城义渠,明将也,而措于屯(原作毛,今依顾校改)伯;公孙亶回,圣相也,而关于州部,何哉?'"《释名·释书契》:"过,所过所至关津以示之也。"关:盖即过之类。
3 《说文》:"刺,直伤也。"故有达义。《释名·释书契》:"书称刺书,以笔刺纸简之上也。……下官刺曰长刺,长书中央,一行而下之也。又曰爵里刺,书其官爵,及郡县乡里也。"《周礼·秋官·司刺》:掌三刺之法:"一刺曰讯群臣,二刺曰讯群吏,三刺曰讯万民。"
4 《仪礼·大射仪》郑注:"解,犹释也。"《三国志·魏书·孙礼传》:"今二郡争界八年,一朝决之者,缘有解书图画,可得寻案擿校也。"
5 《左传》昭公廿五年:"受牒而退。"注:"札也。"《汉书·路温舒传》:"温舒取泽中蒲,截以为牒,编以写书。"
6 纤:旧作签。杨明照云:"按签字非是,纤密连文。本书屡见:《明诗》:'不求纤密之巧。'《诠赋》:'言务纤密。'《指瑕》:'精思以纤密。'是也。"
7 《战国策·秦策》:"王后悦其状。"注:"状,貌也。"王兆芳《文体通释》:"(状)源出汉初。流有阙名《置五经博士举状》、张敞《条奏昌邑王居处状》、赵充国《条上屯田便宜十二事状》。"又谓行状"源出汉丞相仓曹傅胡幹作《杨元伯行状》,流有阙名《裴瑜行状》,梁任昉、沈约多行状"。
8 《小尔雅·广言》:"列,陈也。"王符《潜夫论》有《卜列》《正列》《相列》《梦列》。
9 辞借作词。《韩诗外传》七:"君子避三端:……避辩士之舌端。"《左传》襄公卅一年:"叔向曰:辞之不可以已也如是夫。子产有辞,诸侯赖之,若之何其释辞也。"

谚者，直语也。丧言亦不及文，故吊亦称谚。廛路浅言，有实无华。[1]邹穆公云"囊〔漏〕（原作满，今依嘉靖本改）储中"，皆其类也。[2]《〔牧〕（原作太，今改）誓》曰："古人有言：'牝鸡无晨。'"[3]《大雅》云："人亦有言：'惟忧用老。'"[4]并上古遗谚，《诗》《书》〔所〕（原作可，今改）引者也。至于陈琳谏辞，称"掩目捕雀"；[5]潘岳哀辞，称"掌珠""伉俪"：[6]并引俗说而为文辞者也。夫文辞鄙俚，莫过于谚，而圣贤《诗》《书》，采以为谈，况逾于此，岂可忽哉！

观此〔众〕（原作四，依刘校改）条，[7]并书记所总，或事本相通，而文意各异，或全任质素，或杂用文绮，随事立体，贵乎精要，意少一字则义阙，句长一言则辞妨，并有司之实务，而浮藻

谚的意思，就是直率的语言。居丧的时候说话不讲究文采，所以吊问活人也叫作谚。谚本来是市井的俗话，有内容而无文采。邹穆公所引用的"袋子漏了，盆子却满了"，就是谚这类东西。《牧誓》里说："古人说：'牝鸡不啼叫报晓。'"《大雅》里说："人们曾说过：'忧愁使人衰老。'"都是上古流传下来的谚语，《诗》《书》把它引用了。至于陈琳告诫何进，说"遮住眼睛捉麻雀"；潘岳的哀文中，运用了"掌珠"和"伉俪"：都是引用俗话把它写入文章啊。文辞通俗莫过于谚语，圣贤作《诗》《书》尚且采用了，何况比谚语更美好的东西，难道作文还可忽略吗？

考察以上这些条目，都包括在书记之内，有的在事实上本来是相通的，但文体的作用各有分别，所以有的行文很朴质，有的则间杂一点文采，随着具体情况而略有不同，但重要的还是精简扼要，全篇中少用了一个字固然意思不完备，一句话多了一个字也有妨碍，这些都是与各类主管官吏的工作分不开，而被那些专爱文采的人所忽视了的。因而某些大手笔，却不善

之所忽也。然才冠鸿笔,多疏尺牍。譬九方堙之识骏足,而不知毛色牝牡也。言既身文,信亦邦瑞,翰林之士,思理实焉。[8]

于写短笔札。比如九方堙善相千里马,却不去分辨马的毛色和雌雄。语言固足以使人有光彩,信任更足以使国家行事提身价,文苑中的人们进行创作时,应该考虑事实的需要呀!

注释

1 《说文》:"谚,传言也。""唁,吊生也。"刘氏误合为一。《孝经·丧亲章》:"孝子之丧亲也,……言不文。"廛路:犹言市井。

2 储:同贮,借为斛,盛米之器。中:满也。囊漏储中:谓囊虽漏泄而斛则满,损小而存大也。贾谊《新书·春秋篇》:"邹穆公令食凫雁者,必以秕。于是仓无秕,而求易于民,二石粟而易一石秕。吏请以粟食之。公曰:去,非而所知也。汝知小计而不知大会。周谚曰'囊漏贮中',而独弗闻欤?"

3 《尚书·牧誓》:"王曰:古人有言曰'牝鸡无晨',牝鸡之晨,惟家之索。"原作《太誓》,非。

4 《小雅·小弁》称"惟忧用老",不称"人亦有言"。《大雅》称"人亦有言"者多处,下无用"惟忧用老"者。此处传抄有误。

5 《后汉书·何进传》:陈琳谏曰:"易称'即鹿无虞',谚有'掩目捕雀'。"

6 《文选》潘岳《杨仲武诔序》:"子之姑,予之伉俪焉。"潘岳哀辞,无用"掌珠"者。

7 刘永济云:"'四'……按当作'众'。《檄移》篇有'凡此众条',《铭箴》篇有'详观众条'之文,可证二字彦和所常用。"

8 《淮南·道应训》:秦穆公使九方堙(yīn)求马,"三月而反报,……穆公曰:'何马也?'对曰:'牝而黄。'使人往取之,牡而骊。穆公不悦,召伯乐而问之,曰:'败矣!子之所使求者,毛物牝牡弗能知,又何马之能知？'伯乐喟然大息曰：'……若堙之所观者，天机也，得其精而忘其粗。'"翰林之士：谓文学之士。

赞曰：文藻条流，托在笔札。[1] 既驰金相，亦运木讷。[2] 万古声荐，千里应拔。[3] 庶物纷纶，因书乃察。[4]

总而言之：文章的品类繁多，都要用笔札来表达。既可以写出金玉其相的文章，也可以朴质无华而不文雅。万古以前的声音可听到，千里以外的事情也可以传到堂下。万事万物多么浩瀚纷纭，都通过书记使读者明察。

注释

1 言文辞之见于各种品类中者，就是通过笔记和札记。
2 《诗·棫朴》"金玉其相"，传："相，质也。"《论语·子路》："刚毅木讷近仁。"木讷：谓质朴而迟钝。
3 荐：进也。拔：犹言起也。
4 纷纶：浩瀚也。察：明察也。

神　思

[导读]

　　本篇是论述创作之前的构思的,它描绘了构思的精神状态,也阐述了怎样培养构思,以及有关构思的其他方面,所以叫神思。

　　本篇论述构思是陆机《文赋》论述构思的继承和发展。陆机只是描述了构思时的精神状态,没有进一步探讨如何进行构思和培养构思,不能解决构思时神有开塞的道理,发出了"吾未识夫开塞之所由"的感叹。

　　刘勰认为构思是"气志统其关键",表达构思则是"辞令管其枢机"。所以在构思之前,"贵在虚静,疏瀹五藏,澡雪精神",为了表达构思,则需要"积学以储宝,酌理以富才,研阅以穷照,驯致以绎辞"。有了刚健的气志、清朗的精神,而又积学丰富,酌理周到,研阅深入,措辞熟练,自然能够很好地进行构思,而且能把构思的东西表达出来。

　　把构思的东西完全表达出来,并没有完事。刘勰认为:作家见闻广博,作品的内容就不致流于贫乏;如果作品不贯彻一条鲜明的主线,内容可能流于杂乱。所以又说"博见为馈贫之粮,贯一为拯乱之药"。作品已经草创,底稿已经写成,还要修改,还要艺术加工。本篇又说:"视布于麻,虽云未贵,杼轴献功,焕然乃珍。"

　　总的看来,本篇形象、细致、深入地讨论构思,以及成篇时所应注意的各个过程,不仅在《文心雕龙》中是好的作品,在文学批评史中也是杰出的论文。但是刘勰所说"积学"和"博见",主要指书本知识,并不是作家的生活。书本知识对创作来说是必要的,但比起生活来说,它只是流而不是源,只是次要的而不是主要的。

原文

　　古人云："形在江海之上，心存魏阙之下。"神思之谓也。[1]文之思也，其神远矣。故寂然凝虑，思接千载；悄焉动容，视通万里。[2]吟咏之间，吐纳珠玉之声；眉睫之前，卷舒风云之色：其思理之致乎。故思理为妙，神与物游，[3]神居胸臆，而〔气志〕（原作志气，依范改）统其关键。[4]物沿耳目，而辞令管其枢机。[5]枢机方通，则物无隐貌；关键将塞，则神有遁心。[6]是以陶钧文思，贵在虚静，疏瀹五藏，澡雪精神；[7]积学以储宝，酌理以富才，研阅以穷照，驯致以〔绎〕（原作怿，今改）辞。[8]然后使玄解之宰，寻声律而定墨；[9]独照之匠，窥意象而运斤。[10]此盖驭文之首术，谋篇之大

译文

　　古人曾经说："有些人隐居在江海以外，内心里却想着朝廷的爵禄。"这种现象就叫作神思。作家在创作构思的时候，常常是想得很远的。当他静默聚会神地思索，可能想到了千古以前；当他突然间眸子一动，可能看到了万里以外。他吟咏的时候，嘴里发出琅琅的声音；他的眉目之前，浮现着风云变幻的景象：这就是思维活动时的情态吧。所以说，思维是微妙的，它使人的精神与外物遨游往来，人的精神藏在躯壳之内，它受精气和意志的统帅。客观事物从外界反映到视觉和听觉，语言是把事物刻画出来的主要手段。语言表达顺利的时候，就可以把事物的面貌完全刻画出来；意志衰颓思路闭塞的时候，就是精神跑野马开小差了。所以作家进行构思的时候，要内心宁静，不怀杂念，疏通思路，振奋精神；并且累积知识储蓄资料，明辨道理来提高才能，观察外物来透视事理，熟悉词汇来放言遣词。然后运用清明灵智的心，依声按律来起草，像有独到见解的木匠一样，按照想象挥动斧头来制器，这就是驾驭行文的第一招，进行创作的主要

端。夫神思方运,万涂竞萌,规矩虚位,刻镂无形,登山则情满于山,观海则意溢于海,我才之多少,将与风云而并驱矣。[11] 方其搦翰,气倍辞前,暨乎〔成篇〕(原倒,今改),半折心始。[12] 何则? 意翻空而易奇,言征实而难巧也。是以意〔受〕于思,言〔受〕于意(两受字原作授,依刘改),[13] 密则无际,疏则千里,或理在方寸而求之域表,或义在咫尺而思隔山河。[14] 是以〔养心秉术〕(原作秉心养术,今改),无务苦虑,含章司契,不必劳情也。[15]

方法。构思的时候思考一展开,千丝万绪都涌上了心头,作家在意象中揣摩,在幻境中塑造,当他站在山头,情感好像弥漫了高山,当他站在海岸,想象好比海水般澎湃,作家的才情,如狂风挟云似的在心头驰骋。当拿着笔写文之前,真是勇气百倍,等到写成作品,却不如预想。这是什么缘故? 因为想象是凭空的,所以容易新奇,语言却很实在,所以难于奇巧呀。因为意境是从思考得来的,语言又是表达意境的,有时候语言和思想可以紧密结合,但常常距离很远,因为要讲的道理本在眼前,却寻找到天涯去了,要说的意思即在身边,却探索到海角去了。所以一个作家要养得心地空灵,来驾驭构思的方法,不要徒劳无益地苦想,当他行文的时候,便能按照掌握的规则行事,不会白白地劳神了。

注释

1 《庄子·让王》:"中山公子牟谓瞻子曰:身在江海之上,心居乎魏阙之下,奈何?"本谓身在江湖,心婴好爵。此则借用彼文,以言神思之不受时空限制。

2 即《文赋》所谓"观古今于须臾,抚四海于一瞬""恢万里而无阂,通亿载而为津"也。

3 黄侃云:"以言内心与外境相接也。内心与外境非能一往相符会,当其窒塞，则耳目之近，神有不周；及其怡怿，则八极之外，理无不浃。然则以心求境，境足以役心；取境赴心，心难于照境。必令心境相得，见相交融，斯则成连所以移情，庖丁所以满志也。"

4 气志原作志气。范文澜云："《礼记·孔子闲居》：'清明在躬，气志如神。'……据《礼记》此文，志气当作气志。"今依校改。

5 《易·系辞上》："言行君子之机枢。"

6 此即《文赋》所谓："方天机之骏利，夫何纷而不理；思风发于胸臆，言泉流于唇齿；纷葳蕤以馺遝，唯毫素之所拟；文徽徽以溢目，音泠泠而盈耳。及其六情底滞，志往神留，兀若枯木，豁若涸流，览营魄以探赜，顿精爽而自求；理翳翳而愈伏，思乙乙其若抽。"

7 瀹(yuè)：疏通。《孟子·滕文公》："瀹济漯。"疏瀹：疏通。藏：同脏。雪：刷之借字。澡雪：洗刷也。《庄子·知北游》："老聃曰：汝斋戒疏瀹而心，澡雪而精神。"《庄子·庚桑楚》："彻志之勃，解心之缪，去德之累，达道之塞。"即此文所谓虚静之道也。

8 《易·坤》："驯致其道，至坚冰也。"疏："驯致，犹狎顺也。"此处谓顺其思而抽绎文辞也。

9 《庄子·养生主》："古者谓是帝之县解。""玄解"即"县解"。恐此处不必用《庄子》此语。玄解即玄妙之解，即用庄子亦谓庖丁解牛，"进乎技矣"，谓解牛之法玄妙也。《礼记·玉藻》"史定墨"，此处即绳墨之墨，借以喻行文定稿。

10 《庄子·天道》："轮扁曰：'斫轮徐则甘而不固，疾则苦而不入，不徐不疾，得之于手而应之于心，口不能言，有数存焉于其间，臣不能以喻臣之子，臣之子亦不能受之于臣，是以行年七十而老斫轮。'"此即"独照之匠"也。《庄子·徐无鬼》："匠石运斤成风。"王弼《周易略例·明象》："夫象者，出意者也；言者，明象者也。"

11 《文赋》："在有无而僶俛，当浅深而不让；虽离方而遁员，期穷形而尽相。"与本文"规矩虚位，刻镂无形"意相近。

12 成篇：原作篇成，案上文既云"搦翰"，"成篇"与之相对成文，误倒。
13 两受字，原皆作授，此言文意受之文思，文辞又根于文意，刘校是也，故改。
14 际：《说文》："际，壁会也。"段注："两墙相合之缝也。"密则无际：密则无缝。方寸：心也，见《论说》注。方寸用以形容近，域表则言其远。
15 养心秉术：原作秉心养术，今改。上文云"陶钧文思，贵在虚静，疏瀹五藏，澡雪精神"，所谓"养心"也。又云"此盖驭文之首术，谋篇之大端"，所谓"秉术"也。传抄以养秉两字互易。《易·坤》："含章可贞。"司契：《老子》："有德司契。"章太炎《检论》卷三："有德司契，谓科条之在刻枋者也。"契，即今言图样，此指规则。《文赋》"意司契而为匠"，与此文同义。

人之禀才，迟速异分；文之制体，大小殊功。相如含笔而腐毫，[1]杨雄辍翰而惊梦，[2]桓谭疾感于苦思，[3]王充气竭于〔沉〕（原作思，今依杨改）虑，[4]张衡研《京》以十年，[5]左思练《都》以一纪；[6]虽有巨文，亦思之缓也。淮南崇朝而〔传〕（原作赋，今改）《骚》，[7]枚皋应诏而成赋，[8]子建援牍如口诵，[9]仲宣举笔似宿构，[10]阮瑀

各人的禀赋才能，有迟缓敏捷的差别；文章的篇幅，有长大与短小的区分，所需要的功夫和时间也就不同。司马相如咬着笔杆凝思，思考成熟时笔毛都腐烂了；杨雄挖空心思写赋，赋完成时梦见五脏都流出来了；桓谭害病是由于思考艰辛；王充精力衰耗是由于深思过度；张衡构思《二京赋》花了十年工夫；左思揣摩《三都赋》经过十二个寒暑：虽然他们写的都是大篇幅，却也是思考缓慢呀。刘安一个早上写成了《离骚》大意，枚皋刚接受诏令就立刻完成了赋篇，曹植拿起纸来写文章好像抄写背诵过的旧作，王粲提起笔来作辞赋有如誊写事先

据〔鞍〕(原作案,依《典略》改)而制书,[11] 祢衡当食而草〔赋〕(原作奏,今依本传改),[12] 虽〔曰〕(原作有,疑当作曰,今改)短篇,亦思之速也。若夫骏发之士,心总要术,敏在虑前,应机立断;[13] 覃思之人,情饶歧路,鉴在疑后,研虑方定。[14] 机敏故造次而成功,虑疑故愈久而致绩。[15] 难易虽殊,并资博练。[16] 若学浅而空迟,才疏而徒速,以斯成器,未之前闻。是以临篇缀〔翰〕(原作虑,今依宋本《御览》改),必有二患:理郁者苦贫,辞溺者伤乱。然则博见为馈贫之粮,贯一为拯乱之药,博而能一,亦有助乎心力矣。[17]

打好的底稿,阮瑀倚靠着马鞍写好了信,祢衡在宴会上文不加点草拟了《鹦鹉赋》。虽然说他们写的是短篇,却也是构思敏捷呀。那些思想奔放的作家,心中掌握了写作的主要方法,在提笔之前,就考虑好了文章应如何写,所以能当机立断;那些深思远虑的作家,常常徘徊于两难之际,鉴别是非总在疑虑之后,要经过再三推敲才作出决定。由于当机立断,所以立即写出了文章;由于徘徊考虑,所以越久越能作出成绩。虽然有迟缓和敏捷的不同,却都需要广博的知识和练达的才能。假若学识浅薄而故意地拖延,或者才力粗疏而要求速成,这种人能写出好文章来,还从来没有听说过。所以起草构思,通常有两种毛病:说理不清楚是由于内容贫乏;贪爱辞藻,常常层次杂乱。这样说来,增长见闻是给思想贫乏的人送粮食;统一线索、贯串主题是拯救文章层次杂乱的圣药。使作者见闻广博而文心一贯,对构思创作是有极大帮助的。

注释

1 《汉书·枚皋传》:"司马相如善为文而迟,故所作少而善于皋。"《西京杂记》:"司马相如为《上林》《子虚》赋,意思萧散,不复与外事相关,控引天地，错综古今，忽然如睡，焕然而兴，几百日而后成。"

2　桓谭《新论·祛蔽》："子云亦言，成帝时……诏令作赋，为之卒暴，思精苦，赋成，遂困倦小卧，梦其五脏出在地，以手收而内之。"

3　《新论·祛蔽》："(余)尝激一事而作小赋，用精思太剧，而立感动发病，弥日瘳。"

4　《论衡·对作》："夫论说者闵世忧俗，与卫骖乘者同一心矣。愁精神而幽魂魄，动胸中之静气，贼年损寿，无益于性，祸重于颜回，违负黄老之教，非人所贪，不得已故为《论衡》。"沉虑：原作思虑。杨明照云："思，《事文类聚》五、《群书通要》巳集二、《山堂肆考》角集三十并引作'沉'，今依改。"

5　《后汉书·张衡传》："衡乃拟班固《两都》作《二京赋》，因以讽谏，精思傅会，十年乃成。"

6　《文选·三都赋序》注引臧荣绪《晋书》左思"欲作《三都赋》，乃诣著作郎张载访岷邛之事。遂构思十稔，门庭藩溷，皆著纸笔，遇得一句即疏之"。

7　《汉书·淮南王传》："安入朝，献所作《内篇》，新出，上爱秘之，使为《离骚传》，旦受诏，日食时上。"本文传，原作赋。盖本作传，误作傅，再误作赋也。详《辨骚》注。《诗·蝃蝀》"崇朝其雨"，传："崇，终也。从旦至食时为终朝。"

8　《汉书·枚皋传》："上有所感，辄使赋之。为文疾，受诏辄成，故所赋者多。"

9　杨修《答临淄侯笺》："又尝亲见执事，握牍持笔，有所造作，若成诵在心，借书于手，曾不斯须，少留思虑。"

10　《三国志·魏书·王粲传》："善属文，举笔便成，无所改定，时人尝以为宿构。"

11　《三国志·魏书·王粲传》注引《典略》："太祖尝使(阮)瑀作书与韩遂。时太祖适近出，瑀随从，因于马上具草。"既云"于马上具草"，当作据鞍,原作据案,非。

12《后汉书·祢衡传》:"黄祖长子射,时大会宾客,人有献鹦鹉者,射举卮于衡曰:'愿先生赋之,以娱嘉宾。'衡揽笔而作,文无加点,辞采甚丽。"本文草奏,当作草赋。

13 骏发之士:指刘安、枚皋、曹植、王粲、阮瑀、祢衡等人而言。应:当也。应机立断:当机立断。

14 覃:深也。覃思之人:指司马相如、杨雄、桓谭、王充、张衡、左思等人而言。

15 机敏:上文"敏在虑前,应机立断"之压缩语。《论语》"造次必于是",造次即仓促二字之转语。"虑疑"即上文"鉴在疑后,研虑方定"之压缩语。

16《荀子·劝学》:"积土成山,风雨兴焉;积水成渊,蛟龙生焉;积善成德,而神明自得,圣心备焉。故不积跬步,无以至千里;不积小流,无以成江海。"

17《荀子·劝学》:"诗曰:'尸鸠在桑,其子七兮。淑人君子,其仪一兮。其仪一兮,心如结兮。'故君子结于一也。"

若情数诡杂,体变迁贸。[1]拙辞或孕于巧义,庸事或萌于新意。[2]视布于麻,虽云未〔贵〕(原作费,今依张本改),杼轴献功,焕然乃珍。[3]至于思表纤旨,文外曲致,言所不追,笔

假若一篇文章的感情和事理凌乱芜杂,它的风格也就不能一致。意义可能很好,文辞却很拙劣,内容虽然新奇,取材却很庸俗。(这样的文章经过艺术加工,也可成为好作品。)比如一匹布虽然是麻织成的,麻虽然不贵重,但只要经过杼轴加工,就可以成为光彩鲜明的布。至于文章的弦外之音、形外之象,那并不是语言所能表达的,就无法用笔墨把它写出来。只有艺术修养十分精湛的人才能阐述其奥妙,只

固知止。[4] 至精而后阐其妙，至变而后通其数，伊挚不能言鼎，轮扁不能语斤，其微矣乎！[5]

有完全掌握变化的作家才能了解它的道理，比如伊尹有丰富的烹调知识，却不能完全说出制作佳肴美味的精细过程，比如轮扁有极高的斫削功夫，却不能完全讲明运斤的诀窍，创作的道理更是比烹调运斤精妙多了！

注释

1 情数的情，即感情的情。情数的数，与下文"至变而后通其数"的数相同。数：术、理、法等意。体变的体，指体性，即风格。《体性》："若总其归涂，则数穷八体：一曰典雅，二曰远奥，三曰精约，四曰显附，五曰繁缛，六曰壮丽，七曰新奇，八曰轻靡。"又："若夫八体屡迁，功以学成。"彼文"八体屡迁"，指作家风格之变化，本文云"体变迁贸"，则指一篇之内，文风的改变。

2 两句就文辞未加润色之先而言之，盖谓本属"巧义""新意"，或以"拙辞""庸事"出之耳。非谓拙辞或孕巧义，庸事或萌新意也。两"于"字不可省略。

3 未贵：原作未费，今依张本校改，盖指麻而言。下文"乃珍"，承未贵说，则指布而言。

4 "思表"与"文外"相对成文，表亦外也。"纤旨"与"曲致"相对成文，致亦旨也。两句所谓形外之象、弦外之音也。后人所谓"不落言筌"，故云"言所不追，笔固知止"。

5 《吕氏春秋·本味》："汤得伊尹，祓之于庙，明日设朝而见之。说汤以至味曰：鼎中之变，精妙微纤，口弗能言，志弗能喻。"轮扁：见上段注。

赞曰：神用象通，[1] 情变所孕。物以貌求，

总而言之：构思时精神与物象相接触，情感的千变万化便由此孕育。当作者描摹

心以理〔媵〕(原作应,汪作胜,今改)。² 刻镂声律,萌芽比兴。³ 结虑司契,垂帷制胜。⁴

外物形貌之时,作者的情感与思理也与之相陪媵。因为调声叶律写诗文,所以创作中要用比和兴。行文时要掌握创作规律,只有闭门苦读,排除干扰,才能克敌制胜。

注释

1 神:指精神。象:指物象。
2 媵:原作应,汪作胜,今校改。盖媵胜形声相近,初误作胜。胜与下文胜重复,义亦不通,后人遂改胜为应。从嫁曰媵,引申有随从陪送等义。两句盖谓:当作者描摹外物形貌之时,作者之思想感情亦随之与外物交融矣。
3 诗文有声律,刻镂声律,即创作诗文。创作诗文之时,或用比或用兴,故云萌芽比兴。
4 结虑:连结思虑,即创作诗文。司契:注已前见。《汉书·董仲舒传》:"下帷讲诵,弟子传以久次相授业,或莫见其面,盖三年不窥园,其精如此。"垂帷:下帷,盖指董仲舒事。

体　性

[导读]

体是文体，性是个性，本篇专论文章个性，亦即文章风格。

刘勰认为作品的风格与作家的个性分不开，作家的个性是由先天的才气和后天的陶染相结合而形成的。这种看法，自然有其正确的一面；但是强调先天的才气超过后天陶染的作用，以为"吐纳英华，莫非情性"，却是不适当的。同时，作者对后天陶染的看法更是有问题的。他主张"熔式经诰"，模范"雅制"，与他主张"宗经""征圣"的立足点是一致的。

[原文]

夫情动而言形，理发而文见，盖沿隐以至显，因内而符外者也。[1] 然才有庸俊，气有刚柔，学有浅深，习有雅郑，并情性所铄，陶染所凝，是以笔区云谲，文苑波诡者矣。[2] 故辞理庸俊，莫能翻其才；[3] 风趣刚柔，宁或改其气；[4] 事义浅深，未闻乖其学；[5] 体式雅郑，鲜有反其习。[6] 各

[译文]

作家把感触抒写出来便成为文章，把明辨是非的道理论述出来便成为作品，(这样看来，)是由作家的情理发而为作品的观点，是由作家的个性表现为作品的风格啊。作家的才能有平凡的，出众的；气质有刚强的，柔弱的；学力有浅薄的，深厚的；习惯有雅正的，淫邪的。才气是天赋的情性决定的，学习是后天的陶染所积渐而成的。所以散文的风格既然有云气般的变化莫测，韵文的风格也就有如波涛似的仪态万方啊。因此辞调的平庸或超拔，不会违反作家的才能；

师成心,其异如面。[7]若总其归涂,则数穷八体:一曰典雅,二曰远奥,三曰精约,四曰显附,五曰繁缛,六曰壮丽,七曰新奇,八曰轻靡。典雅者,熔式经诰,方轨儒门者也;[8]远奥者,〔复〕(原作馥,依范改)采〔曲〕(原作典,依刘改)文,经理玄宗者也;[9]精约者,核字省句,剖析毫厘者也;[10]显附者,辞直义畅,切理厌心者也;[11]繁缛者,博喻〔酿〕(原作酿,今依刘改)采,炜烨枝派者也;[12]壮丽者,高论宏裁,卓烁异采者也;[13]新奇者,摈古竞今,危侧趣诡者也;[14]轻靡者,浮文弱植,缥缈附俗者也。[15]故雅与奇反,奥与显殊,繁与约舛,壮与轻乖,文辞根叶,苑囿其中矣。

风力的刚健或柔婉,不能脱离作家的气质;内容的浅陋或深刻,没有听说过与作家的学力相背驰的;辞藻的典雅或鄙俗,很少与作家的习惯相对立。各人按照各人的个性进行创作,作品的风格不同有如作家各有各的面貌一样。但是把作品风格综合起来,主要的不外八种:一是典雅,二是远奥,三是精约,四是显附,五是繁缛,六是壮丽,七是新奇,八是轻靡。典雅的意思,就是写作时熔铸经典誓诰,学习儒家的作品;远奥的意思,就是文辞深奥而曲折,以玄学为依归的作品;精约的意思,就是字斟句酌语言简练,精雕细琢深入毫芒的作品;显附的意思,就是用辞直截意旨明畅,说理透彻使人悦服的作品;繁缛的意思,就是比喻广博文采纷披,光彩照人枝叶扶疏的作品;壮丽的意思,就是议论高超见解宏伟,辞藻卓荦容光焕发的作品;新奇的意思,就是抛开传统标新立异,冷僻奇险趋于诡异的作品;轻靡的意思,就是文辞肤浅植根不深,意义浮华取悦于俗的作品。典雅与新奇相反,远奥与显附不同,繁缛与精约背驰,壮丽和轻靡对立,文章的风格与作家的个性,都体现在这里了。

注释

1 《明诗》云:"人禀七情,应物斯感,感物吟志,莫非自然。"故此文云:"情动而言形,理发而文见。"沿隐以至显,因内而符外:隐与内既承上文之"情理"而言,亦指下文之"情性"而说。显与外既承上文之言与文而言,亦指下文之"八体"而说。

2 情性所铄:承上文"才有庸俊,气有刚柔"而言。陶染所凝:承上文"学有浅深,习有雅郑"而说。《总术》云,今之常言,有文有笔,以为无韵者笔也,有韵者文也。"杨雄《甘泉赋》:"于是大厦云谲波诡。"注引孟康曰:"言厦屋变巧,乃为云气水波相谲诡也。"

3 辞理:应指体势而言,即文辞声气也。比照下文风趣、事义、体式可以推知也。

4 风趣:风骨之风也。《风骨》云:风者,"志气之符契也"。又云:"情之含风,犹形之包气。"又云:"思不环周,索莫乏气,则无风之验也。"故本文云:"风趣刚柔,宁或改其气。"或:有也。

5 事义:风骨之骨也。《附会》:"事义为骨鲠。"《风骨》云:"故辞之待骨,如体之树骸。"又云:"故练于骨者,析辞必精。"又云:"若瘠义肥辞,繁杂失统,则无骨之征也。"择选文辞,考核事义,皆关于学,故云:"事义浅深,未闻乖其学。"

6 体式:文章辞藻。辞藻有雅郑,盖由习有雅郑,故云:"体式雅郑,鲜有反其习。"

7 《庄子·齐物论》"夫随其成心而师之",注:"夫心之足以制一身之用者,谓之成心。"《左传》襄公三十一年:"人心之不同,如其面焉。"

8 《史记·苏秦传》:"车不得方轨,骑不得并行。"方轨:两车并行,此处犹言驰骋。班固《典引》、潘勖《册魏公九锡文》,此类之作也。

9 复:原作馥,范校作复,是也。《原道》"符采复隐",《总术》"奥者复隐",皆可证也。曲:原作典,刘永济云:"馥当作复,典当作曲,皆字形之误。复者,隐复也;曲者,深曲也。谈玄之文,必隐复而深曲。《征圣》

篇论《易经》有'四象精义以曲隐'可证。舍人每以复、隐、曲、奥等词连用，如《原道》篇'鼗辞炳曜''符采复隐'，《练字》篇'复文隐训'，《征圣》篇'精义曲隐'，《总术》篇'奥者复隐'，《隐秀》篇'隐以复意为工'，又'深文隐蔚，余味曲包'，《序志》篇'或有曲意密源，似近而远'，皆可证此篇所谓'远奥'之义。《总术》篇'奥者复隐''诡者亦典'，典亦曲之误字。"嵇康《声无哀乐论》、裴颜《崇有论》，此类之作也。

10 贾谊《过秦论》，王粲《登楼赋》，此类之作也。

11 刘向《谏起昌陵疏》，潘岳《闲居赋》，此类之作也。后世苏轼诸作，尤切此类。

12 酦：原作酿，刘永济云："按酿疑酦误，酦，酒厚也，与博义相应。"今校改。荀况《劝学》，陆机《豪士赋并序》，此类之作也。

13 司马相如《大人赋》，潘岳《籍田赋》，此类之作也。

14 潘岳《泽兰金鹿哀词》，王融《曲水诗序》，此类之作也。

15 梁元帝《荡妇秋思赋》，徐陵《玉台新咏序》，此类之佳作也。《才略》："殷仲文之《孤兴》，谢叔源之《闲情》，并解散辞体，缥缈浮音，虽滔滔风流，而大浇文意。"

若夫八体屡迁，功以学成，[1]才力居中，肇自血气，气以实志，志以定言，吐纳英华，莫非情性。[2]是以贾生〔骏〕（原作俊，今依范改）发，故文洁而体清；[3]长卿傲诞，故理侈而辞溢；[4]子云沉

一个作家要兼擅八种风格，是长期努力苦学而成的。但是作家内在的才能，以血气盛衰为转移，血气影响到人的意志，意志决定语言的风格。所以作家创作出光辉的作品，莫不和作家的个性相关。贾谊才力奔放而敏快，所以作品文辞利落而风格清新；司马长卿性格傲慢而荒诞，所以文思喷涌而文采纷披；杨雄处世沉潜而

寂，故志隐而味深；[5]子政简易，故趣昭而事博；[6]孟坚雅懿，故裁密而思靡；[7]平子淹通，故虑周而藻密；[8]仲宣躁〔竞〕（原作锐，依范校），故颖出而才果；[9]公幹气褊，故言壮而情骇；[10]嗣宗俶傥，故响逸而调远；[11]叔夜俊侠，故兴高而采烈；[12]安仁轻敏，故锋发而韵流；[13]士衡矜重，故情繁而辞隐。[14]触类以推，表里必符。岂非自然之恒资，才气之大略哉！

淡漠，所以文章用意幽渺而情味深长；刘向做人随和而平易，所以文章趋于显豁而用事渊博；班固平居儒雅而端庄，所以文章体裁明密而思路细致；张衡处事深沉而通达，所以文章思虑周详而铸辞精密；王粲对人趾高而气扬，所以文章锋芒毕露而论事果断；刘桢做人气量狭窄，所以文章语言雄壮而情意惊险；阮籍性格倜傥不群，所以文章声韵悠扬而格调极高；嵇康才高任侠，所以文章旨趣高迈而言辞峻烈；潘岳轻浮敏捷，所以文章辞锋奔放而音调圆转；陆机为人端庄严正，所以文章情意繁富而铸辞隐晦：依类推考，作家的个性和作品的风格总是相同的。这难道不说明了作家的禀赋，关系着作品风格吗！

注释

1 此言学可移性。

2 《左传》昭公九年："味以行气，气以实志，志以定言。"此言情性可以起决定作用。

3 骏：原作俊，范云："《神思》篇'骏发之士'，此俊字疑当作骏。"今依范改。《史记·屈贾列传》："廷尉乃言贾生年少，颇通诸子百家之书。文帝诏以为博士。是时贾生年二十余，最为少，每诏令议下，诸老先生不能言，贾生尽为之对。"此"贾生骏发"之证。

4 《文选》谢惠连《秋怀诗》注引嵇康《高士传·司马相如赞》曰："长卿慢世，越礼自放。犊鼻居市，不耻其状。托疾避患，蔑此卿相。乃至仕人，超然莫尚。"此"长卿傲诞"之证。

5《汉书·杨雄传》："默而好深湛之思，清静亡为，少耆欲。"此"子云沉寂"之证。

6《汉书·刘向传》："向为人简易无威仪，廉靖乐道，不交接世俗。"此"子政简易"之证。

7《后汉书·班固传》："及长，遂博贯载籍，九流百家之言，无不穷究。……性宽和容众，不以才能高人。"此"孟坚雅懿"之证。按，雅懿属学，此刘勰为说不纯之处。

8《后汉书·张衡传》："通五经，贯六艺，虽才高于世，而无骄尚之情，常从容淡静，不好交接俗人。"此"平子淹通"之证。淹通属学，不关情性，说亦不纯。

9 竞：原作锐。范云："案《程器篇》：'仲宣轻脆以躁竞。'此锐疑是竞字之误。《魏志·杜袭传》：'(王)粲性躁竞。'此彦和所本。唯《程器》轻脆，当作轻脱，故为'躁竞'。"

10 谢灵运《拟邺中集诗序》："桢卓荦偏人。"此"公幹气褊"之证。

11《三国志·魏书·王粲传》："籍才藻艳逸，而倜傥放荡，行己寡欲，以庄周为模则。"倣倜通用，此"嗣宗俶傥"之证。

12《三国志·魏书·王粲传》："(嵇)康文辞壮丽，好言庄老，而尚奇任侠。"注引《嵇康别传》孙登谓康曰："君性烈而才俊。"此"叔夜俊侠"之证。"兴高"谓旨趣高迈；"采烈"谓言辞峻烈。

13《晋书·潘岳传》："岳性轻躁趋世利。"《文选·籍田赋》注引臧荣绪《晋书》："岳总角辩惠，摛藻清艳。"此"安仁轻敏"之证。《才略》亦言"潘岳敏给"。

14《晋书·陆机传》："服膺儒术，非礼不动。"此"士衡矜重"之证。

夫才〔由〕（原作有，依范改）天资，学慎始习，[1]斫梓染丝，功在初化，器成彩定，难可翻移。[2]故童子雕琢，必先雅制，沿根讨叶，思转自圆。[3]八体虽殊，会通合数，得其环中，则辐辏相成。[4]故宜摹体以定习，因性以练才，文之司南，用此道也。[5]

才能是天生成的，学习应该注重初学，譬如制器和染丝，要紧的在开始，器已制成，丝已染定，再来改变，就不容易了。所以小孩学习作家，应该揣摩雅正的范文，只有根子正了枝叶才会茂盛，以后要求风格的转化才能圆转自如。八种风格虽然不同，但只要掌握了规律就可以融会贯通，比如掌握了车毂没有掌握不了辐条的，因为辐条是集中在车毂而构成车轮的。所以作文先要模拟范文来养成习惯，然后随着各人的个性发展其才能，指导创作，就是运用这个办法呵。

注释

1 由：原作有，范云："有当作由。"是，有在喻三，由为喻四，声近而误。

2《书·梓材》："若作梓材，既勤朴斫，惟其涂丹雘。"《墨子·所染》："见染丝者而叹曰：染于苍则苍，染于黄则黄，……故染不可不慎也。"彩：缯也。"器成"承斫梓说；"彩定"承染丝言。

3《原道》"雕琢性情"，《情采》"雕琢其章"，皆用雕琢二字是也。孙本作雕瑑，非。根：指初学。叶：指八体。思转：指八体迁移。

4《庄子·齐物论》："枢始得其环中，以应无穷。"《老子》："三十辐共一毂。"《汉书·叔孙通传》："四方辐辏。"注："辏，聚也。言如车辐之聚于毂也。"则此文"环中"指"毂"而言。

5《韩非子·有度》："故先王立司南以端朝夕。"司南：指南车。

赞曰:才性异区,文〔体〕(原作辞,依冯本改)繁诡。[1]辞为肤〔叶〕(原作根,依范改),志实骨髓。[2]雅丽黼黻,淫巧〔红〕(原作朱,今改)紫。[3]习亦〔凝〕(原作疑,依范改)真,功沿渐靡。[4]

总而言之:作家的才能性格互不相同,作家的风格也繁杂纷披。文辞只是文章的枝叶,作家的意志才是作品的骨髓。典雅华丽的作品有如庄严的礼服,淫冶新巧的文辞则是妖艳的容仪。作家的气习可以陶染而成,气质受到渐染深时也会风吹而草靡。

注释

1 文体:体即八体之体,文体即指文章风格,才性与文体相对成文。
2 肤叶与骨髓相对成文。
3 红紫为间色。《情采》云"正采耀乎朱蓝,间色屏于红紫",亦以红紫为间色,可证一也。《齐书·文学传论》"亦犹五色之有红紫,八音之有郑卫",亦不以红紫为正色,二也。此既云淫巧,当为间色。
4 范云:"上文云'陶染所凝',此云'习亦凝真',真者,才气之谓,言陶染学习之功,亦可凝积而补成才气也。"今按,上文云"八体屡迁,功以学成",又云"童子雕琢,必先雅制",皆强调习之重要,故赞亦云"习亦凝真"也。真即真假之真。元好问云:"高情千古《闲情赋》,争信安仁拜路尘。"此即"习亦凝真"也。功沿渐靡:谓功力亦逐渐而成。

风 骨

导读

　　风与骨的含义,在学术界是有争执的。本人认为:骨是作品的事义,也就是中心题材。所以《附会》说:"事义为骨鲠。"风是风情,也就是通过中心题材,体现作家思想倾向的激情,所以说:风是"化感之本源"。又说:"意气骏爽,则文风生焉。"

　　本篇强调了风与骨的重要性,以及风与骨对修辞造句设色绘声的决定意义;指出作品必须树骨和含风,以及风与骨的密切关系。照今天的话说,它强调了作品思想内容的重要性,内容是决定形式的;指出了作品必须突出中心题材,必须富于体现倾向的激情,中心题材和激情之间,关系是密切的。

　　本篇认为体现倾向的激情,从根本上说,是与作家的血气、志气以及作品的文气相关联的。提出以生理为基础的血气与激情的关系,而没有充分强调作家的志气与激情的关系。作者认为提炼中心题材在于"熔铸经典之范,翔集子史之术",经典和子史在历史上无疑有进步的成分,而且是最早的语言艺术成熟的作品,有可借鉴之处。

原文

　　《诗》总六义,风冠其首,斯乃化感之源,志气之符契也。[1] 是以怊怅述情,必始乎风;沉吟铺辞,莫先

译文

　　《诗经》具有六义,风在六义中居首位,它是教化和感化人的基本因素,表达作家志气的主要标志。所以,当内心激动抒发情感的时候,开始就要带着有倾向的风情;在沉默地推敲着铺排事义的时候,首先必须

于骨。²故辞之待骨，如体之树骸；情之含风，犹形之包气。³结言端直，则文骨成焉；意气骏爽，则文风〔生〕（原作清，依一作校改）焉。⁴若〔辞〕（原作丰，今改）藻克赡，风骨不飞，则振采失鲜，负声无力。⁵是以缀虑裁篇，务盈守气，刚健既实，辉光乃新，其为文用，譬征鸟之使翼也。⁶故练于骨者，析辞必精；深乎风者，述情必显。⁷捶字坚而难移，结响凝而不滞，此风骨之力也。⁸若瘠义肥辞，繁杂失统，则无骨之征也。⁹思不环周，索莫乏气，则无风之验也。¹⁰昔潘勖锡魏，思摹经典，群才韬笔，乃其骨〔鲠〕（原作髓，今改）峻也。¹¹相如

想到作为中心题材的骨鲠。作品的语言总要围绕一个中心题材，犹如人体总要一条撑持四肢的骨干；作品的思想一定要有表达倾向的风情，犹如人的形骸一定要包藏着流通的血气。一篇作品叙事述义一贯到底，这篇文章就有了中心骨干；一篇作品思想感情气势奔放，这篇文章就有了带倾向的风情。假若辞藻十分华丽，骨干不突出，而情感不飞扬，作品的色彩就不会鲜明，声调也不会铿锵。所以构思谋篇的时候，务必调养志气，志气饱满刚健，文章的辞藻自然光辉一新。作家的志气在文章中的作用，正如远飞的鸟有气力使用翅膀一样。所以擅长提炼中心题材的作家，铸辞也是极精巧的；擅长表现激情的作家，抒怀也是很显豁的。锤炼得字字停当而不可改易，推敲得声调韵协而又文气流畅，这是由于情感激荡文骨突出的缘故啊。假若意义很贫乏而辞藻极臃肿，内容很繁杂而没有统纪，这是题材不集中的象征。文章的思理不圆通，枯寂而缺乏生气，这是情感不激扬的验证。过去潘勖作《加九锡文》，模《典》仿《诰》，其他作家都因此搁笔，是由于《加九锡文》的中心题材突出。司马相如作《大人赋》，号称气势干霄，是作家中的伟大宗师，就在于《大

赋仙,气号凌云,蔚为辞宗,乃其风力遒也。[12]能鉴斯要,可以定文,兹术或违,无务繁采。[13]

人赋》体现了激情而遒劲有力。一个作家知道中心题材和风情的重要作用,就可以写出好的作品;如果违反了这种方法,一味地堆砌辞藻也是毫无好处的。

注释

1 《诗序》:"风,风也,教也。风以动之,教以化之。"

2 《熔裁》云:"是以草创鸿笔,先标三准:履端于始,则设情以位体;举正于中,则酌事以取类;归余于终,则撮辞以举要。"作者认为创作有三要素,即情、事、辞。三者可分为四,亦可分为六。情可分为情、风,事可分为事、义,辞可分为辞、声,故《熔裁》于撮辞之下云:"然后舒华布实,献替节文。"《宗经》云:"故文能宗经,体有六义:一则情深而不诡,二则风清而不杂,三则事信而不诞,四则义贞而不回,五则体约而不芜,六则文丽而不淫。"此所谓:情、风、事、义、体、文,即以体为辞,文为声也。《附会》云:"必以情志为神明,事义为骨鲠,辞采为肌肤,宫商为声气。"此所谓四事,即三准中之辞分为辞采与宫商二事耳。《知音》云:"是以将阅文情,先标六观:一观位体,二观置辞,三观通变,四观奇正,五观事义,六观宫商。"除去其中通变、奇正,属于文之用,与三准无关以外,其余四事,位体即三准中之情也,事义即三准中之事也,置辞与宫商亦犹《附会》之分辞为二事耳。本篇论风骨之关系,作者以为情之发动则为风,故云"怊怅述情,必始乎风"。沉吟铺辞:此一辞字,虽指言辞,然言辞为表达事义之手段,此处铺辞,即谓铺排事义。事义铺排有次,则成文章之骨,故云"沉吟铺辞,莫先于骨"。

3 辞之待骨:谓言辞所铺排之事义,须有中心,成为骨鲠也。四句大意认为:事义铺排有次,则文章之间架构成,事义所述之情志能意气风发,则成为有生命之作品。

4　结言：谓结构言辞，铺排事义也。结言端直：安排事义，首尾一贯也。《章句》云："外文绮交，内义脉注，跗萼相衔，首尾一体。"《附会》云："驱万涂于同归，贞百虑于一致……首尾周密，表里一体。"《熔裁》云："首尾圆合，条贯统序。"皆此意也。生：原作清，一作生，今按上文云"文骨成焉"，则当作生为是，成与生相对成文。

5　辞藻：原作丰藻，今按"丰"与下文赡字重复，疑当作辞，今校改。采为文藻，声为宫商，于三准属辞，声色辞藻与事义不称则为浮辞，声色辞藻而乏风情则无活力。

6　《易·大畜》："象曰：'大畜，刚健笃实，辉光日新其德。'"《礼记·月令》："征鸟厉疾。"正义："谓鹰隼之属也。"

7　事义待辞陈述，故"练于骨者，析辞必精"。风乃情之发扬蹈厉，故"深乎风者，述情必显"。

8　捶字坚而难移，《练字》专篇论之；结响凝而不滞，《声律》专篇论之。"结响""结言"，结皆谓结构。

9　"无骨"者，事义失统，首尾凌乱也。

10　"索莫"者，枯寂无生气。"无风"者，情不昭彰，气不蹈厉也。

11　韬：收藏。骨鲠：原作骨髓，按下赞曰"严此骨鲠"，前后当一致，故髓为鲠之形讹。《附会》云"事义为骨髓"，宋刻《御览》作骨鲠，是鲠误作髓之明证。峻：范云原作畯，为峻之误，下云"风清骨峻"，范校是也。

12　《汉书·司马相如传》："相如以为列仙之儒，居山泽间，形容甚臞，此非帝王之仙意也。乃遂奏《大人赋》。……相如既奏《大人赋》，天子大说，飘飘有陵云气游天地之间意。"陵、凌通用。

13　若无风骨，而务繁采，则"瘠义肥辞，繁杂失统""思不环周，索莫乏气"，是行文所当深戒者。

故魏文称："文以气为主,气之清浊有体,不可力强而致。"[1]故其论孔融,则云"体气高妙";论徐幹,则云"时有齐气";[2]论刘桢,则云"有逸气"。[3]公幹亦云"孔氏卓卓,信含异气,笔墨之性,殆不可胜"。[4]并重气之旨也。夫翚翟备色,而翾翥百步,肌丰而力沉也;[5]鹰隼乏采,而翰飞戾天,骨劲而气猛也。[6]文章才力,有似于此。若风骨乏采,则鸷集翰林;采乏风骨,则雉窜文囿;唯藻耀而高翔,固文笔之鸣凤也。[7]

所以魏文帝认为:"文章以文气为主,文气有清浊不同的区别,(这是作者的天赋使之如此的,)不能用人力改变。"他评论孔融的文章,说"个性和文气都很高妙";评论徐幹,说"有时不免带有舒缓之气";评论刘桢,说"有奔放不凡之气"。刘公幹也说"孔融卓荦不凡,确实有超人的气质,笔墨间流露出来的个性,比别人更为鲜明"。这些评论,都是重视文气的意思。五彩齐备的山鸡只能飞百来步远近,就因为肉多而力气不够;羽毛不漂亮的老鹰,高高地翱翔天际,就因为骨骼健壮气力勇猛呀!文章有无才力,就像山鸡和老鹰一样。一篇文章假若风情激宕题材集中而文采不茂,那就好比勇猛的老鹰飞集于文章之府;一篇文章假若文采纷披却缺乏风情与骨力,那就有如五彩齐备的山鸡逃窜到文艺的园地;只有文采焕发而"风"烈"骨"劲的作品,才是文章中声音嘹亮的凤凰呀!

注释

1 作者认为文之风情发于人之意气。是以上段云：风者,"志气之符契也"。又云："意气骏爽,则文风生焉。"又云："是以缀虑裁篇,务盈守气。"所以转入本段,提出文以气为主,既以申论第一段,又为下篇《养气》发端也。然人之血气气力乃生理现象,人之感情意气则与爱憎相关,作者于此未能划分明白。引文见《典论·论文》。气之清浊有体:魏文帝及刘勰本意,皆谓气之清浊出于人之天然,译文仍依作者本意,不以后人见解,遂改前人著作也。

2 以上引文亦见《典论·论文》。"体气"之"体"即"体性"之"体"也。故下文云"笔墨之性"也。《论衡·率性》:"楚越之人处庄岳之间,经历岁月,变为舒缓,风俗移也。故曰齐舒缓。"齐气:舒缓之气也。

3 引文见《与吴质书》。逸气:奔逸之气也。《颜氏家训·文章》:"凡为文章,犹人乘骐骥,虽有逸气,当以衔勒制之,勿使流乱轨躅,放意填坑岸也。"

4 引文无考。

5 翚翟(huī dí):《尔雅·释鸟》:"素质五采皆备成章曰翚。"翾翥(xuān zhù):低飞意。

6 《诗·小宛》:"翰飞戾天。"传:"翰,高;戾,至也。"

7 鸷,承上鹰隼而言;雉,承上翚翟而言。《诗·卷阿》:"凤凰鸣矣,于彼高冈。"

若夫熔铸经典之范,翔集子史之术,洞晓情变,曲昭文体,然后能孚甲新意,雕画奇辞。[1]昭体,故意新而不乱;晓变,故辞奇而不黩。[2]若骨采未圆,风辞未练,[3]而跨略旧规,驰骛新作,虽获巧意,危败亦多,岂空结奇字,纰缪而成	如果熔炼铸造经典以为模范,广泛钻研子史学其手法,深入了解古今情感的变化,完全懂得各种文章的体要,就能够创造出新妙的意境,雕画成瑰丽的文辞。因为懂得各种文章的体要,所以能造境新妙而不至于芜杂;了解古今情变,所以能铸辞瑰丽而不至于淫艳。假若表达中心题材的辞藻不圆通,体现倾向激情的文辞都不知提炼,就企图摆脱固有的创作规律,劳心苦思想走新的道路,虽然也能写出些奇巧意思,失败却是常事,难道用些奇文怪字,连缀成

经〔乎〕(原作矣,依范改)!⁴《周书》云:"辞尚体要,弗惟好异。"⁵盖防文滥也。然文术多门,各适所好,明者弗授,学者弗师。⁶于是习华随侈,流遁忘反。⁷若能确乎正式,使文明以健,则风清骨峻,篇体光华。⁸能研诸虑,何远之有哉。⁹

篇,用这种荒谬的办法也能写出不朽的作品吗?《尚书·毕命》里说:"文章贵在合乎体要,不能只想爱奇好异。"就是教人防止滥用文藻啊。但是文章的写作方法千途万径,各有各的爱好,高明的人不把自己的一套强加于人,善于学习的人也不会拘泥于某一套。然而现在的作家习惯于华丽的文辞,追逐着学些淫滥的调子,流连于华丽淫滥而忘记了"辞尚体要"。假若能坚持正确的道路,使文章明畅而刚健,那就会风情激宕文骨刚劲,能写出灿烂辉煌的作品来。把这些问题详加考虑,离正确的创作道路就不远了。

注释

1 《通变》:"夫设文之体有常,变文之数无方,何以明其然耶?凡诗、赋、书、记,名理相因,此有常之体也;文辞气力,通变则久,此无方之数也。"本文云"洞晓情变",即通晓"变文之数"也,与夫"文辞气力,通变则久"也。本文云"曲昭文体",即曲昭"设文之体",与夫"诗、赋、书、记,名理相因"也。体:谓各种文体之体要。孚:为莩之省。莩甲:犹言萌芽,化育。

2 《通变》:"故练青濯绛,必归蓝茜;矫讹翻浅,还宗经诰,斯斟酌乎质文之间,而櫽括乎雅俗之际,可与言通变矣。"故云:"晓变,故辞奇而不黩。"黩:亵也。

3 《文赋》:"或仰逼于先条,或俯侵于后章。或辞害而理比,或言顺而义妨。"此"骨采未圆"也。《文赋》又云:"或文繁理富,意不指适。极无两致,尽不可益。"此"风辞未练"也。

4 "空结奇字",约有两端:一则《练字》所谓"诡异""联边""重出""单复"是也;二则《定势》所谓"上字而抑下,中辞而出外"是也。经乎:原作经矣。范校矣作乎。

5 引文见《征圣》注。

6 《庄子·天道》:"臣不能以喻臣之子,臣之子亦不能受之于臣。"

7 《东京赋》:"若乃流遁忘反,放心不觉。"

8 确:坚也。《易·同人》象曰:"文明以健,中正而应。"

9 《易·系辞下》:"能说诸心,能研诸(侯之)虑。"侯之二字衍。《论语·子罕》:"未之思也,夫何远之有哉。"

赞曰:情与气偕,辞共体并。[1]文明以健,珪璋乃〔聘〕(原作骋,依谭校)。[2]蔚彼风力,严此骨鲠。才锋峻立,符采克炳。[3]

总而言之:文情与文气相关联,文辞与文体更需要密切结合。文辞爽朗而刚健的人,宜于持着珪璋出使报聘。出使聘问的人既要激昂奋发有风情,更需文辞壮劲有骨鲠。说辞的才气纵横,自然内采外发而光艳彪炳。

注释

1 体:指赋、颂、歌、诗等体裁。文体不同文辞亦异,故云"辞共体并"。此承上文"昭体"而言。

2 《礼记·聘义》:"圭璋特达,德也。"郑注:"特达,谓以朝聘也。"《论说》"历聘而罕遇",彼文后人校聘作骋,非也。详《论说》注。

3 符采:详《原道》注。

养　气

[导读]

　　本篇在今本《文心雕龙》中是第四十二篇,列入"析采"。《养气》明明属于"剖情",可证今本次序有误,一也。《风骨》第二段论风、骨与气的关系,显然在《风骨》之后,应该是《养气》,可证今本次序有误,二也。《序志》又云:"摘《神》《性》,图《风》《气》,苞《会》《通》,阅《声》《字》。""气"原作"势","势"字当是"气"字之讹,指的《养气》,而不是指的《定势》,《定势》应在《通变》之后,不应该在《通变》之前,今本目次也是如此。《序志》上四句指的八篇篇目:《神思》《体性》《风骨》《养气》《附会》《通变》《声律》《练字》。前六篇为剖情,后两篇为析采,明白可知,三也。今以《养气》改次于此,详见《前言》及《序志》注,并于此加以申述。

　　刘勰认为生理的血气与心理的志气是相关的,血气刚健则志气清明,心理的志气又是与作品的文气相关的,志气清明则文气流畅,所以写了《养气》这篇论文。

　　本篇首先提出了养气与创作的关系,认为战国以前,作品虽然有朴质与华丽的分别,但都是适分胸臆,所以华质出于自然,都是好作品。从战国开始,"功奇饰说",自汉代以降,"辞务日新",因此"虑亦竭矣",赶不上前代作品。又认为由于年龄不同,有气盛气衰的区别,所以说"童少鉴浅而志盛,长艾识坚而气衰,气盛者思锐以胜劳,气衰者虑密以伤神"。

　　本篇又提出了养气的方法"务在节宣,清和其心,调畅其气,烦而即舍,勿使壅滞。意得则舒怀以命笔,理伏则投笔以卷怀,逍遥以针劳,谈笑以药倦,常弄闲于才锋,贾余于文勇"。养气要"针劳"和"药倦",在"弄闲"和"贾余"。这并不是说不需要努力学习,作者认为,临文之先,"学业在勤,故有锥股自厉",行文之际却应该"从容率情,优柔适会"。

创作与生理的血气、心理的志气自然是有关系的。本篇所谈的养气方法,更是从经验中总结来的,因而这些论点,是可以借鉴的。

〔原文〕

昔王充著述,制养气之篇,验己而作,岂虚造哉！[1] 夫耳目鼻口,生之役也；心虑言辞,神之用也。[2] 率志委和,[3] 则理融而情畅；钻砺过分,则神疲而气衰：此性情之数也。夫三皇辞质,心绝于道华；帝世始文,言贵于敷奏；三代春秋,虽沿世弥缛,并适分胸臆,非牵课才外也。[4] 战代〔技〕（原作枝,依冈本改）诈,攻奇饰说,汉代迄今,辞务日新,争光鬻采,虑亦竭矣。[5] 故淳言以比浇辞,文质悬乎千载；率志以方竭情,劳逸

〔译文〕

过去王充著书立说,写了有关养气的篇章,那是根据自己的体验而写的,难道是空谈？耳目口鼻是人们役使的生理器官,用心思虑用口说话是要花费精神的。顺从意志任其自然,就能心理融洽感情舒畅；钻研磨砺太过分了,便要精神疲倦气力衰颓：这是生理的必然规律。三皇时代语言很朴质,因为人们根本没有纷华奢侈的念头；五帝时代开始有了文采,说话就要求铺陈排比；夏、商、周的史记,虽然一代比一代写得繁缛,但只是如实地把内心的话说出来,并不是劳心苦思加以修饰呀。战国时代想办法搞阴谋,所以研讨计谋修饰言辞；从汉代到今天,辞藻更是新奇,争逐光艳夸耀文采,自然心思都挖空了。拿古代淳厚的语言和今天浅薄的华辞相比,自然朴质与华丽相隔千年,把古代的顺其自然和今天的劳神苦思相对照,也就安逸与劳苦相差万

差于万里,古人所以余裕,后进所以莫遑也。[6]

里。所以古人的著述体现得从容自得,后人写文章就整天没有余暇了。

注释

1 王充《论衡·自纪篇》:"发白齿落,日月逾迈。俦伦弥索,鲜所恃赖。……乃作养性之书,凡十六篇。养气自守,适食则酒。"
2 《吕氏春秋·贵生》:"夫耳目口鼻,生之役也。"高注:"役,事也。"
3 《庄子·知北游》:"生非汝有,是天地之委和也。"司马彪云:"委,积也。"
4 三皇之说,各家不同。司马贞《三皇本纪》以为庖牺氏、女娲氏、神农氏。《史记·礼书》:"出见纷华盛丽而说(同悦),入闻夫子之道而乐。"《舜典》:"敷奏以言,明试以功,车服以庸。"敷奏:铺陈而言之也。弥缛(rù):更加繁缛。课:责求也。
5 技:原作枝,依冈本校。技枝形近致讹,《庄子·养生主》"技经肯綮之未尝",技亦枝之讹。鬻:炫耀也。
6 余裕:宽裕,有余。莫遑:没有闲暇。

凡童少鉴浅而志盛,长艾识坚而气衰,志盛者思锐以胜劳,气衰者虑密以伤神:斯实中人之常资,岁时之大较也。[1]若夫器分有限,智用无涯,[2]或惭凫企鹤,沥辞镌思,[3]于是精气内销,有似尾闾之波;[4]神志外伤,同乎牛山之

凡是年轻的人见识虽然肤浅可是意志旺盛,年老的人虽然见识精深可是气力衰颓,意识旺盛的往往思索敏锐而且受得了劳累,气力衰颓的常常考虑周密所以要伤精神:这是一般资质的人,在不同年龄的大略情况。寿命的长短是有限度的,才智的使用可以无穷无尽;有的人因为才力浅短而羡慕别人智慧优长,焦心苦思刻画文藻,于是精神气力一天一天地消耗,像尾闾的水昼夜不停地外流,神明意志一天

木;[5]怛惕之成疾,亦可推矣。[6]至如仲任置砚以综述,[7]叔通怀笔以专业,[8]既暄之以岁序,又煎之以日时,是以曹公惧为文之伤命,[9]陆云叹用思之困神,[10]非虚谈也。

一天地凋伤,像牛山的树木不断地被砍伐和践踏;因为摧残伤害而成疾病,也就可想而知了。比如王仲任处处放着纸砚来著书,曹叔通每天拿着笔墨来制礼,既长年劳累,又日夜煎熬,(的确耗费精力,)所以曹公担心作文章会伤害性命,陆士龙慨叹运用思考要消耗精神,都不是无稽之谈。

注释

1 长艾:《方言》:"艾,老也。"胜劳:任劳。
2 《庄子·养生主》:"吾生也有涯,而知也无涯,以有涯随无涯,殆已。"注:"以有限之性,寻无极之知,安得不困哉。"《释文》:"知,音智。"
3 《庄子·骈拇》:"是故凫胫虽短,续之则忧;鹤胫虽长,断之则悲。故性长非所断,性短非所续,无所去忧也。"沥:汰也。镌:雕刻。
4 《庄子·秋水》:"天下之水,莫大于海,万川归之,不知何时止而不盈;尾闾泄之,不知何时已而不虚。"尾闾,司马云:"泄海水出外者也。"
5 《孟子·告子上》:"牛山之木尝美矣,以其郊于大国也,斧斤伐之,……牛羊又从而牧之,是以若彼濯濯也。"
6 《说文》:"怛(dá),憯也。""惕(tì),惊也。"
7 《北堂书钞》引谢承《后汉书》:"王充贫无书,往市中省所卖书,一见便忆,门墙屋柱,皆施笔砚,而著《论衡》。"
8 《后汉书·曹褒传》:"字叔通。……常感朝廷制度未备,慕叔孙通为汉礼仪,昼夜研精,沉吟专思,寝则怀抱笔札,行则诵习文书,当其念至,忘所之适。"
9 曹公:当指曹操。惧为文之伤命:其语未详。

10 陆云《与兄平原书》:"兄文章已自行天下,多少无所在,且用思困人,亦不事复及。"

夫学业在勤(原有功庸弗怠四字,依冯本元刻本删),故有锥股自厉(原有和熊以苦之人六字,依冯本元刻本删),[至](原作志,依纪改)于文也,则申写郁滞,故宜从容率情,优柔适会。[2]若销铄精胆,蹙迫和气,秉牍以驱龄,洒翰以伐性,岂圣贤之素心,会文之直理哉![3]且夫思有利钝,时有通塞,沐则心覆,且或反常,神之方昏,再三愈黩。[4]是以吐纳文艺,务在节宣,清和其心,调畅其气,烦而即舍,勿使壅滞。[5]意得则舒怀以命笔,理伏则投笔以卷怀,逍遥以针劳,谈笑以药倦,常弄闲于才锋,贾余于文勇,[6]使刃发如新,[腠](原作凑,依铃本改)理无滞,[7]虽非胎息之[万](原作迈,依顾改)术,斯亦卫气之一方也。[8]

要搞好学业必须辛勤地钻研,所以古人悬梁刺股来鞭策自己。至于写文章,那是要把内心的牢骚发泄出来,所以应该从容不迫,优游自在,假若摧残自己的五脏,挫伤自己的和气,写文章就要减短寿命,搞创作就要伤害身体,这难道是圣贤著述的本心,作家进行创作的正确道路吗?何况人的思索有敏捷和迟钝的区别,心情有通畅和阻塞的时候。比如洗头时就心思颠倒,和平常不同;精神正昏迷的时候,自然越想越糊涂。所以推敲文辞,一定要调节宣导精神,使心情爽朗高兴,思想通达流畅,感觉到烦躁就休息,不让思想有所壅塞和阻碍。心情高兴时便放开怀抱纵笔挥洒,思想堵塞时便丢开笔墨静坐养心,用逍遥自在的方法来解除劳累,以谈笑自如的办法来医疗疲倦,在心情舒畅时写诗文,在意志旺盛时搞创作,使笔锋像新磨的刀口那样锋利,文章自然十分流畅,这虽然不是做内功的万应灵药,却是养气的一种好办法吧!

注释

1 卢文弨《抱经堂文集·文心雕龙辑注书后》:"《养气篇》故有锥股自厉,和熊以苦之人,案下六字吴本无,当本脱四字,不学者妄增成之,而忘其年代之不合也。"今按,依冯本与元刻本上删四字,下删六字,义自可通。《战国策·秦策》:苏秦"乃夜发书,陈箧数十,得太公阴符之谋,伏而诵之……读书欲睡,引锥自刺其股"。

2 从容、优柔,皆叠韵连词,舒缓不迫之意。适会:注见《征圣》。

3《论衡·效力》:"秦武王与孟说举鼎不任,绝脉而死;少文之人,与董仲舒等涌胸中之思,必将不任,有脉绝之变。王莽之时,省五经章句皆为二十万,博士弟子郭路夜定旧说,死于烛下,精思不任,绝脉气灭也。"《吕氏春秋·本生》:"靡曼皓齿,郑卫之音,务以自乐,命之曰伐性之斧。"

4《文赋》:"若夫应感之会,通塞之纪,来不可遏,去不可止。"《左传》僖公廿四年:"晋侯之竖头须,……求见,公辞焉以沐。谓仆人曰:'沐则心覆,心覆则图反,宜吾不得见也。'"《易·蒙》:"初筮告,再三渎。"《释文》:"渎,乱也。"渎、黩,通用。

5《左传》昭公元年:"于是乎节宣其气,勿使有所壅闭湫底以露其体。""先王之乐,所以节百事也。故有五节,……物亦如之,至于烦乃舍也已,无以生疾。"

6《左传》成公二年:"欲勇者贾(gǔ)余余勇。"

7《庄子·养生主》:庖丁曰:"今臣之刀十九年矣,所解数千牛矣,而刀刃若新发于硎。"注:"硎,砥石也。"

8《后汉书·方术传》:王真"能行胎息胎食之方"。注:"《汉武内传》曰:'王真字叔经,上党人,习闭气而吞之,名曰胎息。'"

赞曰:纷哉万象,劳矣千想。玄神宜宝,素气资养。水停以鉴,火静而朗[1]。无扰文虑,郁此精爽[2]。

总而言之:天地间万象纷纭,引起人们的千思万想。精神是应该珍惜的,血气要好好保养。水在平静的时候才能照见景物,火在不动摇的时候才最明朗。不要扰乱了文思,让自己的神志常常清爽。

注释

1《庄子·德充符》:"人莫鉴于流水而鉴于止水,唯止能止众止。"
2《左传》昭公七年:"用物精多则魂魄强,是以有精爽至于神明。"正义:"精亦神也,爽亦明也。精是神之未著,爽是明之未昭,言权势重,用物多,养此精爽,至于神明也。"

附　会

导读

　　本篇是今本《文心雕龙》的第四十三篇。今以为当在《通变》之前，故《序志》云"苞《会》《通》"，《会》即《附会》，《通》即《通变》也。

　　本篇专谈附辞会义，故名《附会》。"附辞"的"辞"就是"以事义为骨鲠"的事，"会义"的"义"就是"以事义为骨鲠"的义，附辞会义也就是树骨。所以作者说："何谓附会？谓总文理，统首尾，定与夺，合涯际，弥纶一篇，使杂而不越者也。"

　　本篇论述附会之术，也就是谈树骨的方法，以为"整派者依源，理枝者循干"，必须"驱万涂于同归，贞百虑于一致"，这样就可以"扶阳而出条，顺阴而藏迹，首尾周密，表里一体"。同时强调了附会的重要性，认为文不树骨，就会"统绪失宗，辞味必乱；义脉不流，则偏枯文体"；若附会得当，比如"驷牡异力，而六辔如琴；并驾齐驱，而一毂统辐"。并且指出了一篇文章首尾前后的关系，以为"若首唱荣华，而腰句憔悴，则遗势郁湮，余风不畅""惟首尾相援，则附会之体，固亦无以加于此矣"。

　　如何抉择题材，统一题材，突出主要题材，表达中心思想，无疑是创作中的重要问题。作者对此作了详细论述，对今天的创作实践也是有现实意义的。它不单是本书中的杰出篇章，在文学批评史上也是重要论文之一。

原文

　　何谓附会？谓总文理，统首尾，定与夺，合

译文

　　什么叫附会？附会就是集中文章的内容，统一开头和结尾，确定哪些应该保

涯际,弥纶一篇,使杂而不越者也。[1]若筑室之须基构,裁衣之待缝缉矣。夫才〔童〕(原作量,依宋本《御览》改)学文,宜正体制,[2]必以情志为神明,事义为骨〔鲠〕(原作髓,依宋本《御览》改),辞采为肌肤,宫商为声气;[3]然后品藻玄黄,摛振金玉,献可替否,以裁厥中,斯缀思之恒数也。[4]凡大体文章,类多枝派,整派者依源,理枝者循干,[5]是以附辞会义,务总纲领,驱万涂于同归,贞百虑于一致,[6]使众理虽繁,而无倒置之乖,群言虽多,而无棼丝之乱,[7]扶阳而出条,顺阴而藏迹,首尾周密,表里一体,此附会之术也。[8]夫画者谨发而易貌,射者仪毫而失墙,锐精细巧,必疏体统。[9]故宜诎寸以信

留,哪些应该删削,连接上文与下文的辞气,综合全篇,使内容丰富的文章也不致有离开主题思想的闲话。就像建筑房屋先要打好地基注意间架,裁剪衣服后还要细心缝纫一样。一个有才华的青年人学写文章,必须正确对待文章的体制,应该把思想感情当作文章的精神,题材和题意当作文章的骨干,辞藻和文采当作文章的肌肤,声调和音律当作文章的声气;然后再琢磨文章的色彩,推敲文章的平仄,保留好的删去坏的,使文章恰到处,这就是写文章的必然程序。体制宏大的作品,像大树和大河一样,总是枝叶和支流很多的,疏导支流必须依据主流,整理枝叶必须遵循主干,所以作家抉择题材和集中文意,必须抓住中心,让枝枝节节都统属于大纲大目,次要问题都统一于中心思想,使头绪繁多的作品没有安排不当的错误,五彩纷披的文章不像乱丝那样纠缠,应该显豁的突出起来,应该含蓄的收藏起来,作品的前文和结尾很周密,形式和内容很统一,这就是附会的方法。有些画工重视了毛发忽略了整体,有的射手注意了小处却看不见整面墙,聚精会神钻研小地方,常常疏略了事物的全貌。应该宁肯丢掉芝麻抱住西

尺,枉尺以直寻,弃偏善之巧,学具美之绩,此命篇之经略也。[10] | 瓜,宁肯为了整体删削枝节,宁肯抛开作品中某些得意的章节,学习掌握全文的本领,这就是规划全篇的战略啊。

注释

1 定与夺：谓草稿拟定以后，应考虑何者当留，何者当删。合涯际：谓草稿写定后，上下之间，文意或不相承，应考虑如何弥缝缺漏。杂而不越：即下文所谓"众理虽繁，而无倒置之乖，群言虽多，而无棼丝之乱"。

2 才童：原作才量，范校作才优，今按宋本《御览》作才童，是也，范校非。《体性》云："故童子雕琢，必先雅制。"《养气》云："凡童少鉴浅而志盛，长艾识坚而气衰。"是《文心雕龙》一书常用童子、童少、才童之证也。

3 骨鲠：原作骨髓，范云："《御览》五八五引骨髓作骨鲠，是。本书《辨骚》篇'骨鲠所树，肌肤所附'，亦是以骨鲠与肌肤对言。"今依范校。《奏启》又云："骨鲠得焉。"《风骨》："严此骨鲠。"皆以骨鲠连文，可证也。《风骨》又云："乃其骨髓峻也。"髓字亦当作鲠，惟《宗经》"极文章之骨髓者也"，《体性》"志实骨髓"，髓与诡紫靡叶韵，以及《序志》"深及骨髓"三处外，其他各处，均应作骨鲠。

4 《国语·晋语九》："荐可而替否，献能而进贤。"注："替，去也。"

5 类：大抵。

6 《汉书·爰盎传》："虽不好学，亦善傅会。"张晏曰："因宜附著会合之。"刘逵《三都赋序》："傅辞会义，抑多精致。"据《晋书·文苑·左思传》，附傅通用。《易·系辞下》："天下同归而殊涂，一致而百虑。"《释名·释言语》："贞，定也。"

7 《左传》隐公四年："犹治丝而棼之也。"棼（fén）：乱也。

8 《后汉书·崔骃传》：《达旨》："故能扶阳而出，顺阴而入，春发其华，秋收其实。"扶阳而出条：谓文义之当显豁者则使之显豁。顺阴而藏迹：谓文义之含蓄者，则使含蓄。《庄子·渔父》："不知处阴以休影，处静以息迹。"义亦相同。

9 《吕氏春秋·处方》："今夫射者仪毫而失墙，画者仪发而易貌，言审本也。"注："仪，望也。"本文正用《吕氏春秋》。易：改易也。《淮南子·说林训》："画者谨毛而失貌，射者仪小而遗大。"范据《淮南子》校"易貌"作"遗貌"，今以为《文心雕龙》不误，无烦校改。至于《淮南子》与《吕氏春秋》孰正孰非，当另作讨论，不必以此议《文心雕龙》也。

10 诎：与屈同。信（shēn）：伸也。《文子》："老子曰：屈寸而伸尺，小枉而大直，圣人为之。"

夫文变〔无〕（原作多，依宋本《御览》改）方，意见浮杂，[1]约则义孤，博则辞叛，[2]率故多尤，需为事贼。[3]且才分不同，思绪各异，或制首以通尾，或尺接以寸附，然通制者盖寡，接附者甚众。[4]若统绪失宗，辞味必乱；义脉不流，则偏枯文体。[5]夫能〔玄〕（原作悬，今改）识腠理，然后节文自会，[6]如胶之粘木，白之合黄矣。[7]是以驷牡异力，而六辔如琴；[8]

文情变化的方法是没有一定的，所以对它看法意见纷纭，（总的说来，）写得太简略就显得内容单薄，写得过多有时又互相矛盾，草率从事既多缺点，迟疑不决也坏事情。作家的才情天分不同，考虑问题也不一致，有人从头到尾通盘打算，有人一章一节逐条拼凑，但是通盘考虑的少，逐条拼凑的多。假若安章宅句无主次，文章的意味必将陷于凌乱；文情文理的脉络不流畅，文章的情调就显得干枯。只有妙解文章条理的作家，才能使题材题义紧密结合，如用胶汁来粘接木头，用白银熔合黄金一样。四匹马力量不一致，只要用六条缰绳操纵好，便如琴瑟一样和谐；车子之所以能进退驰驱，就因为三十辐共一

并驾齐驱,而一毂统辐;[9]驭文之法,有似于此,去留随心,修短在手,齐其步骤,总辔而已。[10]

毂,发挥了车轮的作用;驾驭文章的方法,正与此相类似,要把文章增删得恰当,使它长短合宜,就像驾马车统一步调那样,只要操持好缰绳就行了。

注释

1《通变》"变文之数无方",故依宋本《御览》改。

2 谓用事太简约则义不显,用事太多则相矛盾也。《文赋》"或仰逼于先条,或俯侵于后章。或辞害而理比,或言顺而义妨",亦"博则辞叛"之事也。

3 故:同固。《左传》哀公十四年:"需,事之贼也。"《释文》:"需,疑也。"

4 制首以通尾:从篇首到篇尾作通篇打算。尺接以寸附:徒留心于字句之间的联接。

5 统绪失宗:谓主次不分。义脉不流:指文意不贯。《列子·杨朱》:"大禹不以一身自利,一体偏枯。"偏枯:半身不遂也。

6 玄识腠理:玄,原作悬,声误。玄、弦、悬常通用。如玄圃、弦圃、悬圃一也。玄,妙也。腠理,肌肉之纹理。节文:此处指语言章句。《史记·扁鹊仓公列传》:"扁鹊过齐,齐桓侯客之,入朝,见曰:'君有疾,在腠理,不治将深。'"

7 刘永济云:"黄氏《札记》改豆为白,用《吕览》黄白杂则坚且牣之文。"今依改。

8《诗·车舝》:"四牡骓骓,六辔如琴。"陈奂疏:"如琴,言调和也。六辔以御四马,喻驭众之有礼法。"

9《老子》:"三十辐共一毂。"

10《孝经钩命决》:"三皇步,五帝骤,三王驰。"故后世以步骤、驰骤连文。

故善附者,异旨如肝胆;拙会者,同音如胡越。[1]改章难于造篇,易字难于代句,此已然之验也。昔张汤拟奏而再却,[2]虞松草表而屡谴,[3]并〔事理〕之不明,而词旨之失调也。及兒宽更草,钟会易字,而汉武叹奇,晋景称善者,乃理得而事明,心敏而辞当也。以此而观,则知附会巧拙,相去远哉!若夫绝笔断章,譬乘舟之振楫;(原有"会辞切理,如引辔以挥鞭",今依嘉靖本删)克终底绩,〔在〕寄深〔以〕写送(原无在以二字,依刘增)。[4]若首唱荣华,而媵句憔悴,则遗势郁湮,余风不畅,此《周易》所谓"臀无肤,其行次且"也。[5]惟首尾相援,则附会之体,固亦无以加于此矣。

善于安排题材的人,能够使不同的文义像肝胆一样密切;不善于集中题意的人,虽相同的情调也像胡越一样语言不通。改定一个章节比写一整篇还困难,更换一个字比造一句还不易,这是前人有过的经验。在历史上张汤拟出的奏议再三被打还,虞松起草的表章屡次遭谴责,都因为对事情的道理不明白,所以文意不合适。后来兒宽帮张汤改写了草稿,钟会替虞松更换了几个字,于是汉武帝十分叹赏,晋景帝非常称赞,就是道理想得清楚,事理看得明白,所以下笔敏锐,而措辞恰当啊。由此可知安排题材和集中题意,有巧有拙,两者的差别是很大的呀!至于结笔末章,好比驾船要用力荡桨;收尾成功,在于余音能缭绕梁外。假若起笔挺拔有力,收尾萎靡憔悴,那么未尽的姿态不能展开,含蓄的激情难以明畅。这就像《周易》说的:"臀部腐烂的人,走起路来就趑趄不前呵。"文章只有首尾应带,那么集中题材表达题意的本领,才算是最好的了。

注释

1 《庄子·德充符》:"自其异者视之,肝胆楚越也。"《汉书·贾谊传》:"胡越之人,生而同声……及其长而成俗也,累数译而不能相通,行有虽死而不相为者,则教习然也。"

2 《汉书·儿宽传》:"时张汤为廷尉,……会廷尉有疑奏,已再见却矣,掾史莫知所为。宽为言其意,掾史因使宽为奏。……上宽所作奏,即时奏可。异日汤见,上(光武)问曰:'前奏非俗吏所及,谁为之者?'"宋本嘉靖等本作疑奏,盖据《汉书》校改。今按拟奏与草表对文,改作疑奏,则于文为不辞。《时序》又以儿宽拟奏与公孙对策为对文,铃本亦依此校作疑奏,然《时序》既称儿宽,不称廷尉,似仍当作拟,不宜改作疑也。

3 《三国志·魏书·钟会传》注引《世语》:"司马景王命中书令虞松作表,再呈,辄不可意,……会取视,为定五字。松悦服。以呈景王,王曰:'不当尔耶。'"

4 《尚书·舜典》:"乃言厎可绩。"《禹贡》:"覃怀厎绩。"厎(zhǐ)绩:致绩也。

5 《易·夬》:九四爻辞:"臀无肤,其行次且。"次且即今趑趄字,难行貌。

赞曰:篇统间关,情数稠叠。[1]原始要终,疏条布叶。[2]道味相附,悬绪自接,[3]如乐之和,心声克协。[4]	总而言之,一篇文章的主题所包含的思想内容,千头万绪十分稠叠。从头到尾如绘画一样要安排好主干与枝叶。这样来附会题材表达题意,文章的前后上下自然相接,才能像音乐一样和谐,表达情感的文藻才会调协。

注释

1 《诗·车舝》:"间关车之舝兮。"传:"间关,设舝也。"陈奂疏:"以舝设车轴间曰间关。"此处间关指车辖,即车毂。篇章统一于中心思想,犹车辐统一于车毂也。两句本当作"情数稠叠,篇统间关",倒句就韵。
2 《易·系辞下》:"《易》之为书也,原始要终,以为质也。"疏:"原穷其事之初始……又要会其事之终末。"
3 上文"疏条布叶"指事而言;"道味"指义而言,义见于事,故承上文曰"道味相附"。
4 《左传》襄公十一年:"如乐之和,无所不谐。"《法言·问神》:"言,心声也。"

通　变

[导读]

在文学的发展过程中,就其不变的实质而言则为通,就其日新月异的现象而言则为变。通与变对举成文,指文学发展过程中矛盾的两个方面。本篇讨论通与变,就是讨论文学发展中继承与革新的辩证关系。

《附会》云:"必以情志为神明,事义为骨鲠,辞采为肌肤,宫商为声气。"通就是对这四方面的要求不变,所以说"设文之体有常"。把对文章四方面的要求结合起来衡量各种体裁,便是各种体裁的体要,比如《诠赋》云:"原夫登高之旨,盖睹物兴情。情以物兴,故义必明雅;物以情睹,故词必巧丽。丽词雅义,符采相胜,如组织之品朱紫,画绘之著玄黄,文虽杂而有实,色虽糅而有仪,此立赋之大体也。"对赋的这种要求是变的,所以说:"诗、赋、书、记,名理相因,此有常之体也。"对于各种体裁统一的要求都是叙志述时,也是不变的,所以说:"序志述时,其揆一也。"

至于文章的情志、事义、辞采、宫商,却应该日新而月异,所以说"变文之数无方""文辞气力,通变则久,此无方之数也"。

本篇认为一切变化要建立在不变的基础上,所以说:"是以规略文统,宜宏大体,先博览以精阅,总纲纪而摄契。然后拓衢路,置关键,长辔远驭,从容按节;凭情以会通,负气以适变,采如宛虹之奋鬐,光若长离之振翼,乃颖脱之文矣。"如果因为文辞气力的变化,把文章的通则也丢掉,那就错误了。所以说:"从质及讹,弥近弥淡,何则?竞今疏古,风末气衰也。"

因此可以说,作者提出了文学发展的问题,而且在一定范围内回答了这个问题,他认为发展必须有所继承有所革新。当然,作者的不变的通则是从"文能宗经,体有六义"引申出来的,所以号召学习经诰,来纠正谬误,改正浅俗。

原文

夫设文之体有常,变文之数无方,何以明其然耶?凡诗、赋、书、记,名理相因,此有常之体也;文辞气力,通变则久,此无方之数也。[1] 名理有常,体必资于故实;通变无方,数必酌于新声;故能骋无穷之路,饮不竭之源。[2] 然绠短者衔渴,足疲者辍涂,非文理之数尽,乃通变之术疏耳。[3] 故论文之方,譬诸草木,根干丽土而同性,臭味晞阳而异品矣。[4]

译文

文章的体裁和体要是有常规的,文辞和文情的变化却是不定的,为什么知道是这样呢?凡属诗、赋、书、记,它们的体裁和体要是古今相承的,这是创作中不变的通则;至于文辞文情,只有创新才能永久流传,这在创作中是变化不居,没有一定公式的。体裁和体要既然古今相承,所以各种文体的体要必须借鉴前人;文辞文情既然是可以变化的,所以创作要独创新声,这才不会走到绝路上去,才能喝到不枯竭的水。汲水的绳子短了,就喝不上水,脚力不够就要半途而废,(作文也有失败的时候,)并不是创作的道路穷尽了,而是对继承与革新的方法掌握不够呀。讨论创作方法,和种植草木的道理一样,都必须扎根在泥土里,那是性质相同的,长出来以后由于阳光的照耀,就变成气味不同的品种了。

注释

1 曹丕《典论·论文》:"夫文本同而末异,盖奏、议宜雅,书、论宜理,铭、诔尚实,诗赋欲丽。"陆机《文赋》云:"诗缘情而绮靡,赋体物而浏亮。

碑披文以相质,诔缠绵而凄怆。铭博约而温润,箴顿挫而清壮。颂优游以彬蔚,论精微而朗畅。奏平彻以闲雅,说炜晔而谲诳。"本书《定势》云:"章、表、奏、议,则准的乎典雅;赋、颂、歌、诗,则羽仪乎清丽;符、檄、书、移,则楷式于明断;史、论、序、注,则师范于核要;箴、铭、碑、诔,则体制于弘深;连珠、七辞,则从事于巧艳。"故本篇云"设文之体有常","凡诗、赋、书、记,名理相因,此有常之体也"。体即诗、赋等体裁,亦即各种体裁之体要也。文辞气力:文辞,指造辞铸句等言之;气力,指作品风情等言之。《易·系辞下》:"变则通,通则久。"

2 上文云"名理相因",此处云"名理有常",名指诗、赋、书、记等体裁之名而言,理指各种体裁之体要而言。有诗、赋之名,则有构成诗赋之体要,故曰"名理相因";诗赋之名古今相同,诗赋之体要亦古今不变,故曰"名理有常"。上文云"文辞气力,通变则久",则此处"通变无方"谓文辞气力之变化无定数耳。通变一词本指文章发展中的通则与变化,是包括对立的两方面而言之,在行文中则仅指发展变化。《国语·周语上》:"赋事行刑,必问于遗训而咨于故实。"注:"咨,谋也。故实,故事之是者。"本文正用《周语》,咨资通用,咨为询谋意,资作咨询、凭借意讲,此处作凭借讲,义较长。《文选》吴质《与魏太子笺》亦作"资于故实"。

3 《庄子·至乐》:"褚小者不可以怀大,绠(gěng)短者不可以汲深。"

4 根干丽土:根干,复辞偏义,此处专指根言之。丽,附也。臭味,气味。晞阳,谓暴晒于太阳之下。

是以九代咏歌,志合文〔别〕(原作财,许无念改作则,依刘永济校)。[1]黄歌"断竹",质之至也;[2]	所以九代以来的作品,叙志咏怀是相同的而文辞的华质是各别的。黄帝时的《弹歌》,朴质到了极点;唐尧时的《蜡辞》比《弹歌》的二字成句是扩大了;虞

唐歌"〔载蜡〕（原作在昔，今改）"，则广于黄世；[3] 虞歌《卿云》，〔则〕（《玉海》引删）文于唐时；[4] 夏歌"雕墙"，缛于虞代；[5] 商、周篇什，丽于夏年。[6] 至于序志述时，其揆一也。暨楚之骚文，矩式周人；汉之赋颂，影写楚世；[7] 魏之〔篇〕（原作荐，许无念改策，今依一作改）制，顾慕汉风；[8] 晋之辞章，瞻望魏采。权而论之，则黄、唐淳而质，虞、夏质而辨，商、周丽而雅，楚、汉侈而艳，魏、晋浅而绮，宋初讹而新。[9] 从质及讹，弥近弥〔淡〕（原作澹，依范改）[10]，何则？竞今疏古，风〔末〕（原作味，依一作改）气衰也。[11] 今才颖之士，刻意学文，多略汉篇，师范宋集，[12] 虽古今备阅，然近附而远疏矣。夫青生于蓝，绛生于茜，虽逾本色，不能复化。[13] 桓君

舜时的《卿云歌》，又比《蜡辞》有文采些；夏禹时告诫"峻宇雕墙"的《五子之歌》比《卿云歌》更繁缛些；至于商、周的诗篇更比夏代的歌诗漂亮了。但是这些作品叙述作者的情感作为时代的声音，其原则是一致的。到了楚国的骚体，是以周代篇什为典范的；汉代的赋和颂，是模仿楚骚的；魏代的作品，是效法汉赋的；晋代的篇章，是仰慕魏代风采的。大略说来，黄、唐的诗歌淳厚而朴质，虞、夏的作品质直而明辨，商、周的篇什华丽而典雅，楚、汉的骚、赋夸张而艳丽，魏、晋制作浅显而有光华，宋初的创作却是语言乖谬而用词新奇。从朴质流于乖谬，越到近世作品的味道越淡薄。这是什么缘故呢？由于大家模仿近作疏阔古人，于是感染力不强，而文气衰弱啊。如今一些有才华的作家，都用心学习写作，可是忽视汉以前的篇章，用宋代的文集做典范，虽然古今的作品都涉猎，但对近世的用心多而对古代的不免疏阔。青色是从蓝草中提炼出来的，绛色是从茜草中提炼出来的，青和绛虽然深于蓝和茜，但不能再提炼成其他颜色了。桓君山说过："看到新近作家的华丽篇章，虽然感到很

山云:"予见新进丽文,美而无采;及见刘、杨言辞,常辄有得。"此其验也。[14] 故练青濯绛,必归蓝茜;矫讹翻浅,还宗经诰,[15] 斯斟酌乎质文之间,而櫽括乎雅俗之际,可与言通变矣。[16]

美,但无所收获;直到读刘向、杨雄的著作,常常有心得。"这就是极好的证据。所以煮青和染绛,离不开蓝草和茜草;矫正宋代的纰缪和转变魏、晋的浅易,还是要推崇经诰,只有这样的作家,能在朴质与华丽之间详加斟酌,在典雅与通俗之际细心推敲,才可以与他谈继承与革新的法则。

注释

1 九代:黄、唐、虞、夏、商、周、汉、魏、晋。志合:指通,即下文"序志述时,其揆一也"。文别:指变,即九代咏歌各有不同也。

2 黄帝《弹歌》:"断竹,续竹,飞土,逐宍(肉)。"见《吴越春秋》。

3 载蜡:原作在昔,今疑载蜡之省写。《礼记·郊特牲》:伊耆氏始为蜡……祝曰:"土反其宅,水归其壑,昆虫毋作,草木归其泽。"伊耆氏即帝尧。

4 《尚书大传》有《卿云歌》:"卿云烂兮,纠缦缦兮,日月光华,旦复旦兮。"

5 《尚书·五子洛汭之歌》第二首:"内作色荒,外作禽荒,甘酒嗜音,峻宇雕墙,有一于此,未或不亡。"峻,高也;雕墙,雕绘之墙。

6 商、周篇什:《诗经》有《周颂》《商颂》。

7 《时序》:"爰自汉室,迄于成、哀,虽世渐百龄,辞人九变,而大抵所归,祖述《楚辞》,灵均余影,于是乎在。"故曰"汉之赋颂,影写楚世"也。

8 篇制:原作荐制,依一本校。《明诗》"江左篇制"可证。荐篇形近致讹。

9 榷(què):商讨。《定势》:"自近代辞人,率好诡巧,原其为体,讹势所变,厌黩旧式,故穿凿取新。察其讹意,似难而实无他术也,反正而已。"

10　淡：原作澹，依范校改。
11　风末：原作风味，依一作改。刘云："按韩安国《匈奴和亲议》：'冲风之末，力不能漂鸿毛，非初不劲，末力衰也。'舍人盖用此语。《封禅篇》有'风末力寡'语同此。"
12　《南齐书·武陵王晔传》："（晔）作短句诗，学谢灵运体，以呈高帝。帝报曰：'见汝二十字，诸儿作中最为优者。但康乐放荡，作体不辨有首尾。安仁、士衡深可宗尚，颜延之抑其次也。'"故此处云"多略汉篇，师范宋集"。
13　《荀子·劝学》"青取之于蓝，而青于蓝"，《尔雅·释草》："茹藘，茅蒐。"注："今之茜也，可以染绛。"
14　桓君山：桓谭。引文已不可考。刘、杨：刘向、杨雄也。
15　《急就篇》注："练者，煮缣而熟之也。"濯：染也。上文云："魏、晋浅而绮，宋初讹而新。"此承上文，故云"矫讹翻浅"。
16　《荀子·大略》："乘舆之轮，太山之木也，示诸檃栝。"注："檃栝，矫揉木之器也。"此处名词动用。

　　夫夸张声貌，则汉初已极，自兹厥后，循环相因，虽轩翥出辙，而终入笼内。[1] 枚乘《七发》云："通望兮东海，虹洞兮苍天。"[2] 相如《上林》云："视之无端，察之无涯，日出东沼，〔入乎〕（原作月生，依《文选》改）西陂。"[3] 马融《广成》云："天地虹

　　夸张事物声音面貌，汉初的作品达到了极点，从此以后，便互相模仿，虽然作者高飞远举越出了寻常的路径，但归根结底，总跳不出原有的圈子。枚乘《七发》夸张曲江之大说："一直可以望到东海，远远地与天空融成一色。"司马相如《上林赋》夸张池沼的广阔说："看不到它的边，望不到它的岸，太阳从池沼的东面出来，向西面陂泽落下。"马融的《广成颂》夸张池沼的宏大说："天地融成一

洞,〔固〕(原作因,按颂文改)无端涯,大明出东,月生西陂。"⁴杨雄《校猎》云:"出入日月,天与地〔杳〕(原作沓,依《汉书》改)。"⁵张衡《西京》云:"日月于是乎出入,象扶桑〔与〕(原作于,依《西京赋》改)蒙汜。"⁶此并广寓极状,而五家如一,诸如此类,莫不相循,参伍因革,通变之数也。

色,真是无边无际,太阳从池沼东面出来,月亮在池沼的西陂出现。"杨雄的《校猎赋》夸张池泽的宽阔说:"太阳月亮在此升起落下,天水茫茫成了一片。"张衡的《西京赋》夸张昆明池的宏伟说:"太阳和月亮既从中升起又在这里降落,好像既是日出的扶桑,又是日落的蒙汜。"这些都是广泛运用了比喻极力加以形容,但是五家的作品如出一辙。许多这样的例子,都是互相模仿的,其中既有所继承又有所改革,这就是通变的方法呵。

注释

1 "轩翥出辙",变也;"终入笼内",通也。本段举例以言通变。

2 《七发》云:"秉意乎南山,通望乎东海;虹洞乎苍天,极虑乎崖涘。"引文摘其中两句,似与理乖,然意自可通,故不加校改。虹洞:叠韵连辞,相连貌。

3 入乎:原作月生。杨明照云:"当依《上林赋》作'入乎西陂',此盖写者涉下《广成颂》'月生西陂'而误。"今从之。

4 按"月生西陂"《广成颂》原文作月朔西陂,注:"朔,生也。"《礼记》曰"大明生于东,月生于西",郑注云:"大明,日也。"言池水广大,日月出于中也。

5 地杳:原作地沓,杨明照云:"按沓当依《汉书·杨雄传上》作杳。颜注云:'谓苑囿之大,遥望日月皆从中出入,而天地之际杳然县远也。说者反以杳为沓,解云重沓,非惟乖理,盖已失韵。'今此作沓,写者盖依《文选》改也。"今依杨说，据《汉书》校改。

6 与濛汜：与原作于。杨明照云："于字不可解。盖涉上句而误者，当依《西京赋》作与。"今依杨改。扶桑：神木，日所出处。蒙汜：日所没处。

是以规略文统，宜宏大体，先博览以精阅，总纲纪而摄契。[1]然后拓衢路，置关键，长辔远驭，从容按节；凭情以会通，负气以适变，[2]采如宛虹之奋鬐，光若长离之振翼，乃颖脱之文矣。[3]若乃龌龊于偏解，矜激乎一致，此庭间之回骤，岂万里之逸步哉。[4]

所以系统地规划创作，应该重视大体，先要广泛浏览和精读古今作品，抓住它的纲领并掌握其要害，然后开拓自己的道路，安排专攻的重点，要高瞻远瞩地进行创作，从容自得地部署写作，依据文情来会通古今，随着文气来变化辞藻，（这样写成的文章，）就有如拱着背脊的曲虹，奋起翅膀的朱鸟，是真正出类拔萃的作品了。假使局限于一偏之见，夸耀于一得之论，那只是来回驰骤于庭中的羸马，不是万里奔腾的良骥了。

注释

[1] 摄契：掌握要害也。《周礼·天官·小宰》："以官府之八成经邦治：……六曰听取予以书契。"注："书契，谓出予受入之凡要。凡簿书之最目，狱讼之要辞，皆曰契。"

[2] 置关键：谓安排重点也。《文选》孙楚《为石仲容与孙皓书》："长辔远御，妙略潜授。"御驭同字。情与气对言，情就其静时而言，气就其动态而说。"凭情以会通"指通而言，"负气以适变"就变而说。

[3] 《西京赋》："瞰宛虹之长鬐（qí）。"薛综注："鬐，脊也。"《思玄赋》"前长离使拂羽兮"，旧注："长离，朱鸟也。"《史记·平原君列传》："毛遂曰：

臣今日请处囊中耳,使遂蚤得处囊中,乃颖脱而出,非特其末见而已。"颖:禾穗。颖脱而出,像整个禾穗透出。

4 又《郦食其传》:"郦生闻其将,皆握龊好苛礼。"龊,应劭曰:"音若促。"韦昭曰:"握龊,小节也。"与今龌龊字同。矜激:夸矜自得之貌。一致:犹言一得也。《楚辞·哀时命》:"骋骐骥中庭兮,焉能极夫远道。"

赞曰:文律运周,日新其业。[1] 变则〔可〕(原作其,疑作可,依疑作改)久,通则不乏。[2] 趋时必果,乘机无〔跲〕(原作怯,一作怯,依一作改)。[3] 望今制奇,参古定法。[4]

总而言之:创作的规律虽然运转不变,后代的作者总是日新其业。因为要推陈出新才能流传不朽,作家一定要掌握通变的规律,才不致感到行文困乏。一定要果敢地创新,不要怕遇到前程险狭。看准时代的要求来出奇制胜,也要虚心向前人效法。

注释

1 运周:周转。文律运周,谓通;日新其业,谓变。
2 变则可久,承上"日新其业"言之;通则不乏,承上"文律运周"言之。
3 跲(jiá):颠蹶也。跲原作怯,形近致讹。
4 望今制奇,指变而言;参古定法,指通而言。

事　类

[导读]

　　本篇是今本《文心雕龙》的第三十八篇,列入"析采"之内。我们认为是错误的,因为它是说明"据事以类义,援古以证今",所以篇名《事类》。事义属于文章内容,故"据事类义"应该归于"剖情"。《风骨》以下四篇,两两对举,皆承《风骨》立论。《养气》承"风"而言,《事类》又承"骨"为说;《通变》亦承风而言,《事类》又承"骨"为说,所以《事类》应列为第三十二篇,排在《通变》之后。作者认为进行创作时,组织事类的善否在于作家的才能,掌握事类的多少在于作家的学习,才能和学习是创作的两个重要条件。

　　作者认为才与学都是重要的,"文章由学,能在天资"。虽然他多少偏重于才,主张"才为盟主,学为辅佐,主佐合德,文采必霸",但是他承认学习可以提高才力,提出了"将赡才力,务在博见"。有了广博的知识,又要发挥作家选择的才能,他说"综学在博,取事贵约,校练务精,捃摭须核",只有"众美辐辏,表里发挥",才可以产生好的作品,作家才可以"无惭匠石"。

[原文]

　　事类者,盖文章之外,据事以类义,援古以证今者也。[1]昔文王繇《易》,剖判爻位,[2]《既济》九三,远引高宗之伐;[3]

[译文]

　　"事类"的意思,就是在文章中除了自己所组织的语言文字以外,采用别人的材料来阐述题意,援引古代的史实来证明今天的事情啊。过去周文王剖析卦爻的位置,为《周易》写爻辞,在《既

《明夷》六五,近书箕子之贞:[4]斯略举人事,以征义者也。[5]至若胤征羲和,陈《政典》之训;[6]盘庚诰民,叙迟任之言:[7]此全引成辞,以明理者也。然则明理引乎成辞,征义举乎人事,乃圣贤之鸿谟,经籍之通矩也。《大畜》之象,"君子以多识前言往行",亦有包于文矣。[8]观乎屈、宋属篇,号依《诗》人,虽引古事,而莫取旧辞,[9]唯贾谊《鵩赋》,始用《鹖冠》之说,[10]相如《上林》,撮引李斯之书,[11]此万分之一会也。及杨雄《〔州〕(原作六,或作百,依范改)官箴》,颇酌于《诗》《书》;[12]刘歆《遂初赋》,历叙于纪传,[13]渐渐综采矣。至于崔、班、张、蔡,遂捃摭经史,华实布濩,因书立功,皆后人之范式也。[14]

济》九三的爻辞里,引用了高宗伐鬼方;在《明夷》六五的爻辞里记述同时人箕子的坚贞:这都是略举人事,用来说明意义的例子呀。至于胤国君王征伐羲和,陈述了《政典》中的教训;殷王盘庚诰谕人民,也叙述迟任的言辞:这则是全引成辞,用来说明道理的例子呀。然则说明道理引用成语,证明事意援举古事,这是圣贤的伟大措施,经书载籍的一般规则啊。《大畜》在象辞里说"士大夫要多记诵前人的语言和行事",可见"前言往行"是包括于文学之中的了。看一看屈原、宋玉所做的骚、赋,号称依傍《诗》人,虽然引用了古事,但没有采用成语。只有贾谊的《鵩鸟赋》,开始采用《鹖冠子》的学说,司马相如的《上林赋》,其中撮引了李斯的《谏逐客书》,这只是极偶然的个别的事呀。到了杨雄的《州箴》和《官箴》,颇为斟酌地使用《诗》《书》;刘歆的《遂初赋》叙述经历则引用了古代纪传,渐渐综合采用经籍了。至于崔骃、班固、张衡、蔡邕的作品,就拾掇了经书和史书,把它们渗透在辞藻和内容中,而且凭借古书收到了创作的成效,是后人用典使事的典范。

[注释]

1 《附会》"以事义为骨鲠","据事以类义"即阐述文骨,发挥题意也。援:引也。

2 《易》有六十四卦,卦有六爻。如乾卦作☰,坤卦作☷,"一"为阳爻,"--"为阴爻,爻有爻辞,相传文王作爻辞,孔颖达非之。刘氏仍用文王作爻辞之说。繇:卦兆之古辞,此处作动词用。

3 既济䷾,卦名。最下是阳爻,阳爻谓之九,阴爻谓之六。从下向上数,最下一爻谓之初。譬如最下一爻阳爻,谓之初九,第二爻是阴爻,谓之六二,第三爻又是阳爻,故云九三。九三爻辞是:"高宗伐鬼方,三年克之,小人勿用。"所以说:"既济九三,远引高宗之伐。"高宗:殷王武丁,距文王年代颇远,故云"远引"。

4 明夷:卦名。六五爻辞:"箕子之明夷,利贞。"箕子:与文王同时人,故云:"近书箕子之贞。"贞:坚固贞正之意。

5 征:证也,明也。

6 胤:胤国之君,伪古文《尚书·胤征》:"羲和湎淫,废时乱日,胤往征之。"《政典》曰:"先时者杀无赦,不及时者杀无赦。"《政典》:伪孔传以为"夏后为政之典籍"。

7 盘庚:殷王名。《尚书·盘庚上》:"迟任有言曰:人惟求旧,器非求旧,惟新。"迟任:古贤人。

8 大畜:卦名。《周易·大畜》:"象曰:君子以多识前言往行,以畜其德。"识(zhì):记诵之意。

9 属:连也。属篇:作文。

10 贾谊《鵩(fú)鸟赋》用语,多与《鹖(hé)冠子·世兵篇》相同。

11 《上林赋》:"建翠华之旗,树灵鼍(tuó)之鼓。"用李斯《谏逐客书》。

12 范云:"杨雄作《十二州》《二十五官箴》,不得云杨雄《百官箴》,百疑是州之误。"依校改。今按杨雄诸箴,多用《诗》《书》。故云:"颇酌于《诗》《书》。"

13 《古文苑》载刘歆《遂初赋》,序云"以论议见排摈,志意不得,之官,经历故晋之域,遂作斯赋,感今思古,以叹征事,而寄己意"。

14 崔指崔骃,班指班固,张谓张衡,蔡谓蔡邕。捃摭:拾取也。"布濩(hù)",《东京赋》"声教布濩",薛综注:"布濩,犹散被也。"

夫姜桂〔因〕(原作同,依《御览》改)地,辛在本性;文章由学,能在天资。[1] 才自内发,学以外成,有学饱而才馁,有才富而学贫。学贫者,迍邅于事义;才馁者,劬劳于辞情:此内外之殊分也。[2] 是以属意立文,心与笔谋,才为盟主,学为辅佐,主佐合德,文采必霸,才学褊狭,虽美少功。[3] 夫以子云之才,而自奏不学,及观书石室,乃成鸿采。[4] 表里相资,古今一也。故魏武称张子之文为拙,(原有然字,依范删)学问肤浅,所见不博,专拾掇崔、杜小文,所作不可悉难,难便不知所出,斯则寡闻之病也。[5] 夫经典沉深,载

姜桂是因地制宜而种植的,辛辣却是它的本性,作文章要学习才有成就,会不会写在于作家的天资。才能是内在自赋的,学识是从外学来的,有的人学得很多,但才能贫乏;有的人才能很高,但学得很差。学识贫乏的人,常常在"据事类义"上感到困难;才能不足的人,常常在"抒情布彩"上感到艰辛:这就是内才不足与外学不够两种人的区别啊。所以写文章的人是运用心灵来驱使笔墨,才能为其主宰,学识只是辅佐,两相结合,写出来的文章必然很好;才能浅薄学识粗疏,即使写出来的作品也有文采但很少有出色的。像杨雄那样的才能,自己上书还说学习不够,后来在藏书的石室刻苦攻读,才成为文采宏伟的作家。才能和学习互相依赖,古往今来都是如此。魏武帝说张某某的文章不好,是学问浅薄,见识不广,专门拾掇了崔骃、杜毅一些牙慧,他的文章怕人驳难,加以驳难他便不知道文章中事义的出处了,这是浅

籍浩瀚,实群言之奥区,而才思之神皋也。[6] 杨、班以下,莫不取资,任力耕耨,纵意渔猎,[7] 操刀能割,必〔裂〕(原作列,依汪本校)膏腴。[8] 是以将赡才力,务在博见,狐腋非一皮能温,鸡蹠必数〔千〕(范作十,杨树达《淮南证南》引《吕氏春秋》校十作千,范作十非也。杨用《吕氏春秋》不误)而饱矣。[9] 是以综学在博,取事贵约,校练务精,捃〔摭〕(原作理,依一作改)须核,众美辐辏,表里发挥。[10] 刘劭《赵都赋》云:[11]"公子之客,叱劲楚令歃盟;[12] 管库隶臣,呵强秦使鼓缶。"[13] 用事如斯,可称理得而义要矣。故事得其要,虽小成绩,譬寸辖制轮,尺〔楗〕(原作枢,今改)运关也。[14] 或微言美事,置于闲散,是缀金翠于足胫,靓粉黛于

闻薄见的弊病。经书的意义十分深沉,典籍的内容非常广泛,实在是各种言论的渊深府库,一切思想的神奇薮泽。杨雄、班固以下的作家,创作没有不凭借经书典籍的,他们竭力在经书中经营,任意在典籍中采择,譬如拿着刀子会割肉的人,一定能在其中别取精华出来。所以要丰富自己的才力,必须广闻博见,就像做狐裘并不是一张狐腋就可缝制成的,吃鸡爪需要几千只才能吃饱呀。所以采摄知识重在广博,使用事义则贵简要,锤炼务必精当,抉择必须扼要,然后才能使各种精华集中一起,才力和学力配合发挥。刘劭的《赵都赋》里说:"平原君的门客毛遂,斥责强劲的楚国,命令楚王歃血为盟;出身卑贱管仓库的蔺相如,呵斥强大的秦国,指使秦王击缶为乐。"像这样使用史实,可以叫作抓住了关键指出事义的要害了。所以用事扼要,即使一句两句也很见成效,譬如一寸大的车辖可以控制车轮,一尺长的门闩可以把门户关严。假若微妙的语言和美好的事义,运用在没有必要的地方,等于把金碧辉煌的翠羽装饰在两腿上,把粉白黛绿的颜料搽在胸口上。凡是引用成语恰到好

胸臆也。[15]凡用旧合机，不啻自其口出；引事乖谬，虽千载而为瑕[16]。

处，就像口里说出来的话一样；引用典故乖违谬误，虽到千年以后人们也认为是毛病。

注释

1 "因地"与"由学"对文，谓姜桂因地而生，文章由学而成，所以"同"校改为"因"。《韩诗外传》"夫姜桂因地而生，不因地而辛"，可证。

2 迍邅（zhūn zhān）：《易·屯》"屯如邅如"，屯同迍。迍邅：行走困难之意。内外之殊分：语出《庄子·逍遥游》"定乎内外之分"，此处内指内发，指才馁；外谓外成，指学贫。殊分：犹言不同。

3 合德：指才学相结合。霸：同伯，长也。

4 杨雄《答刘歆书》云："雄为郎之岁，自奏少不得学，而心好沉博绝丽之文，愿不受三岁之奉，且休脱直事之繇，得肆心广意以自克就。有诏可不夺奉，令尚书赐笔墨钱六万，得观书于石室。如是后一岁，作《绣补》《灵节》《龙骨》之铭诗三章。"石室：藏书之处。

5 以上魏武之语，不知所出。所以张子亦不可考。崔、杜：或指崔骃、杜毅。

6 载籍：书籍。浩瀚：广大貌。张衡《西京赋》"实惟地之奥区神皋"，李善注："皋，局也。"李注区谓区域，皋谓局界。《诗》："鹤鸣于九皋。""皋，泽也"，此处训泽亦可。

7 "任力"与"纵意"相对。任：恣也。如《晋书》张翰传："纵任不拘。"

8 膏腴：指经籍中辞藻繁茂之处。

9 赡：富足。《吕氏春秋·用众》："善学者，若齐王之食鸡也，必食其跖，数千而后足。"跖蹠同字，"蹠"（zhí）：脚掌。

10 辐辏：犹言聚集。表里：指才与学，犹上文言内外。

11 刘劭事见《三国志·魏书》本传。《赵都赋》，今佚。

12 公子指平原君，客指毛遂。遂"叱劲楚令歃盟"，事见《史记·平原君列传》。

13 管库隶臣：管理仓库的奴隶卑下之臣，指蔺相如，相如本赵宦者令缪贤舍人，所以为"管库隶臣"。呵强秦使鼓缶：事见《史记》相如本传。

14《淮南子·缪称训》："终年为车，无三寸之辖，不可以驰驱；匠人斫户，无一尺之楗，不可以闭藏。"楗（jiàn）：拒门木也。运关：《淮南子》中"闭藏"之意。

15 微言：微妙之言。缀：缝缉之意。靓（jìng）：妆饰之意。

16 机：机宜。合机：合适之意。不啻（chì）：何异之意，《书·秦誓》："不啻自其口出。"

陈思，群才之英也。《报孔璋书》云："葛天氏之乐，千人唱，万人和，听者因以蔑《韶夏》矣。"[1] 此引事之实谬也。按葛天之歌，唱和三人而已。[2] 相如《上林》云："奏陶唐之舞，听葛天之歌，千人唱，万人和。"唱和千万人，乃相如〔推之〕（原作接人，依黄校改）。[3] 然而滥侈葛天，推三成万者，信赋妄书，致斯谬也。陆机《园葵诗》云："庇足同一智，生理〔各万〕（原作合异，依范校改）端。"[4] 夫葵

陈思王是有才能作家中的杰出代表。他的《报孔璋书》里说："葛天氏的音乐，千人唱，万人和，听的人因此对《韶夏》也蔑视了。"这在引用史事方面实在是错误的。按葛天氏的乐歌，唱和的只有三个人罢了。司马相如《上林赋》中说"奏陶唐时代的舞曲，听葛天时代的乐歌，千人唱，万人和"，说唱的千人，和的万人，是司马相如推测的。可知陈思王夸大葛天氏的音乐，把三人说成万人，是由于相信《上林赋》胡写的，所以出现这种错误。陆机《园葵诗》里说的是："庇足同一智，生理各万端。"本来《左传》里说"葵能卫足"，是用葵来讥讽鲍庄被刖足的；《左传》里又说"葛藟庇根"，那是乐豫说的话。假若说陆机

能卫足,事讹鲍庄;⁵葛藟庇根,辞自乐豫。⁶若譬葛为葵,则引事为谬;若谓庇胜卫,则改事失真;斯又不精之患。⁷夫以子建明练,士衡沉密,而不免于谬;曹〔洪〕(原作仁,依范校改)之谬高唐,又曷足以嘲哉!⁸夫山木为良匠所度,经书为文士所择,木美而定于斧斤,事美而制于刀笔,研思之士,无惭匠石矣。⁹

把葛藟比作园葵,那么把葵当作葛藟便是引事的错误;假若说庇字比卫字好,那么改卫为庇又是失去事件的真实;这也是用事不精细的弊病。像曹子建那样精明练达,陆士衡那样深沉细密,都不免错误,所以曹洪《与魏文帝书》中谬误地用了"高唐"的事实,就不足嘲笑了。山里的木材由好的木工去度量,经籍中的事实由好的作家去选择,木材要采择得好,决定于木工的斧头,事类要使用得好,决定于作家的笔,善于钻研思虑的文人,是不愧被赞誉为匠石的。

注释

1 曹植《报孔璋书》,今已佚。葛天氏:传说中帝王名。蔑:蔑视。《韶夏》:古乐章名。

2 《吕氏春秋·古乐》:"昔葛天氏之乐,三人操牛尾投足以歌八阕。"

3 相如推之:谓司马相如推测言之。"推之"原作"接人",非。下文"推三成万"可证。

4 《园葵诗》见《陆士衡集》。各万:本作合异,各万义较长,依范改。庇足:解见下条。

5 《左传》成公十七年:"仲尼曰:'鲍庄子之知,不如葵,葵犹能卫其足。'"杜注:"葵倾叶向日,以蔽其根。言鲍牵居乱,不能危行言孙。"孔丘本谓"葵能卫足",非谓"葵能庇足"。

6 《左传》文公七年:"宋昭公将去群公子。乐豫曰:'不可,公族,公室之枝叶也,若去之,则本根无所庇阴(同荫)矣。葛藟犹能庇其本根,故君子以为比,况国君乎!'"《左传》本谓"葛能庇根",非谓"葵"也。

7 陆机《园葵诗》,本以咏"葵",则当用"卫足",今用"庇足",则咏"葛藟"矣,所以说"斯又不精之患"。

8 《文选》陈琳《为曹洪与魏文帝书》:"盖闻过高唐者,效王豹之讴。"李善注引《孟子》淳于髡曰:"昔王豹处淇,而河西善讴;绵驹处高唐,而齐右善歌。"是《为曹洪与魏文帝书》以"绵驹"误作"王豹",不然则以"河西"误作"高唐",两者必居其一,所以刘勰讥之。范校曹仁为曹洪是,然本当作陈琳,则亦失之粗疏。

9 《左传》隐公十一年:"周谚有之曰:山有木,工则度(duó)之;宾有礼,主则择之。"本文用周谚。刀笔:古人以刀刻字,故称刀笔。匠石:《庄子·徐无鬼》:"匠石运斤成风。"石,匠人名。

赞曰:经籍深富,辞理遐亘。[1]〔浩〕(原作皓,今改)如江海,郁若昆邓。[2] 文梓共采,琼珠交赠。[3] 用人若己,古来无懵。[4]

总而言之:经典古籍渊深丰富,美辞胜义连接绵亘。浩瀚如长江大海,郁茂似昆山楠梓交横。山上有无限良材供采择,水里有许多珠宝相馈赠。引用别人的材料如同自己的一样,无处不显得珠圆而玉莹。

注释

1 遐:远也。亘:连绵相接。两句大意谓:经书典籍深沉丰富,文辞义理连接绵亘。

2 浩:原作皓,疑浩之音误,"浩如"与"郁若"相对成文,"浩"为广大意,"郁"为茂盛意。"昆"为昆仑山,"邓"为邓林。夸父追日,其杖化为邓林,见《淮南子·坠形》。

3 文梓：梓树之有斑纹者。"共采"与"交赠"对文，"采"与"赠"皆动词。共：同供。琼：玉之美者。"文梓共采"承"郁若昆邓"句，"琼珠交赠"承"浩如江海"句。懵：不明也。无懵：明也。两句大意：引用别人的材料如同己出，显得珠圆而玉莹。

定　势

[导读]

　　势是作品所表现的语言姿态,即语调辞气。本篇论述决定作品语言姿态的条件,所以叫《定势》。

　　作者认为作品的情志决定作品的风格,作品的风格决定作品的语言姿态。所以说"因情立体,即体成势"。体就是体性,即风格。情志和风格属于情,论述情志风格决定语言辞气为"剖情",故《定势》属于"剖情"。但单就势而言,又属于采,故本篇置于"剖情"之末,又为"析采"之先。

　　作品的风格是多种的,作品的语言姿态也各色各样,所以说:"势有刚柔,不必壮言慷慨,乃称势也。"势既然是体决定的,就应该"即体成势",不能够"取势效奇"。"宋初讹而新",就是违反了"即体成势"的缘故。

　　作者主张作品应该有美的形式,《声律》云"音律所始,本于人声","声含宫商,肇自血气";《丽辞》说"造化赋形,支体必双;神理为用,事不孤立"。声律和骈俪都是作者所赞同的,不过应该出于自然,不能违理造作。作者反对的是不依据作品的风格来形成语言姿态,而徒然"取势效奇""失体成怪",也就是篇末所说的"颠倒文句,上字而抑下,中辞而出外,回互不常"。

　　本篇所论基本上是正确的,针对时弊也是中肯的,是一篇有益的论文,可以作为后人的借鉴。

[原文]

　　夫情致异区,文变

[译文]

　　情感姿态的表现是各不相同的,文辞

殊术,莫不因情立体,即体成势也。[1]势者,乘利而为制也。[2]如机发矢直,涧曲湍回,自然之趣也。圆者规体,其势也自转;方者矩形,其势也自安:文章体势,如斯而已。[3]是以模经为式者,自入典雅之懿;效《骚》命篇者,必归艳逸之华;综意浅切者,类乏酝藉;斫(原作断,依一作改)辞辨约者,率乖繁缛。[4]譬激水不漪,槁木无阴,自然之势也。[5]

变化的法则是多样的,但总是情志决定作品的风格,风格构成文章的语言姿态。势的意思,就是因利乘便而形成一种体态。比如机弩发射的箭一定是直的,曲涧冲激出的水是有回澜的,这是自然的趋势。圆的东西是规形,它的状态必然利于转动;方的东西是矩形,它的状态必然利于安定:文章的姿态就是这样形成的。所以模拟五经以为法式的作品,自然趋向典雅之美;仿效《离骚》以为篇章的篇什,必然发出艳丽的光华;用意浅显而切直的文章,一般很少含蓄;修辞明辨而简约的作品,大抵不会繁缛。就像冲激出的水不会波平如漪,枯槁的树不会绿叶成荫,是很自然的。

[注释]

1 致:姿致也。体:体性,谓作品个性,即文章风格也。
2 乘利:因利乘便之压缩语。制:体制。
3 《尹文子·大道上》:"圆者之转,非能转而转,不得不转也;方者之止,非能止而止,不得不止也。"
4 逸:同佚,美也。类:大抵。《汉书·薛广德传》:"温雅自有酝藉。"服虔曰:"酝藉,宽博有余也。"斫:斫削,喻言修饰文辞。
5 漪:波平如锦貌。阴:同荫。

是以绘事图色,文辞尽情,色糅而犬马殊

绘画一定要施加色彩,辞藻是用来表达感情的,颜料不同因而画出来的狗

形,情驳(原作交,依刘改)而雅俗异势,[1]熔范所拟,各有司匠,虽无严郛,难得逾越。[2]然渊乎文者,并总群势,奇正虽反,必兼解以俱通,刚柔虽殊,必随时而适用。[3]若爱典而恶华,则兼通之理偏,似夏人争弓矢,执一不可以独射也。[4]若雅郑而共篇,则总一之势离,是楚人〔鬻矛盾,誉两难得而俱售〕(原作鬻矛誉盾,两难得而俱售。今依杨校改)也。[5]是以括囊杂体,功在铨别,宫商朱紫,随势各配。[6]章、表、奏、议,则准的乎典雅;赋、颂、歌、诗,则羽仪乎清丽;符、檄、书、移,则楷式于明断;史、论、序、注,则师范于核要;箴、铭、碑、诔,则体制于弘深;连珠、七辞,则从事于巧艳:此循体而成势,随变而立功者

马色彩不一样,情感不同自然写出来的文章雅俗不一致,作家各有各的熔铸模仿对象,各有各的学习榜样,写出来的文章虽然没有严格的分别,却很难超越他本来的规范。但是造诣深的作家,可以掌握各种语言姿态,新奇和雅正虽然相反,却能够兼容并蓄;刚健和柔婉虽然不同,却可以随时采用。假若爱好典雅而厌恶华丽,那就不是兼容并蓄而是一偏之见了。夏朝有两个人争论弓矢的强弱,其实单拿弓或者只用矢,都是不能独自发射的。然而把典雅的辞藻和淫俗的调子合在一篇,也不能统一和协调,楚国有一人出售矛和盾,由于对两者都过分夸张不能自圆其说,结果一样都卖不出去。所以一个兼长各体的作家,要善于掌握各体的分别,运用不同的声调和文采,配合各体的不同语言姿态。章、表、奏、议,以典雅为标准;赋、颂、歌、诗,以清丽为仪表;符、檄、书、移,以明断为楷式;史、论、序、注,以扼要为榜样;箴、铭、碑、诔,以弘深为体制;连珠、七辞,以巧艳为紧要:这是由于体裁不同而需要不同的语言姿态,所以只有随着体裁不同而改变语言姿态才能写出成功的作品来。虽然说各种不

也。[7]虽复契会相参,节文互杂,譬五色之锦,各以本采为地矣。[8]

同的语言姿态可以灵活参用,声调文采可以互相变通,就如五彩的绸缎一样,总是要以一种主要颜色为质地呵。

注释

1 糅:杂也。情驳(原作交),刘永济云:"以文义求之,交乃驳之残字。"今依校改。上段云"因情立体,即体成势",本段又云"文辞尽情",故云"情驳而雅俗异势"也。

2《体性》云:"典雅者熔式经诰,方轨儒门者也;远奥者,复采曲文,经理玄宗者也。"本篇上段亦云:"模经为式者,自入典雅之懿;效《骚》命篇者,必归艳逸之华。"所以此处云"熔范所拟,各有司匠,虽无严郛,难得逾越"也。

3《体性》云:"八体屡迁,功以学成。"又云:"童子雕琢,必先雅制,沿根讨叶,思转自圆。八体虽殊,会通合数,得其环中,则辐辏相成。"所以此处云:"然渊乎文者,并总群势,奇正虽反,必兼解以俱通,刚柔虽殊,必随时而适用。"

4《御览》三四七卷引《胡非子》云:"一人曰:吾弓良,无所用矢。一人曰:吾矢善,无所用弓。羿闻之曰:非弓何以往矢?非矢何以中的?令合弓矢而教之射。"羿,夏射官,故争弓矢者为夏人。

5《韩非子·难一》:"楚人有鬻盾与矛者。誉之曰:吾盾之坚,物莫能陷也。又誉其矛曰:吾矛之利,于物无不陷也。或曰:以子之矛,陷子之盾,何如?其人弗能应也。""是楚人鬻矛盾,誉两难得而俱售也"原作"是楚人鬻矛誉盾,两难得而俱售也"。杨明照曰:"按此文失伦次,当作'是楚人鬻矛盾,誉两,难得而俱售也'。始能与上文'似夏人争弓矢,执一,不可以独射也'相俪。"今依校改。

6《易·坤》六四:"括囊无咎无誉。"正义:"括,结也。囊,所以贮物。"宫商,谓声律;朱紫,谓文采。

7 章、表各体之体势,《明诗》以下二十篇,各有论述,此不具引。《典论·论文》:"奏、议宜雅,书、论宜理,铭、诔尚实,诗、赋欲丽。"《文赋》:"诗缘情而绮靡,赋体物而浏亮。碑披文以相质,诔缠绵而凄怆。铭博约而温润,箴顿挫而清壮。颂优游以彬蔚,论精微而朗畅。奏平彻以闲雅,说炜晔而谲诳。"两家所论,大体与刘勰相同,所谓循体而成势也。然而有时亦可以兼解俱通,并非执一不变,故云"随变而立功"也。《易·渐》上九"其羽可用为仪",羽仪连辞始于此,即仪表意。

8 契会:犹言会合。节文:在此处指节奏文采。契会相参,节文互杂:谓各体之势可以融会贯通也。本采:本来色彩,如章表以典雅为本采,赋颂以清丽为本采是也。地:质地,基础。绘画时所用粉本。

桓谭称:"文家各有所慕,或好浮华而不知实核,或美众多而不见要约。"[1]陈思亦云:"世之作者,或好烦文博采,深沉其旨者;或好离言辨〔句〕(原作白,依潘重规改),分毫析厘者。所习不同,所务各异。"[2]言势殊也。刘桢云:"文之体〔势〕(原作指,今改),实〔殊〕(原脱,依范补)强弱,使其辞已尽而势有余,天下一人耳,不可得也。"[3]公幹所谈,颇亦兼气。[4]然文之

桓谭说:"文学家各有各的爱好,有的人爱好表面华丽而不喜欢质朴,有的人贪多务得而不知道扼要。"陈思王也说:"近代的作家,有喜欢繁复其文辞,厚饰以色彩,深深隐藏自己意旨的人;有喜欢逐字逐句推敲,一毫一厘都加以分辨的人。这是由于各人的习惯不同,努力方向也不一致的缘故。"两人都是说的语言姿态不同。刘桢说:"文章风格所构成的语言姿态,本来有强弱的分别,假使说文辞之外另有语言姿态,这是没有一个人能办到的。"刘公幹所谈,是兼指文气而说的。文章必然有语言姿态,语言姿态也确实有刚强与柔弱的区别,不一定要豪言

任势,势有刚柔,不必壮言慷慨,乃称势也。[5]又陆云自称:"往日论文,先辞而后情,尚势而不取悦泽,及张公论文,则欲宗其言。"[6]夫情固先辞,势实须泽[7],可谓先迷后能从善矣。

壮语慷慨激昂,才叫作姿态。陆云自己也认为:"过去讨论作文,不免抬高了文辞贬低了情志,又不免尊崇语言姿态而忽视文辞润泽,后来听到张公论文学,才信服他的主张。"本来情志是决定文辞的,语言姿态又是表现于文辞色泽的,陆云虽然开始迷失了道路,后来却能改过从善啊。

注释

1 桓谭所称,已不可考。桓谭:字君山,东汉人,有《新论》。
2 陈思所云,亦已不详。离言辨句:原作离言辨白,刘永济云:"潘君重规据《丽辞篇》'魏晋群才,析句弥密,联字合趣,剖毫析厘',改白作句,是也。"
3 刘桢语亦无考。文之体势:势原作指,义不可通。本篇论体势,指或势之音讹也。陆厥《与沈约书》:"刘桢奏书,大明体势之致。"可以证也。本篇下文又云:"然文之任势,势有刚柔,不必壮言慷慨,乃称势也。"亦申述此文,三用势字,亦可为证。实殊强弱:原脱殊字。范云:"案《抱朴子·尚博篇》云:清浊参差,所禀有主,朗昧不同科,强弱各殊气。疑公幹语当作文之体指,实殊强弱,《抱朴》语或即本之公幹也。故下文云:公幹所谈,颇亦兼气。"今依范增殊字。"天下一人耳,不可得也",即谓"天下一人不可得也",一句化作两句,故增一耳字。
4 《风骨》云:"公幹亦云'孔氏卓卓,信含异气,笔墨之性,殆不可胜'。"原文亦不可考,大抵刘桢本有论气势之文,今已亡佚耳。
5 此申刘桢之说也。上文刘桢云"文之体势,实殊强弱",故此云"文之任势,势有刚柔"。刚强固为文势,柔弱亦为文势,"不必壮言慷慨,乃称势也"。
6 陆云《与兄平原书》:"往日论文,先词而后情,尚洁而不取悦泽。尝忆兄道张公父子论文,实自欲得,今日便欲宗其言。"此节取其文耳。黄侃云:"尚势,今本作尚洁,盖草书势絜形近,初讹为絜,又讹为洁也。"
7 势实须泽:谓语言姿态无不表现于文辞色泽也。

自近代辞人,率好诡巧,原其为体,讹势所变,厌黩旧式,故穿凿取新。[1]察其讹意,似难而实无他术也,反正而已。[2]故文反正为乏,辞反正为奇。[3]效奇之法,必颠倒文句,上字而抑下,中辞而出外,回互不常,则新色耳。[4]夫通衢夷坦,而多行捷径者,趋近故也;正文明白,而常务反言者,适俗故也。[5]然密会者以意新得巧,苟异者以失体成怪。[6]旧练之才,则执正以驭奇;新学

近代以来的作家,大都爱好诡怪奇巧,推求造成这种诡怪奇巧风格的原因,是爱用那种谬误的语言姿态,他们讨厌旧的文章风格,穿凿附会地探索新奇。考察这种谬误的用意,似乎作者花费了苦心,实际上并没有什么秘诀,只不过有意识地违反语言规律罢了。所以在字形构造上把"正"字反写就成了"乏"字,在铸词造句上违反常规就成了新奇。因此追求新奇的办法,就是把文章中的句法颠倒过来,将本来在上面的字拉下来,本来在中间的词提前或置后,这种提前或置后的不正常的句法,就是新奇的风采呵。四通八达的道路本来平平坦坦,许多人偏要走捷径,这是贪图道路近呀;正常的文句本来明明白白,却追求反常的句法,这是为了适合俗人的脾味呀。心领神会作文之法的人以命意新奇而使文辞精巧,那些力求句法奇特的人由于放言遣词违背作品风格而使文章怪诞。久经锻炼的老手,他们运用正常的手段以求作品的新奇;趋时的新作家,因为追逐文辞奇特而违反

之锐,则逐奇而失正;势流不反,则文体遂弊。秉兹情术,可无思耶。[7]

了正常的写作方法;由于趋新的风气日益发展,所以造成了很坏的文风。有着这种创作思想和创作倾向的作家,能不深深地考虑这些问题吗!

注释

1 近代:指刘宋而言,《通变》:"宋初讹而新。"黩:垢也。

2《指瑕》:"晋末篇章,依希其旨,始有赏际奇致之言,终有抚叩酬酢之语,每单举一字,指以为情。夫赏训锡赉,岂关心解?抚训执握,何预情理?《雅》《颂》未闻,汉魏莫用,悬领似如可辩,课文了不成义,斯实情讹之所变,文浇之致弊。而宋来才英,未之或改,旧染成俗,非一朝也。"可与此文参读。江淹《恨赋》:"孤臣危涕,孽子坠心。"改"坠涕危心"为"危涕坠心",亦反正之例也。

3《左传》宣公十五年:"故文,反正为乏。"

4 鲍照《石帆铭》"君子彼想",盖"想彼君子"之倒文也。庾信《梁东宫行雨山铭》:"草绿衫同,华红面似。"即"衫同草绿,面似华红"之倒语也。

5《老子》:"大道甚夷,而民好径。"夷:平也。

6《物色》:"吟咏所发,志惟深远;体物为妙,功在密附。故巧言切状,如印之印泥,不加雕削,而曲写毫芥。故能瞻言而见貌,即字而知时也。然物有恒姿,而思无定检,或率尔造极,或精思愈疏。且《诗》《骚》所标,并据要害,故后进锐笔,怯于争锋。莫不因方以借巧,即势以会奇,善于适要,则虽旧弥新矣。"本文云"密会者以意新得巧",可与上文相参。或谓"意新"当作"新意",与下文"失体"相对成文,似可不必。"苟异者以失体成怪",即颠倒文句之类是也。

7 兹:代词,指爱好奇诡者。情术:指文情文术而言。

赞曰:形生势成,始末相承。[1] 湍回似规,矢激如绳[2]。因利骋节,情采自凝。[3] 枉辔学步,力止〔寿〕(原作襄,依顾改)陵。[4]

总而言之:有了事物的形体才产生事物的姿态,形体和姿态的关系如因果相匹配。水由于冲激得猛所以回转如规,箭由于发射力大所以射道极直。文章随着风格不同,自然有着不同的语言风采。如果不按照写作规律而追逐时尚,就像寿陵余子学步邯郸那样注定要失败。

注释

1 上文云:"圆者规体,其势也自转;方者矩形,其势也自安。"两句言形体与势之关系。
2 绳:直也。
3 因利:因势利导。骋节:《通变》:"长辔远驭,从容按节。"
4 《庄子·秋水》:"子独不闻寿陵余子之学行于邯郸与?未得国能,又失其故行矣,直匍匐而归耳。"《杂文》:"可谓寿陵匍匐,非复邯郸之步。"亦用此事。匍匐,爬行。邯郸,地名,在今河北。

情　采

导读

　　情是作品的思想感情,用以代表作品的内容;采是作品的文采,兼指作品的宫商,用以代表作品的形式。本篇论述情与采的关系,也就是论述内容和形式的关系。

　　作者认为内容与形式是不容分割的;文学是需要优美的形式来表达内容的;但是,内容的优美决定形式的好坏。他说"盼倩生于淑姿""辩丽本于情性""故情者文之经,辞者理之纬,经正而后纬成,情定而后辞畅,此立文之本源也"。

　　作者基于内容决定形式的论点,认为创作中有两种情况:一种是有着丰富的内容,而后进行创作,叫作"为情而造文";一种是运用华丽的辞藻做无病的呻吟,叫作"为文而造情"。他指责了"为文造情"的形式主义倾向,肯定"为情造文"是创作的正确道路;认为"文不灭质,博不溺心"的作品才是内容和形式统一的好作品。

　　作者指出内容决定形式,肯定"为情造文",反对形式主义,主张内容和形式的统一,在今天看来,也是有益的论点。因而《情采》一篇,在全书中,也是较好的论文之一。

原文

　　圣贤书辞,总称文章,非采而何!¹夫水性虚而沦漪结,木体实而花萼振,文附质也。²虎

译文

　　圣人贤人的著作,都称为文章,这不说明了作品需要文采吗!动荡的水可以构成波纹,坚实的树常常开出花朵,文采总是依附在形体上。虎豹身上如果没有

豹无文,则鞟同犬羊;犀兕有皮,而色资丹漆:质待文也。³若乃综述性灵,敷写器象,镂心鸟迹之中,织辞鱼网之上,其为彪炳,缛采名矣。⁴故立文之道,其理有三:一曰形文,五色是也;二曰声文,五音是也;三曰情文,五性是也。⁵五色杂而成黼黻,五音比而成韶夏,五〔性〕(原作情,承上五性校改)发而成辞章,神理之数也。⁶《孝经》垂典,丧言不文;故知君子常言,未尝质也。⁷老子疾伪,故称美言不信,而五千精妙,则非弃美矣。⁸庄周云"辩雕万物",谓藻饰也。⁹韩非云"艳〔乎〕(原作采,依范改)辩说",谓绮丽也¹⁰。绮丽以艳说,藻饰以辩雕,文辞之变,于斯极矣。研味〔《孝》〕(原作

文采,它们的皮和狗皮羊皮又有什么分别;犀和兕的皮虽有用,必须要染上颜料才美观:所以事物的形体总是需要文采来表现。至于抒写人们的情感,雕塑事物的形象,更须呕心沥血来推敲文字,千删万改来润色草稿,这样写出来的作品之所以光辉灿烂,也就是文采焕发的缘故。因此构成文采的原因,可以分为三方面:一叫形文,就是青、黄、赤、白、黑五色;二叫声文,就是宫、商、角、徵、羽五音;三叫情文,就是仁、义、礼、智、信五性。五色组织起来便成为耀目的礼服,五音协调起来便成为悦耳的音乐,五性抒发出来便成为感人的文章,这是自然的法则啊!《孝经》是垂法示人的著作,它曾经提到"在居丧的时候言辞要朴质",从这里可以想见士大夫平常说话应该文质彬彬;老子痛恨世情虚伪,所以说"漂亮话是不能使人相信的",但五千字的《道德经》却写得非常精妙,可见也不是不要文辞之美了。庄周说诡辩家"以辩论雕塑万物",这是指极端爱好夸饰的意思。韩非说:文学家"以辩说为美好",这是指过分追求华丽的意思。只用华丽的语言来作为绮丽的辞说,只用极端夸饰

李,黄云:冯本作孝,孙诒让云:案《孝》《老》不误,当据改)《老》,则知文质附乎性情[11];详览《庄》《韩》,则见华实过乎淫侈[12]。若择源于泾渭之流,按辔于邪正之路,亦可以驭文采矣[13]。夫铅黛所以饰容,而盼倩生于淑姿;文采所以饰言,而辩丽本于情性[14]。故情者文之经,辞者理之纬,经正而后纬成,〔情〕(原作理,依刘永济改)定而后辞畅,此立文之本源也[15]。

的辞藻来辩论雕塑,文章追求文采,真是到了极点。认真体会《孝经》《老子》的意思,可以知道作品的形式和内容都应该出于作家的性情;仔细检阅《庄子》《韩非子》的用心,就知道作品的措辞和命意都不宜太夸饰了。假使我们追究清浊产生的本源,分清是非而后选择道路前进,那么便可得心应手驱遣文辞了。粉白黛绿是用来描容的,但迷人的秋波生于动人的淑姿;耀目的文采是用来修饰言辞的,但华丽的议论本于哀乐的性情。所以情感在文章里有如经线,辞藻在文章里有如纬线,织布时经线端直而后纬线妥帖,临文时情感恰当而后文辞畅达,这是创作的根本道理。

注释

1 《论语·泰伯》:"(谓尧)焕乎其有文章。"《论语·公冶长》:"夫子之文章,可得而闻也。"故云"圣贤书辞,总称文章"。《考工记》:"画缋之事,青与赤谓之文,赤与白谓之章。"故云"非采而何"。

2 《诗·伐檀》:"河水清且沦猗。"猗,本语已词,故石经残碑作兮也。《释文》:"猗,……本亦作漪。"故后世以漪为实词,与沦同训水波。《吴都赋》:"刷荡漪澜。"刘渊林注:"漪澜,水波也。"

3 《论语·颜渊》:"子贡曰:……文犹质也,质犹文也;虎豹之鞟,犹犬羊之鞟。"鞟(kuò):革也。《左传》宣公二年:"华元使骖乘者谓之曰:'牛则有皮,犀兕尚多,弃甲则那?'役人曰:'从其有皮,丹漆若何?'"

4 器象:《夸饰》所谓"形器"。《夸饰》:"夫形而上者谓之道,形而下者谓之器。神道难摹,精言不能追其极;形器易写,壮辞可得喻其真。"许慎《说文解字叙》:"黄帝之史仓颉,见鸟兽蹄迒之迹,知分理之可相别异也,初造书契。"故以鸟迹指文字。《后汉书·蔡伦传》:"伦乃造意用树肤麻头及敝布鱼网以为纸。"故以鱼网为纸。

5 五色:青、黄、赤、白、黑;五音:宫、商、角、徵、羽。五性:仁、义、礼、智、信。

6 五性:原作五情,依上文"五性是也"校情为性。神理:《原道》:"谁其尸之?亦神理而已。"

7 《孝经·丧亲》:"子曰:孝子之丧亲也,哭不偯,礼无容,言不文。"

8 《老子》:"智慧出,有大伪。""信言不美,美言不信。"《史记·老庄申韩列传》:"于是老子乃著书上下篇,言道德之意五千余言而去,莫知其所终。"

9 《庄子·天道》:"故古之王天下者……辩虽雕万物,不自说也。"《释文》:"说,音悦。"

10 《韩非子·外储说左上》:"范且、虞庆之言,皆文辩辞胜而反事之情。……夫不谋治强之功,而艳乎辩说文丽之声,是却有术之士,而任坏屋折弓也。"范云:"此云艳采,'采'岂'乎'字之误与?"今依校改。

11 文即文采,指形式;质即本质,指内容。本句谓《孝经》《老子》所言,以为文章之内容与形式皆由思想感情所决定,所以其言为是也。

12 华:指文华,亦指形式。实:指实质,亦指内容。本句谓《庄子》《韩非子》所言,所谓"为文而造情也",故谓形式与内容皆不免过于淫侈。

13 《诗·谷风》"泾以渭浊",传:"泾渭相入而清浊异。"故后世以泾渭指清浊,作者以为《孝》《老》之言为清与正,《庄》《韩》所指为浊与邪。

14 《诗·硕人》:"巧笑倩兮,美目盼兮。"传:"倩,好口辅。盼,白黑分。"

15 情定：原作理定。刘永济云："按上文曰'故情者文之经,辞者理之纬,经正而后纬成,理定而后辞畅',是以经配纬,则'理定'句应以情配辞,作情定而后辞畅,方合文次。"今依校改。

昔《诗》人什篇,为情而造文;辞人赋颂,为文而造情。何以明其然？盖《风》《雅》之兴,志思蓄愤,而吟咏情性,以讽其上,此为情而造文也。[1]诸子之徒,心非郁陶,苟驰夸饰,鬻声钓世,此为文而造情也。[2]故为情者要约而写真,为文者淫丽而烦滥。[3]而后之作者采滥忽真,远弃《风》《雅》,近师辞赋,故体情之制日疏,逐文之篇愈盛。[4]故有志深轩冕,而泛咏皋壤,心缠几务,而虚述人外,真宰弗存,翩其反矣。[5]夫桃李不言而成蹊,有实存也;[6]男

古代《诗经》作者的篇章,是为了发泄感情才进行创作的;辞赋家的赋颂,却是为了要写作品而虚造情感的。怎么知道是这样的呢？因为《风》《雅》的产生,是作者想发泄牢骚,表达他的情感,讽刺当政的人,所以叫作为了抒写情感而创作;至于辞赋家,心里本来没有郁结的情感,只是想运用夸饰的文辞,来沽名钓誉,所以叫作为了写作而虚造情感。为了抒写情感进行创作自然写得精练真实,为了写作而虚造情感自然作品流于妖冶浮泛。后代继起的作家,追求浮泛作风而忽视写真,抛弃古代《风》《雅》的传统,学习近代辞赋家的风尚,所以有真情实感的作品一天比一天少,追求华丽辞句的作品越来越多。有些人只想戴乌纱帽坐高马车,却要假惺惺地吟咏山林;内心里纠缠着名位利禄,却要虚伪地描述隐居,没有真情实意,写出来的诗文当然与隐居者的情调完全相反了。桃李是不会说话的,树下常常被人踏成了蹊径,因为树上结着果实啊;男子栽植兰草,花虽美而

子树兰而不芳,无其情也。[7]夫以草木之微,依情待实,况乎文章,述志为本,言与志反,文岂足征。[8]

不芳香,因为男子没有气质如兰的情感啊。像草木这样微小的事物尚且如此,何况文章本来是抒发情志的,如果作者所说的和所想的相违背,写出来的作品又怎能令人相信!

注释

1 司马迁《报任安书》:"诗三百篇,大抵圣贤发愤之所为作也。"《诗序》:"国史明乎得失之迹,伤人伦之废,哀刑政之苛,吟咏情性,以风其上,达于事变,而怀其旧俗者也。"

2 诸子:承上指辞人,谓汉代辞赋诸家。《尚书·五子之歌》:"郁陶乎予心。"传:"郁陶,言哀思也。"《尔雅·释诂》:"郁陶,喜也。"按:郁陶之合音为谣,《说文》:"谣,喜也。"其实指哀乐之发。

3 "为情"即"为情造文"之压缩语。"为文"即"为文造情"之压缩语。

4 指斥宋齐文风。

5 《庄子·知北游》:"山林与?皋壤与?使我欣欣然而乐与?"《宋书·隐逸传》:"法崇叹曰:'缅想人外,三十年矣。今乃倾盖于兹,不觉老之将至也。'"《庄子·齐物论》:"若有真宰,而特不得其朕。"本文"真宰"指心。《诗·角弓》:"骍骍角弓,翩其反矣。"翩:偏之借字。

6 《史记·李广传》:"桃李不言,下自成蹊。"蹊:径也。实:果实。

7 《淮南子·缪称训》:"男子树兰,美而不芳。"

8 《论语·八佾》:"夏礼吾能言之,杞不足征也;殷礼吾能言之,宋不足征也。文献不足故也。足,则吾能征之矣。"征:证也,信也。

是以联辞结采,将欲明〔理〕（原作经,依汪本、冯本改）,采滥辞诡,则心理愈翳[1]。固知翠纶桂饵,反所以失鱼,[2]"言隐荣华",殆谓此也。[3]是以衣锦褧衣,恶文太章。[4]《贲》象穷白,贵乎反本。[5]夫能设〔模〕（原作谟,依谢校改）以位理,拟地以置心,[6]心定而后结音,理正而后摛藻,使文不灭质,博不溺心,[7]正采耀乎朱蓝,间色屏于红紫,[8]乃可谓雕琢其章,彬彬君子矣。[9]

之所以连缀辞句运用文采,是为了说明道理,如果文采太淫滥,辞句太诡异,内心要说的道理反而被遮盖了。正像用翠羽作钓丝,桂枝作香饵一样,反而要把鱼吓跑。庄子说:"话的真意被漂亮的辞藻掩埋了。"大概就是指的这个道理吧。穿锦绣的袍子要加上罩衫,就因为嫌袍子的色彩太耀目了;《贲》卦最后一爻的卦辞主张白色,可见卦象也重视返本还原。假如（写文章的人）首先确立文章的情理,考虑作品的思想,中心思想安排定了再来调声协律,主要道理考虑好了再来铺张文采,即使文采很盛也不致湮灭主要道理,头绪纷繁也不致遮盖中心思想,让文章从本色中大耀光华,扫除一切妖容冶态,那才是善于雕琢辞章,叫作文质彬彬的作家了。

注释

1 翳（yì）:蔽也。

2 《御览》八三四卷引《阙子》:"鲁人有好钓者,以桂为饵,黄金之钩,错以银碧,垂翡翠之纶,其持竿处位即是,然其得鱼不几矣。"

3 《庄子·齐物论》:"言隐于荣华。"

4 《诗·硕人》:"衣锦褧（jiǒng）衣。"疏引《中庸》:"衣锦尚䌹（与褧通用）,恶其文之太著。"

5 《易·贲》上九:"白贲无咎。"王弼注:"以白为饰,而无患忧,得

6 《熔裁》:"情理设位,文采行乎其中。""设情以位体,……然后舒华布实,献替节文。"故此处云"设模以位理"。模:型也,犹今言处所。《定势》:"五色之锦,各以本采为地矣。"地:谓质地。此处云:"拟地以置心。"地,则犹今言场地。

7 《庄子·缮性》:"然后附之以文,益之以博,文灭质,博溺心。然后民始惑乱,无以反其性情而复其初。"

8 《礼记·玉藻》:"衣正色,裳间色。"青、黄、赤、白、黑为正色,二色相合为间色。红紫:范云"疑当作青紫,上文云:正采耀乎朱蓝"。今按:朱是正色,红是间色,固自不误。《南齐书·文学传论》:"亦犹五色之有红紫,八音之有郑卫。"并以红紫为间色,可证也。

9 《诗·棫朴》:"追琢其章。"《论语·雍也》:"文质彬彬,然后君子。"

赞曰:言以文远,诚哉斯验。[1]心术既形,英华乃赡。[2]吴锦好渝,舜英徒艳。[3]繁采寡情,味之必厌。

总而言之:谈吐要有文采才能久远流传,这个事实是通过了历史检验的。只有用美好的辞藻表达真情实感,才是真正好的作品,才能叫作文情并赡。吴地的绸子虽美却容易变色,木槿花朝开暮落徒然光艳。没有真情实意徒然堆砌辞藻的文章,读起来还是令人讨厌。

注释

1 《左传》襄公廿五年:"言之无文,行而不远。"
2 《礼记·乐记》:"应感起而物动,然后心术形焉。"
3 好渝:容易褪色。渝:变也。《诗·有女同车》:"颜如舜华。"舜:同蕣,木槿,朝华暮谢。

熔　裁

[导读]

"熔"指熔意,即提炼作品的主题思想;"裁"指裁辞,辞兼包题材和辞藻,所以"裁"指剪裁题材和修饰辞藻。本篇是探讨熔意和裁辞的重要性,熔意和裁辞的关系等问题的。

作者强调了熔意应该先于裁辞,而且决定裁辞。所以说"草创鸿笔",要"先标三准",然后提出"舒华布实,献替节文";又说"三准既定,次讨字句"。一个作家如果不重视熔意,而强调裁辞,创作是要失败的,所以说"若术不素定,而委心逐辞,异端丛至,骈赘必多",又说"美锦制衣,修短有度,虽玩其采,不倍领袖,巧犹难繁,况在乎拙"。

作者既认为熔意是决定裁辞的,首先应该注意熔意,同时又认为熔合内容和剪裁文辞都是重要的,不可偏废,所以说:"百节成体,共资荣卫;万趣会文,不离辞情。若情周而不繁,辞运而不滥,非夫熔裁,何以行之乎!"

作者从裁辞出发,又探讨了文章繁简问题,以为不能机械地认为简就是好的,繁就是不对的,而在于对于熔意来说,是否需要。如果简略而至于思想不完善,繁富而至于内容不统一,那就错误了。所以说:"善删者字去而意留,善敷者辞殊而义显。字删而意阙,则短乏而非核;辞敷而言重,则芜秽而非赡。"

本篇所提出的这些问题,在今天的创作实践中仍旧值得我们借鉴。

[原文]　　　　　　　　**[译文]**

情理设位,文采　　　当作者怀着思想感情考虑题意时,文

行乎其中。[1]刚柔以立本,变通以趋时。[2]立本有体,意或偏长;趋时无方,辞或繁杂。[3]蹊要所司,职在熔裁,櫽括情理,矫揉文采也。[4]规范本体谓之熔,剪截浮辞谓之裁。[5]裁则芜秽不生,熔则纲领昭畅,譬绳墨之审分,斧斤之斫削矣。[6]骈拇枝指,由侈于性;附赘悬疣,实侈于形。[7]〔一〕(原作两,依黄芜圃改)意两出,义之骈枝也。同辞重句,文之疣赘也。

采也就随着思想产生了。作家刚柔不同的性格是作品的思想基础,写作要随着时代的发展变化来铸造文辞。构思应该有中心,但有时思想越出了轨范;铸辞没有一定公式,因而有时文辞写得太芜杂。掌握措辞和命意的关键,在于作者的熔意和剪裁,就是把思想情感纳入轨范,对芜杂的文辞加以删汰啊。提炼作品的思想就叫作熔,裁截作品中的废语就叫作裁。通过剪裁就不会有废话了,通过熔范主题思想就鲜明了;就如用绳墨在木料上画好线条,用斧头把多余的部分削去。骈连着拇指而枝生的小指头,是越出了人的本性的;附生的小肉块和小瘤子,是身上多余的东西。作品中重出累见的意思,这是作品构思中的骈拇枝指;重复的辞藻、迭出的句子,这是文章用辞中的"附赘悬疣"啊。

注释

1《易·系辞上》:"天地设位,而《易》行乎其中矣。"《情采》"设模以位理",与本文义正相同,唯位字有名动之分。又:"三曰情文,五性是也。"又:"五性发而成辞章。"可知文采行乎情理之中,故曰"文采行乎其中"。

2《易·系辞下》:"刚柔者,立本者也;变通者,趋时者也。"《体性》"气有刚柔",是刚柔本指气而言的。又:"风趣刚柔,宁或改其气。"是作者认为气之动在文辞中则为风情。立本:下文云"立本有体","规范本体谓之熔"。本指作品的主题思想,立本即奠定主题思想也。《通变》:"黄、唐淳而质,虞、夏质而辨,商、周丽而雅,楚、汉侈而艳,魏、晋浅而绮,宋初讹而新。"作者认为文辞可以随时变化,故曰"变通以趋时"。

3 立本有体:体谓体制、体要,谓作文命意应有一定范围。也指文体有一定的体要。《通变》:"变文之数无方","文辞气力,通变则久,此无方之数也"。

4 《荀子·大略》:"乘舆之轮,太山之木也,示诸檃栝。"注:"檃栝:矫揉木之器也。"《易·说卦》:"坎为矫𫐓。"疏:"使曲者直为矫,使直者曲为𫐓。"

5 《尚书·伪孔传序》:"剪截浮辞。"

6 审分与斫削对文,则分应作动词用,谓审查而分别之也。

7 《庄子·骈拇》:"骈拇枝指,出乎性哉,而侈于德;附赘悬疣,出乎形哉,而侈于性。"

凡思绪初发,辞采苦杂,心非权衡,势必轻重。[1]是以草创鸿笔,先标三准:履端于始,则设情以位体;举正于中,则酌事以取类;归余于终,则撮辞以举要。[2]然后舒华布实,献替节文,[3]绳墨以外,美材既斫,故能首尾圆合,条贯统序。若术不素定,而委心逐

作家开始构思的时候,总是苦于辞藻太芜杂了,内心不是天平,措辞不免权衡失当。所以起草大文章,事前应该注意写作的三个程序:首先提出中心思想,作为文章的基础;其次是考虑题材,依据中心思想来提炼题材;最后便酝酿辞藻,把思想题材扼要地写出来。然后进行润色和加工,推敲声律和文藻,这样,不合题意的枝节都删去了,精华部分又进行了雕琢,自然从头到尾熔成一气,条理分明丝毫不乱。倘若不考虑创作的程序,把全部

辞,异端丛至,[4]骈赘必多。故三准既定,次讨字句。句有可削,足见其疏;字不得减,乃知其密。[5]精论要语,极略之体;游心竄句,极繁之体。谓繁与略,〔适〕(原作随,依铃本改)分所好。[6]引而申之,则两句敷为一章;约以贯之,则一章删成两句。[7]思赡者善敷,才核者善删。善删者字去而意留,善敷者辞殊而〔义〕(原作意,依汪本及铃本所引各本改)显。[8]字删而意阙,则短乏而非核;辞敷而言重,则芜秽而非赡。

心思摆在辞句上面,背离主题的杂念必然丛生,写出来废话必然很多。经过了草创的三个程序之后,其次便是探讨修辞和铸句。假使作品中有些句子可以删去,可见作者是粗心的,如果一个字也不能减少,那便证明作者是细致的。议论精深而要言不烦,这是极简要的作品;思绪泉涌而文采纷披,这是极繁缛的文章。作品的简约与繁缛,是与作家的性格一致的。有的作家把两个句子引申起来,铺排成一章;也有的人把一章简约下来,删削成两句。思想丰富的人善于铺张,才力练达的人善于删削。善于删削的人减少了字句,保留了原意,善于铺张的人辞藻既不重复而意义特别鲜明。如果删去了字句而损害原意,那叫作词语贫乏,不能算简要;如果因为铺张而字句重复,那叫作语言芜秽,不能算想象丰富。

注释

1 权:秤锤。衡:秤杆。权衡:称物之具。《文镜秘府论》四:"文思之来,苦多纷杂,应机立断,须定一途,若空勤品量,不能取舍,心非其决,功必难成。"可以参合体会。

2 《左传》文公元年:"先王之正时也,履端于始,举正于中,归余于终。履端于始,序则不愆;举正于中,民则不惑;归余于终,事则不悖。"本文仅取始、中、终三字之意,犹言首先、其次、最后也。"情"兼指风、情,

"事"兼指事、义,"辞"兼指辞、声,说见《风骨》注。位体:犹今言作为基础也。事、义在一篇作品之内,必相协调,不相矛盾,故曰"取类"。草创鸿笔,则非定稿,故曰"撮辞举要"。

3 献替节文:旧校疑"替"当作"质"。今以为替字不误。献替连文犹《附会》"献可替否",用献替对文。节文连文,本书累见,或指礼仪文法,或谓声律文辞,此处节文即声律文辞也。献替节文,即推敲声律文辞,义自可通,不必与上文相对仗。

4 《论语·为政》:"攻乎异端,斯害也已。"此处异,谓主题思想以外,旁生枝节。

5 《史通·叙事》:"始自两汉,迄乎三国,国史之文,日伤烦富,逮晋已降,流宕逾远。寻其冗句,摘其烦词,一行之间,必谬增数字,尺纸之内,恒虚费数行。夫聚蚊成雷,群轻折轴,况于章句不节,言词莫限,载之兼两,曷足道哉!"颇足发明本文。

6 《庄子·骈拇》:"骈于辩者,累瓦结绳,窜句游心于坚白同异之间。"司马彪云:"窜句,谓邪说微隐,穿凿文句也。"适分:原作随分。《明诗》:"随性适分。"《养气》:"适分胸臆。"今依铃本校改。

7 《易·系辞上》:"引而伸之。"《论语·里仁》:"吾道一以贯之。"

8 义显:原作意显。上文云意留,此当云义显,意显则与上文重复,依前人校改。

| 昔谢艾、王济,西河文士,张〔骏〕(原作俊,旧校改)以为艾繁而不可删,济略而不可益,若二子者,可谓练熔裁而晓繁略矣。[1]至如士衡才优,而 | 晋代的谢艾和王济,是西河地区的文学之士,张骏认为谢艾的作品虽然文辞繁缛却不能删削,王济的作品虽然句简字核却不可增加,像这两个作家,可以叫作善于熔意、长于剪裁和通晓繁简了。陆士衡才调极高,文章的属辞选句过于|

缀辞尤繁;[2]士龙思劣,而雅好清省。[3]及云之论机,亟恨其多,而称"清新相接,不以为病",盖崇友于耳。[4]夫美锦制衣,修短有度,虽玩其采,不倍领袖,巧犹难繁,况在乎拙。而《文赋》以为"榛楛勿剪""庸音足曲",其识非不鉴,乃情苦芟繁也。[5]夫百节成体,共资荣卫;[6]万趣会文,不离辞情。若情周而不繁,辞运而不滥,非夫熔裁,何以行之乎!

繁缛;陆士龙想象力贫乏,谋篇命意爱好清淡简要。至于士龙评论士衡,本来很不满意士衡的繁缛,却说"能够继以清淡新奇,繁缛也不是毛病",这只是推崇哥哥,不戳穿他的短处罢了。用华丽的绸子做衣服,长短总有一定的尺寸,虽然爱好绸子上的花纹,也不能把衣袖衣领加倍地做大做长。好东西尚且不能太长太繁,何况坏东西呢!陆士衡作《文赋》,以为"不删削芜秽,便是狗尾续貂",他的见识是高明的,但写作文总不忍割爱。各种器官构成人体,最需要的是血液;万感交集发而为文,离不开文辞和文情。假若文情周密而不至于累赘,文采辉煌而不至于滥侈,除了熔意和剪裁,又有什么办法!

注释

1 张骏:见《晋书·张轨传》,张轨之孙。骏子《重华传》下云:"主簿谢艾,兼资文武。"王济不见于传。张骏语无可考。
2 《世说新语·文学》:"孙兴公云:……陆文若排沙简金,往往见宝。"注引《文学传》曰:"张华谓陆机曰:'人之作文患于不才;至子为文,乃患太多也。'"
3 陆云《与兄平原书》云:"云今意视文,乃好清省。"
4 陆云《与兄平原书》:"兄文章之高远绝异,不可复称言,然犹皆欲微多,但清新相接,不以此为病耳。"《尚书·君陈》"惟孝友于兄弟",后代因以友于称兄弟。

5 《文赋》:"彼榛楛（zhēn hù）之勿剪,亦蒙荣于集翠。"又:"故踸踔于短垣,放庸音以足曲。"
6 《素问·汤液醪醴论》:"荣卫不可复收。"荣:动脉中血液。卫:静脉中血液。

赞曰:篇章户牖,左右相瞰[1]。辞如川流,溢则泛滥[2]。权衡损益,斟酌浓淡。芟繁剪秽,弛于负担。[3]

总而言之:章节安排像配置门窗一样,要搭配得左右相瞰。文辞好比江河的水,太满了就要泛滥。创作时要权衡哪处当增哪处当省,要斟酌哪处色彩该加浓,哪处笔墨应减淡。只有删削枝节剪裁芜秽,作品才轻松没有负担。

注释

1 瞰:犹言望也。
2 泛滥:谓水向四方漫流。
3 《左传》庄公廿二年:"赦其不闲于教训,而免于罪戾,弛于负担。"弛:去离也。

声　律

> [导读]

　　本篇论述了声律与语言、音乐的关系，调声协律的重要性，声律失调对创作的影响，调声协律的方法，以及其他一些问题。

　　探讨声律，对于文学，尤其诗歌来说，无论古今都是重要课题之一。虽然时代发展了，声律有变化，要求也不同了，但是研究古代作品，不能不了解当时有关声律的情况。尤其应该承认，论文中提出的调声协律的方法，指明"声有飞沉，响有双叠"，解决"文家之吃"，在于"左碍而寻右，末滞而讨前"，在今天的创作实践中也是可以参考的。

　　当然论文中有些观点还是带神秘性的，比如说"音律所始，本于人声""声含宫商，肇自血气"，就使人有不可知之感。又说"《楚辞》辞楚，故讹韵实繁"，我们把屈原廿五篇与《诗经》相对勘，并非事实。不能说"衔灵均之声余"，便"失黄钟之正响"。

　　声律是一个比较复杂而专门的问题，有些术语至今没有公认的统一理解，也没有相当的术语来翻译成口语，译文只好仍用原文，并加以较详细的注释。

> [原文]

　　夫音律所始，本于人声者也。声含宫商，肇自血气，先王因之，以制乐歌。[1] 故知器写人声，声非〔效〕（原作学，黄校作效）器者也。[2] 故

> [译文]

　　音律的产生，依据于人的声音。人的声音本来就包含着宫、商、角、徵、羽，它们存在于人的血气之中，古代帝王凭借人声的五音，用以制造了乐歌。由此可知乐器是抒写人的声

言语者,文章〔管籥〕(原缺,依刘永济增),神明枢机,吐纳律吕,〔调和〕(原缺两字,今以意增)唇吻而已。[3]古之教歌,先揆以法,使疾呼中宫,徐呼中徵。[4]夫〔徵羽〕(原作商徵,黄侃作宫商,今依刘改)响高,〔宫商〕(原作宫羽,黄侃作徵羽,今依刘改)声下;[5]抗喉矫舌之差,攒唇激齿之异,廉肉相准,皎然可分。[6]今操琴不调,必知改张,〔摘〕(原作摛,黄云作摘,今依改)文乖张,而不识所调。[7]响在彼弦,乃得克谐,声萌我心,更失和律,其故何哉?良由〔外听易为巧而〕(原缺六字,王损正本有外听易为□而,今更依范补巧字)〔内〕(原作外,依王校改)听难为聪也。[8]故外听之易,弦以手定;内听之难,声与心纷。[9]可以数求,难以辞逐。[10]

音,并非人的声音效法乐器啊。所以言语这个东西,是创作文章的锁钥,表达精神的枢纽,创作文章不过是使说出来的话合于律吕,用唇吻读起来十分协调罢了。古代教人歌唱,总是首先注重法则,让人唱时快则合于宫音,慢则合于徵音。徵音和羽音高亢,宫音和商音低下,其间喉舌发音是有差别的,唇齿送气是不同的,要使洪亮的和低沉的声音互相合拍,而又清楚明白各有分别。现在都知道弹琴不合节拍,就改弦更张;但是作文不合声律,却不知道改字合律。弹琴的音响是从弦上发出来的,反而能够使它和谐;作文的声律发自我们的内心,却失去了节拍,是什么缘故呀?这只是由于听外来的弦声容易知道它的奥妙,听内心的声律却常常使人糊涂了。其所以听外来弦声容易,由于弹弦是用手指挥的;听内心的声律艰难,在于文章与内心相混杂。弦声可以从五音频率来研讨,心声却很难用文辞加以描画。

注释

1 声含宫商:声,即人声;宫商,即宫、商、角、徵、羽五音之省称。肇:始也。

2 器:乐器。《诗·大序》疏云:"原夫作乐之始,乐写人音,人音有小大高下之殊,乐器有宫徵商羽之异,依人音而制乐,托乐器以写人,是乐本效人,非人效乐。"孔疏正用刘勰此文。此文"学"字,孔作"效",故知"学"当作"效"。"效"本作"敩"(xiào)故误作"学"也。故校改。

3 文章管籥(yuè):原脱"管籥"二字,刘永济云"疑脱管籥二字",今依增补。调和唇吻:原脱"调和"二字,今依文意补入。

4 《韩非子·外储说右上》:"教歌者先揆以法,疾呼中宫,徐呼中徵。疾不中宫,徐不中徵,不可谓教。"

5 《礼记·月令》郑玄注:"数多者浊,数少者清。"《汉书·历律志》以为宫数八十一,商数七十二,角数六十四,徵数五十四,羽数四十八。是宫商为浊,徵羽为清,角清浊中。所以当云:"徵羽响高,宫商声下。"刘永济云"商徵响高,宫羽声下,当作徵羽响高,宫商声下",今依刘校。

6 抗喉矫舌,攒唇激齿,状貌歌时发声形状。抗矫,高举之意;攒激,送气之意。廉肉:《乐记》"廉肉节奏",郑注:"廉肉,声之鸿杀也。"皎然:明白也。

7 《汉书·董仲舒传》:"譬之琴瑟不调甚者,必改而更张之。"

8 外听,听外也;内听,听内也。操琴声由外来,所以为外听。摛(chī)文,文之声律,声由内出,所以为内听。

9 纷:乱。

10 可以数求:指操琴,琴之五音为数各异,故"可以数求"。难以辞逐:指摛文,文之声律,在于以辞就律,所以说"难以辞逐"。

凡声有飞沉,响有双叠,[1]双声隔字而每舛,叠韵〔离〕(原作杂,今依范改)句而必睽;[2]沉则响发而断,飞则声扬不还;[3]并辘轳交往,逆鳞相比,[4]〔迕〕(原作迁,依纪改)其际会,则往蹇来连,其为疾病,亦文家之吃也。[5]夫吃文为患,生于好诡,逐新趣异,故〔唇吻〕(原作喉唇,今改)纠纷;将欲解结,务在刚断。[6]左碍而寻右,末滞而讨前,则声转于吻,玲玲如振玉;辞靡于耳,累累如贯珠矣。[7]是以声画妍〔媸〕(原作蚩,今改),寄在吟咏;[8]〔滋味〕(二字上原多吟咏二字,今依《文镜秘府论》删)流于〔下〕(黄本作字,旧校云:原作下,商孟和改,今改回)句,气力穷于和韵。[9]异音相从谓之和,同声相应谓之韵。[10]韵气一定,故余声易遣;和体抑扬,故〔遣〕(原作

音调有清飞与浊沉,声响有双声和叠韵。双声之间如果杂有其他字那是不好的,叠韵词如果分做两句使用那是乖张的。沉浊发出的音响就低下,清飞发出的声调就高昂。所以双声叠韵不能拆开要连用,浊沉清飞必须间出反正比次;如果次序颠倒上下乖违,就会诘诎聱牙,这种弊害,就如一个说话口吃的作家。文章中口吃的弊病,产生于作家的好奇,因为追新逐异,所以出现唇吻牵连纠葛,想要解决文章中的这种疙瘩,作家必须要有毅力和断制。发现左边不顺当必须寻一寻右边是否有毛病,发现末尾有滞障还要找找前段是否有差错,那就使声音流转在唇吻间,像敲金击玉一样音响玲玲,文辞听到耳朵里,像摇宝珠一样韵调圆滑。所以语言文字的好坏,关系在于朗诵吟咏,因为文章情味体现在遣词造句之中,作家精力应该全部用在调和平仄和选择韵脚上面。平仄清浊顺当叫和,韵脚的母音一致叫韵。韵部一经选定,其余的韵脚遣字就容易了;平仄有抑扬高下,所以用字很难恰当。提笔作文不难奇巧,要使平

遗,依冈本改)响难契。[11] 属笔易巧,选和至难;缀文难精,而作韵甚易。[12] 虽纤意曲变,非可缕言,然振其大纲,不出兹论。

仄和调十分困难;把字字推敲妥帖是困难的,但句句叶韵却是容易的。虽然纤微奥妙的变化,不可能一一陈述,如果举其大纲,也就不出上面所说的了。

[注释]

1 四声中,平上去入都分阴阳清浊,飞指阴清,沉指阳浊,并详下注。双谓双声,叠谓叠韵,双声两字声母相同,叠韵两字韵母相同。更详下注。

2 双声隔字而每舛:盖谓双声之字如芬芳、玲珑,两字连用不是毛病,中隔一字,便声调不美。例如"红莲堕流水",莲流双声,中间隔一堕字;又如"方殊风气分",方风分三字双声,中间隔一殊字又隔一气字,读时便觉謷口。舛:乖违。叠韵离句而必睽:盖谓叠韵之字,如彷徨、周流两字连用则可,若拆开使用,或一句中间隔字,或分在两句,则读时困难。例如:"皇佐扬天惠",皇扬叠韵,中间隔一佐字;"嘉树生朝阳,凝霜封其条",阳霜叠韵,两字中间隔一凝字,读起来便觉謷牙。睽:违背,不合。离句:原作杂句,范文澜云:"杂句",《文镜秘府论》一,引此作离句,离字是也,离亦隔也。今依范改。

3 沉则响发而断:盖谓阴阳清浊之字,应该一阴一阳,或一清一浊,相配使用,则读时中听,若两字全用阳浊,则谓之"沉则响发而断"。例如"明君怀归",明为阳浊,君为阴清,怀为阳浊,归为阴清,读时极顺口,若改作"明王怀回",四字皆阳浊,读时极謷牙。飞则声扬不还:"飞"与"沉"相反,两字全用阴清,则谓之"飞则声扬不还"。例如"桑麻铺菜",桑铺两字阴清,麻菜两字阳浊,清浊阴阳相隔,读时极顺口,桑麻改作桑枝,则皆为阴清,读时极謷牙。

4 辘轳(lù lú)交往:指双声叠韵而言,要求两字连用,如"辘轳交往"。

逆鳞相比：指飞与沉而言，要求清浊间出，如"逆鳞相比"。

5 辺：错辺。辺其际会：谓双声隔字，叠韵离句；清清连用，浊浊连用也。《易·蹇》六四曰"往蹇来连"，王弼注："往则无应，来则乘刚，往来皆难，故曰往蹇来连。"蹇：跛也。连：难也。吃：口吃。

6 唇吻：原作喉唇，今改。下文云"则声转于吻"，又云"调钟唇吻"，可证也。疑本作唇吻，倒作吻唇，吻与喉同从口，故传写成喉唇也。纠纷：乱貌。

7 左碍而寻右，末滞而讨前：碍滞指声律不调，以致诘诎不流畅。推求碍滞之因，不应停止在本句，应从左右前后探讨。辞靡于耳：靡美双声，故靡可以训美，当动词用。《礼记·乐记》："故歌者上如抗，下如队，曲如折，止如槁木，倨中矩，勾中钩，累累乎端如贯珠。"正义："累累乎端如贯珠者，言声之状累累乎感动人心，端正其状，如贯于珠，言声音感动于人，令人心想形状如此。"刘勰虽用《礼记·乐记》，然指声律调和，则字字玉润而言，与孔疏用郑注不必相同。

8 声画：指语言文字。杨雄《法言·问神》："言，心声也；书，心画也。"妍媸：原作妍蚩，《练字》"妍媸异体"，用本字，今依改。美丑也。

9 此段今本《文心雕龙》作"吟咏滋味，流于字句，气力穷于和韵"。《文韵秘府论》一引作"滋味流于下句，气力穷于和韵"，是也，今依改。今本吟咏二字承上文而误衍。字本作下，商孟和误改也。下句：叠句。和韵：下文云："异音相从谓之和，同声相应谓之韵。"和，指句中平仄飞沉双声叠韵等方面安排妥帖，无当时八病之嫌；韵，指句脚叶韵。此处译文为行文方便，"和"译成"平仄调和"。

10 异音相从：比如平仄要间杂使用，飞沉要清浊不同。同声相应：谓叶韵必须一律。

11 叶韵时，先选一韵，如选定东韵，则以下用东韵字，换作先韵，则以下皆用先韵字，故云："韵气一定，故余声易遣。"和声时，要逐字推敲平仄、清浊，故云："和体抑扬，故遗响难契。"契：合也。

12 进一步强调和难韵易。本来叶韵也不容易，和声也非大难。作者所以强调选和至难者，盖沈约等人倡为八病之说，要求苛刻，刘勰受其影响耳。

若夫宫商大和，譬诸吹籥；翻回取〔韵〕（原作均，今改），颇似调瑟。[1] 瑟资移柱，故有时而乖贰；籥含定管，故无往而不壹。[2] 陈思、潘岳，吹籥之调也；陆机、左思，瑟柱之和也。[3] 概举而推，可以类见。又《诗》人综韵，率多清切；《楚辞》辞楚，故讹韵实繁。[4] 及张华论韵，谓士衡多楚；[5]《文赋》亦称〔取足〕（原作知楚，今依黄侃改）不易；[6] 可谓衔灵均之声余，失黄钟之正响也。[7] 凡切韵之动，势若转圜；[8] 讹音之作，甚于枘方；免乎枘方，则无大过矣。[9] 练才洞鉴，剖字钻响；〔疏识〕（原作识疏，依汪本改）阔略，随音所遇；若长风之过籁，〔东〕（原

还有宫商频率十分调和，可以拿吹籥作比喻；叶韵有时需要反复推敲，有点像调瑟。因为调瑟时需要转动瑟柱，转动不当所以有时瑟声乖贰；吹籥时籥有定管不必改调，所以吹籥时无往而不一致。曹植、潘岳（生长京华，吐词雅正，）故作文如吹籥自然宫商调和；陆机（楚人）左思（齐人）（语带方言，）所以作文如调瑟，要来回取韵。概举四人推论其他作家，就可以依类想见了。还有，《诗》三百篇的用韵，大抵都是清亮恰当的；《楚辞》用楚国语言，所以用韵错误的很多。张华谈论用韵的问题，他以为"陆机诗赋很多楚音"；陆机的《文赋》自认为"无伤大雅，不须改易"，这叫作采用了屈原叶韵的乖僻办法，丢掉了《诗》人的正确方向呀。凡用韵恰当的作品，就语言流利好像转圜；音律乖违，便圆凿方枘，钮铻难入，如果避免了圆凿方枘的现象，就没有大的错误了。干练的作家洞察一切，剖析每个字来钻研它的声调；浅薄的作家粗心大意，对用字的音律不加

作南,旧校云,原作东,叶循父改南,今改回)郭之吹竽耳。[10] 古之佩玉,左宫右徵,以节其步;[11] 声不失序,音以律文,其可忘乎哉!

择选,好像"东风吹马耳",任其自然,只是东郭先生滥竽充数罢了。古人佩带玉石,左边合于宫调右边合于徵调,用以节制步伐,佩玉的声调不能失去次序,文章的音律必须合于节奏,难道可以忘记吗!

注释

1 取韵:原作"取均",疑"均"当作"韵",形之误也。上段以"和韵"对举,此处以"和均"对文,故知"均"当作"韵",一也。下文以吹籥之调,比陈思、潘岳选和;以瑟柱之和,比陆机、左思取"韵"。行文引事,以"和""韵"并称,亦可证此文"均"为"韵"字之讹,二也。

2 上段云"选和至难""作韵甚易",此处却以调琴比取韵,吹籥比选和,汉谓调瑟有时乖贰,吹籥无往不壹,岂不互相矛盾,盖前者就常理而言,此处则因人而论也。

3 用曹植等四人证明上说。曹植、潘岳吐音雅正,有如吹籥,故无往不和;陆机楚人,左思齐人,声杂齐楚,有如调瑟,须翻回取韵,故有时乖贰。

4 《诗》人,应指"三百篇"作者,故下云《楚辞》。今按"《楚辞》辞楚,故讹韵实繁",语不确切,此执六朝韵书以衡量古韵。

5 陆云《与兄平原书》:"张公语云云,兄文故自楚,须作文,为思昔所识文。"此即张华"谓士衡多楚"之证。

6 取足原作"知楚",黄侃依《文赋》校改"取足",是也。《文赋》"亮功多而累寡,故取足而不易",本意谓"警策"之句,对全文"功多累寡",故虽多数句,无劳改易之也。本文引此,盖谓陆机之文,功多,楚音累寡,故不以张公之言,改去楚音。

7 屈原,字灵均。黄钟:十二律之始,故用以代表乐律正声。

8 切韵：谓用韵合适，无讹误。转圜：《汉书·梅福传》"从谏如转圜"，注："转圜，言其顺也。"圜则易转，无阻碍。

9 枘方："圆凿方枘"之缩语，鉏铻难入之意。

10 《庄子·齐物论》："地籁则众窍是已，人籁则比竹是已，敢问天籁？"此处当指地籁而言。"东郭"或作"南郭"，两可。孙诒让《札迻》："《新论·审名篇》：东郭吹竽而不知音。……是古书南郭自有作东郭者，不必定依《韩子》。但滥竽事终与文义不相应。"今按：孙说东郭不必定作南郭是矣。此处正以滥竽比"疏识阔略"，孙说"终与文义不相应"则非。章太炎谓南郭即指《齐物论》中南郭子綦，则不免凿之使深。

11 《礼记·玉藻》："古之君子，必佩玉，右徵角，左宫羽。"本文正用《礼记·玉藻》，佩玉：指玉之声响而言。

赞曰：标情务远，比音则近。[1] 吹律胸臆，调钟唇吻。[2] 声得盐梅，响滑榆〔堇〕（原作槿，今改）。[3] 割弃支离，宫商难隐。[4]

总而言之：诗文标情立意一定要深远，至于合韵调声的事明白易见非常浅近。音律发于胸臆之中，调乐只是在于嘴巴和口吻。如果宫商调和得似盐梅，自然韵味润滑像榆堇。只要删削逐新趋异的东西，就会节奏铿锵，宫商五音不会藏隐。

注释

1 标：标举。务：必须。比：合也；比音：调声协律之事。

2 《吕氏春秋·长见》："师旷欲善调钟，以为后世之知音者也。"律：律吕，正乐律之器。钟：钟磬，皆合乐之器。

3 盐梅：咸酸两味，调味必需品。故引申为调和意。《礼记·内则》："堇（jǐn）荁（huán）枌榆免薧（kǎo）滫（xiǔ）瀡（suí）以滑之。"疏："谓用堇，用荁及枌榆，及新生干薧相和。滫瀡之，令柔滑之。"榆堇：原作榆槿，今依《内则》校改。堇,菜名,不从木。堇榆连文,故误加木旁。

4 支离:上文云:"夫吃文为患,生于好诡,逐新趣异,故唇吻纠纷。"即所谓支离。两句大意,盖谓割弃其违背声律逐新趋异之文,则五音自调矣。

练　字

[导读]

　　今本《文心雕龙》本篇列为第三十九篇,是错误的。本篇云:"心既托声于言,言亦寄形于字,讽诵则绩在宫商,临文则能归字形矣。"可知《声律》与《练字》两篇相连,一也。《章句》云:"夫人之立言,因字而生句,积句而成章,积章而成篇。"可知字、句、章、篇,应以此为先后次序,《练字》应在《章句》以前,二也。《序志》云"苞《会》《通》,阅《声》《字》",可见《声律》《练字》,这是刘勰本人的明文,《声律》之后接的是《练字》,三也。现在据此三证,把本篇放在《声律》后面,《章句》之前。

　　用字、造句、修辞是创作的基本功力。《文心雕龙》分别加以论述,写了《练字》《章句》《丽辞》三篇。虽然对一个作家来说,这些问题在创作领域中不是重大问题。但这些基本训练,对每个学习创作者来说,都是值得注意的。

　　本篇论述了文字的渊源、发展以及文字与创作的关系,指出了行文用字的四个忌讳:一避诡异,二省联边,三权重出,四调单复。最后说古书字有讹误,不要爱奇用讹。

　　这些问题,在当时的条件下,在一定程度上是值得考虑的。在今天的条件下,就相对不同了。研究文字训诂,考证古书讹误,是为了整理文化遗产,少数人加以研究是必要的;对多数作家来说,现实意义并不大。行文用字,今天的作家也应该注意,但本文所谈,偏重文字的形体,字形繁简美丑也可能影响文章内容,但总是次要的。尤其所说"调单复",在书法家看来,或许应该考虑,对作家来说,实在没有什么关系。

原文

夫〔爻〕（原作文，依刘永济改）象列而结绳移，鸟迹明而书契作，[1]斯乃言语之体貌，而文章之宅宇也。[2]苍颉造之，鬼哭粟飞；黄帝用之，官治民察。[3]先王声教，书必同文；[4]輶轩之使，纪言殊俗，[5]所以一字体，总异音。《周礼》保氏，掌教六书；[6]秦灭旧章，以吏为师；[7]乃李斯删籀而秦篆兴，程邈造隶而古文废。[8]汉初草律，明著厥法：太史学童，教试六体；又吏民上书，字谬辄劾。[9]是以马字缺画，而石建惧死，虽云性慎，亦时重文也。[10]至孝武之世，则相如撰《篇》。[11]及宣、〔平〕（原作成，依范改）二帝，征集小学，张敞以正读传业，杨雄以奇字纂《训》，[12]并贯练《雅》〔《颉》〕（原

译文

因为卦爻形象的出现而结绳记事的时代过去了，因为鸟兽的足迹可资借鉴而文字产生了，文字是代表语言的符号，是表达文章的手段。苍颉制造了字，鬼怕得哭起来，天高兴得下粮食；黄帝使用了字，官府好办事了，群众懂得政令了。历代帝王宣扬教化，文书字体必须统一，所以派遣"輶轩使者"，到各地调查方言，就是为了统一文字，总结方音。《周礼》中有保氏，那是管教六书的官；秦始皇焚烧了《诗》《书》，并且把管刑法的官当作老师；于是李斯把籀文加以删改而秦代小篆出现了，程邈又创造了隶书而古代文字废除了。汉代初年草创律令，法律上明文规定：太史管辖下的学生，要学习和考试六种字体；还规定官吏和老百姓上书，字写错了就要受弹劾。所以马字少写了笔画，石建怕被处死，虽说是他的性格谨慎，也由于当时注重写字呀！到了汉武帝时代，司马相如编辑了《凡将篇》，孝宣、孝平两帝，征集了一批懂小学的人，张敞向他们学习了《仓颉篇》的读音，杨雄则把记录的古文奇字著述成《训纂篇》，都能够融会贯通《尔雅》《仓颉

作颂,依范改),总阅音义,鸿笔之徒,莫不洞晓。[13] 且多赋京苑,假借形声,是以前汉小学,率多玮字,[14] 非独制异,乃共晓难也。暨乎后汉,小学转疏,复文隐训,臧否〔亦〕(原作大,依范改)半。[15] 及魏代缀藻,则字有常检,[16] 追观汉作,翻成阻奥。故陈思称:"杨、马之作,趣幽旨深,读者非师传不能析其辞,非博学不能综其理。"[17] 岂直才悬,抑亦字隐[18]。自晋来用字,率从简易,时并习易,人谁取难。今一字诡异,则群〔为〕(原作句,今改)震惊;[19] 三人弗识,则将成字妖矣。后世所同晓者,虽难斯易;时所共废,虽易斯难。趣舍之间,不可不察。

篇》,全面考察文字的古音古义,所有的大作家,也都是深刻了解这些的。并且他们写了很多描绘京都、宫殿的赋,用了不少假借字、形声字,所以前汉作家都懂得小学,作品中很多怪字,不单是字形奇异,而且意义也难明白。到了后汉,人们对小学疏阔了,俗体字和乖僻的训诂也产生了,对的或错的音义两者都有。到了魏代写文章,用字有一定的规范,回头来看汉代的作品,自然感到艰深古奥。所以陈思王认为:杨雄、司马相如的作品,旨趣幽隐,意义艰深,读者不经过老师的传授不能疏通其文辞,不是学识广博的人不能掌握它的内容,岂止才力悬殊,也由于文字音义不易理解。晋代以来的用字,大都从简从易,既然习惯于用容易的,有谁采用难用的呢?现代作家如果用了个别怪字,大家都感到震惊;如果用的字有三个人不认识,那就把你当作用怪字的妖人了。只要用的字大家都理解,即使是难字也说它容易,如果用了当时都不用的字,即使容易也说它难。所以哪些字当用,哪些字不当用,不可不加分析。

注释

1 爻象：原作文象。刘永济云："疑当作爻象，《易·系辞下》曰：'八卦成列，象在其中矣；因而重之，爻在其中矣。'此言圣人因八卦象可治民事，故以易结绳。下句始及造文字之事，疑文乃爻字形误。"今依刘校改。许慎《说文解字叙》："庖牺氏……始作《易》八卦，以垂宪象，及神农氏结绳为治，而统其事。"以为画卦在结绳之前。刘勰云"爻象列而结绳移"，则认为画卦在结绳之后。列：犹言出现。移：谓改易。《说文解字叙》："黄帝之史苍颉见鸟兽蹄迒之迹，知分理之可相别异也，初造书契。"故云"鸟迹明而书契作"。

2 体貌：形体面貌。宅宇：住宅屋宇。此即后文所谓"言亦寄形于字"也。

3 《淮南子·本经训》及《论衡·感虚》皆云：仓颉作书，"天雨粟，鬼夜哭"。《说文解字叙》："百工以乂，万品以察。"百工，即百官；乂，治也；万品，指万民。故本文云"官治民察"。

4 两句大意，以为前代帝王宣扬教令，必须统一文字。

5 刘歆《与杨雄书》："三代周秦轩车使者，輶（yóu）人使者，以岁八月巡路求代语童谣歌戏。""輶轩之使"，即"轩车使者，輶人使者"之简称。纪言殊俗："纪言于殊俗"之省语。

6 《周礼》保氏："养国子以道，乃教之六艺，……五曰六书。"保氏：官名。六书：象形、指事、会意、形声、转注、假借。

7 《史记·秦始皇本纪》：李斯请焚《诗》《书》，"若欲有学法令，以吏为师"。

8 《说文解字叙》：李斯作《仓颉篇》，"取史籀大篆，或颇省改，所谓小篆者也"。又："秦始皇帝使下杜人程邈"作隶书。

9 《汉书·艺文志》："萧何草律，亦著其法曰：'太史试学童能讽书九千字以上，乃得为史。又以六体试之，……吏民上书，字或不正，辄举劾。'六体者：古文、奇字、篆书、隶书、缪篆、虫书。"

10 《汉书·石奋传》："长子建为郎中令，奏事下，建读之，惊恐曰：'书马者,与尾而五,今乃四,不足一,获谴死矣。'其为谨慎,虽他皆如此。"

11 《汉书·艺文志》:"武帝时,司马相如作《凡将篇》。"

12 《说文解字叙》:"孝宣皇帝时,召通《仓颉》读者,张敞从受之。""孝平皇帝时,征(爰)礼等百余人,令说文字未央廷中,以礼为小学元士,黄门侍郎杨雄采以作《训纂篇》。"宣、平原作宣、成。范云:"据《艺文志》及《说文序》,张敞正读在孝宣时,杨雄纂《训》在孝平时,此云宣、成二帝,疑成是平之误。"今依范改。

13 《雅》《颉》:谓《尔雅》《仓颉篇》,原作《雅》《颂》误。范云:"并贯练《雅》《颂》,颂是颉字之误。下文云:'《雅》以渊源诂训,《颉》以苑囿奇文。'"今依改。

14 率:大抵。玮:怪。

15 复文:谓重造俗字,如已有长字,再造"马头人"之长字。已有斗字,再造"人持十"之斗字。隐训:谓诡异解释,如"屈中"为"虫","止句"为"苟"。以上举例皆见《说文解字叙》。亦半:原作"大半",范云:"大疑是亦字之误,谓后汉之文,有深于小学者,有疏于小学者,臧否各半也。"今依改。

16 常检:常式也。

17 陈思王所称,应止于此,原文已不可考。

18 字隐:谓字义幽深也。

19 群为震惊:"为"原作"句",为之草书与句形近,所以致误,今校改。

夫《尔雅》者,孔徒之所纂,而《诗》《书》之襟带也。[1]《仓颉》者,李斯之所辑,而《〔史〕(原作鸟,依范校)籀》之遗

《尔雅》这部书是孔子门人的著述,是学习《诗》《书》的关键;《仓颉篇》这部书是李斯编辑的,文字大都采自《史籀篇》。《尔雅》是训诂学的渊源,《仓颉篇》是古文奇字的园地;两书的体裁不同而互

体也。[2]《雅》以渊源诂训,《颉》以苑囿奇文,异体相资,如左右肩股,该旧而知新,亦可以属文。若夫义训古今,兴废殊用,字形单复,[3]妍媸异体。心既托声于言,言亦寄形于字,讽诵则绩在宫商,临文则能归字形矣。[4]

相依赖,正如人们的左右手和两条腿一样。作家掌握《尔雅》《仓颉篇》等旧著作又知道文字发展的新趋势,那就可以写文章了。因为文字解释有古今的不同,所以字义取舍也随时各异;字形构造有简单复杂的分别,所以字形美丑宜加分别。内心的感情既然凭借语言来表达,语言又依靠文字来流传,所以文章读起来是否铿锵归功于声音平仄,文章抄写出来是否美观体现于字形单复。

注释

1 郑玄《驳五经异义》云:"《尔雅》者,孔子门人所作。"襟带:犹言关键。
2 史籀:原作鸟籀。范云:"鸟籀当作史籀。《艺文志》云:'《苍颉》七章者,秦丞相李斯所作也。……文字多取《史籀篇》。'《说文序》亦云:'斯作《仓颉篇》,取史籀大篆。'"今依范改。
3 字形单复:"单"谓简单,"复"言复杂。
4 扬雄《法言·问神》:"言,心声也;书,心画也。"宫商:谓字之声调,此处径译为平仄。

是以缀字属篇,必须练择:一避诡异,二省联边,三权重出,四调单复。诡异者,字体瑰怪者也。[1]曹摅[2]诗称:"岂不愿斯游,褊心恶呶呶。"[3]

所以把字连缀起来成文章,必须锤炼和选择:一要避免用字诡异,二要少用联边字,三要权衡用字重出,四要调节用字单复。诡异的意思,就是用的字体奇怪。曹摅的诗中有:"岂不愿斯游,褊心恶呶呶。"呶呶两个字很诡

两字诡异,大疵美篇,况乃过此,其可观乎! 联边者,半字同文者也。状貌山川,古今咸用,施于常文,则〔龃铻〕(原文齟齬,旧校云:元作龃铻,朱改。今再校改)为瑕,如不获免,可至三接,三接之外,其字林乎![4] 重出者,同字相犯者也。《诗》《骚》适会,[5] 而近世忌同,若两字俱要,则宁在相犯。故善为文者,富于万篇,贫于一字,一字非少,相避为难也。单复者,字形肥瘠[6]者也。瘠字累句,则纤疏而行劣;肥字积文,则黯黮而篇暗。[7] 善酌字者,参伍单复,磊落如珠矣。[8] 凡此四条,虽文不必有,而体〔非必〕(原作例不,今依范校改)无。[9]若值而莫悟,则非精解。

异,大大地损伤了漂亮的诗篇,何况怪字更多,那还看得下去吗!"联边"字的意思,就是有些字半边相同,描绘高山大川,古代和现代都用联边字,假若用在普通诗文里,就有不合适的毛病。如果避免不了,可以连用三个同旁字,用到三个以上,那就成了字典。重出的意思,就是用字犯了重复。《诗经》《离骚》间或也用字重复,近代写诗就不宜重复,假若两处都有必要,那就宁肯重复使用。所以会写文章的人,写一万篇并不艰难,要择选妥一个字并不容易,并不是字少了找不到一个妥帖的字,要避免重复使用却有困难啊。单复的意思,就是字形有简单复杂,整句都用简单的瘦字,就稀稀拉拉整行字太单调;全文都是繁杂的肥字,就黑鸦鸦一片满纸阴暗。善于斟酌用字的人,把简单和繁杂的字相间起来,这就漂亮得像一串珠子。总共四条,虽然未必每篇文章都出现,也不会每篇都没有,假若遇到了这种情况而不善处理的话,那就不是真正懂得创作的人。

注释

1 瑰：奇也。瑰怪：奇怪。
2 曹摅（shū）：字颜远，见《晋书·良吏传》。引诗已佚，不可考。
3 褊：窄小。吲呶（xiōng náo）：喧哗貌。独体为文，如水山上下。合体为字，如江、河、洋、泅皆从水旁，吼、呶、呦、咏，皆从口旁是也。
4 司马相如《上林赋》："巃嵸崔巍，……嶄岩嵾嵯。"八字皆从山。木华《海赋》："则乃浟湙潋滟，浮天无岸，泊濞沉瀁，渺弥（瀰）淡漫。"满纸从水。故云"状貌山川，古今咸用"。"钮铻（jǔ yǔ）"原作龃龉，旧校云："元作钮铻，朱改。"今按钮铻乃钮铻之形误，朱改作"龃龉"，义固相同，然龃龉无由误作钮铻也。《楚辞·九辩》："吾固知其鉏铻而难入。"三接：谓偏旁相同，三字连接。张景阳《杂诗》"洪潦浩方割"，水旁之字三字连接。曹子建杂诗"绮缟何缤纷"，五字之中，四字纟旁矣。
5《诗》《骚》适会：谓《诗》《骚》用字，适与会合，故不忌重出。
6 肥瘠："肥"指形体复杂之字，"瘠"指笔画简单之字。
7 "累"与"积"相对成文，累为连续迭用之意。"纤疏而行劣"谓字字简单则全行不美观，"黯黕（dǎn）而篇暗"谓字字繁复则篇章暗淡。
8 "参伍单复"谓简单字体和复杂字体相间杂。
9 而体非必无：原作"而体例不无"。范云："似当作而体非必无。"今依校改。

至于经典隐暧，方册纷纶，简蠹帛裂，三写易字，或以音讹，或以文变。[1]子思弟子，"於穆不祀"者，音讹之异也。[2]晋之史记，"三豕

经典著作既然深奥难懂，古代简册又纷纭繁多，况且有的被蠹鱼蛀坏了，有的帛面破裂了，又有的多次传抄写成了另外一些字，有的是由于音近而误的，有的则是由于形近而讹的。子思的学生孟仲子，把"於穆不已"说成"於穆不祀"，就是"已

渡河"〔者〕（原脱，依杨明照增），文变之谬也。³《尚书大传》有"别风淮雨"，《帝王世纪》云"列风淫雨"，别列淮淫，字似潜移。淫列义当而不奇，淮别理乖而新异。傅毅制诔，已用"淮雨"；〔元长作《序》，亦用"别风"。〕（以上八字，原脱。依顾校补）固知爱奇之心，古今一也。⁴史之阙文，圣人所慎，若依义弃奇，则可与正文字矣。⁵

祀"古音相近错成另一字。晋国史书有"己亥渡河"，卫人把它读成"三豕渡河"，就是"己亥"和"三豕"形近产生的谬误啊。《尚书大传》有"别风淮雨"，《帝王世纪》说是"列风淫雨"，"别"字与"列"字，"淮"字与"淫"字，字形相像，所以不觉变易了，用"淫"字"列"字在意义上很恰当而且看来很平常，用"淮"字和"别"字很不合理却使人感到新奇。傅毅作诔文，已经用起"淮雨"这个词来；王元长作序文，也用起"别风"这两个字来。可知爱好新奇的心理，古人和今人都一样。史书有残缺的文字，圣人对此是很慎重的，假若按照文字的意义而放弃新奇的记载，那样的人就可以和他校正文字的讹错了。

注释

1 曖：不明貌。方：版也。方册：指典籍。文变：谓形体相近致讹之字。

2 范云："《札迻》十二：祀当作似，《诗·周颂》'於穆不已'，《毛传》引孟仲子说。《正义》引郑《谱》云：'孟仲子者，子思弟子。'又云：'子思论《诗》，於穆不已。孟仲子曰於穆不似。'此彦和所本。"今依校改。於穆：赞叹词。

3《吕氏春秋·察传》："子夏之晋，过卫，有读史记者，曰：'晋师三豕涉河。'子夏曰：'非也，是己亥也。夫己与三相近，豕与亥相似。'至于晋而问之，则曰'晋师己亥涉河'也。"者字原脱。杨明照云："按河下当有者字，始与上'於穆不祀者'句一律。"今依补。

4《尚书大传》："久矣天之无别风淮雨，意者中国有圣人乎。"自后诸书所引，多作烈风淫雨。《古文苑》傅毅《靖王兴诔》："白日幽光，淮雨杳冥。"王元长序，已不可考。

5《论语·卫灵公》："子曰：'吾犹及史之阙文也……今亡矣夫！'"《论语·为政》："子曰：多闻阙疑，慎言其余，则寡尤；多见阙殆，慎行其余，则寡悔。"圣人：指孔子。

赞曰：篆隶相熔，《苍》《雅》品训。[1] 古今殊迹，妍媸异分。[2] 字靡〔易〕（原作异，今依黄侃校改）流，文阻难运。[3] 声画昭精，墨采腾奋。[4]

总而言之：文字是熔史籀小篆而成的，字义则兼采《苍颉篇》《尔雅》之长。因为古今时代不同，所以好坏的标准并不一样。用字平易则文章易于流行，用字艰深则文章读起来不会流畅。只有铸辞鲜明锤字精练，才能字字活跳而文采飞扬。

注释

1 篆文深合造字之旨，早已废弃；隶书虽背六书，举世通用，所以刘勰主张"篆隶相熔"也。前文云"《雅》以渊源诂训，《颉》以苑囿奇文"，故云"《苍》《雅》品训"。

2 前文云："后世所同晓者，虽难斯易；时所共废，虽易斯难。"故云"古今殊迹，妍媸异分"。

3 字靡易流：谓用字平易，则文章易于流传。文阻难运：谓用字艰奥，则文章不能流宕。

4 声指语言，画指文字。杨雄《法言·问神》："言，心声也；书，心画也。"

章 句

[导读]

本篇在论述问题时虽然没有特殊的发挥,但朴质说理中还是有些有益的见解。比如论述篇章字句的关系,提出了:"篇之彪炳,章无疵也;章之明靡,句无玷也;句之清英,字不妄也。振本而末从,知一而万毕矣。"又如论述章句与内容的关系,提出了:"章句在篇,如茧之抽绪,原始要终,体必鳞次。启行之辞,逆萌中篇之意;绝笔之言,追媵前句之旨。故能外文绮交,内义脉注,跗萼相衔,首尾一体。"实质上谈的是创作中树骨的问题,对创作实践也是切实有用的。

至于探讨造句的长短字数、用韵的替代、虚字的用法,站得不高,谈得肤浅,发明不多,实在不是作者经心之作,对今人的创作来说,意义也不甚大。

[原文]

夫设情有宅,置言有位;宅情曰章,位言曰句。[1] 故章者明也,句者局也。[2] 局言者,联字以分疆;明情者,总义以包体。区畛相异,而衢路交通矣。[3] 夫人之立言,因字而生句,积句而成章,积章

[译文]

陈述情感要有寄托的地方,放置语言要有安排的处所;寄托情感的地方叫作章,放置语言的处所叫作句。所以章的意思就是明白,句的意思就是局限。局限语言的句,就是连缀一些字与其他的句子分开来;说明情感的章,就是把一定的内容综合成一个整体。章和句的领域大小不同,章和句的关系则互相沟通。一个人写诗作文,总是用字造成句,积合许多句而

而成篇。篇之彪炳,章无疵也;章之明靡,句无玷也;[4]句之清英,字不妄也。振本而末从,知一而万毕矣。[5]夫裁文匠笔,篇有小大;〔丽〕(原作离,今改)章合句,调有缓急;随变适会,莫见定准。[6]句司数字,待相接以为用;章总一义,须意穷而成体。其控引情理,送迎际会,譬舞容回环,而有缀兆之位;歌声靡曼,而有抗坠之节也。[7]寻诗人拟喻,虽断章取义,然章句在篇,如茧之抽绪,原始要终,体必鳞次。[8]启行之辞,逆萌中篇之意;绝笔之言,追媵前句之旨。[9]故能外文绮交,内义脉注,跗萼相衔,首尾一体。[10]若辞失其朋,则羁旅而无友;事乖其

成为章(或段),积合许多章(或段)而成为篇。一篇诗文之所以文采焕发,在于每章(每段)都没有毛病;一章诗(一段文)之所以鲜明艳丽,在于各句都没有瑕疵;一句诗文之所以清新卓出,在于字字都经过锤炼。抓住了根本,枝节问题就跟着解决了;明白了要害,所有的事就不在话下了。构思一篇诗文,篇幅有长有短,联句为章或者缀字成句,音调有慢有快;随着思想感情与具体内容而不同,没有一定的准则。一句包括几个字,要把这些组织起来才能发挥作用;每章诗(或一段文)说明一个意义,要把意义说透彻才算作一章诗(或一段文)。诗文要抒情说理,所以有回互映射,譬如舞蹈的仪容来回旋转,总有前进后退的步骤;乐歌的声调优美曼妙,表现出高低上下的节奏呀!细细体味诗文运用比拟比喻,虽然只是截取事物的某部分意义,然每章每句在一篇诗文中总是像蚕茧抽丝一样,从头到尾,层次分明。开头几句,要酝酿中篇的意思;结尾的话,要回顾前段的意旨。这样才能做到形式上文采交错,内容里血脉贯注,如花朵的跗萼互相衔接,开头和结尾构成一体。若是文辞文句对仗不工稳,就像羁留在外的旅客

次,则飘寓而不安。[11] 是以搜句忌于颠倒,裁章贵于顺序,斯固情趣之指归,文笔之同致也。

孤独而无朋友;假如叙事不按层次,就像飘荡无家的人们惶惶不安。所以构造诗文的句子忌讳文辞颠倒,安排篇章段落贵在秩序井然,这本来是抒情述志的要领,写诗作文的共同要求呀!

注释

1 黄侃《文心雕龙札记》有文"释章句之名",大体谓"言"与"句"意略同,此不具引。译文为行文方便,将"言"译为"语言"。
2 用"明"释"章",用"局"释"句",此古所谓音训。
3 "包体"之"体",指章而言,故下文云:"章总一义,须意穷而成体。"可证。区畛相异:指"句"与"章"所占区域不相同。衢路交通:指"句"与"章"之间连接又相沟通,所谓"积句而成章"也。
4 明靡与彪炳对文,指鲜明华丽而言。玷:疵瑕。
5 《庄子·天地》:"记曰:通于一而万事毕。"
6 文、笔:有韵为文,指诗歌;无韵为笔,指散文。丽章:原作离章,丽章与合句正对也,即上文所谓"积句而成章,积章而成篇"也。调有缓急:谓语调有缓有急。随变适会:谓随着文情变化来求适用,没有一定准则。
7 《礼记·乐记》:"屈伸俯仰,缀兆舒疾,乐之文也。"正义:"缀谓舞者行位相连缀也,兆谓位外之营兆也。"又"行其缀兆",注:"缀,表也,所以表行列也,……兆,域也,舞者进退所至也。"又:"故歌者上如抗,下如队,曲如折,止如槁木。"其控引情理:指抒写的手法,或控制,或引申。送迎际会:指文章回互激射姿态。际,接也。缀兆之位:谓乐舞者进退之位。靡曼:轻长之意。抗坠:犹言高低。
8 《左传》襄公廿八年:"赋诗断章,余取所求焉。"此谓行人赋诗断章取义。本文云"寻诗人拟喻,虽断章取义",则指作诗之人,拟譬事物,引用史实,义取一端也。两不相同。原始要终：见《附会》注，犹言从头到尾。

9 《诗·六月》："元戎十乘，以先启行。"启行：犹言开头，此指行文而言。媵：陪、配意。

10 《诗·常棣》："鄂不韡韡。"笺："不当作柎。柎，鄂足也。"跗萼："鄂不""鄂柎"之倒用。

11 辞失其朋：指辞句孤立，不相对偶。《楚辞·九辩》："廓落兮，羁旅而无友生。"

若夫〔章〕（原作笔，今依刘永济改）句无常，而字有〔常〕（原作条，一作常，如闵本，今依校改）数：四字密而不促，六字〔裕〕（原作格，今依杨明照校改）而非缓，或变之以三五，盖应机之权节也。¹ 至于《雅》《颂》（原作《诗·颂》，今改）大体，以四言为正，唯"祈父""肇禋"，以二言为句。² 寻二言肇于黄世，《竹弹》之谣是也。³ 三言兴于虞时，《元首》之诗是也。⁴ 四言广于夏年，"洛汭"之歌是也。⁵ 五言见于周代，《行露》之章是也。⁶ 六言、七言，杂出《诗》《骚》；⁷ 而〔杂〕（原脱，或空一字，今依刘永济增）体

篇中的章句可多可少是没有定数的，但是每句的字数，总是有定数可计的：四字为句虽较紧密却并不急促，六字为句则比较宽裕却并不松弛，有时也或变成三字或五字成句，那是适应需要权衡采用。至于《雅》《颂》那样郑重的体制，就以四言为正格，只有《小雅·祈父》和《周颂·维清》，其中"祈父""肇禋"是以两个字作为一句。探讨两言诗的产生，始于黄帝时代的《弹歌》；三言诗起于虞舜时代的《元首歌》；四言诗广泛地出现于夏朝，《五子之歌》的第三章便是；五言诗见于周朝，《召南·行露》的"谁谓雀无角""谁谓鼠无牙"便是；六言和七言诗掺杂见于《诗经》和《离骚》；长短不齐字数杂出的诗歌，完成于西汉：诗人的

之篇,成于西(原作两,今依梅本改)汉:[8]情数运周,随时代用矣。

情感随时代而发展变化,各种字数不同的诗篇就随着时代发展而参互代出了。

注释

1 章句:原作笔句,刘永济云:"笔乃章误,审文可知。"今依校改。常数:原作条数,今依冈本。六字裕而非缓:裕原作格,今依杨明照校改。变之以三五:承上四字六字而言,时或用三字五字为句也。应机之权节:适用需要,权衡采用之意。

2 《雅》《颂》:原作《诗·颂》,今按下文举"祈父"在《小雅》,举"肇禋"在《周颂·维清》,则知《诗·颂》宜作《雅》《颂》也,今校改。大体:犹言大都。

3 《吴越春秋》:"断竹,续竹。飞土,逐宍(肉)。"二字为句。《通变》云:"黄歌断竹。"

4 《尚书·益稷》:"股肱喜哉""元首明哉"两诗,去虚字"哉",三字为句。

5 伪《古文尚书·五子之歌》凡五章,第三章云:"惟彼陶唐,有此冀方。今失厥道,乱其纪纲。乃厎灭亡。"四字为句,太康时作。

6 《诗·召南·行露》"谁谓雀无角""谁谓鼠无牙"两章前四句皆五字为句。

7 六言之杂出于《诗》者,《周颂·烈文》:"无封靡于尔邦。"《周颂·昊天有成命》:"宿夜基命宥密。"七言之杂出于《诗》者,《周颂·我将》:"仪式刑文王之典。"《离骚》中各句去兮字多六言;七言如"纷吾既有此内美兮""恐年岁之不吾与"皆是。

8 杂体之篇:杂字原脱,《明诗》云"三六杂言",是一篇之中,长短参差,字数不定,谓之杂言也。刘永济云脱字"当是杂字",所校是也,今依补杂。西汉杂言如《战城南》,其中有三字、四字、五字、七字句。西汉:原作两汉,今依梅本校改。既称两汉,则包括西汉。此言杂言之始,应举最早时代,故校为西汉,较两汉之义为长也。

若乃改韵〔徙〕(原作从,依铃本改)调,所以节文辞气。贾谊、枚乘,两韵辄易;[1]刘歆、桓谭,百句不迁。[2]亦各有其志也。昔魏武论诗(原作赋,今依《玉海》改),嫌于积韵,而善于贸(原作资,依《玉海》改)代。[3]陆云亦称"四言转句,以四句为佳",观彼制韵,志同枚、贾。[4]然两韵辄易,则声韵微躁;百句不迁,则唇吻告劳。妙才激扬,虽触思利贞,曷若折之中和,庶保无咎。[5]

至于改变韵脚,转换句调,这是为了调节辞气的。贾谊和枚乘,两韵以后,动辄改易;刘歆和桓谭,则虽已百句,仍不变迁:这是各有各的想法吧。从前魏武帝谈论作诗,不满意韵脚不变,赞成换韵。陆云也认为:"四言诗的转韵,以四句一转为好。"看来他的用韵,主张是和贾谊、枚乘相同的。但是每两句之后立即转韵,不免辞调韵律有点急促;如果连续百句也不变迁,读起来便使人嘴唇劳苦。一个人激昂慷慨地写诗,如果想使自己的感情归于和平中正,最好是折中转韵,庶几乎可以保证自己的作品不出毛病。

注释

1 贾谊《吊屈原赋》《鹏鸟赋》皆两句转韵;枚乘《七发》则不尽然。徙调:原作从调,铃本云"从疑作徙",是也。改韵与徙调相对成辞,徙从以形近致讹,今依校改。

2 刘歆、桓谭百韵不迁之赋,已不可考。

3 曹操论诗,嫌于积韵,已不可考。今其诗四句转韵者多,但亦有不变韵者,如《蒿里行》。贸代:原作资代,今依《玉海》改。贸,易也,贸资形近致讹。

4 陆云《与兄平原书》:"四言转句,以四句为佳。"

5 妙才激扬：此以激扬指感物吟志也。《易·乾·文言》："利者义之和也，贞者事之干也。""利物足以和义，贞固足以干事。"译文为行文方便，译"利贞"为"和平中正"。

又《诗》人以兮字入于句限，《楚辞》用之，字出句外。[1] 寻兮字〔承〕（原作成，今依汪、佘等本校改）句，乃语助余声，舜咏《南风》，用之久矣，而魏武弗好，岂不以无益文义耶？[2] 至于夫、惟、盖、故者，发端之首唱；之、而、于、以者，乃劄句之旧体；乎、哉、矣、也〔者〕（原脱，今校补），亦送末之常科。[3] 据事似闲，在用实切，巧者回运，弥缝文体，将令数句之外，得一字之助矣。外字难谬，况章句欤。

还有，《诗》三百篇的作者把兮字算在每句字数范围之内；《楚辞》用兮字，把它摆在每句字数以外。推考兮字在句子里，常常是用作语气词的尾声，虞舜所作的《南风歌》，早就用了兮字，但是魏武帝不喜欢用它，难道不是由于它与诗文的实义无关吗？至于夫、惟、盖、故这些字，是用在句子的开始当作发声词；之、而、于、以这些字，是用以连接句子的常用字；乎、哉、矣、也这些字，把它用在句尾作为送气词已经是通例了。从事义上说这些似乎是不必要的闲字，在用途上说却实在需要。虚字用得好的使文情回旋婉转，可以弥补文章情味，常常在几个句子以外，都得到它的帮助。实字以外的虚字都不能用错了，何况构思章段，安排句次呢？

注释

1 句限：指句之字数范围。句外：不入句的字数之中。
2 承句：原作成句，杨明照云："汪本、佘本……作承，按承字是。"承谓承上启下，今依校改。《孔子家语》："舜弹五弦之琴，造《南风之诗》。"

其诗曰："南风之薰兮，可以解吾民之愠兮。南风之时兮，可以阜吾民之财兮。"每句皆用兮字，魏武诗不用兮字。

3 乎、哉、矣、也者：旧脱者字，今校补，依上文比例可知也。科：条也。常科：通例。

赞曰：断章有检，积句不恒。[1]理资配主，辞忌失朋。[2]环情〔革〕（原作草，依杨明照校）调，宛转相腾。[3]离同合异，以尽厥能。[4]

总而言之：篇中分章是有一定的格式；积字成句，字数则是无常。说理必须配合主题，用辞不宜孤独失去对仗。要环绕文情转换用韵，才能文情起伏文辞跌宕。不要一韵到底，要时常换韵，只有这样才能使诗篇显得更为漂亮。

注释

1 检：法式也。断章有检：谓篇中分别为章，各章有一定法式。积句不恒：积字成句，字无定数。恒：常也。不恒：谓无常。

2《易·丰》初九："遇其配主。"理资配主：谓说理要配合主题。辞忌失朋：谓用辞不可失去对仗。

3 环情草调：原作环情草调，杨明照云：草，"疑原是革字，草其形误，革，改也，更也。革调即篇中改韵从调之意也"。今依校改，唯从调应作徙调。全句意谓须环绕文情变革辞调，如此始能使文情婉转，文辞跌宕。

4 离同合异：同谓同韵，离同谓换韵也；异谓不同之韵，合异谓换用诸韵组成一篇也。

丽　辞

导读

《章句》说："辞失其朋，则羁旅而无友。"又说："理资配主，辞忌失朋。"所以本篇专论丽辞。这固与作者的时代崇尚骈俪分不开，也与我国语言文字的特点分不开，所以历代作者都把它当作一个课题加以研究。

作品中适当地采用对偶，是必要的，不单是可以增加句式和音律之美，也可以突出重点，强调语气，对内容也起到一定的强化作用，犹之先秦散文中常杂以韵文一样。如果全用骈俪，就文气不流畅，文情不激扬，文学与口语完全脱节，也就不好了。本篇提出："若气无奇类，文乏异采，碌碌丽辞，则昏睡耳目。必使理圆事密，联璧其章，迭用奇偶，节以杂佩，乃其贵耳。"虽然作者生当骈偶盛行的时代，又比较爱好俪偶，对骈散的看法却是比较中肯的。作者所陈述的"四对"，也有参考价值。

本篇推源骈俪的产生，以为"造化赋形，支体必双；神理为用，事不孤立"，其美学观带有神秘论的气味。《诗》《书》《易》是我国语言文学成熟最早的作品，论述语言文学发展的源流，必然要涉及，是可以理解的，但作者宗经的立场，应该扬弃。

原文

造化赋形，支体必双；神理为用，事不孤立。夫心生文辞，运裁百虑，高下相须，自

译文

造化赋予人们的形体，肢体总是成双的；神明表现在事理中，事物总不是单独的。所以人心发为辞章，或者考虑百事百物，总是把高低配合起来，自然成偶成对

然成对。唐、虞之世,辞未极文,而皋陶赞云"罪疑惟轻,功疑惟重"[1];益陈谟云"满招损,谦受益"[2];岂营丽辞,率然对〔耳〕(原作尔,今依冯本校改)。《易》之《文》《系》,圣人之妙思也。序乾四德,则句句相衔;[3]龙虎类感,则字字相〔丽〕(原作俪,今改);[4]乾坤易简,则宛转相承;[5]日月往来,则隔行悬合:[6]虽句字或殊,而偶意一也。至于《诗》人偶章,大夫联辞,[7]奇偶适变,不劳经营。自杨、马、张、蔡,崇盛丽辞,如宋画吴冶,刻形镂法,丽句与深采并流,偶意共逸韵俱发。[8]至魏晋群才,析句弥密,联字合趣,剖毫析厘。然契机者入巧,浮假者无功。[9]

的。唐尧虞舜的时代,文辞还不要求十分华丽,但夏禹时称赞大禹说:"罪可疑则处以轻刑,功可疑则赏之重爵。"益陈述谋划说:"自满了就会遭到损害,谦虚些则受到好处。"这难道是苦心经营对仗吗?不过是随口把话说成偶句了。《易经》的《文言》和《系辞》,那才是经过圣人深切思考的著作。《文言》序述乾卦元亨利贞四德,便句句互相衔接;《文言》写龙与虎以同类相感,便字字互相对偶;《系辞》论述乾易坤简的道理,便委婉曲折上下相承接;《系辞》陈说日往月来的现象,便每隔一句相配合:虽然句数和字数并不完全相同,但意义对仗却是一致的。至于《诗经》中使用对偶的句子,列国大夫聘问应对采用骈俪的言辞,那是随着语气变化的需要所以骈散兼行,不是刻意经营的。从杨雄、司马相如、张衡、蔡邕以来,十分推崇对仗,好像宋人的绘画、吴人的铸剑,有意精雕细琢,真是骈俪的句子和美好的文辞琳琅满目,配偶的文情和超逸的韵律到处皆是。到了魏晋时代的才人,分析句型就更精密了!联缀字句配合文意,真是剖析毫厘。但是合适中肯的自然好,浮泛不切实际者还是没用的。

注释

1 此皋陶赞禹之辞,见《尚书·大禹谟》。谓罪可疑则刑法从轻,功可疑则赏之从重。

2 谟:谋划也。《尚书·大禹谟》曰:"益赞于禹曰:'惟德动天,无远弗届,满招损,谦受益,时乃天道。'"

3《易·乾卦·文言》:"元者,善之长也;亨者,嘉之会也;利者,义之和也;贞者,事之干也。君子体仁,足以长人;嘉会,足以合礼;利物,足以和义;贞固,足以干事。君子行此四德者,故曰乾元亨利贞。"故本篇谓"序乾四德,则句句相衔"。

4《易·乾卦·文言》:"子曰:同声相应,同气相求,水流湿,火就燥,云从龙,风从虎,圣人作而万物睹。"故本篇谓"龙虎类感,则字字相丽"。丽,原作俪。按丽俪古今字,上下皆作丽,故此文亦当作丽。

5《易·系辞上》云:"乾以易知,坤以简能;易则易知,简则易从;易知则有亲,易从则有功;有亲则可久,有功则可大;可久则贤人之德,可大则贤人之业;易简而天下之理得矣。"故本篇云"乾坤易简,则宛转相承"。

6《易·系辞下》曰:"日往则月来,月往则日来,日月相推,而明生焉。寒往则暑来,暑往则寒来,寒暑相推,而岁成焉。往者屈也,来者信也,屈信相感,而利生焉。"故本篇曰"日月往来,则隔行悬合"。

7《诗》人偶章:如《匏有苦叶》云:"匏有苦叶,济有深涉。深则厉,浅则揭。有弥济盈,有鷖雉鸣。济盈不濡轨,雉鸣求其牡。"大夫联辞:指《左传》《国语》中大夫朝聘应对之辞。如《左传》宣公三年:楚子问鼎,王孙满对辞中有云:"商纣暴虐,鼎迁于周。德之休明,虽小重也;其奸回昏乱,虽大轻也。天祚明德,有所底止。成王定鼎于郏鄏,卜世三十,卜年七百,天所命也。周德虽衰,天命未改,鼎之轻重,未可问也。"便是骈散兼行,丽辞之可喜者也。

8 杨指杨雄,马指司马相如,张指张衡,蔡指蔡邕。皆两汉大家,崇盛丽辞者也。《淮南子·修务训》"夫宋画吴冶,刻刑镂法,乱修曲出",高诱注:"宋人之画,吴人之冶,刻镂刑法乱理之文,修饰之巧曲,出于不意也。"今按"刑"当作"形","乱"当训"治"。

9 契机:指辞藻深合于情意者也。浮假:谓虚浮不切,枉用丽辞者也。

故丽辞之体,凡有四对:言对为易,事对为难,反对为优,正对为劣。言对者,双比空辞[1]者也。事对者,并举人验者也。反对者,理殊趣合[2]者也。正对者,事异义同[3]者也。长卿《上林》(原有赋,校云:原脱,补。今仍删)云:"修容乎《礼》园,翱翔乎《书》圃。"[4]此言对之类也。宋玉《神女》(原有赋,今删)云:"毛嫱鄣袂,不足程式;西施掩面,比之无色。"[5]此事对之类也。仲宣《登楼》云:"钟仪幽而楚奏,庄舄显而越吟。"[6]此反对之类也。孟阳《七哀》云:"汉祖想枌榆,光武思白水。"[7]此正对之类也。凡偶辞胸臆,言对所以为易也;征

对仗的形式,共有四种:用言辞作对仗是容易的,用事实作对仗是困难的,相反的对仗较好些,正面的对仗较差些。用言辞作对仗的意思,就是对仗的双方都用一般的语辞;用事实作对仗的意思,就是对比的双方都用人事作验证;相反的对仗,就是对比双方的道理不同,意趣却一致;正面的对仗,就是对仗的双方事实不同,意义却相同。司马相如《上林赋》说:"修容乎《礼》园,翱翔乎《书》圃。"这就是对仗的双方都用一般的辞语的例子。宋玉《神女赋》说:"毛嫱鄣袂,不足程式;西施掩面,比之无色。"这就是用事实作对仗一类的例子。王粲《登楼赋》说:"钟仪幽而楚奏,庄舄显而越吟。"这就是反面相对仗一类的例子。张载《七哀诗》说:"汉祖想枌榆,光武思白水。"这就是正面相对仗的一类例子。用言辞作对仗,直抒作者的襟怀,所以用言辞作对仗是容易

人〔在〕(原作之,今改)学,事对所以为难也;⁸幽显同志,反对所以为优也;并〔肩〕(原作贵,依纪改)共心,正对所以为劣也。言对(原作又以,依纪改)事对,各有反正,指类而求,〔条目〕(原作万条自,依范改)昭然矣。⁹

的;举出人事作验证,需要学识,所以用事实作对仗较为困难。从不同的角度写同一志趣,所以反面对仗要好些;从相同方面说同一理由,所以正面对仗要差些。用言辞作对仗,或用事实作对仗,各有反面和正面相对仗的分别,遵循这一方式来探讨,条目就清清楚楚了。

注释

1 双比空辞:谓仅以言辞对比,无关实事。
2 理殊趣合:谓说理不同,而结论一致。
3 事异义同:谓用事异,而含义相同。
4 《上林》下本无赋字,是也。今仍删。下文引《登楼》无赋字,引《七哀》无诗字,惟《神女》下有赋字,删《神女》下赋字,全文便一致,所以此处不应补赋字。郭璞《上林赋》注:"《礼》所以整威仪,自修饰也。《尚书》所以疏通知远者,故游涉之。"则此处《礼》《书》皆经籍之名。
5 李善注:"《慎子》曰:'毛嫱、先施,天下之姣者也。'先施,西施,一也。"不足程式:谓难为模拟也。
6 钟仪,楚人,囚于晋,晋侯使与之琴,操南音,事见《左传》。庄舄(xì),越人,仕楚执珪,病中,尚越声,事见《左传》。幽指被囚,显谓显贵。
7 今《文选》有张载《七哀诗》二首,无此两句,盖原诗不止二首,疑其他亡失。《汉书·郊祀志》:"高祖祷丰枌榆社。"枌榆:高祖故里。《史记·高祖本纪》:"高祖曰:丰,吾所生长,极不忘尔。"故云"汉祖想枌榆"。《后汉书·光武纪》："王莽篡位，忌恶刘氏，以钱文有金刀，故改为货泉，或以货泉字文为白水真人。后望气者苏伯阿为王莽使至南阳，遥望，见舂陵郭，喟曰：气佳哉，郁郁葱葱然。及始起兵，还舂陵，远望舍南，火光赫然属天，有顷，不见。"又："六年春，正月，丙辰，改舂陵乡为章陵县，世世复徭役；比丰沛，无有所豫。"故云"光武思白水"。

8 征人之征，验也。即上文"并举人验"也。一作"微"，征（徵）之形误，"征人之学"疑当作"征人之学"，谓举人验在乎学识也。

9 范云："万字衍，自为目之误，当作'指类而求，条目昭然'。"今依改。

张华诗称"游雁比翼翔，归鸿知接翮"。[1] 刘琨诗言"宣尼悲获麟，西狩泣孔丘"。[2] 若斯重出，即对句之骈枝[3] 也。是以言对为美，贵在精巧；事对所先，务在允当。若两〔言〕（原作事，依纪评改）相配，而优劣不均，是骥在左骖，驽为右服也。[4] 若夫事或孤立，莫与相偶，是夔之一足，趻（原作踦，依嘉靖本改）踔而行也。[5] 若气无奇类，文乏异采，碌碌丽辞，则昏睡耳目。必使理圆事密，联璧其章，迭用奇偶，节以

张华《杂诗》说："游雁比翼翔，归鸿知接翮。"刘琨《重赠卢谌》诗说："宣尼悲获麟，西狩泣孔丘。"像这样重复迭出，那就是对仗句子中的骈拇和枝指了。所以用言辞作对仗，我们认为对得最好的，贵在对得精巧；用事实作对仗，首先要考虑的是务必对得惬当。假若两句话相对仗，一好一坏不相当，那就等于左骖用骐骥，右服用驽骀了。假若用事实作对仗，而孤零零地没有对立面，那就像一只脚的夔，蹁跳着行走呀。假若一篇作品情态很平常，又没有特殊文采，只是一串庸庸碌碌的对仗句子，那就听起来使人打瞌睡。一定要使道理圆通事实周密，像一双宝玉一样对仗得很工稳，而又骈散兼行，中间所杂

杂佩,乃其贵耳。⁶类此而思,理自见也。

的也是各色珍贵的珠玉,那才真正可贵,由此类推,道理自然明白了。

[注释]

1 见张华《杂诗》(《玉台新咏》)。翮(hé):羽翮,与翼同义。
2 见刘琨《重赠卢谌》。《公羊传》哀公十四年春:"西狩获麟。何以书?记异也。……孔子曰:'孰为来哉,孰为来哉。'反袂拭面涕沾袍。"《汉书·平帝纪》:"追谥孔子曰褒成宣尼公。"
3 骈枝:《庄子·骈拇》:"骈拇枝指,出乎性哉,而侈于德。"
4 《诗·大叔于田》:"两骖如舞。"笺:"在旁曰骖。"又:"两服上襄。"笺:"两服,中央夹辕者。"
5 《庄子·秋水》:"夔谓蚿曰:吾以一足趻踔而行。"躨跜:同趻踔,跛者行貌。
6 联璧即连璧,两块美玉相连。《庄子·列御寇》:"以日月为连璧。"《诗·女曰鸡鸣》:"杂佩以赠之。"传:"杂佩者,珩、璜、琚、瑀、冲牙之类。"集合各种玉石为佩饰,谓杂佩。

赞曰:体植必两,辞动有配。¹左提右挈,精〔末〕(原作味,今依刘永济改)兼载。²炳烁联华,镜静含态。³玉润双流,如彼珩珮。⁴

总而言之:物体竖立需要两条腿,创作诗文也得有对仗。所以铸辞要左右提挈,造句要前后相倚傍。花开并蒂颜色才鲜艳,镜面洁净物体才明朗。文章只有对仗精工,才能像佩玉左宫而右徵那样。

[注释]

1 植:竖立。动:动辄。

2 《汉书·陈余传》:"夫以一赵尚易燕,况以两贤王左提右挈而责杀王,灭燕易矣。"注:"提挈,言相扶持也。"精〔末〕:原作精味。刘永济云:"嘉靖本味作未,按当作末。精末犹言精粗也,因末误未,又误未作味也。"
3 陆机《演连珠》:"镜无蓄影,故触形则照。"
4 《礼记·玉藻》:"古之君子必佩玉,右徵角,左宫羽,趋以采齐,行以肆夏。"

比　兴

> [导读]

　　《诗序》云："一曰风,二曰赋,三曰比,四曰兴,五曰雅,六曰颂。"风、雅、颂属于诗的体裁,赋、比、兴属于诗之手法。本书《诠赋》篇在论赋体时兼及赋之手法,故本篇专论比、兴,所以叫《比兴》。

　　赋、比、兴是创作上最基本的手法,但是如何理解这些手法,从来是有分歧的。刘勰在总结前人的基础上提出了自己的看法:比是比附,是按照事物的相似处来说明事理;兴即兴起,是根据事物的隐微处来寄托感情。又说"比则蓄愤以斥言,兴则环譬以托谕",他从《诗》《骚》中举出一些实例进一步说明比兴在具体创作的运用,以及汉魏以来多用比而少用兴的变化情况。因为汉晋期间用比的方法更为频繁,他在本篇里侧重论述了比,分别对不同的比法逐项说明,然后指出比"以切至为贵",对于我们掌握比的手法是有益的。从创作手法来说,虽然比极重要,但是从创作思维来说,感物吟志,睹物兴情,是创作的先决条件,是形象思维与抽象思维不同的根本标志(说见《诠赋》)。所以本篇又说:"炎汉虽盛,而辞人夸毗,讽刺道丧,故兴义销亡。"又说:"日用乎比,月忘乎兴,习小而弃大,所以文谢乎周人也。"如果创作丢掉了形象思维,而用比来形象化,自然是舍本逐末了。可惜在这点上,作者认识不深,阐述不透,说服力不强,形成了理论上的矛盾。

> [原文]

　　《诗》文弘奥,包韫六义,毛公述《传》,独标

> [译文]

　　《诗经》的文意宏大而深奥,它包含风、赋、比、兴、雅、颂六义,毛公作《诗训

兴体,[1]岂不以风通而赋同,比显而兴隐哉![2]故比者,附也;兴者,起也。附理者切类以指事,起情者依微以拟议。[3]起情,故兴体以立;附理,故比例以生。[4]比则〔蓄〕(原作畜,依杨明照校改)愤以斥言,兴则环譬以〔托〕(原作记,依一作改)〔谕〕(原作讽,今改)。[5]盖随时之义不一,故《诗》人之志有二也。

诂传》,只是指明了兴一项,这岂不是由于风兼用赋比兴,而赋则直接陈述、比则显豁易懂、兴则隐晦难通吗?比的意思就是比附,兴的意思就是兴起,比附事理是完全切合所说的事物,触物兴情可以依据事物的一端来进行发挥。有时因感物兴情而写诗,所以兴的手法出现了;也有用比附事理来进行创作的,所以比的手法产生了。比是把郁积要说的情感,借用类似的事实来加以申述;兴是通过曲折委婉的办法,把内心的寄托告诉别人。因为随着当时思想情况不同,所以《诗》人的创作手法就有比与兴两种啊。

注释

1 毛公:毛亨,传《诗》学者,作《诗训诂传》。《诗训诂传》中于《诗》之六义,只指出兴体。如《关雎》诗中,在"关关雎鸠,在河之洲"下指出"兴也";《鹊巢》诗中,在"维鹊有巢,维鸠居之"下指出"兴也"。
2 风通:风为诗之体裁,其创作方法兼包赋、比、兴三者,故毛公作传,无须标出。赋同:赋者直陈其事,无须标出。比显,则比易明;兴隐,则兴难知,故毛公作传,"独标兴体"。
3 微:物之一端,"依微以拟议",谓依据事物之一端进行论述。
4 "兴体"与"比例"相对成文,"例"亦"体"也。"兴体"即兴之手法,"比例"亦比之手法。
5 蓄:原作畜。杨明照云:"按畜当作蓄,音之误也。《说文》艸部'蓄,积也',又田部'畜,田畜也',是二字意义各别。《情采》篇'盖风、雅之兴，志思蓄愤'尤为切证。"今依杨改。愤：《论语·述而》"不愤不启"，皇侃疏："愤谓学者之心，思义未得，而愤愤然也。"朱熹集注："心求通而未得之意。"本篇"蓄愤"之"愤"与《论语》"不愤"之"愤"相同，指内心郁积冲动之情，非愤恨之愤。斥：指出。环譬：曲折比喻。托谕：原作记讽，今按旧校，记一作托，作托是也。记托形近而讹，托讽义似可通，其实非也。比兴体无关于美刺，即如郑玄所云："比刺兴美。"兴亦不当云托讽。因托讽联文，世所习见，又讽谕二字皆从言旁，故误谕作讽也。本篇下文云"观夫兴之托谕"，正作托谕，可为明证。

观夫兴之托谕，婉而成章，称名也小，取类也大。[1] 关雎有别，故后妃方德；[2] 尸鸠贞一，故夫人象义。[3] 义取其贞，无〔疑〕（原作从，依黄侃校）〔乎〕（原作於，或作于，今改）夷禽；[4] 德贵〔有〕（原作其，今改）别，不嫌于鸷鸟。[5] 明而未融，故发注而后见也。[6] 且何谓（原有为，衍文，今删）比？盖写物以附〔理〕（原作意，依铃本改），扬言以切事者也。[7] 故金锡以喻明德，[8] 珪璋以譬秀民，[9] 螟蛉以类教诲，[10] 蜩螗以写号

看看"兴"表达思想的方法，它是委曲地把感情写进《诗》篇，通过极小的事，说明较大的问题。因为雎鸠严守雌雄的界限，所以用来比方后妃有男女分别的美德；因为鸤鸠感情专一，所以用来象征夫人们爱情专一的意义。对雎鸠只采取了情感坚贞这一点，并不会因好斗而引起误会；对鸤鸠只采取了雌雄有别这一点，并不会因勇猛而产生嫌疑。这样的手法虽然也够明白却不十分透彻，所以必须加以注释才好懂啊。什么叫"比"呢？就是运用描绘某种事物来比附某道理，通过夸饰其辞来说明某种事件。《淇奥》用金和锡来比喻美德，《卷阿》用珪和璋来比譬好人，《小宛》用螺蠃抱养螟蛉来比方士大夫教养百姓，《荡》用蜩螗呼号来刻画饮酒者喧哗，《柏舟》用衣服没洗

呼,¹¹ 浣衣以拟心忧,¹²〔卷席〕(原作席卷,依汪本改)以方志固,凡斯切象,皆比义〔者〕(原脱,今补)也。¹³ 至如"麻衣如雪","两骖如舞",若斯之类,皆比类者也。¹⁴ 楚襄信谗,而三闾忠烈,依《诗》制《骚》,讽兼比兴。¹⁵ 炎汉虽盛,而辞人夸毗,〔讽〕(原作《诗》,今依谭校)刺道丧,故兴义销亡。¹⁶ 于是赋颂先鸣,比(比上原有故,今依范删)体云构,纷纭杂遝,〔倍〕(原作信,今依范校)旧章矣。¹⁷

来写心中忧郁,又用蒲席可卷来反衬意志贞坚。这些贴切的形容,都是从意义上来比喻。至于《蜉蝣》里说"麻衣像雪一样洁白",《大叔于田》里说"骖马像两只手一样在挥舞",像这类句子,都是从状态上来比附。楚顷襄王相信坏人的挑拨,三闾大夫屈原非常忠君爱国,他依仿《诗经》写出了《离骚》,《离骚》对时政的讽刺既用比又用兴。以火德而王的汉朝,虽然辞赋的创作很多,但是作家阿谀谄媚,抛弃了讽刺的原则,所以兴的方法就中断了。在这个时候赋和颂两种文体争先恐后地出现,用比的手法进行创作风起云涌,甚至一篇中用的比喻叠床架屋,这样就违背了《诗》《骚》兴比兼行的创作方法。

注释

1 《易·系辞下》:"其称名也小,其取类也大。"韩注:"托象以明义,因小以喻大。"

2 《诗序》:"《关雎》,后妃之德也。"《诗·关雎·传》:"雎鸠,王雎也,鸟挚而有别。"《释文》:"挚,本亦作鸷。"

3 《诗·鹊巢·笺》:"兴者,鸤鸠因鹊成巢而居有之,而有均壹之德,犹国君夫人来嫁,居君子之室,德亦然。"

4 乎:原作於,或作于。今按本当作乎,误作于,再改作於也。夷:同痍,伤也。引申为夷戮。夷禽与鸷鸟相对成文。《方言》八,郭注:鸤鸠,"或云鹬"。《左传》文公十八年:"见无礼于其君者,诛之如鹰鹯之逐鸟雀也。"是鸱鸠为好杀之禽,故称夷禽。

5 承上文关雎两句而言。关雎挚而有别,故称鸷鸟。雎鸠与鸱鸠一类,皆猛鸟。

6 融:朗也。发注:阐明于注释中。

7 "何谓为比","为"为衍文。《附会》"何谓附会",亦无为字。《书·益稷》:"皋陶拜手稽首扬言。"《传》:"大言而疾曰扬。"

8 《诗·淇奥》:"有匪君子,如金如锡。"

9 《诗·卷阿》:"颙颙卬卬,如圭如璋,令闻令望,岂弟君子,四方为纲。"

10 《诗·小宛》:"螟蛉有子,蜾蠃负之,教诲尔子,式穀似之。"

11 《诗·荡》:"如蜩如螗,如沸如羹。"笺:"饮酒呼号之声,如蜩螗之鸣。"

12 《诗·柏舟》:"心之忧矣,如匪浣衣。"

13 《诗·柏舟》:"我心匪席,不可卷也。"卷席:原作席卷,卷席与浣衣对文,故依汪校。者也:原脱者字,今补。

14 《诗·蜉蝣》:"麻衣如雪。"《传》:"如雪,言鲜洁。"又《大叔于田》:"两骖如舞。"疏:"两骖之马,与两服马和谐,如人舞者之中于乐节也。"

15 《史记·屈原列传》:"令尹子兰……卒使上官大夫短屈原于顷襄王,顷襄王怒而迁之。"《楚辞·渔父》:"屈原既放,游于江潭,……渔父见而问之曰:'子非三闾大夫欤?'"三闾:掌王族三姓之官。王逸《楚辞章句序》:"《离骚》之文,依《诗》取兴。"《辨骚》:"虬龙以喻君子,云蜺以譬谗邪,比兴之义也。"

16 旧以为汉以火德王,故称炎汉。《诗·板》:"无为夸毗。"传:"夸毗,以体柔人也。"兴义销亡,侧重兴之手法言。若"感物吟志""睹物兴情",则不能皆亡,皆亡则文学之道息矣。然兴之手法销亡,则文学形象思维自亦与之减削,此汉人辞赋所以不能媲美《诗》《骚》也。

17 杂遝(tà):众多貌。倍:原作信,范云:"信当作倍。倍即背也。"章:典章,法则。

夫比之为义,取类不常:或喻于声,或方于貌,或拟于心,或譬于事。[1]宋玉《高唐》云"纤条悲鸣,声似竽籁",此比声之类也;[2]枚乘《菟园》云"焱焱纷纷,若尘埃之间白云",此则比貌之类也;[3]贾生《鹏〔鸟〕(原作赋,今依顾校改)》云"祸之与福,何异纠缨",此以物比理者也;[4]王褒《洞箫》云"优柔温润,如慈父之畜子也",此以〔心比声〕(原作声比心,今校改)者也;[5]马融《长笛》云"繁缛络绎,范蔡之说也",此以〔辩比响〕(原作响比辩,今改)者也;[6]张衡《南都》云"起郑舞,茧〔曳〕(原作抽,依本赋校改)绪",此以〔物比容〕(原作容比物,今依范改)者也。[7]若斯之类,辞赋所先,日用乎比,月忘乎兴,习小而弃大,所以文谢于周人也。[8]

比的含义就是类比,方法是多种多样的:有的用声音来比喻,有的用形貌来比方,有的用心情来比拟,有的用事物来比譬。宋玉的《高唐赋》说"纤细的枝条发出悲哀的声音,好像吹竽吹箫一样",这就属于用声音来比喻一类的例子;枚乘的《菟园赋》说"鸟群飞翔闪烁倏忽,就像一股轻尘间杂在白云里一样",这就属于用形貌比方一类的例子;贾谊《鹏鸟赋》说"祸和福互相倚伏,和两股纠结的绳没有什么分别",就是用事物来比拟事理的例子;王褒的《洞箫赋》说"箫声柔和润泽,真像慈父安慰儿子的语言一样",这就是用内心情感来比拟声音的例子;马融的《长笛赋》说"笛声嘈杂起伏,真和范雎、蔡泽的争辩谈论相同",这就是用辩说来比拟声音的例子;张衡《南都赋》说"站起来作郑国舞蹈,迎风飘荡真与蚕茧抽丝相类似",这就是用事物来比拟容貌的例子。像这样一类比拟的方法,辞赋中最爱采用,因为天天采用比,积年累月不用兴,大家习惯于用次要的比,抛弃重要的兴,所以汉以来的辞赋便赶不上周代的诗歌了。至于杨雄、班固这批

至于杨、班之伦，曹、刘以下，[9]图状山川，影写云物，莫不〔织〕（原作纤，疑作织，今依改）综比义，以敷其华，惊听回视，资此效绩。又安仁《萤赋》云"流金在沙"。季鹰《杂诗》云"青条若总翠"，皆其义者也。[10]故比类虽繁，以切至为贵。[11]若刻〔鹄〕（原作鹤，谢改）类鹜，则无所取焉。[12]

人，曹植、刘桢以下的作家，描摹高山大川，刻画云霞风物，莫不参错运用比拟来铺张文采，(他们的作品)常常使人惊心动魄，流连顾盼，就是依靠比取得了成效。还有潘安仁的《萤火赋》说"萤火闪烁，好似泥沙中的沙金"，张季鹰的《杂诗》里说"青青的枝条，好似一束翠鸟的羽毛"，都是采用比的方法。所以比的方法虽然多，最重要的一点，是比拟贴切。假使雕刻天鹅而像一只鸭子，那就一无可取了。

注释

1 取类不常：谓类比之法无定。
2 宋玉《高唐赋》见《文选》。籁：箫也。《庄子·齐物论》："人籁则比竹是已。"
3 枚乘《菟园赋》注已见前。焱焱：光彩闪灼貌。今《古文苑》所载，焱焱作疾疾。原文自"西望西山"至"若尘埃之间白云"，皆描写禽鸟飞翔之貌。
4 《鹏鸟》原作《鹏赋》，按上下文所举篇名，皆省赋字对勘，则应作《鹏鸟》为是，故依顾校。纠缦，两股绳纠结也。
5 畜：爱也。《孟子·梁惠王》："畜君何尤，畜君者，好君也。"以"好"训"畜"，故畜有爱义，各本"畜"或作爱，以训义改本文也。按《洞箫赋》："故听其巨音，则周流泛滥，并包吐含，若慈父之畜子也。……优柔温润，又似君子。"则刘勰引文失检。心比声：原作声比心，误倒，彦和谓以人心比箫声。

6 马融：《后汉书》有传。《长笛赋》见《文选》。范：谓范雎。蔡：指蔡泽。《史记》有传，皆战国时辩士。辩比响：原作响比辩，误倒，刘毓崧谓以谈辩比笛声。

7 张衡《南都赋》："坐南歌兮起郑舞，白鹤飞兮茧曳绪。"注："皆舞人之容。"物比容：原作容比物，范云"似当作以物比容"，今依校改。

8 比、兴作为手法言，则无所谓大小，若以兴为创作思维言之，则"睹物兴情"属于形象思维，为文学创作之特点，自与纯为创作手法之比，不可同日而语矣。刘氏于此未能透彻阐明。

9 杨：杨雄。班：班固。曹：曹植。刘：刘桢。

10 潘岳，字安仁。《萤火赋》："飘飘颎颎，若流金之在沙。"此简引原文也。张翰，字季鹰，《晋书》有传。所引《杂诗》见《文选》。

11 "切至"二字，为比之最要义。

12 马援，《后汉书》有传。《戒兄子严敦书》："所谓刻鹄不成，反类鹜者也。"鹄（hú）：天鹅。鹜（wù）：家鸭。

赞曰：《诗》人比兴，触物圆[1]览。物虽胡越，合则肝胆。[2] 拟容取心，〔斫〕（原作断，今校改）辞必敢。[3] 攒杂咏歌，如川之〔澹〕（原作涣，今依黄侃校改）。[4]

总而言之：《诗经》作者运用比兴，那是对接触的事物作了全面分析和观览。所以虽然是北胡南越毫不相干的事情，却能相连结合在一起如肝和胆。我们运用比兴必须细心推敲，铸辞造句要决断果敢。把不同的事物攒集在一起来咏叹歌唱，作品才能如一江春水溶溶澹澹。

注释

1 圆：全也，周也。

2 《淮南子·俶真训》："自其异者视之，肝胆胡越；自其同者视之，万物一圈也。"注:"肝胆喻近,胡越喻远。"

3 斫辞:原作断辞,今按:断当作斫,斫辞谓斫削文辞,即修辞也。《定势》:"断辞辨约者,率乖繁缛。"旧校云"断,一作斫",是斫误断之明证也。

4 攒杂:双声连辞,与攒仄同。马融《长笛赋》:"踾踧攒仄。"李注:"攒仄,攒聚貌。"嵇康《琴赋》"复迭攒仄",李注:"攒仄,聚声。"澹:水摇也。原作渙,黄侃云:"渙字失韵,当作澹,字形相近而误。"今依校改。

夸 饰

导读

夸是夸张，饰是修饰。创作中需要把事物形象突显出来，一方面是对事物加以夸张，另一方面是集中刻画。所以本篇以《夸饰》名篇。

本篇对夸饰的看法，基本上是正确的。作者认为在创作中不能不运用夸张和修饰，所以说："文辞所被，夸饰恒存。"但是夸饰必须是为了突出真实，所以说"壮辞可得喻其真"，又说："使夸而有节，饰而不诬，亦可谓之懿也。"作者反对违背真实的过分夸大，以为"夸过其理，则名实两乖"，并提出了司马相如、杨雄辞赋中夸大失实之处，说要"翦杨、马之甚泰"。

作者举了《诗》三百篇和《尚书》中一些夸张合理的例子，认为洪水"滔天"、血流"漂杵"、"辞虽已甚，其义无害也"。又认为《泮水》《绵》虽然"义成矫饰"，"说《诗》者不以文害辞，不以辞害意"也。道理也是正确的。但是这不能得出结论说五经是创作的标准，一定要"酌《诗》《书》之旷旨"。这样就暴露了作者的立场，显出了他"宗经""征圣"的宗旨。

原文

夫形而上者谓之道，形而下者谓之器。[1]神道难摹，精言不能追其极；[2]形器易写，壮辞可得喻其真。

译文

超越了形象的东西叫作"道"，有形体相貌的东西叫作"器"。超越形象的"道"是难以描摹的，用极精妙的语言也不能详尽说来，有形体的"器"那是容易论述的，用夸张的辞藻便可以逼真地写出来。并

才非短长,理自难易耳。故自天地以降,豫入声貌,文辞所被,夸饰恒存。[3]虽《诗》《书》雅言,〔讽俗〕(原作风格,今校风作讽,并依冯本顾校改格为俗)训世,事必宜广,文亦过焉。[4]是以言峻则嵩高极天,论狭则河不容舠,[5]说多则子孙千亿,称少则民靡孑遗;[6]襄陵举滔天之目,倒戈立漂杵之论。辞虽已甚,其义无害也。[7]且夫鸮音之丑,岂有泮林而变好;[8]荼味之苦,宁以周原而成饴;[9]并意深褒赞,故义成矫饰。大圣所录,以垂宪章;孟轲所云"说《诗》者不以文害辞,不以辞害意"也。[10]

不是作家的才力善于写器而不善于写道,而是因为在道理上实在有难和易的分别。所以自开天辟地以来,只要出现了有声音相貌的事物,如果用文辞来描写,总会有夸张和修饰。即使《诗经》《尚书》这样的经典著作,是用来讽喻习俗教训世人的,因为所涉及的事情广泛些,文辞也常夸饰呀。《诗经》说山陡险便说它高耸云霄,论河水窄狭便说它容不下小船,说子孙众多便说后人千千万万,述村落荒凉便说百姓死得半个不留;《尚书》里写洪水涨上山陵便说水漫苍天,写敌人溃退便说血流漂杵。话虽说得过分了,对意义并没有害处。猫头鹰的叫声是很难听的,难道巢居在学宫附近就会变好;荼菜的味道是极苦的,难道生长在岐山原野就化成了甜菜;由于用意要宣扬学宫和岐山,所以喻义就不免夸张。伟大的孔圣人删定《诗》《书》,是作为典章流传万代的;孟夫子说:"讲《诗》的不要因为夸饰误会了《诗》的辞义,不要因为《诗》的辞义违害了《诗》的精神啊。"

注释

1 两句见《易·系辞上》,道与器相对而言,道指构成天地之精气,器指物质。

2 《老子》:"道可道,非常道。"故云"精言不能追其极"。

3 豫:先事曰豫。《礼记·乐记》:"禁于未发之谓豫。"

4 《论语·述而》:"子所雅言:《诗》、《书》、执《礼》,皆雅言也。"讽俗:原作"风格"。格,冯本作"俗",顾校作"俗",是矣。然风俗训世义亦未畅,风盖讽之讹,脱言成风耳。讽俗与训世义正相配,风亦读讽,《诗序》"以风其上""下以风刺上",讽俗正指《诗》言。

5 《诗·崧高》:"崧高维岳,骏极于天。"《诗·河广》:"谁谓河广,曾不容刀。"《释文》:"刀,字书作舠。"

6 《诗·假乐》:"干禄百福,子孙千亿。"《诗·云汉》:"周余黎民,靡有孑遗。"

7 《书·尧典》:"汤汤洪水方割,荡荡怀山襄陵,浩浩滔天。"襄,上也。滔天,犹言漫天。《书·武成》:"罔有敌于我师,前徒倒戈,攻于后以北,血流漂杵。"

8 《诗·泮水》:"翩彼飞鸮,集于泮林。食我桑黮,怀我好音。"笺云:"言鸮恒恶鸣,今来止于泮水之木上,食其桑黮,为此之故,故改其鸣,归就我以善音,喻人感于恩则化也。"

9 《诗·绵》"周原膴膴,堇荼如饴",笺云:"周之原地,在岐山之南,膴膴然肥美,其所生菜,虽有性苦者,甘如饴也。"

10 见《孟子·万章》。注:"文,《诗》之文章;……辞,《诗》人所歌咏之辞;……意,学者之心意也。"

自宋玉、景差,夸饰始盛。[1]相如[《子虚》](原作凭风,今改),诡滥愈甚,故上林之馆,奔星与宛虹入轩;从禽之盛,飞廉与〔焦

从宋玉、景差起,夸张修饰开始盛行,司马相如的《子虚赋》,怪诞淫滥更加厉害了,写上林苑馆阁的高,说飞奔的流星和弓形的彩虹投入了轩窗;写猎取禽兽之多,说怪异的飞廉和美丽的焦

明〕（原作鶺鴒，依本赋校改）俱获。[2] 及杨雄《甘泉》，酌其余波，语瑰奇，则假珍于玉树；言峻极，则颠坠于鬼神。[3] 至《〔西〕（原作东，今改）都》之比目，《西京》之海若，验理则理无〔可〕（原作不，依纪校改）验，穷饰则饰犹未穷矣。[4] 又子云《羽猎》，鞭宓妃以饷屈原；张衡《羽猎》，困玄冥于朔野。[5] 娈彼洛神，既非罔两；惟此水师，亦非魑魅，而虚用滥形，不其疏乎！此欲夸其威，而（旧校增饰字，今删）其事义睽剌也。[6] 至如气貌山海，体势宫殿，[7] 嵯峨揭业，熠耀焜煌之状，光采炜炜而欲然，声貌岌岌其将动矣。[8] 莫不因夸以成状，沿饰而得奇也。于是后进之才，奖气挟声，轩翥而欲奋飞，腾〔躑〕（原作掷，依杨明照校）而羞局步，[9]

明都被捉住。到杨雄作《甘泉赋》，采用了相如以来的手法，讲奇怪的事物，便说什么珍奇的玉树；谈极高的台观，便说连鬼神都颠坠下来。至于班固《西都赋》里写的比目鱼，张衡《西京赋》里写的海若神，从道理来说固然讲不通，从夸饰来说也未尽夸张之能事。又像杨子云写的《羽猎赋》，说什么鞭挞洛神宓妃叫她款待屈原；张平子写的《羽猎赋》说什么把水官玄冥围困在北方荒凉之地。姣好的洛神既不是水怪，凶恶的水官也不是山妖，这样凭空捏造，不是胡说吗！这是只想夸张声势却违背了事理啊。至于写山海的气象，写宫殿的形势，有的赋用"嵯峨"和"揭业"来形容高大，有的赋用"熠耀"和"焜煌"来描纷光彩，把光彩鲜明写得好像火光熊熊，把形势高险写得似乎摇摇欲坠了。都是因为夸张而描写得如此瑰丽，因为增饰而刻画得如此奇美啊。于是后来有才华的作家，也都凭借这种夸饰声气的办法，高飞远举于青云之上，不肯跳荡驰骤于咫尺之间。他们用文辞刻画而成的鲜艳事物，春天的花朵不能和它较量华丽，用语

辞入炜烨,春藻不能程其艳;言在萎绝,寒谷未足成其凋;[10]谈欢则字与笑并,论戚则声共泣偕,信可以发蕴而飞滞,披瞽而骇聋矣。[11]

言描摹出的荒凉情况,冰谷的落叶也很难像它那样凋残;谈到欢乐每个字里都显出笑容,论到悲戚每个音节都带着哭声,真正可以使作家的情感鲜明而作品的笔墨飞舞,使瞎子也如见其形而聋子也如闻其声了。

注释

1 《史记·屈原贾生列传》:"屈原既死之后,楚有宋玉、唐勒、景差之徒者,皆好辞而以赋见称。"杨雄《法言·吾子》:"或问:'景差、唐勒、宋玉、枚乘之赋也益乎?'曰:'必也淫。''淫则奈何?'曰:'《诗》人之赋丽以则,辞人之赋丽以淫。'"

2 子虚:原作"凭风",相如凭风谓相如凭借宋玉景差夸饰之风,诡滥愈甚也。《子虚》《上林》,本为一赋,可知下文所引,皆《子虚赋》中语矣。以下杨雄《甘泉》、子云《羽猎》、张衡《羽猎》推之,疑"凭风"应作《子虚》,故校改。《子虚赋》(《文选》分别为《子虚》《上林》两赋):"于是离宫别馆,弥山跨谷,……奔星更于闺闼,宛虹拖于楯轩。"李善注:"奔(星),流星也。行疾故曰奔。"如淳曰:"宛虹,屈曲之虹也。"应劭曰:"楯,阑槛也。"司马彪曰:"轩,楯下版也。"又:"于是乎背秋涉冬,天子校猎。……椎蜚廉,弄獬豸,……捷鵷鶵,捋焦明。"郭璞曰:"飞廉,龙雀也,鸟身鹿头。"李善注:"捋,取也。《乐汁图》曰:焦明状似凤凰。"故鵷鶵当作焦明,依此校改。

3 《甘泉赋》:"翠玉树之青葱兮。"又:"鬼魅不能自逮兮,半长途而下颠。"

4 西都:原作"东都",盖后人以下文既称西京故随手改作东都,未及查原文也。班固《西都赋》"揄文竿,出比目"。李善注:"《说文》曰:揄,引也。音头。"《尔雅》曰:"东方有比目鱼焉,不比不行,其名谓之鲽。"

张衡《西京赋》:"海若游于玄渚。"薛综注:"海若,海神。"

5 杨雄《羽猎赋》:"鞭洛水之宓妃,饷屈原与彭胥。"《全后汉文》辑张衡《羽猎赋》残文,无"困玄冥于朔野"。玄冥:水官。朔野:朔北荒野。

6 刘永济云:按此句当作"此欲夸饰其威,而忘其事义睽刺也"。

7 气貌山海:谓"写山海气象",如孙兴公《天台山赋》及木玄虚《海赋》。体势宫殿:谓"写宫殿形势",如王文考《鲁灵光殿赋》及何平叔《景福殿赋》。

8 《鲁灵光殿赋》:"嵯峨崨嶫。"崨嶫与崔巍同,皆叠韵连词,山高貌。又"飞陛揭孽",李善注"揭孽,高貌",揭孽即揭业。《景福殿赋》"光明熠爚",李注:《说文》:"熠,盛光也;爚,火光也。"熠爚,即熠耀,《诗·东山》:"熠耀宵行。"双声连词。《天台山赋》:"暾日炯晃于绮疏。"李注:"炯晃,光明也。"焜(kūn)煌,即炯晃。

9 奖:助也。腾踯:原作腾掷,形近致讹,犹言跳跃,杨明照依汪本等校,今改。

10 程:量也。《离骚》:"虽萎绝其亦何伤兮。"王注:"萎,病也。绝,落也。"刘向《别录》:"邹衍在燕,有谷寒,不生五谷,邹子吹律而温至生黍也。"刘孝标《广绝交论》:"叙温郁则寒谷成暄,论严苦则春丛零叶。"与本文意近。

11 《七发》:"发蒙披聋。"

然饰穷其要,则心声锋起;[1]夸过其理,则名实两乖。若能酌《诗》《书》之旷旨,翦扬、马之甚泰,[2]使夸而有节,饰而不诬,亦可谓之懿也。

作品如果修饰得法,语言文字便会活跃起来;夸张超过了常情,那就违背事实和事理。倘若斟酌《诗》《书》的创作匠心,删除子云、相如那样过分的夸饰,使作品虽然夸张而有节制,增饰而不流于妄诞,那就可以说是鲜懿的作品了。

注释

1 杨雄《法言·问神》:"言,心声也;书,心画也。"李轨注:"声发成言,画纸成书。书有文质,言有史实,二者之来,皆由于心。"
2 旷旨:历代稀有之旨。张衡《东京赋》:"况初制于甚泰,服者焉能改哉。"

赞曰:夸饰在用,文岂循检[1]。言必鹏运,气靡鸿渐。[2] 倒海探珠,倾昆取琰[3]。旷而不溢,奢而无玷。[4]	总而言之:夸张和修饰在于适当与否,写作不应拘守一定法式。作品要文采飞扬如大鹏展翅,气挟风云超过鸿雁而高渐。要倒海翻江探求明珠般的字眼来进行夸张,要掘倒昆山采取宝玉般的文藻来进行点染。当然需要夸张但不可过分,应该修饰却不宜不合情理而产生瑕玷。

注释

1 循检:循一定法式也。
2 《庄子·逍遥游》:"鹏之背,不知其几千里也。……是鸟也,海运则将徙于南冥。"《易·渐》初六:"鸿渐于干。"靡:披靡。渐:进也。《吕氏春秋·重己》:"人不爱昆山之玉,江汉之珠,而爱己之苍璧小玑。"
3 琰:宝玉。
4 旷:宽广。玷:缺失也。《诠赋》:"繁华损枝,膏腴害骨。"即繁华而不致损枝,膏腴而不致害骨也。

物　色

[导读]

　　本篇今本《文心雕龙》都是列在第四十六篇，显然是错误的。《序志》说："崇替于《时序》，褒贬于《才略》，怊怅于《知音》，耿介于《程器》，长怀《序志》，以驭群篇。"作者以《时序》《才略》《知音》《程器》《序志》五篇列于卷末，明白可知，如何能把《物色》夹于《时序》与《才略》之间呢？范文澜将它移在《总术》之上，刘永济则将它移在《练字》之下，所移虽然不同，但认为列在第四十六篇失当，却是一致的。今以为《隐秀》《指瑕》《总术》通论析采以后之事，范文澜把本篇移在《总术》之前，未必恰当。今又以为《养气》《附会》《事类》属于剖情，《练字》则应列在《章句》以前。刘永济将本篇列在《练字》之后，也未必适宜，故今以本篇改次于此。《物色》兼指风物的声色，本篇论述"诗人感物"之后，说明如何"写气图貌"和"属采附声"，所以叫《物色》。

　　本篇认为客观的风物是诗文描绘的对象，创作应该开始于对外物的感受，所以说"物色之动，心亦摇焉"，"情以物迁，辞以情发"。由于认为创作是从对外物的感受开始的，所以他主张对山川风物的描写，作家思想感情起决定作用。先要"吟咏所发，志惟深远"，然后才是"体物为妙，功在密附"，反对"近代以来，文贵形似"的形式主义倾向，这种说法与内容决定形式的观点是一致的。

　　本篇认为《诗》《骚》描写风物所树立的优良传统，在于"《诗》人感物，联类不穷"，所以"以少总多，情貌无遗"；"《离骚》代兴"，在于"触类而长"，"屈平所以能洞监《风》人之情，抑亦江山之助"。后人如果要继承这份遗产，就要"因方以借巧，即势以会奇"，懂得"附会"和"通变"之术。本篇批判形式主义者走了与《诗》《骚》相反的道路,既不能"入兴贵闲",又不知"析辞尚简",徒然"窥情风景之上,钻貌草木之中";承袭了汉代以来辞人的"模山范水,字必鱼贯",在创作中便"摛表五色""青黄屡出",成为《总术》所说的"理拙而文泽"的作品。

这些论点,在今天看来,也是有益的,所以本篇在全书中是优秀的论文之一。

原文

春秋代序,阴阳惨舒,物色之动,心亦摇焉。[1]盖阳气萌而玄驹步,阴律凝而丹鸟羞,微虫犹或入感,四时之动物深矣。[2]若夫珪璋挺其〔慧〕(原作惠,今改)心,英华秀其清气,物色相召,人谁获安![3]是以献岁发春,悦豫之情畅;[4]滔滔孟夏,郁陶之心凝;[5]天高气清,阴沉之志远;[6]霰雪无垠,矜肃之虑深。[7]岁有其物,物有其容,情以物迁,辞以情发。[8]一叶且或迎意,虫声有

译文

春去秋来,四时互相更代,阳气使人舒畅,阴气令人悲惨,风物声色的变迁,引起人们心灵的波荡。阳气发动,蚂蚁便开始奔忙;阴气凝结,螳螂就贮藏粮食;小小的虫蚁尚且受时序的感召,那么四时的迁移对人们的影响就更深了。至于佩带珪璋而慧心杰出的文士,禀赋盛才而灵气秀发的作家,受着外物的感召,哪个能无动于衷!所以新年来到的时候,和煦的春风吹拂,人们的感情便愉快而朗畅;春红谢了,夏日来临,人们的胸怀便抑郁而积结;天高而气爽的秋天,使人发出果敢沉毅的深远意志;雨雪无边的冬天,使人产生端庄严肃的渺茫思想。各季有各季不同的风物,各种风物有其不同的容貌,感情随着风物而变迁,诗文是从感情发出的歌唱。一片黄叶的飘零尚且能打动情意,几

足引心；[9]况清风与明月同夜，白日与春林共朝哉。 | 声秋虫的哀鸣更足以率引心魂；何况是清风吹拂、明月照人的夜晚，春花怒放、红日当头的早晨呢？

注释

1 《离骚》："日月忽其不淹兮，春与秋其代序。"注："代，更也；序，次也。"张衡《西京赋》："夫人在阳时则舒，在阴时则惨。"故云"阴阳惨舒"。

2 《大戴礼·夏小正》："十有二月，玄驹贲。玄驹也者，蚁也。贲者何也？走于地中也。八月，丹鸟羞白鸟。丹鸟也者，谓丹良也。白鸟也者，谓蚊蚋也。羞也者，进也，不尽食也。"蚁，同蚁。贲，奔字之借。本文改贲为步，调协声律也。丹良即螳螂之转音。羞：本训进，引申为储藏，故云不尽食也。螳螂储蚊蚋为冬粮，见于此处，他处未见。

3 慧心：原作惠心，音近致讹。谓两字通用，亦可。《国语·晋语四》："日月不处，人谁获安。"

4 《楚辞·招魂》"献岁发春兮，汩吾南征"，献：进也。豫：愉也。悦豫：愉悦。

5 《楚辞·怀沙》："滔滔孟夏兮，草木莽莽。"注："滔滔，盛阳貌也。孟夏，四月也。"又"郁结纡轸兮"，注："纡，屈也；轸，痛也。"即本文所谓"郁陶之心凝"也。

6 《楚辞·九辩》"沈寥兮天高而气清"，注："沈寥，旷荡而虚静也。"《楚辞·九辩》于此以下，抒写秋思，与本文"阴沉之志远"，意义相近。

7 《楚辞·涉江》："霰雪纷其无垠兮，云霏霏而承宇。哀吾生之无乐兮，幽独处乎山中。吾不能变心而从俗兮，固将愁苦而终穷。"

8 《左传》昭公九年："事有其物，物有其容。"

9 《淮南子·说山训》："见一叶落而知岁之将暮。"《诗·蟋蟀·序》："忧深思远。"《楚辞·九辩》："独申旦而不寐兮，哀蟋蟀之宵征。"皆是以说明"虫声有足引心"。

是以《诗》人感物，联类不穷。[1] 流连万象之际，沉吟视听之区；写气图貌，既随物以宛转；属采附声，亦与心而徘徊。[2] 故灼灼状桃花之鲜，依依尽杨柳之貌，杲杲为出日之容，瀌瀌拟雨雪之状，喈喈逐黄鸟之声，喓喓学草虫之韵。〔皦〕（原作皎，今依《诗》校改）日嘒星，一言穷理；[3] 参差沃若，两字〔连〕（原作穷，依杨明照改）形：[4] 并以少总多，情貌无遗矣。虽复思经千载，将何易夺。及《离骚》代兴，触类而长，物貌难尽，故重沓舒状，于是嵯峨之类聚，葳蕤之群集矣。[5] 及长卿之徒，诡势瑰声，模山范水，字必鱼贯；[6] 所

所以《诗》三百篇作者受到风物的感动，因而产生了无穷的联想。他们流连不舍地欣赏千变万化的风物，含情脉脉地吟咏着耳闻目见的声色，既依据风物来委曲尽情地雕刻它们的神态，描摹它们的外貌，又在内心里来回斟酌它们的色彩，模拟它们的声响。所以用"灼灼"来形容桃花的鲜艳，用"依依"来描写杨柳的多姿，用"杲杲"来镂绘朝阳的容貌，用"瀌瀌"来刻画雨雪交加的形态，用"喈喈"来模拟黄鸟的声音，用"喓喓"来仿效草虫的吟唱。用"皦"来写太阳和用"嘒"来写星星，是单用一个字来形容事理的；用"参差"来写荇菜和用"沃若"来写桑叶，是联结两个字来描绘物形的：都以极少的笔墨作出了高度的概括，《诗》人的感情和风物的面貌便表达无遗了。这些作品即使再经历千百年的考验，所用的辞藻也不会改动。《离骚》继"三百篇"而起，触类旁通更有所发展，由于事物的形貌难于委曲尽述，就用重复沓出的辞藻来铺张刻画，于是"嵯峨"这样的联绵词便类聚成堆，"葳蕤"这样的联绵词便成群结队了。到了司马长卿这批人，更把形势写得奇诡，把声响写得怪诞，来模拟高山，来雕镂流

谓《诗》人丽则而约言,辞人丽淫而繁句也。[7]至如《雅》咏〔裳〕(原作棠,依《诗》校改)华,[8]"或黄或白";《骚》述秋兰,绿叶紫茎。[9]凡摛表五色,贵在时见,若青黄屡出,则繁而不珍。[10]

水,运用联绵词之多好像游鱼的前出后继,正如杨子云说:《诗》人的赋,虽然华丽却有法则,所以用辞简要;辞家的赋,便华丽而流于淫侈,所以造句就繁缛了。至如《小雅·裳裳者华》说"有的黄,又有的白",《楚辞》描述秋天的兰草说"绿叶而紫茎"。铺饰文藻运用五色的字眼,一定要用得恰当,假若"青黄"等字屡见迭出,便成为累赘而不觉得珍奇了。

注释

1 感物:感于物也;古授受不分,故于字可省。联类:联想类推。

2 《孟子·梁惠王》:"从流下而忘反,谓之流;从流上而忘反,谓之连。"故流连二字有盘桓不舍之意。《庄子·天下》:"与物宛转。"写气图貌:承上文"流连万象"而言。属采附声:承上"沉吟视听"而言,故此处声采非文章之声采,乃风物之声采也。

3 《诗·桃夭》:"桃之夭夭,灼灼其华。"《诗·采薇》:"杨柳依依。"《诗·伯兮》:"杲杲出日。"《诗·角弓》:"雨雪瀌瀌。"《诗·葛覃》:"黄鸟于飞,集于灌木,其鸣喈喈。"《诗·草虫》:"喓喓草虫。"《诗·大车》:"有如皦日。"传:"皦,白也。"皦:原作皎,依《诗》校改。《诗·小星》:"嘒彼小星。"传:"嘒,微貌。"一言穷理:谓用皦一字形容日,嘒一字形容星也。

4 《诗·关雎》"参差荇菜",参差,不齐之貌。《氓》:"桑之未落,其叶沃若。"沃若:犹今言茂密。两字连形:谓用参差二字形容荇菜,沃若二字形容桑之未落。

5 《楚辞·七谏·初放》:"上葳蕤而防露兮。"葳蕤:形容草木形貌之联绵词。又《招隐士》:"山气巃嵷兮石嵯峨。"嵯峨:形容山岭之联绵词。葳蕤,嵯峨,虽不见于《离骚》,然见于仿骚之作也。

6 诡势瑰声:谓将形势写得奇诡,将声响写得怪诞。司马相如《上林赋》"汹涌澎湃,滭弗宓汩,逼侧泌㴁",皆双声叠韵联绵词。《易·剥》:"贯鱼以宫人宠,无不利。"韩注:"贯鱼,谓此众阴也。骈头相次,似贯鱼也。"则鱼贯即贯鱼之倒文也。《晋书·范汪传》:"皆当鱼贯而行,推排而进。"则"鱼贯"谓鱼游之先后相续也。两义皆通。

7 《法言·吾子》:"《诗》人之赋丽以则,辞人之赋丽以淫。"则:法则。淫:淫侈。

8 《诗·小雅·裳裳者华》:"裳裳者华,或黄或白。"传:"裳裳,犹堂堂也。"陈奂引《说文》:"裳裳,盛貌。"又引《广雅》:"常常,盛也。"裳华:原作棠华,今依《诗》校改。"裳华"为"裳裳者华"之省文。后人以为裳华为秋兰对文,故改裳华为棠华。

9 《九歌·少司命》:"秋兰兮青青,绿叶兮紫茎。"不出于《骚》而本文称《骚》者,与上文《雅》为对仗耳。

10 时见:恰当其时而出现。《论语·宪问》"夫子时然后言",邢疏"中时然后言",中时即恰当其时。钟嵘《诗品序》:"学谢朓劣得'黄鸟度青枝',徒自弃于高明,无涉于文流矣。""黄鸟度青枝"即"青黄屡出"也。

自近代以来,文贵形似,窥情风景之上,钻貌草木之中。[1]吟咏所发,志惟深远;体物为妙,功在密附。[2]故巧言切状,如印之印泥,不加雕削,而曲写

自从刘宋以来,诗文只是注重把景物形状描绘得逼真,所以把全部精力放在观察景物的表面上,把整个心思贯注在刻画草木的形象中。但是吟诗作赋,情志一定要寄托深远;描摹神妙,功力在于使情志与景物融成一体。用精巧的语言刻画出来的情状,自然像印章打在印泥上一样,

毫芥。³故能瞻言而见貌,〔即〕(原作印,疑作即,依疑作改)字而知时也。然物有恒姿,而思无定检,或率尔造极,或精思愈疏。⁴且《诗》《骚》所标,并据要害,故后进锐笔,怯于争锋。莫不因方以借巧,即势以会奇,善于适要,则虽旧弥新矣。⁵是以四序纷回,而入兴贵闲;物色虽繁,而析辞尚简:使味飘飘而轻举,情晔晔而更新。⁶古来辞人,异代接武,莫不参伍以相变,因革以为功,物色尽而情有余者,晓会通也。⁷若乃山林皋壤,实文思之奥府,略语则阙,详说则繁。⁸然屈平所以能洞监《风》〔人〕(原作《骚》,今改)之情者,抑亦江山之助乎!⁹

不需再加雕削,便能曲折尽情,毫发无遗。读者便能从作品中看到物貌,从字里行间感觉出时令来了。然而景物有固定的姿态,思绪却无固定的规律,有时不假思索也写得惟妙惟肖,有时竭尽心力反而离题愈远。《诗经》和《楚辞》描写物色,都能抓住要害,所以后代的作家,不敢和他们争锋。所以只有依据它们的手法利用其技巧,模仿它们的文章姿态,来使自己的作品新奇,如果做得恰当,虽然说是拟旧其实也是很好的创新了。四季是不停地纷至沓来,作家感发兴起却要心地空灵;景物的变迁虽然繁杂,作家铸辞造句却贵在简要:使诗味飘飘如清风吹拂,文情朗朗特别新鲜。历代的作家,前仆后继,都是继承前人的遗产而加以变化,在前人的基础上进行创新而取得成功的,他们所以绘出了风物的色彩和声音,从诗文中流露出深厚的情感来,就是懂得"附会"和"变通"的方法呀。山林和川泽,实在是供作家写作的宝藏,忽视它而不加刻绘自是错误的,写时写得连篇累牍也就太淫滥了。屈平之所以能体察《诗》人的感情而创作《离骚》,就是由于他得到了江山风物的帮助吧。

注释

1 《明诗》:"宋初文咏……情必极貌以写物,辞必穷力而追新,此近世之所竞也。"本篇所称近代,亦当指刘宋而言。以上四句批判宋初以来文贵形似的错误文风。

2 "吟咏所发,志惟深远"以下,虽然也谈到"体物为妙,功在密附",实质上与宋初文风是相反的。盖从此以下所言,以为描摹原则,以情志为本,然后以密附为功也。不能舍离以情志为本,徒然文贵形似也。《诗》《骚》传统,即以情志为本也。《诗》《骚》又何尝不善体物,盖能体物写情,不以能文为本也。

3 《吕氏春秋·适威》:"若玺之于涂也,抑之以方则方,抑之以圜则圜。"

4 检:法式。《论语·先进》:"子路率尔而对曰。"率:轻率。尔:相当副词语尾助词"地"。《文赋》:"夫应感之会,通塞之纪,来不可遏,去不可止。藏若景灭,行犹响起。方天机之骏利,夫何纷而不理?思,风发于胸臆;言,泉流于唇齿。纷葳蕤以馺遝,唯毫素之所拟。文徽徽以溢目,音泠泠而盈耳。及其六情底滞,志往神留,兀若枯木,豁若涸流,览营魂以探赜,顿精爽于自求。理翳翳而愈伏,思轧轧其若抽。是以或竭情而多悔,或率意而寡尤。虽兹物之在我,非余力之所戮。故时抚空怀而自惋,吾未识夫开塞之所由。"陆氏认为"竭情而多悔,率意而寡尤",在于思考有通塞;至于通塞之由,则无法解释。刘勰亦认为"或率尔造极,或精思愈疏",在于"物有恒姿,而思无定检"。虽然"思无定检",如果"志惟深远",加以密附之功,又能"入兴贵闲""析辞尚简",问题便可解决。所以在理论上,刘氏对于"思有通塞"之由,已能进一步探讨,较之陆机有所发展。

5 因方:谓依据《诗》《骚》描摹风物的方法。即势:谓按照《诗》《骚》以铸造辞情的姿态,"势"谓姿态。适要:谓用辞造句恰得其要。

6 潘岳《秋兴赋》:"四时忽其代序兮,万物纷以回薄。"入兴贵闲:谓作者当四时风物变迁,感发兴起,要内心空灵。《养气》云:"意得则舒怀以命笔,理伏则投笔以卷怀,逍遥以针劳,谈笑以药倦,常弄闲于才锋,贾余于文勇。"皆"贵闲"之意。析辞尚简:上文所谓"一言穷理""两字连形",反对"字必鱼贯""青黄屡出"。晔晔:光明貌。

7 武:步武。接武:犹言接踵。《易·系辞上》:"参伍以变。"会通:附会、通变。《通变》举枚乘、司马相如等五家为例之后云:"此并广寓极状,而五家如一,诸如此类,莫不相循,参伍因革,变通之数也。"此文所云正与彼文同义。

8 《庄子·知北游》:"山林与?皋壤与?使我欣欣然而乐与?"

9 《风》人:原作"《风》《骚》",今校改。屈原作《离骚》,则不得云屈平洞鉴《风》《骚》之情,只得洞鉴《风》人之情故也。作者著《物色》,以为文章有借于江山风物之助,然反对"文贵形似,窥情风景之上,钻貌草木之中",不能不辨也。

赞曰:山沓水匝,树杂云合。[1] 目既往还,心亦吐纳。[2] 春日迟迟,秋风飒飒。[3] 情往似赠,兴来如答。[4]

总而言之:山峦重叠而绿水环匝,树木繁杂而与白云相浃洽。注视着这样如画的山川,自然使心灵感受着艳丽的风物而翻腾吐纳。春天的阳光真和煦,秋天则万木凋零而风声飒飒。人们如何不一往情深,自然引起人们的情兴以诗相赠答。

注释

1 沓:犹言重叠。匝:犹言萦绕。

2 目既往还:指欣赏景物。心亦吐纳:指受物感动。

3 《诗·七月》:"春日迟迟,采蘩祁祁。"传:"迟迟,舒缓也。"《九歌·山鬼》:"风飒飒兮木萧萧。"飒飒:秋风声。

4 情往似赠:谓景物移人情感之深。兴来如答:指景物感发兴起之快。

隐 秀

> [导读]
>
> 隐是文外余意,秀是篇中警句。本篇即论文外余意和篇中警句,所以篇名叫作《隐秀》。可惜本篇早已残缺,中间一大段,乃明代人伪作。现在将刘勰残文加以注译,其余伪作依次补入篇中,供读者参考,就不作注,不附译文了。

[原文]

夫心术之动远矣,文情之变深矣,源奥而派生,根盛而颖峻,是以文之英蕤,有秀有隐。[1]隐也者,文外之重旨者也;秀也者,篇中之独拔者也。[2]隐以复意为工,秀以卓绝为巧,斯乃旧章之懿绩,才情之嘉会也。[3]夫隐之为体,义〔生〕(原作主,依汪本改)文外,秘响傍通,伏采潜发,譬爻象之变互体,川渎之韫珠玉也。[4]

[译文]

作家的思想活动是很广泛的,作品感情的变化是很复杂的,比如水源远的就支流多,树根多的就花叶茂,所以文章写得好的就会有警句和余意。"隐"的意思,就是文章以外的余意;"秀"的意思,就是篇章中杰出的警句。隐以有双重用意为美好,秀以辞义卓绝为工巧,隐、秀是旧的篇章中成绩卓著的地方,是作家的才情结合的表现。余意这个东西,就是情味表现于文字以外,它似乎没有音响而余韵绕梁,看不到文采而容光焕发,譬如《易经》中的爻象可以变为互体,川流中的珠玉可以发出光辉啊。卦体只要变动一爻就产生互体,就

| 故互体变爻，而化成四象；珠玉潜水，而澜表方圆[5]…… | 出现实象、假象、义象、用象；珠玉蕴藏在水里，波澜的表面便呈现出或方或圆的形状…… |

附录明人补作于次：

……始正而末奇，内明而外润，使玩之者无穷，味之者不厌矣。

彼波起辞间，是谓之秀，纤手丽音（纤丽字缺），宛乎逸态，若远山之浮烟霭，娈女之靓容华。然烟霭天成，不劳于妆点；容华格定，无待于裁熔；深浅而各奇，孈（字典无孈字，应是秾字之误）纤而俱妙，若挥之则有余，而揽之则不足矣。夫立意之士，务欲造奇，每驰心于玄默之表；工辞之人，必欲臻美，恒溺思于佳丽之乡。呕心吐胆，不足语穷；煅岁炼年，奚能喻苦。故能藏颖词间，昏迷于庸目；露锋文外，警绝乎妙心。使酝藉者蓄隐而意愉，英锐者抱秀而心悦，譬诸裁云制霞，不让乎天工；斫卉刻葩，有同乎神匠矣。若篇中乏隐，等宿儒之无学，或一叩而语穷；句间鲜秀，如巨室之少珍（冯本有此二字），若百诘（诘字阙）而色沮：斯并不足于才思，而亦有愧于文辞矣。

将欲征隐，聊可指篇：古诗之《离别》，乐府之《长城》，词怨旨深，而复兼乎比兴。陈思之《黄雀》，公幹之《青松》，格刚才劲，而并长于讽谕。叔夜之（阙二字），嗣宗之（阙二字），境玄思澹，而独得乎优闲。士衡之（阙二字），彭泽之（阙二字。以上四句，功甫本阙八字，一本增入疏放豪逸四字）。心密语澄，而俱适乎（下阙二字，一本有壮采二字）。如欲辨秀，亦惟摘句"常恐秋节至，凉飙夺炎热"，意凄而词婉，此匹妇之无聊也。"临河濯长缨，念子怅悠悠"，志高而言壮，此丈夫之不遂也。"东西安所之，徘徊以旁皇"，心孤而情惧，此闺房之悲极也。……

注释

1 颖峻:谓芒颖长大。英蕤(ruí):草木之美者。指文章文采。

2 重旨:意外之意,即余意。即《神思》所谓"思表纤旨,文外曲致"也。"秀"则《文赋》所谓"立片言而居要,乃一篇之警策"也。

3 复意:犹言重旨。

4 爻象:《易·系辞下》:"夫乾确然示人易矣,夫坤隤然示人简矣。爻也者,效此者也;象也者,象此者也。爻象动乎内,吉凶见乎外。"互体:凡《易》卦上下两体交错取象而成之新卦,谓之互体。《左传》庄公廿二年疏:"二至四,三至五,两体交互,各成一卦,先儒谓之互体。"比如观卦䷓,二至四爻为坤☷,三至五爻为艮☶,故云"两体交互,各成一卦"。韫,藏也。

5 《易·系辞上》:"易有四象。"疏引庄氏云:"四象谓六十四卦之中,有实象、有假象、有义象、有用象也。"《艺文类聚》八引《尸子》云:"凡水,其方折者有玉,其圆折者有珠。"

"朔风(嘉靖本朔作凉,梅、闵两本朔风作凉飙)动秋草,边马有归心。"[1]气寒而事伤,此羁旅之怨曲也。凡文集胜篇,不盈十一;篇章秀句,裁可百二;并思合而自逢,非研虑之所〔课〕[2](原作果,谢改术,今依范校)也。或有晦〔涩〕[3](原作塞,今改)为深,虽奥非隐(嘉靖、梅、闵三本无晦涩以下八字);雕

"朔风动秋草,边马有归心。"气味凛栗而事义悲凉,这是羁留在外的怨恨歌曲。一部文学作品中的好篇章,不过十分之一。一篇作品中的警句,更只有百分之二。它是作家思想与外界事物相结合而偶然写成的,不是深思苦虑所能得到的。有的人把晦涩当作精深,即使也很深奥但没有余味;有的人把雕琢当作工巧,即使很精美但不是警句。所以不加雕琢妙手天成的作品,譬如花木开放的

削取巧,虽美非秀矣。故自然会妙,[4]譬卉木之耀英华;润色取美,譬缯帛之染朱绿。朱绿染缯,深而繁鲜;英华曜树,浅而炜烨。秀句所以照文苑,盖以此也。

花朵;竭力经营而写出的华美作品,譬如绸缎染上了颜色。用红绿染成的绸缎,颜色太深而光彩太盛;长在树木上的花朵,就不浓不淡而鲜艳夺目。警句在诗文的园地里所以光彩耀人,就是由于这个缘故啊。

【注释】

1 王赞字正长,见《晋书》。其《杂诗》云:"朔风动秋草,边马有归心。"
2 课:原作果,范云:"果疑课字坏文,本书《才略》篇'多役才而不课学',即与此同义。陆机《文赋》'课虚无以责有,叩寂寞而求音',则课亦有责求义。"依范改。
3 隐涩:原作晦塞,今以为塞为涩之音讹,今改。
4 自然会妙:苏东坡云:"文章本天成,妙手偶得之。"即此意。

赞曰:深文隐蔚,余味曲包。[1] 辞生互体,有似变爻。言之秀矣,万虑一交。动心惊耳,逸响笙匏[2]。

总而言之:深刻的文情中隐藏着情外之情、味外之味,也就是说文章的余味常常是在文章里委曲包含。文辞变化可以产生余味,比之如《易》卦变动卦爻而产生新解。诗文中警句的出现并不是雕琢而成,而是千思万虑中心与物的偶然相交。它使读者心魂动荡,它的声味之美有如乐器中的笙和匏。

【注释】

1 隐:藏也。蔚:指文采郁茂。全句谓深文之中含有余味也。
2 笙匏:乐器名称。

指　瑕

[导读]

本篇的目的,在于指出作品中的疵瑕,故篇名《指瑕》。它在《文心雕龙》中并不是经心之作,但从内容来,还是对人有教益的。

本篇从三方面论文章的疵瑕。一方面是论古人创作中的疵瑕,偏在魏晋,举例四条,凡分两类,即文义失当和比拟不伦。虽然说得不全面、不深刻,这些疵瑕却是经常出现的。二方面是论近代人的疵瑕,这在当时来说,应该很有现实意义。此一方面又分三类:字义含糊,语音犯忌,掠人美辞。三方面是专论注解中的疵瑕,刘氏把注解摆在论说之内,所以注解的谬误也是文章疵瑕。《文心雕龙》虽然兼论文笔,但其重点应该在文,这里专论注解,不能不说是白璧之瑕。

后代文论谈文章疵瑕的不少,有的很深刻,可以补此文之不足。但是专论宋、齐时代习气,指出这段时代在语言文学上的偏向,却很少见。

[原文]

管仲有言:"无翼而飞者,声也;无根而固者,情也。"[1] 然则声不假翼,其飞甚易;情不待根,其固匪难。[2] 以之垂文,可不慎欤![3] 古来文才,异世争驱;或逸才以爽迅,或精思以

[译文]

管仲说过:"没有翅膀而可以高飞的,是声音;没有根而可以牢固的,是情感。"可知声音不凭借翅膀,它想飞动起来是很容易的;情感不生根,它要牢固起来是不难的。把情感和声音体现在文章里面,(不恰当的字音和不适宜的情感就要表现出来,)可不谨慎吗?古代以来有文才的人,他们时代不同却同在文坛上竞相驰骋;虽

纤密,而虑动难圆,鲜无瑕病。⁴陈思之文,群才之俊也,而《武帝诔》云"尊灵永蛰",《明帝颂》云"圣体浮轻"。⁵浮轻有似于胡蝶,永蛰颇疑于昆虫,施之尊极,岂其⁶当乎!左思《七讽》,说孝而不从,反道若斯,余不足观矣。⁷潘岳为才,善于哀文,然悲内兄,则云"感口泽";伤弱子,则云"心如疑"。⁸礼文在尊极,而施之下流,辞虽足哀,义斯替矣。⁹若夫君子拟人必于其伦,而崔瑗之诔李公,比行于黄、虞;¹⁰向秀之赋嵇生,方罪于李斯。¹¹与其失也,虽宁僭无滥,然高厚之诗,不类甚矣。¹²凡巧言易标,拙辞难隐,斯言之玷,实深白圭,¹³繁例难载,故略举四条。

然有的才能超逸写得爽快,有的思想精细写得纤密,但是运用思考极难周到,很少没有毛病。陈思王的诗文,是好作家中的好作品,吊唁武帝却说"您的灵魂永蛰",歌颂明帝也说"您的身体浮轻"。"浮轻"两字有点像写蝴蝶,"永蛰"一词使人疑惑是说昆虫。用这些字眼来描画帝王,难道恰当吗?左思的《七讽》,谈论到了"孝",却不赞同"孝",这样地违背道德,还有什么可取呢。潘岳的才能,擅长写哀伤的作品,但是他吊内兄,说什么"感口泽";哭小儿,说什么"心如疑"。《礼记》中的"口泽"和"如疑",是用来说父母的,潘岳却用来写晚辈,虽然文辞极其悲哀,在伦理上却是错误的。至于作家引用古人来比拟今人,一定要恰当,然而崔瑗吊李公,把李公的品行比作黄帝和虞舜;向秀怀嵇康,把嵇生所受之罪比同李斯。宁肯对人恭维过分些也不要贬责太甚了,但这样都是错误的。他们的作品如齐大夫高厚在盟会上赋的诗一样,比拟是十分不伦不类的。作品中精巧的铸辞固然容易使人注目,笨拙的造句也很难掩盖,所以诗文的语病,比玉石的疵瑕还可怕。例子极多,难于备录,所以只举出了这四条。

注释

1 《管子·戒》:"管仲复于桓公曰:'无翼而飞者声也,无根而固者情也。'"
2 假:借也。待:俟也。
3 之:代词,指声与情。声音有当与不当,即下文所说的"比语求蚩,反音取瑕";情感有合礼与不合礼,即下文所说的,如潘岳"悲内兄""伤弱子"。所以说:"以之垂文,可不慎欤?"
4 圆:周密意。虑动难圆:谓运用思虑难于周密。瑕病:疵瑕毛病。
5 曹子建《武帝诔》:"幽闼一扃,尊灵永蛰。"《冬至献袜颂》:"翱翔万域,圣体浮轻。"即本文所云《明帝颂》也。
6 岂其:顾校其作有,两通。
7 左思《七讽》,今已残缺。说孝而不从:已不可考,今以意译。
8 潘岳《悲内兄》,已失。《金鹿哀辞》有:"将反如疑,回首长顾。"《礼记·玉藻》:"母殁而杯圈不能饮焉,口泽之气存焉尔。"《礼记·檀弓上》:"善哉为丧乎……其往也如慕,其反也如疑。"
9 尊极:指父母。下流:指内兄与弱子。替:废也。
10 拟人必于其伦:语出《礼记·曲礼下》。伦:类也。崔瑗《李公诔》,今已失。黄、虞:黄帝、虞舜也。
11 向秀《思旧赋》:"昔李斯之受罪兮,叹黄犬而长吟;悼嵇生之永辞兮,顾日影而弹琴。"嵇生:嵇康。方:比方。
12 与其失也,虽宁僭无滥:为"虽宁僭无滥,与其失也"之倒文。与为举之借字。《左传》襄公廿六年:"蔡声子曰:善为国者,赏不僭而刑不滥……若不幸而过,宁僭无滥。"僭:差也。滥:溢也,过也。又《左传》襄公十六年:"歌诗必类,齐高厚之诗不类。"高厚:齐大夫。晋平公与诸侯会于温,使诸大夫歌舞,高厚赋诗,不取与晋恩好之情。故云:"高厚之诗不类。"类:伦类。不类:今言不伦不类。此用高厚赋诗比譬崔瑗诔李公,向秀怀嵇康。
13 《诗·抑》:"白圭之玷,尚可磨也;斯言之玷,不可为也。"玷:

玉之疵瑕。

若夫立文之道,惟字与义。[1]字以训正,义以理宣,[2]而晋末篇章,依希其旨,[3]始有赏际〔致奇〕(原作奇至,今校)之言,终〔有〕(原作无,依黄侃改)抚叩酬〔酢〕(原作即,依谢校)之语,每单举一字,指以为情。[4]夫赏训锡赉,岂关心解?抚训执握,何预情理?[5]《雅》〔《颉》〕(原作《颂》,依杨明照校)未闻,汉魏莫用,[6]悬领似如可辩,课文了不成义,斯实情讹之所变,文浇之致弊。[7]而宋来才英,未之或改,旧染成俗[8],非一朝也。近代辞人,率多猜忌,至乃比语求〔娸〕(原作蚩,依冈本改),反音取瑕,虽不屑于古,而有择于今焉。[9]又制同他文,理宜删革,若〔掠〕(原作排,依王本改)

至于作文的道理,不外用字述义。用字要训诂准确,述义才能说理明白。但晋朝晚期的作品,意义模糊仿佛,开始有用赏际二字表惊诧的意思,后来又有用抚叩二字作为应酬中的叹赏,常常一个字表达两种意义。本来赏作赐解释,哪里与赏叹赏识有关系?本来抚只作执持解释,哪里与抚恤抚爱相干?《尔雅》《苍颉》中既没有这训诂,汉魏两朝也没有这种用法。凭空领会好像可以明白,推敲文字完全不合训诂。这实在是思想讹错所产生的变化,文情浇薄所导致的弊病。刘宋以来,有才华的作家,创作中没有能够改正,旧的习惯传为习俗,并非一朝一夕养成的啊。近代的作家,很多人爱猜疑讲忌讳,甚至比拟语言寻缺点,使用反切找毛病,虽然这些事在古人可以不管,但是在今天作家却应该留意啊。还有自己的作品如果和别人的相同,就应该把相同之处删节或改动,假若掠夺别人漂亮的词华和警句,当作自己的功劳,这不过是盗窃的宝玉和宝弓,总不是自己的东

人美辞,以为己力,宝玉大弓,终非其有。[10] 全写则揭箧,傍采则探囊,[11] 然世远者太轻,时同者为尤矣。

西。全部抄袭自然把别人的东西连箱带箧一起搬,依傍采用也等于做小偷掏腰包,假若抄袭古人的自然太轻率,如果盗窃同时作家的,那就要招致罪过了。

注释

1 立文之道:为文之道。字乃为文之工具,义为文之内容,舍字与义,则无文章,故曰"立文之道,惟字与义"也。

2 训:训诂,解释。正:犹言准确。两句大意:用字必须准确,取义必当合理。

3 依希:犹言仿佛,模糊。旨:意旨。

4 赏际:赏接也。致奇:原作奇至,今疑作致奇,谓表示惊异。终有:原作终无,黄侃云:"无当作有。"依黄校改。抚叩:垂询也。酬即:应依谢校作酬酢。两句含义,各家注释莫衷一是。今摩挲上下文义,略释于次。单举一字:不言"赏际",单说"赏";不言"抚叩",单说"抚"。指以为情:谓用一字表达二字之义。

5 赏:《说文》:"赐有功也。"赉:《说文》:"赐也。"《尔雅·释诂》:"锡也。"赏训赏叹,引申义也。故云:"赏训锡赉,岂关心解?"抚:《说文》:"安也。"《东皇太一》:"抚长剑兮玉珥。"抚,持也。抚问,垂询,引申义也。故云:"抚训执握,何预情理?"

6 《雅》《颉》:《尔雅》《苍颉》也。原作《雅》《颂》。杨明照云《颂》疑当作《颉》,是也。今依校改。

7 悬领:犹言凭空领会。课:责也,引申有推求之义。课文:犹言推敲文字。致弊:谓导致之弊病。

8 旧染成俗:染旧成俗之倒句。

9 率:类也,大抵也。比语求蚩:蚩,丑也。全句大意,谓比譬语言,求其缺点。例如《颜氏家训·文章篇》:"梁世费旭诗云:'不知是耶非。'

殷沄诗云:'飘扬云母舟。'简文曰:'旭既不识其父(指不知是耶非,从耶爷同音也),沄又飘扬其母(以云沄同音,云母即沄母也)。'"反音取瑕:反音,即反切。取瑕,犹今言找毛病。如《金楼子·杂记篇上》:"何僧智者,曾于任昉坐赋诗而言其诗不类。任云:卿诗可谓高厚。何大怒曰:遂以我为狗号(高厚切狗,厚高切号也)。"《文镜秘府论》西卷:"翻语病者,正言是佳辞,反语则不祥,是其病也。崔氏云:伐鼓反语腐骨是其病。"

10《春秋》定公八年:"盗窃宝玉大弓。"杜注:"宝玉,夏后氏之璜;大弓,封父之繁弱。"

11《庄子·胠箧》:"将为胠箧、探囊、发匮之盗而为守备,……然而巨盗至,则负匮、揭箧、担囊而趋。"

若夫注解为书,所以明正事理,然谬于研求,或率意而断。[1]《西京赋》称中黄、育、获之畴,而薛综谬注谓之阉尹,是不闻执雕虎之人也。[2]又《周礼》井赋旧有匹马,而应劭释匹,或量首数蹄,斯岂辩物之要哉。[3]原夫古之正名,车两而马匹,匹两称目,以并耦为用。[4]盖车贰佐乘,马俪骖服,服乘不只,故名号必双,名号一正,则虽单为匹矣。[5]匹

至于古书的注解,是用来说明事理的,但是有的注者失于研究和推敲,就粗心大意下断语。《西京赋》里提到中黄伯、夏育、乌获等勇士,薛综谬误地注释为管理阉竖的官员,这是他没听到过与雕虎搏斗的中黄伯吧。又《周礼》中谈到井田赋税时说,三十家出马一匹,而应劭解释匹字,说匹是一头四蹄,这种解释是没有抓住事物的要害呀!推考古代对事物的命名,车称为辆而马称为匹,匹和辆作为名称,就因为乘车驾马成双成对,因为古人乘车时有佐车、贰车,驾马时有骖马、服马,并不是一车一马,所以叫两叫匹。名

夫匹妇,亦配义〔也〕(原作矣,依顾校改)。⁶夫车马小义,而历代莫悟,⁷辞赋近事,而千里致差;⁸况钻灼经典,能不谬哉!⁹夫辩〔匹〕(原作言,依一作改)而数〔首〕(原作筌,依一作改)蹄,选勇而驱阍尹,失理太甚,故举以为戒。¹⁰丹青初炳而后渝,文章岁久而弥光,若能櫽括于一朝,可以无惭于千载也。¹¹

号既定以后,虽然只是一马也叫匹马了。一夫一妇,叫匹夫匹妇,也因为夫归以匹配为义啊。车辆马匹这样小事情,历代都不了解,《西京赋》是近代的作品,注释也谬以千里;何况钻研经典,能不发生错误吗!辨别匹的意义而数马头和马蹄,选择勇士却驱遣阍官,太没有道理了,所以举它为例让大家引以为戒。图画开始是鲜明的,久了就要变色;文章年代越久越光辉昭著,假若注释之后毫无差错,那就千秋百代没有惭愧了。

【注释】

1 断:判断。《论说》云:"注释为词,解散论体,离文虽异,总会是同。"刘勰本以注释为"论说"。然注释虽近于散文,实与韵文无关,加以论述,虽与著书体例不相违背,实质却不甚伦类。

2《文选·西京赋》注:"《尸子》曰:中黄伯曰:'余左执泰行之獏,而右搏雕虎。'"又:"《战国策》:范雎说秦王曰:'乌获之力焉而死,夏育之勇焉而死。'"今注是。盖薛综之误,已由李善删正。畤:同侍。阍尹:主管阍竖者也。雕虎:虎有斑文者。

3《周礼》井赋:见《地官·小司徒》。井即井田,赋即贡赋。《周礼正义》:"三十家使出马一匹。"故本文云"井赋旧有匹马"。应劭:东汉人,著有《风俗通》等书。量首数蹄:以一头四足为一匹。应劭释匹,见《艺文类聚》九十三引,与刘勰所云"量首数蹄"不同。古书散失,不可尽考。

4 两:今字作辆。《风俗通》"车有两轮,故称为两"。刘勰则认为车有副车、佐车，所以名两。段氏《说文注》云："凡言匹敌匹耦者，皆于二端或两取义。……马称匹者，亦以一牝一牡，离之而云匹，犹人言匹夫也。"刘氏认为驾车用马，有骖马服马，不止一匹，所以名匹。称目："目"作动词用。匹两称目：谓马以匹称，车以两目之也。并耦：并本义为两人并立，所以并耦两字义同。

5 《礼记·少仪》注："贰车、佐车，皆副车也。"车贰佐乘：谓车乘有贰车、佐车，不止一车。俪：耦也。骖：骖马。服：服马。外为骖，内为服。马俪骖服：谓驾车用马，有骖有服，并非一马。名号一正，则虽单为匹矣：名号，指匹之名号。一正，谓一经论定。两句大意为：匹之名号一经论定，则虽只马仍为匹马。

6 匹夫匹妇，亦配义矣：大意为"一夫一妇，谓之匹夫匹妇者，取义于夫妇配合耳"。

7 指应劭释两释匹。

8 指薛综注《西京赋》。

9 钻灼：古代卜法，见《史记·龟策列传》，此处即钻研之意。

10 原作"辩言而数筌蹄"则语出《庄子·外物》。虽亦可通，不如依一本作"辩匹而数首蹄"，直承上文"量首数蹄"为说。

11 炳：彪炳。渝：变也。弥：益也。檃括：矫正邪曲之器，此处作动词用。

赞曰：羿氏舛射，东野败驾。[1]虽有俊才，谬则多谢。[2]斯言一玷，千载弗化。[3]令章靡疚，[4]亦善之亚。

总而言之：后羿想射麻雀的左眼，也曾错中了右眼，会驾车的东野稷也曾翻了车驾。一个人虽然有出类拔萃的才能，也可能出错减其身价。著书立说而出了谬误，就会千秋万代流传下去，遭人讪骂。所以著作中没有毛病，虽不一定是最好的著述也会洛阳纸贵称高价。

注释

1 《御览》八十二引《帝王世纪》:"帝羿有穷氏从吴贺北游。贺使羿射雀左目,误中右目,羿俯首而愧,终身不忘。"舛:错乱。《庄子·达生》:"东野稷以御见庄公,……颜阖遇之,入见曰:'稷之马将败。'公密而不应。少焉果败而反。"

2 谬:误也。谢:惭愧。《文选·颜延年赠王太常》:"属美谢繁翰。"李注:"谢,犹惭也。"

3 上文云:"文章岁久而弥光,若能檃括于一朝,可以无惭于千载也。"故此云:"斯言一玷,千载弗化。"

4 令章:美好文章。疢:病也。

总 术

导读

本篇题解,各家注释,颇有分歧。黄季刚以为:"此篇乃总会《神思》以至《附会》之旨,而丁宁郑重以言之,非别有所谓总术也。"刘永济以为:"术","犹今言文学之原理也";"总者,即以心术总摄文术而言也"。今以为:总就是总持,也就是驾驭。术就是道术,也就是方法。剖情析采凡廿篇,前十九篇分端论述,此则说总持一篇之法,故云《总术》也。但是具体驾驭什么,本篇未曾畅论,所以各家解题纷歧。实质上刘氏所说要驾驭的,就是《征圣》所说的"繁、略、显、隐"四项,《宗经》所说的"情、风、事、义、体、文"六义;也就是上半部所论的各体的体要,下半部所论的剖情析采各项,从驾驭体要和安排情采来谈写作手法。

本文分三段:第一段论文笔之分,并驳言、笔之说。第二段论陆氏《文赋》不知总术之重要,申述总术之重要性;第三段论总术之功效,并说明在各篇以外另作《总术》一篇的道理。

从创作方法的角度说,作者提出了一些有益的论点。作者认为总持全篇比只注意某一方面重要。所以说:"陆氏《文赋》,号为曲尽,然泛论纤悉,而实体未该。"由于此,必然认为研术比练辞重要,所以他反对"多欲练辞,莫肯研术"。他进一步指出创作有客观规律,全文有发展逻辑,一个作家如果抛弃客观规律,主观片面随心所欲,必然是要失败的。

原文

今之常言,有文有笔,以为无韵者笔也,有

译文

现在一般的说法:文章有的叫文,有的叫笔,没有韵的叫笔,有韵的叫文。

韵者文也。[1]夫文以足言[2],理兼《诗》《书》,别目两名,自近代耳。颜延年以为"笔之为体,言之文也;经典则言而非笔,《传》《记》则笔而非言"。[3]请夺彼矛,还攻其盾矣。[4]何者?《易》之《文言》,岂非言文,若笔〔果〕(原作不,依刘永济校改)言文,不得云经典非笔矣。[5]将以立论,未见其论立也。予以为发口为言,〔属翰为笔〕(原作属笔曰翰,今改),常道曰经,述经曰传,[6]经传之体,出言入笔,笔为言使,可强可弱。[7]〔六〕(原作分,依黄侃改)经以典奥为不刊,非以言笔为优劣也。

文采是用来修饰语言的,《诗》《书》本来应该包括在文内的,把文、笔分开,(以《诗》为文,而以《书》为笔,)这样做是近代的事情。颜延年又以为:"笔这种形式,是语言有文采的作品,经典只是言不是笔,只有《左传》《礼记》才算笔不算言。"我们可以用他的矛,反转来攻他的盾。为什么呢?《易经》中的《文言》,难道语言不华丽吗?假若笔果真是有文采的语言,不能说《易经》这部经典不是笔了。所以颜延年用没有文采论证经典不是笔,这种论据是不能成立的。我以为从口里说出来的叫作言,把语言用笔墨表达出来的叫作笔,说明永恒真理的叫作经,阐述经的叫作传。无论经典还是《传》《记》,都是把说出来的话用笔记下来的,当用笔墨表达语言时,自然有的文采多有的文采少,六经之所以不可磨灭,在于它意义深奥可为法则,并不由于经典属于言,《传》《记》属于笔而分好坏呀!

注释

1 《论衡·超奇》"文笔不可类也",以文笔为连辞。《南史·颜延之传》"竣得臣笔,测得臣文",以文笔对举。

2 文以足言：注见《征圣》。

3 颜延年，《南史》有传。引文无考。经典谓五经经文。《记》《传》则指《礼记》《左传》。

4 《韩非子·难一》："楚人有鬻盾与矛者，誉之曰：'吾矛之坚，物莫能陷也。'又誉其矛曰：'吾矛之利，于物无不陷也。'或曰：'以子之矛陷子之盾，何如？'其人弗能应也。"

5 《文言》：以言有文饰，故称《文言》。果：原作不，黄侃校作为，刘永济校作果，以为"不乃果之坏字"，今依刘校。《易》属经典，故云"不得云经典非笔矣"。

6 属翰为笔：原作属笔曰翰，非也。笔翰两字，传抄误易也。此承上《文言》笔、经、传，分别释之，此句释笔。

7 出言入笔：谓出之于口，笔之于书。可强可弱：谓文采有多少之分。

昔陆氏《文赋》，号为曲尽，然泛论纤悉，而实体未该。[1]故知九变之贯匪穷，知言之选难备矣。[2]凡精虑造文，各竞新丽，多欲练辞，莫肯研术。[3]落落之玉或乱乎石；碌碌之石时似乎玉。[4]精者要约，匮者亦鲜；博者该赡，芜者亦繁；辩者昭〔晢〕（原作皙，今改），浅者亦露；奥者复隐，诡者亦〔曲〕[5]（原作典，依刘永济校）。

以前陆机的《文赋》，大家认为论文委曲详尽，但他只是广泛论述了琐细问题，却没有抓住实质性大问题。可见文情变化的道理是复杂的，要真正懂得作文的要害而掌握其方法，很不容易啊。一般精心刻意作文的人，都竞相追求新奇艳丽，只是推敲词句，不愿意研究驾驭全篇的方法。（他们不知道）外貌平凡的璞玉，看起来和石块一样；晶莹光亮的石块，却有点像美玉。内容精粹的作品固然言辞简要，内容贫乏的作品也篇幅单薄；内容广博的作品固然取材丰富，内容芜杂的作品也连篇累牍；辩论明白的作

或义华而声悴,或理拙而文泽。[6]知夫调钟[7]未易,张琴实难。伶人告和,不必尽窕槬(原衍栘字,今依旧校及嘉靖本删)之中,[8]〔动角挥羽〕(原作动用挥扇,今依杨明照改),何必穷初终之韵;[9]魏文比篇章于音乐,盖有征矣。[10]夫不截盘根,无以验利器,不剖〔窔〕(原作文,依陈伯弢校改)奥,无以辨通才。[11]才之能通,必资晓术,自非圆鉴区域,大判条例,岂能控引情源,制胜文苑哉!

品固然条畅显豁,说理肤浅的作品也一览无余;道理深奥的作品固然蕴义曲折,用意诡诞的作品也转弯抹角。有的作品意义鲜明而声调不响,有的作品道理不足而文采辉煌。比如敲钟既不易,弹琴也很难。钟师说他钟敲得好,不一定鸿细适中,琴师鼓琴固然五音合节,何尝真正了解曲调;魏文帝把诗文比作音乐,那是有道理的。没有截断过盘根的斧锯,不能证明它很锋利;未曾剖析过奥妙的文情,很难说他是文学通才。一个作家之所以妙手天成,一定要懂得驾驭全文的方法;如果不全面观察各体的体要,不详细懂得剖情析采的条件,怎么能从根本上驾驭文情的变化,取得文坛上创作的胜利呢?

注释

[1]《文赋序》:"他日殆可谓曲尽其妙。"注:"委曲尽文之妙理。"黄侃云:"案《文赋》以辞赋之故,举体未能详备,彦和拓之,所载文体,几乎网罗无遗。然经传子史,笔札杂文,难于罗缕,视其经略,诚恢廓于平原。至其诋陆氏非知言之选,则亦尚待商兑也。"今按黄氏以"体"为"文体",恐非。此篇论总术,而涉及文体,似不关切要。实体:此言实体,非言文体,黄氏舍去实字,专释"体"字,谓"体"为"文体",犹或可通;谓实体为文体,则难为说矣。今以为"实体"犹今言要点、实质也,指总术而言。该:备也。

2《汉书·武帝纪》引诗云:"九变复贯,知言之选。""九变"承上文"泛论纤悉"而言,指各种文情变化。贯:《论语》"吾道一以贯之"之"贯",唯此处贯作名词用,承上文指"实体",即"总术"。《左传》襄公十四年:"秦伯以为知言。"《武帝纪》应劭注:"选,善也。"两句盖谓陆机,虽"泛论纤悉",不谈总术,所以非"知言之选"也。

3 此齐、梁通病,故郑重言之。

4《老子》:"不欲碌碌如玉,落落如石。"碌碌,玉貌。落落,石貌。

5 曲:原作典。刘永济谓当作曲,今依校改。

6 义华而声悴:谓内容佳而形式未臻于善。理拙而文泽:内容不如形式。

7 钟:金乐,所以和节其他乐器,故曰调钟。

8《国语·周语下》:"钟成,伶人告和。"伶人:乐工也。《左传》昭公廿一年:"天王将铸无射。伶州鸠曰⋯⋯小者不窕,大者不槬。"注:"无射,钟名。""窕,细不满。""槬,横大不入。"中:合适意。此两句承上文言钟。

9 此文出处未详。杨明照云:《说苑·善说篇》:"雍门子周以琴见乎孟尝君。⋯⋯雍门子周引琴而鼓之,徐动宫、徵,微挥羽、角;初终而成曲。孟尝君涕浪汗增欷而就之,曰:'先生之鼓琴,令文立若破国亡邑之人也。'"

10 曹丕《典论·论文》:"文以气为主,气之清浊有体,不可力强而致,譬诸音乐,曲度虽均,节奏同检,至于引气不齐,巧拙有素,虽在父兄,不能以移子弟。"

11 陈伯弢云:"不判文奥,文字当是窔之误。班孟坚《答宾戏》:'守窔奥之荧烛,未仰天庭而睹白日也。'窔与文字形近故误。杜诗'文章开窔奥',又本此文。"今依陈改。《后汉书·虞诩传》:诩笑曰:"志不求易,事不避难,臣之职也。不遇盘根错节,何以别利器乎!"窔:室之东南隅;奥:室之西南隅。皆指隐蔽之处。

是以执术驭篇,似善弈之穷数;弃术任心,如博塞之邀遇。[1]故博塞之文,借巧傥来,虽前驱有功,而后援难继,少既无以相接,多亦不知所删,乃多少之并惑,何妍〔媸〕(原作蚩,依铃本改)之能制乎![2]若夫善弈之文,则术有恒数,接部整伍,以待情会;因时顺机,动不失正。[3]数逢其极,机入其巧,则义味腾跃而生,辞气丛杂而至。[4]视之则锦绘,听之则丝簧,味之则甘腴,佩之则芬芳,〔斫〕(原作断,今改)章之功,于斯盛矣。[5]夫骥足虽骏,缰牵忌长,以万分一累,且废千里;[6]况文体多术,共相弥纶,一物携贰,莫不解体。[7]所以列在一篇,备总情变,譬三十之辐,共成一毂,[8]虽未足观,亦

所以运用方法来驾驭全篇,就像弈棋高手,全部掌握了下棋技巧;如果丢掉方法,随心所欲,就像赌博之徒,侥幸获胜。这种赌徒写文章,只好依靠偶然的巧合,即使开端写得好,结尾也没办法完成,写少了无法增加,写多了不知道删减,连篇幅的繁简都不明白,还有什么办法掌握文章的好坏呢!那些胸有成竹的人写文章,在方法上掌握了创作的规律,按照文章逻辑来安排层次,使上下文情相接;顺着思想发展来因势利导,自然一字一句都适合需要。当写作技巧达到高妙的时候,当因势利导做得恰巧的时候,文章的情感便会喷薄而出,文章的辞藻更如百卉争春,看起来像五彩缤纷的锦缎,听起来像五音繁会的丝竹,咀嚼起来很甜美,佩带起来极芳香,写文章的功夫,达到这样的地步便登峰造极了。好马虽然走得快,但缰绳不宜太长,即使这只是万分之一的连累,也就不能日行千里了。何况文章关系到各种技巧,它是由许多方面组成的,其中有一处不协调,就会影响全篇,所以我把它归纳到这里叫总术,来综述文情变化,比如三十根辐条,聚合在一个车毂上,虽然不足以为大

鄙夫之见也。[9] 家参考,也是愚者一得之见吧。

注释

1 数:犹言技术、方法。塞:簺之借字,《说文》:"行棋相塞谓之簺。"引申与赌博义同。《庄子·骈拇》:"问谷奚事,则博塞以游。"《释文》:"塞,博之类也。"邀:求也。

2 《庄子·缮性》:"物之傥来,寄也。"傥:或然之词,引申为偶然。妍媸:美丑也。

3 《文赋》:"选义按部,考辞就班。"按部整伍:犹言分别部类,而整齐队伍。以待情会:犹言以此使上下文情相合。

4 《文赋》:"方天机之骏利,夫何纷而不理。思,风发于胸臆;言,泉流于唇齿。纷葳蕤以馺遝,唯毫素之所拟。文徽徽以溢目,音泠泠以盈耳。"刘勰说的"机"为时机;《文赋》所谓之"机"为天机。两人言机相同,然义则别。

5 甘腴:犹言甜美。斫章:原作断章,今改。"斫章"误作"断章",犹"斫辞"误作"断辞"也。

6 《战国策·韩策三》:"王良弟子曰:'马,千里之马也,……而不能取千里,何也?'(造父弟子)曰:'子缫牵长。'故缫牵于事,万分之一也。而难千里之行。"缫牵:缰绳。

7 《易·系辞上》:"故能弥纶天地之道。"疏:"弥谓弥缝补合,纶为经论牵引。"携:离也。携贰:不相亲附。

8 《老子》:"三十辐共一毂。"

9 《孟子·万章下》:"鄙夫宽。"

赞曰:文场笔苑,有术有门。[1] 务先大体,鉴必穷

总而言之:在诗文的创作中,有各种各样的技术和窍门。作家必须首先明了总术,即要穷究驾驭文情的根源。掌握总术这一点便可

源。[2]乘一总万,举要治繁。[3]思无定契,理有恒存。[4] | 以应付万变,因为纲举则目张,提要就可以治繁。文章本无定格,因为思维没有定则,但文章又不可妄为,因为创作的规律不变而永存。

注释

1 文、笔:承上而言。
2 "大体"与"源",指总术而言。
3 "一"与"要",指总术而言。"万"与"繁"指各体"体要"及"剖情析采"而言。
4 黄侃云:"八字最要。不知思无定契,则谓文有定格;不知理有恒存,则谓文可妄为。救此二流,咨惟舍人矣。"定契:犹言定则。

时　序

[导读]

　　本篇论述"时运交移"与"质文代变"的关系,所以叫作《时序》。

　　作者认为时代的推迁,政治的嬗变,会影响作家的情感和文学的盛衰。他说:"歌谣文理,与世推移,风动于上,而波震于下者也。"又说:"文变染乎世情,兴废系乎时序,原始以要终,虽百世可知也。"所以他认为唐虞诗歌,由于"德盛化钧""政阜民暇",故"心乐而声泰";建安篇什,"良由世积乱离,风衰俗怨,并志深而笔长,故梗概而多气";东晋诗赋,由于"中朝贵玄,江左称盛,因谈余气,流成文体。是以世极迍邅,而辞意夷泰,诗必柱下之指归,赋乃漆园之义疏"。

　　本篇也提到了文学之继承与发展的关系。作者认为屈、宋骚赋是受了纵横家的影响,所以说:"观其(屈、宋)艳说,则笼罩《雅》《颂》,故知昈烨之奇意,出乎纵横之诡俗也。"又认为西汉辞赋是受屈原的影响,所以说:"爰自汉室,迄至成、哀,虽世渐百龄,辞人九变,而大抵所归,祖述《楚辞》,灵均余影,于是乎在。"

　　作者把唐、虞到南齐时代的文学盛衰情况,在不到两千字的论文里作了高度的概括和简略的论述。本篇谈文学的发展,不但以为文学与时代政治相关,而且又有文学本身的联系,涉及文学发展的两个重要方面,很值得我们参考。

[原文]　　　　　　　　**[译文]**

　　时运交移,质文代　　　时代不停地发展推移,风尚的朴质与
变,古今情理,如可言　　华丽随着时代发展而变化,古今诗文的形

乎！[1]昔在陶唐，德盛化钧，野老吐"何力"之谈，郊童含"不识"之歌。[2]有虞继作，政阜民暇，"薰风"〔咏〕(原作诗，依范校)于元后，"烂云"歌于列臣。[3]尽其美者何？乃心乐而声泰也。至大禹敷土，九序咏功，[4]成汤圣敬，"猗欤"作颂。[5]逮姬文之德盛，《周南》勤而不怨；[6]大王之化淳，《邠风》乐而不淫。[7]幽、厉昏而《板》《荡》怒，平王微而《黍离》哀。[8]故知歌谣文理，与世推移，风动于上，而波震于下者〔也〕(原无也字，依范增)。春秋以后，角战英雄，六经泥蟠，百家飙骇。[9]方是时也，韩、魏力政，燕、赵任权，五蠹六虱，严于秦令；唯齐、楚

式和思想感情之所以不同，就可以由此而论述了。远在陶唐时代，帝尧的功德广大而恩泽普及，所以田野老人唱出了"帝力何有于我哉"的诗声，郊外的孩童吟咏"不识不知，顺帝之则"的歌谣。有虞氏继起，政治昌明而百姓安乐，所以帝舜自己唱着《南风诗》，又与臣下合唱着《卿云歌》。为什么都是一些颂美的诗篇呢？由于人们心里愉快，诗声自然安泰呵。到了大禹，分理了九州，完成了九项政事，所以大家赞扬他的功绩；成汤是个聪明而恭谨的帝王，所以《那》诗有对他"猗欤"的颂声。周文王的功业伟大，所以《周南》写人们勤劳而无所怨恨；太王政教淳厚，所以《邠风》写男女之乐而不流于淫乱。由于幽王、厉王昏聩，所以《板》《荡》诗中有了愤怒的感情；由于平王东迁而王室衰微，以致《黍离》篇中含着无限的悲哀。由此可知，诗歌谣谚的思想感情，是随着时代的变革而推移的，因为风在河面上刮着，河里的波涛便汹涌澎湃啊。春秋以后，用战斗决雌雄，圣人的六经被抛弃于泥淖中，诸子百家之说如狂风驰突。在这个时候，韩、魏用强力征伐，燕、赵用权谋搞诡诈；在秦国反对五蠹、六虱，最为严厉；只有齐、楚两国，还有些文学之

两国,颇有文学。[10]齐开庄衢之第,楚广兰台之宫,孟轲宾馆,荀卿宰邑,故稷下扇其清风,兰陵郁其茂俗,邹子以谈天飞誉,驺奭以雕龙驰响,屈平联藻于日月,宋玉交彩于风云。[11]观其艳说,则笼罩《雅》《颂》,故知晔烨之奇意,出乎纵横之诡俗也。[12]

士。齐国在大街上建筑了宾馆招待学者,楚王则开拓了兰台宫延纳文人,孟子住在齐国宾馆里,荀卿做了楚国的兰陵令,所以齐国稷下受学者的影响而清风播扬,楚国兰陵受荀卿的感化而蔚成风俗,邹衍喜欢谈天文,人们赞扬他叫"谈天衍",驺奭的辞令可雕龙文,各地恭维他叫"雕龙奭",屈平作品的辞藻真可与日月争光辉,宋玉写的《风赋》和《高唐赋》更是文情并茂。看来屈宋等人辞章的华丽,几乎笼罩了三百篇的《雅》《颂》,所以我们认为他们这种鲜艳奇巧的文辞,是出于纵横家诡诞的风尚啊。

注释

1 《论语·雍也》:"质胜文则野,文胜质则史,文质彬彬,然后君子。"质文代变,指文章形式而言;古今情理,指文章内容而言。

2 《帝王世纪》:"帝尧之世,天下太和,百姓无事。有老人击壤而歌曰:'日出而作,日入而息,凿井而饮,耕田而食,帝力于我何有哉。'"(亦见《论衡》)。《列子·仲尼》:"尧乃微服游于康衢,闻儿童谣曰:'立我蒸民,莫匪尔极,不识不知,顺帝之则。'"含与吟通,《史记·淮阴侯列传》"吟而不言",谓含而不言也。此处则谓吟"不识"之歌也。

3 皐:盛美也。《南风诗》见《明诗》注。《尚书大传》:"于时俊乂百工相和而歌卿云。帝乃倡之曰:'卿云烂兮,纠缦缦兮,日月光华,旦复旦兮。'八伯咸进稽首曰:'明明上天,烂然星陈,日月光华,弘于一人。'"范文澜云:"诗于元后,疑当作咏于元后。"今依范改。

4 大禹敷土:见《辨骚》注。九序咏功:见《原道》注。

5 《诗·商颂·长发》:"汤降不迟,圣敬日跻。"《诗·商颂·那》:"猗与那与。"

6 《诗·周南·汝坟序》:"文王之化,行乎汝坟之国,妇人能闵其君子,犹勉之以正也。"闵其君子之勤劳,勉之以正,是"勤而不怨"。

7 《诗豳谱》:"周公避流言之难,出居东都二年,思公刘、太王居豳之职,忧念民事至苦之功,以比序己志。"《东山序》:"四章乐男女之得及时也。"乐男女及时,是"乐而不淫"也。

8 《诗·板序》:"凡伯刺厉王也。"《诗·荡序》:"厉王无道,天下荡荡,无纪纲文章,故作是诗也。"《板》《荡》两诗皆刺厉王,此云幽厉,连类相及也。《诗·黍离序》:"闵周室之颠覆(谓平王东迁),彷徨不忍去而作是诗也。"

9 范云"波震于下者"下脱也字,依增补。《法言·问神》:"龙蟠于泥。"

10 力政:力征,谓强力征伐。《周礼·秋官》《墨子·明鬼》作力正。《礼记·王制》《汉书·五行志》作力政。《国语·吴语》作力征。政正皆征之借字。五蠹六虱:见《诸子》注。

11 《史记·孟荀列传》:"自如淳于髡以下(谓慎到、田骈、接子、环渊、驺奭、驺衍),皆命曰列大夫,为开第康庄之衢,高门大屋尊宠之。""齐开庄衢之第"一句,总言齐之文学。《风赋》:"楚襄王游于兰台之宫,宋玉、景差侍。""楚广兰台之宫"一句,总言楚之文学。《孟子·公孙丑》注:"孟子虽仕齐,处师宾之位,……寡人如就见者,若言就孟子之馆相见也。"《史记·孟荀列传》:荀卿适楚,"春申君以为兰陵令"。又:"自驺衍与齐之稷下先生如淳于髡、慎到、环渊、接子、田骈、驺奭之徒,各著书言治乱之事。"稷:齐城门。刘向《荀子叙》:"兰陵多善为学,盖以孙(同荀)卿也。长老至今称之,曰:兰陵人喜字为卿,盖以法孙卿也。"《史记·孟荀列传》:"故齐人颂曰:'谈天衍,雕龙奭。'"《史记·屈原列传》:"推此志也,虽与日月争光可也。"故此云"联藻于日月"。宋玉有《风赋》《高唐赋》,《高唐赋》中言"朝云",故此云"交彩于风云"。

12 "观其艳说",其虽并指以上诸家,然重在屈、宋。屈原主张连齐,反对张仪,在战略上是主张合纵的。《史记·屈原列传》:"长于辞令,……出则接遇宾客,应对诸侯。"又称宋玉等人"皆好辞而以赋见称,然皆祖屈原之从容辞令"。可知屈、宋乃以游说者之辞令,发而为骚赋,故本文云"昳烨之奇意,出乎纵横之诡俗"。

爰至有汉,运接燔书,[1] 高祖尚武,戏儒简学,[2] 虽礼律草创,《诗》《书》未遑,然《大风》《鸿鹄》之歌,亦天纵之英作也。[3] 施及孝惠,迄于文、景,经术颇兴,而辞人勿用,贾谊抑而邹、枚沉,亦可知已。[4] 逮孝武崇儒,润色鸿业,[5] 礼乐争辉,辞藻竞骛:柏梁展朝燕之诗,金堤制恤民之咏,[6] 征枚乘以蒲轮,申主父以鼎食,[7] 擢公孙之对策,叹儿宽之〔疑〕(原作拟,依铃本改)奏,[8] 买臣负薪而衣锦,相如涤器而被绣,[9] 于是史迁、寿王之徒,严、终、枚皋之属,

焚书的秦代之后便是汉朝,汉高祖只注重武力,嘲弄儒生,简慢学士,虽然草创了礼仪和法律,却没有工夫顾及《诗》《书》,但是他的《大风歌》和《鸿鹄歌》,总算是以高度智慧所写出的杰作吧。从孝惠帝起,到文帝和景帝止,这时研究经术的风气颇为盛行,可是辞章之士并未起用,从贾谊受委屈和邹阳枚乘遭压抑,便可以说明白了。到了孝武皇帝,他崇重儒家之学,用文事来润色武功,于是礼乐交映辉煌,文学争荣竞茂:在柏梁台宴会上写出了宴乐诗,因金堤黄河决口唱出恤民歌,用安车蒲轮征用了枚乘,用大夫的爵位提升了主父,公孙弘因为对策简要而被拔为第一,儿宽因为改定"疑奏"而大受赏叹,朱买臣本来负薪卖柴却衣锦还乡了,司马相如本来开酒店洗碗筷也荣耀地回家了。像司马迁、吾丘寿王那些人,严助、终军、枚皋等作家,应酬对答的方法既然多,写出的作

应对固无方,篇章亦不匮,遗风余采,莫与比盛。[10] 越昭及宣,实继武绩,驰骋石渠,暇豫文会,集雕篆之轶材,发绮縠之高喻,于是王褒之伦,底禄待诏。[11] 自元暨成,降意图籍,美玉屑之谭,清金马之路,子云锐思于千首,子政校雠于六艺,亦已美矣。[12] 爰自汉室,迄至成、哀,虽世渐百龄,辞人九变,而大抵所归,祖述《楚辞》,灵均余影,于是乎在。[13]

品也不少,影响风俗之大和流传文章之多,其他朝代是不能比拟的。经历了昭帝到了宣帝,真正继承了武帝业绩,召集许多经学家在石渠阁热烈讨论,在闲暇的时候自己也著文写诗,搜罗不平凡的辞赋家,把短赋比作彩绸,于是王褒等人都被起用,得了爵禄。从元帝到成帝,都注意图书经籍,奖掖口舌生花的作家,清扫了金马门以礼招待;所以杨子云高兴地精读了许多赋,刘子政辛勤地校对了六艺之文,也真是一个伟大的时代。汉朝从建国起,到成帝和哀帝止,时间远远地超过了一百年,文坛的变化也极大,从总的创作趋势来看,却渊源于《楚辞》,屈灵均的影子,在各家的创作中都有所反映。

注释

1《史记·秦始皇本纪》:李斯奏:"请史官非《秦纪》皆烧之。非博士官所职,天下敢有藏《诗》《书》百家语者,悉诣守尉杂烧之。……令下三十日不烧,黥为城旦。"……制曰:可。

2《史记·郦生陆贾列传》:"骑士曰:'沛公不好儒,诸客冠儒冠来者,沛公辄解其冠,溲溺其中。'"简:慢也。《史记·郦生陆贾列传》:"陆生时时前说称《诗》《书》,高祖骂之曰:乃公居马上而得之,安事《诗》《书》。"

3《汉书·礼乐志》:"命叔孙通制礼仪……未尽备而通终。"《汉书·艺文志》:"汉兴,萧何草律。"《汉书·刑法志》:"萧何……作律九章。"遒:

暇也。《大风歌》：见《乐府》注。《史记·留侯世家》：高祖为戚夫人歌曰："鸿鹄高飞，一举千里。羽翮已就，横绝四海。横绝四海，当可奈何！虽有矰缴，尚安所施。"

4 施及：犹言"延及"。《诗·葛覃》"施于中谷"，传："施，移也。"陈奂疏："移，亦延也。"惠帝时除挟书律；文帝时《论语》《孝经》《孟子》《尔雅》皆置博士，又立韩生《诗》、申公《诗》；景帝又置齐辕固生《诗》及《春秋》，胡毋生董仲舒《公羊》博士，故云"经术颇兴"。《汉书·贾谊传》："天子后亦疏之，不用其议，以谊为长沙王太傅。"《史记·邹阳传》："（梁）孝王怒，下之吏，将欲杀之。"《汉书·枚乘传》："景帝召拜乘为弘农都尉，乘……不乐郡吏，以病去官。"故云"贾谊抑而邹、枚沉"。

5 《汉书·武帝纪·赞》："孝武初立，表章六经，兴太学，号令文章，焕焉可述。后嗣得遵洪业，而有三代之风。"班固《两都赋·序》："至于武、宣之世乃崇礼官，考文章，内设金马石渠之署，外兴乐府协律之事，以兴废继绝，润色鸿业。"

6 柏梁诗见《明诗》注。朝燕：朝廷宴乐。《汉书·王尊传》："河水盛溢，泛漫瓠子金堤。"《汉书·沟洫志》载瓠子决河，武帝作歌，歌有"皇谓河公兮何不仁，泛滥不止兮愁吾人"。故本文云"金堤制恤民之咏"。

7 《汉书·枚乘传》："武帝自为太子闻乘名。及即位，乘年老，乃以安车蒲轮征乘。"以菖蒲裹车轮曰蒲轮。《汉书·主父偃传》：偃曰："丈夫生不五鼎食，死则五鼎烹耳。"申：重也，加也。谓武帝重用主父偃。

8 公孙对策，见《议对》注。兒宽疑奏，见《附会》注。

9 《汉书·朱买臣传》："家贫，常艾薪樵卖以给食。……拜会稽太守，上谓曰：'富贵不归故乡，如衣锦夜行，今子何如？'"《史记·司马相如传》：相如卖酒临邛，"与佣保杂作，涤器于市中"，后为中郎将，回四川，"蜀人以为宠"。

10 司马迁、吾丘寿王、严安（或谓严助）、终军，《汉书》多有传。枚皋附《枚乘传》。皆当时文学家，可参阅诸人本传。

11《汉书·王褒传》："宣帝时，修武帝故事，讲论六艺群书，博尽奇异之好。"故云"实继武绩"。石渠，见《论说》注。暇豫："暇"谓闲暇，"豫"与"与"通，参与也。《汉书·王褒传》："(宣帝)益召高材刘向、张子侨、华龙、柳褒等待诏金马门。"故云"集雕篆之轶材"。《汉书·王褒传》："上(宣帝)曰：辞赋大者与古诗同义，小者辩丽可嘉，辟如女工有绮縠，音乐有郑卫。"故云"发绮縠之高喻"。绮縠：文采轻绸也。底禄：致禄，即获得俸禄也。

12《汉书·元帝纪·赞》"多材艺，善史书，……少而好儒"，《汉书·成帝纪》"壮好经书"，故云"降意图籍"。玉屑：指文辞。《论衡·书解》："玉屑满箧，不成为宝。"《史记·滑稽列传》："金马门者，宦署门也。门傍有铜马，故谓之金马门。"《汉书·成帝纪》："(建始)四年，春，罢中书官。"故云"清金马之路"。桓谭《新论》："子云曰：能读千赋，则善为之矣。"《汉书·艺文志》："(成帝)诏光禄大夫刘向，校经传诸子诗赋。"

13"汉室"之"室"，此处作动词用，谓建国也。渐：进也。西汉凡两百余年，至成帝亦近两百年，故云"世渐百龄"。九变，谓多变也。九为虚数，与赞曰"辞采九变"之指实数者不同。《宋书·谢灵运传论》："自汉至魏，……是以一世之士，各相慕习，原其飚流所始，莫不同祖《风》《骚》。"

自哀、平陵替，光武中兴，深怀图谶，颇略文华，[1]然杜笃献诔以免刑，班彪参奏以补令，虽非旁求，亦不遐弃。[2]及明〔章〕（原作帝，依范改）

自从哀帝、平帝衰败之后，光武皇帝中兴以来，深信谶纬之学，忽略文学之事，可是杜笃由于陈献吊大司马吴汉诔而免除刑狱，班彪因为替窦融写降表而拜为县令，虽然光武没有竭力搜罗文人学士，但也未尝遗弃他们。明帝和章帝先后争光

叠耀,崇爱儒术,肆礼璧堂,讲文虎观,[3]孟坚珥笔于国史,贾逵给札于瑞颂,[4]东平擅其懿文,沛王振其《通论》,[5]帝则藩仪,辉光相照矣。[6]自安、和已下,迄至顺、桓,则有班、傅、三崔,王、马、张、蔡,磊落鸿儒,才不时乏,而文章之选,存而不论。[7]然中兴之后,群才稍改前辙,华实所附,斟酌经辞,盖历政讲聚,故渐靡儒风者也。[8]降及灵帝,时好辞制,选《羲皇》之书,开鸿都之赋,而乐松之徒,招集浅陋,故杨赐号为驩兜,蔡邕比之俳优,[9]其余风遗文,盖蔑如也。[10]

耀彩,推崇儒家学说,明帝亲身到璧堂讲习礼乐,章帝召集学士在白虎堂讨论经义,让班固执笔修国史,给贾逵纸墨作《神雀颂》,所以东平王以修礼乐见长,沛献王以著《五经论》驰名,这真是皇帝的典范、藩王的楷模,光彩辉煌互相照射。从安帝、和帝以后,到顺帝、桓帝的时代,出现了班固、傅毅、崔瑗、崔骃、崔寔,还有王充、马融、张衡、蔡邕,像这样光明磊落的大学者,不乏其人,至于文章能手,还不曾算到呢。然而光武中兴以后,有才华的作家改变了西汉创作的途径,对于作品的形式和内容,都常常采用六经辞义,因为中兴以来,各朝聚集儒生讲求经术,所以作家感染了儒家的风气。下及灵帝,也爱好文学,自己著述了《羲皇篇》,还敞开鸿都门延纳文人写辞赋,但是乐松等人,只是招集了一些浅薄鄙陋之徒,所以杨赐把他们叫混蛋,蔡邕把他们比作戏子,流传下来的作品,自然是微不足道了。

注释

1 《正纬》:"光武之世,笃信斯术,风化所靡,学者比肩,沛献集纬以通经,曹褒选谶以定礼,乖道谬典,亦已甚矣。"彼文注引,可以参阅。
2 杜笃献诔:见《诔碑》注。《后汉书·班彪传》:"彪乃为融画策事汉,……及融征还京师,光武问曰:'所上章奏,谁与参之?'融对曰:'皆从事班彪所为。'帝雅闻彪材,因召入见,举司隶茂才,拜徐令。"

3 明章:原作明帝,依范改。《后汉书·桓荣传》:"永平二年,三雍(明堂、灵台、辟雍)初成,拜荣为五更,每大射养老礼毕,帝辄引荣及弟子升堂执经,自为下说。"是明帝"肄礼璧堂"也。《后汉书·章帝纪》:"(建初四年)十一月,下太常,将大夫、博士、议郎、郎官及诸生、诸儒会白虎观,讲议五经同异。使五官中郎将魏应承制问,侍中淳于恭奏,帝亲称制临决,如孝宣甘露石渠故事,作《白虎议奏》。"是章帝"讲文虎观"也。

4 《后汉书·班彪传》:"固以彪所续前史未详,乃潜精研思,欲就其业。既而有人上书显宗,告固私改作国史者。有诏下郡收固,系京兆狱,尽取其家书。……固弟超……乃驰诣阙上书,得召见,具言固所著述意,而郡亦上其书,显宗甚奇之,召诣校书部,除兰台令史,与前睢阳令陈宗、长陵令尹敏、司隶从事孟异共成《世祖本纪》。迁为郎,典校秘书。固又撰功臣、平林、新市、公孙述事,作列传、载记二十八篇奏之。帝乃复使终成前所著书。"此云"珥笔于国史",即上所述事也。珥笔:犹言执笔。《后汉书·贾逵传》:"有神雀集官殿官府,冠羽有五采色。帝异之,……乃召见逵问之。对曰:'……此胡降之征也。'帝敕兰台给笔札,使作《神雀颂》。"

5 《后汉书·东平王苍传》:"苍以天下化平,宜修礼乐;乃与公卿共议定南北郊冠冕车服制度,及光武庙登歌八佾舞数。"《后汉书·沛献王辅传》:"作《五经论》,时号之曰《沛王通论》。"

6 帝则:帝王典则,指上文"肄礼璧堂,讲文虎观"。藩仪:藩王仪型,指东平、沛献二王。

7 班:班固。傅:傅毅。三崔:崔瑗、崔骃、崔寔。王:王充。马:马融。张:张衡。蔡:蔡邕。《后汉书》皆有传。《论衡·超奇》:"故夫能说一经者为儒生,博览古今者为通人;采掇传书以上书奏记者为文人;能精思著文连结篇章者为鸿儒。故儒生过俗人,通人胜儒生,文人逾通人,鸿儒超文人。"本文"鸿儒"即《论衡》中之"鸿儒",本文中"文章之选"即《论衡》中之"文人"也。选:善也。

8 历政讲聚:指"肄礼璧堂,讲文虎观"。渐靡儒风:靡,被也。《事类》:"至于崔、班、张、蔡,遂捃摭经史,华实布濩,因书立功,皆后人之范式也。"故云"渐靡儒风"。

9 《后汉书·蔡邕传》:"(灵)帝好学,自造《羲皇篇》五十章。……侍中祭酒乐松、贾护多引无行趣势之徒,并待制鸿都门下。……邕上封事曰:'夫书画辞赋,才之小者。……诸生竞利,作者鼎沸,其高者颇引古训风喻之言,下则连偶俗语,有类俳优,或窃成文,虚冒名氏。'"《后汉书·杨赐传》:"光和元年,……赐上书曰:'鸿都门下,招会群小,造作赋说,以虫篆小技,见宠于时,如驩兜、共工、更相荐说。'"按驩兜虽古人名,实混蛋之转音,故可译为混蛋。

10 《汉书·东方朔传·赞》:"其流风遗书,蔑如也。"注:"言辞义浅薄,不足称也。"按《汉书》实用《法言·渊骞》语。

自献帝播迁,文学蓬转,建安之末,区宇方辑。[1] 魏武以相王之尊,雅爱诗章,文帝以副君之重,妙善辞赋;陈思以公子之豪,下笔琳琅,并体貌英逸,故俊才云蒸。[2] 仲宣委质于汉南,孔璋归命于河北,伟长从宦于青土,公幹徇质于海隅。[3] 德琏综其斐然之思,元瑜展其翩翩之乐,[4] 文蔚、

从汉献帝逃亡起,文学之士也随着流离转徙,到建安末年,天下才安定。魏武帝身为丞相,极好作诗;魏文帝贵为太子,特长辞赋;陈思王是英豪公子,更是笔下铿锵。他们对作家都很礼貌,所以有才华的作家争相依附。王仲宣从荆州来委质,陈孔璋从冀州来投诚,徐伟长从北海来仕宦,刘公幹从东平来为臣。应德琏文才很高极想从事著述,阮元瑜擅长书记最使人悦爱,还有路文蔚、繁休伯

休伯之俦,〔子叔〕(原作于叔,今依《魏志》斐注改)、德祖之侣,傲〔岸〕(原作雅,今校改)觞豆之前,雍容衽席之上,洒笔以成酣歌,和墨以借谈笑。⁵观其时文,雅好慷慨,良由世积乱离,风衰俗怨,并志深而笔长,故梗概而多气也。⁶至明帝纂戎,制诗度曲,征篇章之士,置崇文之观,何刘群才,迭相照耀。⁷少主相仍,唯高贵英雅,顾盼〔含〕(原作合,依冈本改)章,动言成论。⁸于时正始余风,篇体轻澹,而嵇、阮、应、缪,并驰文路矣。⁹

那班人,邯郸淳、杨德祖等作家,骄傲地在宴会上应酬,从容地在几席间对答,挥笔成章可供咏唱,洒墨成篇可资谈笑。当时的作品,都十分激昂,因为长期遭受乱离,风俗衰微人心哀怨,大家感慨很深笔下沉重,所以心地耿介文气激昂啊。到了明帝继承皇位,他爱写诗、度曲,征聘了许多作家,居住在崇文观,像何晏、刘劭那些才人,先后常常出现。以后都是些年轻帝王执政,其中高贵乡公最为英俊儒雅,所以顾盼之间也带文采,随便谈吐都成为妙论。这时还受着正始年代文风的影响,文章风格不免轻浮清淡,于是嵇康、阮籍、应璩、缪袭等人,都在文坛上驰骋了。

注释

1 文学蓬转:谓文学之士流离转徙也。辑:安靖。
2 《汉书·疏广传》:"太子,国储副君。"《汉书·贾谊传》:"体貌大臣。"注:"体貌,谓加礼容而敬之。"云蒸:犹言云起。
3 《左传》僖公廿三年:"策名委质。"《史记·仲尼弟子列传》索隐引服虔注《左传》云:"古者始仕,必先书其名于策,委死之质于君,然后为臣,示必死节于其君也。"按此文"委质"及下文"徇质",质皆贽之借字。《国语·晋语》"臣委质于狄之鼓",注:"质,贽也。士质以雉,委质而退。"《三国志·魏书·王粲传》:"字仲宣,……以西京扰乱，……乃之荆州依刘表，……表卒，……太祖辟为丞相掾，赐爵关内侯。……粲与北海徐幹字伟长，广陵陈琳孔璋，……东平刘桢公幹，并见友善。幹为司空军谋祭酒掾，属五官将文学。……琳避难冀州，袁绍使典文章。袁氏败，琳归太祖。"曹植《与杨德祖书》："昔仲宣独步于汉南，孔璋鹰扬于河朔，伟长擅名于青土，公幹振藻于海隅。"

4 《三国志·魏书·王粲传》："陈留阮瑀字元瑜，汝南应玚字德琏。"曹丕《与吴质书》："德琏常斐然有著作之意，……元瑜书记翩翩，致足乐也。"

5 《三国志·魏书·王粲传》："自颍川邯郸淳，繁钦、陈留路粹，……亦有文采。"注："《魏略》曰：'淳一名竺，字子叔。'"又："繁，音婆。《典略》曰：'钦字休伯。'"又："《典略》曰：'粹字文蔚。'"《陈思王植传》注："《典略》曰：'杨修字德祖，太尉彪字也。'"傲岸：原作傲雅，雅疑岸字之音误，今校改。《序志》"傲岸泉石"，亦以傲岸连文，可证。

6 范云："《艺文类聚》五十五陈思王《前录序》曰：'余少而好赋，其所尚也。雅好慷慨，所著繁多，虽触类而作，然芜秽者众。'梗概、慷慨，声同通用。袁宏《咏史诗》'周昌梗概臣'，亦慷慨之意。"今按，范以梗概、慷慨，声同通用，是也。谓梗概亦慷慨之意则不可从。梗概与耿介声同通用。

7 篡戎：犹言继位而登大宝也。《三国志·魏书·明帝纪》："青龙四年，……夏四月，置崇文观，征善属文者以充之。"何刘：指何晏、刘劭。

8 曹芳（齐王），曹髦（高贵乡公）、曹奂（陈留王），皆少主，故云"少主相仍"。《三国志·魏书·高贵乡公纪·评》："才慧夙成，好问尚辞。"《易·坤》："含章可贞。"注："含美而可正者也。"

9 正始：曹芳年号，其时诗风，可参阅《明诗》。嵇：嵇康。阮：阮籍。应：应璩及应贞。缪：缪袭。

逮晋宣始基,景文克构,并迹沉儒雅,而务深方术。[1]至武帝惟新,承平受命,而胶序篇章,弗简皇虑。[2]降及怀、愍,缀旒而已。[3]然晋虽不文,人才实盛:茂先摇笔而散珠,太冲动墨而横锦,[4]岳、湛曜联璧之华,机云标二俊之采,[5]应、傅、三张之徒,孙、挚、成公之属,并结藻清英,流韵绮靡。[6]前史以为运涉季世,人未尽才,诚哉斯谈,可为叹息。[7]

晋宣王为开国打好了基础,文王、景王扩大了基业,他们虽然藏身于儒术之中,却一心一意搞权谋。武帝代魏而革新政教,他是在太平中受禅即位的,对于设立学校、提倡文学,并不放在心上。到了怀帝和愍帝,被人所执持只是旗杆上的赘旒罢了。晋朝虽然不讲求文学,人才却很多:张茂先摇动笔杆如抛珠撒玉,左太冲写出诗来如铺绸张锦,潘岳和夏侯湛是一对才华奋发的玉人,陆机、陆云更是两个文采辉煌的英才,应贞、傅玄、三张等作家,孙楚、挚虞、成公绥那班人,都遣词清新,韵调流畅,前代的史书认为当时处在危乱的年代,人们未能全面地显出自己的才华,这种说法真对啊,想起来就令人叹息。

注释

1 晋宣:司马懿。始基:创立基业。景:司马师。文:司马昭。克构:扩大基业。《尚书·大诰》:"乃弗肯堂,矧肯构。"孔传:"乃不肯为堂基,况肯构立屋乎?"迹沉儒雅:谓藏身儒雅之中。务深方术:谓专为权术,志在篡夺也。

2 武帝:司马炎。胶序:学校。《礼记·王制》:"周人养国老于东胶。"注"东胶亦大学","序"即"庠序"。《论语·尧曰》:"简在帝心。"弗简皇虑：谓不系于帝王之思虑也。

3 怀：司马炽。愍：司马邺。并为刘聪所执。《公羊传》襄公十六年："君若赘旒然。"注："旒，旗旒。赘，系属之辞。以旗旒为喻者，言为臣下所执持。"《释文》："赘，本又作缀。"

4 张华字茂先，左思字太冲，前已累见。

5 《晋书·夏侯湛传》："湛幼有盛才，文章宏富，善构新词，而美容观，与潘岳友善，行止同舆接茵，京都谓之连璧。"《晋书·陆机传》："太康末，与弟云俱入洛，造太常张华。华素重其名，如旧相识，曰：'伐吴之役，利获二俊。'"

6 应贞字吉甫，傅玄字休奕。《晋书》皆有传。三张见《明诗》注。孙楚字子荆，挚虞字仲治，成公绥字子公，《晋书》并有传。

7 前史：指晋史。晋史多家，未知所本。

元皇中兴，披文建学，[1]刘、刁礼吏而宠荣，景纯文敏而优擢。[2]逮明帝秉哲，雅好文会，升储御极，孳孳讲艺，练情于诰策，振采于辞赋，[3]庾以笔才逾亲，温以文思益厚，揄扬风流，亦彼时之汉武也。[4]及成、康促龄，穆、哀短祚，[5]简文勃兴，渊乎清峻，微言精理，函满玄席，澹

元帝中兴晋朝以后，披阅文籍，建立学校，刘隗、刁协本来是讲求礼法的官吏，由于熟谙文史而受到宠爱，郭景纯为当时辞赋家领袖，由于文章敏快而得到美缺。明帝的天分既高，又爱好文事，从太子到即位，都是努力讲习艺文的，对于诏诰教令很熟练，写出的辞赋也极华丽。庾亮由于善于散文而备受亲近，温峤由于颇有文思而益加受宠，这样引用人才，可算是晋代的汉武帝了。成帝、康帝的寿命都不长，穆帝、哀帝的国祚又很短，简文皇帝突然兴起，性格非常清淡严峻，微妙的言辞和精深的道理，常常洋溢在他的玄谈中，淡泊的意志与

思浓采,时洒文囿。[6]至孝武不嗣,安、恭已矣。[7]其文史则有袁、殷之曹,孙、干之辈,虽才或浅深,珪璋足用。[8]自中朝贵玄,江左称盛,因谈余气,流成文体。[9]是以世极迍邅,而辞意夷泰,诗必柱下之旨归,赋乃漆园之义疏。[10]故知文变染乎世情,兴废系乎时序,原始以要终,虽百世可知也。[11]

浓缛的文藻,时时反映到他的创作里。孝武帝以后就没有继承人了,安帝、恭帝被害,便终结了晋室,这时的文学和史学家除了袁伯彦、殷仲文之外,还有孙安国、干令升等人,他们的才学虽有浅有深,比如玉器中的珪璋,但都是有用的人才。自从西晋尊重玄学以来,迁都江南以后谈玄的风气更盛行了,随着清谈风气的传播,流变而成为玄体诗文。虽然时代十分艰难,但作家创作内容却表现得极安泰,写诗是以老聃的思想为宗师,作赋是替庄周的学说作注解。由此可以明白,文章的变化必然渐染着社会的心态,文章的盛衰关系于朝代的嬗递。如果从因果关系推求,百代以后的事情也就知道了。

注释

1 《晋书·元帝纪》:建武元年"置史官,立太学";太兴四年"置《周易》《仪礼》《公羊》博士"。

2 《晋书·刘隗传》:"隗字大连。……雅习文史,善求人主意,帝深器遇之。迁丞相司直,委以刑宪。……隗虽在外,万机秘密,皆豫闻之。"《晋书·刁协传》:"字玄亮。……少好经籍,博闻强记,……协久在中朝,谙练旧事,凡所制度,皆禀于协焉。"《晋书·郭璞传》:"字景纯,……词赋为中兴之冠。璞著《江赋》,其辞甚伟,为世所称。后复作《南郊赋》,帝见而嘉之,以为著作佐郎。"

3 秉哲:谓禀赋才智。储:储君,即太子。极:四极,犹言四海。《晋书·明帝纪》:"幼而聪哲,……有文才武略,钦贤爱客,雅好文辞,当时文臣自王导、庾亮、温峤……等，咸见亲待。"《艺文类聚》四十八引檀道鸾《续晋阳秋》，明帝手诏以温峤为中书令："文清而旨远，宜居机密。"故云"练情于诰策"。《艺文类聚》九十七载明帝《蝉赋》残文，故云"振采于辞赋"。

4 《晋书·庾亮传》："亮字元规，……明帝即位，以为中书监。"《晋书·温峤传》："峤字太真。……明帝即位，拜侍中，机密大谋，皆所参综，诏令文翰，亦悉豫焉。"《章表》："庾公之让中书，信美于往载。"章表诏令皆散文，故称"笔才"。揄扬：引举。

5 成帝在位八年卒，年廿二；康帝在位二年卒，年廿三；穆帝在位十七年卒，年十九；哀帝在位四年卒，年廿五。本当云："成、穆促龄，康、哀短祚。"此以时序故云"成、康促龄，穆、哀短祚"也。

6 《晋书·简文帝纪》："清虚寡欲，尤善玄言，……留心典籍，……不以居处为意，凝尘满席，湛如也。"

7 《晋书·孝武帝纪》："讳曜字昌明。……初简文帝见谶云：'晋祚尽昌明。'及帝之在孕也，李太后梦神人谓之曰：'汝生男以昌明为字。'及产，东方始明，因以为名焉。简文帝后悟，乃流涕。"晋祚至孝武始移，故云"至孝武不嗣"，安、恭皆为刘裕所害，故云："安、恭已矣。"

8 《晋书·袁宏传》："字彦伯，……有逸才，文章绝美。……撰《后汉纪》三十卷，及《竹林名士传》三卷，诗、赋、诔、表等杂文凡三百首，传于世。"《晋书·殷仲文传》："少有才藻，……善属文，为世所重。谢灵运尝云：'若殷仲文读书半袁豹，则文才不减班固。'"《晋书·孙盛传》："字安国。……著《魏氏春秋》《晋阳秋》并造诗、赋、论、难复数十篇。《晋阳秋》词直而理壮，咸称良史焉。"《晋书·干宝传》："字令升，……少勤学，博览书记。……撰《搜神记》三十卷……《春秋左氏义外传》。"

9 《宋书·谢灵运传》论："有晋中兴，玄风独盛，为学穷于柱下，博物止乎七篇，驰骋文辞，义殚乎此。自建武暨于义熙，历载将百，虽缀响联辞,波属云委,莫不寄言上德,托意玄珠,遒丽之辞,无闻焉尔。"

10 迍邅：困难。夷泰：安暇。《史记·老庄申韩列传》：老子，"周守藏室之史也"。索隐："又《张汤传》：'老子为柱下史。'"又："周尝为蒙漆园吏。"

11 原始以要终：语出《易·系辞》。孔疏："原穷其事之初始，……又要会其事之终末。"

自宋武爱文，文帝彬雅，[1]秉文之德，孝武多才，英采云构。[2]自明帝以下，文理替矣。[3]尔其缙绅之林，霞蔚而飙起：王、袁联宗以龙章，颜、谢重叶以凤采，[4]何、范、张、沈之徒，亦不可胜〔数〕（原脱，依范增补）也。[5]盖闻之于世，故略举大较。

宋武帝爱好文学，宋文帝彬彬儒雅，孝武帝继承了文帝的德业，多才多艺，创作了许多有文采的作品。从明帝以后，后废帝和顺帝的时代，文学的风气才衰微了。在宋代士大夫之中，作家真像云霞茂郁飙风勃发，王、袁两族的人才文采炳焕，颜、谢的子孙有如凤采辉煌，何、范、张、沈各姓的名家，也是不可数计的。这些都是世所共知的，所以只略举大概。

注释

1 《宋书·武帝纪》永初三年诏："便宜傅延胄子，陶奖童蒙，选备儒官，弘振国学，主者考详旧典，以时施行。"《齐书·王俭传》谓宋武帝好文章，天下悉以文采相尚。《南史·宋文帝本纪》，元嘉十五年"立儒学馆于北郊，命雷次宗居之"，十六年"上好儒雅，又命丹阳尹何尚之立玄素学，著作佐郎何承天立史学，司徒参军谢元立文学，各聚门徒，多就业者，江左风俗于斯为美，后言政化，称元嘉焉"。

2 秉文之德：谓继承文帝德业也。《南史·宋孝武纪》："少机颖，神明爽发，读书七行俱下，才藻甚美。"

3 《南史·明帝纪》："帝好读书，爱文义。"明帝之后，为后废帝与顺帝。

4 刘宋之时，王、袁两姓，文士最多，故曰"联宗以龙章"。颜、谢两家，作者世有，故曰"重叶以凤采"。刘师培《中古文学史》论述最详，可资参考。

5 宋代何、范、张、沈等姓作家，人数亦多，兹各举两人为代表。"何"如何承天、何长瑜；"范"如范泰、范晔；"张"如张敷、张望；"沈"如沈怀文、沈怀远。故云"何、范、张、沈之徒，亦不可胜数也"。

暨皇齐驭宝，运集休明：[1]太祖以圣武膺箓，〔世〕（原作高，依范改）祖以睿文纂业，文帝以贰离含章，〔高〕（原作中，依范改）宗以上哲兴运，并文明自天，缉〔熙〕（原作遐，疑作熙，依疑作改）景祚。[2]今圣历方兴，文思光被，海岳降神，才英秀发。驭飞龙于天衢，驾骐骥于万里，经典礼章，跨周轹汉，唐、虞之文，其鼎盛乎！[3]鸿风懿采，短笔敢陈？扬言赞时，请寄明哲！[4]

大齐开国统治了天下，时运真是好极了：太祖皇帝以聪明威武而受命，世祖皇帝以天赋文才而继业，文帝生当两祖之后也文采辉煌，高祖更是以最高的智慧中兴国运，都是天生的英才，所以大业昌明。当今皇帝正当历数兴旺的时候，文章教化普及天下，高山和大海都出现了灵异，东西南北产生了大量人才。在朝廷内擢拔了许多雄才，在各地也选择了许多豪杰，国家的典章制度，跨越了周朝超过了汉代，真如唐尧虞舜，兴盛极了！这样伟大的风化和如此懿美的文教，我这支秃笔怎敢陈述？大声疾呼地颂扬这个时代，只好寄望于后来的高明了！

注释

1 皇：美也。"皇齐"之"皇"，读如《周颂·雝》"假哉皇考"之"皇"。《易·系辞下》："圣人之大宝曰位。"驭宝犹言即位。休：美也。

2 膺：当或受也。箓（lù）：符命。《易·离·象》："明两作离，大人以继明照于四方。"疏："离为日，日为明，今有上下二体，故云明两作离也。"此文"贰离"，即《易》之"明两"也。熙：原作"退"。旧校疑作熙，是也。形近致讹。《诗·文王》："於缉熙敬止。"传："缉熙，光明也。"景祚：犹言大位。

3 历：历数。《论语·尧曰》："天之历数在尔躬，允执其中。"光被：广被也。鼎盛：正盛也。

4 《尚书·益稷》"稽首扬言"，传："大言而疾曰扬。"

赞曰：蔚映十代，辞采九变。[1] 枢中所动，环流无倦。[2] 质文沿时，崇替在选。[3] 终古虽远，僾[4]（原作旷，汪作暖，依铃本改）焉如面。

总而言之：在文采照耀的十个朝代里，诗文的风格有九变。变化开始于朝廷，然后天下四方流传遍。文风的文质既然随时代而不同，文学的盛衰就可以由此而推算。上古虽然离今天很遥远，但是上古的文风还仿佛可见。

注释

1 十代：唐、虞、夏、商、周、汉、魏、晋、刘宋、萧齐。九变：与前言九变不同，盖此有实指也。陶唐民谣朴野，虞时心乐声泰，一变也；三代之文由咏功颂德，变为刺淫讥过，二变也；楚辞富丽，出于纵横之诡俗，西汉文风，不外屈宋余响，三变也；东汉渐靡经生之习，成为儒者之文，四变也；灵帝以后，类多浅陋，比于俳优，五变也；建安文章梗概多气，六变也；魏明以后，篇体轻澹，七变也；西晋则结藻清英，流韵绮靡，八变也；南渡玄风大炽，故世极迍邅，而辞意夷泰，九变也。

2 《庄子·齐物论》："枢始得其环中，以应无穷。"此以枢中指朝廷。《鹖冠子》："物极则反，命曰环流。"

3 选：算也。

4 僾（ài）：仿佛。

才　略

导读

纪昀说:"《时序篇》总论其世,《才略篇》各论其人。"今按《时序》阐述文学与时代的关系,《才略》评论作家在各个时代的成就,是书中的姊妹篇。

本篇概述了唐、虞、夏、商、周、汉、魏、晋、宋的代表作家和作品,指出了"九代之文"的轮廓,对于我们研究文学史是有借鉴作用的。更重要的是,本篇在论述作家时,不是因袭陈说,而是有它的创见。比如司马相如是汉代的辞宗,刘勰却指出其"覆蔽精意,理不胜辞";从来评论曹氏兄弟,都是抑丕扬植的,这里却感慨地说:"俗情抑扬,雷同一响,遂令文帝以位尊减才,思王以势窘益价,未为笃论也。"这些评论,在当时的历史条件下,都是有胆识的。

本篇虽然与《时序》各自为篇,但又没有把作家从时代中孤立起来。比如评论两汉文学,认为司马长卿、王子渊以前,作家富于创造;杨雄、刘向以后,作家博于学识。探讨了作家的两种趣向之后,综合起来说:"卿、渊已前,多役才而不课学;雄、向已后,颇引书以助文。此取与之大际,其分不可乱者也。"又如总论两汉、魏、晋,认为东汉可参西京,晋世足比曹魏,为什么"魏时话言,必以元封为称首;宋来美谈,亦以建安为口实"? 他的答案是:"岂非崇文之盛世,招才之嘉会哉!"论述了文学盛兴与当时政治上帝王的提倡是分不开的。

[原文]

　　九代之文，富矣盛矣；其辞令华采，可略而〔言〕（原作详，依刘永济校）也。[1]虞、夏文章，则有皋陶六德，[2]夔序八音，[3]益则有赞，[4]五子作歌，辞义温雅，万代之仪表也。商、周之世，则仲虺垂诰，[5]伊尹敷训，[6]吉甫之徒，并述诗颂，[7]义固为经，文亦〔足〕（原脱，依范增补）师矣。[8]及乎春秋，大夫则修辞聘会，磊落如琅玕之圃，焜耀似缛锦之肆，[9]蔿敖择楚国之令典，[10]随会讲晋国之礼法，[11]赵衰以文胜从飨，[12]国侨以修辞扞郑，[13]子太叔美秀而文，公孙挥善于辞令，皆文名之标者也。[14]战代任武，而文士不绝；诸子以道术取资，屈、宋以楚辞发采，乐毅报书辨以义，[15]范雎上书密而至，[16]苏秦

[译文]

　　唐、虞等九代的作品真多呀，但它们的语言风貌，却可以梗概说明。虞夏的文章，皋陶论述了"六德"，夔叙述了"八音"，益有"赞词"，太康兄弟五人作《五子之歌》，都意旨温和文辞典雅，是千秋万代的楷模。商周时代，仲虺留下了《仲虺之诰》，伊尹写下了《伊训》，尹吉甫等人创作了颂扬周宣王的诗篇，从内容说固然是经典，从文辞说也足为师表。到了春秋时代，各国大夫为了出使诸侯，也修饰言辞，看了他们鲜艳的文藻真像走进玉石的林园，阅读他们灿烂的辞章真像到了锦缎的街市。蔿敖在楚国推行了善政，随会在晋国施行了礼法，赵衰由于文辞杰出参加了享礼，子产由于善修辞令捍卫了郑国，子太叔貌美才秀而多文采，公孙挥口若悬河长于说辞，都是文章杰出的人物。战国时代虽然讲求武力，文学之士并没有断绝，诸子百家用他们的学说猎取声名，屈原、宋玉用楚国方言写出了好作品，乐毅报燕惠王书论事明白而合理，范雎上秦昭王书写得周密而深刻，苏秦游说诸侯，说辞雄壮而中肯，李斯谏逐客卿，

历说壮而中,[17]李斯自奏丽而动,[18]若在文世[19],则杨、班俦矣。荀况学宗而象物名赋,[20]文质相称,固巨儒之情也。

文章华丽而动人,假若在崇重文章的朝代,真是杨雄班固一类的作家。荀卿是学者的宗师,却借描绘事物写了《赋篇》,文辞和意旨都佳,表达了一个大儒的情感。

注释

1 九代:指唐、虞、夏、商、周、汉、魏、晋、宋而言,与《时序》中称十代对勘可知。可略而言:原作可略而详。刘永济云"详疑言误",今依校改。
2 见《尚书·皋陶谟》。彼文有九德与六德。九德即"宽而栗、柔而立、愿而恭、乱而敬、扰而毅、直而温、简而廉、刚而塞、强而义",六德指九德中之后六事。
3 《尚书·舜典》:"帝曰夔,命汝典乐,教胄子。八音克谐,无相夺伦。"八音:金、石、土、革、丝、木、匏、竹。
4 《大禹谟》:"益赞于禹曰:……"
5 尚书有《仲虺之诰》。序云:"汤归自夏,至于大坰,仲虺作诰。"
6 《尚书》有《伊训》。序云:"成汤既没,太甲元年伊尹作《伊训》。"
7 《诗·大雅》中有《崧高》《烝民》《韩奕》《江汉》。各篇序皆云:"尹吉甫美宣王也。"《诗·崧高》云:"吉甫作诵,其诗孔硕。其风肆好,以赠申伯。"《诗·烝民》云:"吉甫作颂,穆如清风。"
8 范文澜云:"文亦师矣,句有缺字,疑师字上脱一足字。"今依校补。
9 《左传》昭公三年:"焜燿寡人之望。"服虔云:"焜,明也。燿,照也。"
10 《左传》宣公十二年:"蒍敖为宰,择楚国之令典。"蒍芌同字。
11 《左传》宣公十六年:"武子归(自周)而讲求典礼,以修晋国之法。"随会即武子也。

12 《左传》僖公廿三年：秦穆公享公子重耳，"子犯曰：'吾不如衰之文也，请使衰从'"。飨享同字；衰，赵衰。
13 国侨即子产。《左传》襄公廿五年：孔丘云："郑入陈，非文辞不为功。"
14 《左传》襄公三十一年："子太叔美秀而文，公孙挥……善为辞令。"
15 乐毅：战国燕昭王时人，燕惠王信齐人反间，疑乐毅，毅奔赵。惠王悔，使人诘责乐毅，且示已过。乐毅报书惠王。事见《战国策·燕策二》。
16 范雎：战国时魏人，至秦，上书说秦王，事见《战国策》及《史记》。
17 苏秦：战国时东周洛阳人，游说诸侯，并相六国，事见《战国策》及《史记》。
18 李斯：战国时楚上蔡人，为秦客卿。始皇用宗室大臣议论，逐客，李斯上书谏。
19 文世：宗文之世。
20 荀况：战国时赵人，游学于齐，后至楚。事见《史记》本传。著荀子三十二篇。《赋篇》包括《礼》《知》《云》《蚕》《箴》及《佹诗》。学宗：谓学者宗师。

汉室陆贾，首发奇采，赋《孟春》而〔撰《新语》〕（原作选典语，参考诸家校改），其辩之富矣。[1] 贾谊才颖，陵轶飞兔，议惬而赋清，岂虚至哉！[2] 枚乘之《七发》，邹阳之上书，膏润于笔，气形于言矣。[3] 仲舒专儒，子长纯史，而丽缛成文，亦《诗》

汉代的陆贾，首先写出了有文采的作品，创作了《孟春赋》，又撰述了《新语》，《新语》辩论事理详尽极了。贾谊的才华锋芒毕露，文章奔放赛过了"飞兔"，他议事惬当辞赋清新，难道是偶然的吗！枚乘的《七发》，邹阳的狱中上书，光泽流露在笔墨间，气势表现在语言中了。董仲舒是纯粹的儒家，司马迁则精研史学，但是他们用华丽的辞藻创作了辞赋，正如《诗经》的作者那样，是用诗歌陈述自

人之告哀焉。[4]相如好书,师范屈、宋,洞入夸艳,致名辞宗。然覆〔蔽〕(原作取,依刘永济校)精意,理不胜辞,故杨子以为文丽用寡者长卿,诚哉是言也。[5]王褒构采,以密巧为致,附声测貌,泠然可观。[6]子云属意,辞〔义〕(原作人,依范改)最深,观其涯度幽远,搜选诡丽,而竭才以钻思,故能理赡而辞坚矣。[7]桓谭著论,富号猗顿,[8]宋弘称荐,爰比〔杨雄〕(原作相如,今改)。[9]而集灵诸赋,偏浅无才,故知长于讽〔谕〕(原作论,依铃本改),不及丽文也。[10]敬通雅好辞说,而坎壈盛世,《显志》自序,亦蚌病成珠矣。[11]二班两刘,奕叶继采,[12]旧说以为固文优彪,歆学精向,然《王命》清辩,《新序》该练,璇璧

己的悲哀!司马相如从小爱读书,学习屈原宋玉,深通夸张粉饰的道理,列为辞赋家的宗师。但是华丽的形式掩盖了深刻的内容,说理抵不上辞藻,所以杨雄说"文采华丽而用处不多的是司马长卿",这句话多么中肯。王褒构造文章,把精密工巧作为关键,所以他的作品比附音律揣摩形象,轻松美妙耐人寻味。杨雄运思著述,选辞命意都极深刻,从他的作品可以看到布局广阔,用字奇特,耗尽了才力,绞尽了脑汁,所以内容丰富措辞稳当。桓谭著述的论文,内容丰富号为猗顿,宋弘推荐他,把他比作杨雄,但是他在集灵宫所写的那些赋,片面肤浅没有才气,所以他只是擅长写讽谏的文章,不善于作华丽的辞赋。冯衍最爱著文立说,在盛明的时代却郁郁不得志,因此写了《显志赋》自述其悲哀,这比如"蚌蛤胎珠",虽然在蚌是病,产出明珠来,却是大好事。班彪、班固、刘向、刘歆,累代相承都是文学家,旧的说法以为班固的文章比班彪好,刘歆的学识精于刘向,但是班彪的《王命论》文笔清新内容深刻,刘向的《新序》内容广博语言简练,宝玉总是出产于昆仑上,所以好儿子也难得超过

产于昆冈,亦难得而逾本矣。[13] 傅毅、崔骃,光采比肩,[14] 瑗、寔踵武,能世厥风者矣。[15] 杜笃、贾逵,亦有声于文,迹其为才,崔、傅之末流也。[16] 李尤赋铭,志慕鸿裁,而才力沉膇,垂翼不飞。[17] 马融鸿儒,思洽识高,吐纳经范,华实相扶。[18] 王逸博识有功,而绚采无力。[19] 延寿继志,瑰颖独标,其善图物写貌,岂枚乘之遗术欤![20] 张衡通赡,蔡邕精雅,文史彬彬,隔世相望。[21] 是则竹柏异心而同贞,金玉殊质而皆宝也。[22] 刘向之奏议,旨切而调缓;[23] 赵壹之辞赋,意繁而体疏。[24] 孔融气盛于为笔,祢衡思锐于为文,有偏美焉。[25] 潘勖凭经以骋才,故绝群于《锡命》;[26] 王朗发愤以托志,亦致美于序铭。[27] 然自

他的父亲啊。傅毅和崔骃,都是有文采的作家,崔瑗、崔寔继承崔骃,儿孙两代是能够把崔骃的风采传接下来的。杜笃和贾逵,在文学上也有声名,研究他们的才能,只算得崔骃、傅毅的末流。李尤的赋和铭,主观上是想搞长篇大作,但是才力软弱,像垂着翅膀飞不起来的鸟。马融是个大经师,思想博认识高,作文以经书为典范,内容和形式结合得好。王逸以广博的知识搞注释是做出了成绩的,然而写华丽的文章却才力不足。王延寿继承他父亲的遗志,奇峰突起,善于图画事物描摹形象,或者是运用了枚乘传下的手法吧!张衡广通博识,蔡邕精深典雅,所写的文章和史书都是有文采的,两人时代不同却前后遥遥相望。这好比竹子空心松柏赤心,内心虽不相同,却都有贞纯的操守;金子和玉石本质并不一样,却都是宝贝!刘向的奏议,意旨痛切而语气和平;赵壹的辞赋,内容繁多而文体疏畅。孔融才气纵横长于写散文,祢衡思想敏锐善于作辞赋,各有一技之长。潘勖借经书来驰骋其才力,所以《册魏公九锡文》超众绝群;王朗发泄愤慨寄托其志趣,也写了极漂亮的序和铭。然而

卿、渊已前,多〔役〕(原作俊,依范校)才而不课学;[28] 雄、向已后,颇引书以助文。[29] 此取与之大际,其分不可乱者也。[30]

在司马长卿和王子渊以前,多数文学家善于驱遣才华而不凭借学识,杨雄、刘向以后,则常常引用书本来帮助创作。这是创作倾向的不同,这种界限不应该混淆啊。

注释

1 陆贾:《史记》《汉书》有传。有《新语》十二篇,今存。刘永济云:"选乃撰字,二字古通。司马相如《封禅书》'历选列辟',《史记》作撰。徐广曰'撰一作选',是其证。"今按本篇下文即有"选赋而时美",选即撰字可证。今径改作撰,以便省览。孙诒让校《诸子》中陆贾《典语》时云:"典当作新,《新语》十二篇,今书具存。《史记》贾本传及正义引《七录》并同,皆不云典语。"又校本篇"选典诰"云,诰当作语,"形近而误"。今依校改。《孟春赋》已失传。其辩之富矣:指《新语》言,无关《孟春赋》也。

2 贾谊见前。轶同逸。飞兔:骏马名。《吕览·离俗》:"飞兔要褭,古之骏马也。"

3 枚乘邹阳皆见前。《七发》见《文选》。上书:《上吴王书》《狱中上书自明》,皆载《文选》。膏:油脂,此处谓光泽。

4 董仲舒,《史记》《汉书》皆有传,有《士不遇赋》。司马迁字子长,《汉书》有传,有《悲士不遇赋》。皆见《艺文类聚》三十。《诗·四月》:"君子作歌,维以告哀。"

5 司马相如,《史》《汉》皆有传。《汉书》本传:"少时好读书。"覆蔽精意:原作"覆取精意",刘永济云:"此言相如之文夸艳,至精意覆蔽也。取乃蔽误。"今依校改。杨雄《法言·君子》:"文丽用寡,长卿也。"

6 王褒,《汉书》有传。附声测貌:谓比附声律,揣量形象。《庄子·逍遥游》:"泠然善也。"泠然:轻妙之貌。

7 辞义:原作辞人,范文澜云:"人当作义,俗写致讹。"今依校改。涯度幽远:谓篇幅广大。搜选诡丽:谓用字奇特。辞坚:谓用辞稳当。

8 桓谭,《后汉书》有传。猗顿,以盐铁起家与王者等富,见《史记·货殖列传》。《论衡·佚文》:"挟桓君山之书,富于积猗顿之财。"桓谭字君山。

9 《后汉书·宋弘传》,宋弘荐桓谭:"才学洽闻,几能及杨雄、刘向父子。"爰比杨雄:原作"爰比相如"。疑杨相形近,故杨雄误作相如也。

10 汉武帝于华阴造集灵宫。桓谭从汉成帝出祠,至集灵宫,作《仙赋》。详见《艺文类聚》七十八。

11 《后汉书·冯衍传》:"冯衍字敬通。""衍不得志,退而作赋。又自论曰:……命其篇曰《显志》。"坎壈(kǎn lǎn):不得志貌。《淮南子·说林训》:"明月之珠,蚌之病而我之利。"蚌病成珠:喻冯衍不得志而作《显志》也。

12 二班:班彪、班固。《后汉书》有传,《汉书》有《叙传》。两刘:刘向、刘歆。事见《汉书·楚元王传》。奕叶:犹言累代。

13 班彪《王命论》见《汉书·叙传》及《文选》。刘向《新序》十卷,今存。该练:该博精练。璇璧:宝玉。昆冈:昆仑山,产玉。

14 傅毅,见《后汉书·文苑传》。崔骃,见《后汉书》本传。

15 瑗、寔,崔瑗、崔寔。崔瑗,崔骃子;崔寔,崔骃孙。皆见《后汉书·崔骃传》。踵,继承;武,步伐。

16 杜笃见《后汉书·文苑传》。贾逵见《后汉书》本传。

17 黄叔琳云:"原作李充。按《后汉书·独行传》,李充,陈留人,不言有著述。《晋中兴书》,李充,江夏人,著《学箴》。然此在贾逵之后,马融之前,则李尤也。尤在和帝时,拜兰台令史,有《函谷》诸赋,并《车》诸铭。而贾逵仕明帝时,马融仕顺、桓时,以序观之乃李尤无疑。"沉腿(zhuì):风湿病,指软弱无力。《左传》成公六年:"民愁则垫隘,于是乎有沉溺重腿之疾。"《易·明夷》初九:"明夷于飞,垂其翼。"

18 马融，《后汉书》有传。洽：广博。吐纳经范：谓选辞用意皆以经书为典范。华实相扶：谓形式与内容皆美。

19 王逸见《后汉书·文苑传》。绚：文采成章为绚。绚采无力：谓辞美软弱。

20 延寿，王逸子，亦见《文苑传》，作《鲁灵光殿赋》。瑰颖独标：谓锋芒特出也。枚乘之遗术：因《七发》亦长于"写物图貌"，故《灵光殿赋》得枚乘之遗术。

21 张衡、蔡邕，《后汉书》皆有传。《后汉书·张衡传》："及为侍中，上疏请得专事东观，收检遗文，毕力补缀。"《后汉书·蔡邕传》："前在东观，与卢植、韩说等撰补《后汉记》。"可见两人不独为文人抑且为史家，故云"文史彬彬"。张衡死于公元139年，蔡邕生于132年，故云"隔世相望"。

22 《楚辞·七谏》："若竹柏之异心。"

23 缓：指温和，褒义词。《汉书·刘向传》："言多痛切，发于至诚。"故云"旨切而调缓"。

24 赵壹见《后汉书·文苑传》，疏依上文缓字推敲，疏谓通畅，亦非贬词。

25 笔：散文。文：指辞赋。

26 《文章志》："潘勖字元茂，……献帝时为尚书郎。迁东海相，未发，拜尚书左丞，病卒。"《册魏公九锡文》远拟《尚书》，故云"凭经以骋才"。

27 王朗，《魏志》有传。序未闻。《铭箴》云："至于王朗杂箴，乃置巾履，得其戒慎，而失其所施。"亦未闻有序也。岂"序铭"二字乃"杂箴"二字之误邪？未敢轻改。

28 "卿"指司马长卿，即相如。"渊"指王子渊，即褒。役才：范文澜云："《史通·杂说下》引作役才。"今依校改。《事类》云："屈、宋属篇，号依《诗》人，虽引古事，而莫取旧辞，唯贾谊《鵩赋》，始用《鹖冠》之说，相如《上林》，撮引李斯之书，此万分之一会也。"故云"卿、渊以前，多役才而不课学"。

29 "雄"谓杨雄，"向"谓刘向。《事类》云："杨雄《州官箴》，颇酌于《诗》

《书》;刘歆《遂初赋》,历叙于纪传,渐渐综采矣。至于崔、班、张、蔡,遂捃摭经史,华实布濩,因书立功,皆后人之范式也。"故云"雄、向以后,颇引书以助文"。

30 取与:指"卿、渊以前,多役才而不课学"与"雄、向以后,颇引书以助文"。取与之大际:谓创作倾向的大限。

魏文之才,洋洋清绮,旧谈抑之,谓去植千里,然子建思捷而才俊,诗丽而表逸,子桓虑详而力缓,故不竞于先鸣。[1]而乐府清越,《典论》辩要,迭用〔所〕(原作短,今校改)长,亦无懵焉。[2]但俗情抑扬,雷同一响,遂令文帝以位尊减才,思王以势窘益价,未为笃论也。[3]仲宣〔逸〕(原作溢,今改)才,捷而能密,文多兼善,辞少瑕累,摘其诗赋,则七子之冠冕乎![4]琳、瑀以符檄擅声,[5]徐幹以赋论标美,[6]刘桢情高以会采,[7]应玚学优以得文,[8]路粹、杨修颇怀笔记之工,[9]丁仪、邯郸亦含

魏文帝的才学,(表现在作品中)十分清新华丽,过去人们的评论都贬低他,说他比曹植差得远,固然曹植是思想敏锐而才力俊秀,诗歌写得华丽而表章写得超逸,曹丕思考周详而气力松懈,所以两人相比曹丕不能跑在前面。然而曹丕的乐府清新超逸,《典论》辩论扼要,知道发挥自己的长处,并不是糊里糊涂的。但是世俗人情总是贬低曹丕抬高曹植,随声附和人云亦云,致使魏文帝由于地位高而减低了才名,陈思王由于处境差而增加了身价,这是不能作为定论的。王粲才华超群,写得既快而又用意周密,各种体裁兼长,语言很少毛病,单从诗赋来说,也是建安七子中的代表。陈琳、阮瑀以写军国书牍和檄文而擅有声名,徐幹由于作赋著论而赢得了美誉,刘桢因为情思高妙所以作品极有文采,应玚因为学识渊博所以下笔成章,路粹和杨修的文牍是很有功力的,丁仪和邯郸淳的论说是极漂

论述之美,有足算焉。[10]刘劭《赵都》,能攀于前修;[11]何晏《景福》,克光于后进;[12]休琏风情,则《百壹》标其志;[13]吉甫文理,则《临丹》成其采;[14]嵇康师心以遣论,[15]阮籍使气以命诗,[16]殊声而合响,异翮而同飞。[17]

亮的,这些人都应该算到作家之内。刘劭的《赵都赋》,足够追踪前代作家的作品;何晏的《景福殿赋》,则开拓了后代作家的道路;应璩的创作极有风情,《百壹》诗表明了他的志趣;应贞的作品颇见文理,《临丹赋》极有文采;嵇康独出心裁来作论,阮籍心怀抑郁来写诗,两人作品的体裁虽不同却都非凡响,就如两只鸟的翅膀虽不一样却都能高飞霄汉。

注释

1 魏文:曹丕,字子桓,《魏志》有纪。钟嵘《诗品》以其诗列入中品,并云:"所计百许篇,率皆鄙质如偶语。惟'西北有浮云'十余首,殊美赡可玩,始见其工矣。不然,何以铨衡群彦,对扬厥弟者耶?"曹植,字子建。《魏志》有《陈思王植传》。《诗品》以其诗列入上品,以为"体被文质,粲溢古今"。并云:"陈思之于文章也,譬人伦之有周孔,鳞羽之有龙凤,音乐之有琴笙,女工之有黼黻。"钟嵘盖亦扬植而抑丕者也。

2 迭用所长:原作"迭用短长",疑"短"为"所"之讹。《典论·论文》:"夫人善于自见,而文非一体,鲜能备善,是以各以所长,相轻所短。"刘勰即用其说,谓能"迭用所长"也,"所长"二字即摘用曹丕原文。

3 《礼记·曲礼》注:"雷之发声,物无不同时应者。"故人云亦云,谓之雷同。

4 仲宣逸才:原作"仲宣溢才",疑"溢"为"逸"之误,声之讹也。溢为动词可云才溢,不得云溢才。王粲字仲宣,《三国志·魏书》有传。曹植《王仲宣诔》云:"强记洽闻,幽赞微言,文若春华,思若涌泉,发言可咏,下笔成篇。"故云"仲宣逸才,捷而能密"。瑕累:瑕颣,累颣通用，瑕颣，即今言毛病。《典论·论文》："王粲长于辞赋。"

5　陈琳字孔璋，阮瑀字元瑜，两人事附见《三国志·魏书·王粲传》及注。《三国志·魏书·王粲传》云："军国书檄，多琳、瑀所作也。"《典论·论文》："孔璋章表殊健，微为繁富。……元瑜书记翩翩，致足乐也。"故云"符檄擅声"。

6　徐幹字伟长，事亦附见《三国志·魏书·王粲传》及注。《典论·论文》："幹之《玄猿》《漏卮》《团扇》《橘赋》，虽张蔡不过也。"故云"以赋论标美"。

7　刘桢字公幹，事亦附见《三国志·魏书·王粲传》及注。谢灵运《拟魏太子邺中集诗序》："刘桢卓荦偏人，而文最有气。"故云"情高以会采"。

8　应玚字德琏，事附见《三国志·魏书·王粲传》及注。曹丕《与吴质书》：德琏"才学足以著书"，故云"学优以得文"。

9　路粹字文蔚，杨修字德祖，事并见《三国志·魏书·王粲传》及注，杨修事又见《三国志·魏书·陈思王植传》。

10　丁仪字正礼，邯郸淳字子叔，事并见《三国志·魏书·王粲传》及注。丁仪事又见《三国志·魏书·陈思王植传》。《论语·子路》："斗筲之人，何足算也。"

11　刘劭字孔才，尝作《赵都赋》，明帝美之，事见《三国志·魏书》本传。《赵都赋》今佚。

12　何晏字平叔，事附见《三国志·魏书·曹真曹爽传》及注。《景福殿赋》见《文选》。

13　应璩字休琏，事附见《三国志·魏书·王粲传》及注。《百壹》诗八首见《汉魏百三名家集》。

14　应贞字吉甫，事附见《三国志·魏书·王粲传》及注。《临丹赋》见《艺文类聚》卷八。

15　嵇康事见《晋书》本传。本集中论文最多。故云"师心以遣论"。《关尹子》："善心者师心不师圣。"遣论：犹言作论。遣字与下句命诗之命，皆求用字新颖。梅本疑作"造",不必即是。

16 阮籍事见《晋书》本传。本传云"作《咏怀诗》八十余首,为世所重"。颜延年注:"在晋文代,常虑祸患,故发此咏耳。"故云"使气以命诗"。命诗:犹言赋诗。

17 嵇康成就在散文,阮籍成就在诗歌,故云"殊声""异翮"。然皆存其业绩,故云"合响""同飞"。

张华短章,〔奕奕〕(原作弈弈,依嘉靖本改)清畅,其"鹪鹩"寓意,即韩非之《说难》也。[1] 左思奇才,业深覃思,尽锐于《三都》,拔萃于《咏史》,无遗力矣。[2] 潘岳敏给,辞〔旨〕(原作自,依疑作改)和畅,钟美于《西征》,贾余于哀诔,非外自也。[3] 陆机才欲窥深,辞务索广,故思能入巧,而〔文〕(今校增)不制繁。[4] 士龙朗练,以识检乱,故能布采鲜净,敏于短篇。[5] 孙楚缀思,每直〔指〕(原作置,依范改)以疏通;[6] 挚虞述怀必循规以温雅,其品藻流别,有条理焉。[7] 傅玄篇章,义多规镜;[8] 长

张华的短篇文章,文采华丽清新通畅,他借鹪鹩寄托自己的思想,就等于韩非写《说难》啊!左思是特出的才人,学力精而思考深,《三都赋》用尽了心机,《咏史诗》是杰出的作品,没有功力不到之处吧。潘岳思想敏快,作品的文辞通畅而情调温和,尽善尽美的是《西征赋》,全心全力的是哀诔文,都是出自内心的创作。陆机的才力能钻研问题,他使用语言更能旁搜广索,所以创作用意十分新巧,但有时控制不了文辞繁杂。陆云却文思爽朗精练,能用才力来约束凌乱,所以用辞鲜明干净,快速地写出好的短篇。孙楚构思文章,每每是措辞直率而文笔疏通;挚虞叙述胸怀,一定是循规蹈矩而措辞温雅,他评品人物分别流派,是有条有理的。傅玄的作品,目的在于规劝,作为人们的借鉴;傅咸的奏议,继承了傅玄

虞笔奏,世执刚中:⁹并桢干之实才,非群华之韡萼也。¹⁰ 成公子安〔撰〕(原作选,依铃本改)赋而时美,¹¹ 夏侯孝若具体而皆微,¹² 曹摅清靡于长篇,¹³ 季鹰辨切于短韵,¹⁴ 各其善也。孟阳、景阳才绮而相埒,可谓鲁、卫之政,兄弟之文也。¹⁵ 刘琨雅壮而多风,卢谌情发而理昭,亦遇之于时势也。¹⁶ 景纯艳逸,足冠中兴,《郊赋》既穆穆以大观,《仙诗》亦飘飘而凌云矣。¹⁷ 庾元规之表奏,靡密以闲畅,温太真之笔记,循理而清通,亦笔端之良工也。¹⁸ 孙盛、干宝,文胜为史,准的所拟,志乎典训,户牖虽异,而笔彩略同。¹⁹ 袁宏发轸以高骧,故卓出而多偏,²⁰ 孙绰规旋以矩步,故伦序而寡状,²¹ 殷仲文之《孤兴》,谢叔源之《闲情》,并解散

的刚毅不倚:都是国家的栋梁之材,所以文章也不是装饰品。成公绥撰写诗赋,有时是美好的;夏侯湛模拟《诗》《诰》,大体是相似的;曹摅写的长诗,清新而华美;张翰写的短作,明白而切要:这是他们各自的专长。张载和张协,文才都好,能力差不多,可以比作鲁国和卫国政教,是难分上下的。刘琨的诗作,典雅雄壮,富于激情;卢谌的表奏,意气奋发,说理明白:这是他们的遭遇使之如此吧。郭璞的诗赋,华丽而超逸,不愧为晋代中兴诗人的领袖,《南都赋》既穆穆典雅而洋洋大观,《游仙诗》也仙气飘飘,读之令人想驾云起舞。庾亮的章奏,述事精密而闲雅疏畅;温峤的书启,说理周严而洁净通达:也可以说是笔墨的巧匠啊。孙盛和干宝,在文章方面长于写史,他们模拟的标准是经典,门户虽然各异,但散文的色调却约略相同。袁宏动笔便昂首阔步,所以显得杰出但不免有点偏向;孙绰作文常循规蹈矩,所以秩序井然但略欠姿态。殷仲文的《孤兴赋》,谢叔源的《闲情赋》,解散骈体多用单行,玄情缥缈

辞体,缥缈浮音,虽滔滔风流,而大浇文意。²² | 不着实际,虽然这是时俗风气,但文章的情味实在是太淡薄了。

注释

1 张华:《晋书》有传。陆云《与兄平原书》:张华文"情省无烦长",故云"张华短章,奕奕清畅"。奕奕:文采盛貌。张华《鹪鹩赋》所以自喻,韩非《说难》所以自诉,故本文云云。两文皆存,可资参阅。

2 左思:事见《晋书·文苑传》。作《三都赋》,"构思十年,门庭藩溷皆着笔纸,遇得一句,即便疏之"。《咏史》亦其诗之代表作。《三都赋》与《咏史》今并存。覃:深也。《孟子·公孙丑》:"出于其类,拔乎其萃。"

3 潘岳:《晋书》有传,《西征赋》事可参考《文选》李善注。《诔碑》:潘岳"巧于序悲,易入新切"。《哀吊》:"虑赡辞变,情洞悲苦,叙事如传,结言摹《诗》,促节四言,鲜有缓句,故能义直而文婉,体旧而趣新。"《左传》成公二年:"齐高固……曰:'欲勇者贾余余勇。'"外:指身外。非自外:言出于内心。

4 陆机:字士衡,《晋书》有传。《世说新语·文学》注引《文章传》云:张华见陆机文,谓"至子为文,乃患太多也"。《熔裁》:"士衡才优,而缀辞尤繁。"故云"文不制繁"。旧脱文字。今校补。文承上文"辞"字言,并与上文"思"字对仗。

5 陆云字士龙,《晋书》以之与陆机同传。《熔裁》:"士龙思劣,而雅好清省。"与本篇意略同。检:检束约制之意。

6 孙楚:《晋书》有传。范文澜谓其《遗孙皓书》:"指陈利害,深切著明,措辞率直,无所隐避,殆所谓'直置疏通'也。直置不可解,置或指之误欤?"今依校改。

7 挚虞:《晋书》有传,传中《思游赋序》云"履信思顺,所以延福;违此而行,所以速祸",即本篇所谓"述怀必循规以温雅"。本传又云:"虞撰《文章志》四卷,……又撰古文章类聚区分为三十卷,名曰《流别集》,

各为之论,辞理惬当,为世所重。"其书虽佚,严可均有辑佚。

8　傅玄:《晋书》有传。传云:"性刚劲亮直,不能容人之短。"

9　傅咸字长虞,傅玄之子。《晋书·傅玄传》:长虞"刚简有大节,风格峻整","好属文论,虽绮丽不足,而言成规鉴"。刘勰立论,与本传相同,故云"世执刚中"。唯"义多规镜",刘勰用以评论傅玄,《晋书》用以评论傅咸,有若少异。刚中:语出《易经》,刚毅不偏之意。

10　桢干:语出《书·费誓》。韡(wěi)萼:语出《诗·常棣》。

11　成公绥字子安,事见《晋书·文苑传》。

12　夏侯湛字孝若,《晋书》有传。补佚《诗》六篇,又拟《尚书》作《昆弟诰》,故云"具体而皆微"。《孟子·公孙丑》:"冉牛、闵子、颜渊则具体而微。"注:"谓有其全体,但未广大耳。"

13　曹摅(shū)字颜远,事见《晋书·良吏传》。《文选》载其五言两首,《文馆词林》载其四言长篇五首。

14　张翰字季鹰,事见《晋书·文苑传》。《文选》有其《杂诗》。

15　张载字孟阳,张协字景阳,张亢字季阳。《晋书》有传。埒:等也。《论语·子路》:"鲁、卫之政,兄弟也。"

16　刘琨:《晋书》有传,称"琨诗托意非常,摅畅幽愤"。卢谌:字子谅,事见《晋书·卢钦传》。上表理刘琨,本传谓"文旨甚切",故云"情发而理昭"。

17　郭璞字景纯,《晋书》有传,称"词赋为中兴之冠,尝作《南郊赋》,帝嘉之"。《文选·游仙诗》注:"文多自叙,虽志狭中区,而词无俗累。"

18　庾亮字元规,温峤字太真,《晋书》皆有传。

19　孙盛字安国,干宝字令升,《晋书》皆有传。《史通·序例》:"令升先觉,远述丘明。"故云"准的所拟,志乎典训"。《史传》:"干宝述《纪》,以审正得序;孙盛《阳秋》,以约举为能。"即本篇所谓"户牖虽异"也。

20　袁宏字伯彦,见《晋书·文苑传》。《世说新语·文学》注引《续晋阳秋》:"袁宏少有逸才,文章绝丽。"故云"发轸以高骧"。

21 孙绰：字兴公。见《晋书·孙楚传》，有《游天台山赋》。
22 殷仲文：《晋书》有传。谢混字叔源，见《晋书·谢安传》。《孤兴》《闲情》不传。解散辞体，缥缈浮音：疑不合赋体，又宣扬清谈，故云。

宋代逸才，辞翰鳞萃，世近易明，无劳甄序。[1] 观夫后汉才林，可参西京；晋世文苑，足俪邺都。[2] 然而魏时话言，必以元封为称首；宋来美谈，亦以建安为口实。[3] 何也？岂非崇文之盛世，招才之嘉会哉！[4] 嗟夫，此古人所以贵乎时也。

宋代人才出众，作品极多，近代事情，容易明了，不需要分别论述，加以鉴定。看看东汉人才济济，可以和西汉相比；晋代作家鳞集，也和邺都不相上下。但魏时说文章好，总是把元封年代摆在第一；宋代人讲作家多，也总是把建安年代作为话柄。这是为什么？难道不是元封年代是推崇儒学、揄扬文士的盛世，建安年代曹氏父子招揽人才集中邺都的缘故吗？唉，所以古往今来的作家都希望生活在一个好的时代啊！

注释

1 萃：集也。甄：辨别，鉴定。
2 西京：西汉。邺都：曹魏所都，在今河南临漳西。
3 话言：善言也。元封：汉武年号。建安：汉献帝年号。口实：犹今言话柄。《书·仲虺之诰》："予恐来世，以台为口实。"
4 崇文之盛世：汉武时代推崇儒学，贵重文士。招才之嘉会：建安时代，曹氏父子招集才人，集于邺都。

赞曰：才难然乎，性各异禀。[1] 一朝综文，千年凝锦。[2] 余采徘徊，遗风籍甚。[3] 无曰纷杂，皎然可品。[4]

总而言之：人才不是难得的吗？因为人们的禀赋千差万别很难详审。但当一个作家偶然写出一篇好文章，就等于千年织出了一匹好文锦。海枯石烂流传不朽，千秋万代光华愈甚。不要说作家作品太纷纭繁杂，谁好谁坏明明白白可以评品。

注释

1 《论语·泰伯》："才难，不其然乎？"性各异禀：乃禀性各异之倒文。
2 综文：综合为文也。凝锦：结构成锦也。
3 《汉书·陆贾传》："名声籍甚。"《史记·郦生陆贾列传》："名声籍盛。"
4 无曰：不能说。品：评品。

知　音

[导读]

　　本篇以为公允而恰当地对作品进行评价是不容易的,因为"音实难知,知实难逢",所以篇名叫作《知音》。

　　本篇认为文学批评之所以不易公允和恰当,有各种原因。一方面由于作品本来不容易鉴别,"形器易征,谬乃若是;文情难鉴,谁曰易分";另一方面由于批评家爱憎不同,"慷慨者逆声而击节,酝藉者见密而高蹈,浮慧者观绮而跃心,爱奇者闻诡而惊听。会己则嗟讽,异我则沮弃,各执一隅之解,欲拟万端之变,所谓'东向而望,不见西墙'也"。

　　对作品的评价虽不易公允和恰当,但作品本身是客观存在,美丑是有客观标准的,是可以评价的,只要批评家具备公正的态度和分析各种作品的能力。所以文章里说:"操千曲而后晓声,观千剑而后识器,故圆照之象,务先博观。"又说:"无私于轻重,不偏于憎爱,然后能平理若衡,照辞如镜矣。"

　　文章指出批评家对作品应该进行全面的观察,它说:"将阅文情,先标六观:一观位体,二观置辞,三观通变,四观奇正,五观事义,六观宫商。"在六者之中,一、三、五项属于作品内容,二、四、六项属于作品形式。作家进行创作,应该先有内容,然后通过形式表现出来;批评家评价作品,则只能通过艺术的形式,深入作品的内容。所以文章说:"缀文者情动而辞发,观文者披文以入情。"因此批评家应当"沿波讨源",如果批评家能做到"沿波讨源",自然作品"虽幽必显",评价也就容易了。

　　本篇探讨评价作品困难的原因,提出评价作品应有的态度,以及具体进行评价的方法,无论在刘勰当时或今天,都是有指导意义和参考价值的,因而是一篇对我们有益的文学批评论文。

[原文]

知音其难哉！音实难知，知实难逢，逢其知音，千载其一乎！[1]夫古来知音，多贱同而思古，所谓"日进前而不御，遥闻声而相思"也。[2]昔《储》《说》始出，《子虚》初成，秦皇、汉武，恨不同时。既同时矣，则韩囚而马轻，岂不明鉴同时之贱哉。[3]至于班固、傅毅，文在伯仲，而固嗤毅云"下笔不能自休"。[4]及陈思论才，亦深排孔璋；敬礼请润色，叹以为美谈；季绪好诋诃，方之于田巴：意亦见矣。[5]故魏文称"文人相轻"，非虚谈也。[6]至如君卿唇舌，而谬欲论文，乃称史迁著书，咨东方朔；于是桓谭之徒，相顾嗤笑。彼实博

[译文]

"知音"真不容易呵！音律本来是难懂的，懂得音律的人又是很难遇见的，所以遇见知音的人，千百年中不过一两个罢了！古代有的人可以说是"知音"的，可都看不起今人而思念古人，正如鬼谷子所说的："天天站在面前的人不接近，反而仰慕那些只听到名声的人。"过去，韩非的《内外储》《说林》《说难》才出来，司马相如的《子虚》初写成，秦始皇和汉武帝，感叹自己和作者不同时代。后来秦始皇遇到了韩非，汉武帝会见了相如，可是韩非被囚禁，相如被冷淡，难道不明显地证实了同时代人被看不起吗？班固和傅毅，文章本来写得不相上下，然而班固却轻笑傅毅说："（文章实在平常，）拿起笔来老是滔滔不绝。"陈思王评论人才，也尖锐地抨击孔璋；丁敬礼请他修改文章，便加以赏叹，认为可以传为佳话；刘季绪爱评头品足，便把季绪比作田巴：看不起同时代人的感情也可想而知了。魏文帝说"文人互相轻视"，并不是无根据的。至于楼君卿不过是嘴巴伶俐，也荒谬地想来议论文学，说什么司马迁写《史记》，询问东方朔；于是桓谭等人，把它作为笑柄。楼君卿不过是个赌徒，说话不谨慎尚且被讥

徒,轻言负诮,况乎文士,可妄谈哉!⁷故鉴照洞明,而贵古贱今者,二主是也;才实鸿懿,而崇己抑人者,班曹是也;学不逮文,而信伪迷真者,楼护是也;酱瓿之议,岂多叹哉!⁸

诮,那么文学之士,可以胡说吗!有一种人对问题看得很清楚,却不免厚古薄今,贵远贱近,秦皇汉武便是这样的人主;有一种人确实是才学高深,却不免抬高自己压低别人,班固、曹植便是这样的作家;有一种人并不懂得文学,把谣言当作实事,楼护便是这样的货色;刘歆认为扬雄的《太玄》,只能用来盖酱坛子,那也就不足为奇了。

注释

1《列子·汤问》:"伯牙鼓琴,志在高山,钟子期曰:'善哉,峨峨兮若泰山。'志在流水,钟子期曰:'善哉,洋洋兮若江河。'……子期死,伯牙谓世再无知音,乃破琴绝弦,终身不复鼓。"刘勰于此,感慨深矣,《文心雕龙》之作,或亦为此乎。

2《鬼谷子·内揵》:"日进前而不御,遥闻声而相思。"御:进用也。

3《史记·韩非列传》:"作《孤愤》《五蠹》《内外储》《说林》《说难》五十六篇,十余万言。……秦王见《孤愤》《五蠹》之书曰:'嗟乎!寡人得见此人,与之游,死不恨矣。'……秦因急攻韩,韩王……乃遣非使秦。……李斯、姚贾害之。……秦王以为然,下吏治非,李斯使人遗非药,使自杀。"《史记·司马相如列传》:"蜀人杨得意为狗监,侍上。上读《子虚赋》而善之,曰:'朕独不得与此人同时哉!'得意曰:'臣邑人司马相如自言为此赋。'上惊,乃召问相如。相如曰:'有是。然此乃诸侯之事,未足观也,请为天子游猎赋。'……赋奏,天子以为郎。"

4 曹丕《典论·论文》:"傅毅之于班固,伯仲之间耳,而固小之。与弟超书曰:'武仲以能属文为兰台令史,下笔不能自休。'"

5 曹植《与杨德祖书》:"以孔璋之才,不闲于辞赋,而多自谓能与司马长卿同风,譬画虎不成,反为狗也。……昔丁敬礼常作小文,请仆润饰之;仆自以才不过若人,辞不为也。敬礼谓仆:'卿何所疑难,文之佳恶,吾自得之;后世谁相知定吾文者耶!'吾尝叹此达言,以为美谈。……刘季绪才不能逮于作者,而好诋诃文章,掎摭利病。昔田巴毁五帝、罪三王,訾五霸于稷下,一旦而服千人,鲁连一说,使终身杜口。刘生之辩,未若田氏;今之仲连,求之不难,可无叹息乎!"丁廙字敬礼。刘修字季绪。田巴,齐之辩者。

6 《典论·论文》:"文人相轻,自古而然。"

7 《汉书·游侠传》:"楼护字君卿,……与谷永俱为五侯上客。长安号曰:'谷子云笔札,楼君卿唇舌。'"《史记·自序·索隐》:"桓谭云:'迁所著书成,以示东方朔,朔皆署曰太史公。'"又《孝武本纪索隐》亦引此说。今以本文校之,则应是楼护之说,而桓谭笑之者也。《索隐》误记耳。博徒:轻蔑之辞。

8 二主:秦皇、汉武。班曹:指班固、曹植。《汉书·扬雄传·赞》:"雄著《太玄》,刘歆尝观之,谓雄曰:'空自苦,……吾恐后人用覆酱瓿也。'"

夫麟凤与麏雉悬绝,珠玉与砾石超殊,[1]白日垂其照,青眸写其形,然鲁臣以麟为麏,楚人以雉为凤,[2]魏〔民〕(原作氏,依梅本、闵本改)以夜光为怪石,宋客以燕砾为宝珠。[3]形器易征,谬乃

麒麟、凤凰与獐鹿、野鸡有天悬地隔的区别,明珠、宝玉与瓦砾、石块是截然不同的,在太阳照耀之下,用眼睛观察它们的形状(就可以认清其分别),但是鲁国的臣子把麒麟当作獐鹿,楚国路人把野鸡认作凤凰,魏国农民把夜光璧看成怪石,宋国客人把燕石视为宝玉。有形的器物是容易辨别的,尚且有如此的差错,文章的情理本来难以洞察,谁能说容易分辨呢!作

若是;文情难鉴,谁曰易分。[4]夫篇章杂沓,质文交加,知多偏好,人莫圆该[5]。慷慨者逆声而击节,酝藉者见密而高蹈,浮慧者观绮而跃心,爱奇者闻诡而惊听。[6]会己则嗟讽,异我则沮弃,各执一隅之解,欲拟万端之变,所谓"东向而望,不见西墙"也。[7]凡操千曲而后晓声,观千剑而后识器,故圆照之象,务先博观。[8]阅乔岳以形培𪣻,酌沧波以喻畎浍,无私于轻重,不偏于憎爱,然后能平理若衡,照辞如镜矣。[9]

品成千上万,风格千差万别,批评家各有专长和偏爱,没有一个人能兼长而博爱。情绪激昂的人听到悲壮的乐声便拍掌,性格酝藉的人看到含蓄的作品便舞蹈,聪明外露的人遇见华丽的篇章便高兴,爱好奇巧的人听说怪诞的诗文便兴奋。作品合于自己的脾味就诵读它、叹赏它,作品违背自己的情感就讨厌它、抛弃它,各自都坚持一偏之见,想来评论千变万化的诗文,那真像《淮南子·氾论训》里所说的"面朝着东方,怎能看到西面的墙"啊。必须弹过千百种乐曲才能懂得乐声,必须看过千百把宝剑才能真正认识宝剑,所以要懂得各种风格的文章,必须事前旁通博览。阅历了高山大岳自然理解小小的丘陵,尝试过沧海波涛自然明白涓涓细流,不因为大小而分轻重,不因为爱憎而生偏见,这之后就能像用天平一样来衡量文理,像用镜子一样来观察文辞了。

注释

1 麎(jūn):獐,似鹿而小。雉(zhì):野鸡。悬绝:相差很大。砾(lì):石块。

2《公羊传》哀公十四年:"有以告者,曰:'有麎而角者。'孔子曰:'孰为来哉?孰为来哉?'"按《孔丛子》以为告者为冉有,有为季氏宰,故本文云"鲁臣"。《尹文子·大道》:"楚有担山雉者,路人问:'何鸟也?'

担雄者欺之曰：'凤凰也。'买而献之楚王。"

3 《尹文子·大道》："魏之田父，得玉径尺，不知其玉也。以告邻人。邻人绐之曰：'怪石也。'归而置之庑下，明照一室，怪而弃之于野。"魏民：原作魏氏。《尹文子》既称田父，则当作民义。

4 《易·系辞上》："形而上者谓之道，形而下者谓之器。"征：验也。

5 圆该：周备也。

6 逆声：迎着声音。密：读若谧，静也。"见密"与"逆声"相对成文。高蹈：谓跳跃也。浮慧：指聪明外露者。

7 《淮南子·氾论训》："东面而望，不见西墙；南面而视，不睹北方。"

8 《意林》引《新论》曰："杨子云工于赋，王君大习兵器。余欲从二子学。子云曰：'能读千赋则善赋。'君大曰：'能观千剑则晓剑。'伏习象神，巧者不过习者之门。"王弼《易略例》有《明象篇》。象：指意之所想象。圆照之象：指全面观察的能力。

9 《诗·时迈》："怀柔百神，及河乔岳。"传："乔，高也。"高岳：岱宗也。后世泛称高山为乔岳。《左传》襄公廿四年："部娄无松柏。"注："部娄，小阜。"《文选·魏都赋》引作培塿，《史记·夏本纪》："浚畎浍致之川。"《解集》引郑注："畎浍，田间沟也。"

是以将阅文情，先标六观：一观位体，二观置辞，三观通变，四观奇正，五观事义，六观宫商，斯术既形，则优劣见矣。[1] 夫缀文者情动而辞发，观文者披文以入情，沿波讨源，

所以如果要评价文章，首先应该提出六种观察的方法：一是观察文章的安排情志，二是观察文章的敷饰辞藻，三是观察文章的通古变今，四是观察文章的姿态奇正，五是观察文章的运用题材，六是观察文章的调声协律。六种方法都用遍了，文章的好坏也就看到了。因为写文章的人是情动于中发而为文辞的，看文章的人则

虽幽必显。世远莫见其面,觇[2]文辄见其心。岂成篇之足深,患识照之自浅耳。[3]夫志在山水,琴表其情,况形之笔端,理将焉匿![4]故心之照理,譬目之照形,目瞭则形无不分,心敏则理无不达。[5]然而俗〔鉴〕(原作监,依铃本改)之迷者,深废浅售,此庄周所以笑《折杨》,宋玉所以伤《白雪》也。[6]昔屈平有言"文质疏内,众不知余之〔奥〕(原作异,依刘永济改)采",见〔奥〕(原作异,亦依刘改)唯知音耳。[7]杨雄自称"心好沉博绝丽之文",〔不〕(原作其,依范改)事浮浅,亦可知矣。[8]夫唯深识鉴奥,必欢然内怿,譬春台之熙众人,乐饵之止过客。[9]盖闻兰为国香,

是从文辞深入文情的,顺着形式去探讨内容,纵使文义幽深也会明白。虽然作者的时代距离读者很远了,读者无法看到作者的面貌,但是通过作品,读者是可以见到作者的用心的。难道真是古人写的文章太深吗?实在是后人洞察的能力太浅了。一个人志在高山志在流水,都可以从琴声里表达出来,何况文情表达于笔墨之中,作家要说的道理会看不到吗!所以人心的鉴察事理,就如眼睛观察物形,眼睛明亮的人没有什么事物看不清楚,心思敏锐的人没有什么道理想不透彻。当然,也有些人认识模糊,不能深入事物的本质只能看到事物的表象,所以庄周讥笑人们只欣赏《折杨》,宋玉悲伤世俗反而抛弃《白雪》啊。过去屈平有句话:"外形朴质而内情木讷,所以世人不了解我的高贵品质。"本来赏识高贵品质的,只有知音罢了。杨雄自己也说"我只爱好内容深广而色彩斑斓的文章",他不写那些浮光掠影的东西,也就可以理解了。所以也只有见识深远洞察深入的人,才会对他的作品心悦诚服,像游览的人流连亭台楼阁一样,像过路的人流连音乐和酒席一样。听得古人说,兰花是最好的香

服媚弥芬;书亦国华,玩〔绎〕(原作泽,依王作改)方美。知音君子,其垂意焉。[10]

草,但要佩戴它爱好它才能感觉到芬芳;诗文更是国家之宝,也要玩味它咀嚼它才知道它的美好。知音的人们,好好留意诗文吧。

注释

1 位体:安排情志,犹今言奠定中心思想。作品的风格由作家情志所决定,故位体与《体性》相联系。置辞:敷饰辞藻,《丽辞》等篇所论是也。通变:通古变今,《通变》等篇所论是也。奇正:姿态奇正,《定势》等篇所论是也。事义:据事类义,指作品之题材,《事类》等篇所论是也。宫商:调声协律,推广言之亦指语调辞气,《声律》等篇所论是也。以上六观,位体、通变、事义三项属于作品内容;置辞、奇正、宫商三项属于作品形式。志实骨鲠,辞为肌肤,故一观位体,二观置辞;文章变化,从质及讹,故三观通变,四观奇正;有韵为文,无韵为笔,美文引事说理,与声律相通,故五观事义,六观宫商。本文论六观,以内容与形式两两相配,其义盖在此也。

2 觇:察看。

3 《论语·公冶长》:"巧言、令色、足恭,左丘明耻之,丘亦耻之。"此文"足深"与彼文"足恭",两"足"字义同,过也。

4 《吕氏春秋·本味》:"伯牙鼓琴,钟子期听之。方鼓琴而志在太山,钟子期曰:'善哉乎鼓琴,巍巍乎若太山。'少选之间,而志在流水,钟子期又曰:'善哉乎鼓琴,汤汤乎若流水。'钟子期死,伯牙破琴绝弦,终身不复鼓琴。"

5 《孟子·离娄》:"胸中正,则眸子瞭焉;胸中不正,则眸子眊焉。"瞭:明也。

6 《庄子·天地》:"大声不入于里耳,《折杨》《皇荂》同则嗑然而笑。"《释文》:"荂,本又作华。李颐曰:折杨、皇华,皆古歌曲也。"成玄英疏:"《折杨》《皇华》,盖古之俗中小曲也。"宋玉《对楚王问》:"客有歌于郢中者,……其为《阳春》《白雪》,国中属而和者数十人。是以其曲弥高,其和弥寡。"

7 刘永济云:"按两异字应作奥,后人据误本《楚辞》改此文耳。观下文'深识鉴奥'可知。详见《序志》篇。"按屈原此文见《九章·怀沙》。文质疏内:文疏而质讷也。内为讷之假借,言外无文采而本质亦木讷也。

8 《古文苑》杨雄《答刘歆书》:"雄为郎之岁,自奏少不得学,而心好沉博绝丽之文。"

9 《老子》:"众人熙熙,如享太牢,如登春台。"又:"乐与饵,过客止。"

10 《左传》宣公三年:"以兰有国色,人服媚之。"

赞曰:洪钟万钧,夔、旷所定。[1] 良书盈箧,妙鉴乃订。[2] 流郑淫人,无或失听。[3] 独有此律,不谬蹊径。[4]

总而言之:万钧重的大钟,是经过乐官夔和乐师师旷协调音律而后所制定。满箱子的好书,是由评论家精心审查和校订。流放那些淫乐的制造者吧,不要被他们混淆了视听。只有运用六观的规律,这样评选出的作品才不会使人迷失道路。

注释

1 《西京赋》"洪钟万钧",薛综注:"三十斤曰钧。"夔:虞舜时乐官。旷:师旷,春秋晋之乐师。

2 箧:笥也,箱也。妙鉴:精心评审。

3 流郑淫人:流,放流也。犹《论语》之言"放郑声、远佞人"也。郑,郑声。或:有也。

4 此律:指六观而言。谬:错失也。

程　器

[导读]

"程"是衡量,"器"指人才,作者主张"贵器用而兼文采",反对徒有文采而不切实用,所谓"雕而不器,贞干谁则"。作者以为人才也要有品德,"蓄素以弸中,散采以彪外",而且能致用军国,作为栋梁,反对有文章无德行,有文采无实用,所以标名《程器》。

本篇是作者针对时弊而发的,所以慷慨激昂。第一,他慨叹时论不公允,对地位高的人,舆论不指责;对地位低的人,舆论多非议。他说:"将相以位隆特达,文士以职卑多诮,此江河所以腾涌,涓流所以寸折者也。"因为自魏文创为"九品中正",门第之分,极为森严,前于刘勰的刘毅便说"上品无寒门,下品无势族"。与刘勰同时的沈约,也曾论及"凡厥衣冠,莫非二品"。所以作者的感慨,就是对门第制度的强烈反抗。第二,他主张文学必须达于政事。因为江左以来,"老、庄告退,而山水方滋",近世之所竞,则是"俪采百字之偶,争价一句之奇,情必极貌以写物,辞必穷力而追新",真是"以翰墨为勋绩,辞赋为君子"。刘勰主张达于政事,就是针对当时的这种倾向而提出的。第三,他慨叹好文不练武,习武不晓文,又是针对当时士大夫过分文弱而发的。《颜氏家训·涉务》说士大夫"及侯景之乱,肤脆骨柔,不堪行步,体羸气弱,不耐寒暑,坐死仓猝者,往往而然",又说"建康令王复,性既儒雅,未尝乘骑,见马嘶歕陆梁,莫不震慑"。这种风习,不独梁代,是齐世以来相沿养成的。

《文心雕龙》虽是论文之书,却能因文学而牵及时弊,这一点是应该肯定的。

原文

《周书》论士,方之梓材,盖贵器用而兼文采也。[1] 是以朴斫成而丹雘施,垣墉立而雕杇(或误作朽,或作墁)附。[2] 而近代辞人,务华弃实。故魏文以为"古今文人,类不护细行";[3] 韦诞所评,又历诋群才。[4] 后人雷同,混之一贯,吁,可悲矣。[5]

译文

《尚书·周书》谈论人才,把人才比喻为"梓材",既重视其有实用,又希望其有文采。所以木器做成后要加油漆,墙垣砌起后应该粉刷。近代的作家,只追求文章写得好,却不砥砺道德。所以魏文帝认为"古往今来的作家,大都不修边幅";韦诞评论当时人物,又一个个加以诋毁。从此以后,大家雷同一声,不分青红皂白。唉,真可痛心。

注释

1 《尚书》有《梓材》。《史记·卫康叔世家》:"周公旦惧康叔齿少……为《梓材》,示君子可法则,故谓之……《梓材》以命之。"
2 《尚书·梓材》:"若作室家,既勤垣墉,惟其涂塈茨。若作梓材,既勤朴斫,惟其涂丹雘。"《五子之歌》:"峻宇雕墙。"《说文》:"杇,所以涂也;秦谓之杇,关东谓之槾。"
3 魏文帝《与吴质书》:"古今文人,类不护细行,鲜能以名节自立。"类:大抵。
4 《三国志·魏书·王粲传》注引鱼豢曰:"大鸿胪卿韦仲将……云:'仲宣伤于肥戆,休伯都无格检,元瑜病于体弱,孔璋实自粗疏,文蔚性颇忿鸷。'"《三国志·魏书·刘劭传》"光禄大夫京兆韦诞"下注引《文章叙录》曰:"诞字仲将"。
5 《礼记·曲礼》:"毋雷同。"

略观文士之疵：相如窃妻而受金，[1]杨雄嗜酒而少算，[2]敬通之不〔修〕（原作循，依杨明照改）廉隅，[3]杜笃之请求无厌，[4]班固谄窦以作威，[5]马融党梁而黩货，[6]文举傲诞以速诛，[7]正平狂憨以致戮，[8]仲宣轻〔脱〕（原作脆，依杨明照校）以躁竞，[9]孔璋偬恫以粗疏，[10]丁仪贪婪以乞〔贷〕（原作贷，依杨明照校），[11]路粹〔哺〕（原作铺，今改）啜而无耻，[12]潘岳诡〔祷〕（原作诗，依《晋书·愍怀太子传》改）于愍怀，[13]陆机倾仄于贾〔谧〕（原作郭，今改），[14]傅玄刚隘而詈台，[15]孙楚狠愎而讼府，[16]诸〔如〕（原作有，今改）此类，并文士之瑕累。[17]文既有之，武亦宜然。古之将相，疵咎实多：至如管仲之盗窃，[18]吴起之贪淫，[19]陈平之污点，[20]绛、灌之谗嫉，[21]沿兹以下，不可胜数。孔光负衡据鼎，而仄媚董贤，[22]况班、马之贱

大略来看看文人的毛病：司马相如拐骗妻子而且受人贿赂，杨雄不但酗酒而且做事失算，冯敬通做人不讲品德，杜笃走后门不知满足，班固阿谀窦宪作威作福，马融依附梁冀贪污财货，孔文举傲慢荒唐被砍头，祢正平狂妄痴顽遭杀戮，王仲宣轻率而急躁，陈孔璋鲁莽而粗心，丁仪求贷贪得无厌，路粹贪禄不知耻，潘岳捏造祷文陷害太子，陆机依傍权要阿谀贾谧，傅玄刚愎狭隘谩骂台阁，孙楚阴险狠心诉讼官府，像这样一些例子，都是文人学士的毛病。文人既有缺点，武将也不例外。古代的将相，毛病过失也是很多的：管仲小偷小摸，吴起贪财好色，陈平的品德有污点，周勃、灌婴谗害和嫉妒好人，他们以后，有缺点的将相就不可胜数了。孔光以宰相的尊严和三公的地位，尚且献媚于董贤，何况班固、马融那样卑贱的小官，潘岳那样低下的地位呢！王戎是开国元勋，尚且卖官鬻爵丑声嚣著，何况司马相如、杜笃那样家徒四壁，丁仪、路粹那样一贫如洗呢！但是孔光并不因此而亏损

职,潘岳之下位哉![23] 王戎开国上秩,而鬻官嚣俗,[24] 况马、杜之磬悬,丁、路之贫薄哉![25] 然子夏无亏于名儒,濬冲不尘乎竹林者,名崇而讥减也。[26] 若夫屈、贾之忠贞,[27] 邹、枚之机觉,[28] 黄香之淳孝,[29] 徐幹之沉默,[30] 岂曰文士,必其玷欤!盖人禀五材,修短殊用,自非上哲,难以求备。[31] 然将相以位隆特达,文士以职卑多诮,此江河所以腾涌,涓流所以寸折者也。[32]

他著名儒者的声誉,王戎也不因此而损害他竹林七贤的地位,由于地位高世俗对他们的讥刺就少了。像屈原、贾谊那样忠君爱国,邹阳、枚乘那样机警敏锐,黄香那样一片孝心,徐幹那样安于贫困,难道文人学士就一定有缺点吗!人们的禀赋各异,自然长短不同,除非是圣人,很难求全责备。但是将帅宰相由于地位崇高,所以声名特殊显赫,历代的文人学士由于地位卑贱,所以常常遭到讥诮,这真像长江大河奔腾澎湃畅流无阻,涓涓小流就不免寸寸节节都要受到阻碍了。

注释

1 《史记·司马相如列传》:"卓王孙有女文君,新寡好音,相如饮卓氏,弄琴。文君窃从户窥之,心悦而好之,夜亡奔相如。相如乃与驰归成都。"又:"其后人有上书言相如使时受金,失官。"

2 《汉书·杨雄传》:"不修廉隅,以徼名当世。家产不过十金,乏无担石之储,晏如也。"又:"家素贫,耆酒。人希至其门,时有好事者,载酒肴从游学。"《颜氏家训·文章》:"杨雄德败《美新》。"少算:未知何指,岂即谓家贫嗜酒邪?

3 《后汉书·冯衍传》:"显宗即位,又多短衍文过其实,遂废于家。"《宋书·王微传》:"光武以冯衍才浮其实,故弃而不齿。"

4 《后汉书·文苑传》:杜笃"不修小节,不为乡人所礼。居美阳,与美阳令游,数从请托,不谐,颇相恨。令怒,收笃送京师"。

5《后汉书·班固传》:"大将军窦宪,出征匈奴,以固为中护军,与参议……及窦宪败,固先坐免官。固不教学诸子,诸子多不遵法度,吏人苦之。"

6《后汉书·马融传》:"融为梁冀草奏李固,又作《大将军西第颂》,以此颇为正直所羞。……马融奢乐恣性,党附成讥。"惠栋《后汉书补注》引《三辅决录》:"融为南郡太守,三辅以融在郡贪浊,受主记掾岐肃钱四十万。融子强又受吏白向钱六十万,布三百匹,以肃为孝廉,向为主簿。"

7《后汉书·孔融传》:"操表制酒禁,融频书争之,多侮慢之辞。既见操雄诈渐著,数不能堪,故发辞偏宕,多致乖忤。……下狱弃市,时年五十六。"

8《后汉书·文苑传·祢衡列传》:"字正平……尚气刚傲,好矫时慢物。""(黄)祖恚,遂令杀之。"此即"正平狂憨以致戮"也。《颜氏家训·文章》:"孔融、祢衡诞傲致殒。"

9 杨明照云:"《三国志·魏书·王粲传》:'(刘)表以粲貌寝而体弱通侻(裴注:"通侻者,简易也。"),不甚重也。'……疑此处脆字,为脱之形误。"

10 惚恫:叠韵连词。《晋书·齐王冏传》:"张伟惚恫,拥停诏旨。"《抱朴子·交际》:"惚恫官府之间。"《颜氏家训·文章》:"陈琳实号粗疏。"

11 贷:原作货,杨明照云:"货字与上黩货重出,疑为贷形近之误。"今依校改。《三国志·魏书·陈思王植传》注引《魏略》曰:"太子立,……欲仪自裁,而仪不能。乃对中领军夏侯尚叩头求哀,尚为涕泣,而不能救。后遂因职事收付狱杀之。"乞贷:谓请求赊贷也。

12《三国志·魏书·王粲传》注引《典略》曰:"粹字文蔚,……及孔融有过,太祖使粹为奏,承指数致融罪,……融诛之后,人睹粹所作,无不佳其才而畏其笔也。至十九年,粹转为秘书令,从大军至汉中,坐违禁贱请驴,伏法。"哺啜无耻,即指以上诸事。

13《晋书·愍怀太子传》:"贾后将废太子,诈称上不和,呼太子入朝。

既至，后不见，置于别室，遣婢陈舞，赐以酒枣，逼饮醉之。使黄门侍郎潘岳作书草，若祷神之文，有如太子素意，因醉而书之。令小婢承福以纸笔及书草，使太子书之。"太子被害，后"谥曰愍怀"。祷：原文作祷，他本或作祷，今依《晋书》及他本校改。

14《晋书·陆机传》："机好游权门，与贾谧亲善，以进趣获讥。"贾谧：原作贾郭，今案贾谧与愍怀相对成文，若作贾郭，则不相对，故改。

15《晋书·傅玄传》："玄天性峻急，不能有所容。……转司隶校尉，谒者以弘训宫为殿内，制玄位在卿下。玄恚怒，厉声色而责谒者，谒者妄称尚书所处，玄对百僚而骂尚书以下。"

16《晋书·孙楚传》："（石）苞奏楚与吴人孙世山共讪毁时政。楚亦抗表自理，纷纭经年。"即所谓"狠愎而讼府"也。

17 如：原作有，语不辞，今校改。

18《说苑·尊贤》："管仲故成阴之狗盗也。"

19《史记·吴起传》："李克曰：'起贪而好色，然用兵，司马穰苴不能过也。'"

20《史记·陈丞相世家》："绛侯、灌婴等咸谗陈平曰：……臣闻平居家时，盗其嫂；……今日大王尊官之，令护军。臣闻平受诸将金，金多者得善处，金少者得恶处。平反覆乱臣也。"此本绛侯、灌婴谗陈平之言，刘勰之意，陈平亦自有污点也。点：玷之借字，玉之有疵瑕或缺失者。

21 绛侯，周勃。《史记》有《绛侯世家》及《灌婴传》。《史记·贾谊传》："绛、灌、东阳侯、冯敬之属，尽害之。"是绛、灌不独谗陈平，兼嫉贾谊也。故本文云"绛、灌之谗嫉"。

22《汉书·佞倖传》："初，丞相孔光为御史大夫时，董贤父恭为御史，事光。及贤为大司马，与光并为三公，上故令贤私过光。光知上欲尊宠贤，及闻贤当来也，光警戒衣冠，出门待望，见贤车乃却入。贤至中门，光入阁，既下车，乃出拜谒，送迎甚谨，不敢以宾客钧敌之礼。"

23 班固、马融、潘岳，见前注。

24《晋书·王戎传》:"南郡太守刘肇,赂戎筒中细布五十端,为司隶所纠。以知而未纳,故得不坐,然议者尤之。帝谓朝臣曰:'戎之为行,岂怀私苟得,正当不欲为异耳。'帝虽以是言释之,然为清慎者所鄙,由是损名。"

25 司马相如、杜笃、丁仪、路粹,已见前注。

26 孔光字子夏,《汉书·孔光传》:"莽以光为旧相名儒,天下所信。"《晋书·王戎传》:"字濬冲,……尝经黄公酒垆下过,顾谓后车客曰:'吾昔与嵇叔夜、阮嗣宗酣畅于此,竹林之游,亦与其末。自嵇阮云亡,吾便为时羁绁。今日视之虽近,邈若山河。'"

27 屈原、贾谊忠贞,可阅《史记·屈贾列传》及《汉书·贾谊传》。

28《汉书·邹阳传》:"吴王濞……阴有邪谋,阳奏书谏,……吴王不内其言。……于是邹阳、枚乘、严忌知吴不可说,皆去之梁。"

29《后汉书·文苑·黄香传》:"年九岁失母,思慕憔悴,殆不免丧,乡人称其至孝。年十二,太守刘护闻而召之,署门下孝子。"

30《三国志·魏书·王粲传》注引《先贤行状》:"幹清玄体道,六行修备,聪识洽闻,操翰成章,轻官忽禄,不耽世荣。"魏文帝《与吴质书》:"而伟长(徐幹)独怀文抱质,恬淡寡欲,有箕山之志。"

31 见《原道》注。

32《梁书·刘勰传》:"勰早孤,笃志好学。家贫不婚娶。依沙门僧祐,与之居处积十余年,遂博通经论,因区别部类,录而序之。……初,勰撰《文心雕龙》五十篇……既成,未为时流所称。勰自重其文,欲取重于沈约。约时盛贵,无由自达,乃负其书候约出,干之于车前,状若货鬻者。"本段实作者感慨于身世之言。

名之抑扬,既其然矣;位之通塞,亦有以焉。盖士之登庸,以成务

声名之所以或遭贬抑,或受表扬,既然有如上述了;官运之所以或者通达,或者沉滞,也就有其原因啊。士大

为用。[1]鲁之敬姜,妇人之聪明耳,然推其机综,以方治国,安有丈夫学文,而不达于政事哉。[2]彼杨、马之徒,有文无质,所以终乎下位也。昔庾元规才华清英,勋庸有声,故文艺不称,若非台岳,则正以文才〔显〕(原脱显字,今增)也。[3]文武之术,左右惟宜,郤縠敦书,故举为元帅,岂以好文而不练武哉![4]孙武《兵经》,辞如珠玉,岂以习武而不晓文也![5]

夫飞黄腾达,常常在于他们能治理国事。鲁国的敬姜,妇女中的聪明人罢了,却能从纺织的道理,来比拟治理国家的大事,哪里有大丈夫读书识字,反而不懂得政治呢?杨雄、司马相如等人,文章虽好,品德不高,所以终身处于卑贱的地位。过去庾元规才华极高文章很好,由于事业功勋很有威望,所以文名不甚显著,假若他不是大官,一定会以文学著名的。文才和武略,本来是互相联系的,郤縠因为热爱诗书,所以被推荐为元帅,难道爱好文学就不熟练武略吗!孙武著《兵法》,文辞如珠似玉,难道学习了武略,就不懂得文学吗!

注释

1 登庸:升用也。《尚书·尧典》:"畴咨若时登庸。"《易·系辞上》:"夫《易》开物成务,冒天下之道,如斯而已者也。"疏:"言《易》能开通万物之志,成就天下之务,有覆冒天下之道。"

2《列女传·母仪》:"文伯相鲁,敬姜谓之曰:'吾语汝!治国之要,尽在经矣。夫幅者,所以正曲枉也,不可不强,故幅可以为将。画者所以均不均,服不服也,故画可以为正……推而往引而来者,综也,综可以为关内之师。'"

3《晋书·庾亮传》:史臣曰:"晋昵元规,参闻顾命。然其笔敷华藻,吻纵涛波,方驾搢绅,足为翘楚。"文才显:原脱显。按:上文谓"文艺不称"，故此句云"正以文才显"，相对成文，若脱显字，则文义不通矣。
4《左传》僖公廿七年:"（晋侯）蒐于被庐，作三军，谋元帅。赵衰曰：'郤縠可。臣亟闻其言矣，说礼乐而敦诗书。'"
5 孙武有《孙子兵法》十三篇，《史记》有传。

是以君子藏器，待时而动，发挥事业，[1]固宜蓄素以弸中，散采以彪外，[2]梗楠其质，豫章其干，[3]摛文必在纬军国，负重必在任栋梁，穷则独善以垂文，达则奉时以骋绩，[4]若此文人，应《梓材》之士矣。

所以士大夫想凭借自己的才能，等待一定的时机，做一番事业的话，必须平常注意内心的修养，使之焕发为外表的文采，有着梗楠那样好的质地，豫章那样壮的主干，写出文章来可以经纬军政大事，做起工作来可以作为国家的栋梁，如果不得意，便隐居著述流传万世，如果飞黄腾达，便趁着时机做番事业，像这样的文人，就合于《梓材》中所说的人才了。

注释

1《易·系辞下》："君子藏器于身，待时而动。"疏："君子藏善道于身，待可动之时而兴动。"
2《法言·君子》："以其弸（péng）中而彪外也。"弸：满也。彪：文也。"积行内满，文辞外发。"
3《汉书·司马相如传》："其北则有阴林巨树，梗楠豫章。"服虔曰："豫章，大木也。"颜注："梗，音便，即今黄梗木也。楠，音南，今所谓楠木也。"《史记正义》："温活人云：'豫，今之枕木；章，今之樟木也。'"
4《孟子·尽心上》："穷则独善其身，达则兼善天下。"

赞曰:瞻彼前修,有懿文德。[1]声昭楚南,采动梁北。[2]雕而不器,贞干谁则?[3]岂无华身,〔何〕(原作亦,今改)有光国。[4]

总而言之:仰望前代的伟大作家,有着优美的文章和道德。像屈原和贾谊声名显著于楚国以南,像邹阳和枚乘文章轰动了梁国之北。假使徒有文华而无实用,那就不是国家的贞干,不足以为法则。这样的人虽然有点声名,但他们何补于家国!

注释

1 《离骚》:"謇吾法夫前修兮,非世俗之所服。"《尚书·大禹谟》:"帝乃诞敷文德。"

2 前句指屈原、贾谊;后句指邹阳、枚乘。

3 《庄子·列御寇》:"吾以仲尼为贞干,国其有瘳乎!"《尚书·费誓》:"峙乃桢干。"贞干,亦即桢干。

4 岂无华身,承雕而不器言之。何有光国,承贞干谁则言之。何:原作亦,以上下语气求之,疑当作"何",传抄误也,今校改。两句谓虽可华身,不能光国也。

序　志

导读

作者在本篇里说："岁月飘忽，性灵不居，腾声飞实，制作而已。"但是制作中最重要的莫过于"敷赞圣旨"，而"文章之用，实经典枝条"，所以他"搦笔和墨，乃始论文"。论文既是作者的本志，撰述《文心雕龙》自然是作者的志愿了，因而以本篇殿于全书之末，名为《序志》。

本篇对《文心雕龙》的组织和体系作了扼要的论述，也对前代许多文论的得失，以及《文心雕龙》如何利用这些文论成果，作了适当的说明。通过本篇，我们对全书可以有初步理解，它是作者留给后人读《文心雕龙》的一把钥匙，这些在注释内都有较详细的说明，便略而不说了。

原文

夫文心者，言为文之用心也[1]。昔涓子《琴心》，王孙《巧心》，心哉美矣，故用之〔焉〕（原脱，依《广文选》补）。[2] 古来文章，以雕缛成体，岂取驺奭之群言雕龙也？[3] 夫宇宙绵邈，黎献纷杂，拔萃出类，智术而已。[4] 岁月飘忽，性灵不居，腾声飞实，制作而已。[5] 夫（原衍有字，或作自，今依《梁

译文

书名中之所以用"文心"二字，是因为它谈作文用心的缘故。过去涓子写了《琴心》，王孙著过《巧心》，"心"这个字真美呵，所以本书采用了它。从古以来的文章，都是雕章琢句文采纷披，因此书名又用"雕龙"二字，难道只是驺奭的绰号叫作"雕龙"，所以采用了它吗？宇宙是无边无际的，贤愚是纷杂不一的，有的人之所以超出常人，只是有过人的智慧才能罢了。时间在飞驰，生命不停留，一个人想声誉飞腾

书》校删）肖貌天地，禀性五〔行〕（原作才，《梁书》同，今依一作校改），拟耳目于日月，方声气乎风雷，其超出万物，亦已灵矣。[6]形〔甚〕（原作同，依《梁书》校改）草木之脆，名逾金石之坚，是以君子处世，树德建言，岂好辩哉，不得已也。[7]

传之不朽，只有著书立说罢了。人的形貌是像天地的，人的情性是禀赋五行的，人的耳目就如太阳和月亮，人的声气就好似风和雷，可见人超出万物之上，是最灵异的了。人的形体比草木还脆弱些，人的声名却比金石还坚固些，所以士大夫生在世界上，都想立功立言，难道只是爱辩论吗？实在是不得不如此呀！

注释

1 《文赋》："余每观才士之所作，窃有以得其用心。"
2 黄叔琳《文选》注："涓子，齐人，好饵术，隐于宕山，著《琴心》三篇。"黄侃以为即《孟荀列传》之环渊，楚人，著书上下篇，即《琴心》也。《汉书·艺文志》：儒家有《王孙子》一篇，自注："一曰《巧心》。"
3 详《时序》注。也：同耶。
4 《庄子·庚桑楚》："有实而无乎处者，宇也；有长而无本剽者，宙也。"绵邈：长远也。《孟子·公孙丑》："出于其类，拔乎其萃。"
5 孔融《论盛孝章书》："岁月不居。"
6 《汉书·刑法志》："夫人肖天地之貌，怀五常之性。"正刘勰本文所本。今肖上多一有字，或作自字，盖有与自皆与肖近，误衍，今删。拟耳目于日月，方声气乎风雷：肖貌天地也。禀性五行，谓赋仁、义、礼、智、信之性也。《淮南子·精神训》："是故耳目者日月也，血气者风雨也。"
7 《孟子·滕文公下》："余岂好辩哉，余不得已也。"

予生七龄(《梁书》无生七龄以下十四字),乃梦彩云若锦,则攀而采之。齿在逾立,则尝夜梦执丹漆之礼器,随仲尼而南行,[1]旦而寤,乃怡然而喜:大哉圣人之难见也,乃小子之垂梦欤!自生〔民〕(原作人,今改)以来,未有如夫子者也。[2]敷赞圣旨,莫若注经,而马、郑[3]诸儒,弘之已精,就有深解,未足立家。唯文章之用,实经典枝条,五礼资之以成文,六典因之以致用,[4]君臣所以炳焕,军国所以昭明,详其本源,莫非经典。[5]而去圣久远,文体解散,辞人爱奇,言贵浮诡,饰羽尚画,文绣鞶帨,离本弥甚,将遂讹滥。[6]盖《周书》论辞,贵乎体要;尼父陈训,恶乎异端。[7]辞训之〔奥〕

当我七岁的时候,梦见一片锦缎般的彩云,我便攀住这片彩云而且把它采了下来。年龄才过三十岁的时候,曾经在夜里梦见自己捧着红漆礼器,跟随着孔夫子向南面行走,早上醒后,不禁油然高兴起来:伟大的圣人是难得见到的,却承他降梦给我这样年轻的人!自有人类以来,是没有人比得上孔夫子的啊。本来阐扬圣人的旨意,最好的是注释经书,但是马融、郑玄那些学者,把经义发挥得很精微了,即使再有些深入的解释,也不能自成一家。只有文章的作用很大,实在可以作为经典的辅佐,"五礼"必须凭借它才能写成明文,"六典"必须依靠它才能发挥作用,因为君臣的礼仪要用文章写出来才能显著,军国的典章要用文章写出来才能鲜明,然而详考五礼和六典的根源,都属于经典。现在离开圣人的时代很久了,文章逐渐冗长起来,辞家又爱好奇特,用辞喜欢浮华怪诞,比如在羽毛上还加上绘画,在大带和佩巾上还绣些花草,离开本色一天比一天远,以致走上了讹谬而淫滥的道路。《周书》中讨论到文辞,以为贵于得体扼要;孔夫子提出的教导,十分讨厌异端邪说。所以《周

（原作异，依刘永济改），宜体于要。⁸ 于是搦笔和墨，乃始论文。

书》论辞和孔子陈训的深意，就是得体扼要。于是我便提起笔蘸着墨，开始著书论文。

注释

1 《论语·为政》："三十而立。"逾立：年过三十也。丹漆之礼器：笾豆之类也。《史记·儒林列传》："陈涉之王也，而鲁诸儒持孔氏之礼器，往归陈王。"

2 《孟子·公孙丑上》："自生民以来，未有盛于孔子也。"生民：原作"生人"，今改。

3 马、郑：马融、郑玄。

4 五礼：《礼记·祭统》注以吉礼、凶礼、宾礼、军礼、嘉礼为五礼。六典：《周礼》太宰掌建邦之六典，一曰治典，二曰教典，三曰礼典，四曰政典，五曰刑典，六曰事典。

5 《易·革》："大人虎变，其文炳也。"《论语·泰伯》："焕乎其有文章。"

6 《庄子·列御寇》："仲尼方且饰羽而画，从事华辞。"尚画：加之以画也。饰羽尚画：谓益事文采，变本加厉也。《法言·寡见》："今之学也，非独为之华藻也，又从而绣其鞶（pán）帨（shuì）。"李注："鞶，大带也。帨，佩巾也。"

7 《书·毕命》："辞尚体要。"《论语·为政》："攻乎异端，斯害也已。"

8 奥：原作异。刘永济云："异疑奥误。《史记·屈平列传》：'文质疏内兮，众不知予之异采。'集解引徐广曰：'异一作奥。'此异奥形近易误之证。辞训二句即总上《周书》论辞，尼父陈训四句之义而言之也。《周书·毕命》曰：'辞尚体要，不惟好异。'恶异端即不好异，故此总说奥义，惟举体要耳。"今依刘改。

详观近代之论文者多矣；至〔如〕（原作于，今依一作改）魏文述《典》，[1]陈思序《书》，[2]应玚《文论》，[3]陆机《文赋》，[4]仲〔治〕（原作洽，依一作改）《流别》，[5]宏范《翰林》，[6]各照隅隙，鲜观衢路，或臧否当时之才，或铨品前修之文，或泛举雅俗之旨，或撮题篇章之意。[7]魏《典》密而不周，陈《书》辩而无当，应《论》华而疏略，陆《赋》巧而碎乱，《流别》精而少〔功〕（原作巧，依《梁书》改），《翰林》〔博〕（原作浅，依《玉海》改）而寡要。[8]又君山、公幹之徒，吉甫、士龙之辈，[9]泛论文意，往往间出，并未能振叶以寻根，观澜而索源，不述先哲之诰，无益后生之虑。[10]

详细观察近代作家作品中论文的著作多极了：像魏文帝的《典论·论文》，陈思王的《与杨德祖书》，应玚的《文质论》，陆机的《文赋》，挚仲治的《文章流别论》，李宏范的《翰林论》，都只看到了文章一个方面，很少观察到创作的主要途径。有的是褒贬当时的人才，有的是衡量前贤的作品，有的是浮泛地讨论风格雅俗的意义，有的是总括一篇一章的内容。魏文帝的《典论·论文》精密而不周到，陈思王的《与杨德祖书》善于雄辩而不恰当，应玚的《文质论》文辞华丽而内容空疏，陆机的《文赋》虽然精巧却零碎杂乱，《文章流别论》固然精深却成绩不大，《翰林论》涉及广泛却不太扼要，还有桓君山、刘公幹那些人，应吉甫、陆士龙等作家，也谈了些论文的意见，流露在他们的著作中，但都不能从枝叶问题探讨到根本问题，不能从江河的波澜透视到江河的源头，因为不阐扬先圣的典诰，把它作为论文的标准，对后人考虑问题是没有帮助的。

注释

1 魏文帝曹丕有《典论·论文》。

2 陈思王曹植有《与杨德祖书》。

3 应玚有《文质论》。

4 陆机有《文赋》。

5 挚虞字仲洽（原误作洽，形近致讹，今改），有《文章流别论》。

6 李充字宏范，有《翰林论》。

7 魏文陈思之文，臧否当时之才；挚虞《流别》铨品前修之文；陆机《文赋》泛举雅俗之旨；李充《翰林》撮题篇章之意；惟应玚《文质论》似乎无关于此四者。

8《史记·太史公自序》："儒者博而寡要，劳而少功。"本文当用《史记》。"精而少巧"依《梁书》《广文选》，改巧为功。"浅而寡要"，依《玉海》改浅为博。

9 桓谭字君山，所著《新论》已佚。后汉文辑轶，颇有论文者。刘桢字公幹，论孔融见《风骨》引，论"文之体势"见《定势》引。应贞字吉甫，论文语已无考。陆云字士龙，《与兄平原书》大抵商量文事。

10 所谓"寻根""索源"，"根""源"即指"先哲之诰"。《文心雕龙》之所以异于诸人者，盖所谓"本乎道，师乎圣，体乎经，酌乎纬，变乎《骚》"耳。

　　盖《文心》之作也，本乎道，师乎圣，体乎经，酌乎纬，变乎《骚》，文之枢纽，亦云极矣。[1] 若乃论文叙笔，则囿别区分，[2] 原始以表〔时〕（原作末，今依活字本改），释名以章义，选文以定篇，敷理以

　　我著作《文心雕龙》的时候，认为文章之美本源于道，写文章要以圣人为宗师，要以六经为楷模，从纬书中分别采用其文藻，向《离骚》学习其变通的方法，作文的关键问题莫过于这些了。具体讨论韵文和散文时，我把各种体裁分别开来，探讨了各体的源革，解释了各体命名的含义，提出了各体的范文，

举统,上篇以上,纲领明矣。[3]至于〔剖〕(原作割,今依嘉靖本改)情析采,笼圈条贯,[4]摘《神》《性》,图《风》〔《气》〕(原作势,今改),苞《会》《通》,阅《声》《字》,[5]崇替于《时序》,褒贬于《才略》,怊怅于《知音》,耿介于《程器》,长怀《序志》,以驭群篇,[6]下篇以下,毛目显矣。[7]位理定名,彰乎大〔衍〕(原作易,依范改)之数,其为文用,四十九篇而已。[8]

陈述了各条应有的要求,上半部的各篇,它们的纲领就如此了。至于剖解文情,分析文采,全面概括其条理,那就写出了《神思》和《体性》,创作了《风骨》和《养气》,综述了《附会》和《通变》,考虑了《声律》和《练字》,同时在《时序》中论述了文学的盛衰,在《才略》中对作家进行了褒贬,通过《知音》抒发了感慨,通过《程器》阐明了器用,然后以深长的感情写了《序志》,用它来统领全书,下半部的二十五篇,概况也就很明显了。本书安排体系和确定篇次一共写了五十篇,说明它符合《易经》中"大衍"的数目,其中真正讨论文章的,只是四十九篇罢了。

注释

1 本书第一篇《原道》论"本乎道",第二篇《征圣》论"师乎圣",第三篇《宗经》论"体乎经",第四篇《正纬》论"酌乎纬",第五篇《辨骚》论"变乎《骚》"。

2 从《明诗》到《书记》,凡二十篇,论文叙笔。大抵分为三类:一为论文,二为叙笔,三论间于文笔之间的文体。兹分述于下:属于论文者,《明诗》第六,《乐府》第七,《诠赋》第八,《颂赞》第九,《祝盟》第十,《铭箴》第十一,《诔碑》第十二,《哀吊》第十三;属于文笔之间者,《杂文》第十四,《谐隐》第十五;属于叙笔者,《史传》第十六,《诸子》第十七,《论说》第十八,《诏策》第十九,《檄移》第二十,《封禅》

第二十一,《章表》第二十二,《奏启》第二十三,《议对》第二十四,《书记》第二十五。所以本文说"论文叙笔,则囿别区分"。

3 原始以表时,论文体的源革;释名以章义,论文体名称的含义;选文以定篇,举出各体的范文;敷理以举统,说明各体体裁的要求。从《明诗》到《书记》等二十篇的行文,大体分为以上四个步骤。兹以《论说》中之"论"为例,说明于次(其他各体,皆可依例推求):"圣哲彝训曰经"到"圣意不坠","释名以章义"也;"昔仲尼微言",到"研精一理者也","原始以表时"也;"是以庄周齐物",到"宁如其已","选文以定篇"也;"原夫论之为体"到"安可以曲论哉","敷理以举统"也。

4 剖情:剖判情志,即今言分析内容。析采:分析辞采,即今言解说形式。笼圈:谓笼罩而范围之。条贯:谓条理而贯彻之。

从《神思》到今之改订篇目,即《总术》第四十五,凡二十篇,大抵分为三类:一为剖情,二为析采,三则剖情析采相兼者。兹分别类居,录之于次:

属于剖情者,《神思》第二十六,《体性》第二十七,《风骨》第二十八,《养气》第二十九(原四十二,误,详下),《附会》第三十(原四十三,误,详下),《通变》第三十一(原二十九,误,详下),《事类》第三十二(原三十八,误,详前言及《事类》导读),《定势》第三十三(原三十)。

属于剖情兼析采者,《情采》第三十四(原三十一);《熔裁》第三十五(原三十二)。

属于析采者,《声律》第三十六(原三十三),《练字》第三十七(原三十九,误,详前言及《练字》导读),《章句》第三十八(原三十四),《丽辞》第三十九(原三十五),《比兴》第四十(原三十六),《夸饰》第四十一(原三十七),《物色》第四十二(原四十六),《隐秀》第四十三(原四十),《指瑕》第四十四(原四十一),《总术》第四十五(原四十四)。所以本文说"剖情析采,笼圈条贯"。

5 摘《神》《性》：《神》指《神思》第二十六，《性》指《体性》第二十七。图《风》《气》：《风》指《风骨》第二十八，《气》指《养气》，《养气》本在第四十二，应提前作第二十九。气，原作势，非。《势》指《定势》，亦非第二十九。包《会》《通》：《会》指《附会》第三十，今误作第四十三，非。《通》指《通变》第三十一，今误作第二十九，非。剖情八篇，举此六篇，其余二篇不必尽举也。阅《声》《字》：《声》指《声律》，《字》指《练字》（今本《文心雕龙》次序亦误，说详《练字》内容提要）。用两篇代表《章句》《丽辞》《比兴》《夸饰》《物色》《隐秀》《指瑕》《总术》等篇也。《情采》《熔裁》两篇，情与熔属于情，采与裁属于采，义有兼包，故夹入两类之间也。

6 《时序》等五篇殿末，正与《原道》等五篇置首，遥相配合，可以知也。今本以《物色》厕于《时序》之下，可知今本篇目，非原书之旧矣。

7 《子华子》："毛举其目，尚不胜为数也。"

8 《易·系辞上》："大衍之数五十，其用四十有九。"《文心雕龙》凡五十篇，所以说"彰乎大衍之数"，最后一篇"长怀《序志》，以驭群篇"，所以说"其为文用，四十九篇而已"。

夫铨序一文为易，弥纶群言为难，[1]虽复轻采毛发，深极骨髓，[2]或有曲意密源，似近而远，辞所不载，亦不〔可〕（原脱，依黄侃增）胜数矣。及其品〔评〕（原作列，一作许，依《梁书》改）成文，有同乎旧谈者，非雷同也，势自不可异也；有异乎

评述一篇作品是容易的，综论整个创作就困难了。虽然我泛论了枝节问题，又深入探讨了重要理论，但是作家的委曲用心，和文章的深隐根源，看起来很浅近，实质上很深奥，本书中没有谈到的，就难以数计了。本书品评历代文学，有与旧说相同的，这并不是随声附和，因为没有道理提出新意；有与前文所说不同的，也不是有意出

前论者,非苟异也,理自不可同也。³同之与异,不屑古今,擘肌分理,唯务折衷。⁴按辔文雅之场,环络藻绘之府,亦几乎备矣。⁵但言〔欲〕(原作不,今改)尽意,圣人所难。识在瓶管,何能〔矩矱〕(原脱,许补,黄云:活本字作规矩)。⁶茫茫往代,既沉⁷予闻,渺渺来世,倘尘彼观也。

奇,在于无法苟同。所以与人相同或相异,并不由于他是古人或今人,只是为了剖解文情分析文理,使它恰当罢了。我驰骋在文学的道路上,来往于创作宝藏中,几乎将各个角落都走遍了。但是要把意思全部写出来,连圣人也是为难的,何况我的见识短浅,怎能著作一书成为法典呢?不过在茫茫的历史长河中,我埋头学了很久,为了后代的读者,我愿意写出来,供他们参考。

注释

1 铨序:谓量衡论述。铨序一文:如李充《翰林论》"陆机《议晋断》亦其美矣""相如《喻蜀父老》,可谓德音矣"。又如钟嵘《诗品序》:"陈思《赠弟》,仲宣《七哀》,公幹《思友》,阮籍《咏怀》,子卿《双凫》,叔夜《双鸾》……皆五言之警策者也。"弥纶群言:谓综合作家而论创作,如《文心雕龙》是也。

2 本书常用人体比喻文章,毛发指枝节问题,骨髓指核心问题。

3 品评:原作"品列",今依《梁书》校改。一本作"品许","许"即"评"之误也。《礼记·曲礼》"毋雷同",《荀子·不苟》:"君子行不贵苟难,说不贵苟察,名不贵苟传。"此文苟异之苟,正与彼文苟意义相同。

4 《西京赋》:"剖析毫厘,擘肌分理。"李周翰注:"虽毫厘肌理之间,亦能分擘。"《史记·孔子世家·赞》:"言六艺者,折中于夫子。"衷、中通用,谓使之合乎中道也。

5 "环络"与"按辔"相对成文。络:谓马笼头。环络:犹按辔也。

6 《易·系辞上》："书不尽言,言不尽意。"本文言欲尽意,"欲"原作"不",盖下文既云"圣人所难",则此文当云"言欲尽意"也。后人依《易》改欲为不,则上下文不相衔接,故校改。《左传》昭公七年:"虽有挈瓶之知,守不假器。"挈瓶,汲者,喻小知。《庄子·秋水》:"是直用管窥天,用锥指地也。"《离骚》:"求矩之所同。"注:"矩,法也;矱,度也。"

7 沉:一作洗。《战国策·赵策》:"常民溺于习俗,学者沉于所闻。"作沉是。《赵策》以沉与溺对文,沉谓沉溺也。

赞曰:生也有涯,无涯惟智。[1]逐物实难,凭性良易。[2]傲岸[3]泉石,咀嚼文义。文果载心,余心有寄。

总而言之:生命很短暂,知识却无边无际。用短促的寿命去追逐无边际的知识真困难,如果依乎天理,因其固然也就很容易。我愿意逍遥于泉石之间,咀嚼诗文的意义。如果我的这本书能表达我的心情,我的心意也就有所寄托了。

注释

1 《庄子·养生主》:"吾生也有涯,而知也无涯。"《释文》:"知音智。"
2 两句承上文而言,逐物实难,亦即《庄子·养生主》之"以有涯随无涯,殆已"。凭性良易,又用《庄子·养生主》之"依乎天理,因其固然"也。
3 傲岸:双声连词,此处有"逍遥自得貌"之意。

图书在版编目(CIP)数据

文心雕龙/郭晋稀导读、注译. —长沙:岳麓书社,2024.3
ISBN 978-7-5538-1831-3

Ⅰ.①文… Ⅱ.①郭… Ⅲ.①《文心雕龙》—译文②《文心雕龙》—注释 Ⅳ.①I206.2

中国国家版本馆 CIP 数据核字(2023)第 186940 号

WENXIN DIAOLONG
文心雕龙

导读注译:郭晋稀
出 版 人:崔　灿
责任编辑:周家琛　肖　航
责任校对:舒　舍
封面设计:罗志义

岳麓书社出版发行
地址:湖南省长沙市爱民路47号
直销电话:0731-88804152　0731-88885616
邮编:410006

版次:2024年3月第1版
印次:2024年3月第1次印刷
开本:890mm×1240mm　1/32
印张:17.25
字数:475千字
ISBN 978-7-5538-1831-3
定价:58.00元

承印:湖南鑫成印刷有限公司

如有印装质量问题,请与本社印务部联系
电话:0731-88884129